Linda Wolf

Mijn negatieve identiteit

novum pro

Dit boek is ook als
e-book
verkrijgbaar.

www.novumpublishing.nl

© 2022 novum publishing

ISBN 978-3-99107-826-5
Geredigeerd door: M. Moors
Omslagfoto: Tina Lindholm Pedersen
Ontwerp omslag, lay-out & typografie:
novum publishing

www.novumpublishing.nl

Climate neutral
Print product
ClimatePartner.com/16547-2201-1002

VOORWOORD

Alle gebeurtenissen in dit boek hebben plaatsgevonden zoals ik ze heb beschreven.
Ter bescherming van mijn gezin heb ik pseudoniemen gebruikt.

Dit boek draag ik op aan mijn kinderen.

Littekens...
Eens gebroken wonden

Diepe wonden zijn poreus
Littekens
Eens gebroken wonden
De leercyclus van onze ziel

1.

Een vreemde op aarde

Geboren in den vreemde. Mijn ziel wordt verscheurd, doordat ik plaats moet nemen in mijn lichaam. Ik moet terug naar de aarde om taken te volbrengen, zware taken.

Het valt me zwaar, opnieuw geboren te worden op deze aarde. Mijn vorige leven zit nog in mijn genen verweven, echter ik begrijp niet wat ik met me meedraag. De loodzware, ondraaglijke last, waar ik niet over kan praten. Waarom moet ik terug naar deze aarde? Mijn leven was nog niet af. Te jong was ik heengegaan. Het vorige leven, de jonge vrouw die ik was, ben ik nog steeds. En ik heb niet de juiste ouders gekregen om me te helpen, ouders die noch naar me luisteren, noch me troosten, laat staan me begrijpen als ik diepe gevoelens of emoties toon.

Angst in mijn kleine lijf

Ik ben geboren in het jaar 1965. Het zijn roerige tijden en er gebeurt veel in de wereld. Het begint al jong, erg jong dat ik iets mis. Vanaf dat ik me kan heugen, heb ik geen band met mijn ouders. Avond aan avond lig ik als klein meisje van drie, vier jaar klappertandend en trillend van angst opgekruld in mijn bed. Strak ingepakt onder een wit laken, met daaroverheen een zachte, vaal-oranje wollen kriebeldeken. Bang voor de wereld, met een diepe angst voor mijn vader en vreselijk bang voor mijn liefdeloze, koude moeder. Het zijn pure vreemden voor me, zo voelen ze ook. Er zit totaal geen diepgang in mijn vader en moeder, alles is zo aan de oppervlakte. Ik heb geen band met ze, zelfs op deze leeftijd voel ik dat al. En altijd die kou, die onmetelijke kou die ik voel, tot op mijn botten.

Het is donker in mijn kamer en ik vrees de schimmen die ik zie. Diep duik ik onder de wol, het laken er strak onder getrokken, dat is het enige fijne gevoel dat ik waarneem en ik kijk naar de schaduwen op de muur. De eenzaamheid is groot.

Avond aan avond lig ik wakker en ben ik ontiegelijk bang. Zijn mijn angsten gegrond? Bang voor de beelden die ik nog steeds zie. Doodsangsten voor de oorlog en voor vuur. Voor mijn geestesoog zie ik vliegtuigen overvliegen, die bommen droppen. Het lawaai van de jankende bommenwerpers is oorverdovend en het klamme zweet breekt me uit. Ik schuil voor de bommen die vallen, maar weet niet of dit enige zin heeft. Ik zie beelden van de oorlog, herdershonden, brand, Duitsers in uniform, verpleegsters met kapjes op, de Joodse man die ik heb helpen onderduiken. En er is verraad! Ik ben verraden en dat moet ik bekopen met de dood.

Altijd maar het vuur dat weer terugkomt. Tot benauwdheid aan toe zie ik, iedere avond voordat ik in slaap val, de likkende vlammen alles verschroeien en ten slotte die angst om dood te gaan, omdat ik weet dat de hete vlammen me levend opeten en ik uiteindelijk geen lucht meer krijg.

Uiteindelijk ga ik dood, het is een vreselijke, afschuwelijke en pijnlijke dood en uiteindelijk sterf ik in het vuur, de rook is overal om me heen. Tergend langzaam stik ik, het gevoel in mijn keel wordt steeds benauwder met de likkende vlammen, paniek! Ik kan nergens heen. Ik verbrand geleidelijk, mijn huid schroeit. Avond aan avond zie ik het vuur, waar ik een doodsangst voor heb. Het is de brandende hel voor mij.

Als klein meisje wil ik schreeuwen, maar mijn keel zit dicht en ik moet me tenslotte gedragen bij deze vreemde mensen, die mijn ouders zijn. Ik klauw in mijn deken en trek er plukjes wol uit, die ik tussen mijn vingers draai en maak me zo klein mogelijk, net alsof dat helpt. Ik beef en tril als een rietje. Misselijkmakende angst maakt zich van mij meester. Letterlijk zit ik in de huid van deze vrouw uit dat andere leven en voel haar doodsangsten, iedere avond weer.

Telkens weer zie ik als jonge kleuter dat beeld van de Joodse man, die ik als jonge vrouw moest verstoppen. Continu leg ik mezelf de meest vreemde beproevingen op. En dan de vraag, altijd weer die brandende vraag die ik mezelf stel: Zou je koste wat kost deze man weer helpen onderduiken, als je het allemaal over mocht doen? Ook als je daarvoor weer je leven zou moeten laten, op deze afschuwelijke wijze…?

En na veel wikken en wegen komt het antwoord toch altijd weer op hetzelfde uit… Ja, ik zou het weer doen. Ten opzichte van mijn eigen ethische gevoel, ten opzichte van het verschil tussen goed en kwaad, ten opzichte van God en om me met mezelf te kunnen verenigen, is dit het enige juiste dat ik kon doen. Ik moest de man helpen onderduiken, mijn geweten kon niet anders dan dat.

Ik begin te zweten en voel telkens de doodsangst, omdat ik het met mijn leven heb moeten bekopen. Als ik dit voor mezelf heb vastgesteld, lucht het ietwat op omdat ik, ondanks alle pijn, juist heb gehandeld. Biddend, mijn kleine handjes ineengevouwen, roep ik om God, Hij is mijn Bondgenoot en met kloppend hart verschuil ik me onder de dekens. Ik droom vaak over de oorlog, tot grote vervelens van mijn ouders aan toe.

De periode gedurende mijn vorige leven, in de Tweede Wereldoorlog, is een periode die ik heb moeten ervaren, zodat ik deze ervaringen kan aanwenden in mijn huidige leven. Vier jaar ben ik en worstel reeds met zulke vragen, in mijn eentje en er is niemand voor me, helemaal niemand op deze aarde. Mijn ouders kennen mijn angst voor oorlog, bommen en vuur, maar ze begrijpen er niets van en ze doen er niets mee. Ik word niet getroost of geknuffeld. Er zijn alleen harde woorden. "Nou, er is geen oorlog, ga nu maar slapen, vooruit, je nest in!" Of ze lachen me uit. Murw gemaakt.

Ik trek me steeds meer terug uit de wereld. Volwassenen vertrouw ik niet echt, ze hebben me nog weinig goeds gebracht in dit korte leventje. Het rare is dat ik niet eens naar een volwassene toe durf te gaan, om iets te vragen, ik ben bang voor ze, maar waarom begrijp ik dan nog niet echt. Als klein meisje zoek ik op een bepaalde manier naar liefde, ook al ben ik niet het kind dat om aandacht schreeuwt, dat durf ik niet en het komt ook totaal niet in mij op.

Vaak hoor ik 's avonds, wanneer ik al een tijdlang in bed lig, keihard het liedje *"Rosetta"* van George Fame & Alan Price, het is mijn oudere buurjongen die het draait. Zijn slaapkamer ligt parallel aan de mijne.

> *Rosetta are you better*
> *Are you well, well, well*
> *Rosetta are you better*
> *Are you well, well, well*
> *Well, well, well*
> *Well, well, well*
> *Well, well, well*

De kilte van mijn vader en moeder beheerst mijn leven, de ijzige kou die mijn lichaam verlamt en me verstijft tot op mijn botten. Er is geen spoor van liefde, er is geen enkele warmte, er is geen aandacht voor hoe ik me voel of wat ik denk, en begrip is er nooit geweest.

En ik, ik schreeuw het uit vanbinnen, in mijn te kleine lichaam. Mijn lichaam is te klein voor mijn geest, die al zoveel heeft meegemaakt, het zielenleed in mijn hart. En iedereen waar ik ooit om heb gegeven, ooit van heb gehouden, is mij verloren gegaan. En in dit leven herken ik niemand vanuit mijn vorige leven, het is hier eenzaam en zo kil.

> *Are you well, well, well*
> *Well, well, well*
> *Well, well, well*
> *Well, well, well…*

2.

Lucas gaat vaak naar beneden omdat hij niet kan slapen, daardoor krijgt hij de aandacht waar hij om vraagt. Hij is de lieveling en ik vind het niet meer dan gewoon, want zo is het nu eenmaal. Hij mag dan nog even opblijven en in de huiskamer zitten.

Zelf kan ik de slaap praktisch nooit vatten en heb last van die doodsangsten. Keer op keer, avond aan avond, komt de angst voor de jankende bommenwerpers terug, de bommen die vallen, zie ik het fikkende vuur voor mijn geestesoog en de man die ik niet heb kunnen redden en eveneens zijn leven moest bekopen met de dood.

Op een avond besluit ik om de stap ook maar eens te wagen, om te zeggen dat ik maar niet kan slapen en dat ik zo'n angst heb. Ik sluip de trap af naar beneden, met bonzend hart en rillend van angst sta ik voor de huiskamerdeur. Ik sta daar wel enige minuten, omdat ik gewoon niet naar binnen durf! Ik weet niet waarom ik bang ben voor mijn ouders, maar ik ben het. Mijn hartje bonkt van angst in mijn keel als ik de deur opendoe en het liefst wil ik gelijk weer terug mijn bed in. Eigenlijk heb ik er gelijk alweer spijt van dat ik mijn bed uit ben gegaan.

"Ik kan niet slapen, ik ben bang voor oorlog en voor vuur," zeg ik met trillend lijf en bevende stem.

"Vooruit, terug je bed in!" wordt er koud, op botte en autoritaire toon tegen me gezegd. Mijn ouders luisteren niet naar me, naar wat ik zo graag wil vertellen. Het haalt niets uit en ik laat het wel uit mijn hoofd, om het nog eens te doen.

In verdriet loop ik de trap weer op naar boven en lig als een brok ellende te rillen in mijn bed. En al vroeg in mijn korte leventje besef ik dat ik niet bij ze terecht kan met mijn onrust, angst en verdriet.

Ik zit in de tweede klas van de kleuterschool, vijf jaar ben ik. Mijn schoolvriendinnetje heet Anna, ze heeft kort, steil, lichtblond haar. Ze woont een klein stukje verderop voor het pleintje richting school. Mijn anderhalf jaar jongere broertje is nog thuis bij mijn moeder. Anna heeft ook een jonger broertje, Ferdi heet hij en hij zit in de eerste klas van de kleuterschool. Hij is een beetje ondeugend en heeft heel lichtblonde, grove krullen.

Op een dag vraagt Ferdi: "Zullen we van school weglopen?"

"Wat moeten we dan aan onze moeders vertellen?" reageer ik geschrokken.

"Dat we naar huis toe mochten van de juf."

Nog nooit heb ik gelogen tegen iemand en dat voelt eigenlijk heel slecht. Toch laat ik me door de kleine jongen overhalen en na enig aandringen loop ik met hem weg van school en gaan we allebei naar ons eigen huis. Het is zo'n zeven minuten lopen.

Als ik thuiskom vraagt mijn moeder: "Wat kom jij hier doen, waarom zit jij niet op school?"

Liegen kan ik helemaal niet, dus ik vertel haar beteuterd de waarheid: "Ik ben samen met Ferdi naar huis gegaan." Woedend is ze!

"Jij gaat gelijk weer terug naar school en je haalt Ferdi maar thuis op!"

Daar loop ik dan in mijn eentje, terug naar het huis van Ferdi... Schoorvoetend en met bonkend hart bel ik aan en zijn moeder doet de deur open.

"Komt Ferdi weer mee naar school? Ik moet weer terug naar school van mijn moeder," zeg ik heel benauwd en timide omdat er een volwassene voor me staat.

Ze glimlacht lief naar me en zegt: "Ferdi hoeft niet meer naar school, hij mag thuisblijven."

Wat voel ik me ellendig, nu voel ik me nog eenzamer. Mijn moeder denkt vast dat het mijn idee was, maar ik zou er nooit zelf opkomen om zoiets te doen. Dus ik loop alleen terug naar school.

Op school staat me straf te wachten. Ik moet in de hoek staan van juf Bos met mijn handjes op de rug en mag niet in de poppenhoek spelen, terwijl het eindelijk mijn beurt was.

Ik speel niet met poppen, want ik ben geen poppenkind, maar ik wilde het toch wel een keer proberen om te kijken of ik het nog eens leuk zou gaan vinden.

Van mijn oma heb ik een haarloze pop gekregen met blauwe ogen die open- en dichtgaan. Ze heeft een rood jurkje aan met een wit bandje, dat mijn moeder heeft gebreid. Er zit een gat in haar hiel, daar heb ik op gekauwd en één oog zit altijd dicht omdat ik er water in heb laten lopen, de ogen zien er een beetje roestig uit, het is een raar gezicht.

Waarom reageerde de moeder van Ferdi zo begripvol en lachend en waarom was de mijne zo ontzettend kwaad? Het ergste vind ik nog dat ik niet in de poppenhoek mag spelen en ik vind het ook erg dat juf Bos kwaad op me is. Gelukkig is de juf niet heel lang boos op me, alleen maar een uurtje of zo, dat vond ik wel gek. Haar boosheid was best snel weer over en toen deed ze zelfs weer gewoon tegen me.

Buitenspelen vind ik heerlijk, ik doe niets liever. Tegenover onze huizen in de straat zijn ze nieuwe huizen aan het bouwen. Er is niets lekkerder dan door de rioleringsbuizen te kruipen en verstoppertje te spelen op de bouwplaats. Heerlijk is het om die cementlucht op te snuiven.

Als mijn moeder één keer in de week 's avonds rijles heeft, krijgen we brood uit het vuistje van mijn vader. Twee dikke boterhammen met een plak kaas ertussen en dan mogen mijn broertje en ik zo weer naar buiten, de bouwplaats op, met de boterhammetjes in ons knuistje. Genieten is dat. Die vrijheid is me heel wat waard.

Mijn ouders hebben een witte Kever. Als we weleens een ritje maken naar opa en oma word ik er altijd vreselijk wagenziek in. Ik vind de auto ontzettend stinken, er hangt een typische volkswagenlucht in waar ik echt niet tegen kan en waar ik kotsmisselijk van word. Mijn broer en ik kotsen regelmatig achterin de auto onder of mijn vader moet stoppen, zodat we buiten kunnen kotsen.

De enige met wie ik een echte band voel in mijn leven, is opa, de vader van mijn moeder. Het is en lieve man met zwart haar. Hij draagt een jaren zestig bril met een dik zwart montuur op zijn neus. Meestal heeft hij een lichtgrijs krijtpak aan en een keurig gesteven overhemd. Hij draagt altijd bretels om zijn broek op te houden. Opa paft van die hele dikke sigaren. Bij opa en oma staat de dikke sigarendoos op de jaren zestig bruine salontafel. De lucht van de sigaar die opa opsteekt vind ik heerlijk en ook vind ik het zo gezellig als opa rookt.

Als mijn broertje en ik bij opa en oma logeren, kan ik merken dat ze van me houden. Met opa heb ik een heel bijzondere band, al kan ik niet uitleggen waarom.

Als het mooi weer is, mogen Lucas en ik in de grote ovalen zinken teil in de tuin zitten. Opa vult de teil met de tuinslang en sproeit ons dan helemaal nat. Dat is grote pret!

Opa valt soms plotseling in slaap als hij in zijn grote donkerrode lederen fauteuil met de mahoniehouten leuningen zit. Dan is het ontzettend leuk om hem aan zijn neus te trekken! Hij slaakt dan een hevige zucht en met een snurkje wordt hij verschrikt weer wakker. Wij moeten dan zo vreselijk lachen!

Opa is een lieve verzorgende man, hij zorgt goed voor oma. Mijn vader vindt het gewoonweg belachelijk dat opa de fiets van oma onderhoudt, hij ergert zich er helemaal kapot aan. Opa pompt de fietsbanden op en zet zelfs de dynamo aan voor oma als het donker is. Mijn oma weet volgens mijn vader zelfs niet eens hoe ze dat zelf moet doen. Belachelijk vindt hij dat en hij heeft hier altijd smalend commentaar op. Ik vind het juist heel lief van opa, dat hij zo zorgzaam is voor oma. Gedurende mijn jeugd kom ik erachter dat mijn vader niet met mijn oma overweg kan, hij vindt haar maar een bemoeizieke zeur.

Wat ik niet weet, is dat opa ziek is, heel erg ziek. Op een gegeven moment is hij aan het einde van zijn latijn en ligt hij op sterven. Mijn vader wil dat wij, zijn kleinkinderen, afscheid van hem nemen. Het is een van de weinige echt goede dingen die mijn vader ooit voor me heeft gedaan.

Opa ligt in bed en ik zie dat hij moeite heeft met ademen, hij ziet er vreselijk zwak en witjes uit. Het valt me heel erg zwaar om hem gedag te zeggen. Zo klein als ik ben, weet ik nu al dat het voor altijd zal zijn. Altijd, altijd, aaaaaltijd… Mijn hele leven lang zal ik hem nooit meer zien. Nooooooit meer. Dat doet zo'n pijn in mijn ziel. Ik weet niet wat ik moet zeggen, er is zoveel wat ik tegen hem zou willen zeggen en toch ook weer niet, want iedereen staat erbij. Het gaat ook niet meer, want opa is te ziek en verzwakt. En de woorden willen me niet te binnen schieten, ik heb alleen maar vreselijk veel verdriet en mijn hartje knijpt samen van pijn. Opa die zo trots op me was en foto's maakte van ons, als verklede kleuters op de prachtig versierde praalwagens. Lieve, lieve opa.

Ik geef hem een kus en zeg: "Dag opa."

"Dag lieve kind," fluistert hij nog met veel moeite en dat is het dan, hij gaat heen.

Het doet zo ontzettend veel pijn in mijn kleine hartje. Het is net of mijn hart uit mijn lijf wordt gerukt. Ik weet zo goed wat het betekent, nooit weer, noooooit weer.

Tijdens het regelen van de begrafenis van mijn opa en gedurende de begrafenis zelf, gaan mijn broertje en ik uit logeren bij tante Nellie, de oudste zus van mijn moeder. Tante Nellie is een vreselijke pin. Later kom ik erachter dat zij en mijn moeder nog het meest op elkaar lijken qua karakter. Ze heeft kort, lichtblond, gegolfd haar en een dikke jampotbril op, waardoor haar ogen veel groter lijken dan ze in werkelijkheid zijn, een beetje raar en ook wel eng vind ik dat.

Op een gegeven moment moet ik douchen.

"Doe je kleren uit," commandeert ze vinnig.

Ik weiger echter om mijn onderbroek uit te doen. Dodelijk verlegen sta ik in de douchecel en ik schud van nee. Ik douche me trouwens allang zelf.

Ze wordt boos op me en vraagt beschuldigend: "Denk je dat ik nog nooit een meisje bloot heb gezien of zo, omdat ik drie zonen heb? Nou, dat heb ik echt wel hoor!"

Schuchter schud ik met mijn hoofd, terwijl ik haar niet aan durf te kijken.

"Nou schiet op, doe je onderbroek uit!" snibt ze vol ongeduld.

Waarom ik het niet durf weet ik niet, maar ik sta te trillen op mijn benen. Als ik in mijn blootje sta voel ik me vreselijk ongemakkelijk onder haar vergrotende priemende ogen achter de dikke jampottenglazen en hou schuchter mijn handjes ervoor.

"Nou, schiet op en onder de douche gaan staan!" kat ze nogmaals pinnig.

Ik kan mezelf allang zelf wassen, ik ben al zes jaar oud, waarom moet zij dat ineens voor mij doen, dat doet mijn moeder toch ook niet?

We verhuizen in 1971 naar Bilthoven, mijn vader heeft werk gevonden als leraar Duits aan de Middelbare Detailhandel School in Utrecht. We wonen in een duplexwoning in de Evert Cornelislaan. Ik ga naar de eerste klas van de lagere school.

Als meisje van zes, zeven jaar ben ik het liefst altijd buiten in de natuur, daar ben ik vrij. Ik ben altijd degene die bij kinderen aanbelt om te vragen of ze buiten komen spelen. Er zijn genoeg dingen te bedenken die ik doe om me aan de werkelijkheid te onttrekken, zoals touwtjespringen, knikkeren, verstoppertje doen, voetballen, rennen, kaatsballen, zwemmen, judo, hinkelen, rolschaatsen, postzegels uitwisselen en lezen.

Ik heb een vriendinnetje, Erika. Ze woont een straat verderop en ik ga vaak naar haar toe. Ze speelt niet vaak buiten, zij is liever binnen bij haar vader. Het is gezellig bij haar thuis, dus ga ik vaak naar haar toe. Bij mij thuis komt ze eigenlijk nooit, ik weet niet waarom.

Haar vader leeft gescheiden van haar moeder, haar moeder is niet helemaal normaal en is opgenomen in een gesloten inrichting. Bij hen thuis zie ik wel foto's hangen van haar moeder, ze heeft dezelfde krullen en het middelblonde haar als Erika, en ze heeft best een lief gezicht. Ik vind het heel zielig voor Erika dat haar moeder in een gesticht zit.

Vaak doen we ook spelletjes en haar vader heeft altijd wel wat lekkers in huis. Ik krijg er vaak een bastognekoek, dat is nog eens lekker. Haar vader is een klein beetje mollig net zoals Erika, ik vind het wel grappig.

Soms kijken we vakantiefilms die haar vader afdraait op de filmprojector en op het eind draait hij ze achterstevoren, dat vindt Erika echt prachtig en ze schatert het dan uit van de lach!

We komen niet zo heel vaak bij oma, zo af en toe eens op een zondag, dat vind ik heel erg jammer. Oma is niet lang na het overlijden van opa verhuisd naar een andere woning in Gorinchem. Dat brengt natuurlijk ook een stukje eenzaamheid voor haar met zich mee. In mijn beleving gaan we vaker naar de ouders van mijn vader.

Ze woont in een redelijk grote bovenwoning, in een leuke buurt. Ik vind het er altijd fijn. Soms kijken we televisie naar een informatief kinderprogramma en soms verkennen we de voor ons nieuwe buurt.

Als ze bij ons op visite komt weet ik dat er iets voor ons uit haar tasje komt, ze neemt altijd een chocoladereep of iets anders lekkers voor ons mee. Mijn vader en oma, dat klikt niet. Achter de rug van mijn oma heeft hij behoorlijk veel kritiek op haar. Hij vindt haar vreselijk bemoeizuchtig met betrekking tot onze opvoeding. Ook vindt hij het belachelijk dat ze haar eigen band nog niet eens kan plakken. Dat vind ik niet prettig, want ze heeft in mijn ogen niets fout gedaan.

Eens per jaar reist mijn vader voor school met de bus naar Duitsland. De leerlingen gaan op een schoolreis en hij is erbij als surveillant. Altijd neemt hij iets voor ons mee, meestal is het een poppetje.

Eens nam hij een echt gouden kettinkje voor mij mee uit Duitsland met daarbij een uitgesneden witte camee op een donkerrood vlak in een rechthoekig hangertje.

"Het is een echte met de hand uitgesneden camee en die zijn erg kostbaar," legt hij uit. Zelfs mijn moeder krijgt niet zo'n duur cadeau van hem, dat voelt best een beetje ongemakkelijk voor mij.

Op een dag heb ik gymnastiek en al onze sieraden moeten af. Ik zit intussen in de eerste klas van de lagere school. Het kettinkje met de camee doe ik in mijn jaszak met daarop mijn zakdoek. Als ik later mijn ketting wil pakken, is hij uit mijn jaszak verdwenen, ik voel me vreselijk schuldig en ellendig.

"Ik ben mijn kettinkje kwijt, tijdens gym heb ik het kettinkje in mijn jaszak gedaan en na gym was hij weg," vertel ik mijn ouders timide.

Mijn vader neemt contact op met juf Hendriks. Als ik in de klas zit moet de hele klas nablijven, de hele klas wordt erop aangesproken dat mijn kettinkje is gestolen en degene die het heeft gedaan moet het kettinkje terug doen in mijn jaszak. Het blijkt uiteindelijk Johnny, de broer van Annie, te zijn geweest, een meisje uit mijn klas, die de ketting uit mijn jas heeft gejat. Johnny is echt een volks schoffie en hij bekent het hele gebeuren uiteindelijk aan de juf.

De ketting zit tot mijn verrassing en grote opluchting, plotseling weer in mijn jaszak. In materieel opzicht ontbreekt het me werkelijk aan niets.

We gaan tijdens de zomer vaak met het gezin op vakantie naar Engeland. In zo'n bungalowpark is van alles te beleven. 's Avonds is er ballroomdansen en wordt door de entertainer bekeken wie de beste Tarzan-yell kan maken. We zwemmen veel en doen ook zwemwedstrijden in het zwembad, dan krijgen we een certificaat. De fish and chips en de high tea vind ik heerlijk. Rye, Canterbury en Cambridge zijn prachtige plaatsen om te bezoeken en in rond te slenteren. Er zijn veel ruïnes in Engeland en dat vind ik zo mooi, de natuur is er prachtig.

Het buiten zijn en spelen met andere kinderen van onze leeftijd is zo fijn, het is mijn lust en mijn leven!De kinderen geloven zelfs niet dat ik geen Engelse ben, zo goed is mijn accent blijkbaar. Ik vertel dat ik toch echt Nederlandse ben.

We hebben een autoloze zondag, dit komt door de boycot van olie door de olieproducerende Arabische landen. Wegens het benzinetekort mogen de auto's op zondag niet meer rijden. De wegen zijn uitgestorven, je ziet alleen nog wandelaars, fietsers en rolschaatsers. Het is een rare gewaarwording dat het ineens zo rustig is in de straten.

Er worden wereldwijd aan de lopende band vliegtuigen gekaapt. Op het journaal wordt er veel aandacht aan besteed. De terreurdaden worden steeds vaker met veel geweld uitgevoerd.

Op 17 december, precies een week voor kerst, komt een Nederlandse piloot van een Lufthansa-toestel terecht in een van de bloedigste kapingsdrama's. In de krant kan je op foto's zien hoe gezagvoerder Jo Kroese met een pistool in de nek naar de cockpit van het toestel wordt geleid. Hij overleeft het drama, maar tweeëndertig andere onschuldigen, waaronder de copiloot, vinden helaas de dood.

"We hebben een verrassing voor jullie en jullie mogen raden wat het is!" zeggen mijn ouders op een dag tegen ons.

"Krijgen we een broertje of een zusje?" vraag ik.

"Ja, inderdaad," zegt mijn vader terwijl hij me bevreemd en verrast aankijkt.

In 1973 wordt mijn zusje Iris geboren. Mijn opa en oma komen bij ons beneden zitten. Lucas en ik kijken naar een aflevering van *Calimero* op tv, terwijl mijn moeder intussen boven in bed ligt te bevallen.

Als ik eindelijk boven naar mijn nieuwe zusje mag kijken als ze in de wieg ligt, vind ik dat ze rare dichte, dikke oogjes heeft. Ze zijn heel erg rood en gezwollen en ze heeft ook een gekke rode vlek vlak boven haar oogje. Ze is niet heel knap om te zien, maar ik vind haar wel heel lief en ze is zo klein.

"Wat is dat?" vraag ik, terwijl ik naar een rode vlek boven haar oogje wijs.

"Dat is een ooievaarsbeet, dat komt door de bevalling. Dat trekt nog wel weg," zegt mijn moeder beledigd.

Ik ben helemaal gek met mijn kleine zusje. Ik ben heel veel bij haar in de buurt en probeer heel goed voor haar te zorgen. Ik vind het heel erg jammer dat ik haar nooit de fles mag geven of op een andere manier mag helpen. Oppassen doe ik soms wel. Mijn zusje en ik schelen acht jaar, dat is best veel.

De mode van deze tijd vind ik helemaal niet mooi, alles kan en alles mag en het is een smeltkroes van diverse stijlen. De plateauzolen zijn in de mode, het zijn schoenen met dikke zolen eronder, hoe hoger hoe beter. Zowel mannen als vrouwen dragen ze. Sommige vrouwen dragen laarzen tot over de knieën, soms zelfs tot aan de dij, en ze dragen korte hotpants. Mijn moeder draagt echter alleen plooirokken en doet niet echt aan de mode mee, hoewel ze noodgedwongen meedoet aan de minimode.

Ik heb een bloedhekel aan de kleren die mijn moeder draagt, ik vind het zo lelijk waar ze in loopt. Die geruite plooirokken tot over de knie zijn al helemaal verschrikkelijk. Veel moeders die ik ken dragen ze. Broeken draagt mijn moeder nooit, evenmin als veel andere vrouwen. Ze heeft wel bruingele klompen met kurken plateauzolen en ook heeft ze zwarte lange laarzen.

Mijn broertje heeft een hippe oranje schaatsmuts, met een rood-wit-blauwe streep in het midden, die Ard Schenk-mutsen zijn heel erg in de mode voor jongens.

Mijn moeder heeft een felroze, grote driehoek achterop de donkerblauwe parkajas van Lucas genaaid, zodat hij goed zichtbaar is in het verkeer. We moeten over een drukke weg fietsen als we naar school gaan en ze vindt dat hij goed zichtbaar moet zijn in het verkeer. Ik vind het een raar gezicht zo'n roze driehoek op zijn rug. Mijn homo-oom heeft verteld dat een roze driehoek het teken voor de homo's is en lacht zich helemaal kapot! Ik moet heel erg hard lachen als ik het hoor.

Na drie jaar verhuizen we tot mijn grote verdriet weer naar een andere buurt in Bilthoven. Lucas en ik gaan weer naar een andere lagere school. Aarden kan ik er niet en leuk vind ik het ook niet op deze school.

Ik heb blauwgroene ogen, gekrulde, middelblonde halflange haren met een scheiding in het midden. In de zomer heb ik allemaal sproetjes op mijn neus, net zoals mijn moeder. Iedereen zegt altijd dat ik op mijn moeder lijk. Ze is helemaal niet lelijk, maar ik haat het als ze dat zeggen. Nog steeds ben ik dodelijk verlegen onder de volwassenen, omdat ik niet weet hoe ik met ze om moet gaan en ik kijk ontzettend tegen ze op. Ik krijg geen knuffel van mijn moeder, geen aai over mijn bol, nooit vragen over hoe het met me gaat of wat ik vind of wil, er is geen aandacht, er is niets dan altijd de uitgestrekte leegte. Het lijkt of ik niet beter weet en toch weet ik dat er iets niet klopt aan ons gezin.

Mijn moeder is altijd thuis met een kopje thee als ik uit school ben, dat dan weer wel. Er wordt alleen nooit wat aan me gevraagd. Mijn zusje krijgt wel veel aandacht, maar dat vind ik niet erg, alleen maar raar. Iris zit heel vaak bij mijn moeder of vader op schoot en wordt geknuffeld.

Gelukkig zijn er altijd kinderen die met me buiten willen spelen, dat doe ik nog steeds het liefst! De meeste kinderen spelen nooit zo lang buiten als ik, dat mag niet van hun moeder en dat begrijp ik niet. Ze noemen ons 'sleutelkinderen', maar ik begrijp het woord niet.

Als Lucas en ik zaterdags zakgeld krijgen, rennen we altijd naar het snoepwinkeltje bij ons op de hoek van de straat. We krijgen niet zo heel veel zoetigheid thuis, dus dit is onze kans.

Je kunt er voor een, twee cent of een stuiver allerlei lekkernijen kopen.

Gekleurde kauwgumballen of Donald Duck-kauwgumpjes in een wikkeltje met daarin een leuk klein stripverhaaltje. Toverballen die van kleur veranderen als je erop zuigt en als je de bal dan uit je mond haalt om te kijken, heeft de bal iedere keer weer een ander kleurtje. Zuurstokken waar je echt weken mee kunt doen, je kunt er lekker aan zuigen en de zuurstok dan weer in het plastic doen om te bewaren voor de volgende keer. Zuurtjes in allerlei kleuren. Dropveters met een rood draadje eromheen gewikkeld, waar je eerst het rode draadje vanaf haalt en dan de rest van de veter opeet. Grote ruitendrop en suikerige gel met roze spekkies. Snoepkettingen die je om je nek doet en waar je iedere keer een snoepje vanaf kunt knabbelen. Zoethout, waar je lekker op kunt sabbelen en lekker uit kunt zuigen, net zolang tot het een taaie, droge stok is geworden, zonder smaak. Of een zakje zwart-wit poeder, daar kan je lekker een beetje van op je hand doen en dan oplikken, heerlijk!

Veel mensen rijden intussen in een Volkswagen Golf. De Golf is de opvolger van de Volkswagen Kever. De Golf ziet er compleet anders uit dan de Kever. Mijn ouders hebben de witte Kever ingeruild en mijn vader is nu in het bezit van een appelgroene Opel Kadett. Gelukkig is de Opel iets minder misselijkmakend dan de Kever. Hoewel we alledrie ook wagenziek worden in de Opel. Mijn moeder heeft sinds enige tijd een knalblauwe Mini.

Op een mooie zomerdag gaan we met de familie naar het strand. Lucas en ik moeten op Iris passen als mijn ouders een eindje willen wandelen. Iris is nu twee jaar oud.

Als mijn ouders gaan wandelen over het strand blijven ze ontzettend lang weg, wel meer dan anderhalf uur. Ik let heel goed op Iris, maar ineens is ze zomaar weg, het is binnen één tel gebeurd. Eén moment ben ik mijn zusje uit het oog verloren en dan is ze verdwenen.

In paniek begin ik te zoeken en barst wanhopig in tranen uit, want ik heb al visioenen dat ze de zee in is gelopen. Ik vraag mijn broertje overal te gaan zoeken en dan begint ook hij van angst te huilen.

Opeens is er een mevrouw op het strand. "Wat is er aan de hand?" vraagt ze verbaasd.

"Ons zusje is kwijt, we moesten op haar letten. Misschien is ze wel de zee in gelopen! Onze ouders blijven zo lang weg," zeg ik half huilend en helemaal in paniek.

"Ik ga wel even mee naar de strandpolitie, je zusje is daar vast en zeker," zegt de vrouw geruststellend tegen me. Wat een aardige mevrouw, ik ben niet gewend dat iemand zo aardig tegen me doet en ze stelt me op die manier gelijk een stuk meer op mijn gemak.

Net op dat moment komen mijn ouders aangelopen. "Wat is er aan de hand?" vragen ze.

"Waar bleven jullie nou, ik was al bang geworden dat er iets was gebeurd?" zeg ik nog steeds half in tranen. "Iris is verdwenen," zeg ik, "en die mevrouw wilde met mij mee naar de strandpolitie om te kijken of ze haar hebben gevonden."

Mijn moeder gaat zelf met mij naar de strandpolitie. Gelukkig vinden we haar daar! Ze is door een mevrouw naar de strandpolitie gebracht, toen ze liep te huilen omdat ze ons kwijt was.

De leraar, meneer de Vries, gebruikt op school het ijzeren zendingsbusje waarmee hij woedend keihard op het blad van de tafel beukt als wij niet luisteren. Met het zendingsbusje gaan wij de deuren langs, om geld op te halen voor het goede doel en als het busje vol zit met muntjes, is het een behoorlijk gewicht. Iedereen in de klas zit stijf rechtop als hij ermee op de tafel beukt en houdt abrupt zijn mond.

Ik hou erg veel van mijn zusje en doe veel spelletjes met haar. Vaak neem ik haar mee naar buiten en speel met haar en de kinderen uit de buurt. Altijd wil ik haar beschermen. Mijn broer maakt continu ruzie met haar, zo klein als ze is. Doodziek word je van dat eeuwige geruzie. Omdat Iris zich niet kan verweren, gilt ze hard als hij iets bij haar doet wat ze niet wil.

Mijn vader zei eens sarcastisch tegen hem: "Lucas is een beetje jaloers op Iris, hè Lucas? Omdat Lucas nu niet meer de jongste is."

"Nah, waar slaat dat nu weer op!" zegt Lucas dan.

Ik ben er erg verbaasd over, want ik weet niet eens wat jaloezie inhoudt, ik herken dat gevoel totaal niet. Daarom was ik ook zo verbaasd toen mijn moeder me een keer vertelde dat ik als peuter in de supermarkt eens een baby met het syndroom van Down, die in de kinderwagen lag, een krabbel had gegeven. Met als kanttekening dat ze niet wist of ik dat nou expres had gedaan of niet. Mijn moeder schaamde zich op dat moment helemaal kapot tegenover de moeder van de baby.

Ik weet wel hoe dingen anders kunnen in het gezin, maar niet onder deze omstandigheden en niet in dit leven, ik kom er niet bij, het is te ver weg, te ongrijpbaar.

Soms zet mijn moeder bruine of groene, plastic knielappen op de broeken van Lucas als ze zijn versleten, dat is mode. Vreselijk lelijk vind ik het.

Zelf draag ik coltruitjes, ik haat het, ze zijn van nylon en het verstikt me gewoon. Ik kan niet tegen de druk op mijn keel, ik loop dan ook altijd aan de col te trekken zodat het gat hopelijk wat uit lubbert en ik wat meer lucht krijg. Als ik zo'n trui aan moet doen krijg ik al kippenvel. Mijn haar wordt spontaan statisch van het nylon en het staat gelijk alle kanten op. Ik kom nauwelijks met mijn hoofd in de nauwe col.

Spijkerbroeken met wijde soulpijpen zijn helemaal in, iedereen draagt ze, ik ook. De mode vind ik niet mooi. Op mijn zwarte lakschoenen ben ik wel trots, die vind ik wel erg mooi.

Vrouwen dragen over het algemeen lange haren met een scheiding in het midden. Een afro kapsel is erg populair bij mensen met kroeshaar. Veel jongens dragen hun haar lang. Snorren en baarden zie je ook veel bij mannen.

Mijn moeder heeft mij gekregen in het jaar 1965, op tweeëntwintigjarige leeftijd. Ze was nog veel te jong, zegt ze vaak tegen me. Ik ben thuis geboren in de flat boven de brillenwinkel, in de Asseltsestraat te Rotterdam. De bevalling van mij verloopt, naar ik weet, conform planning, gewoon zoals het hoort. Ik schijn echter wel een behoorlijke jankbaby te zijn.

Nog geen anderhalf jaar later, in de zomer van 1966, bevalt mijn moeder van mijn broertje. De bevalling van mijn broer verloopt nogal traumatisch, want mijn moeder heeft al heel snel ontsluitingsweeën. Ze mag nog niet persen, omdat de vroedvrouw nog niet is gearriveerd. Als de vroedvrouw er is mag ze gelukkig gelijk persen en is mijn broer binnen no time geboren. Mijn moeder heeft een klein trauma overgehouden aan deze supersnelle geboorte.

Van mijn moeder weet ik dat ze in de tijd dat wij klein waren altijd zo moe was. Ik slaap dan 's middags al niet meer en dat vindt mijn moeder heel erg, want ze is zelf zo moe. Wanneer ik negen maanden ben, krijg ik nog borstvoeding, want dat moet van de zuigelingenzorg en als ik tandjes krijg doet het zogen natuurlijk ontzettend zeer. In die tijd durfde mijn moeder daar niet tegenin te gaan, want je doet wat er tegen je wordt gezegd, zonder tegenspraak!

Mijn moeder vertelt ons dat ze veel meer van mijn zus geniet dan dat ze vroeger van ons heeft genoten. Mijn moeder was dertig jaar toen Iris werd geboren.

Er is weer een vliegtuigkaping geweest, ditmaal van een Brits vliegtuig dat in Tunis is geland. In Nederland en Egypte worden Palestijnse gevangenen vrijgelaten. Intussen is op een topconferentie van de Arabische Liga in Rabat de Palestijnse Bevrijdingsorganisatie PLO erkend als de enige wettige vertegenwoordiger van het Palestijnse volk. De PLO is nota bene een terroristische organisatie.

Door het gereformeerde geloof dat mijn ouders en de kerk verkondigen, ben ik bang geworden voor de zwarte duivel en zijn nare gevolg. Mijn slaapkamer is op zolder en daar hebben mijn ouders een dakraam in laten plaatsen, zodat er wat meer licht is; de kamer is in tweeën gedeeld voor mijn zusje en mij. In mijn kamer zit een grote dakkapel. In de kamer van mijn zusje zit het dakraam, daar zit geen gordijn of rolgordijn voor.

's Avonds, als het donker is, heb ik altijd het gevoel dat de duivel me vanuit het duister door het dakraam met grote, vlammende, helgele ogen bespiedt. Heel snel ren ik het dakraam voorbij. Er zit geen gordijn of iets voor en je ziet alleen een groot zwart gat. Soms kruip ik heel diep onder mijn dekens weg, want dan kan ik het wel uitgillen van angst.

"Ik ben bang dat de duivel naar ons kijkt als het donker is vanuit het dakraam," zeg ik in een onbevangen moment tegen mijn zusje en vervolgens wordt ze ook bang.

Mijn moeder vindt me in- en ingemeen, maar het was helemaal mijn opzet niet geweest om haar bang te maken! Nu voel ik me ontzettend slecht.

Elke zondag gaan we steevast naar de kerk en ik heb er een hekel aan. Ik moet dan braaf in een jurk lopen, mijn zondagsjurk, want dat is netjes en dat hoort en dat vind ik helemaal vreselijk! Ik ga er tegenin, maar er valt niets tegenin te brengen, ook al vind ik dat ik best in een nette broek naar de kerk kan, het mag onder geen beding.

Ontzettend tegen mijn zin in trek ik mokkend iedere zondag die verschrikkelijke jurk aan met daaronder een vreselijke kriebelmaillot. Ik heb een ontzettend droge huid en mijn kriebelende benen krab ik helemaal open van ellende door die kriebelmaillot, waarvan het slappe kruis constant tussen mijn knieën hangt. Ik hijs de maillot continu omhoog. De zondag vind ik de vreselijkste dag van de week. Saai, ongezellig, al die verplichtingen zoals de kerk of een vervelend familiebezoek, en ik mag bijna niets doen.

Soms loop ik te stamvoeten van woede, zo kwaad ben ik om wat ik aan moet! En de lampen beneden gaan dan heen en weer aan het plafond, vanwege mijn geuite ongenoegen. Woest zijn mijn ouders dan op me.

De kerk op zich vind ik totaal geen fijne plek om te zijn, ik vind het er koud, kil en ongezellig. Wel geloof ik dat God bestaat en ik bid heel veel als ik alleen ben. God is mijn enige krachtbron, maar in de kerk voel ik Hem niet. En ook niet zoals Hij wordt afgeschilderd door de kerk.

Als Iris drie jaar oud is, gaat ze naar peuterschool het Dribbeltje. Bij haar in het klasje op de peuterschool zit een Japans jongetje dat Akiyoshi heet, ze vindt hem leuk en is wel een beetje verliefd op hem. Eerst hoort mijn vader haar uit en dan pest hij haar iedere godganse avond tijdens het avondeten onophoudelijk met Akiyoshi.

"Iris is verliefd, Iris is verliefd op Akiyoshi." Hij weet van geen ophouden en lacht zich telkens helemaal kapot. Iris voelt zich hierdoor niet prettig, dat zie ik wel.

Avond aan avond begint hij telkens Iris weer te treiteren over Akiyoshi. Het begint op den duur zeer vervelend te worden. Van tevoren weten we al wat er gaat komen.

Als ik alleen al over een jongen praat of met een jongen speel, ben ik volgens mijn vader gelijk 'verliefd'. Hij pest me er continu mee en ik vind het erg vervelend en gênant. Hij kan dan ook niet meer ophouden met treiteren. Het gevolg is, dat ik niet eens met jongens durf te spelen en al helemaal geen jongen durf uit te nodigen bij mij thuis. Het wordt altijd bespottelijk gemaakt. Ik kan me niet anders herinneren dan dat hij dat doet. Maar nu doet hij het dus ook bij Iris en dat is raar om te ervaren.

3.

Op een dag gaat oma van moederskant met de trein op bezoek bij tante Suzanne en haar gezin in België. Ze raakt plotseling spoorloos verdwaald en is de weg compleet kwijt. Er missen stukken uit haar verhaal en ook uit haar geheugen. Enkele jaren na het overlijden van opa wordt bij oma de ziekte van Alzheimer vastgesteld en al spoedig herkent ze ons niet meer.

Ze komt in een verzorgingstehuis terecht waar ook oom Marc en tante Mathilda nu zitten. We bezoeken hen soms nog wel als we af en toe bij oma langsgaan.

Oom Marc is best dik en draagt altijd een pak met bretels en paft dikke bruine sigaren, dezelfde die opa altijd rookte. Hij is de broer van opa en het geeft me nog een beetje het gevoel van opa als ik dat ruik. Hij lijkt echter niet op opa. De neef van mijn moeder, Ton, mag mijn vader niet en mijn vader vindt hem maar raar.

Tante Mathilda is de zus van mijn oma, ze heeft mooi haar met prachtige zilveren krullen waar mijn oma altijd jaloers op is geweest. Oma heeft haar grijze haren altijd in een knotje gebonden. Mijn vader treitert mijn moeder altijd dat ze dezelfde 'dunne staakjes' als mijn oma heeft, dat zijn de dunne onderbenen. Snappen doe ik dat nooit echt. Zijn eigen moeder heeft echt hele dikke benen, mijn vader noemt dat weer 'dikke stammen'.

Oom Marc, tante Mathilda en opa en oma waren heel vaak samen, ze deden kaartspelletjes, deden een drankje en praatten veel. Ze hadden het altijd erg gezellig, vertelt mijn moeder. Ik begrijp er niets van, want waarom is mijn moeder dan niet zo? Als ze wel weet wat gezelligheid is, kan ze ook niet zeggen dat ze niet beter wist…

Als mijn lieve oudtante Mathilda overlijdt, is oom Marc compleet van slag. Ik vind het vreselijk en huil mijn tranen weg onder de douche, omdat ik me schaam als iemand ziet dat ik erom huil. Mijn moeder heb ik nog nooit zien huilen, na de dood van mijn opa niet en ook niet na de dood van mijn oudtante. Ze overlijdt gelukkig in haar slaap, ik vind het wel een mooie dood als je dan toch mag kiezen… Oom Marc vermagert heel erg binnen korte tijd. Als mijn moeder en ik een keertje bij mijn oma zijn en ik hem zie lopen door het bejaardentehuis, herken ik hem gewoon niet meer terug. Mijn maag knijpt samen, omdat ik zie dat ook de vonk uit zijn ogen is verdwenen, net zoals de zin om nog door te gaan met leven. Hij is een schim geworden van wat hij ooit was. Ze waren erg gek met elkaar, dat kon je gewoon zien.

Ik ging een keer naar de kapper, ik ben in mijn leven misschien twee keer eerder geweest. Ik vraag of ze de puntjes willen knippen, maar de kapster knipt mijn haar helemaal kort in een modern 'Purdey-kapsel'. Ik vind het vreselijk en durf me niet meer te vertonen.

"Laat eens zien," zegt mijn moeder als ik in mijn kamer uit schaamte met mijn hoofd onder mijn dekbed lig. Uiteindelijk laat ik het haar vol gêne zien en moet ze heel hard lachen. "Ja, het is ook wel heel erg kort," zegt ze dan. Sindsdien laat ik het groeien en ga ik niet meer naar de kapper.

Ik vind het ontzettend jammer dat mijn ouders nooit muziek draaien. Soms kijk ik weleens door hun 'riante' platencollectie, maar de enige platen die nog een beetje 'hip' zijn, zijn platen van Frida Boccara, *The Sound of Music*, en *Ja zuster, nee zuster*. Verder zijn het alleen elpees van christelijke koren. Zelf vind ik popmuziek zo ontzettend leuk en gezellig, ik zou het zo leuk vinden als mijn ouders daarvan zouden houden. Popmuziek is echter iets van de 'duivel' volgens mijn moeder.

"Maar waarom dan?" vraag ik.

"Ja, dat is nu eenmaal zo!"

Daar kan ik dan weer helemaal niets mee, van deze onzin begrijp ik totaal niets. Hoe kan muziek nu iets duivels zijn als het in vrolijkheid wordt gemaakt?

De muziek van Boney M. met *Rivers of Babylon*, *Daddy Cool* en *Brown Girl In The Ring* vind ik geweldig. ABBA heeft het

Eurovisiesongfestival in Londen gewonnen met het nummer *Waterloo.*

"De muziek van ABBA vind ik echt helemaal geweldig!" zeg ik tegen mijn ouders.

"We weten nog zo goed dat je een paar jaar geleden gezegd hebt dat je popmuziek nooit leuk zou gaan vinden," zeggen ze smalend.

"Ik bedoelde dat ik niet van echt harde hardrockmuziek hield."

Ze begrijpen met geen mogelijkheid wat het verschil is tussen hardrock, soul of discomuziek. Het lijkt wel of alle popmuziek 'duivels' is!

Lucas en ik zitten op judo en gaan er elke vrijdagavond naartoe. We zitten in totaal met drie meisjes op judo, de rest is jongens. In al die jaren heb ik de bruine band gehaald.

Op een dag moet ik met dikke Japie oefenen. We moeten schijnbewegingen maken met de arm of het been en dan vlak voor het lichaam stoppen. Alleen ik stop net te laat, ik maak een schijnbeweging met mijn been en trap met mijn voet hard midden in zijn ballen. Ik voel de dikke, weke massa onder mijn tenen blubberen. Oh, dikke Japie heeft het niet meer van de pijn en schreeuwt het uit. Ik heb wel met hem te doen, maar moet ook wel lachen van de zenuwen, ik had geen idee dat het zo'n pijn kon doen. Gelukkig is het goed gekomen, volgens mij viel hij bijna flauw.

Iedere dinsdagavond gaan we naar zwemles, ik ga voor mijn D-diploma, zwemvaardigheid twee, maar heb moeite met de zweefduik. Hoe ik ook oefen, het lukt me niet om de zweefduik uit te voeren zoals het moet.

Ook ga ik wekelijks naar piccolo les, ik zou naar het conservatorium kunnen, maar dat wil ik niet. Materieel gezien hebben we helemaal niets te klagen.

Er woont een joods meisje bij ons in de buurt. Naomi heet ze. Mijn moeder geeft haar les op de openbare basisschool. Ik praat weleens met haar en vind haar erg aardig. Ik ben geïntrigeerd door het jodendom en vraag mijn moeder waarom de joden anders aankijken tegen de Bijbel dan de christenen en wat het verschil precies is.

"Ze hebben Christus vermoord, dit wordt door veel christenen beweerd, maar dat is niet zo, want dat hebben de Romeinen gedaan," zegt ze.

"Waarom geloven ze alleen in het Oude Testament en waarom niet in het Nieuwe Testament?" Ik wil alles weten.

"Ze geloven niet dat Jezus de Messias is."

Dat fascineert me bijzonder.

Meer kan ze er niet over zeggen.

Het valt me op dat Naomi altijd wel wat voorzichtig lijkt, vooral als ik haar vragen stel over het joodse geloof. Dat vind ik jammer, want ik wil er wel meer van weten.

Marcella is mijn piccolovriendinnetje, ze zit ook bij mij op school en soms speel ik met haar buiten op straat, maar ze komt niet zo heel vaak buiten. Zij hoeft niet verplicht te oefenen met fluiten, ik wel. Soms fluit ik met mijn raam open en dan hoor ik haar ook fluiten. Ze woont een paar huizen verder. Af en toe kom ik bij haar thuis. Ze mag altijd twee koekjes bij de koffie, TWEE! Als ze me nog een koekje aanbiedt, durf ik bijna niet te nemen, omdat ik bang ben dat haar moeder dat niet goed vindt, maar dat vindt ze wel goed. Het lijkt of haar moeder mij niet mag, ik weet het niet, maar zo'n gevoel heb ik toch. Ik ben voor iedere moeder wat huiverig, maar mijn vriendinnen gaan altijd heel anders met hun moeder om dan ik met mijn moeder, valt me op.

Lucas is opgepakt wegens winkeldiefstal bij V&D, hij is overgedragen aan de recherche en heeft een winkelverbod voor twee jaar, hij mag niet meer in de V&D komen. Ongelooflijk hoe stom dat is.

Uit de uitslag van de Cito-toets die ik heb gedaan is mavo/havo gekomen en ik ben zelf diep teleurgesteld. Mijn ouders willen me naar de christelijke mavo in Bilthoven doen. Ik wil het niet! Ik ben geen mavo-kind, zo heb ik me nooit gevoeld! Ik kan het niet eens uitleggen, zoals ik niets kan uitleggen aan ze. Het lijkt wel of ik een totaal onvermogen heb om me aan ze uit te drukken. Er wordt nooit naar me geluisterd, misschien is dat de reden dat ik het niet kan.

"Je kunt kiezen: of je gaat naar de christelijke mavo in Bilthoven of je gaat naar de christelijke scholengemeenschap in Zeist en je doet de mavo/havo-brugklas," zeggen ze uiteindelijk.

"Dan kies ik voor de mavo/havo-brugklas." Maar ik voel me zwaar beroerd, het lijkt of de school helemaal niet bij me past, het voelt er niet goed.

Een keer zijn we aan het zwemmen en ik zwem onder water. Plotsklaps raak ik op een of andere manier onder water ergens verstrengeld in een rooster met de uiteinden van mijn bikinihesje en kom niet meer los. Ik raak hevig in paniek, maar het lukt me niet om los te komen, ik heb geen lucht meer!

Ik spartel en probeer los te komen, ik raak nog meer in paniek. Dan ineens krijg ik een soort berusting over me en lijk ik langzaam weg te zakken. Zo voelt het dus om dood te gaan, denk ik op dat moment. En het voelt goed om alles te laten gaan. Dan, op een gegeven moment, raak ik zomaar ineens los en kan ik weer naar boven zwemmen. Ik hap naar lucht. Het is een erg indringende ervaring.

Als ik twaalf jaar ben, ben ik samen met Lucas aan het fietsen langs het spoor. Het pad waarop we fietsen is een grindpad. Op een gegeven ogenblik fiets ik te hard over het grind en bij een bocht ga ik hard onderuit. Keihard val ik op mijn knieën en gil het uit van de pijn. Mijn knieën bloeden lelijk en er zitten allemaal steentjes in. Achterop de fiets van Lucas gaan we terug naar huis.

"Kan ik vanavond nog naar zwemles denk je?" vraag ik mijn broertje.

"Nou dat denk ik niet," zegt mijn broertje. Dat vind ik heel erg, want dan zie ik Nico niet, daar ben ik een beetje verliefd op. Lucas is trouwens verliefd op Yvon, zij zit ook op zwemles.

Mijn moeder brengt me naar het ziekenhuis.

"Dat moet gehecht worden," zeggen ze.

Als ik dat hoor begin ik onbeheerst te gillen, want ik herinner me de verhalen van mijn vader. Hij heeft een kram in zijn kin gehad en dat was zo vreselijk pijnlijk, zegt hij altijd.

"We moeten je knieën even schrobben," zeggen ze.

Dan begin ik nog harder te gillen, ik zet een keel op van angst. Schrobben?

Uiteindelijk hechten ze het niet. Nadat ze een voor een de steentjes uit mijn knie hebben verwijderd en het hebben schoongemaakt, doen ze er een dik verband om. Mijn knieën kan ik niet meer buigen, dat is een beetje onhandig.

Natuurlijk kleeft het verband constant aan de open etterige wond. Als oplossing week ik het er stiekem af met water als ik in de douchecel sta. Mijn knieën zijn helemaal stijf en het duurt wel twee weken, voordat ik weer normaal kan lopen.

De sjah van Perzië is door het Islamitische regime afgezet en met zijn familie naar Egypte gevlucht. Iran is een islamitische republiek geworden en ayatollah Khomeini is nu aan de macht gekomen. Ik kan me niet voorstellen dat de vrouwen nu gesluierd moeten lopen in een land dat zo modern en westers was. Echt vreselijk lijkt het me om weer helemaal terug naar af te moeten. Heel fascinerend, hoe dit heeft kunnen gebeuren in een modern land.

In de zomer van 1979 verhuizen we naar een straat achter onze huidige straat. Het is een brede laan, ik vind het er niet gezelliger op geworden. Een zestal jongens, die bij mijn vader op school in zijn klas zitten, helpen ons met verhuizen tegen een zacht prijsje en wat biertjes. Het huis waar we in gaan wonen is een hoekhuis en van net na de Tweede Wereldoorlog. Het is een donker, koud en naar huis. Het mag dan groter zijn dan ons vorige huis, maar ik vind het geen vooruitgang. Er hangt een vervelende, kille, donkere sfeer in dit huis. Als ik door de voordeur binnenkom, voel ik direct de ongelofelijke kilte en gaan al mijn haren recht overeind staan.

We hebben een oprijlaan en aan het eind daarvan bevindt zich de garage, die als opslagruimte wordt gebruikt. Aan de achterkant van het huis hebben we een vrij grote tuin, deze is van de oprijlaan afgeschermd door een muur, waar een deur in zit. De tuin ligt op het zuiden en is vrijwel overal afgeschermd, van beneden kan je in ieder geval niet de tuin inkijken, wel vanaf boven.

Tijdens de zomermaanden help ik mijn moeder zo vaak mogelijk met het opknappen van het huis. Mijn moeder doet voornamelijk het meeste werk in huis. Zij doet veel zware klussen in haar eentje, zoals behangen, verven, het parket schuren en het donkere parket helemaal in de lak zetten.

De woonkamer is twaalf meter lang. Het donkere mahoniekleurige parket doet erg somber aan en geeft de kamer een extra schimmige sfeer. De muren zijn behangen met bruin- beigeachtig rauhfaserbehang. In het zitgedeelte staat een plompe, donkere eikenhouten tv-kast en er staan donker eiken bijzettafels. De salontafel bestaat uit ingelegde oranjeachtige plavuizen, die uit een oude kerk komen, met een donker eiken omlijsting en logge zware poten. Ik vind de tafel afschuwelijk lelijk. Boven de salontafel hangt een dure antieke lamp met een scherpe punt. In het eetgedeelte staat een donker gefineerde buffetkast met witte deuren. In het verlengde van de hoek van de kamer staat een mahoniehouten secretaire.

Aan de muur hangt een koperen Franse antieke Lodewijk XIV-klok, met een geweldige koperen klepel, die om het halfuur veel te hard en schel slaat. Op het hele uur en drie minuten hoor je de schelle slagen van het uur. Mijn vader heeft er een kleefbandje achter geplakt, zodat je de slagen niet meer zo indringend hoort. De klok is vreselijk protserig, maar heeft wel 2.500 gulden gekost. Er hangt nog een kleinere antieke donkerhouten stationsklok aan de muur, ter waarde van 1.800 gulden, die vind ik wel mooi.

De donkerhouten gefineerde eetkamertafel en stoelen met geelachtige leren bekleding hebben mijn ouders overgenomen van oom Chris, die is gescheiden van tante Monique. Tante Monique is vreemdgegaan met een ouwe vent, zeggen ze. Het was een hele mooie vrouw met lang donker haar. Mijn opa heeft haar voor straf van alle bestaande foto's afgeknipt. Uit de meeste foto's heeft hij haar hoofd of haar profiel geknipt. Het is heel raar om alleen mijn oom op de foto's te zien, als we oude foto's bekijken.

"Je mag kiezen of je de slaapkamer op zolder neemt of de slaapkamer op de tweede verdieping aan de achterkant van het huis," zegt mijn vader.

Aangezien deze kamer tegenover de slaapkamer van mijn ouders ligt en er alleen een trap tussen zit naar de zolder toe, zeg ik: "Ik wil graag de zolderkamer kiezen." Dan ben ik tenminste zo ver mogelijk bij ze vandaan.

"Je mag zelf het behang uitkiezen voor je kamertje," belooft mijn moeder.

Daar verheug ik me enorm op. We zouden in het weekend naar de winkel gaan om behang te gaan kopen. Wat schetst mijn verbazing: als ik uit school kom, staan er allemaal rollen behang voor de overloop en voor mijn kamer. Ze hebben dus blijkbaar toch maar gewoon zelf behang gekocht. Het is totaal mijn smaak niet en ik ben diep teleurgesteld.

"Ik dacht dat ik het behang zelf uit mocht kiezen?" vraag ik getergd.

"Dat weten we, maar gezien het feit dat we dit behang voor de overloop hebben uitgekozen en het in de aanbieding was, hebben we het maar gelijk meegenomen voor jouw kamertje."

"Ik vind het behang helemaal niet mooi."

"Je moet je niet aanstellen, want zo lelijk is het behang nou ook weer niet." Punt uit.

Een schreeuw zit vast vanuit mijn diepste binnenste en blokkeert de rest van mijn levensstroom. De schreeuw begint ter hoogte van mijn maag en blijft hangen als een brok in mijn keel, ze kan niet naar buiten, ontneemt me de lucht en het beheerst mijn leven. Net of er met een vuist in mijn maag is gestompt en me daardoor de adem is ontnomen.

Het verdriet heb ik allemaal ingeslikt. Ik had een ander leven verwacht dan het leven dat ik leid. Het rare is dat ik precies weet hoe een vader of een moeder zou moeten zijn. Alleen het is er niet. Juist daarom is het gebrek hieraan zo groot, omdat ik het weet. Lelijk voel ik me, lelijk en zo ontzettend dom, een nul.

Expres heb ik de muren van mijn kamertje met posters 'behangen' over het spuuglelijke uitverkoopbehang heen.

Mijn interesses zijn grotendeels veranderd; ik luister veel muziek, vooral naar disco en soul. Ik hou van zingen en schrijf veel in mijn dagboek of schrijf gedichten. Ik vind het leuk om naar films te kijken en dagdroom veel. Mijn interesse ligt in het lezen van boeken en dan met name met psychologie als onderwerp. Ik hou ervan om te filosoferen, met kinderen te spelen en te dansen. Ik ben spiritueel en wil de wereld verbeteren.

Ik doe tot aan allerhande klusjes voor anderen waar ik wat centjes mee kan verdienen, zoals koper poetsen, op kinderen passen, honden uitlaten, schoonmaken, auto's wassen, voor een makelaar stickers op enveloppen doen en brieven vouwen, noem het maar op. Vaak bel ik gewoon bij mensen aan om te vragen of ze een klusje voor me hebben en dat gaat goed.

Veertien ben ik, maar voel me ouder, misschien omdat niemand me begrijpt, vooral mijn ouders niet... Ruzie met mijn moeder over futiliteiten zijn ineens aan de orde van de dag, O God, ik ben zo ongelukkig! Altijd wordt er op me afgegeven, ik kan het zo niet langer aan. Ik ben een erg gevoelig meisje.

Mijn vader leest de krant in de huiskamer, mijn moeder is eveneens in de huiskamer en vraagt of ik mijn horloge van boven wil halen. Nadat ik dat heb gedaan, vraag ik aan Iris waar onze moeder is gebleven: "Boven."

"Mam!" roep ik.

"Ja meid, wat is er nou weer?" antwoordt ze kattig.

Ik zwijg.

"Hou je grote bek wijf," sneert mijn vader plotsklaps tegen me, vanuit het niets.

"Dank je pap," zeg ik.

Moeten ze daar nu weer zo'n drama van maken? Op dit moment heb ik een hekel aan mijn ouders. Ik vlucht naar mijn kamer om daar in tranen uit te barsten.

Het karakter van mijn moeder is kil, heel erg kil. Het lijkt net of ik niet besta voor haar. Ik word genegeerd en het is allemaal zo liefdeloos. Het vreemde is, dat mijn moeder veel sociale contacten heeft en met veel mensen praat, alleen niet met haar dochter.

Uiterlijk gezien is het best een redelijk mooie vrouw. Ze heeft kort donkerblond, ietwat slap haar waar ze wat volume in brengt door het te föhnen. Verder heeft ze blauwgroene ogen en sproetjes over haar hele gezicht. Ze heeft een fijn gezicht en haar neus staat ietsje scheef. Iedereen zegt altijd dat ik op haar lijk, vooral de ogen, dat vind ik vervelend, want ik wil niet op haar lijken. Ze is niet zo lang, ze is 1.60 meter en heeft maat 38. Ze ziet er goed geproportioneerd uit. Ze draagt vaak zelfgemaakte kleding, waaronder de veel gedragen grof geruite plooirokken waar ik niet van hou.

Mijn moeder werkt als lerares op een basisschool. Ze praat wel met andere kinderen en toont dan interesse, maar ze praat niet met mij. Hoe ik ook hoop dat ze met me gaat praten, hoe ik ook hoop dat ze aan me vraagt hoe ik me voel of hoe mijn dag was, het gebeurt niet. Elke dag blijf ik hopen, tegen beter weten in. Als ik dan geen lichamelijke warmte krijg, dan zit er misschien nog iets geestelijks in. Op bepaalde vlakken moet ze toch veel geduld hebben, bedenk ik me altijd, anders kan ze dit werk toch niet doen. Ze heeft echter geen band met mij, lijkt het. Ik voel haar niet, ze hoort mij niet, ziet me niet staan, eigenlijk heb ik het eerder nooit zo goed beseft. Er was altijd al een soort leegte in mij en deze leegte is steeds meer aanwezig en ik word me er pijnlijk steeds meer van bewust.

Als ik naar de brugklas ga, krijg ik een afschuwelijke, degelijke, diarreekleurige leren tas van mijn ouders. Ik schaam me er verschrikkelijk voor en hij was nog duur ook, maar totaal uit de mode. Het blijkt dat ik allemaal achten moet halen om na het brugklasjaar naar de havo te kunnen gaan. Ik vind school saai, oersaai, alles wordt tot in den treure uitgekauwd en voorgekauwd en je moet alles maar gewoon overpennen. We moeten alles maar voor zoete koek slikken wat de leraar vertelt. Het lukt me doodeenvoudig niet om mijn aandacht bij de lessen te houden. Ergens voel ik ook een soort weerstand. Me concentreren op het huiswerk lukt ook niet goed, ik voel me niet lekker in mijn vel.

In de bioscoop heb ik de film *Grease* gezien, het is een echte rage, evenals de filmmuziek! John Travolta met zijn vetkuif en Olivia Newton-John zijn 'je van het'. De jongens proberen hun kapsel net zo te doen als John Travolta en de meiden net als Olivia. De discomode is helemaal in en dat vind ik een stuk leuker dan de eerdere mode. De kleding is strak en elastisch geworden in reflecterende kleuren, met veel glitter.

Voor de zomer heb ik een witte blouse met een lange rok in allerlei fluorescerende vlakken en daaronder draag ik roze, plastic sandalen met sokken à la Olivia Newton-John. Mijn moeder heeft de gekleurde rok en de witte blouse met kleine, glimmende balletjes gemaakt. Dit keer ziet de zelfgemaakte kleding er goed uit en met mijn veertien jaar voel ik me helemaal hip.

Mijn haar draag ik nu ook zoals de laatste mode, het valt tot op de schouders en ik heb een doorgeknipte pony.

Nog steeds speel ik veel buiten, als ik maar weg ben thuis en de vrijheid heb.

Nadia is mijn overbuurmeisje, ze heeft de ziekte van Pfeiffer. Haar ouders en zij komen ook in de kerk. Vroeger kwam ze nog weleens naar buiten, maar nu heeft ze nergens meer zin in. Soms kom ik bij hen aan de deur om te vragen of ze iets wil doen en dan doet haar vader open, maar ze heeft nergens zin meer in. Het is een rare gewaarwording, ze is vreselijk mager geworden. Ik vind het erg zielig voor haar.

Natasha is een lief Engels-Indisch meisje van acht jaar dat graag met ons wil spelen. Ik betrek haar bij de spelletjes en soms gaan we naar haar moeder, daar drinken we dan iets en kletsen we wat. Haar moeder is gescheiden. Ik pas altijd goed op Natasha, want ze moet de Nederlandse taal nog leren. Ze is erg gek op me. Soms pas ik op haar, als haar moeder weg moet.

Af en toe gaan we met het gezin naar het zwembad om daar vrij te zwemmen. Al vrij vroeg in mijn leven heb ik leren zwemmen. Met drie jaar zat ik al op zwemles en met mijn vierde had ik mijn A – diploma al. Ik kan me nog goed de stang herinneren, met de grote ijzeren haak waar de badmeester mee in zijn handen stond. De haak ging om mijn buik als ik iets naar onderen zakte in het diepe. Ik had een ontzettende hekel aan die gemene harde haak, het voelde vreselijk hard om mijn buik. Het heeft er wel voor gezorgd dat ik supersnel heb leren zwemmen en maar twee keer aan de haak heb gezwommen. Ik deed er alles aan om te voorkomen dat ik nog eens door die grote harde haak werd gegrepen.

Als we in het zwembad zijn, heeft mijn vader de hinderlijke gewoonte om stiekem mijn hand vast te pakken. Als ik me dan los probeer te wurmen, lukt dat niet. In de tussentijd voel ik mijn hand langzaam warm worden, tegelijkertijd ligt hij helemaal in een deuk van de lach. Hij vindt het erg grappig om mijn hand tegen zijn zwembroek te houden, om vervolgens tegen mijn hand te pissen.

"Laat me los, laat me los!" gil ik en ben dan zo kwaad, echt woedend op hem! Hij komt niet meer bij van de lach. Ik vind het helemaal niet grappig, alleen maar smerig en uiteindelijk weet ik mijn hand los te rukken.

Tijdens mijn kleutertijd woonden we in een eengezinswoning in het plaatsje Pieterburen, het ligt in het noorden van Nederland. Mijn vader werkte daar als leerkracht op een lom-school.

Op een dag was mijn eigen vader verkleed als Sinterklaas en bedacht zich dat het wel leuk zou zijn om ook thuis even langs te gaan in deze kledij. Samen met Zwarte Piet kwam hij binnen. Drie jaar oud was ik en ik vond Sinterklaas zo eng, ik moest niets van hem weten. Zwarte Piet vond ik ook een beetje eng, maar hij was zo lief tegen mij dat ik in een mum van tijd bij hem op schoot zat. Vanzelfsprekend wist ik op die leeftijd nog niet dat mijn vader de Sinterklaas was.

Een jaar later speelde mijn vader nogmaals Sinterklaas. Mijn eigen moeder herkende hem zelfs niet, zo goed hadden ze hem geschminkt. Er was echter één ding dat me opviel, zijn schoenen. Ik zag dat het niet klopte en toen besefte ik dat het mijn vader was.

Toen ik dit 's avonds tegen mijn ouders zei, dat de Sint mijn vader was, ontkenden ze dit stellig. Later kwam ik er nogmaals op terug en zei dat het niet klopte, ik wist dat papa de Sinterklaas was en dat ik heel zeker was, omdat ik het aan zijn schoenen had gezien. Mijn ouders keken elkaar aan en konden uiteindelijk niet anders dan toegeven.

Van jongs af aan voelde ik me minder dan mijn jongere broertje. Hij was altijd schattiger, leuker of grappiger. Zelf was ik een dodelijk verlegen kind. Ik vond het niet leuk om zo vreselijk timide te zijn. Niet wetende hoe ik me moest gedragen tegenover volwassenen. Het voelde ook verschrikkelijk onveilig als een 'groot mens' iets aan me vroeg. Met dit probleem werd ik niet geholpen, ook al wilde ik dat ontzettend graag. Ik weet ook niet waarom ik die dodelijke verlegenheid had, het enige dat ik weet is dat ik altijd bang ben geweest voor volwassenen. Nu begin ik uit mijn schulp te kruipen, want ik wil niet meer zo verlegen zijn. Dat wordt echter niet erg gewaardeerd door mijn ouders.

Op een zondag zit ik op mijn kamer en verveel me. Ik luister naar een amateurzender op de radio, uit Bilthoven. Er zijn ontzettend veel amateurzenders en ze hebben leuke muziek. Je kunt ook een plaatje aanvragen voor iemand die je kent, dat is soms wel leuk om te doen. Het is vooral leuk om te luisteren, want soms belt er iemand op die je kent en die komt dan in de uitzending.

Het is vies weer, het regent. Vanmorgen ben ik naar de bibliotheek gegaan, ik had mijn vaders paraplu even meegenomen. Ik heb er weer eens erg voor op mijn flikker gehad. Ook heb ik de garagedeur te hard dichtgesmeten, omdat ik zo woedend was, nu is er een barst in het hout gekomen. Het komt allemaal door mijn ouders en die ruzies, vandaar dat ik in zo'n rotbui ben.

Ik verlang naar een lieve vriend waarmee ik kan praten, misschien ontmoet ik hem nog wel. Ik heb me voor de vakantie opgegeven voor een club waarbij je aan allerlei activiteiten deel kan nemen. De laatste dag is er een film en Nico, een jongen die ik ken en wel aardig vind, is er ook. Het is een duffe film en ik vraag aan de jongen hoe laat het is. Hij komt steeds dichter naar me toegeschoven en slaat zijn arm om me heen.

"Niet doen, iedereen ziet het hier en ik heb er geen zin in!" zeg ik.

"Ach joh, wat geeft dat nou?" zegt hij en hij geeft me een fikse klapzoen zodat iedereen naar ons kijkt.

Ik schaam me rot en zeg: "Kap nou toch!" en duw hem van me af.

Het is inmiddels augustus 1979. We zijn al een week met het gezin in Zuid-Frankrijk. We zitten ergens in een verlaten gat in Coubon. We verblijven in een huisje dat mijn ouders voor een maand hebben gehuurd van een particulier. Hij stinkt vreselijk uit zijn mond naar knoflook en nog een vleugje van iets anders onaangenaams. Ik vind er geen barst aan om in zo'n klein gat te zitten, er staan acht huizen en er gaat een doorlopende weg doorheen.

Mijn ouders, met wie ik elk moment overhooplig, willen telkens naar een klein strandje aan de rivier de Loire. Daar zijn ontzettend veel dikke prikkende vliegen en er zijn amper mensen. Die vliegen op je lijf zijn echt vreselijk! Soms gaan we eens naar een ander dorpje en dat vind ik dan ook het enige leuke. De muziek hier loopt eeuwen achter op de radio, je hoort praktisch alleen maar Franse chansons.

"Linda, ga je mee?" schreeuwt mijn moeder.

"Waarnaartoe?" vraag ik.

"Eindje wandelen!" schreeuwt mijn moeder naar boven.

"Geen zin in," zeg ik onverschillig.

"Ow meid, jij hebt ook nooit ergens zin in!" schreeuwt ze verwijtend.

"Oh, stom wijf, houd je bek toch," mompel ik zachtjes.

"Wat zei je?!" Mijn moeder stormt naar boven en trekt hardhandig aan mijn haar. Pats!! Een slag in mijn gezicht, die kan ik krijgen.

"Doe toch normaal," zeg ik verschrikt.

"Wat heb je je weer opgedirkt!" gilt mijn moeder uit.

"Ik mag er toch zeker zelf bij lopen hoe ik wil," zeg ik verontwaardigd.

"Je zoekt het maar uit!"

"Vind ik ook." Ruzie, ruzie, eeuwige ruzie.

De deur valt knalhard achter haar dicht. Ik kan mij niet goed houden en tranen van ellende en verdriet stromen over mijn wangen. Waarom moeten er toch altijd ruzies en zoveel onbegrip zijn? Ik zal blij zijn als ik naar zomerkamp ga, dan ben ik een week van ze af.

Lucas en Iris mochten op vakantie in Frankrijk een cadeautje uitzoeken, een kleinigheidje.

"Mag ik een popmagazine kopen?" vraag ik als we op de terugweg weer in Nederland zijn.

"Ik vind het niet leuk van je dat je dat vraagt," vit mijn moeder daarop.

"Het hoeft al niet meer."

"Hier pak an." Ik krijg 5 gulden in mijn hand gedrukt. "En koop er gelijk een blad voor mij bij," kat ze.

"Nee, het hoeft niet meer," zeg ik mat.

"Ja, schiet op!" grauwt ze, dus voel ik me weer ontzettend bezwaard.

Met mijn broer, Pierre, een vriend van hem, en Jolanda, een vriendin van mij, gaan we een week naar een christelijk zomerkamp op Vlieland. Zo christelijk is het niet, we merken er weinig van, waarschijnlijk tot grote spijt van mijn ouders. Van een jongen krijg ik een hangertje waarop *Kiss* staat, genaamd naar de groep Kiss. *I was made for loving you* is een gigantische hit en ik vind het zo'n fantastisch nummer!

Tijdens het verblijf in het kamp word ik stapelverliefd op een jongen, Anton genaamd.

Hij is lang, heeft donkerblond haar en prachtige blauwe ogen. Er is een meisjeszaal en een jongenszaal en 's avonds mogen we naar elkaar toe. Anton vraagt me om een nachtzoen, maar ik durf het niet.

"Jawel, dat durf je vast wel," zegt hij. En dan doe ik het wel en er volgt een diepe omhelzing.

"Ik heb helemaal niet gemerkt dat je me leuk vond," zeg ik.

"Oh jawel, ik heb de hele tijd achter je aan gelopen," zegt hij.

"Oh, ik heb er niks van gemerkt."

Er hebben zich al meer paartjes gevormd en ik weet niet hoe ik het Jolanda moet vertellen, want zij is nogal preuts. Jolanda heeft een keer tegen me gezegd dat ze een jongen geen tongzoen zou geven, omdat ze dat vies vond en dat vind ik zo raar, maar dat zeg ik haar maar niet.

Anton en ik zijn constant bij elkaar in de buurt en bij elkaar in de groep. Maar het is allemaal te mooi om waar te zijn. De droom is alweer snel afgelopen en ik moet terug naar huis. Meer dan zoenen hebben Anton en ik niet gedaan. Het is voor het eerst dat ik in de gaten krijg dat ik helemaal niet lelijk ben, zoals ik me altijd heb gevoeld. Er blijken meerdere jongens te zijn die me leuk vinden.

Het afscheid nemen is een complete ramp, het is vreselijk na die fijne dagen. Aan één stuk door huil ik en Anton en ik beloven elkaar stellig om elkaar te schrijven. Hij woont helemaal in Zeeland en ik in Utrecht. De zuigzoen zit nog in mijn nek, een kort romantisch aandenken.

We komen aan in Zeist met de trein en daar haalt mijn vader ons op met de auto.

"En, hoe is het geweest?" vraagt hij.

"Onwijs gaaf!" zeggen wij.

"Wat is dat voor plek in je nek?" vraagt hij autoritair en onderwijl wijzend op de zuigzoen die daar zit.

"Oh, m'n kettinkje schuurde langs mijn hals," zeg ik ongemakkelijk.

Mijn vader kijkt bedenkelijk en trekt een misprijzend gezicht, het lijkt of hij het niet gelooft.

Thuisgekomen lijkt het of ik weer wat beter met mijn ouders kan opschieten, wat altijd het geval lijkt als ik ze een tijdje niet heb gezien. Uiteindelijk besluit ik maar te vertellen dat ik een vriendje heb. Mijn vader is de eerste die ik het vertel.

"Papa, ik heb een vriendje opgedaan in het kamp." Hoe naïef van mij dat ik kan denken dat hij het leuk voor me zou vinden.

Hij reageert furieus! "Wat? Daar ben ik het niet mee eens! Jij bent te jong voor 'vaste verkering' (zoals mijn ouders het noemen). Je moet het afkappen met Anton."

Eerst trekken ze alles uit me en ik vertel ze eerlijk wat er is gebeurd, wat dus eigenlijk niets is, want ik heb alleen gezoend. Vervolgens reageren ze echter alleen maar negatief.

"Je schrijft hem geen brieven meer begrepen?" gebiedt mijn moeder me de volgende dag.

"Waarom niet?" vraag ik.

"Omdat je nog veel te jong bent voor vaste verkering!" is haar stugge antwoord.

"Vaste verkering, pff wat een belachelijk woord!" roep ik vol onbegrip uit.

"Nou, ik wil in ieder geval niet dat je nog contact met hem hebt!" commandeert mijn moeder me.

De afstand tussen Anton en mij is ontzettend groot, hij woont helemaal in Zeeland! Ik mag echter totaal geen contact meer met hem hebben, op wat voor manier dan ook. Ik mag hem nooit meer zien en we mogen telefonisch geen contact hebben. Het is belachelijk dat we zelfs geen brieven aan elkaar mogen schrijven! Waarom niet, wat is daar verkeerd aan? Natuurlijk heb ik Anton wel een brief geschreven en een dag later heb ik al een brief van hem teruggekregen.

Wat blijkt nu? Mijn vader heeft de moeder van Anton opgebeld om te vertellen dat Anton mij geen brieven meer mag sturen! Ik schaam me helemaal dood. Ik heb sterke vermoedens dat mijn vader andere brieven heeft onderschept die Anton aan mij heeft geschreven.

Er is binnenkort een reünie van het kamp en ik mag er niet naartoe! Vreselijk vind ik het, want in de brief die Anton me heeft geschreven, en die ik wel heb ontvangen, heeft hij me gevraagd of ik naar de reünie kom.

Nooit vragen mijn ouders me iets, het eerste wat bij mijn vader in zijn gedachten schiet is, dat ik met Anton naar bed ben geweest. Ik wil zelf niet eens met een jongen naar bed, ik heb er nog niet eens aan gedacht! Bah, wat een stelletje misbaksels zijn mijn ouders, ik zorg er wel voor dat ik mijn eigen boontjes kan doppen. Hoe kwetsend is dit voor me, dat mijn eigen vader totaal geen vertrouwen in me heeft.

Op de dag dat de reünie is, viert mijn vader zijn verjaardag.

"Mag ik alsjeblieft naar de reünie?" vraag ik.

"Absoluut niet, daar is geen sprake van!" zegt mijn vader dominant.

Ik heb er de moed niet voor om stiekem toch te gaan. Hierdoor heb ik een hekel aan mijn ouders. Urenlang zit ik op mijn kamer te dromen over hoe het zou zijn geweest. Dan komen weer de tranen en kan ik soms niet meer ophouden met huilen. Ook al doe ik make-up op, het blijft zichtbaar dat ik heb gehuild. Ik heb er gewoon de moed niet voor om Anton nog te schrijven, zo bang ben ik voor hem, mijn eigen vader.

Ik voel me vreselijk ellendig en wil Anton proberen te vergeten, omdat het niet anders kan, maar het lukt me niet. Helemaal ziek en kapot ben ik ervan, ik kan nergens anders meer aan denken. Mijn hart is compleet gebroken. Het gevolg is dat ik slechte cijfers op school haal, want mijn gedachten zijn er totaal niet meer bij.

Het is inmiddels weken later en ik ben helemaal leeg en kan niet meer huilen. Ik voel me volkomen geïsoleerd van de buitenwereld. Aan de buitenkant en voor de buitenwereld ben ik het aardige, mooie poppetje, maar binnenin zijn er de opgekropte gevoelens. Is er de woede jegens mijn ouders.

Krampachtig zet ik mijn gedachten op andere jongens om mijn geliefde Anton te kunnen vergeten, want ik kan hem niet vergeten. Ergens probeer ik die warmte en liefde vandaan te halen die ik thuis zo verschrikkelijk mis. Soms wil ik het wel uitschreeuwen en gillen van woede en onmacht, maar ik beheers me, zij het met moeite. Met mijn gedachten ben ik vanbinnen nog steeds bij mijn geliefde vriendje. Ik heb constant ruzie met mijn ouders, het gaat gewoon niet meer thuis.

Mijn ouders zijn al vanaf dat ik geboren ben, bevriend met oom John en tante Ria. Zij hebben twee dochters, Nicole en Jacqueline, ze zijn in de leeftijd van Lucas en mij. Ze hebben nog een nakomertje, een klein zoontje van twee jaar, en dan hebben ze nog twee wat oudere geadopteerde kinderen, Karel en Jantine. Ik vind het een ontzettend leuk en gezellig gezin en mag ze erg graag. Van mijn ouders hoor ik dat er weleens problemen zijn met Karel, hij is een jaar of achttien. De precieze reden weet ik niet.

Tante Ria heeft gevraagd of ik in de vakantie een weekje bij hen in Gorinchem kom logeren. Met veel plezier zeg ik toe. Ze nemen me een keer mee naar de bloemenveiling en naar de vee-arts, waar ik een kalfje geboren zie worden. Van tante Ria mag ik wijn drinken en ze leert me een sigaret te roken. Op zondag ga ik met oom John mee naar de katholieke kerk, die ik veel mooier vind vanwege alle pracht en praal, en als ik er zin in heb, dan kniel ik even op het voetenbankje voor mij. Ik weet niet wat me overkomt, het is er zo gezellig! Iedereen praat er met elkaar en ook met mij wordt er gepraat.

Dan vertel ik ze op de laatste dag, tijdens een glaasje wijn, hoe het bij mij thuis is en tegen welke problemen ik aanloop. Tante Ria is erg lief voor me en het lijkt of ze het begrijpt. Voor het eerst in mijn leven heb ik het idee dat ik word begrepen.

Als mijn ouders me komen ophalen, ontstaat er een ruzie tussen tante Ria en mijn ouders, wanneer ik al in de auto zit. Waarover het gaat weet ik niet. Ik weet alleen dat tante Ria iets zegt van: "Moeten jullie nodig zeggen met de problemen die je dochter heeft met jullie!"

Mijn moeder is ontzettend pissig dat tante Ria mij heeft leren roken. Tante Ria heeft me nog een grote foto gestuurd van Iris en mij op straat, die heeft ze speciaal laten maken door een fotograaf. Daar ben ik erg blij mee.

Het contact tussen mijn ouders en hen is vanaf dan echter voorgoed verbroken. Als ik het nog eens over tante Ria en oom John heb, moet ik mijn mond houden van mijn ouders. Ik krijg geen antwoord op de vraag waarom ik niet meer over ze mag praten.

Vanaf het moment dat ik begonnen ben met roken bij tante Ria, rook ik. Ik ben zelf sigaretten gaan halen en rook nu een pakje Marlboro per dag. In mijn kamer zet ik een raam open en blaas de rook naar buiten. Het is een manier waarop ik me kan afreageren, het helpt me enigszins.

"Mag ik morgen naar de disco?" vraag ik mijn ouders.

"Wat voor soort disco is het, wat voor lui komen er, is het er wel betrouwbaar?" vraagt mijn moeder.

"Ja, natuurlijk is het betrouwbaar, wees toch niet altijd zo achterdochtig."

"Hoe laat is dat afgelopen?"

"Duurt tot een uur of twaalf, denk ik."

"Nou, je bent om elf uur thuis, begrepen? Ik wil wel eerst precies weten waar het is en wat dat voor een tent is."

Na veel uitleg en geruzie mag ik de volgende avond samen met mijn vriendin Els naar de discotheek. Ik ben drie weken omgegaan met een jongen die ik heb ontmoet in de disco. Mijn ouders zijn erachter gekomen en ik moet het onmiddellijk 'uitmaken' van ze. Ik heb niet eens 'verkering' met hem.

Op een middag kom ik thuis uit school, mijn moeder vraagt naar mijn cijfers.

"Bar slecht. Je mag wel beter je best doen, want anders blijf je zitten," concludeert ze.

Natuurlijk reageert ook mijn vader niet anders dan negatief. Ik moet vroeger naar bed, om halftien, en ik mag nooit meer naar de disco. Het kan me allemaal geen reet meer schelen.

Op mijn kamer gekomen zet ik knalhard mijn radio aan en rook een sigaret. Ik mag niet roken, maar ze moeten er maar aan wennen dat ik ook eens doe wat ik wil.

Mijn ouders zeggen Lucas welterusten en lopen mijn kamer weer voorbij. Het spelletje wordt dus elkaar negeren. Ik denk eraan hoe het zou zijn om bij Anton te kunnen zijn en met hem te kunnen praten. Ik verlang naar begrip, naar waardering en respect. Een jongen die echt serieus met een meisje is, ligt niet voor het oprapen. Ik voel me alleen en verlaten op deze meedogenloze wereld.

In het winkelcentrum kom ik een jongen tegen. Hij staat met een groepje jongens en op een gegeven moment lokt hij mij naar zich toe. Ik vind hem er wel leuk uitzien met zijn blonde haar en blauwe ogen en al babbelend neemt hij me mee naar het park. Hij gaat naar de bosjes en plotseling doet hij zijn gulp open.

"Ik wil dat je me pijpt" hijgt hij. Hij wil dat ik iets bij hem doe, ik weet niet wat en ik ren huilend weg. Hij komt me achterna. "Je hoefde ook niet," zegt hij dan.

Enige tijd later kom ik hem weer tegen in het winkelcentrum. Hij heeft een erg vlotte babbel, we praten wat. Hij wil me meenemen naar de kelder van een flat. Eerst stribbel ik tegen, maar dan ga ik mee en er gebeurt verder niets bijzonders.

Weer een paar dagen later kom ik hem opnieuw tegen, samen met een schoolvriendin van mij. Op een gegeven moment gaat mijn vriendin weg en ik blijf alleen met hem achter. Plotseling doet hij weer zijn gulp open en forceert mij om iets bij hem te doen. Hij doet mij voor wat ik moet doen en grijpt mijn hand. Ik doe wat hij van me vraagt en ben kotsmisselijk. Ik weet niet waar ik de moed vandaan haal en begrijp achteraf nog steeds niet van mezelf dat ik het heb gedaan. Goddank heeft hij nooit aan mij gezeten.

Van zijn vrienden hoor ik later dat hij in de gevangenis heeft gezeten, vanwege twee verkrachtingen. Ik vind het afschuwelijk, hij is frequent dronken en schijnt dan vaak domme dingen te doen. Nooit wil ik hem nog zien.

Mijn ouders hebben niet in de gaten hoe gevormd mijn gedachtewereld al is en denken dat ze nog te maken hebben met een klein kind.

Ik heb een vriendje op school opgedaan, Justin heet hij. Hij heeft wijduitstaand, lichtblond kroezend haar en blauwgroene ogen en is net als ik veertien jaar. Knap is hij niet echt, maar lelijk is hij ook niet.

"Ach, na hem zal je nog wel twintig andere jongens verslijten," is de eeuwige kritiek van mijn vader.

Ik ga me zo langzamerhand een echte hoer voelen.

Op school dwalen mijn gedachten constant af en regelmatig staar ik voor me uit, in het niets. Het lijkt dan alsof mijn geest uit mijn lichaam treedt en dan hoor ik de stem van de leraar niet meer die spreekt. Ik kan me er gewoon niet op focussen, hoe graag ik het ook wil, het is zulk saai gewauwel. Waarom moet ik eigenlijk van die domme dingen leren? Wat ga ik er in het dagelijks leven nou mee doen?

Als ik weg ben, is mijn blik gericht op niets dan mijn eigen innerlijke ziel, mijn gedachten leeg en ik ben alleen met mijn onderbewustzijn. Ik hoor niets meer. Mensen denken weleens dat ik iemand zie als ik mijn blik wegdraai en even staar terwijl ik met ze in gesprek ben, ze vinden het eng. Zo abrupt kan ik uit het leven wegschieten met mijn gedachten, van het ene op het andere moment, zo mijn veilige ik in.

"Waar denk je aan?" vragen ze dan.

"Nergens aan," zeg ik dan. Ze geloven me niet en toch is het zo.

Weer word ik ontzettend geprest om te gaan leren. Mijn ouders zijn het er niet mee eens wat ik doe, maar ik bepaal zelf wel of ik een vriendje heb. Ze hebben toch Anton al van me afgepakt, het kan me niets meer schelen. Ze hebben kritiek op iedereen waar ik mee omga.

Soms heb ik een afspraak met mijn vriend en als hij beneden aanbelt, wordt hij zonder pardon door mijn vader weggestuurd. Op een keer stuurt mijn vader Justin zomaar weg, omdat ik aan het leren ben, terwijl ik een afspraak met hem heb. Vervolgens komt mijn vader naar boven toe om een preek van één uur tegen mij te houden. Dat kan dan wel. Met andere woorden; hij mag mij dus wel van mijn huiswerk houden wanneer hij dit wenst! Als gevolg hiervan ga ik recht overal tegenin.

Weet je wat mijn vader op lage dreigende toon en met opeengeklemde kaken tegen me heeft gezegd? "Je kunt de havo tóch niet. Dus ik hoop dat als je, op de politieschool zit of iets dergelijks, het huis uit bent. Mensen die van het leven dingen niet benutten, kun je ze beter afnemen!"

Elke dag wordt me minimaal één keer gevraagd: "Heb je al geoefend met fluiten?"

Ik moet verplicht minimaal een halfuur oefenen, mijn ouders luisteren of ik inderdaad heb gefloten. Ze letten zelfs op de tijd wanneer ik begin met fluiten. Om die reden ben ik het fluiten gaan haten. Wanneer ik heb geoefend, snauwt mijn vader soms vervolgens: "Ik heb niets gehoord. Je gaat het nog maar een keer doen!" Wat…?

Het dagelijkse ritueel verloopt als volgt: "Moet je je huiswerk niet doen?" en dan weer "Moet je niet fluiten?" Ik voel me gecontroleerd en het werkt compleet, maar dan ook compleet averechts op mij.

Ik kan er niet tegen als van mijn vrije wil een verplichting wordt gemaakt, het voelt als een dwang. Aangezien ik erg op mijn vrijheid ben gesteld, fluit ik in het vervolg nog maar twintig minuten of een kwartier en raffel het vaak af. Laatst was ik zo boos dat ik met mijn fluit tegen de balk op zolder heb geslagen. Nu zit er een deuk in mijn dure verzilverde fluit. Ik zeg er niets over tegen mijn ouders. Ik kan er gelukkig nog gewoon mee fluiten.

Nu moet ik van fluitles af, omdat ik volgens mijn geliefde vader niet genoeg oefen. Ook best.

Op een dag moeten mijn vriendin Ilona en ik nablijven, omdat we hebben verzuimd met gymnastiek, we waren volgens de gymleraar iets té vaak ongesteld.

De leraar in kwestie zegt dat we wat over moeten pennen uit een of ander leerboek, we moeten maar iets uitzoeken. We scheuren gewoon oude aantekeningen uit ons geschiedenisschrift. Terwijl de klas gymnastiekles heeft, zitten wij lekker te kletsen.

Na afloop van de les komt hij een kijkje nemen. Hij scheurt de velletjes papier door, waarvan hij dacht dat we ze allemaal over hadden gepend, in de hoop dat we het 'zonde van ons werk zouden vinden' maar wij liggen krom van de lach. De leraar heeft helemaal niets in de gaten. Lol heb ik wel met mijn vriendin Ilona!

Ik heb last van een oogontsteking. Misschien komt het doordat ik een keer van iemand anders een oogpotloodje heb gebruikt, ook al doe ik dat praktisch nooit, ik weet het gewoon niet. Een hele hoop meiden uit mijn klas hebben last van een oogontsteking. Ik vertel dit thuis en het commentaar is niet van de lucht.

"Moet je niet zoveel rotzooi op je ogen smeren hè," zegt mijn vader sarcastisch.

Vervolgens ga ik naar mijn kamer, haal alle make-up van mijn ogen en ga weer naar beneden.

"Je kan de plamuur zo van je gezicht afschrapen," zeurt mijn vader nog steeds.

"Ach vent, ik heb helemaal geen make-up meer op, zeik niet," mompel ik zachtjes. Ik word steeds brutaler.

"Wat zei je? Je hebt het nog altijd tegen mij!" haalt hij woest naar me uit.

"Niks…," zeg ik, terwijl mijn maag ineenkrimpt.

Daarop slaat hij het glas fris dat ik drink uit mijn handen en alles gaat over het witte wollen vloerkleed, over de leren bank en over mij heen, ik schrik me lam. Vervolgens slaat hij met zijn vuist keihard tegen mijn hoofd en gooit me tegen een grote plant die op de grond staat.

De aarde valt eruit en hij schreeuwt woedend met zijn rollende r: "Ruim dat op!"

"Nee, ik vertik het!" schreeuw ik.

"Stuk verdriet, hoepel op naar boven!" commandeert hij.

Ik ren huilend naar boven en huil tot ik niet meer kan. Hoe kan hij mij nou zomaar slaan?

Vanavond gaat hij naar mijn broer toe en wenst hem welterusten. Waarom zou hij ook naar mij toekomen? Waarom hoop ik daar nog op? Alles draait bij mijn ouders om de uiterlijke schijn. Tegenover de familie ben ik het moeilijke kind. Tegen iedereen die het wil horen vertellen ze dat zij het zo moeilijk hebben met mij, wat moeten ze toch met me aan?

Ik heb de tafel gedekt en alles afgewassen, ook de afwas van gisteren heb ik meegenomen, ik wilde graag mijn moeder plezieren.

"Fijn hoor," sneert mijn vader sarcastisch, nadat ik blij heb gezegd dat ik de afwas heb gedaan.

"Het is helemaal niet zo erg als jij ook eens de tafel dekt" grauwt mijn moeder als reactie hierop.

Weer krijg ik niet waar ik op had gehoopt, gewoon een schouderklopje, dat ik ook eens iets goed doe.

Iedere maand heb ik last van een erg hevige menstruatie, die gemiddeld zo'n tien dagen duurt, met hevige menstruatiepijnen gedurende de eerste dagen, ik voel me er altijd doodziek van. Vannacht ben ik wakker geworden van ontzettende buikpijn. Dit keer was het zo erg dat het wel leek of ik weeën had. Ik wist niet meer hoe ik het had, kronkelde van de pijn en wist niet meer hoe ik moest liggen van ellende. Zo erg was het echt nog nooit geweest. Mijn moeder heb ik zelfs op de hoogte gesteld, dat doe ik normaal nooit.

"Mag ik aspirine gaan halen bij de drogist?" vraag ik de dag erop. Een pillenslikker ben ik nooit geweest, maar nu wil ik gewoon iets hebben, voor het geval ik weer zo'n hevige pijn zou krijgen.

"Nee," is het respons van mijn geliefde moeder, na mijn uitleg.

"Waarom niet?" vraag ik dan ook ontsteld.

"Heb je dat op stel en sprong nodig?" vraagt mijn moeder.

"Nee, dat niet," zeg ik.

"Nou dan! Heb je nú buikpijn?" verzucht ze.

"Nee, nu niet zo heel erg."

"Dan kan je ook wel wachten."

"Maar, ik wil niet weer zonder iets zitten als ik weer zo'n hevige buikpijn krijg. Jullie zijn nu toch aan het eten, kan ik ondertussen niet even wat aspirine gaan halen?" vraag ik.

"Nee, er zijn nog een heleboel dingen te doen hier in huis, je helpt maar eens mee," commandeert ze. Ik begrijp gewoon niet dat daar zo moeilijk over wordt gedaan.

"Ik heb al van alles gedaan in huis en vind het nergens op slaan dat ik geen aspirine mag halen."

"O meid, ga dan…," snauwt ze plotseling ontzettend pissig.

"Stik, nee, het hoeft al niet meer op zo'n manier." Ik voel me zo niet serieus genomen.

Er volgt gekat van mijn moederszijde. Ik loop de kamer uit.

"Heb je je kamer al gedaan van de week? Kom hierrrrrr!" beveelt ze.

"Nee."

"Als je nou niet hier komt, dan zullen we weleens zien wat er dan gebeurt" zegt ze dreigend. Ten slotte loop ik de huiskamer maar weer in om een ruzie te voorkomen. "Nou kan ik twee dingen doen, je een keiharde pets in je smoel geven of…" Verder komt ze niet, want daar komt mijn geliefde vader ook de gang in (hij weet van niks).

Hij: "Dat laat je wel hè! We zullen jou het leven eens echt zuur gaan maken, dan weet je wat dat is. We zullen dat vriendje van je weleens vertellen hoe je in werkelijkheid bent, domme hoer."

"Doe maar!" zeg ik.

"Jazeker, dat doe ik ook wel!" zegt hij sinister met opeengeklemde kaken.

"Ja, doe maar…" Ik bijt keihard op mijn lip en kijk mijn ouders recht in het gezicht aan.

Dit is voor hen aanleiding om te zeggen dat ik brutaal kijk.

"Kom de huiskamer in als ik met je praat en doe de deur dicht!" wordt er gecommandeerd.

De huiskamerdeur houd ik intussen vast en mijn moeder begint dat ik mijn kamer moet stoffen, dit moet doen, dat moet doen, blabla. "Dit is óns huis, dus je hebt te doen wat er gezegd wordt!" gebiedt ze.

Uiteindelijk wordt het stil.

"Uitgepraat, mooi zo," zeg ik.

Ik pak een stofdoek en verbijt mijn tranen, wat niet zo goed lukt. Daarop kat mijn moeder: "Blijf anders de hele dag op je kamer." Best, denk ik.

Ik ben bang, zo ontzettend bang voor alles. Bang voor de toekomst, bang voor mijn ouders, bang, omdat ik niet van ze kan houden, bang, omdat niemand me begrijpt. Niemand gelooft me, behalve God en ik ben bang dat zelfs Hij mijn ouders gelijk geeft, net zoals iedereen die ze spreken.

Ik ben zo koud, bibber, huil... mijn wangen nat van tranen. Ze zeggen dat ik me moet matigen, ze vinden me brutaal en onverschillig, althans mijn ouders, ooms en tantes, opa en oma. Ze hebben het me zelfs sarcastisch duidelijk gemaakt in sinterklaasgedichtjes en dat doet zo'n zeer. Ze bespreken hun 'problemen' met mij natuurlijk met de familie (en met wie nog meer?), ik kan me niet verweren, met mij wordt nooit iets besproken, het gaat alleen maar over mij.

Soms hoop ik dat ik andere ouders heb, maar ik weet dat het niet zo is. Ik voel alleen maar afschuw voor ze. Meestal loop ik rond met een knoop in mijn maag en ik ben vaak misselijk en moet dan overgeven, ik kan het niet helpen. Vanuit een diepe ellende huil ik mezelf avond aan avond in slaap.

Vrijdagavond mag ik naar de disco, gelukkig hoef ik me niet te vervelen bij mijn ouders thuis. Ik moet om 23.00 uur thuis zijn. Ik heb veel pret gehad met een jongen van zeventien en heb hem mijn telefoonnummer gegeven, maar ik heb hem wel gezegd dat hij me niet moest bellen in verband met narigheid thuis. Hij heeft me beloofd het niet te doen.

Echter in de loop van de week wordt van beneden geschetterd: "Linda, telefoon!"

Het is die jongen uit de disco.

"Hoi, met Wesley uit de disco, weet je nog?"

"Oh, maar ik heb je toch gevraagd me niet op te bellen?"

"Ja, maar ik wil je nog zien," antwoordt hij.

"Nou, doe het de volgende keer niet weer," zeg ik.

"Oké."

"Ik moet ophangen, dag."

"Dag schat," zegt hij.

Mijn ouders zitten onder het eten de hele tijd te zeuren dat ik niet met jongens om mag gaan en dat ik niet zomaar iets met een 'straatknul' mag aanknopen. Ze zitten me op alle mogelijke manieren dwars. Ik wil alleen Anton maar vergeten, waar ik nog steeds gevoelens voor heb. Ze snappen helemaal niets van mij, ze doen nog niet eens de moeite. Alles alleen maar vanuit hun perspectief.

Op school ben ik vaak te laat. Soms ben ik vervelend in de klas, omdat ik zit te kletsen met Ilona. Meestal wordt Ilona er echter uitgestuurd, omdat zij altijd begint met kletsen en niet meer op kan houden. Af en toe moet ik me bij de conrector melden, omdat ik te laat ben gekomen.

Regelmatig ben ik er mentaal even niet bij, omdat ik hier helemaal niet wil zijn, in deze wereld. Dan ben ik compleet verbonden in mezelf, met mezelf. Anderen hebben dat niet, geloof ik. Het gaat automatisch, ik heb er geen controle over. Soms, als ik me verveel of soms als ik zomaar ergens zit, in de bus, thuis op de bank of op mijn kamer, is mijn blik gericht in het oneindige, de diepte, zo ver weg van dit alles. Als iemand dan wat tegen me zegt, moet die persoon het nog een keer zeggen, want ik hoor het gewoon niet. De wereld gaat soms gewoon langs me heen. De oneindige leegte voelt tenminste beter dan de eeuwige kou of de ondraaglijke pijn van de afwijzing of de wreedheid die in mensen schuilt.

Het immense egoïsme, het voor wat hoort wat principe, wat me zo verbaast in dit leven. Waarom kan iemand niet gewoon iets aan iemand anders geven, onbaatzuchtig, vanuit zichzelf. Hoe komt het toch dat ik hier zo anders in ben? De aarde is mijn tussenstation, ik kom hier na dit leven niet meer terug, wil het ook niet meer. Een vreemde op aarde, zonder mensen die me begrijpen, zonder familie die er voor me is.

Vanmiddag komt mijn broer op mijn kamer en zegt: "We eten allang!"

Vandaag heb ik weer niemand horen roepen dat we gingen eten, omdat ik mijn radio aan had staan. Voor straf moet ik de bieten, aardappels en gehakt in de keuken opeten.

Mijn moeder maakt de gehaktballen op een verschrikkelijk vieze manier klaar. Er gaat oud brood in het gehakt en als de gehaktballen zijn gebakken, zitten er gele korsten in het gehakt. Het aangezicht alleen al van zo'n bal is compleet onaantrekkelijk. De smaak is echter helemaal vreselijk ranzig. Aangezien ik het niet weg kan krijgen, prop ik mijn wangen vol met gehakt en spuug ik stiekem een deel uit in de wc. Een restje gooi ik in de vuilnisbak en wat later gooi ik nog een rest van het gehakt weg in mijn eigen prullenbak, zo, mooi verdeeld.

Mijn moeder kan echt niet lekker koken. Avond aan avond eten we het walgelijke aangemaakte gehakt, gehakt en nog eens gehakt. Ik begin zo'n hekel aan gehakt te krijgen dat ik naar het toilet ren en het daar uitspuug, zodra de gelegenheid zich voordoet. Als dit niet lukt, werk ik samen met mijn aardappelen en groenten kokhalzend het vlees naar binnen. Dan proef ik de vleessmaak tenminste niet zo heel erg.

De walkman is op de markt gekomen, dat is wel erg leuk. Je kunt een cassettebandje in je walkman doen, het koptelefoontje op je hoofd zetten en naar de muziek luisteren terwijl je bijvoorbeeld aan het joggen bent.

Mijn vriendin Ilona is bij mij en we zitten op mijn kamer. Mijn moeder vraagt aan mij of ik thee wil zetten. Na vijf minuten loop ik naar beneden om water op te zetten, maar mijn vader had het water intussen al opgezet.

"Ga jij dan thee gaat zetten?" vraag ik dus.

"Prima," zegt hij. Nou, dat had ik beter niet kunnen vragen.

's Avonds roept mijn moeder naar boven: "Dek de tafel, schiet op, ik ben je spuugzat."

"Ja, ik kom," zeg ik.

Even later kom ik dus beneden, maar intussen is zij al bezig om de tafel te dekken. Hard zet ze de borden neer op de tafel. Ze is woest.

"Nou hoeft het al niet meer, je moet metéén komen!" blèrt ze.

"Nou, jij bent lekker in je hum zeg," zeg ik.

"Wat denk je, dat jij zo'n lieverdje bent? Ik dek niet voor je, jij eet niet mee!" zegt ze bloedpissig.

"Nou ja." Dus eet ik niet mee, ook best.

Vrijdagavond is Ilona bij mij.

"Mag ik met Ilona naar Travalto, de jeugddisco?" vraag ik mijn vader.

"Ja, ga alsjeblieft," sart hij.

"Oké, best," zeg ik.

"Ja, best ja," zegt hij treiterend.

"Ik hou je aan je woord, ik ga ook," zeg ik zo langzamerhand kwaad aan het worden.

Ik pak wat spulletjes en ga met Ilona mee.

"Eet maar met ons mee, ik weet zeker dat mijn moeder het goed vindt," zegt mij vriendin.

Bij haar thuisgekomen leggen we aan haar moeder uit dat ik problemen heb met mijn ouders. Haar moeder vindt het toch beter om mijn ouders op te bellen. Ik vind het niet zo fijn dat ze mijn ouders opbelt. Ze heeft met mijn ouders bekokstoofd dat ik terug naar huis ga en daar eet. Natuurlijk ben ik weer de schuldige.

Thuisgekomen ga ik de kamer in en kan ik niet meer ophouden met huilen. Mijn ouders blijven volhouden dat het mijn schuld is dat we al die ruzies hebben. Nou nog mooier.

"We beginnen maar met een schone lei, eet maar een paar boterhammen. Wij gaan nog zwemmen," zeggen ze. Ze geven me ineens een kus en doen heel slijmerig tegen me. Wat is dat nu? Beetje eng. Beetje achterdochtig ook word ik ervan. Ik hoop dat alles nu werkelijk goed komt, maar diep in mijn hart geloof ik het niet.

Mijn vriendin belt de afspraak af, ze mag zeker niet meer van haar moeder.

Ilona, mijn vriendin, mag niet meer met mij omgaan van haar ouders, omdat ik een slechte invloed op haar heb volgens hen! Het doet me onmetelijk veel pijn. Waarom ben ik toch zo ongeliefd? Wat doe ik toch allemaal verkeerd?

De leraren op school vinden het tegenovergestelde, namelijk dat Ilona een slechte invloed heeft op mij, omdat ze altijd kletst tijdens de lessen en af en toe hondsbrutaal is, ze mogen haar daarom niet.

Mijn moeder wordt bloedlink als ik eens het woord 'hemeltjelief' gebruik en ze vraagt zich af hoe ik aan dat woord kom.

"Weet ik veel hoe ik eraan kom, ik heb geen flauw idee, wat is er fout aan?!"

Ze wordt zo ontzettend kwaad.

"Ik zie het als een vloek!" zegt ze pissig.

"Ik heb nog nooit zoiets belachelijks gehoord!"

"Het is verboden het woord nog te gebruiken! Het woord 'hemel' komt erin voor en overal waar het woord 'hemel' in voorkomt, is een vloek!" zegt mijn moeder.

"Zo zout heb ik het nog nooit gegeten, waar baseer je dat 'in hemelsnaam' op?!" vraag ik verbluft.

"Nou, het is gewoon zo, dat vind ik." En daarmee is de kous af. Punt uit, onderwerp gesloten. Waar je je al niet druk over kunt maken… Ik wist niet dat dat ook in de Bijbel stond!

Volgens mij kun je dan wel op alle slakken zout leggen.

Op een vrijdag vraag ik weer of ik naar de disco mag, maar ik krijg gelijk allemaal verwijten naar mijn hoofd geslingerd. Het doet pijn. Ik mag uiteindelijk uit, onder de voorwaarde dat ik geen gekke dingen uithaal met jongens en om 23.00 uur thuis ben.

"Je verandert ook van de ene op de andere dag," zegt mijn vader.

"Jullie begrijpen helemaal niet dat ik nog zoveel om Anton geef."

"Het slijt wel, je hebt ook alweer allemaal andere knullen gehad, je hebt er wel drie tegelijk!"

Nee, dat is niet waar! Ik ben maar gek op één jongen. Ik wil mijn verdriet vergeten, maar ik weet niet hoe. In vredesnaam, hoe? Ik voel me veel rijper dan andere meisjes van mijn leeftijd en ook anders. Ik voel me erg eenzaam. Ik heb geen zin om het ze nog proberen uit te leggen.

Op een avond in de disco komt Justin naar me toe en hij biedt me een drankje aan. Ik vertel een deel van mijn problemen aan hem en opeens slaat hij een arm om me heen. Oh nee, denk ik... Alle jongens zijn ook hetzelfde, maar ik geef eraan toe, al weet ik niet waarom, want ik weet dat het fout is.

"Waarom mag ik geen verkering?" vraag ik mijn vader als ik ben thuisgekomen.

"Omdat je er nog te jong voor bent en je niet te snel moet binden aan een jongen."

"Ja, maar als je zegt dat ik geen verkering mag, dan doe ik het juist wel."

Na veel gepraat mag ik dan eindelijk 'verkering nemen' zoals mijn ouders dat noemen. Nu komt alles vast wel in orde en met een beter gevoel zeg ik mijn ouders welterusten.

De groene pukkel is helemaal in, het is een legerkleurige tas waar iedereen op school mee loopt. Ik heb een pukkel gevraagd voor Sinterklaas, maar ik heb een degelijke 'neppukkel' gekregen. Met die tas schaam ik me vreselijk natuurlijk. Ik heb de tas helemaal ondergeschreven en er allemaal popgroepen opgezet met dikke zwarte stift.

De neppukkel gebruik ik niet en als alternatief gebruik ik linnen tasjes om mijn schoolboeken in te doen, die zijn ook helemaal hip.

4.

De weken daarop leer ik Justin beter kennen, hij zit bij mij op school. Ik heb nu dus verkering met hem, hoewel ik Anton nog steeds niet kan vergeten. Ik heb weer moeilijkheden thuis en het gaat niet goed op school. Mijn dagboek is mijn uitlaatklep.

Op school wordt over me geroddeld, de familie roddelt over me en zelfs de buurt lijkt over me te roddelen, omdat ik verkering heb. Ik ben helemaal niet gelukkig. Mijn vriendin Ilona zie ik nog gewoon. Ze begrijpt me niet, ze weet het antwoord op de vragen die ik heb niet.

Van Anton heb ik nooit meer iets gehoord en het schrijnt vreselijk, mijn hart is met een mes doorstoken en het is net of er een deel is uitgesneden. Misschien is het maar beter zo, anders gaat de wond weer helemaal open.

Justin is niet echt knap, ook niet lelijk, met zijn blonde, wijduitstaande haar, blauwe ogen en redelijk grote neus. Hij houdt van hardrock. Soms schaam ik me zelfs wel een beetje voor hem.

Het is een zondagochtend in januari 1980. "Opstaan!" wordt er geschreeuwd. Ik kom erachter dat mijn wekker achterloopt, dus ik had niet door dat het al zo laat was!

Snel kleed ik mij aan en maak me op, ik ben later dan de rest van de familie. Zij gaan alvast naar de kerk, op mijn vader na, want hij heeft koppijn. Mijn vader is spinnijdig op me.

"Ga naar de kerk!" commandeert hij woest.

"Het is nu al te laat om naar de kerk te gaan," zeg ik.

"Ook geen sterke smoes!"

Mijn vader gelooft me gewoon niet! Dat doet zeer.

Ik wil gaan afwassen, maar mijn vader zegt jennend: "Ga maar weg! Je hoort je aan de regels van dit huis te houden, hoepel op! Je begint met een leuke schone lei!"

De tranen stromen over mijn wangen en ik vlucht naar mijn kamer, ik voel me radeloos en mijn maag verkrampt zich in golvende bewegingen naar binnen toe, in het eeuwig misselijk-makende gevoel.

Later op de dag komt mijn moeder pissig naar me toe, met haar handen in haar zij staat ze als een briesend paard te snuiven.

"Wat moest dat nou weer vanmorgen? Het is geen argument dat je wekker achterliep om niet naar de kerk te gaan, voor straf mag je volgende week zaterdagavond niet weg."

Vervolgens vit ze maar weer door, het houdt niet op. Naar mijn wekker wordt niet eens gekeken! Ze breken mijn hart en vermorzelen mijn geest en ik weet niet wat te doen.

"Als het niet van jouw kant komt, dan komt het ook niet van onze kant, dan ga je maar naar een ander gezin en bekijk je maar of het daar beter is," hebben ze tegen me gezegd. Kon dat maar...

Ik ben net vijftien jaar geworden.

In mijn vakantie sta ik om 09.00 uur op, mijn moeder staat om 06.45 uur op. Ik help haar met stoffen, stofzuigen, planten water geven, strijken, maak mijn eigen kamer schoon en nog loopt ze op me te schelden. Zij naait, sporadisch, wat kleren voor me en dus moet ik er wat tegenover stellen vindt ze. Voor wat hoort wat, schijnt het...

Gisteren heb ik de ramen gezeemd en er kon niet eens een bedankje vanaf! Ze commandeert me gewoon. Het gaat me door merg en been dat ik nooit eens iets goed kan doen in haar ogen.

Vandaag heb ik om 12.30 uur een afspraak staan, maar ik moet van haar op dát moment haar band gaan plakken. Mijn eigen fiets is stuk en haar reservefiets mag ik niet van haar lenen. Ik kan het lek niet vinden en nu is ze boos op me. Ze gaat uiteindelijk woedend en tierend zelf naar de band kijken, maar ook zij kan het lek niet vinden. Woest is ze! Nadat de band van de andere fiets er weer om zit, nog steeds lek dus, pak ik uiteindelijk toch haar reservefiets. Ruzie heb ik toch wel.

Mijn broer heeft verklikt dat ik om 21.00 uur even naar de soos ben geweest, zaterdagavond, toen mijn ouders weg waren. Het gevolg is natuurlijk weer ruzie. Bedankt weer broer!

Mijn moeder beschuldigt mij er ten onrechte van dat ik van de kaas heb gegeten. Aangezien ik dit niet heb gedaan en zij vol blijft houden dat ik het wel heb gedaan, ben ik hier kwaad om. Ik kan er niet tegen om vals beschuldigd te worden. Soms eet ik wel eens een stukje, omdat er in huis bijna nooit iets te eten is, deze keer heb ik het echter gewoonweg niet gedaan. Als mij wordt gevraagd of ik van de kaas heb gegeten, vertel ik het altijd eerlijk als ik het wel heb gedaan.

's Avonds aan tafel tijdens het avondeten beschuldigt mijn vader mij er, eveneens ten onrechte, van dat ik geld heb gejat uit het spaarpotje van mijn moeder. Jatten is iets wat ik nog nooit gedaan heb, mijn broer wel! Mijn moeder schijnt rijksdaalders te sparen in een speciaal daarvoor bestemd busje, dat wist ik nog niet eens!

"Jij jat weleens rijksdaalders uit dat busje van je moeder hè?!" beschuldigt mijn vader me op dominante wijze. Het wordt nog niet eens gevraagd, maar gewoon als een vaststaand feit geconstateerd, dat steekt zo ontzettend! Mijn hele lijf trilt van onmacht.

"Dat heb ik helemaal niet gedaan!"

"Dat heb jij wel, je hebt die rijksdaalders gewoon gejat!" beweert hij vuil.

Woedend word ik dan ook, als hij bij hoog en bij laag vol blijft houden dat ik het geld wel heb gejat. Ik ben zo eerlijk als goud en vind het zoiets laags om te jatten en zeker van je eigen moeder!

Ik gooi in mijn verontwaardiging per ongeluk de melk over de tafel heen en schreeuw: "Dat heb ik helemaal niet gedaan, jullie vertrouwen me werkelijk voor geen cent!"

Pas wanneer ik alleen ben, komen die gevoelens naar boven en ik huil en huil. Mijn kamerdeur mag ik niet op slot doen van ze. Mijn pick-up heb ik wat harder gezet om het geluid van mijn gehuil te overstemmen. Onrecht, zo'n onrecht!

Boing... een trap tegen mijn slaapkamerdeur, mijn hart zit alweer in mijn keel van angst en ellende. Mijn vader ramt tegen mijn slaapkamerdeur met zijn voet.

Aan tafel zal ik wel weer wat te horen krijgen. Ze hebben altijd overal commentaar op. Ook op mijn huiswerk hebben ze commentaar, iedere dag wordt daarover gezeurd. Het is op dit moment zo erg dat ik me bespioneerd voel en ik word er erg kribbig en obstinaat door.

Dagelijks is het hetzelfde ritueel.

"Ben je niet aan je huiswerk?"

"Nee."

"Waarom niet?"

"Weet ik veel."

"Heb je geen huiswerk?"

"Jaaa."

"Zou je dat niet eens gaan doen dan?"

Koppijn krijg ik ervan, ik zie er zelfs tegenop om naar beneden te gaan voor het avondeten, er wordt altijd wel gezeurd over iets.

Met grote tegenzin eet ik 's avonds mijn vanillevla op. Als we 's avonds vanillevla aten zaten er vroeger weleens stukjes vet in.

"Wat is dat?" vroeg ik dan, want ik vond die stukjes niet lekker.

"Dat is een rochel van de melkboer," zei mijn vader dan lachend.

"Hè bah!"

"Ja, hij haalt flink zijn neus op en dan rochelt hij lekker in de vla, daar zijn al die brokjes van." En mijn vader deed het vervolgens even voor. Hij moest altijd ontzettend lachen als hij het vertelde.

Elke avond kregen we dit verhaal te horen als we vla aten. Op een gegeven moment ging vanillevla me zo tegen staan dat ik er zelfs van moest kokhalzen als het voor mijn neus stond. Vanaf die tijd eet ik met grote tegenzin mijn vanillevla op en nog, als ik brokjes tegenkom, kokhals ik al.

De melkboer kwam vroeger bij ons aan de deur en zette de gevulde melkflessen, vanillevla en yoghurt in een rekje. Ik kan me herinneren dat mijn moeder vroeger brood kocht bij de bakker, die met een elektrisch wagentje, gevuld met brood, door de straat reed. De schillenboer kwam toen ook nog eens in de zoveel tijd langs met paard en wagen om de aardappelschillen en etensresten op te halen, dit werd etensvoer voor de varkens.

Van mezelf ben ik een optimist en vrolijk van aard, maar dat wordt hier altijd de kop ingedrukt. Ik wil praten over de dingen die ik meemaak. Ik hou van gezelligheid en ik wil mijn gevoelens uiten, maar dat kan niet! Ik word niet als volwaardig beschouwd, moet mijn mond houden en me niet zo aanstellen.

Altijd weer is de ontnuchtering groot als ik uit school thuiskom en het donkere koude huis binnenga. Ik voel de kille, donkere sfeer al als ik binnenkom en in de gang sta, dan durf ik amper de huiskamer in te gaan. Het is of ik tegen een muur van ongevoeligheid en hardheid aanloop. De stilte die er heerst ten opzichte van mij beklemt me. Vaak duurt het toch niet lang of ik krijg alweer geschreeuw naar mijn hoofd. Mijn kamer is het enige waarin ik me terug kan trekken en dat doe ik dan ook. Het is mijn veilige haven. Als het even kan ben ik weg uit deze hel.

De Nederlandse groep Spargo komt op ons schoolfeest. Het is een funkgroep en ik vind de muziek erg gaaf. Natuurlijk wil ik erg graag een kaartje kopen om naar het schoolfeest te kunnen!

"Ik ga naar het schoolfeest hoor mam!" zeg ik enthousiast tegen mijn moeder tijdens het theedrinken.

"Oh, ga jij zomaar? Kun je dat niet even vragen?" Weer ruzie, ja hoor!

Na veel ellende, smeken en geruzie krijg ik uiteindelijk toestemming om te gaan.

"Je gaat alleen maar voor de jongens, je bent een slet!" zeggen mijn ouders keer op keer tegen me. Ik ben vijftien jaar en oud genoeg om te weten wat ik wil. En wat ik wil, dat is zeker nog niet waarvan zij me beschuldigen!

Voortaan vertel ik mijn ouders niks meer. Zelfs onder het eten schreeuwt mijn moeder nog tegen me over het schoolfeest! Ik wil zo snel mogelijk het huis uit en op kamers. Ik hou het thuis haast niet meer uit met die mensen, het lijken wel vreemden voor me.

Voordat we naar het schoolfeest gaan, hebben Justin en ik eerst ergens samen afgesproken. Hij zeurt constant dat hij met me naar bed wil, maar daar heb ik helemaal geen zin in! Nee, ik wil dat zo lang mogelijk uitstellen, ik word toch al voor van alles uitgemaakt en anders word ik helemaal versleten voor hoer en wie weet, heb ik er later wel spijt van.

"Toe nou joh, het geeft toch niet...?" zeurt hij.

Uiteindelijk zwijg ik en nu is hij kwaad op me. Voor het eerst sinds de vijf maanden dat we met elkaar omgaan, hebben we ruzie, echte ruzie. Ik denk eraan om het uit te maken, zo kan het toch niet langer? Ik heb heus wel serieuze bedoelingen met hem, maar dit gaat me te ver. Als hij om me geeft zou hij wel wachten en niet aandringen.

Mijn ouders zijn nog steeds bang dat ik eens met een kind kom aanzetten en vertellen me dat continu! Dat vind ik nogal overdreven.

De sfeer is nog steeds superslecht in huis. Vanavond vond ik het weer echt super ongezellig in de huiskamer. Mijn ouders praten nooit en de stilte is voor mij gewoon niet te verdragen, de sfeer is om te snijden. Reden te meer voor mij om de avonden op mijn kamer door te brengen, iets dat ze mij steeds weer verwijten. Ze vergelijken mij constant met de meisjes uit hun omgeving; kerkelijke meisjes natuurlijk, lekker christelijk, zo moet ik ook zijn. Dwang werkt niet bij mij.

Soms sluit ik me op in mijn kamer, omdat ik rust wil en dan bonst mijn moeder op de deur en schreeuwt: "Doe open!" Als ik alleen wil zijn, geef ik daar geen gehoor aan. Het voelt zo respectloos allemaal, alles draait alleen maar om hen. Al heb ik mensen om me heen, ik voel me zo eenzaam.

Ik heb een slecht rapport, en er worden regels opgesteld, te weten: per dag moet ik vier uur aan mijn huiswerk besteden, Justin mag ik alleen nog in de weekeinden zien, studeren, herhalen en repeteren en weer studeren. Dat is de riedel. Ze zeuren me de oren van mijn hoofd.

Vanavond eten we stamppot, ik heb expres geen jus op mijn bord gedaan, omdat ik het zonder jus lekkerder vind. Mijn moeder is niet bepaald een keukenprinses, de jus is soms zwart en smaakt dan helemaal niet lekker.

"Wil je nog een beetje jus?" vraagt mijn vader.

"Nee, laat maar," zeg ik.

Hup, hij gooit gewoon zo een kwak jus op mijn bord! Als hij vervolgens nog een kwak jus op mijn bord wil gooien zeg ik: "Nee," en probeer zijn arm tegen te houden. Het gevolg is dat ongewild de rest van de jus over de tafel gaat.

"Kleremeid, klotemeid, kaffer...," etc. Een hoop gescheld en niet voor herhaling vatbaar.

Dan krijg ik een keiharde klets tegen mijn kop van mijn geliefde vader! Daarop word ik erg kwaad, gooi mijn bestek op tafel en schuif mijn stoel onvoorzichtig naar achteren, zodat die half omvalt. Hij vaart vreselijk tegen me uit, de scheldkanonnade is niet van de lucht!

Ik ga naar boven.

Als ik later die avond naar beneden ga, durf ik de huiskamer niet in te gaan. Ik sta tien minuten voor de huiskamerdeur aleer ik naar binnen durf te gaan. Hij zit daar in z'n eentje en zegt niets tegen me.

"Trut" zegt hij minachtend.

Ik mompel iets van "lul" maar ik geloof niet dat hij het hoort. Ik walg van hem. De verdere avond is hij weer koel en kribbig. Mijn moeder is vandaag wel een keer lief geweest tegen mij, dat mag in de krant.

Mijn vader is 1.83 meter lang. Het haar van mijn vader is lichtbruin van kleur en netjes, met een stalen kam in een perfecte zijscheiding gekamd. Hij heeft een ietwat lang gezicht, een knopneus, dikke, volle lippen, een kleine overbeet en zijn tanden zijn ietwat gelig aangeslagen. Zijn ogen zijn lichtbruin en hij heeft heel lichte wimpers. Hij heeft ietwat afhangende schouders, waardoor zijn bovenlichaam wat smal lijkt. Meestal draagt hij een bruine broek met daaronder bruine schoenen, een ruitjesoverhemd en een bruine trui. Dit maakt van hem het complete toonbeeld van een grijze muis, omdat bruin hem helemaal niet staat. Een spijkerbroek of iets dergelijks heb ik hem nog nooit zien dragen.

Qua karakter is mijn vader dominant en hij lacht meestal als enige om zijn eigen vunzige grapjes. Mijn vader komt uit een gezin met tien kinderen. Volgens mijn moeder komt dat doordat mijn opa het niet fijn vond om 'het' 'te doen met een condoom en om die reden moest mijn oma het dan maar ontgelden.

Bij het jongste kind ging het mis. Toen mijn oma van haar lag te bevallen was het kantje boord. Ze had zoveel bloed verloren dat de dokter moest kiezen: zijn vrouw redden of het kind. Hij koos voor mijn oma. Het kindje kreeg het vreselijk benauwd en kreeg hierdoor zuurstofgebrek in de hersenen. Tante Vera is achterlijk verklaard.

Mijn tante Vera is nu volwassen, maar ze kan niet normaal functioneren, ze kan alleen maar handelen als een kleuter. Schrijven kan ze nog net een klein beetje, in kleutertaal. Praten kan ze alleen op een monotone toon, terwijl ze haar lichaam naar voren en naar achteren wiegt. Ze schommelt altijd heen en weer als ze op de bank zit, dat vindt ze fijn. Haar lichtblonde haren zijn kortgeknipt. Haar voortanden zijn in het midden schuin afgesleten, omdat ze altijd een sleutel tussen haar tanden heen en weer afsleep en ze loenst behoorlijk. Ze zit nu in een gesticht, want dat is de enige mogelijkheid voor haar. In de weekeinden komt ze thuis bij mijn opa en oma.

Vera pijnigt zichzelf door haar hoofd keihard tot bloedens toe tegen de punt van de muur te beuken, dan zit er een hele put in haar voorhoofd. Ze krast eveneens tot bloedens toe in haar polsen met scherpe voorwerpen, zoals een schaar of een mes. Regelmatig doet ze zelfmoordpogingen en ze roept zelfs uit dat ze dood wil! Het lijkt me toch dat ze er ergens weet van heeft dat ze niet normaal is en dat ze dit leven eigenlijk helemaal niet wil, anders kan dit toch niet. Het schijnt dat ze best agressief kan worden en dat mijn oma weleens bang voor haar is, ze kan behoorlijk onvoorspelbaar zijn. Ik ben ook best een beetje bang voor haar.

Als Vera ergens iets moois ziet dat glimt, dan wil ze het hebben. "Hebbuh…ik wil dat hebbuh…," zegt ze dan en in negen van de tien gevallen krijgt ze het dan ook. Dat wordt het speeltje van de week, de hele dag loopt ze ermee in haar handen en draait het rond. Vervolgens is de nieuwigheid ervan af en laat ze het links liggen.

Daarna krijgt een van de kleindochters, waaronder meestal ik, het afgedankte kralenarmbandje of de vreselijke ketting als verjaardagscadeau. Meestal kan ik al zien dat het eerst van Vera is geweest. Dan ben ik natuurlijk hevig teleurgesteld.

Omdat Lucas vernoemd is naar mijn opa, krijgt hij altijd een duurder cadeau dan de rest. Erg vreemd vind ik dat, maar het zij zo. Het irriteert me, maar interesseert me verder weinig.

Mijn oma had het zwaar met het opvoeden van al die kinderen. Mijn vader is de een na oudste van de tien kinderen. De oudste is een meisje. Er zit vanzelfsprekend een behoorlijk groot leeftijdsverschil tussen de oudste en de jongste kinderen, dit loopt ongeveer op tot twintig jaar verschil. Mijn oma schijnt een lieve vrouw te zijn geweest voor de kinderen. Mijn opa was autoritair en rigide in de opvoeding en tegen zijn vrouw, heb ik begrepen. Hij was vroeger vertegenwoordiger in huishoudelijke producten en ging de deuren langs. Hij was goed in zijn werk.

Oma verft haar haren middelblond en heeft grote gewatergolfde krullen, ze heeft grote blauwe ogen. Ik vind haar er best leuk uitzien voor haar leeftijd. Mijn vader zegt altijd dat ze 'dikke stammen' heeft, dat zijn haar onderbenen. Dat is ook wel zo, maar toch vind ik het raar dat hij dat zo zegt. Ook opa is geen onaantrekkelijke oudere man, hij loopt consequent in een grijs pak met gilet en stropdas om en draagt zwarte schoenen. Hij heeft donkerbruine ogen en zijn zilverwitte haar is in een zijscheiding achterovergekamd, voorzien van brillantine.

Mijn vader vertelde dat hij 's morgens de tram moest tegenhouden, als zijn vader nog niet klaar was met zijn ochtendritueel. Dan ging hij vooruit op de fiets en moest de tram stoppen, totdat opa daar aankwam. Mijn vader vond dat vreselijk.

Er was niet veel geld en alleen de jongste zoon kon studeren. Opa en oma waren kerkgangers, ze gingen eens per week trouw op zondag naar de kerk. De ouders van mijn moeder gingen zelfs twee keer op zondag naar een gemeenschap die zichzelf 'de Vergadering van Gelovigen' noemde. Mijn vader heeft dat er snel uitgekregen om twee keer per dag naar de kerk te gaan, hij vond één keer per week wel voldoende.

Opa en oma wonen al vanaf hun getrouwde leven in een flat in een volksbuurt van Rotterdam. Opa vindt zijn eigen grapjes het leukst en ligt daar helemaal dubbel om. Als kind kan ik er ook wel om lachen, op latere leeftijd is dat wel veranderd. Zijn kinderen kunnen moeilijk met hem omgaan en met hem communiceren lukt bijna niet. Hij lijkt mij een beetje autistisch. Hij weet nooit wat hij moet bespreken met de volwassen kinderen, de gespreksstof die er gaande is gaat altijd over het verleden of over de zwarten in Rotterdam, waar hij een ontzettende hekel aan heeft. De kinderen komen alleen nog bij hun ouders op bezoek vanwege hun geliefde moeder. De grapjes van mijn opa gaan ook meestal over zwarten. Hij discrimineert niet een beetje, maar echt vreselijk en houdt ook niet op. Hij rookt pijp en heeft een hele collectie pijpen. Hij stopt zijn pijp vol met tabak, steekt de tabak aan en zuigt aan zijn pijp, de kringeltjes rook gaan omhoog in de kamer. De sigaren van mijn andere opa vond ik vroeger toch lekkerder ruiken.

Oma mag geen contact hebben met andere mensen van mijn opa en ze mag ook geen kopje koffiedrinken met de buren. Zodra oma de kans krijgt om haar gal te spuien over haar man doet ze dat bij een van mijn ouders. Soms gaat opa even met mijn vader wandelen, en zodra oma dan even alleen is met mijn moeder klapt ze uit de school over hem. Tijdens de vaat vertelt ze haar ellende aan mijn moeder en huilt en huilt. Ze is doodongelukkig in haar huwelijk met hem en ik begrijp niet dat ze bij hem blijft. Ze zegt regelmatig dat ze mijn moeder beschouwt als haar eigen kind.

Intussen is mijn vader weer begonnen met studeren, ditmaal voor zijn MO-B akte Duits. Ik vind het heel vervelend om een vader te hebben die er nooit voor ons is en zich nooit ergens voor interesseert en dat zeg ik ook tegen hem.

Justin heeft twee grote ratten en een muis. Hij laat ze via de hals van zijn trui helemaal naar beneden lopen zijn mouw in. Het hok stinkt altijd een beetje naar pis. Soms doe ik het ook, maar ik ben niet echt dol op de ratten. Ik vind hun lange gladde staart, die eindigt in een puntje, een beetje eng.

Justin bezit een zwart luchtdrukpistool. Op een dag zijn we bij mooi weer uit het raam aan het schieten, vanuit zijn slaapkamer op de eerste etage. Plotseling komt er een politieauto aan, die heel langzaam rijdt. Een politieagent heeft de autoraampjes open en hij hangt met zijn arm buitenboord. Ik mik op zijn arm en schiet hem recht in zijn arm. Wij duiken gelijk naar beneden. Even later wordt er beneden aan de deur gebeld. De vader van Justin doet open en ze zijn even aan het praten.

"Ruim snel alle kogeltjes op," zeg ik. Overal in zijn kamer liggen de kogeltjes en wij rapen ze snel op en verstoppen ze achter het luik in de bergruimte, evenals het pistool.

Even later komen de politieagenten naar boven.

"Waren jullie aan het schieten?" vragen ze. "Er is met een luchtdrukpistool op ons geschoten."

"Nee, wij waren het niet hoor," zeggen we dodelijk geschrokken.

"Niet meer doen hè, denk erom, want dat is verboden!" wordt er gezegd.

"Nee meneer."

Zes maanden heb ik intussen verkering met Justin, maar de sfeer tussen ons is zeer slecht en ik ben het zat dat hij me blijft pushen om met hem naar bed te gaan. Ik ga naar hem toe en zeg tegen hem: "Justin, ik wil je wat zeggen."

"Ga je gang," zegt hij koel.

"Ik wil dat het anders gaat tussen ons, anders maak ik het uit." Zo! Het heeft hem getroffen en hij kijkt even verschrikt op. Dit had hij niet verwacht. Maar ik zeg hem: "Ik wil dat er iets verandert aan je houding, anders weet je het." Ik loop weg en smijt de deur dicht en hij blijft met een verslagen gezicht achter.

Als ik de deur uit ben en op mijn fiets stap, weet ik dat ik het zo niet langer vol kan houden. Ik erger me te veel aan hem en dat heeft hij niet eens in de gaten.

Wanneer ik thuiskom vraagt mijn moeder waar ik vandaan kom, terwijl ik mijn jas uittrek.

"Oh. ik kom bij Justin vandaan," zeg ik.

"We hadden toch afgesproken dat je op doordeweekse dagen niet met hem omgaat?!"

Althans dat hebben zij met mij afgesproken, ik niet met hen.

"Jaaaa."

"Waarom hou je je er dat niet aan?"

Stilte.

"Geef antwoord!"

Stilte.

"Begrijp me goed, als jij mij negeert negeer ik jou!" zegt ze bloedlink.

"Je doet maar," zeg ik onverschillig tegen haar.

"Geef antwoord alsjeblieft!!" snibt ze weer ongeduldig.

Geen reactie mijnerzijds. Het boeit me allemaal zo niet meer.

Dan volgt er een preek. Ik kan haar gewoon niet antwoorden, ik kan niet reageren op iemand die altijd op me loopt te vitten en bevooroordeeld is! Ik kan me dan toch niet beheersen of flap er weer allemaal dingen uit die ik misschien niet meen.

Ik loop naar boven en heb zin om me op te sluiten in mijn kamer voor een aantal weken, zodat niemand erin kan en zodat ik niemand en niemand hoef te zien. Of ik heb zin om weg te lopen zodat niemand me kan vinden, niemand niet. Ze kunnen niet begrijpen dat ik ouder en volwassener word.

Als mijn zusje 's avonds tijdens het avondeten met een lepel voor mijn gezicht zwaait, zegt mijn opa ineens spottend: "Niet doen, Iris, daar wordt ze te groot voor."

Hij heeft zeker negatieve verhalen over mij van mijn ouders gehoord. Het slaat totaal nergens op. Mijn opa maakt altijd domme grapjes, hij is waarschijnlijk gepikeerd dat ik daar niet meer echt om kan lachen nu ik wat ouder ben geworden. Vroeger lachte ik nog uit beleefdheid.

Om een voorbeeld te geven, Lucas draagt een petje op met de initialen *G.B.* "Betekent zeker geelbruin?" vraagt hij dan grinnikend.

Naar school krijg ik altijd vier bruine droge boterhammen mee. Meestal gooi ik er een of twee weg, vanwege het beleg dat ik niet naar binnen kan werken. Als er bijvoorbeeld leverkaas op zit met zo'n trillerig vetrandje gooi ik die boterham meteen weg, brrr. Het gaat vaak om vleeswaren die ik niet lust. Kaas, ontbijtkoek en pindakaas vind ik allemaal prima.

Af en toe haal ik in de pauze bij de Hoogvliet een zak Engelse drop, zo lekker. De laatste keer dat ik het heb gedaan heb ik me echt misselijk gegeten. Ik moest zelfs overgeven. Daar ben ik nu van genezen, nu haal ik het niet meer. Soms haal ik nog wel een zak schuimpjes, gele banaantjes of gekleurde hartjes.

Met tegenzin ga ik zondags naar de kerk. Mijn broer en ik gaan boven in de kerk zitten, daar is het rustiger. Er staan boven niet zoveel banken.

Er gaat een jongen, genaamd Gerard, naast mij zitten. Hij probeert mij altijd te versieren, in de kerk! Wat een lul, ik moet niets van hem hebben! Tijdens het kerkgezang komt hij steeds dichter naar me toe, hij probeert tegen me aan te gaan staan. Dit is echter een mislukte poging, want ik schuifel telkens weer bij hem vandaan. Op een gegeven moment zit hij met zijn benen over elkaar en pakt zijn fietssleuteltje uit zijn broekzak. Hiermee krast hij *LOVE* op de onderkant van zijn schoen. Ik word er erg nerveus van, kijk naar mijn roodgelakte nagels en frunnik aan mijn ring. Hoe opgelucht ben ik als de dienst voorbij is!

Intussen is het juli en we zijn samen met mijn oom en tante met de auto op vakantie gegaan naar Zuid-Frankrijk, we zitten in een appartement in Frontignan.

We liggen op het strand te zonnebaden en geheel zonder reden zegt mijn vader plotsklaps, vanuit het niets, tegen zijn broer: "Ik zou best weleens willen ruilen, wij een kinderloos gezin en jullie die chagrijnige rotkinderen van ons."

"En ik zou graag een andere vader willen hebben," zeg ik daarop.

"Ja? Zou je mij als vader willen hebben?" vraagt mijn oom.

"Ja, alles beter dan hij."

Mijn vader braakt er nog een aantal gemene zinnen uit, maar ik heb het gevoel ook eens wat gezegd te hebben.

"Een mooie gelegenheid deze vakantie om die verkering uit te maken van jullie," zegt mijn vader fel tegen me.

"Ik zeg toch ook niet dat mama en jij moeten gaan scheiden?" Een ironisch lachje weerklinkt in mijn oren.

"Wil je een stomme verkering vergelijken met een huwelijk?" sart hij.

Ik hou mijn mond verder.

Mijn oom vindt dat ik weinig eet. Het meeste van de tijd ben ik gewoon misselijk en heb ik niet zoveel trek in eten.

Mijn ouders zijn weggegaan en ik heb van hen de sleutel van het appartement gekregen. Ik ben mij aan het opmaken en er wordt langdurig op de bel gedrukt.

"Schiet nou toch eens op, meid!" wordt er direct al ongeduldig geroepen. Omdat deze opmerking niet terecht is, doe ik expres wat langzamer. "De sleutel krijg je voortaan niet meer, die nemen we zelf mee, moet je maar niet zo stom doen!"

Ik ga naar buiten, om mijn ingehouden woede en verdriet te temperen en loop naar de zee toe. De omgeving is hier erg mooi. Er liggen allemaal grote rotsblokken op het strand.

Het waait hard en ik loop op de rotsblokken, ik moet uitkijken dat ik er niet tussen val.

Er zit een man te vissen en hij kijkt me helemaal na. Ik huiver onder zijn blik en loop snel verder. Als ik hetzelfde pad terug, moet ben ik doodsbang voor die enge kerel die me aanstaart, net of hij me ter plekke met zijn ogen aan het uitkleden is. Gelukkig lopen er nog een paar mensen en ik loop zo hard als ik kan. Even later moet ik ook nog langs een stelletje fluitende bouwvakkers, ik ben doodsbang en ril van angst. Op een holletje ga ik naar het appartement terug.

Na het eten wordt mijn broer door mijn moeder in elkaar geramd, omdat hij niet wil afdrogen. Vervolgens zit ze weer eens te vitten.

"Ik bega een ongeluk als je nu niet opschiet!" schreeuwt ze tegen hem. "Die kinderen doen nooit eens iets uit zichzelf!"

Mijn vader 'kalmeert' of 'kleineert' haar weer eens op treiterende toon, hij noemt haar 'staakje' vanwege haar dunne onderbenen. Het uiteindelijke gevolg is dat mijn zus moet helpen afdrogen in plaats van mijn broer. Zielig.

We gaan naar het strand. Als de hele familie de zee in gaat, lig ik in mijn eentje op het strand.

Ik moet huilen om de zoveelste rotopmerking van mijn ouders en kan even mijn tranen laten gaan. Wat voel ik me eenzaam, het lijkt wel of mijn familie geen barst om me geeft en het allemaal niet interesseert. Het problematische is dat ik het aan niemand kan uitleggen. Er wordt gezegd dat ik in de puberteit zit en dat het daaraan ligt of dat ik het allemaal niet goed zie, maar ik zie het prima. Verbaal lijk ik niet goed genoeg om een en ander uit te leggen, ik kan me niet goed uiten, want anderen begrijpen me niet. Ik voel me zoveel ouder en geestelijk zoveel wijzer dan mijn vriendinnen.

Soms kan ik niet anders meer dan onverschillig zijn. Ik heb het idee dat ik werkelijk niets goed kan doen. Als ik per ongeluk iets fout doe wordt er al op me gescholden: "Rotwijf, ketter, hoepel toch op!" En ga zo maar door. In stilte hoop ik op een goed gesprek met mijn oom, maar de gelegenheid doet zich niet voor. Misschien kan hij me een helpende hand bieden, door bijvoorbeeld met mijn ouders te praten of door advies te geven. Iedere keer wanneer ik op het punt sta om een gesprek te openen, komen mijn ouders er meestal net aan. Dit is een grote teleurstelling voor me.

Mijn ouders kletsen trouwens alles aan iedereen door. Ik ben erachter gekomen dat ze ook dingen doorvertellen wanneer ik ze iets in vertrouwen heb verteld. Toen ik zo'n ontzettend verdriet had over Anton, hadden mijn ouders mij beloofd niets door te vertellen aan anderen. Later kwam ik er tot mijn ontzetting achter dat ze alles wat ik hun in vertrouwen had verteld, aan mijn opa en oma hadden verteld.

Op een avond gaan we met de hele familie uit eten. We gaan naar een restaurant en er wordt vreselijk gelet op wat ik eet, hoe ik eet en hoeveel ik eet. Als dessert eten we ijs.

"Ik vind helemaal niet dat ze zo weinig eet, ik denk niet dat ze een eetprobleem heeft," zegt mijn tante plotseling aan het eind van de maaltijd tegen mijn moeder.

Het bevreemdt mij heel erg dat mijn tante dit zegt. Zelfs dat bespreekt mijn moeder blijkbaar met mijn tante, achter mijn rug om, fijn om te weten! Het komt door de stress dat ik soms niet veel eet, hierdoor krijg ik soms geen hap naar binnen. Dat is meestal 's morgens, dan zit mijn keel gewoon dicht. Daar kan ik niks aan doen en het mijn moeder uitleggen kan ik ook niet.

Als we samen met mijn oom en tante weer teruglopen naar het appartement, schopt mijn broer mij tegen mijn benen. Hij heeft in de poep gelopen en zijn schoenen zitten helemaal onder. Natuurlijk zit mijn hele broek vervolgens compleet onder de stront, woedend ben ik op hem. Zelfs mijn ouders zijn zowaar kwaad op hem, nou, dat valt me alweer mee.

Ik moet bijna kotsen van de stank en ik kokhals dan ook.

"Stel je niet zo aan," zeggen ze daarop.

Mijn broer moet mijn broek in de week zetten en hij vindt het nodig daar om te gaan janken. Omdat hij zo 'zielig' is, krijgt hij een glaasje limonade, zoenen en wordt er met hem gepraat. Dit kan ik horen vanuit de kamer waar ik slaap.

Die avond mag mijn broer bij mijn oom in het huisje slapen. Weer voel ik me verlaten en ik huil zachtjes als ik in mijn bed lig.

Onverwacht komt mijn moeder mijn kamer binnen en zegt hatelijk als ze mijn tranen ziet: "Ach gut, nummer twee, moet je soms ook limonade?"

"Nee, donder op, laat me met rust!" schreeuw ik naar haar. Net of ik limonade wil, niets begrijpt ze van me.

"Oh, goed hoor, ik donder al op, rotmeid…" Scheld, scheld.

Ik heb gelijk spijt dat ik "donder op" heb gezegd. Ik wil met iemand praten, maar met wie? Een afschuwelijke vakantie, dat is het. Ruzie na ruzie, zes weken lang en ze zitten constant op mijn lip. Geen privacy. Ik zal zo blij zijn als we eindelijk weer thuis zijn, dan heb ik weer een klein beetje lucht. De benauwenis en beklemming zijn te groot.

Het is maandag vier augustus. Het weer is hier prachtig. Zaterdag ga ik samen met mijn vriendin Els zwemmen. Het is helemaal niet leuk, omdat er telkens jongens achter ons aan komen. Eerst een hele groep van ongeveer zeven jongens. We lopen langs hen heen en de jongens vragen of we lekker bij hen komen liggen. Ze lopen ons vervolgens achterna.

"Donder nou eens op!" zeg ik kwaad tegen ze.

Gelukkig druipen ze dan af, maar als we liggen te zonnen komt de hele reutemeteut weer langs. Ze gaan vlak bij ons voetballen, willen me kusjes geven en een arm om me heen slaan. Ik vind het walgelijk, terwijl Els dubbel ligt van de lach, ze komt gewoon niet meer bij, zo leuk vindt ze het. Op een gegeven moment let ik maar niet meer op haar, ik erger me kapot aan haar gedrag.

Even later komen er twee jongens van een jaar of achttien opeens naast ons zitten. Ik heb de achterkant van mijn hesje los terwijl ik op mijn buik lig te zonnen.

Die gasten zitten maar te zeuren: "Oh, kijk, ze doet haar hesje al bijna uit" en "Zullen we vanavond een bioscoopje pikken?" Els zit weer aanstellerig te lachen! Een van die engerds wil mijn hand vastpakken en dat wil ik niet.

Wanneer we even later gaan zwemmen in het kleinere zwembad, komt de groep jongens er weer aan, pakken me met z'n allen beet en proberen me te zoenen, wat gelukkig niet lukt, omdat ik me hevig verzet. Els proberen ze niet te pakken. Ik vraag mezelf op dat moment niet eens af waarom ze alleen mij moeten hebben en waarom Els niets heeft gedaan om me te helpen.

Tijdens de zomervakantie breng ik een maand lang de ochtendkrant rond voor Justin, omdat hij op vakantie is naar Joegoslavië met zijn ouders en zus. Ik moet vroeg opstaan en dat valt me niet mee. Het engst vind ik het om een krant in de bus te doen bij een grote blaffende hond die met zijn tanden de krant gelijk uit mijn hand rukt en al woest begint te blaffen als ik de klep van de brievenbus opendoe. Met bonzend hart duw ik de krant dan zo snel mogelijk door de bus, waarbij ik direct mijn hand wegtrek.

Mijn vriendin Ilona en ik doen alles met elkaar. Ze is klein van stuk met haar 1.56 meter en daar heeft ze best een behoorlijk complex van, groeien doet ze niet meer. Ze heeft hele felblauwe ogen en steil, middelblond haar tot op haar schouders. Op school vindt men haar over het algemeen brutaal. 's Morgens is ze praktisch altijd te laat in de les. Ze is vorig jaar blijven zitten en we zitten niet meer bij elkaar in de klas. De leraren vonden dat ze een slechte invloed op mij had, omdat ze altijd maar tegen me zat te kletsen in de les. Soms is het zo erg met ons dat, als we afzonderlijk kleren gaan kopen, we met dezelfde kleren thuiskomen, het lijkt wel telepathie.

We schrijven elkaar ellenlange brieven over wat we allemaal meemaken. Ze schrijft me over haar andere vriendinnen en over jongens. Ook over de jongens die ze niet leuk vindt. Daarnaast schrijft ze me dat ze van haar moeders oude jas een bodywarmer aan het maken is. Bodywarmers zijn op dit moment helemaal hip. Het is een beetje een vies kleurtje gebroken wit en de tietnaadjes zitten er nog in, die heeft ze losgemaakt. De bodywarmer is veel te lang voor haar en ze heeft er een heel stuk afgeknipt, zodat ze 'm toch kan dragen.

Op een keer doet ze de buitendeur van haar kamer op slot, terwijl haar moeder de was aan het ophangen is, omdat ze vindt dat haar moeder haar treiterde. Ze laat mij weten dat ze het ontzettend grappig vindt dat haar moeder buitengesloten is. Ze laat haar moeder wel een kwartier op het balkon staan en Ilona vindt het echt ontzettend komisch. Na tien minuten gaat ze naar de kamer van haar broertje en doet daar het raam open.

"Mam, sta je daar lekker?" vraagt ze haar en ze gaat nog even door met treiteren. Haar vader is weg, anders had ze het niet gedurfd.

"Doe open, ik moet zo nodig naar de wc!" roept haar moeder.

"Nou, dan doe je dat toch op het balkon, ruimte genoeg," zegt Ilona, terwijl ze inwendig vreselijk moet lachen. Haar moeder is woedend op haar. Ze durft meer tegen haar moeder uit te richten dan ik!

Een andere keer heeft Ilona ruzie met haar moeder, ze gaat naar haar kamer en doet de deur op slot. Haar moeder probeert met een nagelvijl door het sleutelgat de sleutel eruit te duwen, zodat ze de tweede sleutel die ze van de slaapkamer heeft, erin kan steken. Dit mislukt echter, doordat Ilona de sleutel met plakband heeft vastgeplakt. Haar moeder blijft aan de deur morrelen en schreeuwen aan de andere kant van de deur, maar ze laat haar lange tijd buitenstaan.

In de pauzes zoekt Ilona mij altijd op, vaak sta ik met Justin, Richard en haar te kletsen.

Te allen tijde doen mijn ouders de slaapkamerdeur op slot, zodat wij als kinderen niet naar binnen kunnen. Er is nooit iets voorgevallen, waardoor ze een aanleiding hadden om dit te doen. Vanavond doe ik wat make-up op, daarvoor ga ik even aan mijn moeders toilettafel zitten. Toevallig is de deur open, mijn moeder heeft een grote kaptafel met spiegel waar ik in kan kijken.

"Ga weg uit onze slaapkamer!" roepen mijn ouders, als ze boven komen.

"Doe snel de deur op slot!" zeg ik een beetje nijdig.

Vervolgens ga ik naar de studeerkamer op zolder, tegenover mijn kamertje, omdat ik daar meer licht heb om me op te maken voor de spiegel. Mijn vader komt boven en gaat breeduit en autoritair met zijn armen over elkaar in de deuropening van de studeerkamer staan en blijft uitdagend naar mij staren…

"Flikker op," zeg ik uitdagend.

Helemaal woest wordt hij daarop. Het lijkt of er plotsklaps een trigger bij hem afgaat. Ik krijg een aantal fikse tikken en een paar stompen op mijn armen en in mijn maag, maar ik geef lekker geen krimp. Op dat moment ben ik echt bang voor hem, echt bang! Hij heeft een duistere blik in zijn ogen waar ik van huiver. Hij scheldt me echt helemaal, maar dan ook helemaal verrot. "Kaffer, klotewijf, slet, trut, duivelskind…"

's Avonds ga ik naar de soos, ik moet om 23.30 uur thuis zijn. De soos is een christelijke sociëteit, er komen allemaal jongeren van de kerk. Daar mag ik dan nog wel naartoe.

De hele familie gaat gezellig zwemmen, maar daar heb ik echt geen trek in! In het zwembad komt altijd een enge kerel, Mark geheten. Hij is niet helemaal normaal. Ilona en ik vinden hem zelfs een beetje op mijn vader lijken. Dat heb ik ook tegen mijn vader gezegd, haha. Van Richard heb ik gehoord dat Mark van kleine jongetjes houdt en iets met een jongetje heeft gedaan in het zwembad. Hij heeft daar een waarschuwing voor gekregen. Sinds ik dat weet, heb ik Mark compleet genegeerd, de viezerik. Ik vond het toch al zo'n creep. Hij lacht altijd heel luguber en altijd probeert hij contact met ons te zoeken. Wegwezen! Ik heb mijn ouders verteld dat hij kleine jongetjes lastigvalt, maar zij moeten er alleen maar vreselijk om lachen en vinden het ontzettend grappig. Nou, ik niet, ik vind hem alleen maar pervers, zoals vele anderen met mij.

"Ach, hij doet niks," zeggen ze en doen alsof ik compleet gestoord ben.

Sindsdien praten ze wekelijks met hem als ze in het zwembad zijn, omdat hij zo vreselijk 'zielig' is. Ik snap helemaal niks van ze, hoe kunnen zij nou bepalen of het onzin is, dat hij niets doet met kleine jongetjes.

Ik heb het uitgemaakt met Justin, hij is er kapot van en ik was er zat van. Ik heb zielsmedelijden met hem, want ik kan er niet tegen om zo hard te zijn. Hij was net een geslagen hond.

Justin pushte mij nog iedere keer om met hem naar bed te gaan, maar ik wil mezelf nog niet laten ontmaagden. Elke keer drong hij er weer op aan, ik was het zo zat dat hij me niet accepteert zoals ik ben, dat ik het na negen maanden verkering met hem voor gezien hou.

Nu heb ik al een tijdje iets met Richard, maar hij is het ook niet voor mij. Hij gaat naar de kerk en dat is natuurlijk precies in het straatje van mijn ouders. Hij besluit om van school af te gaan, zodat hij bij de marechaussee kan. Ik probeer hem uit te leggen dat ik problemen heb thuis, maar hij begrijpt het totaal niet.

"Het is een fase waar je in zit, dit gaat wel over," zegt hij. Weer zo iemand die het allemaal niet door heeft.

"Ik ben niet zoals andere meisjes van mijn leeftijd en dit gaat niet over," zeg ik onmachtig. Niemand begrijpt hoe ik me werkelijk voel. Mijn ouders houden altijd de schone schijn op tegenover anderen. Het is zo ontzettend frustrerend.

Hoe vreemd is het dat ik wel met deze jongen om mag gaan van mijn ouders. Hij is irritant, hij houdt zich aan allerlei vervelende regels, waar ik niet tegen kan. Wanneer ik de verkering met hem uitmaak, eist hij een gesprek met mij en mijn ouders erbij. Dat wil ik niet, ik heb geen zin om me de les te laten lezen door die drie. Uren en uren blijft hij met mijn ouders praten, ze zitten samen in de tuin. Ze roepen mij tussentijds diverse malen om bij het gesprek aanwezig te zijn, maar ik blijf stug op mijn kamer zitten. Samenzweerderig zetten ze hun gesprek voort. Naderhand verwijten mijn ouders mij dat ik een hele goeie jongen heb laten lopen, omdat hij fijn christelijk is en met me wilde trouwen.

Trouwen... hoe oud ben ik nu eigenlijk, ik ben pas zestien! Het benauwt me allemaal verschrikkelijk en ik ben blij dat ik voet bij stuk heb gehouden.

Er woont een gezin met een Joodse moeder bij ons in de straat. De slanke mooie moeder met donker haar loopt altijd statig met een husky aan de lijn, een ontzettende mooie hond vind ik het. De zoon, John, is een klein ettertje van Lucas leeftijd, maar ik heb er nooit zoveel last van. Anna is een klein poppetje met blonde krulletjes en de kleine Esther heeft het donkere sluike haar van haar moeder. De moeder zegt mij wel gedag maar heeft, zo te merken, niet veel op met mijn ouders en broer.

Mijn vader heeft een bloedhekel aan die 'arrogante Joodse trut'. Waarop dit is gebaseerd begrijp ik niet. Mensen oordelen, veroordelen en het uitlachen van mensen achter hun rug om, doet hij continu. Hij doet het werkelijk bij iedereen. Behalve bij Mark natuurlijk, want die, zit zogenaamd niet aan kleine jongetjes en is alleen maar zielig. Voor iedereen heeft hij wel een denigrerende bijnaam. Mensen zouden eens moeten weten...

Tijdens een avond in de soos krijg ik verkering met een andere jongen, Tom. Justin is er ook en hij wordt vreselijk jaloers. Hij staat buiten bovenaan de trap met een scherp jagersmes, hij houdt het mes tegen zijn pols: "Ik wil zelfmoord plegen," dreigt hij.

Doodsangsten sta ik uit. Hij staat daar maar met dat mes in zijn handen en dreigt constant. Uiteindelijk ga ik, samen met Richard, met hem praten en tot slot gaat hij naar huis.

Tom is een hele knappe slanke jongen met lichtbruin, krullend haar en bruine, amandelvormige ogen en enorme, prachtige lange wimpers. Hij heeft een charme over zich die me aantrekt. Ook de andere dames zien hem wel zitten. Hij doet op school altijd erg grappig en clownesk. Hij kan alleen zijn oren bewegen, zonder dat de rest van zijn gezicht meebeweegt. Hij zit bij ons op school, op de havo.

Mijn moeder heeft vandaag ongevraagd mijn kamer opgeruimd. Daar ben ik erg van geschrokken, omdat ik haar heb beloofd mijn kamer morgen op te ruimen. Aangezien zij het daar 'stilzwijgend' blijkbaar niet mee eens was, heeft ze hem vandaag nog 'uitgemest' en met recht uitgemest! Toen ik thuiskwam van school, lag alles anders en had ze ongevraagd een heleboel van mijn spullen weggegooid.

Het grote en afschuwelijke vermoeden bestaat bij mij dat ze ook mijn dagboeken heeft gelezen! Het idee is godgeklaagd, al die persoonlijke dingen die erin staan en die ze nu van me weet... Ik voel me diep gekwetst. Het voelt als een vreselijk verraad! Er is geen veiligheid, geen vertrouwen en ik heb geen enkele privacy. Mijn wurgende gevoelens kan ik zelfs niet kwijt aan het papier. Ik voel me zo verraden dat ik niet weet of ik dit nog kan verwerken. Het is alsof ik met een voortdurende stomp in mijn maag en wurgende vingers rondom mijn keel rondloop.

Vanavond moet ik weer eens verplicht naar catechisatie, het is van 19.00-21.00 uur, twee hele uren, ik heb er totaal geen zin in. Het boeit me niet en ik ga toch altijd als enige in discussie met de dominee.

"Na catechisatieles ga ik nog even bij iemand langs," zeg ik tegen mijn ouders.

"Nee, daar komt niks van in, dat mag niet," wordt er gezegd.
"Waarom niet?" vraag ik.

Mijn vader, de almachtige autoriteit, wordt hierop woest. Voor mijn idee weer zonder enige aanleiding, want ik vroeg alleen wat, maar weer word ik doodsbang voor hem als hij met zijn duistere blik voor mij staat. Hij balt zijn vuisten en wil me gaan slaan, hij haalt uit en vlak voor mijn gezicht houdt hij op. Ik krijg een fikse douw van hem en ik deins nog verder achteruit.

Snel loop ik naar buiten en blijf roerloos en verstijfd van angst staan, mijn hart bonkt in mijn keel, ik durf de deur niet eens meer dicht te doen. Ik verstop me in de garage en roerloos blijf ik vervolgens staan, net zolang tot hij de voordeur dicht doet. Dan ga ik weg en ik ga niet naar catechisatieles, zoek het maar uit. Ik ga naar mijn vriendje en we gaan in onze buurt een stuk wandelen.

Plotseling, als wij daar lopen, komen mijn ouders daar aangelopen. We duiken snel de struiken in, maar later blijkt dat dit helaas te laat was. Thuisgekomen smeer ik 'm gelijk naar mijn kamer.

Als ik naar beneden ga om wat uit mijn jaszak te halen, krijst mijn moeder woest: "Kom onmiddellijk hierrrr". Ze herhaalt haar zin, maar ik ren naar boven, veilig naar mijn kamer. De deur draai ik gelijk op slot. "Je bent flink en goed!" schreeuwt ze. "Als jij mij negeert, negeer ik jou ook!" Haar eeuwige expressie.

Vanmorgen heeft ze geen brood voor me klaargemaakt om mee te nemen naar school, want ze negeert me. Boeien. Op school koop ik een zak chips. Bij thuiskomst ga ik gelijk weer naar boven.

Mijn vader komt aan het einde van de middag naar mijn kamer, driftig commandeert hij: "Naar beneden komen voor het avondeten!"

De sfeer aan tafel is om te snijden en ik vermijd het hen aan te kijken. Als ik wil gaan afdrogen, omdat het mijn beurt is, hebben ze de keukendeur dichtgedaan en drogen ze samen af, ze negeren mij immers. Ik ga maar weer naar boven naar mijn veilige kamer.

Een aantal dagen later hebben ze weer eens een vervelend gesprek met mij aan tafel, zoals gewoonlijk. Het gaat dit keer om het feit dat ze vinden dat ik bijna niet eet.

's Morgens kan ik op mijn nuchtere maag geen droge bruine zemelboterham naar binnen werken met al die eeuwige spanningen. In de ochtenden ben ik gewoon altijd misselijk en iets anders dan een droge bruine boterham is er niet en komt er ook niet. Broodbeleg is er praktisch niet, op jam en oude kaas na, want dat vindt mijn vader lekker. Soms staat er alleen maar een pot pindakaas in de kast voor op brood en verder niets of er is alleen oude kaas en vleeswaren die ik niet lust. Ik kom 's morgens niet zo snel op gang en als ik laat ben vlieg ik snel de deur uit.

"De mensen die in oorlog zitten, bidden om brood," zeuren ze iedere keer tegen me.

Af en toe vergeet ik mijn heerlijke lunchpakket mee te nemen naar school en daar maakt mijn moeder zich vreselijk druk om. Kennissen van hen, die vroeger bij ons in de straat woonden en naar dezelfde kerk gaan, hebben namelijk een dochter van mijn leeftijd met anorexia nervosa. Dat kind is broodmager, gewoon doodeng vind ik dat, en daar willen ze mij mee vergelijken! Zij is gewoon apathisch en eet bijna niets. Nou, ik lust wel wat hoor en ik ben gewoon slank, maar niet mager!

Mijn moeder heeft standaard altijd speculaasjes in huis, 's middags krijgen we een speculaasje bij de thee en 's avonds krijgen we een speculaasje bij de koffie.

Lekker eten is bij ons thuis niet belangrijk, je moet gewoon eten wat de pot schaft. Verder staat er niets in de kasten, want alles, maar dan ook alles wat te eten en te drinken is, wordt opgesloten in de grote kast in de slaapkamer van mijn ouders, die eveneens op slot zit!

Mijn moeder heeft de sleutel van de kast, die ze met een touwtje heeft vastgebonden aan haar beha! Mijn vader heeft de sleutel van de kast aan zijn sleutelbos gedaan, die in zijn jaszak zit.

Als er bezoek komt gaat de slaapkamerkast open en wat er dan allemaal op tafel staat wil je niet weten.

In het weekend krijgen we een klein afgepast schaaltje chips en we krijgen elk een glaasje fris, alles afgemeten.

"Wij sturen je naar de dokter als dat zo doorgaat," waarschuwen ze me.

"Dat ga ik niet, want het slaat nergens op."

"Oh ja? Dat zullen we dan nog wel zien!" wordt er dreigend gezegd. "Reken maar van wel, dan krijg je een serieus gesprek met een psychiater!" commandeert mijn vader.

Of ik behoefte heb aan een psychiater! Ik ben niet gek!

Ik ben altijd ontzettend nieuwsgierig wat voor snoep en lekkers mijn ouders allemaal bewaren in hun geheime slaapkamerkast. Stiekem ga ik op zoek naar de sleutel van mijn ouders slaapkamerkast. Ik vis de sleutel uit mijn vaders jaszak. Dat lukt echter alleen als hij thuis is, hij heeft de sleutel namelijk altijd bij zich.

Zachtjes sluip ik de trap op naar boven en met bonkend hart steek ik de sleutel in het slot. Heel zachtjes draai ik de sleutel om en als de kastdeur open is, weet ik niet wat ik zie! Er ligt allerlei lekkers op de planken: chips, nootjes, chocolade, allerlei soorten koekjes, fris, noem het maar op!

Dan pak ik een stoel en ga boven op de stoel op mijn tenen staan om op de allerhoogste plank van de kast te kunnen kijken. Op de plank liggen allemaal ranzige seksboekjes, vreemd ondergoed met gaten erin en er ligt ook een stapel foto's, ze zitten in een hoesje. Ik kan mijn nieuwsgierigheid niet bedwingen en maak het pakje open. Eerst zie ik foto's van mijn moeder met kleren aan, maar er gaat langzamerhand steeds meer kleding uit, terwijl mijn ogen steeds groter worden en uiteindelijk zie ik allemaal rare naaktfoto's van mijn moeder, in allerlei pikante houdingen. Allerlei rare plaatjes. Dat maakt me woest, woest en kotsmisselijk.

Met trillende vingers stop ik alles zo netjes mogelijk weer terug, sluit snel de kastdeur weer achter mij en loop daarna de trap af om de sleutel weer in mijn vaders jaszak terug te doen.

Ik vind het gewoon vreselijk dat mijn ouders zich zo schijnheilig, fijn-christelijk voordoen en ondertussen zie ik iedere keer de contradicties het tegenbewijs geven.

Op een keer loopt mijn moeder weer mopperend naar boven, om iets uit de slaapkamerkast te pakken.

"Ik weet wel wat voor smerige dingen er allemaal nog meer in de kast liggen hoor. Ik weet heus wel dat papa seksboekjes leest" zeg ik smalend tegen haar.

Des duivels wordt mijn moeder: "Dat doet je vader niet, zo is hij niet!" schreeuwt ze woest uit.

"Wel waar! Ik heb het zelf gezien, ik heb de sleutel gepakt uit papa's jaszak. Ik heb gekeken wat er in die kast lag en toen zag ik die seksboekjes en nog veel meer!" roep ik fel tegen haar uit.

Ze blijft het bloedlink ontkennen, want zoiets doet mijn vader niet.

Nee hoor, mama, zoiets doet mijn vader niet.

Zin in huiswerk heb ik niet en ik doe er niet veel meer aan. Het regent, het is al bij zessen en ik heb nog geen klap aan mijn huiswerk gedaan. De resultaten zijn dan ook denderend... Ik neem nog maar een hap van een van de koekjes die ik heb ingeslagen voor het geval ik weer een keer een maaltijd krijg die ik niet door mijn strot kan krijgen, zoals vanavond. Ik weet al wat we gaan eten, dat heb ik al geroken aan de zurige lucht.

"Eteeeeen!" wordt er gegild.

"Jaaaa, ik kom al."

Het avondeten bestaat uit vieze smakeloze aardappels, bitter gekookte bietjes en natuurlijk een fantastische gehaktbal, die ik amper door m'n keel kan krijgen. Mijn moeder vindt dat ik meer op moet scheppen en ze kwakt er nog een grote hap bij.

"Hè get, waarom nou? Ik heb helemaal geen trek!" protesteer ik hevig.

"Dat gedoe altijd, 't is altijd hetzelfde, nooit is het goed. Ik kan niet ook nog eens voor iedereen apart iets maken!" kift ze. Met tegenzin eet ik mijn bord leeg. "Trek niet zo'n vies gezicht of je kan opdonderen."

"Oké, ik ga al!"

Zo, nu kan ik tenminste het vieze eten weggooien. Ik spoel stiekem het restant door de plee.

Soms heb ik een hekel aan mijn ouders en schrik dan van mijn eigen gedachten. Ik neem het mijn ouders zo ontzettend kwalijk dat ik Anton zelfs niet meer mocht schrijven. Nooit, nooit meer zal ik hem nog zien. Ik kan geen komedie meer spelen tegenover mijn ouders. Lang heb ik mijn gevoelens iedere keer voor ze verborgen weten te houden, maar ik moet ze kwijt en er komen iedere keer weer ruzies van. Ik kan de schijn niet ophouden.

Als ik naar beneden ga om te kijken of er nog iets op televisie is, hebben ze een of ander programma opstaan wat me niet interesseert.

"Goed voor je ontwikkeling," wordt er autoritair gezegd.

"Nou ja, slaat ook weer nergens op," zeg ik tegendraads.

"Och meid, bij jou is er ook niks goed, jij vindt alles stom en dom. Ach ja, je bent niet voor niks een puber!" wordt er verachtelijk gezegd.

Ik heb een enorme hekel aan dat woord puber, continu wordt het tegen me gebruikt, te pas en te onpas.

Het eerste schoolonderzoek is slecht gegaan voor mij en ik krijg ongenadig op mijn flikker van mijn vader. Ik moet nu gelijk gaan leren voor de rest van de schoolonderzoeken die er nog gaan komen. Ik heb het idee om weg te lopen van thuis en dat idee neemt steeds vastere vormen aan. Ik weet alleen nog niet waar ik naartoe kan.

Mijn vader heeft een nieuwe stunt bedacht. Hij draait tegenwoordig de geiser uit als hij vindt dat ik te vaak en te lang onder de douche sta. Soms draait hij de geiser al uit als ik net één tel onder de douche sta… Laatst stond ik net met de shampoo in mijn haar, mijn haar wassen is het eerste dat ik altijd doe, toen de douche alweer ijskoud werd doordat hij de geiser uit had gedaan. Daar kon ik het verder mee doen! Ik moest me verder met koud water afdouchen.

5.

Ik loop over straat en kijk om me heen.

Ik huiver, maar stap moedig verder. Mijn kraag sla ik wat hoger op.

Weer huiver ik en kijk angstig achterom.

Het regent en stormt hevig. Een duister vlak om me heen.

Nu snap ik dat er mensen zijn die bang zijn voor de duisternis en ik begin te rennen, mijn voetstappen klinken hol…

Het is het enige dat ik hoor, mijn eigen voetstappen.

Maar, dat is het niet wat me beangstigt, het is het gevoel dat ik word achtervolgd.

Er is iemand die me zoekt, me pakt, me grijpt…

En als ik mijn ogen weer opsla, voel ik de punt van het mes door mijn ziel kerven.

Eerst aarzelend, dan TERGEND langzaam verder.

En ik geef een gil, maar daar blijft het bij, meer komt er niet uit mijn keel.

Het wil niet meer.

Intens vecht ik tegen het blinkende lemmet, met mijn kaken op elkaar geklemd vecht ik verwoed door en daarna loop ik weer verder.

Kwaad op de overmacht, kwaad om het kwaad.

Angstig en eenzaam.

En plotsklaps zweef ik tussen hemel en aarde en proef een kruimeltje geluk en terwijl ik dat proef, zie ik alle zondaren zitten, in een lange rij.

Wachtend op hun veroordeling.

En ik zie een grote lege ruimte, met een dosis geluk.

Allemaal gegroepeerd in hun eigen hokje, maar stuk voor stuk stralen ze een vonkje licht, dat samen één geheel vormt.

Een bundel licht met een omarming van goedheid en zaligheid overvalt me.

Eventjes maar, 't is maar een klein moment.

Dan overvalt me opnieuw de duisternis en een kille hand omvat in een ijzeren greep mijn hand......

Lucas en ik moeten de vaat doen, maar omdat hij nogal lang op zich laat wachten begin ik vast met afwassen. Als ik halverwege ben komt hij opdraven en ja hoor, hij krijgt het weer voor elkaar. Ik moet ook nog afdrogen van mijn vader! Ik ben kwaad en begin te smijten met de spullen.

"Naar je kamer!" wordt er gecommandeerd, dus daar ga ik weer.

Een uur later wordt er geroepen dat ik koffie kan komen drinken. Mijn zusje en ik willen gaan kaarten. Net pak ik het kaartspel dat van mijn broer is en wil ik hem vragen of het goed is dat ik het even mag gebruiken als hij zegt: "Blijf van mijn kaarten af, kun je dat niet vragen!"

"Naar je kamer!" commanderen mijn ouders me weer.

Ik probeer echt lief te zijn, maar het schijnt niet te mogen lukken. Ik ben verdrietig, omdat mijn broer praktisch altijd gelijk krijgt en hij een nogal jaloers karakter heeft. Dat kan ik gewoon niet vatten. Ik ben zo heel anders.

Ze begrijpen niet dat ik ouder word, rijper, geestelijk en lichamelijk. Oudere ouders begrijpen vast meer, ze treiteren je tenminste niet als je gewoon eens met een jongen praat. Zoals mijn vader tegen me zegt als ik alleen al met een jongen praat: "Geen rare streken uithalen met die kerel hè?" Nee, zo zal ik mijn kinderen niet behandelen later.

Ilona's ouders zijn streng, maar als zij met een jongen praat, dan zeggen ze er niets van. Andere ouders zeggen dat toch ook niet?

Op school ben ik best populair. Ik ga weinig om met de mavo-mensen, ik ga meer om met de mensen uit de havo-/gymnasiumklassen, bij hen voel ik me veel beter thuis.

In de kelder naast de fietsenrekken is een soos gemaakt met houten saunabanken. Tijdens de pauzes gaan we daarnaartoe om te kletsen, te roken en van de muziek te genieten. Het is daar altijd erg gezellig.

Lucas wil gaan voetballen met twee jongens, het is echter zijn afwasbeurt en hij vraagt of hij dit keer niet hoeft af te wassen.

"Oké, ik doe het voor je," zegt mijn vader vervolgens tegen hem.

Ik begin de tafel af te ruimen en als ik daarmee klaar ben, ga ik naar boven.

"Linda, komen!" wordt er geschreeuwd.

"Wat is er?"

"Ja, wat denk je nou? Afdrogen!"

Ik begin af te drogen, kwaad natuurlijk, en zet hardhandig het vaatwerk neer.

"Je kan een pets in je gezicht krijgen!" vit mijn moeder tegen me.

"Vuil serpent, luie mieter!" zegt mijn vader en ik heb weer eens keihard een misselijkmakende stomp in mijn maag te pakken. Ik geef lekker geen krimp. Verder zeg ik niets. Het gevolg is, dat ik weer naar mijn kamer vlieg als de vaat is gedaan. Ik vraag me af waarom ik eigenlijk mijn best doe. Eerbied moet ik hebben voor mijn ouders. Nou, fijne ouders! Mogen zij dan alles zeggen? Me uitschelden voor: straathond, klotemeid, rotkind, vuil stom serpent, kaffer, slet, et cetera, et cetera. Kinderen mogen alleen maar denken en geen eigen mening hebben.

's Avonds is het zoals altijd doodstil in de huiskamer, terwijl de antieke klokken monotoon en irritant door elkaar tikken, tiktak, tiktak. Mijn ouders lezen voortdurend. Mijn vader kijkt de hele avond televisie, met de krant standaard op zijn schoot.

Ik verveel me altijd dood daar. Soms durf ik niets te zeggen om de stilte te doorbreken, zo bang ben ik, er hangt altijd een verschrikkelijk kille sfeer. Om halfelf gaan ze naar bed, dus ik ook.

Iedere zondag is het vaste prik, dan gaan we steevast naar de kerk. Vreselijk vind ik het schijnheilige gedoe. Er zijn zoveel dingen die ons worden 'opgelegd' door mijn ouders, zodat we angst hebben voor bepaalde dingen. Te pas en te onpas wordt het geloof aangehaald!

Op een bepaald moment ken ik een aantal jongeren die ook in de kerk komen, meestal gaan we in de kerkbanken boven zitten. We krassen soms wat figuurtjes in de kerkbank, uit pure verveling.

Het kan me niet boeien wat de dominee vertelt, ook al doe ik soms nog zo mijn best om te luisteren. Iedere keer als ik naar de preek van de dominee luister, dwalen mijn gedachten af, het is oersaai en ik leer er niets van. Het strookt niet met mijn eigen opvattingen en ideeën. Soms ga ik zelfs boven, met mijn handelskennisboek stiekem onder de kerkbank, een beetje zitten lezen. Dat gaat natuurlijk niet als ik beneden in de kerkbank zit. Beneden zitten er veel meer mensen in de kerkbanken. Niemand heeft het in de gaten. Soms kijkt de dominee eens naar de jeugd die boven zit en dan lijkt het net of hij mij persoonlijk dogmatisch toespreekt, met zijn wijsvinger dreigend en waarschuwend hoog opgeheven in de lucht.

Er is weer iets nieuws bedacht. Mijn ouders hebben, zomaar, zonder aanleiding, de regel ingesteld dat we geen televisie meer mogen kijken als we naar school moeten. Ook als we ons huiswerk af hebben, mogen we geen tv meer kijken. Belachelijk vind ik het. Ik moet, als ik mijn huiswerk af heb, de vakken maar gaan repeteren en herhalen van mijn vader. Het gevolg daarvan is vanzelfsprekend dat ik alleen nog maar op mijn kamer te vinden ben!

De ruzies tussen mij en mijn ouders zijn niet van de lucht. Er zijn dingen die ik ze ernstig verwijt en waar ik me hevig voor geneer. Via Iris hoor ik dat ze naar het naaktstrand gaan en dat zij mee moet. Ik ben boos dat ze dit niet tegen mijn broer en mij hebben verteld. Schamen zij zich? Ik heb heus wel gezien dat mijn moeder naakt in de tuin heeft liggen zonnen het afgelopen jaar, ik heb mijn ogen niet in mijn zak! En hoe ze ligt te zonnen, met wijd open gespreide benen… Mijn kamer bevindt zich boven op zolder en ik heb een dakkapel, van daaruit kan ik alles zien wat er zich in de tuin afspeelt. Als ik haar in haar volle glorie met open gespreide benen kan zien liggen, dan kunnen de buren dat ook, zo gênant. Echt alles kan ik zien.

Ik heb mijn ouders verschillende keren seksuele handelingen zien verrichten, terwijl ze samen open en bloot in de tuin lagen en ik boven op mijn kamer was. Ze doen het gewoon, terwijl ze weten dat de kinderen thuis zijn. Kotsziek word ik ervan. Ik wil dat niet zien!

Mijn vader pakt mijn moeder regelmatig van voren in haar kruis als ze staat af te wassen en wij erbij zijn, intussen noemt hij haar bij een van haar bijnamen: 'snee'. Of hij knijpt even lekker lang in haar dikke tieten, gewoon waar we bij zijn, dat vindt hij heel normaal. Het lijkt wel of hij erop kikt. Zulke dingen kan ik toch tegen niemand vertellen! Ik schaam me echt kapot!

Ze doen zich zo 'heilig' voor. Ik moet tegen mijn zin mee naar de kerk, iedere zondag, maar ondertussen kunnen zij zich blijkbaar alles permitteren... Hoe schijnheilig! Ik keur ten zeerste af dat zij zich in het openbaar zo tentoonstellen, maar ik mag daar niets over zeggen en als ik dat wel doe krijgen we hooglopende ruzies! Het wordt zelfs ten stelligste door ze ontkend dat zij dit doen! Het feit dat ze deze dingen niet toegeven, terwijl wij ons aan de regels van de kerk moeten houden en ze mij verwijten dat ik een vriendje heb, stuit mij hevig tegen de borst!

"Welke onderwerpen worden er behandeld op catechisatieles?" (waar ik nog steeds gedwongen naartoe moet) vroeg ik mijn ouders eens.

"Seks tussen pubers," is het belachelijke respons van mijn vader. Dit is zo typerend voor mijn seksueel gefrustreerde vader. Ik weet me met mijn houding geen raad en lach het maar wat weg.

Vanavond zit ik om 18.00 uur nog aan mijn huiswerk, als mijn moeder naar boven komt stieren: "Je moet onmiddellijk komen eten, want wij zijn al klaar," tiert ze woest.

Ik heb haar echt niet horen roepen. Zij wordt helemaal ziedend als blijkt dat ik mijn eten niet allemaal op kan.

"Gooi het resterende eten weg, zodat ik niet tegen je bord aan hoef te kijken," zegt ze spinnijdig. "Egoïstisch kreng!" krijg ik vervolgens weer eens naar mijn kop geslingerd.

"Kutwijf," zeg ik.

Soms schrijf ik gedichten, daar kan ik mijn emoties in kwijt. Vandaag moest ik mijn kamer opruimen en schoonmaken, dat ben ik echter glad vergeten.

"Jij negeert mij, want je hebt je kamer nog niet gedaan. Als jij niet linea recta je kamer gaat doen, ga ik jou negeren. Ik zal niet meer voor je koken, wassen, et cetera," zegt ze laaiend. Wat doet ze verder dan nog voor me? Ik voel me ontzettend verdrietig en eenzaam.

Zondags gaan mijn ouders vaak 'lekker een boekje lezen op bed'. Nou, wij weten alle drie wel wat dat betekent, het seksuurtje. Als we dan in de loop van de middag een kopje thee gaan drinken, ben ik vreselijk vies van ze. Ik griezel ervan als mijn vader iets vastpakt of als we een koekje uit zijn smerige handen krijgen. Verhit zitten ze met rode konen op de bank na te smeulen, ik ga het liefst zo snel mogelijk naar mijn kamer om het niet te hoeven zien of om er überhaupt vol walging ook maar aan te denken.

De strijd om het eten duurt weer voort. Wanneer ik tijdens het avondeten het half aangebrande vlees niet naar binnen krijg en begin te kokhalzen, begint ze weer te zeiken dat ik naar de dokter moet. Ik hou niet van het meeste vlees, ik vind het gewoon niet lekker, ik kan er niets aan doen! Het is een soort aversie tegen vlees dat ik heb.

Soms haal ik weleens een zak paprika-wokkels als ik 's avonds niet genoeg heb gegeten. Ook ga ik weleens een enkele keer naar de snackbar een patatje en een kaassoufflé halen, zodat mijn maag weer wat is opgevuld. Soms helpt een peuk en rook ik mijn hongergevoel een beetje weg, net of mijn maag wordt opgevuld met de dampende rook.

Ik heb eens opgeschreven wat ik over een hele dag verspreid eet en dat is heel normaal vind ik zelf. Misschien eet ik niet overdreven veel, er zijn dan ook veel spanningen thuis. Maar anorexia heb ik beslist niet! Hoe komen ze daar toch bij, in dat hoogstaande brein van ze?

Voor de eerste schoolonderzoeken heb ik van de zes vakken één onvoldoende. Ik krijg natuurlijk allemaal commentaar van mijn ouders. Mijn vader dreigt dat ik van school af moet als ik zak.

"Als het niet naar onze zin gaat, dan moet jij naar een andere school. Reken maar dat ik dan maatregelen tref," zegt hij autoritair, met zijn irritant rollende rrr.

"Zoals wat? Als jij maatregelen treft, dan loop ik hier weg," zeg ik uitdagend.

"Daar bereik je niets mee."

"Dat zullen we nog wel zien," is mijn antwoord.

Ze zijn eindelijk een keer stil.

Vanmorgen moet ik een kwartier eerder aan tafel komen en moet, onder toezicht, twee stuks knäckebröd naar binnen werken en een beker melk drinken. Door de aanwezige spanning kan ik het gewoon niet door mijn dichtgeknepen strot krijgen. Ik vind het afschuwelijk dat er zo op me gelet wordt. Waar zijn ze toch mee bezig?

Ook moet ik weer verplicht naar catechisatieles, waar ik helemaal geen zin in heb. Voordat je van de kerk geloofsbelijdenis mag doen, moet je eerst naar catechisatielessen. Je krijgt van de dominee een soort Bijbelonderwijs in de geloofsleer. Belijdenis doe je als je achttien jaar bent, dat gebeurt in de kerk, tijdens een kerkdienst. Je legt in het openbaar getuigenis af van je geloof door het beantwoorden van een aantal vragen die aan je worden gesteld. Daarna wordt het heilige avondmaal gehouden, waarbij het leven en sterven van Christus wordt herdacht, er wordt een stukje brood gegeten en bij iedereen gaat de wijnbeker rond. Het brood staat symbool voor het gebroken lichaam van Christus en de wijn voor zijn vergoten bloed.

De hele rij mensen die in een kerkbank zit, drinkt van dezelfde wijnbeker, dat vind ik toch zo vies! Aan het eind van de rij wordt er even een servetje langs de rand van de beker gehaald door de koster, die daar in een keurig donker pak staat met een wit servet over zijn arm. Dan gaat de beker weer door naar de volgende rij en vindt hetzelfde ritueel plaats.

Belijdenis doen zie ik helemaal niet zitten, wat heeft dit voor toegevoegde waarde? Mijn ouders gaan ervan uit dat ik gewoon belijdenis ga doen, maar ik wil het helemaal niet!

Altijd die dwang, het heilige moeten... Het staat me zo ont-zettend tegen.

Wanneer ik naar catechisatie ga, voer ik regelmatig, als enige persoon, dialogen met de dominee. De rest van de mensen zit er braaf bij en ze vragen niets. Ze slikken gewoon alles voor zoete koek! Allemaal van die makke schapen die de leider klakkeloos volgen. Ik wil echter overal het fijne van weten, dus ik stel vragen.

"Waarom wordt er vanuit de kerk uit praktisch nooit over het Oude Testament gesproken, maar alleen over het Nieuwe Testament? Waarom is van de sabbat een zondag gemaakt, de rustdag zou toch zaterdag moeten zijn? Waarom wordt er altijd tot Jezus gebeden en niet tot God?"

De dominee kan bepaalde dingen ook niet onderbouwen. Het riedeltje dat Jezus de zoon van God is en er daarom tot hem gebeden wordt, is voor mij geen afdoend antwoord. Waarom bestaat er dan überhaupt een Oud Testament?

Het verbaast me enorm dat de rest braaf in het kringetje zit en alles maar gewoon aanneemt. Nergens hebben ze vragen over, met betrekking tot de Bijbel. Ik ben werkelijk de enige die tegen dingen ingaat, omdat ze tegen mijn principes indruisen of omdat ik het er simpelweg niet mee eens ben. Toch heeft deze dominee best geduld met me, hij is redelijk jong, misschien scheelt dat iets.

Ik vind het belangrijk dat de dingen worden onderbouwd en niet dat iets nu eenmaal zo is, omdat de kerk of de dominee dat zegt en daarmee punt uit.

Ik verveel me altijd vreselijk tijdens de lessen. De mening en de uitleg van de dominee schijnt als enige te tellen, andermans mening wordt niet gewaardeerd door de rest van het kringetje, zo rechtlijnig. Ik vind het zinloos en tijdverspilling.

"Later verwijt jij het ons, als jij niet naar catechisatie gaat!" dient mijn vader me dominant van repliek.

Ook mijn moeder heeft weer het nodige commentaar op het feit dat ik niet meer naar catechisatie wil gaan. De volgende keer dat ik naar catechisatieles moet, zegt ze bloedpissig: "Ik kom je straks ophalen na de catechisatieles, want ik sta erop dat je gaat!" Weer controle dus.

Geërgerd stap ik op mijn fiets en vlak bij mijn huis kom ik Jan-Jaap tegen, die ook naar de catechisatie zou gaan. Hij vertelt me echter dat de catechisatie niet doorgaat vanavond. Blij verrast ga ik weer terug naar huis en open de voordeur.

Direct komt mijn vader naar me toe en vraagt achterdochtig: "Wat is er?"

"Zojuist ben ik Jan-Jaap tegengekomen en hij vertelde me dat er geen catechisatie is."

"Waarom niet?" vraagt hij nogmaals achterdochtig.

"De dominee is er niet!" zeg ik enthousiast.

"Hoe weet je dat?"

"Van Jan-Jaap."

"Hoezo?"

"Ik kwam hem net tegen."

"Waar?" vraagt hij met samengeknepen ogen en nog wantrouwender naar mij toe.

"Weet ik veel, als jullie me niet vertrouwen, dan vertrouw je me maar niet. Je belt de dominee maar op, dan weet je het tenminste zeker."

Mijn moeder is zowaar een dagje aardig tegen me geweest, nadat ik heb gedreigd met weglopen. Mijn vader is een narcistische, autoritaire, rigide man, die het meest om zijn eigen grapjes lacht. Hij heeft op alles en op iedereen kritiek en vindt zichzelf helemaal geweldig. Zijn mening is wet en waag het niet om er tegenin te gaan. 's Avonds huil ik mezelf weer in slaap, omdat ik me zo ontzettend eenzaam en onbegrepen voel.

Inmiddels is het 1981 en zit ik in de eindexamenklas. Mijn schoolonderzoeken zijn zeer slecht gegaan, leren lukt gewoonweg niet in deze toestand. Mijn vakkenpakket heb ik moeten aanpassen van mijn ouders. Ik moest maar biologie gaan doen en aardrijkskunde laten vallen, want anders zou ik een 'pretpakket' hebben. Weer iets dat ik 'moest' doen van mijn ouders. Tot mijn hele grote spijt heb ik naar ze geluisterd. Biologie gaat me niet goed af, het wordt zo saai gebracht in de lessen, het is allemaal zo uitgekauwd, het kan me totaal niet boeien op die manier.

"Jij moet maar verpleegstertje worden, dat is wel wat voor jou," vindt mijn autoritaire vader.

Als ik voor mijn eindexamen zak, moet ik tot mijn grote verdriet nog een jaar thuis wonen.

Elke avond draait mijn vader de stop eruit, omdat ik dan niet meer in mijn dagboek mag schrijven, dan is het plotseling gelijk donker. Weer iets dat ik niet mag. Soms draait hij al om 22.00 uur de stop eruit. Werkelijk niemand heeft er last van, ze weten dat ik in mijn dagboek schrijf en niet vroeg kan slapen.

Overigens ben ik erg inventief hoor, ik heb een zaklantaarn gekocht. Daarmee schijn ik onder de dekens, zodat ze geen licht uit mijn kamer ziet komen als ze me controleren. Op deze manier kan ik toch nog schrijven.

De slaapkamer van mijn zusje ligt ook op zolder, schuin tegenover mijn slaapkamer, er zit nog een gangetje tussen, maar zij heeft totaal geen last van mij. Tegen die tijd dat ik schrijf, slaapt zij allang. Het is een behoorlijke zolder. Er is nog een derde kamer, deze grenst aan de kamer van Iris en bevindt zich recht tegenover mijn slaapkamer. Deze kamer dient als studeerkamer voor mijn vader en soms ook als logeerkamer. Als mijn oma of opa en oma komen logeren dan slapen ze daar. Aan het einde van de zolder is er nog een washok.

Donderdagsavonds, als het koopavond is, ga ik vaak met Ilona of Els naar het winkelcentrum. Op een avond stelt Ilona mij voor aan Robert, hij werkt boven bij V&D op de platenafdeling. Hij vindt het wel leuk die aandacht van ons.

"Zullen we een geintje uithalen?" vraag ik haar even later.

"Ja, leuk!" zegt ze.

"Af en toe ga ik naar het fopwinkeltje in Utrecht en ik heb er blauwe kauwgom gekocht. Als iemand de kauwgom kauwt, krijgt hij megablauwe tanden. Grappig toch, als hij de hele avond met blauwe tanden plaatjes staat te verkopen en hij heeft niks in de gaten?"

"Gaan we doen, hihi."

Wij gaan terug naar de bovenafdeling, zoeken Robert op en gaan nog even met hem staan kletsen.

"Wil je een kauwgompje?" vraag ik uiteindelijk.

"Ja, lekker," zegt hij.

Wij gaan weer weg en bescheuren ons van de lach.

De week daarop gaan we weer bij Robert langs, hij is heel erg kwaad op me.

"Ik heb de hele avond voor lul gestaan met blauwe tanden," zegt hij woedend.

"Ach joh, het was toch een geintje," zeg ik. Er valt niet meer met hem te praten, hij vond het absoluut niet leuk. Wij wel!

Elke donderdagavond, nadat ik in het winkelcentrum ben geweest, luister ik op de radio naar de Soulshow van Ferry Maat, waar ik graag naar luister, het is heerlijke muziek.

Mijn ouders hebben mij laatst weer eens van iets beschuldigd wat ik niet heb gedaan. Er zit een scheur in de huiskamerdeur en zij menen zeker te weten dat ik die scheur heb veroorzaakt, zelfs misschien wel zonder dat ik het wist. Weer wat nieuws.

"Jij hebt er misschien wel tegenaan geschopt in een kwade bui," zeggen ze stellig.

Tuurlijk joh, ik heb er lekker tegenaan geschopt, zonder dat ik me er bewust van was.

Hun slaapkamerdeur zit nog steeds op slot. Net zoals hun slaapkamerkast standaard op slot zit. De sleutel van hun slaap-kamerkast heeft mijn moeder nog steeds met een touwtje om haar beha vastgebonden. Mijn vader heeft die sleutel nog steeds aan zijn sleutelbos zitten, de sleutelbos heeft hij nog altijd in zijn jas zitten.

Als er iets wordt ingeschonken in het weekeinde lopen ze te zuchten en te steunen dat ze weer helemaal naar boven moeten lopen om het fris te pakken uit de slaapkamerkast. Ik heb nog nooit zomaar uit mezelf fris gepakt toen het nog 'vrij verkrijgbaar' beneden in de kelder stond.

Wanneer ik een schone handdoek of een schoon washandje moet hebben – het linnengoed ligt in hun slaapkamerkast – vinden ze het te veel energie om weer helemaal naar boven te moeten lopen en hun slaapkamerdeur van het slot te halen.

Als ik op een avond lig te schrijven in mijn dagboek, komt mijn moeder naar mij toe om te zeggen: "Opschieten, want de lichten gaan zo uit!" Met andere woorden: de stop wordt er binnen een paar tellen uitgedraaid. Ik negeer haar en huil mezelf van ellende weer in slaap.

De volgende morgen word ik weer verplicht te ontbijten.

"Jij moet eten, anders zal je de gevolgen onder ogen moeten zien…!" zegt mijn moeder onheilspellend en 'bitchy'.

Het zoveelste dat ik moet, is er weleens iets dat ik niet moet? Werkelijk geen hap kan ik door mijn keel krijgen 's morgens. Met heel veel pijn en moeite en een droge, dikke strot wurg ik half kokhalzend een bruine boterham met jam naar binnen.

Mijn vriendin Ilona noemen ze honend 'mijn opvoedster' en 'hondsbrutaal'.

Mijn moeder komt uit een zeer gelovig gezin met drie dochters, waarvan zij de jongste is. Opa had zwart haar en blauwe ogen. Ik heb altijd van mijn tantes begrepen dat hij lief en verzorgend was. Zoals ik kan zien op de foto's was hij best een aantrekkelijke verschijning in zijn jonge jaren. Opa was schipper op de binnenvaart, net zoals zijn broer oom Marc.

Oom Marc en tante Mathilda waren een knap stel. De twee waren heel vaak bij elkaar en oom Marc en opa leken in hun jonge jaren erg veel op elkaar. Opa had een iets zachtere uitstraling.

Tante Mathilda was in haar latere jaren nog steeds een knappe vrouw, met mooie krullen in haar zilveren haren en een zacht lief gezicht. Ze heeft altijd mooi gekruld haar gehad en mijn oma is er altijd jaloers op geweest, vertelde ze me. Oma zei altijd tegen me dat ik de haren van tante Mathilde had.

Oma had in haar jonge jaren donkerblond haar met donkerbruine ogen, een leuke, eenvoudige vrouw om te zien. Ze had, zolang ik me kan herinneren, haar grijze haar opgestoken in een knotje en altijd droeg ze een gouden broche met daaraan een hangertje op haar bloemetjesjurk. Oma is nooit meer dezelfde geworden na de dood van opa. Ze leek me achteraf gezien dodelijk eenzaam. Twee van haar drie dochters wonen in het buitenland. De oudste zus van mijn moeder, tante Suzanne, woont samen met oom Tobias en mijn twee neefjes in Spanje, waar ze evangeliseren. Mijn tante probeert consequent iedereen 'in de Here te brengen', wat me mateloos irriteert. Waarom kan ze de mensen niet gewoon accepteren en respecteren zoals ze zijn?

De middelste zus, tante Nellie, en oom Job hebben jaren in Guyana gewoond met hun drie zonen. Nu zijn ze woonachtig in Nieuw-Caledonië, waar ze eveneens evangelisatiewerk doen. Zij doen wel minder hun best om mensen te bekeren. Tante Nellie kan een echte pin zijn. Mijn moeder is de jongste van de drie, zij kan soms ook behoorlijk pinnig zijn.

Ik kan je onmogelijk zeggen wat voor een afschuw ik voor mijn ouders voel.

Kom ik thuis uit school, en terwijl ik langs de gangkast loop, zie ik daar… een slot op de gangkast zitten. In de gangkast zitten stoppen, ze worden er iedere avond routinematig door mijn ouders uitgedraaid, zodat ik nu helemaal geen licht meer aan kan doen. Net of ik ooit aan de stoppen kom!

Loop ik naar boven om mijn gezicht te wassen in het zijkamertje op zolder, zit ook daar ineens een slot op de deur!

Vervolgens loop ik naar de kamer van mijn broer, Lucas, zit daar ook ineens een slot op de deur! Als klap op de vuurpijl zit er nu ook nog eens een slotje op de telefoon, ik wist niet eens dat dat kon! De benauwdheid slaat me tegemoet. Het voelt als Fort Knox. Ik voel me net een gevangene in mijn eigen huis.

Er staat geen alcohol meer in de kast, die hebben ze ook verborgen in hun gesloten slaapkamerkast. Ik heb nog nooit aan de fles alcohol gezeten! Het voelt alsof ze me van alle kanten wantrouwen en ik voel me zo klein, zo ontzettend klein. Ik heb niet eens een eigen plekje waar ik mijn dagboek kwijt kan, zonder dat het stiekem wordt gejat of gelezen.

Ik wou dat ik het adres van het Jeugd Crisis Opvangcentrum had, voor het geval ik het echt niet meer uithou hier. Dat zou me een wat rustiger gevoel geven, ik zou tenminste een adres hebben om naartoe te kunnen.

Ik ben zo bang voor ze, zo bang wat hun volgende stap nu weer zal zijn, bang wat er in de toekomst met me staat te gebeuren. Hoe zal ik me dan voelen hier in huis? Ben ik later wel in staat om mijn kinderen een betere opvoeding te geven dan dat zij doen? Ik loop met vreselijke rotgevoelens rond jegens mijn ouders. En dan die eeuwige kou die ik voel, altijd maar voel in dit ellendige huis en bij deze mensen. De kou snijdt door mijn ziel, bevriest me. De situatie is al zo lang onhoudbaar. Ik probeer echt geen zelfmedelijden op te wekken, maar ik kan soms alleen maar janken en als ik dat uiteindelijk niet meer kan, voel ik me zo intens leeg en uitgeput van machteloze woede.

Als het nog een tijd zo doorgaat denk ik dat ik binnenkort wegloop. Toms moeder vertrouwt ons helemaal niet en wil onze relatie kapotmaken. Ze bereikt toch het tegenovergestelde, ik vraag me af waarom ze dat wil. Ik heb Tom een heleboel brieven geschreven en ze heeft al de brieven die ik aan hem heb geschreven, gelezen en gekopieerd om ze vervolgens aan mijn ouders te laten lezen! Hoe verschrikkelijk is dat, hoe vernederend, het is allemaal zo privé. Waarom? Niemand kan ik werkelijk vertrouwen, helemaal niemand. Weer ben ik verraden. Weer is er niet met mij gesproken en ben ik compleet genegeerd. Iedereen weet wel wat het beste voor mij is, behalve ikzelf zeker.

Het lijkt mij dat ik andere gedachten heb dan anderen van mijn leeftijd. Ik denk over de dingen na die om me heen gebeuren, over de wereld en ben bijvoorbeeld heel erg geïnteresseerd in psychologie, waar ik veel boeken over lees. Dit tot zeer groot ongenoegen van mijn vader.

Het feit dat ik vroeg zelfstandig ben, ligt blijkbaar nogal moeilijk bij mijn ouders. Ik voel me in een hoop dingen buitengesloten door ze en weet soms niet hoe ik op ze moet reageren. Ze stellen regels en daar dien ik mij aan te houden anders nemen zij 'tegenmaatregelen' die bijzonder onprettig zijn. Zelfs als ik mijn haren föhn, draait mijn vader de stop eruit, omdat het te veel stroom kost. Ik huil 's avonds in mijn kamer weer mijn ogen uit mijn hoofd, omdat ik me zo dood- en doodongelukkig voel.

Omdat de zenuwen mij dusdanig parten spelen kan ik 's morgens nog steeds geen hap door mijn keel krijgen, maar daar willen mijn ouders niets van weten. Mijn moeder gebiedt me te eten en gaat zelfs 'op wacht staan'. Als ik van de trap naar beneden loop, staat ze 's morgens dreigend met haar handen in de zij mij op te wachten.

"Ik krijg geen hap door mijn keel," zeg ik rillend.

"Als jij morgen weer niet ontbijt, ga jij naar de dokter," verordonneert ze snuivend en briesend als een woest paard.

"Daar wil ik niets van weten, ik vind dat pure onzin!"

"Dit is niet normaal, jij gaat naar de dokter, al moet ik je er persoonlijk aan je haren naartoe sleuren," commandeert ze. Zou me niets verbazen als ze dat zou proberen, ze doet haar best, maar, het lukt haar toch niet. Ik vertik het simpelweg om daarvoor naar de dokter te gaan, er is niets met me aan de hand, behalve dan dat ik me vreselijk verdrietig voel.

Iris heeft van jongs af aan eczeem onder haar voeten, dit uit zich in kloofjes. Elke avond moet de onderkant van haar voeten worden ingesmeerd met antibioticazalf. Dit moet zo dun mogelijk gebeuren, ik smeer soms haar voetjes in. De dokter zegt dat ze er vanzelf overheen groeit als ze in de puberteit komt. Ik breng best veel tijd met mijn zusje door, als het even kan ben ik bij haar.

Wat ik weleens doe, zijn spelletjes met mijn zusje. Voordat ze gaat slapen ga ik me voor haar verstoppen en dan moet ze mij zoeken. Eens verstop ik me in de kast toen mijn moeder haar net welterusten had gezegd. Zachtjes roep ik na verloop van tijd: "Boeoeoe, boeoeoe…" Uiteindelijk kom ik uit de kast tevoorschijn. Zij schrikt zich helemaal kapot en ze gilt het uit van de schrik. Laaiend is mijn moeder op me. Pas achteraf realiseer ik me hoe geschrokken Iris moet zijn geweest…

Mijn smalende vader heeft kritiek op het uiterlijk van iedereen. Mijn moeder heeft 'staakjes', dat zijn haar spillebeentjes. De moeder van mijn vader heeft vreselijke 'dikke stammen'. Volgens mijn vader mag ik wel uitkijken dat ik 'de dikke stammen' van mijn oma niet krijg, wat overigens echt helemaal nergens op slaat, want ik heb maat 36!

Tante Suzanne is volgens hem een slome, langdradige evangelische truttebol met een vreselijk lange kinnebak. Tante Nellie is een vuile, venijnige pin met haar platgeslagen achterhoofd. De buurvrouw van een paar huizen verderop is een hooghartige trut. Kennissen aan de overkant van de straat waar ze mee omgaan zijn vreselijk volks, ordinair en dom. De juffen van Iris zijn echt vreselijk lelijke padden, er zit nou nooit eens een 'lekkere juf' tussen. Ga zo maar door...

Als ik een paar dagen later klaar ben om naar school te gaan, staat mijn moeder wederom beneden in de gang me op te wachten, ze pakt mijn schooltas en verspert me expres de weg.

"Wat is er?" vraag ik haar.

"Je gaat ontbijten," sist ze met opeengeklemde kaken.

"Ik heb geen trek en als ik eet, ga ik over mijn nek!" schreeuw ik wanhopig uit. Ik wil langs haar heen de deur uitgaan, wat me niet lukt, want ze gaat pal voor me staan. Ze duwt me hardhandig weg en ik schreeuw: "Laat me erdoor, ik moet naar school!"

"Rotgriet dat je bent, je vertikt gewoon alles wat we je vragen, je zal vreten!" schreeuwt ze woest uit.

Dan komt mijn dominante vader de gang in.

"Wat is hier aan de hand?" gelast hij met zijn autoritaire stem en hij gaat met gekruiste armen voor me staan.

"Ze verdomt het weer om te vreten," grauwt mijn moeder tegen hem met veel ingehouden woede.

Ik zeg geen woord en staar haar met doffe ogen vermoeid aan. Dan rammelt ze me door elkaar en gaat zo tegen me tekeer, dat de honden er geen brood van lusten... ze krijst en tiert en pakt me klauwend bij mijn armen beet om me te verhinderen het huis te verlaten.

Op dat moment kom ik in opstand en duw haar van me af. Ik ben het zat dat ze maar alles bij me kan doen wat ze wil, zowel fysiek als geestelijk. Dat had ik beter niet kunnen doen, want nu begint mijn vader zich er ook fysiek mee te bemoeien.

Op een gegeven moment pakt hij me bij mijn haren beet en trekt er keihard aan, terwijl mijn moeder vervolgens op me inslaat. Uiteindelijk weet ik mij van ze los te rukken, terwijl de tranen over mijn wangen stromen. Snel pak ik mijn fiets uit de garage en race in allerijl naar school. Het valt mijn klasgenoten op dat ik niet lekker in mijn vel zit.

Ik vertel mijn vriendin Ilona wat er zich thuis heeft voorgedaan en deel haar gelijk mee dat ik nu echt van plan ben om van huis weg te lopen. Dit is voor mij de druppel geweest die de emmer doet overlopen.

Op school word ik de laatste tijd getreiterd door Nadia. Een klein, ordinair volks meisje met zwart gekrulde, halflange haren. Ze heeft bruine, een beetje venijnig kijkende ogen en een in het verleden provisorisch in elkaar gezette hazenlip. Ze draagt altijd een zwart, leren jack en een spijkerbroek met daaronder hooggehakte, zwarte laarzen. Tijdens handarbeid is het iedere keer raak, jennend maakt ze denigrerende opmerkingen over mijn uiterlijk. Ze zegt dat ik spuuglelijk ben en roept continu treiterend mijn naam. Op een gegeven moment ga ik met tegenzin naar iedere handarbeidles. Ik ben het spuugzat!

Deze keer begint ze weer met treiteren als de leraar de klas uit is.

"Lindaaaa je bent lelijk, Lindaaaa...!" Ze laat me vervolgens bijna struikelen door haar voet uit te steken en vervolgens raakt ze me aan en geeft me een duw. En dat had ze nou net niet moeten doen!

"Had je wat tegen me?" vraag ik haar uitdagend.

Voor ik het weet, staan we samen te vechten. Ik ben zo kwaad op haar! Als ze mij probeert onderuit te halen, trek ik haar bij haar lange haren en trek ik een flinke zwarte pluk haar uit haar kop. Ze houdt niet op met vechten, maar het geluk is dat ik mijn judolessen nog niet ben vergeten. Binnen no time leg ik haar met een heupworp op de grond en ligt ze in de houdgreep. Ze kan geen kant meer op, want ik laat niet meer los. De leerlingen staan in een kring om ons heen naar ons te kijken.

Dan komt de leraar de klas weer binnen en zegt: "Wat is hier aan de hand? Eruit, eruit allebei jullie!!" Meneer de Jong is een watje, die meestal geen orde kan houden en zo'n pittige reactie had ik niet van hem verwacht. Wij gaan naar de directeur en moeten onafhankelijk van elkaar nablijven.

6.

Op zondag 31 januari ben ik weggelopen. Van tevoren heb ik al bekeken waar ik naartoe zou kunnen gaan. Ik heb een opvangcentrum gevonden waar ik zou kunnen verblijven, de Beschermplaats. Samen met Ilona ga ik met de bus naar Utrecht. Zij heeft ook het plan om weg te lopen, zegt ze. Bevend van angst sta ik voor de deur van de Beschermplaats en trek aan de bel. Een of ander alternatief figuur in een felrood gekleurde tuinbroek doet de deur open. Ik word door hem naar de stafkamer gebracht en vertel een beetje over de problemen die ik heb, maar dat lukt niet zo goed, omdat de man volkomen vreemd voor me is en ik hem ook een beetje eigenaardig vind.

We mogen zelf beslissen wat we doen, blijven of teruggaan naar huis. Ilona kiest voor het laatste en gaat nogal overstuur weg.

Zenuwachtig blijf ik achter en ik begin tot overmaat van ramp te janken. Vervolgens brengt dit alternatieve figuur me naar boven, waar een slaapzaal is met acht stapelbedden.

Dit is de meisjeszaal en de jongenszaal bevindt zich beneden. Ik krijg een brochure met voorschriften en regels waar ik me aan dien te houden tijdens mijn verblijf, maar dat interesseert me op dit moment niet. Eindelijk ben ik weg van de druk thuis, weg van alle ruzies en ellende.

Een meisje van mijn school, Vivian, zit hier heel toevallig ook, ze is zeventien, een jaar ouder dan ik. Eerder kon ik nooit zo heel goed met haar overweg, maar ik ben benieuwd hoe ze zal reageren. Ze doet uiteindelijk wel aardig tegen me.

's Avonds bel ik mijn vriendje Tom op om te vertellen wat er is gebeurd. Hij snapt er niets van.

"Ik kan niet begrijpen dat jij problemen met je ouders hebt, want het zijn toch zulke leuke en redelijke mensen!" zegt hij ontzettend verwijtend tegen me.

"Je kan het niet begrijpen, omdat jij er niet tussen leeft" zeg ik vermoeid. Niemand schijn ik uit te kunnen leggen hoe hun werkelijke aard is en in wat voor hel ik leef thuis.

"Ja, maar dan loop je toch niet weg?" zegt hij geërgerd.

"Zoiets doe je ook niet zomaar, alleen als je geen uitweg meer ziet en niet meer verder kan! Vraag me niet om het uit te leggen, want dat kan ik nu verder niet. Later zal ik het je allemaal nog wel eens opnieuw proberen uit te leggen."

Na mijn herhaaldelijk en aandringend verzoek, licht Tom uiteindelijk mijn ouders in. Ik kan het zelf gewoon niet.

Rond 21.00 uur 's avonds is er telefoon voor mij, het zijn mijn ouders.

"Vind je het niet een beetje laag wat je nu doet? Besef je wel wat je ons aandoet?" kwezelen ze.

Een ijzige kilte overvalt me, het gaat alleen maar weer om hoe zij zich voelen, hoe ik me voel interesseert ze niet.

"Mama, ik kan er gewoon niet meer tegen, al die ruzies dag in dag uit, ik heb rust nodig om over alles na te denken. Ik zit hier veilig dus je hoeft je geen zorgen te maken," zeg ik.

"Hoe kom je aan dat adres?" vraagt ze.

"Via het inlichtingennummer. Ik heb er speciaal voor gezorgd dat het een christelijk opvangcentrum is, zodat je je niet al te veel zorgen hoeft te maken. Nu ga ik ophangen, want ik wil eerst praten met een maatschappelijk werkster."

Om 22.00 uur moet iedereen naar bed, ik lig met nog drie andere meisjes op de zaal. Spullen heb ik niet bij me, die moet ik nog ophalen. Ik voel me knap ellendig en schuldgevoelens tegenover mijn ouders bekruipen me om het feit dat ik ben weggelopen, maar ik weet niet wat ik anders had moeten doen... Vrij snel val ik in slaap, want de spanning van thuis is van me afgevallen. Ik heb alleen de zenuwen dat ik terug naar huis moet om mijn spullen te gaan halen en ze dan weer tegenkom.

BROCHURE

Wat is 'de Beschermplaats'?

Een opvangcentrum voor jongeren die zijn vastgelopen en geen onderdak meer hebben.

De Beschermplaats is er sinds januari 1978. In november 1977 heeft een aantal mensen het initiatief genomen tot de oprichting van dit opvang-centrum. Zij kwamen door evangelisatiewerk in contact met jongeren in moeilijkheden en zij vonden dat die jongeren moesten worden geholpen. Hier wordt gewerkt vanuit een christelijke levensovertuiging. Dat betekent dat er aan tafel gelegenheid is om te bidden en dat er na het avondeten een stukje wordt gelezen.

Van jou wordt verwacht, dat je probeert respect op te brengen voor de levensovertuiging van mensen die hierachter staan. Dus gewoon even stil zijn als anderen willen bidden. Ook hopen we dat je een beetje op je woorden let.

Doelstelling: het geven van hulp en tijdelijk onderdak aan jongeren van 13 tot 30 jaar. Tijdelijk onderdak is 14 dagen; als er een goede reden voor is, kan het verblijf worden verlengd.

Wij denken aan jongeren,
*die niet meer thuis kunnen zijn bij hun ouders en ook nog niet zelf-standig kunnen wonen, of
*die al wel zelfstandig hebben gewoond, maar wat niet goed is gegaan.

Er is altijd iemand van de leiding in huis. Wij draaien dag- avond- en nachtdiensten, apart, dus wij lossen elkaar af. Wij worden geholpen door een groep vrijwilligers.

Wie kunnen wij helpen?

Die jongeren die door problemen in hun naaste omgeving in zo'n situatie zijn geraakt dat ze direct weg moeten uit die omgeving, terwijl ze niet in staat zijn zelfstandig een oplossing te vinden. Er moet wel de bereidheid zijn samen iets te doen aan de problemen.

Wie kunnen wij niet helpen?

*Jongeren die verslaafd zijn aan alcohol/drugs.
*Jongeren met ernstige psychische problemen.

Wat kunnen wij doen?

*Samen bekijken hoe erg de problemen zijn.
*Bespreken of weer naar huis terug een juiste oplossing is.
*Zoeken naar een 'tussenoplossing' aangezien het verblijf in de Beschermplaats maar kort is en er soms wachttijden bestaan voor opname in andere huizen. Dus een tijdelijk adres, zoals hier in dit huis.

De werkwijze

Als je hier komt, is er een kort gesprek waarin:
*duidelijk moet worden waarom je onze hulp nodig hebt en
*wij duidelijk zijn wat we voor jou kunnen doen.

De eerste 3 dagen van je verblijf moet je zoveel mogelijk binnen blijven. In die periode vindt er een drietal gesprekken plaats, zodat wij zo snel mogelijk een goed beeld krijgen van jouw probleem en van wat wij eraan kunnen doen (deze 3 gesprekken heb ik nooit gehad en ik heb nooit kunnen vertellen hoe de vork in de steel zat).
Daarna zullen we steeds samen met jou bespreken wat er gebeurt en hoe alles verloopt (ook dit is niet gebeurd, want ik werd gedwongen een gesprek met mijn ouders te hebben).

Wat zijn de mogelijkheden:

*een tehuis, vak internaat, observatiehuis
*een project begeleide kamerbewoning (wat ik dus wilde)
*zelfstandig wonen
*een opvang- of pleeggezin
*een werk/leef/therapeutische gemeenschap
*en we kunnen bekijken of naar huis terug een goede oplossing is.

Huisvergaderingen:

Een keer per week dinsdagsavonds van 7 tot 8 uur. Iedereen is verplicht hieraan deel te nemen. De gang van zaken in huis wordt dan besproken.

Weekprogramma:
Er is een aantal vaste activiteiten waaraan je verplicht bent mee te doen.
Als je niet kunt, moet je daarvoor wel een erg goede reden hebben.

* *een avond per week sport*
* *een avond bioscoop of theater*
* *een middag creatief bezig zijn*
* *een middag bezoek aan museum of tentoonstelling*
* *een uur in de week zwemmen*

Op de zondagmorgen willen we proberen eens wat door te praten over een actueel onderwerp. De activiteiten hangen aangekondigd op het prikbord in de hal.

De financiën
De kosten voor je verblijf hier worden betaald door de Gemeentelijke Sociale Dienst. Wanneer je zelf inkomsten hebt moet je 90% afdragen als eigen bijdrage. Je mag 10% zelf houden en ontvangt dan f 53,71 zakgeld. Als 16-jarige krijg ik f 1,25 zakgeld per dag.

De huisregels:
07.30 u. opstaan m.u.v. za., zo. 09.00 u. opstaan.
Corvee (tafeldekken, eten maken, afwassen koffie/thee zetten e.d.).
Bedtijd: 22.30 u. za. en zo. 24.00 u.
Weggaan: van 14.00-17.00 u. of na overleg met de leiding.

De volgende dag worden we gewekt door Hariëtte. Ik mag haar gelijk al niet, ze heeft iets dat me niet aanstaat. We ontbijten gezamenlijk met de leiding en acht weglopers, iedereen heeft een taak.

"Waarom ben jij weggelopen en wil je dat even in de groep gooien?" vraagt Hariëtte mij.

Vaag vertel ik iets over de toestand thuis en vervolgens word ik geïntroduceerd bij mijn lotgenoten. Richard is een homo met problemen. Ibrahim is een verdwaalde Turk. Dan is er nog een aan drugsverslaafde Javaan die, als de leiding weg is, snel een spuit neemt met wat spul. Er is ook een Marokkaan met zware problematiek. Verder zijn er nog drie meisjes, waarvan ik er dus een ken. De ouders van Vivian liggen in een scheiding, daardoor heeft ze problemen. Ik benijd haar, omdat zij zo gemakkelijk kan aantonen wat haar probleem is.

Als ik in de leefkamer zit vraagt Hariëtte: "Ga je mee naar boven?"

Ik loop achter haar aan en ze doet een deur open. "Dit is de vergaderkamer en als je problemen hebt, kun je hier komen."

Haar dikke klutskin kwabbelt op een neer bij het lopen en de blauwe slobbertuinbroek die ze aan heeft, staat haar niet. Ze heeft vettig rood haar en haar pony hangt sluik tot op haar ogen.

"We zijn hier met zes vrijwilligers en werken in wisseldiensten. Ik ben verantwoordelijk voor jou en bij mij kun je dus ook terecht als je iets wilt weten. Nu, vertel maar eens waarom je weggelopen bent."

Zo goed mogelijk leg ik haar uit dat er elke dag ruzies, scheldpartijen en gevechten zijn, dat er op elke deur en kast een slot zit in huis. Dat ik het gevoel heb dat ik een gevangene in mijn eigen huis ben. Bang ben voor mijn ouders, omdat ze me constant onder druk zetten, dat ze niets van me accepteren en vinden dat ik niet volwassen genoeg ben om bepaalde dingen te doen. Ik leg haar nog een en ander uit met betrekking tot mijn problematiek thuis.

"Ja, je bent nog wel wat jong hè, hoe oud was je ook alweer?" blaat ze.

"Ik denk dat ik zelfstandiger ben dan anderen van mijn leeftijd, dat hoor ik trouwens ook vaak genoeg van anderen. Vaak word ik ouder geschat dan ik ben. Dit is het nou juist, ik word door iedereen nog als een kind gezien, ik heb ook een eigen mening maar, daar wordt door niemand naar geluisterd."

"Ik wil eerst weleens met je ouders praten," zegt ze.

"Waarom moet dat, dat wil ik helemaal niet! Ik wil eerst de zaak van mijn kant uitleggen, vertellen hoe ik me voel, want dat heb ik nooit gekund. Als mijn ouders erbij zijn kan ik dat niet, dan praten ze me toch weer klem en dan sla ik weer dicht. Ik wil nu weleens met iemand kunnen praten," zeg ik wanhopig.

"Nou, dat zullen we nog bespreken tijdens de vergadering," zegt ze terwijl haar kin op en neer kwabbelt.

"Hoe moet dat met mijn spullen, zal ik ze maar gewoon ophalen?"

"Ja, doe dat maar vandaag."

"Ik zal zien, alleen als mijn ouders er niet zijn."

"Blijf vandaag nog maar hier, dan kan je morgen weer naar school."

Wanneer het gesprek beëindigd is, loop ik naar de slaapzaal en plof neer op het bed. Ik sluit mijn ogen, ik heb een groot gevoel van machteloosheid. Dan hoor ik voetstappen op de trap en vraag me af wie dat is.

Een kerel komt binnen en stelt zich voor: "Ik ben Dirk, maatschappelijk werker." zegt hij.

"Hallo, ik ben Linda."

"Zo, en wat doe je hier als ik vragen mag?" vraagt hij terwijl hij zijn hand door zijn lichtblonde haar haalt. Ook hem mag ik direct al niet.

"Nou, volgens mij ben ik weggelopen," zeg ik tegen hem.

"Je hebt het er heel moeilijk mee hè?" Ondertussen grijpt hij me beet en begint me te aaien. Hij drukt mij tegen zich aan.

"Blijf van me af, dat soort aandacht heb ik niet nodig! Ik dacht dat een 'leider' wel beter wist."

"Je vat het helemaal verkeerd op, meisje," zegt hij, hijgend in mijn oor asemend.

Walgend duw ik hem van me af en ren weg, de tranen stromen over mijn wangen om zoveel machtsmisbruik. Zeker weten dat ik goed begrijp wat hij van me wil! Dat vertelt mijn intuïtie me.

Ik ren naar buiten en word door hem nageroepen, maar ik reageer er niet op. De paar lullige rotcenten die ik nog bezit geef ik uit aan een bioscoopbezoekje, voor wat afleiding.

Als ik terugkeer zijn de meeste mensen beneden in de leefkamer, alwaar ik Vivian aanspreek.

"Kan ik je even apart kan spreken Vivian?" vraag ik.

We lopen naar boven toe, naar de meisjeszaal.

"Wil je misschien met me mee naar mijn huis om een aantal spullen op te halen, ik zie er zo tegenop?"

"Dat is goed, dat wil ik wel. Ik heb een relatie met Dirk," zegt ze vervolgens opgewekt.

"Wat zeg je? Je bedoelt met die Dirk die hier werkt?" vraag ik overdonderd.

"Ja, hij begrijpt me tenminste, niemand weet het hoor!"

Wat een smeerlap denk ik.

"Hoe oud is hij eigenlijk?"

"Oh, vijfendertig en hij is getrouwd."

"Nou lekker figuur is dat, laat je je daarmee in? Tegen mij deed hij ook al zo belachelijk vanmiddag."

"Ach, hij is heel lief…," zegt ze zwijmelend.

"Ja, dat zal wel!"

"Er is bezoek voor je," wordt er 's avonds door de leiding gezegd.

Ik loop naar beneden, het is Tom.

"Mogen we weg?" vraag ik aan Hariëtte.

"Dat mag als je maar om 22.00 uur binnen bent."

Buitengekomen krijg ik me toch een scheldkanonnade naar mijn kop van mijn geliefde vriend."Waar slaat dat nou op, jij loopt weg zonder iets te zeggen en er is niet eens wat aan de hand!"

"Hoe weet jij dat nou? Ik heb het je vaak genoeg proberen uit te leggen!"

"Wist ik veel dat het je zo hoog zat. Je hebt hele aardige ouders, ik snap het gewoon niet!"

"Hoeft ook niet, als ik het maar snap," zeg ik koeltjes. "Trouwens, nooit van me gehoord dat mijn ouders bijzonder goed toneel kunnen spelen? Wat weet jij nu eigenlijk van de situatie bij mij thuis af, je kent me pas een maand. Een beetje begrip had ik toch wel verwacht. Je weet hoe bang ik soms voor ze ben en hoeveel ruzies we hebben of wil je zeggen dat je dat nu pas voor het eerst hoort?"

"Ik mag je ouders toevallig erg graag!" zegt hij kwaad.

"Trek je partij voor mijn ouders?" vraag ik verontwaardigd.

"Ja, ik denk het wel. Ik ben het in ieder geval niet eens met wat jij gedaan hebt!"

De zoveelste die me niet begrijpt, zelfs mijn eigen vriendje kan geen begrip voor me opbrengen. Ik voel me zo wanhopig en alleen...

"Waarom tril je zo?" vraagt hij geïrriteerd.

"Weet ik niet, zenuwen denk ik, ik zit ook onder de zenuwvlekken." Ik begin te janken van ellende. "Oh Tom, ik weet niet meer wat ik moet doen, niemand wil naar me luisteren. Ik voel me zo alleen, zelfs jij geeft me geen steun. Je hoeft heus geen partij te trekken, als je maar wat begrip zou hebben voor de situatie."

"Ik probeer het, maar hoe kan ik dat nou?" roept hij verbolgen uit.

's Avonds, als ik in het bed op de meisjeszaal lig, voel ik me nog eenzamer en huil en bid mezelf in slaap, alleen met mezelf, in het eeuwige isolement. Niemand schijn ik uit te kunnen leggen hoe mijn ouders werkelijk zijn. Het is allemaal zo'n farce, ze spelen zo goed toneel tegenover de buitenwereld en ik, ik sta nergens. Niemand die mij gelooft, niemand die me begrijpt, helemaal niemand. Er is alleen maar de eeuwige kou, het onbegrip en de ellende, de kilte die er altijd is en me verstijft tot op mijn bot en de pijn die me in mijn hart priemt als een dolk en mijn maag in elkaar doet krimpen, me op de achtergrond altijd licht misselijk maakt.

De volgende dag ga ik naar school. De conrector van mijn school is ingelicht door het opvangcentrum en hij heeft tijdens een gesprek de nodige uitleg gekregen. Omdat ik een hoop lessen heb gemist schrijft hij speciaal een briefje voor mij, dat ik de betreffende leraar kan laten zien, als reden dat ik mijn huiswerk niet heb gemaakt. Dat vind ik erg aardig van hem. Ik voel me in één woord afschuwelijk, ik heb het idee dat de hele school op de hoogte is van mijn situatie.

Ineens hoor ik achter me: "Linda! Ik ben blij dat ik je zie, ik zat in de zenuwen." Ik zie mijn vriendin Ilona staan.

"Wat is er gebeurd?" vraag ik haar.

"Je ouders hebben me iedere keer naar gebeld om te weten waar je was en ik heb niks gezegd, ze waren heel erg kwaad op me, ze geloofden me niet. Ook vroegen ze of ik de reden wist waarom je was weggelopen. Tom heeft je ouders ingelicht."

"Dank je, dat je niks hebt gezegd," zeg ik dankbaar.

Via Vivian krijg ik te horen dat Hariëtte, de maatschappelijk werkster, buiten mijn medeweten om een afspraak met mijn ouders heeft gemaakt. Woest ben ik.

Ik ga naar haar toe en vraag haar: "Waarom maak je een afspraak achter mijn rug om met mijn ouders, terwijl je weet dat ik niet met ze wil praten?!"

"Ik dacht dat je het wel goed vond," blaat ze.

"Dat vind ik niet en ik vind het misselijk van je om mij er niet in te betrekken!"

"Ik zou het toch maar doen als ik jou was!" dreigt ze.

Ik ben het er absoluut niet mee eens en ik kan er niet meer onderuit. De volwassenen hebben weer eens alle macht en kunnen deze inzetten hoe ze willen.

's Avonds komen ze, ze zitten al in de vergaderkamer als ik word geroepen, ik loop naar binnen en zeg ze gedag. Mijn moeder zit te janken en daar kan ik niet goed tegen.

"Weet je wel wat je ons aandoet?" begint mijn vader.

"Weet je wel wat jij mij hebt aangedaan?" begin ik dan ook. Fout, fout, denk ik, rustig blijven, ga er niet op in, praat kalm, denk goed na bij wat je zegt.

Hariëtte vraagt aan mijn ouders wat ze fout aan mij vinden.

"Er zijn bepaalde regels, in ieder huis zijn regels, en daar dient Linda zich aan te houden. Nou, als ze dat niet doet, dan zal ze ook de consequenties moeten dragen," antwoordt mijn vader autoritair. Er wordt heftig goedkeurend geknikt door Hariëtte met haar hoofd op haar sappige nek en klutskin. "Ik snap het niet, hier zijn toch ook regels en daar kan ze zich wel aan houden," zegt mijn vader despotisch.

"Hier word ik niet onder druk gezet, papa," zeg ik.

"Ach, wat zijn we weer zielig... Je bent gewoon een snol, met al die jongens waar je mee omgaat! Je lijkt wel een hoer!"

"Dat laat ik me niet zeggen!" ik voel me langzaamaan dicht-klappen. Hier hebben we al zo dikwijls ruzie over gehad. Tranen prikken achter mijn ogen, ik ben geen 'hoer'. "Het enige wat ik misschien zoek is liefde en begrip, dat wat ik thuis mis," zeg ik.

"Ja, om die reden zitten we hier ook," zeggen mijn ouders op sarcastische toon.

"Doe toch niet zo ironisch," zeg ik.

"Mevrouw, weet u, Linda is een moeilijk opvoedbaar kind en zeer, zeer labiel, ze is ook veel te impulsief," aldus mijn vader. Wat is dat nu weer voor gezwets! 'Mevrouw' hobbelt met haar hoofd sappig op en neer, te kennen gevend dat ze het wel met mijn vader eens is. Hoewel ze me totaal niet kent, maar ze zal me wel niet mogen. Voor mij is het al genoeg zo, ik dacht dat een leidster geen partij trok, maar dat blijkt dus weer een fout getrokken conclusie van mij te zijn.

Met mijn vuisten gebald sta ik op om naar de slaapzaal te gaan. Ik ben misselijk en geef over. Doodziek voel ik me, spuugzat van al het gezeur, in de plee braak ik alle ellende uit mijn lijf. Dit doe je fout, dat doe je niet goed, je moet zus, je moet zo. Ik kots het er allemaal letterlijk uit. De dagen daarop ben ik ziek en lig in bed.

Ik mag Hariëtte niet met haar vette lichaam in haar blauwe tuinbroek. Ze vindt mijn situatie niet zo erg en wil dat ik maar weer naar huis terugga. Mijn verhaal heb ik nog niet eens goed verteld, volgens mij mag ze mij ook gewoon niet, want dat bolle wijf probeert mij telkens op mijn woorden terug te pakken.

Er volgt een tweede gesprek tussen de maatschappelijk werkster, mijn ouders en mij in de Beschermplaats. Aangezien ik niet goed duidelijk kan maken wat er nu precies aan de hand is en ik voor mijn gevoel niet serieus word genomen, lukt het mijn vader weer om dit keer Hariëtte te bespelen en naar zijn hand zetten. Dat heet toch indoctrineren, manipuleren? Daar is hij goed in, dat is zijn specialiteit. Ik ben immers de onvolwassene, de puber, het kind, niet te vergeten het 'labiele kind' en 'de slet, de hoer', volgens mijn vader. Tijdens het verdere verloop van het gesprek gedragen mijn ouders zich van het ene op het andere moment heel erg anders en ik vind dat ze heel erg lopen te slijmen.

Omdat mijn moraal helemaal weg is, ben ik nu met Tom naar bed geweest, het kan me allemaal niets meer schelen. Eindelijk heb ik hem toegelaten zijn gang te gaan, na de zoveelste keer zeuren. Nu start ik immers met een nieuw hoofdstuk in mijn leven en een hoer ben ik toch wel, dan krijgen ze allemaal wat ze zo graag willen!

We hebben niks gebruikt en dus heb ik de morning-afterpil nodig. Zaterdag moeten we de stad in naar het Rutgershuis, de NVSH, om de morning-afterpil te halen, maar alles zit dicht. Als de NVSH open gaat om 16.00 uur word ik doorgestuurd naar het Diaconessenhuis. Uiteindelijk krijg ik daar, na veel trammelant, het recept voor de morning-afterpil. Vervolgens moeten we op zoek naar een apotheek die open is, uiteindelijk is het gelukt. Na patat met pindasaus heb ik buik- en koppijn en ben ik kotsmisselijk. Ik heb diverse gesprekken met de leiding van het opvangcentrum gehad. De leiding vertrouw ik echter voor geen meter.

Mijn ouders komen zondagavond bij mij langs, terwijl ik ziek in bed lig. Dan vertel ik ze dat ik de morning-afterpil heb gekregen van de dokter. Mijn vader, en ook mijn moeder, beginnen daarop te huilen en dat heb ik nooit eerder gezien. Ik weet niet of dat is, omdat ik de morning-afterpil heb gekregen of omdat ik ben weggelopen. Het is natuurlijk tegen het geloof in om naar bed te gaan met een jongen en om dan ook nog de morning-afterpil te moeten nemen, is wel heel gênant. Ze smeken me om alsjeblieft weer terug te komen.

Ik heb medelijden met ze en voel me heel erg schuldig. Dat is mijn grootste drijfveer om uiteindelijk toe te geven. Gezien het feit dat ik niet op kamers onder begeleiding mag volgens de leiding van de Beschermplaats, maar wel in een pleeggezin geplaatst kan worden, besluit ik uiteindelijk het toch maar weer te gaan proberen thuis. Ik heb geen zin om op mijn leeftijd nog in een pleeggezin te worden geplaatst en ik ben ook bang dat er dan misschien weer een vreemde vent aan me zit, ze kunnen hun handen toch niet thuishouden en mannen vallen me zo vaak lastig.

Er zijn onmogelijk lange wachttijden voor opname in een ander tehuis en dat zou eveneens weer een tussenoplossing zijn. Ik weet dat er veel verslaafden en criminelen zijn onder de jeugd die in de andere tehuizen zitten. Tijdens mijn verblijf in de Beschermplaats is er een klein Marokkaantje dat constant achter me aan loopt en me betast. Hij knijpt me in mijn borsten en billen, wanneer hij maar kan. Ik ken de 'bezoekers' van de Beschermplaats al te goed en hoor van mijn medebewoners die er middenin hebben gezeten de verhalen over de andere tehuizen en wat daar allemaal gebeurt. Nou, daar zit ik ook niet op te wachten.

Mijn ouders vragen me of ik soms weggelopen ben, omdat Nadia me treitert op school. Begrijpen ze nu werkelijk niet dat zij het zijn waar het om draait? Ze hebben in al mijn dagboeken gelezen toen ik weg was. Het doet zo ontzettend veel pijn. Uiteindelijk besluiten mijn ouders met de conrector op school te gaan praten over Nadia. Het blijkt dat haar ouders in scheiding liggen en dat ze een complex heeft van haar hazenlip. Daarom is ze zo moeilijk. Ik heb geen last meer van haar. Ach, als ze echt denken dat dat het probleem is...

Het is toch weer helemaal mis als ik thuis ben.

Plotseling geeft mijn moeder me 's morgens ontbijt op bed sinds ik weer thuis ben. Maar dat wil ik helemaal niet, ik wil een goed gesprek, warmte, een beetje begrip etc. maar dat is er niet. Ze probeert het op de verkeerde manier, dus ga ik er tegenin, ik word er kriegelig van, op deze manier hoeft het niet.

Er komt geen gesprek, weer mag ik niet praten en kan ik me niet uiten. Als ik dan eens begin te praten stuit ik op een dikke betonnen muur en een muur buigt niet mee hoor.

Mijn moeder zegt tegen me: "Ik ben ervan overtuigd dat alles aan jou ligt."

Dat vind ik zo oneerlijk van haar, ik zeg: "Ik heb heus wel schuld gehad aan bepaalde dingen, maar ik vind het oneerlijk om alleen mij te beschuldigen."

"Ik heb heel erg mijn best gedaan toen je terug was gekomen uit het opvangcentrum en nu ben ik ervan overtuigd dat het allemaal aan jou ligt."

Via de Beschermplaats ben ik doorverwezen naar een maatschappelijk werker om mijn problemen mee te bespreken, maar hij zit helemaal in Utrecht en het duurt allemaal zo vreselijk lang. Ik ben er twee keer geweest en ik vind het een alternatieve kwezel. Niets heb ik eraan, ik zit nog steeds in dezelfde situatie.

Als mijn moeder kwaad op me is, staat ze als een briesend paard met opengesperde neusgaten voor me te hijgen van woede en haar duimen haalt ze gekromd langs haar wijsvingers heen en weer, synchroon met haar laaiende ademhaling.

's Avonds in bed lig ik vaak te huilen tot ik niet meer kan. Helemaal leeg ben ik. Er zijn tijden dat ik niet meer kan huilen, zo vast zit het. Soms kan ik me een beetje uitleven met muziek.

Als ik met ze mee op vakantie moet, zie ik daar nu al erg tegenop. Ik heb het gevoel dat ik ze niet aan kan en heb dan helemaal nauwelijks privacy. Dat vind ik het allermoeilijkst, dat ik me niet kan afzonderen van de rest van de familie, iets dat ik ontzettend nodig heb om weer een beetje de rust in mezelf te vinden. Iedere keer als ik mijn moeder hoor vitten, en dat doet ze nogal eens, breekt er ergens toch weer een stukje in mijn hart.

Het is elf maart. Ik slik de pil nu een maand en moest zes dagen wachten op mijn bloeding. Ik zou best zwanger willen zijn. Met de morning-afterpil had ik het gevoel dat er iets uit me losgeweekt werd. Psychisch voelt het slecht. Het is maar goed dat ik nog een week thuis ben gebleven, want ik zweer je, anders had ik waarschijnlijk een inzinking gekregen. Toen ik mijn bloeding had, en dus niet zwanger was, was ik toch wel een beetje teleurgesteld.

Na het avondeten ga ik samen met Tom naar mijn kamer en krijg weer zomaar een jankbui, wat ik niet kan uitstaan van mezelf. We gaan naar Toms flat toe in Zeist. Als ik weer eens bij Tom ben gaan we naar de kelder van zijn flat. Hij heeft als een van de weinigen een sleutel van de kelder. Daar liggen wat oude gordijnen. Op de harde, vochtige grond 'pakt' hij me en het doet pijn. Ik heb toch al buikpijn, ik vind het afschuwelijk en voel me smerig. Ik heb pijn, pijn en nog eens pijn en laat het maar passief gebeuren. Nog nooit heb ik zo'n rotgevoel gehad daar, het schrijnt zo en naderhand moet ik janken.

Bij het afscheid baalt Tom van mijn verdriet en hij probeert me op te peppen, maar het lukt hem niet. Ik voel me een nul komma nul, een niets, een ding.

Vivian heeft een kamer gevonden en ze krijgt f 450,– per maand voor kleren, eten en de rest. Ze heeft alleen twee bedden, een tafel, een stoel en een koffiezetapparaat die ze van Dirk, haar vriend, de maatschappelijk werker, heeft gehad en nog wat eigen spulletjes. Niet te geloven toch, wat een klootzak… Binnenkort ga ik haar een keer opzoeken.

De ouders van Ilona vinden mij maar helemaal niks, ze blijven maar zeggen dat ik een slechte invloed op haar heb. Het doet verschrikkelijk zeer. Het lijkt of ik nergens voldoe of bijna alle volwassenen een hekel aan me hebben.

Mijn docent Duits vraagt zich af waarom ik toch met de kleine brutale Ilona omga, omdat ik zoveel wijzer ben en ze niet bij mij past als vriendin. Het is een van de eerste volwassenen die mij positief benadert. Er is verder niemand in mijn leven.

De groep Doe Maar met het liedje *De Bom* is op dit moment helemaal hot. Het is intussen april. Omdat ik geen eindexamen kan doen vanwege mijn te lage cijfers, moet ik drie maanden eerder van school.

Op vrijdag zegt mijn geliefde moeder plotsklaps in woede tegen me: "Maandag moet jij bij de fabriek aan de slag, ik heb er geen zin in dat je de hele tijd thuis bent en ik wil ook niet dat je op je nest gaat liggen rotten tot weet ik hoe laat!"

Misschien moet ik er even bij vertellen dat mijn familie met een rollende r praat en dan klinken woorden die beginnen met de letter r, dubbel zo hard in de oren als ze kwaad zijn. De rollende r heb ik afgeleerd en dat vinden ze vreselijk. Ze vinden dat ik een brouwende r heb en doen me smalend na.

Het irriteert mijn lieve moeder altijd mateloos dat ik nog niet uit bed ben als ik vrij ben, als zij rond zeven uur opstaat. Ze vindt het al laat als ik om 08.30 uur opsta. Ik zie het probleem niet.

Mijn moeder heeft er dus persoonlijk voor gezorgd dat ik in de vleesfabriek moet gaan werken, een paar straten verderop. Ze heeft alvast voor me geregeld dat ik in ieder geval voor drie maanden fulltime in de fabriek aan de slag ga. Vreselijk vind ik het, ik ben echt niet te beroerd om te werken, maar in een fabriek… Hoever kan ik zakken!

Mijn vader zegt continu met strak opeengeklemde kaken: "Ledigheid is des duivels oorkussen." Iedere keer herhaalt hij sissend die zin, helemaal gek word ik ervan! Ergens gelezen in de bijbel en foutief toegepast.

Nu werk ik dus bij de vleesfabriek. Het werk is verschrikkelijk, zo vreselijk en zo onder mijn niveau. Ik herinner me dat een docent op school eens zei: "Zorg dat je nooit in een fabriek terechtkomt, want dat is zo erg. Dan moet je constant hetzelfde werk doen en dat is verschrikkelijk!" Nu voel ik me nog erger dan een nul komma nul, helemaal waardeloos, een niets, laag bij de grond.

In de fabriek zijn drie grijze fabriekshallen, een wat grotere hal en twee kleinere hallen. Zowel bij binnenkomst als bij het verlaten van de fabriek moet je in- en uitklokken met een prikkaart. De prikkaart moet je in een prikklok steken en dan staan de begin- en eindtijden erop. Zo worden je gewerkte uren in de gaten gehouden. De kaart zit op alfabetische volgorde in een bak, samen met de kaarten van de andere werknemers. Ik werk op de 'inpakafdeling' en moet grote ovale blikken met reeds voorverhit vlees, die op de lopende band voorbijkomen, in dozen doen en de zware dozen op pallets sjouwen. Het is absoluut geen vrouwenwerk. Mijn armen en handen haal ik volledig open aan de dozen, de vellen hangen erbij. Als de pallet vol staat met dozen wordt deze weggehaald met een steekwagen en in een andere ruimte geplaatst. Elke keer is het hetzelfde dodelijk saaie ritueel.

De tijd gaat zo vreselijk langzaam als nooit tevoren, echt elke minuut lijkt een uur te duren. In de fabriekshal hangt een grote klok, ieder moment tuur ik naar die klok en denk dan wanhopig: Oh, is die minuut nou nog niet voorbij? De tijd kruipt letterlijk voorbij. Het is vreselijk geestdodend werk en ik kan er absoluut niet tegen. Ik ben dan ook helemaal doodmoe van het staan op dezelfde plek de hele dag. Het is er vreselijk, echt vreselijk, de hel.

Het sterft er van de Portugese arbeiders, niet bepaald een lekker volkje. Al die geile mannen die er werken en loerend naar me kijken. Praktisch alle mensen die er werken roken. Tegenover me staat een smerige Spanjaard van ergens in de vijftig met een kale kop met een zwart kransje. In zijn blauwe overgooier staat hij me constant smerig te begluren, ik voel het gewoon. Ieder moment dat ik naar de klok staar, wat dus zeer frequent is, kijkt hij met zijn geile ogen naar me en likt aan zijn lippen of hij knipoogt eng naar me. Zijn blik probeer ik te vermijden, maar het lukt niet erg hem te negeren, want ik voel gewoon dat hij me in de gaten houdt. Ik kan niet weglopen of me wegdraaien en ik kan hem alleen maar negeren. Ik voel me er zo niet thuis, er werken mensen die zo dom zijn als het achtereind van een varken en ik voel me dood- en doodongelukkig.

Nou, ik verdien er tenminste geld mee, dat is het enige positieve dat ik kan bedenken. Mijn loon bedraagt f 184,65 per week. Ik ben erg nerveus en rook te veel, het is mijn enige uitlaatklep. Ik mis de pauzes op school best wel. De mannen die een hogere functie bekleden dragen een groene helm op hun hoofd. De inspecteurs die komen om het vlees te controleren, dragen witte pakken en een witte helm.

In de fabriek ruikt het smerig, naar bloed en lijkenlucht van het dode vlees. Ze vonden eens dode babymuisjes tussen het vlees, om te kotsen. Het vlees dat verkeerd is ingeblikt of over datum is, wordt uit de blikken gehaald en opnieuw ingeblikt. Dat gebeurt op de 'inblikafdeling' waar ze ook de blikken vlees verhitten. Mijn moeder koopt vlees bij de slager die aan deze fabriek vastzit! Ik was al geen fan van de smaak vlees en het wordt op deze manier alsmaar erger.

Met mijn moeder heb ik weer een ontiegelijk slechte verstandhouding. Uit woede, omdat ze mijn kamer niet netjes vindt, heeft ze mijn hele kamer overhoopgehaald en echt alles compleet door elkaar gegooid! Waarom doet ze zoiets? Het is een onvoorstelbare bende als ik uit mijn werk kom, overal heeft ze troep neergegooid, op mijn bed, over de vloer. Waarom is dat nu weer nodig en kan ze het niet even aan me vragen? Ik ruim alles gelijk op. Ziek word ik ervan. Ze heeft weer eens een bijholteontsteking, dan is ze helemaal snel op haar tenen getrapt, zodat er weer snel ruzies ontstaan. En ik ben al zo moe en ellendig.

De Falklandoorlog is momenteel gaande tussen Engeland en Argentinië. De Falklandeilanden liggen ten zuiden van de kust van Argentinië. Rond het jaar 1830 had Engeland de eilanden bezet. Argentinië wil de eilanden nu terug hebben en zijn de Falklands binnengevallen. Margareth Thatcher heeft echter besloten om een expeditiemacht van 127 schepen naar het gebied te sturen om de eilanden te heroveren. Prins Andrew is er zelfs naartoe gegaan om mee te vechten.

Op de fabriek werkt een roodharig meisje dat een paar jaar ouder is dan ik. In het begin kon ik wel met haar opschieten. Op een gegeven moment ziet zij mij echter niet meer staan.

Op een dag komt ze mij achterna, als ik naar de wc ga, en roept plotseling woest uit: "Jij blijft met je vuile poten van mijn vent af, anders weet ik je te vinden!"

"Ik ben totaal niet geïnteresseerd in die lelijke vent van jou!" dien ik haar van repliek. Hij werkt namelijk ook in de fabriek. Pas als ze naar me toe is geweest, merk ik dat hij met nog een groepje mannen de hele tijd naar me zit te gluren. Brrr… en ik had dat gewoon niet door.

Bij die Portugese gastarbeiders voel ik me erg slecht op mijn gemak. De enge viezerik recht tegenover me, likt nog steeds aan zijn lippen als mijn blik de zijne kruist en hij maakt geile gebaren. Ik weet echt niet meer welke kant ik op moet kijken van ellende.

Intussen ben ik op een andere afdeling geplaatst, waar het vlees dat ingeblikt is opnieuw wordt ingeblikt. Daarna worden de blikken opnieuw verhit in een grote bak met gloeiendheet water.

De chef van die afdeling is echt ontzettend knap en lacht veel naar me, ik voel me dan ook zeer gevleid. Zijn naam is Edingu en hij heeft me gevraagd of ik zin heb om een keer te komen kijken als hij gaat zaalvoetballen, in de sporthal naast het zwembad.

Dinsdagavond, na het avondeten, ga ik naar het sportcentrum waar ik sta te wachten voor de deur van de sportzaal als Edingu net aan komt rijden in zijn rode Honda. Hij wenkt me naar zich toe.

"Kom je even in de auto zitten?" vraagt hij.

"Waarom? Je moet toch binnen voetballen?"

"Het is nog te vroeg en we kunnen nog wel even een beetje met mijn auto toeren."

Als hij wegrijdt, vraag ik ongemakkelijk: "Waar gaan we heen?" ik heb een voorgevoel dat er iets niet in de haak is.

Op een gegeven moment rijdt hij ergens een heel stil landweggetje in, dat zelfs ik niet ken in onze plaats. Het weggetje loopt dood. Ik begin erg zenuwachtig te worden en voel me bijzonder oncomfortabel. Langzaam brengt hij de auto tot stilstand. Ik bekijk wat mijn opties zijn, dat zijn er niet veel. Uitstappen durf ik niet, omdat er niemand in de buurt is. Ik kan er niet wegkomen en hij kan mij met gemak achterna komen. Het is er doodstil.

Edingu maakt zijn autogordel los en gooit plotseling behendig mijn stoelleuning helemaal naar achteren. Ik schrik vreselijk. Vervolgens ligt hij voor ik het weet hijgend op mij en begint me te zoenen. Uit angst zoen ik hem terug. Al gauw probeert hij mijn behasluiting los te maken, iets wat ik echt niet wil. Wanhopig verzet ik me ertegen, maar hij is erg sterk en ik kan hem niet aan. Ik ben heel, heel erg bang voor hem, ik heb de doodsangst dat hij misschien een mes of iets anders bij zich heeft. Hij betast mij ruw van onderen en hoe ik ook tegenstribbel, het lukt hem om mijn broek los te maken. Hij is erg sterk en omdat hij op mij ligt, kan ik geen kant op. Ten slotte breekt uit panische angst mijn verzet en geef ik het op. Ik laat hem begaan, als een dier. Dan is het zover, hij is klaar. Dat ging redelijk snel.

Hij rijdt me terug en onderwijl vraag ik hem angstig en verward: "Waarom heb je het gedaan?" Ik besef nu dat hij me niet meer met een mes zal gaan bedreigen, hij heeft zijn behoefte gehad.

"Ik weet het niet," zegt hij.

"Ben je getrouwd?"

"Ja, ik ben getrouwd."

"Hoe vaak heb je dit al gedaan?" vraag ik zachtjes en geschokt. In mijn angst blijf ik aardig doen, omdat ik niet weet wat hij nog zou kunnen gaan doen.

"Oh, ongeveer een keer of zes, zeven," zegt hij onverschillig.

"Zo vaak?" vraag ik geschokt. Ik ben geschokt en bang voor hem dus speel ik het laatste spelletje met hem mee. Hij zet me zelfs voor mijn huis af en gaat dan voetballen.

De volgende dag als ik ga werken vermijdt het me aan te kijken. Hij is mijn chef en negeert me compleet. Hij zegt helemaal niets meer tegen me en ziet me totaal niet meer staan. Ik voel me smerig en ontzettend vernederd. Wat is de reden dat hij me totaal negeert? Voor onze afspraak dacht ik nog wel dat hij me echt leuk vond. Ik ben erg in de war en snap er helemaal niks van.

Ik wil niet meer bij die rotfabriek werken. Ik heb het idee dat hij tegen alle mannen in de fabriek heeft verteld dat hij mij gepakt heeft, want ik voel alle ogen prikken en ik voel een grote schaamte die ik aan niemand kan uitleggen. Het dringt allemaal maar langzaam tot me door.

Mijn ouders heb ik niets verteld. Mijn vriendin vertel ik het verhaal, maar ze vindt dat ik het zelf heb uitgelokt, had ik maar niet in de auto moeten stappen. Verder heb ik niemand meer iets verteld, want mijn vertrouwen is kapotgegaan. Ik ga niet meer naar de fabriek, ik vertik het! Niet meer! Mijn ouders hebben me niet eens gevraagd waarom ik de laatste twee weken niet meer naar de fabriek ben gegaan.

Zestien jaar en kapotgemaakt, gebroken. Geen schouder om me heen, geen steun, geen warmte, alleen de eeuwige kou. Ik heb diepe schuldgevoelens over wat er is gebeurd, ben ik wel echt verkracht? Ja, het was onder dwang en nee, ik wilde dit niet. Maar ik heb het toch zelf uitgelokt, ik vond hem toch leuk en ik was toch gevleid dat hij mij leuk vond? Het knaagt aan me.

Begeerte

De man had begeerte
Maar ze wilde niet
Alleen de liefde;
Stralend als de krans van haar hart

Maar de man brak de krans
En stak hem in brand
Ze voelde weerloos de hitte
En zijn vlam had haar geraakt…

Er was zo weinig lucht
Dat ze leek te stikken

Ik voel me zo slecht en wil zo graag goed en gelukkig zijn. Zal ik zelfmoord plegen? Als ik dood ben, ben ik van alles af, maar het mag niet van God. Waarom maakt God mij het leven zo moeilijk dan? Waarom geloof ik iedereen, waarom misbruiken ze mij? Waarom zijn vrouwen jaloers op wat ik niet heb? Waarom wil elke man mij hebben? Ik word er gestoord van en trap er iedere keer weer in. Hoe komt dat toch?

7.

Ik ga kapot aan Toms onbegrip, zijn buien en de ellende, mensen die me in de steek laten, niemand te hebben om mee te praten. Ik wil dood, de jongen waar ik eens echt gek op was, is weg! Verdomme!

Ilona mag nu helemaal geen contact meer met mij hebben van haar ouders. Ze schrijft me een brief die ze aan mij post, ze hoopt dat mijn ouders de brief niet openmaken. Volgens haar ouders heb ik nog steeds een slechte invloed op haar! Ze willen mijn ouders opbellen om ze te vertellen dat Ilona en ik elkaar niet meer mogen zien in onze vrije tijd. Als ze nog bij mij thuiskomt en haar ouders komen erachter, dan moet zij het huis uit en naar een pleeggezin.

Wat doe ik toch allemaal fout? Mijn ouders laten haar waarschijnlijk niet eens bij ons binnen! De moeder van Ilona is van plan om morgen samen met haar naar het bureau voor moeilijk opvoedbare kinderen te gaan. Ilona heeft behoorlijke ruzie met haar ouders gehad, omdat ze blijkbaar te laat thuis was en stond te zoenen met een vriendje. Ze had een of ander verhaal opgehangen dat ze naar een fuif was, terwijl ze daadwerkelijk met het vriendje weg was. Ze heeft allerlei restricties opgelegd gekregen, ze mag onder andere niet meer naar de disco, geen contact meer met mij hebben, ze mag niet meer aan de radio komen beneden en ze mag als ze niet netjes praat of humeurig is, niet mee op wintersport.

Ze wil me nog ontzettend graag spreken, maar ze mag niet eens naar buiten toe. Stiekem blijft Ilona mij toch nog schrijven en ik schrijf haar terug. Ze is gek op twee jongens, maar ze heeft één vriendje en dat kan niet volgens haar ouders, want liefde verandert niet. Ze vinden het belachelijk dat ik een keer met Ilona alleen uit ben gegaan zonder Tom, dat doe je niet. Intussen doet Tom het niet goed op school en blijft zitten.

Tijdens de zomervakanties gaan we tegenwoordig altijd met de familie kamperen. Mijn ouders hebben een caravan gekocht waar zij en Iris in slapen. Lucas en ik slapen samen in een tent, op een dun matje.

Het bevalt me niet op de doorgangscampings waar we meestal verblijven, het is er saai en er is geen zak te doen. Niet lang nadat we vertrokken zijn, word ik plotseling tot overmaat van ramp ongesteld. Tot mijn schaamte heb ik geen maandverband bij me en ik heb ook niets bij de hand om me te kunnen verschonen. Ik vertel het mijn moeder en vraag haar of zij misschien iets heeft. Ze is vreselijk geïrriteerd en zegt: "Pak aan, hier heb je een handdoek, doe die maar tussen je benen." Ik ben altijd heel erg hevig en lang ongesteld, wel negen tot tien dagen en dat weet mijn moeder. Tijdens de autorit krijg ik een handdoek voor tussen mijn benen en daar moet ik het mee doen. Hoe gênant voel ik me, niets meer dan een dier. Ze rijden niet naar een winkel om iets voor me te halen en de hele dag zit ik met die smerige dikke handdoek in mijn broek gepropt in de auto. Ik voel me zo vreselijk smerig en opgelaten.

Die avond stoppen we ergens op een camping en er zijn geen winkels. Zelfs 's avonds, als de tent is opgezet, moet ik het met diezelfde handdoek tussen mijn benen doen en ik moet zo gaan slapen. Gelukkig heb ik me wel even kunnen wassen van onderen en heb ik een schone onderbroek kunnen pakken, maar dat heeft natuurlijk weinig nut. Zoals iedere avond, huil ik mezelf in slaap.

De volgende dag krijg ik uiteindelijk een andere handdoek om in mijn onderbroek te doen, want met één handdoek red ik het echt niet, zoveel als ik vloei. Tot aan de middag van de volgende dag heb ik geen verschoning, tot ik mijn ouders echt smeek om alsjeblieft toch even ergens te stoppen om toch alsjeblieft maandverband te halen bij een winkel. Ik geneer me ontzettend als ik de vieze handdoek aan mijn moeder geef.

De volgende camping waar we verblijven is in het plaatsje Orange in Frankrijk. Die avond snij ik stokbrood en mijn moeder haalt smeerkaasjes van La Vache Qui Rit uit de verpakking. Als mijn moeder een smeerkaasje neerlegt op de campingtafel, stoot ze tegen het andere tafeltje waar een pan kokend water en eieren staat te koken.

"Kijk uit!" zeg ik nog, maar het is al te laat. Het kokende water komt op Lucas voet terecht. Snel gaan we naar een kraantje om zijn voet af te koelen. Mijn vader en ik gaan naar de receptie waar ik het woord doe, mijn vader is helemaal van slag.

Heel snugger vraagt de man bij de receptie: "Is hij verbrand door de zon? Hebben we nog zonnebrand?" Na verdere uitleg echter, belt de man uiteindelijk een ambulance. Mijn ouders gaan met mijn broer mee naar het ziekenhuis, daar wordt alles verbonden.

Het eind van het liedje is, dat Lucas weer alles voor elkaar krijgt, omdat hij zo zielig is. Bij ruzies krijgt hij sowieso altijd gelijk. Hij krijgt bier, noem het maar op. Beetje overdreven mijns inziens. Begrijpelijkerwijs buit hij de situatie gigantisch uit.

Wanneer hij zijn situatie weer eens aan het uitbuiten is, maak ik een valse opmerking: "Net goed dat je je voet hebt verbrand, hopen dat het nog een tijdje zo blijft, gun ik je wel."

Mijn moeder is des duivels op me, haha, mag ik wel!

Mijn broer doorzoekt alle kastjes in de caravan als mijn ouders weg zijn, zuipt limonade, eet van het stokbrood en vreet al de smeerkaasjes op. Alles wordt van hem getolereerd. De hele caravan schudt op en neer als hij aan komt wiebelen met zijn poot. Ik heb geen zelfmedelijden, maar heb wel de pest in dat hij wel zomaar bier mag pakken en ik natuurlijk niet.

Ook vind ik het smerig dat hij al een week niet heeft gedoucht terwijl we op een camping in heet Zuid-Frankrijk zitten en hij zweetoksels heeft en dagelijks dezelfde sokken draagt. Daar moet ik dan mee in één tent slapen! Als ik zeg dat hij stinkt, wordt mijn geliefde moeder weer eens woest. Zij hoeft niet in die lucht te slapen!

Als ik in mijn dagboek schrijf, dan doe ik dat wanneer mijn ouders weg zijn. Ze zijn nooit erg lang weg, maar net lang genoeg om mijn emoties aan het papier kwijt te kunnen. Mijn moeder kankert in de vakantie weer constant om niets.

Inmiddels staan we op een vaste camping vlakbij de Spaanse grens. Gisteren en vanavond kom ik laat bij de tent aan. We zijn met een groepje jongeren naar het strand gegaan en hebben lekker gebabbeld. Ik heb een leuke jongen ontmoet, Jan, en hij heeft nog niets bij me geprobeerd, dus voel ik me veilig.

Op het strand zien wij een eind verderop een groep dronken Fransen, ze maken veel herrie en ze dansen in hun nakie. Wij willen daar niets mee te maken hebben en gaan daar weg. Ondertussen heeft mijn vader me vast lopen zoeken op het strand en heeft dat groepje natuurlijk gezien. Ik ben doodsbenauwd voor wat hij nu weer gaat suggereren.

Stiekem ben ik onder het zeil van de tent doorgekropen, zodat ik de rits niet open hoefde te maken en lig met bonkend hart te wachten op wat gaat komen. Tien minuten later komt mijn vader uit de caravan en richt de zaklamp op onze tent, hij schijnt met de lamp onze tent in, recht in mijn gezicht. Gelijk daarop begint hij tegen me te schelden, niet normaal. Het oordeel is alweer geveld.

Even later komt mijn moeder erbij, zij begint eveneens op me te schelden.

"Wacht maar, morgenochtend praten we wel verder!" dreigen ze.

Nou, dan weet ik wel dat het weer compleet hommeles is.

De volgende dag stellen ze me voor de keuze. "Je kan óf de mavo afmaken en alles, maar dan ook alles doen wat wij zeggen, óf we doen je het huis uit en je moet gaan werken en op kamers en als je met 'zo'n' gezicht rond blijft lopen, moet je op kamers," zeggen ze. "Het is nu geen dreigement meer, nu is het menens, jij terroriseert het hele gezin en het hele gezin lijdt eronder!" zeggen ze tot driemaal toe beschuldigend. "Ik zou er maar over nadenken wat ik zou kiezen als ik jou was!" bitchen ze.

Zoals de situatie op het moment is, willen ze me uit huis hebben, dat is me duidelijk.

Het enige dat ik zeg is: "Ik haat jullie."

"Ja, dat weten we," is het onverschillige respons.

Het gevolg van mijn opmerking is natuurlijk weer een preek. Ze zijn niet geschokt. Er wordt niet over mijn gevoelens gepraat. Ik denk werkelijk dat iedereen een hekel aan me heeft.

Jongens kan ik krijgen bij de vleet, die vinden me anders dan andere meisjes. Ik begrijp niet dat ik niet het vermogen heb om me aan één jongen te binden. Elke mogelijkheid tot liefde, begrip, warmte, genegenheid, een beetje aandacht, pak ik met beide handen aan. De verkrachting probeer ik ook op deze manier te verwerken.

Deze vakantie zijn er een andere oom en tante meegegaan, eveneens weer een broer van mijn vader. Zij signaleren mij met mijn vakantieliefde. De schande heeft de familie reeds bereikt en ik ben de wanhoop nabij.

Jan is stapelverliefd op me, eerst zag ik hem alleen als een lieve vriend. Later is dit veranderd. Met deze jongen kan ik werkelijk praten over mijn nare ervaringen, hij begrijpt me. Het is een hele leuke jongen om te zien, hij heeft blond haar met een spuuglok en blauwe ogen. Hij is iets langer dan ik ben. Hij is meer het 'disco-type' jongen. Hij is erg lief voor me en we hebben veel plezier samen. Ik krijg liefde, dat waar ik zo naar verlang.

Ik zit in de caravan en mijn moeder gooit zomaar plotsklaps, zonder iets te zeggen, een pen naar mijn hoofd. Aangezien de pen niet van mij is, wat ze best wel weet, leg ik hem terug op de tafel. Daarop gooit ze knetterhard de pen naar mijn hoofd en slaat me. Om niets. Vervolgens word ik zo kwaad dat ik haar schop, want ik kan er niet meer tegen dat ze me zomaar slaat. Dan krabt ze me, zodat ik een flinke schram op mijn been heb. Ik heb geen lust nog bij haar te zitten en ga de caravan uit.

Mijn ouders liggen altijd in hun blootje op het naaktstrand, ik ga daar echt niet bij liggen! Wanneer ze mij zien aankomen, doen ze snel hun zwemkleding aan, ze schamen zich blijkbaar voor me. Mijn moeder met de benen wijd en mijn vader die met zijn hoofd precies zo ligt dat hij erin kan kijken, dat zie ik als ik naar ze toe kom lopen. Ik weet me met mijn houding geen raad en voel me kotsmisselijk, ik schaam me nog veel meer voor ze en ga zo snel mogelijk weer weg. Ik kom verder ook niet meer bij ze langs op het strand als het niet hoeft.

Mijn zusje ligt wel bij hen, dat vind ik wel ontzettend sneu voor haar. Ze mag niet met mij mee. Ze vindt het echt vreselijk om bij ze te moeten liggen. Ze vertelt me in vertrouwen dat mijn vader haar regelmatig vraagt: "Wil je ook je broekje uit doen? Je mag je broekje wel uit doen hoor."

Dat wil ze voor geen goud en ze voelt zich er vreselijk ongemakkelijk en ellendig bij. Ze schaamt zich kapot en weet zich geen houding te geven. Iris vertelt me ook dat ze hoort als ze seks hebben 's avonds in de caravan, zij slaapt daar natuurlijk ook. Ze kan echt alles horen, want ze ligt er pal naast en de hele caravan schommelt dan heen en weer.

Een keer was het zo erg met de geluiden dat ze schreeuwde: "Hou er nu eens een keer mee op!"

"Hou je kop dicht!" schreeuwde mijn vader tegen haar en ze gingen gewoon door met waar ze mee bezig waren, blijkbaar zonder enige gêne... Hoe bestaat het?

Met pijn in mijn hart laat ik mijn zusje Iris bij mijn ouders achter. Ik vraag of ik haar mee mag nemen, maar ze staan het niet toe. Tja, wat kon ik anders verwachten?

Ik lig op het andere gedeelte van het strand, bij de andere jongeren van de camping.

'Mijn eeuwige lach' noemt mijn vakantievriendje me. Schone schijn! De laatste avond bedrink ik me, het afscheid valt me zwaar. Mijn broer heeft sigaretten van mij gejat uit een nieuw pakje. Aangezien ik niet veel te drinken krijg van mijn ouders, koop ik zelf een fles fris en ik bied Lucas ook wat te drinken aan. Hij maakt de hele volle fles leeg, op een paar slokjes na. Hufter. Zo is dus mijn broer.

Op mijn vakantieadres krijg ik een brief van mijn vriendin Renate. Ze schrijft over de problemen die ze heeft gehad met haar ex-vriendje. Ze schrijft ook dat ik een steun voor haar ben en een echte vriendin, die ze niet graag wil verliezen. Ze is door mij een beetje over haar verdriet met haar ex heen gekomen. Daar ben ik blij om. Ze vindt het leuk dat ik haar beschuit met pindakaas heb leren eten, dat vindt ze nu heerlijk. Met mijn eigen problemen kan ik echter niet bij mijn vriendinnen terecht, ze begrijpen me niet.

Mijn vader laat in de vakantie weer geen mogelijkheid onbenut om mijn moeder te betasten of te bevoelen, het maakt niet uit of ze nu samen in de zee gaan zwemmen, op het strand liggen of in de caravan zijn. Hij zit in haar bikinibroekje als ze samen in het water zijn, zogenaamd stiekem, maar ik heb het idee dat iedereen het ziet. Hij knijpt in haar tieten als ze staat te koken of hij grijpt haar lachend in haar kruis als hij er even zin in heeft, gewoon waar we bij zijn en zij zegt dan standaard lachend: "Nou, Victor...!" De allesoverheersende onbeschrijfelijke schaamte die ik voel is ontzettend aanwezig en ik durf er niet met iemand over te spreken, zo gênant vind ik het.

Op de terugweg staan we weer op een camping in Orange. Ik ben op zoek naar mijn bikinihesje en kan hem nergens vinden.

"Nou, dan ga ik maar zonder hesje!" zeg ik uitdagend.

Daarop worden mijn ouders bloedlink, want ik moet mijn bikinihesje aan. Zelf zont mijn moeder topless of, als het maar even mogelijk is, compleet naakt. Ik vind ze hypocriet, omdat ze, als het maar even lukt, op nudistenstranden liggen en er gewoon niet voor uitkomen. Ik heb ze meerdere keren zien liggen, zowel in Nederland als in Frankrijk.

"Jullie zijn gewoon een stelletje schijnheiligen," zeg ik.

"Het zit je wel hoog hè!" zegt mijn moeder smalend.

"Ja, inderdaad," zeg ik.

"Nou, mij zitten veel meer dingen dwars van jou!" sneert ze.

Mijn broer heeft mij een 'vieze vuile straathoer' genoemd en dat heeft me bijzonder gekwetst. Van mijn vader geleerd natuurlijk. Ik vind hem een egoïstisch rotjoch. Hij maakt constant ruzie met mijn zusje. Als hij geen ruzie zoekt met haar, dan zoekt hij wel ruzie met mij.

Mijn vader zegt dat ik volgend jaar wel met een 'christelijk jeugdgroepje' op vakantie kan gaan. Dat zie ik dus totaal niet zitten, zo'n lekker schijnheilig christelijk groepje.

Op de terugweg zijn mijn sigaretten op en ik ben blut. Daar baal ik van als een stekker, want mijn ouders hebben gezegd dat ze me geen geld willen lenen, dus vraag ik het ook niet. Af en toe zit ik in de auto in mijn dagboek te schrijven onder geruzie van mijn broer en zusje.

Thuisgekomen vertel ik Tom wat er in de vakantie is gebeurd met Jan en dat ik onze verkering wil uitmaken. Ten slotte vertel ik hem ook over de verkrachting in de auto, door de manager van de vleesfabriek.

Tom gaat helemaal over de rooie als ik het uit wil maken. Huilen, huilen, ik moet bij hem blijven. Het blijkt dat hij ook een ander vriendinnetje heeft gehad, dat hoorde ik trouwens achteraf van iemand anders. Dit vertelt hij mij echter niet zelf.

Tijdens mijn vakantie heeft Tom een brief opengemaakt die mijn vriendin Renate aan mij heeft gericht, bekent hij mij. Hij had de brief uit de brievenbus gevist, niet zo'n moeilijk klusje. Inwendig kook ik van woede dat mijn vertrouwen weer eens is misbruikt! Er stonden een aantal dingen in de brief die ik hem zelf had willen vertellen. Zat ben ik van het eeuwige misbruik dat er van mij wordt gemaakt, zowel geestelijk als lichamelijk.

We gaan in de vakantie een keer met het gezin naar de bioscoop om de film *E.T. The Extra-Terrestrial* te zien. Dat vind ik wel leuk.

Ik heb trouwens sterk de indruk dat mijn vader brieven die voor mij bestemd zijn, onderschept. Het gebeurt regelmatig dat er iemand een brief naar mij heeft gestuurd en ik niets heb ontvangen. Iris stelde me in vertrouwen op de hoogte dat mijn vader brieven die voor mij waren bestemd tegen het licht houdt en deze probeert te lezen. Er valt echt niemand te vertrouwen, ik heb nergens enige privacy lijkt het wel. Blijkbaar vinden bepaalde mensen dat ze het recht hebben om in mijn leven te wroeten en zich overal mee te bemoeien. Mijn vader weet bepaalde dingen die soms in een brief hebben gestaan en die hij nooit had kunnen weten. Het contact met mijn ouders verslechtert hierdoor nog meer. Ook worden mijn bankafschriften, vaak zogenaamd per ongeluk, opengemaakt. Tja, er zijn er zeker meer mensen die een L. als voorletter hebben in de familie?

Elke zaterdagavond ga ik uit. Op een keer word ik uitgenodigd voor een feest bij Fred thuis. Ik heb hem leren kennen in de soos, hij heeft botkanker en zijn been is afgezet. Botkanker schijnt vreselijk pijnlijk te zijn. Hij heeft een houten been en loopt met krukken. In de soos heeft hij een vriendinnetje opgedaan. De botkanker is inmiddels uitgezaaid en hij heeft nog een halfjaar te leven, maar hij is altijd vrolijk en zo sterk.

Op het feest voel ik me erg verdrietig en op een gegeven moment komt Fred naar me toe en vraagt: "Wat is er?"

Ik wil hem eigenlijk helemaal niet belasten met mijn problemen en zeg hem: "Ik vind het zo erg hoe het gelopen is met Tom en mij."

"Ach, er zijn genoeg leuke jongens, ik weet zeker dat je een andere leuke jongen tegenkomt," zegt hij.

"Ik weet het niet."

"Natuurlijk wel!"

Ik bedenk me hoe erg het moet zijn om zo jong al kanker te hebben en zo optimistisch en vrolijk te kunnen zijn, ik vind het zo knap. Waar maak ik me dan nog druk om, al mijn problemen zijn daarbij vergeleken toch niets!

De groep Golden Earring heeft dit jaar gratis voor hem gezongen, daar is hij een vreselijke fan van. Het was een van zijn wensen. Dat vind ik echt fijn voor hem. Ik bewonder hem echt voor zijn positieve instelling. Het gesprek kan ik niet meer vergeten, hoe hij me probeert op te beuren, terwijl hij zelf zo ziek is.

Een aantal maanden ligt mijn vader al op bed, omdat hij een dreigende hernia heeft. Als hij ziek is kan hij niets meer. Natuurlijk wordt hij op zijn wenken bediend. In de huiskamer staat een bed voor hem en een tweede televisie, de geluidsinstallatie staat speciaal naar hem toegedraaid. Hij commandeert iedereen en voornamelijk mijn moeder.

Als hij jarig is, slooft zij zich ontzettend voor hem uit, maar nog scheldt hij tegen haar.

Jankend loopt ze naar boven. Ik ga naar haar toe, ik probeer haar te troosten en leg een arm om haar heen. "Je hebt mij toch nog…," zeg ik tegen haar. Het komt echter totaal niet over, het interesseert haar geen zak. Ze weert me af, ze moet niks van mij weten. Desondanks probeer ik haar zoveel mogelijk te helpen. Een paar dagen later is het echter weer helemaal mis tussen ons.

Er is zoveel geestelijke armoede bij mijn ouders, alles draait om materialisme. Daarentegen wordt er altijd bezuinigd op eten, ook iets waar ik absoluut niet tegen kan. Ondanks het feit dat ze twee auto's hebben, een groot herenhuis, een caravan en zich kunnen permitteren wat ze maar willen.

Bij het uitgaan heb ik twee meisjes leren kennen, Ilonka en Larissa, het zijn zusjes. Ze komen uit Zeist. Ze hebben gevraagd of ik zin heb om een keer bij hen thuis langs te komen. We spreken af en ik ga naar ze toe. Er is nog een vriendin van ze. We drinken een kopje thee en gaan dan naar boven toe. We lopen twee trappen op en gaan naar de zolder.

Op een gegeven moment vragen ze me of ik mee wil doen met geesten oproepen via een ouijabord. Het is een plankje met letters waarbij je antwoorden kunt krijgen als je vragen stelt. Ik wil het niet, want ik wil me niet met zulk soort dingen bezighouden. Ze zeggen me dat het echt geen kwaad kan, ze hebben het vaker gedaan. Uiteindelijk laat ik me door ze overhalen.

Ze zetten het bord neer en zetten er een omgedraaid glas op. Ilonka doet een kaarsje aan en zet deze ook op de tafel. Met z'n vieren leggen we onze vinger op het glas. De meisjes beginnen met het vragen of er iemand is. Op een gegeven ogenblik begint het glas zachtjes te trillen en uiteindelijk gaat het bewegen.

"Nee, dat doen jullie!" zeg ik, omdat ik het niet geloof.

"Nee, echt niet, voel maar!" en ze halen hun vinger iets van het glas af en ik ben de enige die nog met de vinger op het glas is, terwijl het naar de letters toe beweegt. Dan voel ik de vreemde, duistere, magnetische kracht.

Ze stellen allerlei vragen over mensen die ze kennen. Het glas beweegt naar een letter toe en stopt dan, vervolgens gaat het naar de volgende letter toe en stopt dan weer, net zolang tot het een woord vormt. Het glas gaat steeds sneller en er wordt steeds harder aan getrokken. Ergens vind ik het spannend, maar ik vind het ook eng.

Uiteindelijk vragen ze iets over de vriend van hun vriendin. Dan krijgen we een hele rare zin te zien: *Roel ruikt platjes.* Deze zin herhaalt zich, want we denken dat we het niet goed hebben gezien, het glas beweegt razendsnel. We moeten er zo verschrikkelijk om lachen, het is zo raar.

Dit valt klaarblijkelijk niet in goede aarde bij onze bezoeker. Plotseling horen we een klap, het raam waait open, het gordijn vliegt omhoog en de kaars gaat uit. We schrikken ons helemaal kapot! In paniek ren ik naar beneden de trap af, gevolgd door de rest. Ik sta helemaal te trillen van angst.

Als ik 's avonds in mijn bed lig, kan ik de slaap niet vatten, ik ben bang in ons koude donkere huis en mijn zolderkamer voelt niet prettig. Ik lig erg lang met het licht aan. Daarna heb ik er nog nachten last van, ik durf zelfs niet te gaan slapen in het donker. Spelen met het ouijabord is iets dat ik echt nooit meer zal doen. Ik neem geen contact meer op met die meiden, ik wil ze niet meer zien.

Op de televisie zijn regelmatig de beelden van Lech Wałęsa te zien, hij is de voorzitter van de verboden Poolse vakbond 'solidariteit'. De Libanon-oorlog is in volle gang, de Israëlische luchtmacht bombardeert Palestijnse stellingen in Libanon.

Zeventien jaar ben ik en ik blijf maar jongensgek en begrijp mezelf niet. Iedereen vindt me toch al een hoer, dus als ze dat beeld van me hebben, waarom zou ik me dan anders voordoen?

Wanneer het even kan bedrink ik me, zodat ik de ellende thuis kan vergeten. Ik slaap veel, heel veel. Dag in dag uit heb ik pijn in mijn maag van de stress. Ook heb ik het eeuwig koud, omdat de thermostaat standaard op 18C wordt gezet. Op zolder, de kamer van Iris en mij, is het veel kouder. Ik kan je niet zeggen hoe koud, maar ik weet dat ik altijd koude vingers heb. Dan ben ik nog minder kouwelijk aangelegd dan de meeste meisjes. In mijn kamer zit ik meestal met mijn dekbed over me heen, zodat ik de kou niet voel.

Op een zaterdagavond ben ik rond 23.45 uur thuis. Aangezien ik last heb van mijn blaas vertel ik dat mijn moeder. Zij liggen al in bed en mijn moeder wordt woest op me.

"En daar kom je nu mee aan om 24.00 uur 's nachts? Ben jij wel wijs? Ik heb nog zo tegen je gezegd dat je veel water moest drinken! 's Morgens ga je zonder iets te drinken de deur uit en je komt 's middags pas thuis!"

Hierop smijt ik hun slaapkamerdeur dicht en ga naar boven naar mijn kamer.

Even later rent ze de trap op en komt woedend naar mijn kamer stieren. "Nu kan ik geen dokter bellen en ik begrijp niet dat je er nu pas mee komt! Je loopt er dan al een hele dag mee." Ik heb helemaal niet om een dokter gevraagd en loop al veel langer met pijn, maar laat haar maar kletsen! "Weet jij wel wat je oploopt? Een nierbekkenontsteking, straks komt er bloed in je urine en moet je constant naar de wc." Kwaad kan ik niet eens meer worden.

"Zelf heb je elk jaar een blaasontsteking, die moet je dan ook kunnen voorkomen" zeg ik zacht.

"Ik ben ook heus weleens een keer in de fout gegaan, maar dan alleen wanneer ik me niet goed had gekleed en niet zoals jij."

Een superslecht excuus vind ik dat. Terwijl ze wegloopt, schreeuw ik van ellende uit "vuile kankerteef." Natuurlijk volgt hierop een hoop gegil en gekrijs van haar zijde.

's Nachts durf ik amper nog naar de wc. Altijd is er die kou in mijn hart en mijn lijf en altijd is er de angst. De druk op mijn keel en de druk op mijn maag zijn constant aanwezig, ik weet niet meer wat het is om het niet te hebben. Hoe het voelt om je normaal te voelen, wat is dat eigenlijk, hoe voelen andere mensen zich eigenlijk?

Er is een vriendinnetje van Iris bij ons op bezoek.

"Wil je later ook zo'n zus als Linda hebben?" vraagt mijn vader plotsklaps uitdagend aan het vriendinnetje.

"Ik weet het niet," reageert het meisje verbluft.

"En zonet wilde je nog best een grotere zus?" zegt hij treiterend. Via een derde probeert hij mij weer constant te kwetsen.

Als ik met Tom op het schoolfeest ben, word ik door een gozer zomaar in mijn reet geknepen. Hij tilt mij iedere keer tegen mijn zin op, daarna knijpt hij weer in mijn reet en Tom doet niets! Ik erger me wezenloos en kan niks doen, want die jongen is sterker. Lachend kijkt mijn vriend toe, inwendig kook ik van woede! Het ligt zeker weer aan mij dat ik zo kwaad ben en ik ben zeker weer een aanstelster dat ik het niet tolereer.

Ik wil dood, alleen maar dood. Leeg en zinloos is mijn leven als een donkere dreigende duisternis die telkens op me afkomt. De nachten zijn eng, want dan kan ik in het begin de slaap weer niet vatten. Soms sta ik met een mes in mijn handen en beef over heel mijn lichaam. Ik kerf in mijn ader en opeens schrik ik van mezelf en laat het mes vallen, waarom doe ik dat voor mensen die het niet eens waard zijn?

Jan en ik schrijven elkaar heel veel brieven, ik krijg er uiteindelijk wel een stuk of dertig. Hij woont in Utrecht, hij doet de mts. We spreken regelmatig af. We spreken ergens af in een straat waar hij met zijn auto op mij staat te wachten en we rijden soms wat rond. We luisteren naar de muziek van Jean Michel Jarre en we praten. Ik ben eigenlijk heel erg gek op hem, maar ik weet niet goed wat ik moet doen met Tom.

Het contact met mijn Jan verbreek ik uiteindelijk omwille van Tom, ik heb zoveel medelijden met Tom. Op een of andere manier weet hij op mijn gevoelens in te spelen. Nu heb ik niemand meer met wie ik kan praten en lachen. Tom hoeft mij maar aan te kijken met zijn mooie ogen en ik ben weer verkocht. Het lijkt wel of hij me in zijn macht heeft.

Mijn broer en zus worden voorgetrokken, niet dat het me echt boeit. Wat me wel interesseert is dat ik probeer lief te zijn en goedbedoeld dingen probeer te doen, maar het nooit goed lijk te doen. Als ik verwijtende of afgunstige blikken krijg toegeworpen, dan gaat alles weer fout met mij.

Mijn moeder scheldt me vaak uit voor 'stomme kaffer' als ik in haar ogen iets doe dat niet goed is. Op een gegeven moment vraag ik me af wat het woord betekent, ik zoek het op in het woordenboek. Het is een scheldwoord voor Zuid-Afrikaanse negers die vroeger slaaf waren en het betekent in het Nederlands 'nikker'. De volgende keer, als ze me weer uitscheldt, vertel ik haar de betekenis. Ze lacht een beetje schaapachtig. Daarna scheldt ze me niet meer uit voor kaffer, dat is tenminste opgehouden.

Mijn vader noemt me vaak 'kont' of 'kontje', terwijl hij een beetje dom zit te lachen. Heel irritant vind ik het en het slaat helemaal nergens op. Hij is de enige die het grappig vindt. Het bloed haalt hij af en toe onder mijn nagels vandaan.

Hoe ik ook mijn best doe om mijn fouten in te zien, ik kan ze niet ontdekken. Onder het eten stel ik soms in het algemeen een vraag, maar ik word gewoon genegeerd. Dat steekt. Als ik weer eens een keer geen antwoord krijg, vloek ik zachtjes binnensmonds en zeg: "Wat zie ik weer blije en vrolijke gezichten en ik krijg ook altijd antwoorden op mijn vragen hè!" Nooit horen ze me 'zogenaamd' praten, een vloek wordt echter natuurlijk wel onmiddellijk gehoord.

"Ten eerste wordt er in mijn huis niet gevloekt en ten tweede was ik in gesprek," sneert mijn moeder direct. Zij was helemaal niet in gesprek met mijn vader. Ze begon pas later tegen mijn vader te praten, maar natuurlijk is dat weer niet waar.

De tante van Tom, tante Nicole, is schizofreen. Zij is een slanke persoonlijkheid met sluik, lichtbruin haar dat in een middenscheiding zit, tot net onder haar kin. Ze draagt een bril en ziet er verder best aardig uit, ze is niet knap, dat niet. Ze loopt bij een psychiater en zit onder de medicatie. Ze woont zelfstandig in een flat in Soest. Ze heeft al eens een zelfmoordpoging ondernomen door het slikken van te veel pillen. Ze wordt af en toe helemaal gek van de stemmen in haar hoofd, die haar allemaal opdrachten geven. Bij tijd en wijle wordt ze opgenomen in de psychiatrische kliniek. Ik merk niet zoveel aan haar, behalve dat ik haar vreemd vind.

Tom loopt sinds korte tijd bij de psycholoog. Het blijkt dat hij een aantal opvallende overeenkomsten heeft met zijn tante

Nicole. Hij heeft mij in vertrouwen verteld dat hij ook stemmen hoort en er soms gek van wordt.

Bij een vriend van de moeder van Tom, een luchtmachtpredikant, heb ik eens aangegeven dat ik me zorgen maakte over het feit dat Tom stemmen in zijn hoofd hoort die hem opdrachten geven. De luchtmachtpredikant vond het niks om me druk over te maken en zei dat het door de spanningen kwam. Ik vond dat vreemd, maar besteedde er verder geen aandacht aan.

Mijn ouders en Toms moeder hebben met elkaar afgesproken een gesprek te hebben, over wat ze toch met ons aan moeten… Tijdens het gesprek spuien de volwassenen hun kritiek over ons. Gespannen zitten Tom en ik op de bank. Ze hebben gedrieën afkeurend gereageerd op het feit dat onze kamers te rommelig zijn. Mijn maag krimpt weer ineen. Ze preken dat ze ons erg onvolwassen vinden en dat we ons maar eens anders moeten gaan gedragen. Vervolgens moeten wij de kamer verlaten, zodat zij verder kunnen discussiëren over die 'moeilijke' kinderen. Verder vang ik nog op dat mijn moeder zich niet laat ompraten door een stelletje snotneuzen. Het was een vreselijk gesprek, iedere keer komt alles op hetzelfde neer.

We zijn maar naar de kroeg gegaan. Als we terugkomen, zitten ze nog met zijn drieën over ons te praten in de huiskamer. Het voelt helemaal niet goed en de sfeer is om te snijden.

Schizofrene tante Nicole heeft ruzie met Tom gemaakt toen ze een nacht bij hen in huis bleef slapen. Hij moest van haar het licht uitdoen. Ze zei dat de elektriciteit te veel geld kostte voor zijn moeder.

"Joh mens, doe normaal, als ze dat zou vinden kwam ze me dat zelf wel vertellen", zei hij.

Ze ging weg, maar na vijf minuten kwam ze weer terug: "En jij doet dat licht uit! Ga maar niet met die vuile hete teef om!" Dat was ik dus en toen sloeg ze hem in zijn gezicht.

Hierop werd hij kwaad en liet haar struikelen. Ze klapte met haar hoofd op de rand van het bed en begon met haar armen te maaien.

Toen kwam zijn moeder binnen en kwam tussenbeide.

"Ik had haar wel dood kunnen slaan…," zegt mijn vriend.

Ik ben geschokt over het hele verhaal en dan die agressie… Toms moeder maakt mij alleen maar zwart. Om die reden wil mijn moeder dat ik voorlopig bij haar uit de buurt blijf. Het voelt allemaal erg dubbel voor me, mijn ouders doen zelf niet anders dan mij zwart maken ten opzichte van de hele familie! De moeder van Tom heeft me gezegd dat ik voorlopig niet meer hoef te komen. Iedereen zet ons tegen elkaar op.

Tom loopt al enige tijd bij de psychiater, omdat hij vreselijke problemen heeft met het horen van de stemmen in zijn hoofd. Hij heeft totaal geen ruggengraat, het is echt een slappe zak, dat is mijn grootste irritatiepunt bij hem.

Wanneer we in de soos zijn, praat Tom daar gezellig met zijn ex-vriendin. Tom blijkt mij ook al een aantal keren te hebben belazerd met een grietje. Dat hoor ik echter eerst allemaal via anderen. Nadat ik hem hiermee heb geconfronteerd, belooft hij het weer uit te maken met dat meisje, voor mij. Het voelt niet goed en ik loop daarom naar buiten, ik voel me vernederd en lelijk. Ik weet niet meer wat te doen en heb gemengde gevoelens. Hij komt naar me toe, ik ben in tranen. Hij begint te huilen en stompt plotsklaps, zonder aanleiding, keihard met zijn knokkels tegen een ruit van een bushalte. Hij beukt net zolang tegen de ruit tot zijn knokkels helemaal paars zijn. Ik moet bij hem blijven. Wat een zootje maak ik ervan.

Uit medelijden blijf ik uiteindelijk bij Tom, ergens geef ik wel om hem, maar ik voel me vreselijk door hem geclaimd. Als hij echter met zijn mooie grote diepbruine ogen naar me kijkt, ben ik weer verkocht. Het vreemde is dat ik niet anders lijk te kunnen dan hem zijn zin te geven. Eigenlijk ben ik helemaal niet gelukkig met hem, ik ben dan ook redelijk depressief wanneer ik bij hem ben.

Verscheidene malen heb ik tegen hem gezegd dat ik niet meer verder wil met hem, maar dan is hij weer zo verdrietig en dreigt dat hij me overal ter wereld zal weten te vinden en me nooit zal laten gaan.

Wat ik het allerergste vind, is dat hij mij heeft gebruikt om spullen in winkels te jatten en ik het op de momenten dat hij dit deed, niet doorhad. Hij omhelsde mij en stak ondertussen van alles in zijn zakken. Totdat ik het op een moment in de gaten kreeg. "Mijn handen gaan gewoon," zegt hij.

Iedere keer belooft hij beterschap en iedere keer steelt hij weer als de raven. Hij is vreselijk bang dat hij net als zijn tante Nicole schizofreen is. Zijn tante Nicole heeft zijn moeder reeds gewaarschuwd dat het met Tom de verkeerde kant opgaat, ze heeft gezegd dat hij misschien ook wel krankzinnig wordt.

De geestelijke toestand van tante Nicole is weer verergerd. Ze lacht om de stemmen die zij in haar hoofd hoort en houdt hele gesprekken met ze. Tegen iedereen zegt ze dat ze in 'het complot' zitten.

Telkens weer kom ik erachter dat Tom tegen me liegt, om de meest lullige dingen. Soms isoleert hij zich totaal van alles en iedereen, dan durft hij niet onder de mensen te komen. Ik ben depressief en walg van mezelf om wat ik jongens soms aandoe en ik walg ervan dat ik blijkbaar zo vastzit aan Tom dat ik niet van hem loskom.

Mijn ouders zijn erg kwaad op me, beledigd en teleurgesteld, als ik weer met Tom omga. Het lijkt echter weinig uit te maken met welke jongen ik omga, alleen een 'superchristelijke' jongen voldoet blijkbaar in hun ogen.

Vaak vraag ik me de zin van het leven af en vraag me af waarom ik ben geschapen. Vaak bid ik om hulp. Hoewel ik me geneer voor mijn eigen gedrag, ga ik toch door waar ik mee bezig ben. Ik voel me mismaakt. Het verscheurt mijn hart en ziel. Gedreven door emoties wil ik de aandacht op me vestigen. Op school gaat dat wel, daar ben ik redelijk populair. Thuis mislukt alles, er is nooit iemand voor me. Ik zou zo graag met een volwassene willen praten die me begrijpt, maar die is er niet… Al kon ik maar eens een dialoog aangaan.

Vanmorgen om 08.30 uur komt mijn moeder mijn kamer op 'stieren': "Je hebt weer eens veel te lang in je nest gelegen," kat ze venijnig.

"Ben je soms jaloers dat ik nog in bed lig?" vraag ik haar.

"Je moet ook maar eens meehelpen in de huishouding!" roept ze uit.

"O, nou komt de aap uit de mouw."

"Je bent egoïstisch en je denkt alleen maar aan jezelf, rotwijf!" scheldt ze tegen me, terwijl ze weer eens met opeengeklemde kaken als een hevig snuivend, briesend paard voor me staat en me ondertussen uitmaakt voor al wat niet meer. Best hoor. Ik ga er verder niet op in.

De verdere dag is ze beledigd en zegt ze verder geen woord meer tegen me op het hoognodige na. Prima, lekker rustig. Aan tafel, tijdens het avondeten, vallen er natuurlijk wel weer de nodige woorden.

Wanhopig ben ik op zoek naar liefde. Ik maak een vreselijke puinhoop van mijn leven. Er zit een gat in mij, een groot donker gat van gemis. Wetende hoe het allemaal zou moeten zijn, hoe het zou kunnen zijn, maar het niet kunnen vinden, het is zo ongrijpbaar. Ik leef een beetje in deze wereld en vooral in mijn eigen veilige wereld. Mijn eigen wereld die bestaat uit liefde, warmte, begrip, eerlijkheid, flexibiliteit, openheid en een weten wat echte familie inhoudt. Eens, ooit, ergens... in een ander leven...

Natuurlijk ben ik zoekende, maar de verbinding, waarvan ik weet dat het mijn eigen wereld is geweest en nog is, dat waar ik vandaan kom, deze gevoelens zijn er van jongs af aan al geweest.

Dit leven heeft me niets meer te bieden. Steeds meer verlang ik naar een kind dat ik liefde en warmte kan geven en waarvan ik wel mag houden, waar ik dingen aan kan leren. Ik mis de connectie met mijn kind, waarvan ik weet dat die er is, maar niet hier, niet in dit leven.

Tevens mis ik de echte liefde van mijn man, die bij mijn hoort en waarvan ik weet dat hij er in dit leven moet zijn, maar ik vind hem niet terug! Waar zijn ze dan toch, mijn geliefden? Kom ik ze ooit nog tegen? Ergens weet ik dat ik word geobserveerd, alleen begrijp ik niet waarom ik niet word geholpen. Waarom moet ik het allemaal alleen dragen? Het is zo zwaar.

Het benauwt me dat ik mijn geliefden niet terug kan vinden in dit leven, het doet zoveel pijn in mijn hart. Het is als een kervend mes, elke keer weer een snee erbij en langzaam draait het mes zich een kwartslag om en blijft als een dolk in mijn hart zitten, in een eeuwige smart. Bloedend hart, bloed sijpelt in mijn lijf. Als zoute tranen druppelend in mijn gewonde organen. Mijn keel zit dicht, alsof alle pijn zich naar binnen heeft geslikt en ik kan soms geen geluid meer uitbrengen, omdat ik alles in moet houden, zoals in een nachtmerrie, waarin je tijdens een achtervolging van angst en ellende niets meer kunt uitbrengen. In mijn maag de constante kramp van het ongewenst zijn, de angst van het niet normaal zijn, de pijn van onzekerheid.

Als ik met andere mensen spreek, vinden ze me te wijs en geestelijk te oud voor mijn leeftijd. Ik ben nou eenmaal al heel vroeg zelfstandig en denk veel over dingen na.

Tom legt te veel druk op me en toch blijf ik nog steeds bij hem. Hij is erg knap en elke keer val ik weer als een blok voor hem. Misschien is hij het enige stukje vastigheid waaraan ik me nog kan vastklampen en waardoor ik, voor mijn idee, nog enige bescherming geniet, maar is dat wel zo?

Ik ben naar mijn huisarts geweest om te praten over mijn problemen thuis. Via de huisarts heb ik een verwijzing gekregen voor een psycholoog.

Vandaag vertrek ik op mijn fietsje naar Zeist om daar een eeuwigheid te lopen zoeken naar De Dreef. Blijkt de straat vlak bij mijn school te zijn.

Drijfnat, doorweekt kom ik daar aan en wandel met bibberende knietjes het trapje op om vervolgens het onopvallende grijze flatgebouw binnen te stappen. Ik druk op een bel, waar een snerpend geluid uitkomt en langzaam gaat de zoemer over. Ik loop door een hal naar de receptie, waar ik me meld. Ik mag gaan zitten in een redelijk ongezellige wachtkamer. Er zit al een man van ongeveer dertig jaar. Een beetje vreemd type waar ik wat mee babbel, tot het moment dat zijn psycholoog aan komt lopen. De psycholoog behandelt de man alsof hij een of ander debieltje is. Als dat bij mij ook zo gaat ben ik snel weer vertrokken, denk ik gelijk.

Nou, mijn psycholoog komt uit de behandelkamer en ik zeg hem gedag. Het is een jonge vent van ongeveer vijfendertig jaar, heel anders dan ik me had voorgesteld. Hij kijkt me nogal bevreemd, doch lief glimlachend, aan en stapt vervolgens op de andere man af die er zit en zegt: "Zo, jij hebt je wel vermaakt hè zie ik, dus je hebt je niet verveeld, nou, dat vind ik heel erg fijn." Hij praat met een zachte g. Hij meent er niks van, dat zie ik zo. Er is een volledig gebrek aan empathie bij de man. "Ga je nu eventjes mee?" Oh, wat een langzame, monotone stem heeft die vent, om dol van te worden. Ik moet nog steeds op hem blijven wachten.

Een kerel van ongeveer vijftig jaar stapt binnen, even later gevolgd door een zeer vreemd vrouwelijk type in armoedige kleding. Ik rook mijn zoveelste sigaret en begin behoorlijk de pee in te krijgen, omdat ik zolang moet wachten.

Het vreemde type vraagt: "Heeft u misschien vuur?" Omdat ik geen aansteker bij me heb, maar alleen mijn brandende sigaret, bied ik haar die maar aan, als 'overneuker'. "Dat is wel heel erg lastig hè?" fluistert ze. Schichtig om zich heen kijkend neukt ze onhandig haar peuk over. Ze wil weten hoe ik dan aan dat vuurtje kom.

"Gewoon gevraagd aan iemand anders."

"Ja, ik rook gelukkig niet zoveel hoor, ja, want 't is zo slecht hè. Als je weinig rookt is het toch veel minder erg dan als je heel veel rookt."

Dan komt de slome kerel in actie om te reageren. "Ik ben het hier niet mee eens, want het is even slecht voor je of je nu veel of weinig rookt," is hij van mening.

Wij zijn het met hem oneens.

Hij trekt een pruillip en blijft vervolgens beledigd zwijgend in zijn hoekje zitten.

Dan komt mijn psycholoog naar mij toe. Wat blijkt? De telefoniste heeft het verkeerd doorgegeven, de psycholoog had me dinsdag verwacht in plaats van vandaag. Ik kwaad natuurlijk. Hij kan me nu niet hebben, over twee weken kan ik pas terugkomen. Hij behandelt me als een klein kind en ik val bijna tegen hem uit, maar hou mezelf nog net in. Hij merkt best dat ik boos ben! Hij vraagt van alles over mijn examen, doet heel geïnteresseerd en schrijft alles wat ik zeg al direct op. Hij wil weten welke cijfers ik allemaal heb. Hij denkt dat ik daar hoofdzakelijk mee zit. Wat heeft dat nu weer met mijn problemen te maken?! Hij geeft me zijn kaartje en houdt bij het weggaan onnodig lang mijn hand vast, wel vijf minuten! Het irriteert me mateloos.

Slechtgehumeurd loop ik het gebouw uit en stap op mijn fiets. Alles gaat goed, totdat mijn dynamo, die al los zat, tussen mijn spaken komt, wat een ontzettende knal veroorzaakt!

Zuchtend kom ik tot de ontdekking dat er een spaak tussen mijn wiel heen een weer dribbelt en nog maar aan één kant vastzit. Dat maakt me nog bozer, zodat mijn hum nu helemaal beneden peil is. Gelijk heb ik zin om eens lekker tegen iemand tekeer te gaan. Ik denk dat al die psychologen zelf ook gek zijn geworden van al die problemen die ze aan moeten horen.

Een rare jongen fietst naast me en staat dan ineens stil, vervolgens rijdt hij tot driemaal toe heen en weer en kijkt constant naar me. Ik scheld hem uit als hij me weer voorbijrijdt, dan houdt het op.

Ik ga tekeer tegen mijn moeder. Sinds hele lange tijd heb ik weer tegen mijn moeder gemopperd en ik ben over de grens gegaan. Het is fijn die uitbarsting, gewoon om eens lekker te schreeuwen, eigenlijk om niks, gewoon om mijn opgekropte gevoelens kwijt te kunnen.

Ik ren het huis uit en wandel richting een kroeg, alwaar ik het enige meisje ben. De kerels die er zitten praten over vreemdgaan en overspel en ze vragen mij of ik met ze mee ga naar Spanje. Ik ben humeurig en zit te simmen, toch krijg ik pilsjes van ze. Ik zit daar zomaar, doe niks, alleen maar voor me uitstaren.

Erg aangeschoten ga ik ten slotte naar huis. Op straat huil ik, waar ik me voor schaam. Thuis probeer ik mij goed te houden tegenover mijn ouders. De emoties die ik voel zet ik op papier.

Ik ben misselijk en steek mijn vinger in mijn keel om te kotsen. Dat helpt ook niet veel tegen het aangeschoten gevoel, alles tolt voor mijn ogen en ik loop nogal te zwieren. 's Avonds eet ik heel veel en dan gaat het langzaamaan wat beter.

Wat ik met mezelf aan moet, weet ik niet meer! De rem is er helemaal af. Is het normaal dat ik naar een baby verlang, is dat wel gezond? Misschien, omdat ik iets warms, kleins, teders, liefs wil wat ik kan knuffelen, waar ik onvoorwaardelijk van mag houden, waar ik voor mag zorgen en dat ik liefde mag geven. Ik schaam me zo ontzettend. Kon ik maar met iemand praten, kon iemand me maar helpen. Om deze dingen aan een psycholoog te vertellen, is wel heel erg moeilijk voor me. Ik vertrouw niemand meer.

Mijn vader vraagt me tien keer hetzelfde over mijn schoolonderzoeken en als ik hem dan antwoord heb gegeven, weet hij nog niet wat ik heb gezegd! Het lijkt wel of het hem totaal niet interesseert. Een gesprek met hem aanknopen lukt mij eenvoudigweg niet, of hij kapt het gesprek meteen af of je moet je alleen houden aan zijn mening en zijn eisen. Het enige waar hij over kan lullen zijn 'zijn principes'. Zelf vind ik hem echter helemaal niet principieel. Ik begrijp niet waarom hij niet kan praten en vraag me af wat ik toch verkeerd doe. Ik vind hem zo autoritair en ouderwets. Ik voel me compleet verstoten door mijn ouders.

"Vroeger als klein meisje van twee jaar hield jij niet van knuffelen en op schoot zitten, jij moest nooit iets van mij hebben!" vertelt mijn moeder me. Het komt er op zo'n vreselijk verwijtende toon uit, dat ik me zowat schuldig ga voelen.

Het enige dat ik weet van vroeger is dat ik als klein kind altijd dodelijk verlegen ben geweest tegenover volwassenen. Zo erg zelfs, dat ik soms geen raad met mezelf wist.

Mijn zusje is juist het tegenovergestelde, ze is erg bijdehand voor haar leeftijd van negen jaar en behoorlijk brutaal. Ik ben niet de enige die dat ziet, anderen zeggen het ook tegen mij.

Van zoveel dingen heb ik berouw, wat voel ik me zondig, slecht, mismaakt. Net of niemand met me te maken wil hebben.

Wat ben ik zwak! Lachen wil ik, lol maken, weg serieusheid, huilen van geluk en niet van onmacht, schaamte, verdriet of ondankbaarheid.

Ik zou knap willen zijn, ik voel me zo lelijk, terwijl ik ergens weet dat ik uiterlijk best mooi ben en jongens achter me aan lopen alsof ik honing aan mijn reet heb.

Leeg, eenzaam, depressief, huilerig, stekende pijn, onmachtig. Wat moet ik? Ik heb een hekel aan mezelf. Ik ben zo ontzettend bang voor wat er met mij moet gebeuren, bang dat niemand me nog wil, bang voor thuis, bang dat ik het ergens anders in ga zoeken. Gewoon bang…

Zijn jongens wel zoals ik denk? Kunnen ze wel liefde opbrengen? Ik geloof in niemand meer. Ik wil de wereld ontdekken, dat is mijn grote wens. Heel misschien komt deze wens later ooit eens uit.

Tijdens de sessie met de psycholoog leg ik hem uit, uit wat voor nest mijn ouders komen. Vooral de gezinssituatie van mijn vaders kant lijkt mij van belang om hem te vertellen. Er komt niet veel uit de beste man, hij lijkt het wel interessant te vinden wat ik vertel. Hij doet er echter verder niets mee. Het enige wat hij doet is luisteren. Hij prikkelt me niet middels het stellen van vragen en hij geeft me geen advies. Hij helpt me voor geen meter. Hij begrijpt me totaal niet, dat kan ik aan alles merken. Jammer dat ik dat zo voel, maar het is zo.

Ik zeg het hem ook. Soms word ik ontzettend kwaad op hem, omdat hij helemaal niets doet, helemaal niets. Alleen maar luisteren! Daar heb ik niets aan, helemaal niets. Ik heb steun nodig, raad, advies, iemand die me begrijpt. Hij is blijkbaar niet capabel om mij te kunnen helpen.

Tijdens een woede-uitbarsting vertel ik mijn ouders dat ik ben verkracht en dat ze er toch niets van begrijpen.

"Ja, we dachten al zoiets", zegt mijn vader compleet laconiek. Die onverschillige reactie, de totale desinteresse van hem zal ik nooit vergeten en mijn mond valt open van verbazing.

"Waarom hebben jullie me dan nooit iets gevraagd?" vraag ik compleet verbijsterd.

"Je wilde toch niet praten," is zijn oordeel.

Het voelt als altijd ijskoud, zo vreselijk koud en ik ril, mijn lichaam trilt en beeft. Het is allemaal zo onverschillig, om het even wat, in mijn ijzige 'thuis'.

"Waarom heb je hem nooit bij de politie aangegeven?" is het enige dat mijn vader vraagt…

"Ik wist toen niet eens dat dat kon in mijn situatie en niemand geloofde me toch," zeg ik wanhopig.

Hij blijft maar doordrammen dat ik het aan had moeten geven en dat hij maar niet kan begrijpen dat ik dat niet gedaan heb. Dan is het gesprek over. Dit is het enige en het laatste wat er überhaupt ooit over wordt gezegd.

Er wordt niet aan me gevraagd hoe het is gebeurd, er wordt niet gevraagd hoe ik me heb gevoeld, er wordt niet gevraagd wie het is geweest en er wordt niet gevraagd naar hoe het is gegaan. Niets, helemaal niets! Er is een totale desinteresse en ik voel alleen maar kou, de eeuwige kilte die mijn hart bevriest.

De vrouw

Tranen brandende in haar gezicht
Sporen klievend in haar wangen
Eroderende het gebied ontwricht.

Een moker sloeg in op haar geest
Doffe dreunen in het zinkend brein
Opgevende de hoop en was geweest.

De geest klauwend in het lichaam
Rukte weg het uitgebluste hart
Maar haar trof geen enkele blaam.

Haar hart een gapende wond
Bloedend doende haar werk
Haar geest die zich ontbond.

Het moeizaam getarte orgaan
Kloppend in het klotsend vocht
De geest in een nieuw bestaan.

8.

De Rubiks kubus is een complete rage. Iedereen op school heeft zo'n kubus, een grote of een kleintje en loopt ermee te draaien. Ik krijg het net niet helemaal voor elkaar om de puzzel helemaal op te lossen in de laatste rij, wat me frustreert. Sommige mensen op school zijn er echt ontzettend goed in!

Ik heb mijn opa op de hoogte gesteld van de slechte relatie tussen mij en mijn ouders toen ik een keer met hem ging wandelen. Aangezien ik met niemand kan praten, kan hij misschien naar me luisteren en eens met mijn ouders gaan praten. Ik zie hem als een soort vertrouwensfiguur.

Hij heeft me gevraagd of ik eens een keertje kom logeren bij opa en oma. Dat vond ik goed en nu logeer ik een week in de flat, bij opa en oma in Gouda. Maar nu ik hier ben word ik bang voor mijn opa, want iedere keer als we vertrouwelijk beginnen te praten, begint hij over seks te praten en dat vind ik raar en eng. Hij neemt me mee uit wandelen en vertelt allerlei hele intieme dingen over zijn relatie met mijn oma. Dat wil ik helemaal niet weten! Het benauwt me en het maakt me onpasselijk.

Een keer wordt hij plotsklaps handtastelijk bij mij, hij raakt mijn borst aan en vraagt: "Is dit wel echt of is dit opvulling van de Hema?" Geschrokken duw ik zijn hand weg! "Ik dacht altijd dat je maar weinig had, maar dat is helemaal niet zo," zegt hij kwezelend. "Wat zijn je meest erotische plekken?" fluistert hij, terwijl hij over mijn been kriebelt "Nou? Is dit een erotische plek of niet?" Ik kokhals zowat en wil daar weg.

Iedere keer wil hij me mee uit wandelen nemen en probeer ik er onderuit te komen.

Mijn oma wil ik hiermee niet kwetsen. Vroeger heb ik hem weleens gewoon een arm gegeven als we wandelden. Hij heeft me nu gezegd dat ik hem geen arm meer mag geven als we bekenden van hem tegenkomen. Ik vind het allemaal niet normaal.

"Je bent een leuke, aantrekkelijke jonge meid," vertelt hij me. "Kijk maar uit dat ik niet gek op je word," zegt hij…

Ik ben diep en diep geschokt dat mijn eigen opa dit tegen me zegt en vraag hem: "Meent u dat??"

"Ja."

"Echt???" Het is alsof ik een stomp in mijn maag krijg, het dringt niet tot me door.

"Is het zo verwonderlijk dan? Ik heb ook warmte nodig en dat mis ik ook," is zijn respons.

Het enige onderwerp waar hij nog over kan praten is seks, het is gewoon een obsessie voor die man. Ook als mijn oma in de huiskamer is, maakt hij constant smerige grappen en denkt blijkbaar dat zij het niet hoort. Goddank komt mijn oma mij 's morgens wekken. Intussen ben ik als de dood geworden voor die man.

Ik kom erachter dat hij alles van tevoren gepland moet hebben. Weer lokt hij me mee voor een wandeling en met heel veel tegenzin ga ik ten slotte mee. Mijn oma wil niet mee als ik het haar vraag, want ze kan niet meer zo goed lopen, zegt ze.

Hij vertelt mij de meest weerzinwekkende dingen over zijn seksuele gevoelens tegenover mijn oma, waar ze vroeger niet van hield en waar wel van, et cetera. Ik kots erop, ik wil het helemaal niet weten. Hoe moet ik hiermee omgaan?

Als we na de wandeling weer in de flat zijn, ben ik opgelucht. Op een gegeven moment zegt hij tegen me: "Ik wil je wat laten zien in de kelderbox."

"Wat dan?" vraag ik, me niet op mijn gemak voelend.

"Ja, kom nou maar."

Met enige achterdocht volg ik hem toch naar de kelderbox. Zodra ik binnen ben, doet hij de deur achter me op slot en knipt hij het licht uit. Dit had ik niet kunnen bevroeden. In paniek begin ik luidkeels te schreeuwen: "Doe dat licht aan, doe normaal, doe normaal!!"

Op dat moment hoor ik mensen voorbijgaan en daar ben ik zo blij om, want dat is mijn redding.

Hij betast mijn borsten en drukt zich hijgend en persend tegen mijn lichaam aan, terwijl ik klem sta tegen de muur. Ik schreeuw gewoon door: "Doe de deur open, doe open, doe open, laat me eruit!!!"

"Ssssssssst" sist hij.

"Niks daarvan, doe die deur open!" schreeuw ik in totale paniek.

Uit angst dat iemand mij hoort schreeuwen, doet hij uiteindelijk de kelderdeur open.

Even later staan we voor de lift, om naar boven te gaan.

"Geef me een zoen," hijgt hij. Hij blijft aandringen en dan geef ik hem uit angst een zoen op zijn wang. "Nee, niet daar, op mijn mond," kwijlt hij.

Ik tril als een rietje en kan niet weg, ik sta klem met hem in de lift, maar negeer hem verder.

Als we boven komen bij oma wil ik alleen zijn en schrijf alle ellende van me af in mijn dagboek. Ik voel me zo bezoedeld, vies, smerig. Ik ben zo in en in gekwetst en diep geschokt. Ik had veel verwacht, maar dit niet, dit slaat alles.

De volgende dag brengen zij me naar huis, ik ben zo ontzettend opgelucht.

Het eerste wat mijn oma doet als ik thuiskom is mijn ouders inlichten, ik weet dan nog steeds niet dat mijn oma al van de situatie op de hoogte blijkt te zijn. Ik ben zeventien jaar en voel me werkelijk door alles en iedereen bedrogen. Gelijk bij thuiskomst ren ik vol walging en ontzetting naar mijn kamer.

Mijn moeder komt me gelijk achterna en als ze in mijn kamer staat schreeuwt ze gelijk: "Wat heeft hij met je gedaan?"

Ik hou me van de domme en zeg: "Hoezo?"

"Oma heeft het me verteld."

Dan vertel ik haar over de kelderbox, dat hij me heeft betast en dat hij veel over seks heeft gesproken. Meer kan ik niet vertellen, niet tot in de details, want ik weet toch hoe ze altijd reageren. Op daadwerkelijke steun hoef ik echt niet te rekenen. Voor het eerst in mijn leven heb ik nu echter enigszins een heel klein beetje het gevoel dat mijn moeder tenminste een heel klein beetje achter me staat. Na de verkrachting heb ik nooit enige steun of enig begrip van haar ontvangen.

Aangezien het deze keer mijn vaders vader betreft, is het een schande. Nu is het immers incest… Ze hebben altijd heel veel voor mijn opa gedaan en nou doet hij hun dit aan, is de reactie van mijn moeder.

Opa ontkent de zaak natuurlijk en draait de zaken helemaal om. Ik ben degene geweest die het heeft uitgelokt, ik ben degene die zo slecht is geweest. Voor de tweede keer in mijn leven zie ik dan mijn vader janken in de gang. Maar hij rept er naar mij toe met geen woord over…

Met de rest van hun kinderen hebben mijn opa en oma veel minder contact dan met mijn ouders. Geen van de kinderen mag mijn opa graag, omdat hij zo egoïstisch en vreselijk autoritair is (en mijns inziens is hij ook nog contactgestoord). Mijn ouders zijn degenen die ze nog altijd uitnodigden met de feestdagen.

Van mijn moeder hoor ik dat mijn vader mij uiteindelijk niet gelooft, maar mijn opa gelooft hij wel… Ach ja, de zondige, slechte, hoerige, sletterige, over-emotionele, labiele, domme, puberale dochter, hoe kan je haar nu geloven? De teleurstelling in zijn leven, de nul komma nul die alles voor hem verziekt. Het ligt allemaal aan mij.

Wat blijkt achteraf? Toen mijn opa en ik aan het wandelen waren, heeft mijn oma stiekem mijn dagboek uit mijn tas gevist en deze ze gelezen, zo is zij erachter gekomen. Desalniettemin gelooft ze mij niet, maar vindt zij in eerste instantie dat ik het heb uitgelokt, hoor ik van mijn moeder. Dus ik heb het weer gedaan!

Mijn moeder vertelt ook dat mijn oma mijn ouders reeds had ingelicht over het feit dat opa zo vrolijk werd tegen de tijd dat ik daar zou komen logeren, voordat ik bij ze ging logeren. Ze vertelde mijn moeder dat ze zo bang was dat hij iets met mij zou gaan proberen, want haar eigen vader had op oudere leeftijd ook eens iets met een jongere meid gedaan. Dit hebben ze mij nooit eerder verteld en ze hebben me ook niet beschermd! Dat vind ik onbegrijpelijk en onverteerbaar en het kwetst me tot diep in mijn ziel.

Het contact tussen mijn opa en oma en mijn ouders blijft natuurlijk gewoon bestaan. Ik schaam me zo vreselijk diep, dat ik niet wil dat mijn ouders er met de rest van de familie over gaan' "praten'. Vanzelfsprekend is onderhand de complete familie echter al op de hoogte. Ik geneer me ontzettend, want het is een stilzwijgend geheim en het draait weer eens om mij, degene die het heeft uitgelokt...

Mijn oma heeft ook met een dochter van haar, een tante van mij dus, hierover gesproken. En iedereen blijft gewoon op normale wijze contact met ze houden. Niemand zegt iets of doet wat en ik word gewoon genegeerd. Ze weten blijkbaar niet hoe ze met mij om moeten gaan. Mijn moeder zegt alleen dat ze niet wil dat mijn opa nog bij ons blijft slapen, want ze heeft nóg een dochter.

Altijd als ik iemand van de familie zie, is er bij mij de diepe schaamte. Alsof het aan mij ligt, alsof de hele familie beschuldigend met de vinger naar mij wijst. Zelfs maanden later nog blijft mijn moeder tegen mij herhalen dat oma nog steeds denkt dat ik het zelf heb uitgelokt! Waarom zeggen ze dit? Ik weet niet of mijn oma daadwerkelijk gelooft dat dit het geval is geweest of dat er maar wat wordt gezegd. Mijn oma heeft nota bene zelf in mijn dagboek gelezen hoe het écht is gegaan!

Mijn vader gelooft mij niet, maar waarom moest hij dan huilen? Ik kan het niet rijmen. Stopt hij het gewoon weg? Tja, het is natuurlijk wel de makkelijkste weg als je de waarheid niet onder ogen wilt zien.

Mijn ouders hebben me beloofd dat ik niet meer alleen met mijn opa in de huiskamer zou komen te zitten. Dit gebeurt soms echter nog steeds, maar ik ben momenteel niet meer zo heel erg bang, want ik kan nu een keel opzetten als er wat gebeurt en ik bedenk me ook dat hij het nu waarschijnlijk niet meer durft, omdat dan de waarheid boven tafel komt. Ik probeer zoveel mogelijk te vermijden dat ik alleen met hem ben en als het toch gebeurt loop ik vaak de huiskamer uit. Ergens voel ik ook een soort medelijden met hem.

Als zij bij ons blijven eten, zorg ik er meestal voor dat ik weg ben. Dit lukt niet altijd, zodat ik hem soms noodgedwongen nog wel onder ogen moet komen. Soms zie ik de auto van mijn opa en oma staan als ik thuiskom, dan ga ik gewoon zonder wat te zeggen weer weg.

"Papa denkt ook dat jij het zelf bij opa hebt uitgelokt" zegt mijn moeder weer tegen me.

Het rare is, dat ik van mijn oma zomaar een grote fles parfum Charlie in mijn handen geduwd krijg, als ze een keer bij ons zijn. Ik krijg nooit iets van haar. Het voelt als een goedmakertje, ik kots erop, maar waarschijnlijk kan ze niet anders dan zich op deze manier tegenover mij uiten. Dus accepteer ik het cadeau om haar niet te kwetsen, maar ik gebruik de parfum nooit.

Gedurende één zaterdag werk ik bij de bakkerij in het winkelcentrum, maar dat is het dan ook. Er komen veel klanten in de winkel. De vrouw die er werkt is niet zo aardig. Het is een vrouw van ergens in de vijftig met middelblond, kort gegolfd haar en ze deelt de commando's uit. Zelf mag ik nog geen klanten helpen, ik moet klusjes doen zoals vegen en opruimen. Het is erg saai en ik verveel me dan ook ontiegelijk.

Als er een klant binnenkomt die een ongesneden wit brood wil, laat ze het brood op de vloer vallen. "Ach, die wilt u natuurlijk niet meer, u krijgt een ander brood, ik zal het andere brood weggooien," zegt ze. Als de klant weg is, legt ze het gevallen brood gewoon weer op de plank om te verkopen. Zo gaat dat dus waarschijnlijk overal. Ik wil niet meer voor haar werken en stop ermee.

Ik heb met een schaar in mijn pols gekerfd, maar het lukt niet om erdoor te komen, mijn pols is rood en er zitten kerven in. Mijn opa komt logeren en ik ben bang...

Niks verbaast me meer, ze komen gewoon toch weer logeren. Mijn opa en oma liggen in de logeerkamer op de tweede etage, die zich tegenover mijn slaapkamer bevindt.

Thuis is de sfeer geladen en koel, werkelijk alles wordt verkeerd uitgelegd wat ik ook doe of zeg.

Mijn ouders zitten altijd mijlen bij elkaar vandaan en zitten nooit bij elkaar, ik benoem dit. "O, Edith, ik moet dus 'in' je zitten!" is vaders commentaar.

Als ik zeg dat de sfeer zo koel is in huis, is de reactie van mijn vader: "Oh, we moeten dus nu heet zijn." Zulk soort gesprekken dus, discussie onmogelijk. Dan klap ik volledig dicht. Wat is het toch een ontzettende klootzak.

Tom is meestal erg depressief en pessimistisch, regelmatig jankt hij en dan moet ik hem opbeuren. Vaak heb ik hem huilend aan de telefoon. Hij maakt onze verkering uit en ik word hysterisch, nu heb ik helemaal niemand meer. Tom heeft contact met zijn ex-vriendin gehad.

Mijn vriendin Ilona ben ik ook al kwijt. Ik voel me een nul komma nul.

Mijn ouders schreeuwen tegen me, omdat ik zo huil, ze houden me samen vast en er wordt met dwang een aspirientje in mijn strot geduwd. Ik krijg een nat washandje op mijn kop. Maar nog steeds blijf ik janken, wat ze maar niet begrijpen. Ze weten niet hoe ze met me om moeten gaan. Mijn ouders zijn dolblij dat het uit is en op hun eigen rare manier troosten ze me dus. Mijn opa en oma blijven gewoon weer iedere keer bij ons logeren.

Roy leer ik in een bar kennen, hij is zevenentwintig jaar. Het is een hele leuke, attractieve kerel om te zien met donker haar, blauwe ogen en een snor. Hij is verpleger. Ook is hij fotomodel geweest en hij heeft ooit de kappersschool gedaan. Hij weet me te bespelen, is charmant en behandelt me als een vrouw. Op een dag doet hij me een huwelijksaanzoek. Hij zegt een kind van me te willen.

Mijn vader achtervolgt ons stiekem, ook als we met de tram weggaan. Mijn vader weet me achteraf precies te vertellen waar we zijn geweest. Wat ik niet weet is dat mijn vader, Roy stiekem heeft laten screenen. Hij is alles over hem nagegaan en ik moet bij mijn ouders op het matje komen voor een gesprek. Mijn vader heeft contact met de politie opgenomen over Roy en hij is het een en ander over hem te weten gekomen.

"Jij moet kappen met die klootzak. Hij is alcoholist geweest. Hij staat bekend bij de politie en is getrouwd geweest. Hij heeft in de Mauritskliniek gezeten en het is maar een lamzak!" snauwt mijn vader tegen me.

De volgende dag moet ik verplicht met mijn ouders mee naar het politiebureau. Daar zullen ze me weleens even haarfijn uitleggen wat voor een vent het is. Ik wil niet mee, maar onder bedreigingen sleuren ze me gewoon mee.

Op het politiebureau moet ik naar de politie luisteren en met een inspecteur praten die zelf zevenentwintig jaar oud is. Terwijl mijn ouders blijven wachten, zit ik met hem in een kamertje en moet hij mij op mijn donder geven. Dit doet hij dus niet, hij vindt het ook belachelijk wat mijn vader heeft gedaan.

"Ik zou zelf wel lekker met jou willen gaan stappen, het is dat ik getrouwd ben, maar anders…," zegt hij tegen me.

"Is Roy inderdaad in aanraking geweest met de politie?" vraag ik.

"Dit is inderdaad eens gebeurd, maar dat is alweer een tijdje terug. Daar moet je je maar niet druk over maken als hij nu zijn leven heeft gebeterd."

We zitten gezellig te babbelen en ik vraag me intussen af waarom mijn vader zomaar aan al die informatie kan komen. Eigenlijk zit de inspecteur te flirten met me en vindt hij het wel gezellig.

"Kom je nog eens terug?" vraagt de inspecteur met een glimlach.

Als mijn ouders me vragen wat ze tegen me hebben verteld, zeg ik dat ik eigenlijk reuze gezellig heb zitten babbelen. Daar hadden ze natuurlijk niet op gerekend, ze zijn erg stil op de terugweg in de auto.

Wanneer ik Roy vertel wat mijn vader heeft gedaan en dat hij ons heeft achtervolgd, is hij des duivels op mijn vader. Hij vindt het een idioot. Ik ben het roerend met hem eens…

Het raakt uit, omdat ik hem voor de keuze stel, hij moet kiezen tussen mij of het drinken en ik heb gemerkt dat hij het drinken niet kan opgeven. Laaiend is hij. Later hoor ik van zijn vriend dat hij weer in de Mauritskliniek is opgenomen voor ontwenning.

Vele malen heeft mijn moeder het nu over wat mijn opa mijn ouders wel niet heeft aangedaan, ondanks alles wat ze altijd voor mijn opa en oma hebben gedaan. Er wordt met geen woord gesproken over wat hij mij heeft aangedaan of gezegd dat het mijn schuld niet was.

Jongens zijn een obsessie voor me, ze lopen achter mijn reet aan alsof er honing aan kleeft. Ik kan kiezen wie ik wil, maar Tom komt weer bij me terug en weer accepteer ik het.

In de zomervakantie heb ik een baantje gevonden in het bejaardentehuis, vlak achter mijn oude basisschool. Een paar maanden geleden ben ik er gewoon naartoe gegaan om te vragen of ik er in de vakantie kon komen werken en dat was mogelijk.

Ik mag er het eten rondbrengen bij de mensen en wat simpele klusjes doen. Iedere bejaarde heeft een klein kamertje waar een bed in staat en wat andere spullen, een klein badkamertje en een wc. Het lijkt me vreselijk om zo te moeten wonen. Deze mensen zijn volledig afhankelijk van hulp. Sommige mensen zijn erg aardig, andere zijn vreselijke zeuren.

Het grovere werk doen de bejaardenverzorgsters. Samen met een verzorgster loop ik mee met de rondes. Ik zie hoe een oudere wat gezette mevrouw helemaal wordt gewassen en aangekleed, dat mag ik niet doen als vakantiehulp en dat is maar beter ook. Aan sommige dingen moet ik echt wel even wennen. Ik vind het redelijk onaangenaam om de wat corpulente vrouw naakt te zien wachten, als een weeïge lucht zich vanuit haar onderkant door de kamer verspreidt. Ik probeer mijn adem een beetje in te houden, maar ik zal vast wel weer de enige zijn die het ruikt, aan de verzorgster merk ik niks, zij zal het wel gewend zijn.

Als de verzorgster vraagt of ik haar kunstgebit wil poetsen weiger ik dat, het behoort niet tot mijn taken als vakantiehulp, dat vind ik echt te smerig om te doen.

Er zijn twee demente vrouwtjes, een vrouw met grijze krulletjes en een Indisch vrouwtje met halflange zwarte haren, met grijze strepen. Ze lopen altijd hand in hand en ze zijn altijd vrolijk, het is heel grappig om te zien. Ze proberen continu weg te lopen uit het tehuis. Ze moeten dus goed in de gaten worden gehouden, want anders worden ze weer ergens buiten gevonden.

Nicole, de schizofrene tante van Tom, is dood, zelfmoord. Ze heeft zichzelf opgehangen aan haar sjaaltje op het balkon. Ik weet nog niet precies hoe ze dat gedaan heeft. Ik ben wel geschokt. Tom wacht me na mijn werk op en vertelt het me.

Toms moeder en hij vinden het uiteindelijk beter zo, omdat ze toch al wat krankzinnig was. Toen ze bij de apotheek werkte, had ze al een keer een zelfmoordpoging gedaan, ze had pillen verzameld en deze op een dag allemaal tegelijk geslikt. Toen moesten ze in het ziekenhuis haar maag leegpompen.

Mijn ouders zijn ook geschrokken, hoewel ze Nicole niet hebben gekend.

De moeder van Tom is nu bij zijn oma. Ik zie hem vanavond om 20.30 uur in de Canova pub.

Tom is naar de psychiater geweest en hij heeft Tom voorgesteld om intern te gaan wonen, bij de Van der Hoeven Kliniek in Utrecht. Tom wordt dan opgenomen. Hij kan dan verder wel gewoon doen waar hij zin in heeft. Ik vind het een vreemd idee dat het zo ernstig met hem is.

Tom haalt de havo niet en blijft, net als ik, ook zitten. Hij wil ook de kappersopleiding gaan doen, net als ik. Dat vind ik wel leuk, ik vind hem er alleen het type niet voor.

Ik wil zo naar mijn vriendin Renate om even te praten, ze werkt tot 's avonds 20.00 uur bij de ministeries, waar ze de kantoren schoonmaakt.

Er is, zoals ieder jaar in de zomer, een week lang kermis bij ons in onze plaats en daar ga ik altijd naartoe met mijn vriendin Renate. We slenteren lekker over de kermis en kijken een beetje rond. We genieten van de muziek, van de mensen en de attracties. Soms eten we een lekkere zoete suikerspin of zuigen op een grote roze zuurstok.

Tijdens de zomervakantie gaan we weer zes weken op vakantie naar Zuid-Frankrijk. In de vakantie gaan de grijpgrage handjes van mijn vader ieder willekeurig moment weer richting mijn moeders vrouwelijke delen, het maakt niet uit of dat in het openbaar is of niet, het gaat altijd onder het mom van 'stiekem' maar iedereen kan het gewoon zien. Zo gênant voel ik me eronder.

Mijn vader lacht me vreselijk uit als ik een rood minirokje draag, dat volgens hem veel te kort is.

"Het is in de mode," zeg ik hem.

"Je bent net Donald Duck," zegt hij kleinerend en hij lacht zich helemaal kapot. "Donald Duck, Donald Duck!" treitert hij me continu.

Ik schaam me diep en voel me gekleineerd, ik heb al een vreselijk complex over mijn holle rug en nu doet hij er nog een schepje bovenop. Waarom kan hij niet gewoon zeggen dat het rokje volgens hem niet staat, omdat het wat te kort is?

De jongens lopen anders nog steeds achter me aan en ik heb alweer een andere liefde gevonden, een knappe Franse jongen van mijn leeftijd.

Elke dag heb ik ruzie met mijn ouders. Iedere avond kom ik aangeschoten bij mijn tent aan. Een keer heb ik me niet bij mijn ouders 'gemeld' en wanneer ik al lange tijd slaap, wordt er keihard aan mijn haren getrokken. Mijn kop gaat heen en weer en gillend van de pijn aan mijn hoofdhuid word ik wakker. Het is mijn moeder die me hardhandig aan mijn haren heen en weer sleurt, woest staat ze aan de ingang van onze tent. Ik heb geen benul van de tijd, het blijkt al 05.00 uur te zijn als ik wakker word.

Het kan me allemaal geen moer meer schelen wat ze doen. Voortaan moet ik me iedere avond om 00.30 uur bij ze melden, anders mag ik niet naar de kappersacademie.

Ik moet het huis uit van ze, ze hebben een limiet gesteld, ik weet niet waar ik naartoe moet. "Oh, wat doet ze ons toch aan, zij is het die de problemen zoekt!" zeggen zij. Ik voel me een arme vieze hoer. Maagpijn heb ik ervan, van al die problemen, de eeuwige stress. Elke ochtend heb ik het gevoel dat ik moet overgeven, iedere ochtend ben ik kotsmisselijk.

Lucas en ik zijn samen weg geweest met nog een aantal andere jongeren en ik kom te laat aan bij de tent. Mijn broer is weggebracht door iemand achterop een brommer en hij laat me weer eens gewoon alleen achter.

Mijn ouders staan al op de uitkijk voor mijn tent.

"Weet je wel wat je op het spel zet, kappersacademie? Morgen 22.30 uur binnen, laatste kans. Waren de gulpen weer belangrijker?" aldus mijn vader.

Het is weer eens een vreselijke vakantie, ik probeer ze, zoals gewoonlijk, zoveel mogelijk te ontwijken.

We zijn gelukkig weer thuis. Ik ben intussen weer een tijd zo murw geweest dat ik amper nog tekeer ben gegaan tegen mijn ouders. Iedere keer als ik thuis ben word ik onrustig en nerveus. Het is onverdraaglijk om constant zo onder druk gezet te worden zoals zij dat doen. Doordeweeks gaat om 23.00 uur de deur op het nachtslot en vrijdag en zaterdag om 00.30 uur. Als ik één minuut te laat ben, moet ik buiten slapen. Het is compleet oorlog.

Op een keer kijk ik 's avonds naar een film op tv die me ontzettend boeit en niet meer lang zou duren. Stipt om 23.00 uur schakelt mijn vader echter de televisie uit. Ook al ben ik de volgende dag vrij, ik mag de film onder geen beding afzien. Alles gaat me irriteren. Mijn moeder gaat op dat moment ook nog tegen me tekeer dat er zoveel van de kaas was gevreten, ze houdt maar niet op.

Ik geef toe dat ik kaas heb gegeten en ben daar altijd eerlijk in, maar mijn broer doet dat ook regelmatig en hij liegt erover, maar hij wordt er niet op aangesproken. Ze staat voor me te schelden en ik word uiteindelijk zo kwaad, omdat ze van geen ophouden weet en maar blijft zeiken, dat ik haar wegduw en langs haar heen ren, omdat ik naar boven wil gaan, ik kan het gescheld niet meer aanhoren. Ze stiert achter me aan en komt als een woest, briesend zwijn op me af, ze slaat me en ze schopt me alsof ik een dier ben.

En dan sla ik haar terug. Mijn vader kijkt toe en trekt vervolgens natuurlijk weer partij voor mijn moeder. Ik weet haar gelukkig verder te ontwijken en ren de trap op naar mijn veilige kamer.

Mijn broer heeft een persoonlijke brief van mij die ik aan iemand had geschreven onder zijn eigen bed liggen! Hier ben ik achter gekomen nadat ik alles afgezocht heb. Ik had namelijk al zo'n vermoeden dat hij in mijn spullen zat te snuffelen en alles leest wat ik opschrijf als ik weg ben. Soms zijn er ook dingen in mijn kamer verplaatst of kan ik iets niet vinden. Rotzak, hij zit altijd in mijn privéspullen te neuzen, ook in mijn dagboeken als het even kan, dat vind ik vreselijk! Dan probeer ik weer een nieuwe verstopplaats te vinden, maar altijd komt hij er weer achter. Hij zoekt net zolang door totdat hij mijn dagboeken heeft gevonden. Als ik niet kan schrijven word ik gillend gek, ik moet mijn gevoelens van me af kunnen schrijven.

Ook bevindt hij zich regelmatig in mijn kamer als ik thuiskom. Wat moet hij daar? Nergens heb ik privacy. Zwaar belazerd voel ik me door hem.

Vanzelfsprekend spreek ik hem erop aan, maar hij ontkent natuurlijk in alle toonaarden dat hij in mijn dagboeken leest. Ook al heb ik het bewijs van de geschreven brief die onder zijn bed lag.

Als ik mijn vader vraag: "Wat ga je dit jaar stemmen?" dan zegt hij onverschillig: "Oh, VVD denk ik,"

"Waarom VVD?" Hopende op een discussie.

"Nou gewoon," zegt hij dan.

Ik vind dit een dom antwoord, nooit kan hij iets motiveren. Continu probeer ik tevergeefs een gesprek aan te knopen. Ze kunnen alleen maar zeuren over wat ik moet doen of over wat ik fout doe.

"Een jongen die gelovig is, maar niet naar de kerk gaat, heeft alleen maar mooie praatjes. Val je soms op bepaalde types alleen uit medelijden? Je moet een jongen uitzoeken die uit een 'normaal christelijk' gezin komt en die wat familie heeft, anders is er niks aan," zeurt mijn vader tegen me. Hij is zo vreselijk rechtlijnig.

"Doe toch niet zo idioot, ik weet van tevoren toch ook niet of iemand wel of geen familie heeft."

Waar mijn vader wel over kan praten is mijn studie. Hij zeurt bij voorbaat al dat ik op de kappersacademie niet te laat kan komen, niet kan spijbelen, etc. In de kappersacademie heb ik eigenlijk niet veel zin, het is niet wat ik altijd heb gewild en dat vind ik heel erg. Eigenlijk heb ik het alleen gekozen, omdat ik daar ook cosmetologie- en manicurelessen krijg, wat me dan nog wel aardig lijkt. Het hele kappersvak heeft me nooit geboeid, maar ik moet toch iets doen zonder diploma.

Helaas mag ik niet meer terug naar de middelbare school. Blijkbaar heeft mijn vader niet in de gaten dat ik wel weet dat ik er alleen mezelf mee heb als ik er met de pet naar gooi op deze school.

"Die opleiding is zo duur," zegt hij.

Is dit het aanpraten van een schuldgevoel? Dat lukt hem aardig moet ik zeggen. Ik moest en zou van hem naar de particuliere kappersschool in Den Haag, want die is zogenaamd veel beter dan de gesubsidieerde kappersschool in Utrecht, waar ik overigens zelf naartoe had gewild.

Nog geen f 200,– krijg ik terug van de belasting van mijn vakantiebaantje.

"Dat geld houden wij voor je opleiding, die is toch al zo duur," stelt mijn vader. Ze willen nota bene zelf dat ik de particuliere opleiding ga doen! Ik begrijp niet dat hij zo over het geld begint te zeuren. Alles met betrekking tot de aanmelding is al rond. Ze verdienen overigens goed, maar daar gaat het me niet eens om. Alles wordt voor me besloten en er wordt niet eens iets aan me gevraagd, dat zit me erg hoog. Om hun waardering te krijgen blijf ik drie hele avonden bij hen thuis. Ze appreciëren het niet.

Mijn ouders hebben zomaar f 290,– van mijn spaargeld gepakt, zonder het mij zelfs maar te vragen! Het betreft niet eens de f 200,– waar ze het eerder over hadden, ze pakken zelfs extra geld, omdat ze vinden dat het hun goed recht is. Ik maak hier ruzie over, omdat ze het niet eens even aan me hebben gevraagd. Dat is toch het minste wat ze even hadden kunnen doen?

"Anders had je het toch niet gegeven," was hun antwoord.

"Dat had ik wel gedaan!" zei ik.

"Die f 290,– storten we wel weer terug op je rekening en voor mijn verjaardag hoef ik ook niks, van niemand niet," brult mijn vader later opeens tegen me vanuit het niets.

Ik ben woest om de manier waarop dit gaat. Dat geld mogen ze voor mijn part houden, het hoeft voor mij allemaal niet meer. Woedend knal ik hierop mijn stoel naar achteren tegen de verwarming aan, gooi het bestek op mijn bord en verdwijn naar boven.

"Kijk maar niet raar op als we de telefoon afschaffen," zegt mijn vader op een dag ineens vanuit het niets tegen ons. Materieel kunnen ze zich werkelijk alles veroorloven en nu wordt hier zo belachelijk over gedaan?

Ik zeg tegen Tom dat ik wil praten met iemand die ik echt kan vertrouwen en me probeert wat te steunen. "Dat is te veel gevraagd," zegt hij.

Ik weet niet meer wie ik zelf ben, mijn eigen ik zit diep verstopt. Ik wil niet instorten.

Weer maak ik het uit met Tom en ga met iemand anders verder. Helemaal leeg ben ik, ik huil de hele dag. Als ik in gezelschap ben, moet ik vaak weg, want dan moet ik huilen. Zoveel verdriet, totaal onredderd en verbitterd. Mijn ogen doen pijn van het huilen, ik ben zo ontzettend moe.

Ik denk aan de dood en wat voor afscheidsbrief ik zal schrijven. Ik wil uit deze omgeving weg, ergens naartoe waar niemand me kent.

Op een schoolfeest kom ik Tom weer eens tegen. Hij vertelt me dat zijn gevoel tegenover iedereen dood is. Zijn moeder gooit hij letterlijk van alles naar het hoofd, zoals borden, schalen en dergelijke, noem het maar op. Hij zit in agressie-therapie bij zijn psychiater. Ik word nog depressiever van zijn verhaal en heb weer medelijden met hem. Weer ga ik op zijn avances in, want charme heeft hij...

Opeens valt hij bijna flauw tijdens het schoolfeest. Ik tik tegen zijn gezicht en ondersteun hem en zeg hem dat hij goed moet ademhalen.

De volgende dag vertelt hij me dat hij geen enkele relatie meer aandurft en zich schuldig voelt, omdat hij me zo zwart heeft gemaakt tegenover iedereen. Nou ja, dat ben ik wel gewend. We houden voorlopig schriftelijk contact.

Regelmatig heb ik een afspraak met mijn huisarts om mijn hart te luchten. De huisarts is erg aardig en af en toe mag ik ook 's avonds weleens komen praten bij hem thuis. Het is de enige persoon die me probeert te helpen. Natuurlijk kan ik niet bij hem blijven komen om te praten. Van hem krijg ik opnieuw een verwijzing om naar een psycholoog te gaan. Deze psychologe werkt in de Psychiatrische Kliniek Bosch en Duin.

Als ik op gesprek kom, vertel ik de psychologe: "Je wordt alleen geboren en je gaat alleen dood en in de tussentijd moet je er zelf wat van maken." Ik leg ook haar de gezinssituatie zo goed mogelijk uit. Ik voel me echter niet gehoord, niet begrepen en te wijs voor mijn leeftijd. Ik word er vreselijk opstandig van dat ik geen goede adviezen of begeleiding krijg.

De psychologe wil natuurlijk mijn ouders bij het gesprek hebben en ik wil dat per se niet. Mijn vader vindt een psycholoog of een psychiater sowieso ronduit belachelijk. Desondanks gaat hij één keer mee naar de psycholoog en ja hoor, natuurlijk weet hij me weer klem te lullen. Het ligt weer eens allemaal aan mij. Hij weet iedereen te bespelen en naar zijn hand te zetten. Twee keer ga ik naar de Psychiatrische Kliniek Bosch en Duin, dan wil ik niet meer. Ik heb het alweer gezien.

Als ik een keer vanuit de kappersacademie naar buiten loop om de tram te pakken, stopt er een auto naast me en de man die in de auto zit vraagt of ik een baantje wil hebben en modeshows wil doen. Hij praat op mij in en ik moet maar een keer naar zijn boetiek in Hilversum komen. Hij wil mijn maten weten en voelt aan mijn borsten. Ik duw hem weg en ga er vandoor.

Mijn huisarts, waar ik af en toe nog steeds kom voor gesprekken over mijn problemen, heeft op een gegeven moment zijn arm om mijn middel heen geslagen en zijn arm om mijn schouders heen gelegd. Hij gaat met zijn neus tegen de mijne en zo. Af en toe drukt hij me tegen zich aan en kijkt me diep in de ogen. Ik weet niet of dit 'normaal' is. Wat is normaal?

Ik zit een keer in bad en ben vergeten de deur op slot te doen. Mijn vader komt de badkamer zomaar binnen.

"Ga weg, laat me met rust, ga weg!" schreeuw ik vol schaamte tegen hem. Maar hij gaat niet weg, hij blijft op zijn dooie gemak staan en gaat op zijn gemak allerlei dingetjes in de badkamer doen. Ik kom woedend en vol gêne overeind en probeer langs hem heen een handdoek te pakken.

"Stel je niet zo aan meid!" zegt hij hatelijk.

Uiteindelijk lukt het me langs hem heen te gaan en een handdoek van het rek te graaien. Ik voel mij vreselijk beschaamd en weet niet waar ik moet kijken en heb het idee dat ik totaal niet word gerespecteerd. Ik voel me zo'n niets, zo'n nul, zo minderwaardig.

Op de kappersacademie heb ik af en toe gesprekken met de directeur. Hij luistert naar wat ik heb te vertellen en het is fijn om eindelijk mijn verhaal eens aan iemand kwijt te kunnen. Hij is ergens halverwege de dertig, heeft blond naar voren gekamd stekelhaar en een vlasbaardje. Op een dag komt hij naar me toe en begint me plotseling te zoenen. Hij gaat tegen me aan staan en dan vraagt hij of ik hem wil pijpen. Met kotsmisselijke tegenzin doe ik wat hij vraagt. Daarna ga ik nooit meer naar hem toe met mijn problemen. Alle mannen zijn hetzelfde.

Soms heb ik relaties met zes of zeven mannen tegelijk, zo hoef ik ook niet zoveel naar huis. Mijn moraal is weg, compleet weg. Waar ik ook maar iets van affectie kan pakken, pak ik die, ook al ben ik me bewust van het feit dat het meer spelen is, dat ik met de mannen doe.

Wel speel ik altijd open kaart tegenover de mannen, ook al speel ik met hen. Ik heb wraak aan alle mannen gezworen. Ik kom mannen tegen in de bus, de trein, op het station, op school, noem maar op. Ik flirt, trek aan en stoot af. Zodra ze te serieus worden haak ik af, omdat ik niet wil dat iemand mijn leven nog voor me regelt.

Het kan me ergens, diep in mijn hart, nog wel iets schelen, maar de hoer ben ik toch wel in de familie. Mijn naam ligt al te grabbel. Het is toch het enige waar ik goed in ben! Jongens kan ik krijgen bij de vleet, alleen iemand die echt goed voor me is, weet ik er blijkbaar niet uit te pikken.

Daarnaast heb ik Tom nog, maar hij heeft ook andere vriendinnetjes. Ik vertel het hem wel, maar hij wil me niet kwijt en nog steeds blijf ik bij hem, ook al begrijp ik mezelf hierin niet. Wel ben ik vreselijk bang voor hem. Ik heb angst voor de toekomst en ik heb geen zin meer om verantwoording aan hem af te leggen en te vertellen waar ik uithang of wat ik doe.

Buiten ben ik veel te vinden, soms ben ik radeloos van de ellende en de kou en loop ik zonder ene cent op zak, buiten rond.

Voor de tweede maal heb ik de morning-afterpil nodig, mijn moeder komt erachter, omdat ze alles bespiedt wat ik doe. Ze wordt woedend op me, omdat ik twee eieren aan het koken ben in plaats van één ei.

Dan zeg ik in een uitbarsting van woede: "Als je nou niet ophoudt, ram ik je smoelwerk in elkaar, ik ben het zat, zat!" Ik voel me al doodziek.

Dan begint ze over de morning-afterpil die ik had geslikt. "Ik weet precies waar die voor is, je doet je alleen maar zo ziek voor! Je bent zogenaamd zo zielig! Als jij een kind hebt kunnen wij er zeker voor zorgen, nou, dan moet je het zelf maar uitzoeken!"

"Ja, ja, dat is het enige belangrijke voor jullie hè, dat jullie weer voor me zouden moeten dokken! Ik weet niet eens of je nog gevoel hebt," zeg ik.

"Ik kan met jou toch niet praten en als je wilt neuken, dan neuk je maar. Voor mijn part neuk je de hele wereld, het kan me geen moer meer schelen!" schreeuwt ze.

Terwijl ze langs me heen stiert, schop ik met mijn voet tegen een barkruk in haar richting.

Het is weer eens mis als mijn vriendin Renate een keer bij mij blijft slapen. Onverwachts hebben we dertig minuten op de tram moeten wachten dus we zijn twintig minuten te laat thuis. Het valt niet aan mijn ouders uit te leggen, want ze geloven me natuurlijk weer eens niet.

"Als ze hier moet slapen, is dat de laatste keer geweest," zeggen ze.

Mijn vriendin heeft geen handdoek of washandje gekregen en ik schaam me rot. De volgende ochtend moet zij vroeg opstaan, ze moet naar school en de deur zit nog op het nachtslot, daar heb ik geen sleutel van. Ontzettend geërgerd komt mijn moeder naar beneden, mijn vriendin heeft zelf ook al genoeg problemen thuis. De moeder van mijn vriendin heeft borstkanker en dit is reeds in een ver stadium. Ze krijgt chemokuren, ze is al helemaal kaal en haar vader is flink overspannen. Dus vind ik het zo rot voor haar.

Op een dag, als ik even iets wil pakken in de badkamer en mijn broer slechts zijn tanden aan het poetsen is, doet hij de deur op slot.

Ik klop op de deur en vraag: "Doe eens open."

Gelijk daarop komt mijn vader aan stieren en buldert met autoritaire stem: "Doe jij eens normaal!"

"Ik vind het niet normaal dat hij de deur op slot doet als hij alleen maar zijn tanden poetst," zeg ik verontwaardigd. Ik heb natuurlijk ook haast 's morgens.

"Jij doet altijd de deur op slot!"

"Niet als ik mijn tanden poets," zeg ik dan ook.

"Satan!" sist mijn vader me dreigend toe.

Dan, ineens, word ik woedend, hij kan me niet dieper kwetsen dan door zulk soort dingen tegen me te zeggen. "Vieze klootzak!" spuug ik eruit.

Het treurige is dat ik mijn ouders gewoon niet kan eren. Alle respect ben ik voor ze verloren. Regelmatig vecht ik met mijn moeder. Ik word steeds brutaler, opstandiger en steeds grover in mijn taalgebruik jegens mijn ouders. Dit komt doordat ik niet alles meer tolereer wat zij tegen mij zeggen en hoe zij zich tegenover mij gedragen. De verlegenheid uit mijn jeugd is weggevallen.

Aangezien de wasbak boven niet meer helemaal goed doorloopt, hij zit blijkbaar wat verstopt, mag ik daar geen gebruik meer van maken, maar ik was daar toch een keer mijn handen.

Als een wilde tijger springt mijn moeder plotseling naar binnen en gaat voor mij staan. Binnensmonds mompel ik iets lelijks en ze begint me ineens te duwen en te slaan.

Dan sla ik haar terug. Zij geeft mij een fikse krab over mijn voet en trekt aan mijn haren.

"Als je het alleen maar af kan met slaan en niet met woorden, vind ik dat zwak!" schreeuw ik tegen haar.

"Jij kan alleen maar grove ordinaire woorden gebruiken!" gilt ze.

De toestand wordt steeds onhoudbaarder. Ik word steeds nerveuzer. Zelfs om de afwas krijg ik ruzie. Overal wordt op gelet en op alle slakken wordt zout gelegd.

"Heb je de stop in de gootsteen gedaan?" schettert mijn moeder woedend, als ik aan het afwassen ben. Jammer genoeg voor haar, heb ik de stop er inderdaad in gedaan. Als de gootsteen nog niet voor de helft gevuld is met water moet ik de kraan dichtdraaien, omdat het anders te veel water kost. Dit heb ik niet gedaan, want anders heb ik niet genoeg water om in af te wassen. Dit brengt natuurlijk weer gescheld harerzijds teweeg.

Mijn broer en zusje worden uitgehoord over mij, dit vertellen ze me zelf. Het blijkt dat mijn kleine zusje zelfs onder druk wordt gezet om haar over mij uit te horen. Als ik in de huiskamer ben, vraag ik aan mijn broer of hij me een paar gulden wil lenen. Dat mag niet van mijn ouders. Zodoende gaan we naar boven.

Dan komt mijn zusje naar me toe en zegt: "Ik moet je iets vertellen, maar ik mocht het van papa niet aan jullie doorvertellen. Papa kan alles horen wat jullie zeggen via de intercom. Er is een aansluiting van beneden naar boven en zonet zat hij jullie af te luisteren. Niet zeggen hoor, anders wordt hij woest op mij! Ik zei nog dat hij dat niet moest doen, omdat hij niet alles hoeft te weten en toen zei mama: 'Bemoei je er niet mee!'"

Dat zijn mijn ouders.

In Europa zijn er gevallen van aidspatiënten geregistreerd. Aids is een nieuwe dodelijke geslachtsziekte, die waarschijnlijk via seksuele overdracht van een Afrikaanse aap op een mens is overgedragen via het humaan retrovirus en vooral onder homo's en drugsgebruikers voorkomt. Het hele immuunsysteem schijnt eraan te gaan, dus het is best heel eng, er is nog niet zoveel over de ziekte bekend.

Op een keer ben ik weer drie minuten te laat thuis. Aangezien ik vreselijk pieker en nog niet kan slapen ga ik televisiekijken. Eerst komt mijn moeder met een scheldkanonnade naar me toe en doet onmiddellijk de televisie uit. Vervolgens komt mijn vader naar beneden en gaat onderaan de trap staan. Hij heeft de neiging me helemaal kapot te slaan.

"Als je niet snel naar boven gaat, zal ik mijn handen aan je vuil moeten maken. Je zult later een hele hoop te verantwoorden hebben," zegt hij dreigend met opeengeklemde kaken.

Mijn moeder staat in de deuropening, haar handen venijnig in de zij en hard door haar neus te snuiven. Zwijgend loop ik de trap op naar boven.

Als ik in de spiegel kijk in mijn kamertje, schrik ik van de blik in mijn eigen ogen en tril over mijn hele lichaam. Het is zo'n moment dat ik mezelf huilend in slaap bid. Ik word er wat rustiger door.

Ik heb een recept van de dokter gekregen om seresta te slikken en dat gebruik ik ook. Als ik met hem praat over mijn problemen thuis vertel ik dat ik misselijk ben, vaak moet overgeven en nog constant maagpijn heb. "Jij kotst letterlijk alle ellende uit die je overkomt," zegt hij. Sinds ik rook heb ik weleens last van een keelontsteking. Soms loop ik rond met een blaasontsteking. Mijn gezondheid laat af en toe te wensen over.

Praktisch altijd ben ik weg, ik ben nauwelijks meer thuis om te eten of te slapen, omdat ik het er niet kan uithouden. Als ik er ben, is er ruzie. De sfeer is om te snijden.

Thuis heb ik het altijd koud, de kou trekt door al mijn ledematen. Mijn slaapkamer is altijd zo koud aangezien de kachel daar praktisch nooit aanstaat en in de winter staan de bloemen altijd op de ruiten. Beneden staat de kachel standaard op 18C. Om die reden lig ik meestal met mijn dekbed om me heen geslagen op bed. Ik voel schaamte, vernedering, verdriet, ik ben niets waard, dom, leeg, eenzaam, angstig, nerveus, klein, bijdehand, onder mijn niveau en ben boos om al het onrecht.

Op een avond kan ik ons huis niet meer in, ze hebben de deur op het nachtslot gedaan. Uiteindelijk ga ik maar naar de politie, omdat ik niet weet waar ik naartoe moet!

De politie brengt me naar een vriendin, Odilia, waar ik kan blijven slapen.

De tijd is gekomen dat mijn ouders me een ultimatum hebben gesteld. Ik moet het huis uit als ik de kappersacademie heb afgerond. Ik weet niet waar ik kan wonen en ben driftig op zoek naar woonruimte. Yvon, wier haar ik regelmatig knip en die kappersmodel voor mij is, biedt me aan om tijdelijk als onderhuurder in haar huis te komen wonen. Dit is in ieder geval mogelijk voor minimaal een jaar en misschien zelfs langer, omdat ze met haar man en kinderen naar Ierland gaat. Misschien doe ik dat dan maar, ik moet toch wat?

De zomerhit is *Comment Ça Va* van The Shorts. Maar mijn favoriete song is *Fame* van Nicole Cara, dan kan ik lekker meezingen. De nieuwe Star Wars-film *Return of the Jedi* is een grote hit.

Tom en ik gaan samen op zomervakantie naar het plaatsje L'Escala aan de Costa Brava in Spanje, waar we een bungalow hebben gehuurd. We reizen met een bus. Naast ons zitten twee meiden, waar Tom de hele weg mee heeft zitten sjansen. Als hij denkt dat ik slaap, wordt het flirten nog erger. Ik voel me weer eens een nul komma nul.

Als we in de bungalow aankomen, scheurt hij me zomaar, letterlijk, de kleren van mijn lijf, zonder enige aanleiding. Hij smijt me op het bed. Op het moment dat zelfs hij, mijn eigen vriend, me ruw en brutaal verkracht ben ik compleet geblokkeerd. Zelfs schreeuwen kan ik niet meer, alleen mijn innerlijk schreeuwt, schreeuwt zonder ophouden. Maar niemand hoort me... Het is net als in een nachtmerrie. Hij ramt maar door en door en ik heb zo'n pijn. Op een gegeven moment koppel ik mijn geest los van mijn lichaam, dan kan ik het beter hanteren.

Als hij klaar is, zegt hij tergend langzaam en smalend: "Je leek wel een levenloze, dode pop."

"Zo voel ik me ook…," zeg ik diep, diep geschokt.

Dit vergeef ik hem nooit. Ik walg nu van hem. De enige mens waarvan ik dacht dat ik daar misschien nog een klein beetje op kon bouwen, heeft me dit aangedaan. Hij heeft me gebroken… De vakantie in L'Escala heeft een rouwrandje gekregen en mijn kijk op Tom ook. Ik ben ontzettend opgelucht als we weer met de bus naar Nederland terugreizen en ik niet meer alleen met hem in de bungalow hoef te zijn.

Tijdens de rest van de zomer ben ik een tijdje alleen thuis, wat een heerlijkheid. Mijn ouders zijn op vakantie. Mijn oom Tobias en tante Suzanne komen langs en zullen een week blijven. Ik slaap lekker in het bed van mijn ouders. Ik nodig Renate uit en we hebben het naar ons zin. Ze blijft bij mij slapen, omdat ze de volgende dag vroeg op moet om te werken. Ik ben een beetje tegendraads, omdat mijn oom en tante vreselijk christelijk zijn en iedereen altijd proberen te bekeren. Toch vind ik ze wel redelijk aardig en praat wel met mijn tante over sommige dingen.

Landsrade, 4-8-83
Lieve Linda,

Vandaag stond er op het bord bij de receptie of ik je wilde bellen om ± 18.30 uur. Als gewoonlijk waren er weer acht mensen voor ons. We zijn dus 2,5 kilometer naar het dorp gereden om te bellen, voor niets, want de telefoon werd niet opgenomen. Ik heb geprobeerd je tot 10 voor 7 te bellen. Telkens geen gehoor. Je begrijpt dat ik goed de pest in had. Ik was toch al van plan te schrijven, omdat ik je eerder deze week ook niet te pakken kreeg. Ik heb tante Suzanne toen gesproken. Ik heb begrepen dat je nooit met ze eet. Ik vind dat nogal vervelend. Elke dag is dit toch niet nodig, want ze zijn het weekend toch weg. Ze wilden gas en licht betalen. Ik heb gezegd dat dat niet hoefde en dat ik het prettig zou vinden als jij af en toe met hen mocht mee-eten. Het scheelt tenslotte ook in de kosten. Ik weet niet of er wat aan de hand is, maar ik kan je nu toch niet meer bereiken, dus ik ben nu van plan zaterdag om ± 12 uur te bellen, overdag natuurlijk. Ik hoop dat ik je dan te pakken kan krijgen, want anders wordt het erg vervelend.

Ben je al naar de bank geweest om geld op te nemen?

Chris en Frida zitten hier sinds maandag ook. Erg onverwachts hebben ze een tent gekocht en gebeld of er plaats was. Lucas gaat waarschijnlijk volgende week zaterdag met ze mee terug en vanaf Utrecht met de trein naar huis.

Gisteren stonden Lucas en Tineke plotseling hier voor onze neus. Het was best leuk, gelukkig dat we er waren. Frida's ouders met een zusje waren ook bij hen. We hebben 's avonds met z'n allen gebarbecued, 't Was erg gezellig.

Vandaag zijn we met Iris naar een landbouwmuseum geweest. Er was een kinderboerderij bij en een speeltuin. Ze mocht op een paard rijden, dus ze heeft zich goed vermaakt.

Het weer is een stuk minder warm, maar sinds gisteren is het weer droog en met een trui aan gaat het best. Onze buren aan beide kanten gaan dit weekeinde weg. Aan de ene kant zijn aardige mensen. Aan de andere kant is de man niet zo geslaagd, al houdt hij zich de laatste week erg rustig.

We zitten op een terrassencamping. De berg is afgegraven als een trap met lange treden. Frida's vader zat gisteravond wat op zijn stoel te wiebelen en viel zo achterover, hij rolde in koprol de helling af. Er stond hoog gras en ook een boom. Iedereen schrok ontzettend en holde naar de kant om te kijken. Opeens zagen we hem naar boven klauteren met een grote grijns terwijl hij zei: "Hallo". Ik heb in geen tijden zo gelachen. Hij had niets en hij zag er zelf de humor wel van in.

Ik zal deze brief zo posten. Dan hoop ik dat hij vrijdag aankomt, zodat ik je te pakken krijg. Zorg je nog wel voor de dieren? Iris is erg bezorgd dat de cavia's doodgaan en ze vindt ook dat je eens iets moet laten horen, al is het maar een kaartje. Ze heeft zelf haar best nogal gedaan. Groeten van ons vieren.

Mama

Zoveel verwijten... Natuurlijk zorg ik goed voor de dieren! Die zal ik toch niet dood laten gaan? Dat steekt me heel erg.

Oom Tobias en tante Suzanne gaan echter eerder weg dan gepland en laten een brief voor mij achter.

Misschien vraag je je af waarom we zo plotseling weg zijn gegaan!
Het was niet, omdat je gisterenavond zo'n herrie maakte of zoiets!!! We willen echter niet langer getuige zijn van jouw (ons) gedrag ten opzichte van jouw ouders tijdens hun afwezigheid!!! Dat jij met je vriend naar bed gaat, zonder getrouwd te zijn, is iets wat lijnrecht tegen Gods wil voor jou ingaat, omdat Hij echt van jou houdt.
Dat jij met jouw vriend de slaapkamer van jouw ouders induikt, er vrijt, rookt en drinkt, terwijl je heel goed weet dat jouw ouders dit nooit zouden toestaan, vinden we zo verregaand en onbeschoft dat we uit protest vertrekken!!!
Je kunt beter niet tegen mij zeggen dat je zo gevoelig bent. Dat je een sentimenteel gevoel hebt over hongerlijdende mensen ver weg in Afrika is heel gemakkelijk en eerder schijnheilig als je jouw ouders, die zoveel van jou houden en zoveel voor jou doen, zo op hun hart trapt!
Geloven zoals jij dat doet, dat God er is, is geen Bijbels geloof...
De Bijbel zegt: "De boze geesten geloven ook dat God er is en zij sidderen."
De Bijbel zegt tevens, en dat is het doel, dat jij je moet bekeren, omdat God zo allemachtig veel van je houdt! Dat betekent: je afkeren van het leven van slapheid en gemakzucht dat je nu leidt en je naar God, die je Vader wil zijn, toekeren om naar Hem te luisteren en Hem te gehoorzamen (Ezechiël 18!). Jezus Christus wil je daar de mogelijkheid en de kracht voor geven, steeds opnieuw, door Zijn Geest, maar je moet wel echt willen. Dan ga jij niet naar de bliksem, maar ga je een leven kennen wat echt de moeite waard is. Niet saai, maar vol echt avontuur. Wij weten het, samen met massa's andere christenen, uit eigen ervaring.
Samen met een vriendin begonnen we allebei op ons achttiende jaar met het slikken van de 'zwakste' pil, we waren beiden net getrouwd. Toen mijn vriendin en haar man na vier of vijf jaar graag kinderen wilden,

lukte het niet en had ze telkens miskramen. Onderzoek heeft bewezen
dat het door de pil kwam… Het is maar dat je het weet…! De lieve Heer
wil niets liever dan jouw redding!

Vreselijk, ik kan er zo slecht tegen, het maakt me weeïg. Het ergste is overigens dat ik helemaal niets verkeerds heb gedaan in de slaapkamer van mijn ouders, ook niet met Tom!

Van mijn zus Iris hoor ik achteraf dat mijn tante tegenover mijn moeder heeft gesuggereerd dat ik misschien wel lesbisch ben…?? Haha, als ik één ding niet ben is dat het wel!!! De reden is dat mijn vriendin tijdens de vakantie bij me is blijven slapen. Mijn moeder was er toch ook wel van overtuigd dat ik niet lesbisch ben en heeft dit ook tegen mijn tante gezegd.

De kappersacademie duurt in totaal vijftien maanden. De kappersacademie is zwaar, ik sta de hele dag op mijn benen. Elke dag reis ik met de bus naar Utrecht, waar ik de trein naar Den Haag Centraal neem en vervolgens de tram naar de Laan van Wateringse Veld.

Het cosmetologie- en manicuregedeelte is maar een bijzonder klein gedeelte van de lessen die ik krijg. Elke dag staan we in grote rijen en draaien het haar in met watergolfrollers op nepkoppen. We hebben het Beatrixmodel en het Julianawatergolfmodel. Het Julianamodel is geliefd bij alle oudere dames die bij ons hun haar laten doen, de rollers gaan in banen recht achterover naar beneden toe. Het Beatrixmodel heeft een schuine baan met rollers naar achteren toe. Verder draaien we dagelijks pemanentwikkels in op de koppen, de docent controleert of ze er netjes zijn ingedraaid.

Het valt me allemaal een beetje tegen, ik had gedacht dat de opleiding meer gericht was op knippen dan op watergolven en permanenten. Het enige dat ik echt leuk vind is het contact dat ik heb met de klanten die er hun haar laten doen. Als je lichamelijk contact met mensen hebt, gaan mensen snel over hun problemen praten. Hele levensverhalen hoor ik van mensen en dat intrigeert me mateloos. Ik vind het dan ook erg spijtig dat ik zo dom ben.

Zo graag had ik maatschappelijk werkster willen worden, zodat ik met jongeren had kunnen werken of psychologe.

Op een keer doen we tv-make-up en er wordt al door de docent gewaarschuwd dat er dan hele dikke lagen make-up op het gezicht gaan. Een meisje stelt zich kandidaat om zich hiervoor op te laten maken. Het is echt niet te geloven hoeveel dikke lagen make-up er op haar gezicht worden gesmeerd. Er wordt een tv-lamp aangezet en het meisje wordt onder de lamp gezet, ze is bijna onherkenbaar veranderd in haar voordeel. Dat is wel grappig om te zien.

De werkeloosheid is momenteel erg hoog. Met de andere leerlingkappers heb ik niet zo heel veel contact. Het is een heel ander slag mensen dan ik gewend ben en ik voel me er helemaal niet thuis. Zonder diploma heb ik heel weinig keus, ik kan verder praktisch geen opleiding volgen.

Op donderdag-, vrijdag-, zaterdagavond ga ik stappen en het liefst ben ik ook op zondagavond weg van thuis. Als ik mijn avondeten weer niet naar binnen heb gekregen, eet ik soms poesta borrelnootjes of wokkels. Vaak gaan we naar het muziekcafé Café 't Neutje of naar een van de kroegjes aan de Oude Gracht in Utrecht. Als ik uitga drink ik meestal een bacardi cola of pisang ambon puur, lekker zoet!

In het weekend gaan we na het stappen soms nog even langs de snackbar Tom en Caro om een patatje te halen. Soms gaan we uit in Hilversum, op zondagmiddag naar de discotheek Starlight, lekker discodansen op de gekleurd verlichte vloer. De meisjes zetten hun tasje op de vloer en we staan allemaal in rijtjes te dansen.

In Ethiopië is een grote hongersnood gaande, als gevolg van de langdurige droogte daar. Er overlijden ontzettend veel mensen. Over de hele wereld zijn er hulpacties. Het is vreselijk als je de televisiebeelden ziet.

In december 1983 kom ik van de kappersacademie. In januari heb ik mijn diploma van de kappersacademie zelf in ontvangst genomen, het valt me op dat de directeur me een hoger cijfer heeft gegeven voor een onderdeel dan de rest van de examinatoren. Komt zeker doordat ik hem gepijpt heb.

Voor het landelijk examen ben ik echter gezakt. Andere mensen doen het examen opnieuw, maar ik haal het niet in mijn hoofd om mijn ouders te vragen nogmaals drie maanden voor mij te dokken, zodat ik een herexamen kan doen. Het heeft ze al te veel geld gekost.

Ik heb contact opgenomen met de gemeente om te vragen of ik in aanmerking kan komen voor woonruimte. Men stuurt mij een brief terug met betrekking tot mijn inschrijving als woonzoekende, waarin vermeld staat dat het niet mogelijk is om op korte termijn woonruimte aan te bieden. Er zijn ruim tweeduizend gegadigden als woningzoekende ingeschreven.

Dit stelt mij erg teleur en ik probeer van alles om toch thuis weg te komen, maar ze houden vol, hoe ik ook tracht uit te leggen dat ik thuis zulke problemen heb dat de situatie voor mij onhoudbaar is geworden, ik krijg geen woning toegewezen. Mijn enige mogelijkheid is om tijdelijk onderverhuurd te gaan wonen.

Lieve Linda,
29-12-83

Je zult het wel erg raar vinden dat er een brief van mij ligt, maar ik zie geen andere oplossing. Ik loop de hele dag te piekeren en waarschijnlijk is alles wat ik schrijf bekend, maar ik hoop toch dat je doorleest. In de eerste plaats wil ik je zeggen dat we van je houden, al denk je misschien dat dat niet zo is. Als je dan vraagt of het ons interesseert wat je doet, dan zeg ik ja, dat interesseert ons, juist, omdat we van je houden. Maar al houd je van iemand, dan wil dat nog niet zeggen dat je iemands fouten niet ziet. Dat is zo in een huwelijk en ook in de verhouding met je kinderen. Ik weet heel zeker dat je erg veel goede eigenschappen hebt, je bent altijd eerlijk geweest, en dat dat de laatste tijd niet zo is doet me erg veel pijn. Het feit dat je nooit echt iets vertelt noem ik niet eerlijk, ik bedoel niet dat je steelt of zoiets. Ik geloof dat het allerbelangrijkste is dat je niet zonder jongens kunt en ik vind een jongen prima, maar niet meer dan één. En ik denk dat je net zo goed weet wat wij vinden, dat je daarom bepaalde dingen niet vertelt. Maar het gaat ons wel degelijk aan want je bent onze dochter. Niet ons bezit.

Toch zijn er dingen die ik niet begrijp. Bijvoorbeeld dat je zegt bang voor ons te zijn en dat je bang bent om geslagen te worden. Als iets een keer gebeurd is, wil dat niet zeggen dat het weer gebeurt. Je mag best weten dat ik soms de behoefte wel heb om er eens op los te meppen, maar niet alleen bij jou.

Ik heb altijd de indruk dat je het gevoel hebt achtergesteld te worden bij Lucas en Iris. Als je dat gevoel hebt, komt dat uit jezelf, er is niemand waar we meer mee bezig zijn dan met jou. Ik wil het toch ook even over Richard, je vorige christelijke vriendje, hebben. Ik heb hem destijds gebeld dat je hem niet wilde spreken en dat je weg was. Hij wilde toch graag komen om bepaalde dingen die jij verteld hebt over ons, want ook dat is veel gebeurd, van onze kant te horen. Bijvoorbeeld over dat slaan. Hij begrijpt niets van je en zegt dat jullie hadden afgesproken elkaar alles te vertellen. Ik geloof best dat ook hij tekortkomingen heeft, die heeft iedereen, maar hij is wel eerlijk en hard is hij ook niet, want ik denk nog steeds dat je je niet realiseert wat je weggooit. En waarom hij zich belazerd voelt, weet jij zelf wel. Misschien geloof je het niet, maar mijn liefste wens is dat je gelukkig wordt en als dat niet met Richard kan, dan kan ik dat best geloven. Liefde laat zich niet dwingen. Alleen snap ik niet dat je er elke keer weer aan begint. Er had zoveel verdriet voorkomen kunnen worden. Of je met Tom wel gelukkig wordt weet ik niet, ik heb daar zo mijn twijfels over, maar geloof maar van mij dat ik daar niet tussen zal komen. Wat betreft de beschuldiging dat Tom hier heeft geslapen, dit: Ik kreeg van alle kanten informatie over de tijdstippen dat Tom hier was, zodat ik ben gaan combineren en misschien daardoor een verkeerde conclusie getrokken heb. Het zal wel niet goed zijn, maar dat hij hier meermalen was, is ook niet goed, daar blijf ik bij en dat heb ik hem ook gezegd.

Of deze brief iets uitmaakt weet ik niet. Ik zal je vertellen wat ik graag zou willen. Dat is op een volwassen manier met elkaar omgaan zonder elkaar te hoeven wantrouwen en zonder altijd achterdocht. Gewoon met elkaar praten over dingen die je bezighouden. Niet altijd mokken over elkaars fouten, maar elkaar erop wijzen als dingen niet goed gaan, zonder

*altijd verwijten. Ik weet dat jij dat ook wilt. Ik weet dat je ruggengraat
hebt en dat je niet slecht bent.*

*Ik weet ook dat je toch nog in de puberteit bent, ondanks dat je het mis-
schien heel naar vindt om dat te horen, maar daaruit vloeit alle ellende
voort, geloof me maar.*

*Je denkt dat ik je niet ken, maar door die puberteit ken je jezelf niet
eens. Dit gaat over. Probeer daaraan mee te werken, jezelf niet in de put
te drukken. Zie de mooie dingen in het leven, want die zijn er erg veel.*

*Je bent nog jong en hebt nog een heel leven voor je, er kan nog zoveel
gebeuren. Heb toch niet zo'n haast om alles mee te maken.*

*Ik schrijf deze brief, omdat ik het niet allemaal kan zeggen, omdat ik je
niet wil missen, geestelijk en lichamelijk niet, omdat ik het ontzettend
moeilijk heb met de manier waarop we met elkaar omgaan. Het enige dat
ik kan doen is voor je bidden al klinkt dat misschien theatraal. Ik hoop
zo dat er aan deze situatie een eind komt. Je hoeft me niet te beloven met
een schone lei te beginnen. Zelf probeer ik het in elk geval telkens weer en
ik zal proberen zeker niet te blijven mokken over dingen die geweest zijn.*

Mama

Blijkbaar leeft er meer bij mijn moeder en heeft ze het erg moeilijk met de situatie. Begrijpen dat ik bang ben, doet ze inderdaad
niet. Het is volgens haar niet waar dat ik meerdere malen ben
geslagen, dan overdrijf ik zogenaamd weer schromelijk. Niemand
kan ik het uitleggen. Ze snapt helemaal niets van me en wijt het
allemaal aan mijn puberteit, alleen dat is niet het geval. Ze wijt
het niet aan het gebrek aan liefde en begrip. Ze wil wel op een
volwassen manier met me omgaan, maar anderzijds ben ik nog
wel de puber, hoe zit dat dan? Het lijkt op deze manier plotseling alsof ze me zo goed kent. Oké, ze doet vanuit haar kant in
ieder geval haar best.

9.

De BBC heeft de uitzending van de song *Relax* van Frankie Goes to Hollywood verboden. Natuurlijk wordt als gevolg hiervan dit nummer een gigantische hit. De zanger Marvin Gaye is na een fikse ruzie met zijn vader doodgeschoten door zijn eigen vader, hoe bizar. Het nummer *Sexual Healing* was van hem. Weer een goede zanger minder.

Inmiddels is het april 1984. Er zijn zeker dingen die ik mijn vader nooit kan vergeven. Hij heeft een paar dingen gezegd die me zo'n ontzettend vernederend gevoel hebben gegeven. Ik heb een ophaal-rok aan, die is in de mode, hij zit helemaal niet hoog opgetrokken, maar gewoon, normaal. Ik kom de woonkamer in, begint ie te mekkeren over die rok, heel ironisch, zo van: "Je rok zit niet goed."

"Ja, dat is modern, wist je dat nog niet?" zeg ik.

"Ja, je bent een del, een vieze slet, een snol," braakt hij er weer eens uit, zonder aanleiding. Dus ik ga natuurlijk gelijk de kamer uit, ik zeg niks, maar ik ben diep gekwetst en kan wel janken. Hoe kan mijn eigen vader dit toch iedere keer tegen me zeggen? Vanaf dat ik veertien was heeft hij deze dingen al tegen me gezegd en werd ik al een hoer genoemd! Ze mogen een heleboel tegen me zeggen maar dat niet! Ik voel me desolaat.

Laaiende ruzie gehad, voor de zoveelste keer. Moeder liep gisteren al te schelden dat ik mijn kamer moest doen. Dus vandaag be-dacht ik me, nou ja, dat zal ik dan maar eens gaan doen. Ik begin mijn kleren, op de hand, te wassen. Daarna ruim ik, zo goed als het gaat met al die vuilniszakken in mijn kamer, mijn kamer op. Vervolgens ga ik naar beneden, waar ik de was uitspoel. Mijn vader zit in de kamer en ik hang de was over de verwarming.

Ja hoor, ik hoef niet lang te wachten, want daar komt mijn moeder en ze kijkt al met een gezicht vol afkeuring: "Wat doe jij nou weer??" snerpt ze.

"Nou gewoon, ik hang de was over de verwarming."

"Ja, en dat moet je niet zo doen! Dat moet je eerst centrifugeren!"

"Nou, ik heb het toch uitgewrongen," zeg ik.

"Dat gaat druipen!!!" krijst ze onbeheerst.

"Joh kut, nooit doe ik wat goed!" gooi ik eruit. Aiai, dat had ik niet moeten zeggen natuurlijk, wel grof, maar soms word ik zo kwaad dan flap ik dat eruit. Als mijn broertje dat zegt, wat hij regelmatig doet, valt dat nog wel mee, maar bij mij niet.

"Als je nog één keer zoiets zegt sla ik je smoel in tweeën, dan zal je nog weleens wat merken!!" buldert mijn vader.

"Ik geef je een klap voor je hersens," snerpt mijn moeder.

"Een pak rammel kun je krijgen," zegt mijn vader autoritair met zijn irritant rollende r en opeengeklemde kaken.

Snel vlucht ik naar de gang, pak mijn jas en geld. Mijn moeder heeft mijn was in een emmer teruggedaan en ze loopt maar te katten en te vitten. Het houdt maar weer niet op zoals gewoonlijk. Ik trap uit woede tegen de emmer; die valt om, had ik ook net weer niet moeten doen. Er volgt een gigantische scheldkanonnade.

Ik ga naar buiten, omdat ik weg moet daar uit dat rothuis, dan komt ze achter me aan stieren en gooit daar de emmer met al mijn schone wasgoed naar mijn hoofd. Alle was ligt verspreid over het garagepad. Dan kan ik me niet meer inhouden en begin te huilen, ik ren weg.

Met kloppend hart ben ik later stiekem het huis weer ingeslopen. 's Avonds tegen etenstijd ben ik niet meer naar beneden gegaan, dat dorst ik niet. Ik kan niet meer, ben kapot. Zodra ik merk dat een van hen tweeën in de buurt komt, word ik huiverig, vreselijk bang en denk ik: wat zal ik dan nu weer fout doen. Iedere keer loopt mijn moeder op me te vitten.

Lucas kan de laatste tijd ook niet veel goeds meer doen lijkt het. Hij heeft telkens ruzie met haar. Mijn vader wordt nog strenger, wat betreft alles. Nou ja, tegen Lucas en Iris gaat hij steeds strengere maatregelen nemen, ze mogen bijna niks meer. Vooral Iris mag niets meer.

Als ik met Iris voor zit te stoeien voor de gein is het al van: "Rag niet op die bank" tegen ons of "als je nou niet ophoudt Iris, dan ga je naar bed!" In mijn ogen gaat het nergens over. Ze worden steeds conservatiever.

Arme Iris, ze lijkt in sommige dingen best wel een beetje op mij. Ze is ook een levendig persoontje, ze heeft altijd hele verhalen, maar niemand toont ooit enige interesse. Lucas pest Iris altijd, echt waar, altijd. Ik heb nooit ruzie met Iris.

Lucas kan zich nog het meest veroorloven in ons gezin. Lucas loopt vaak tegen me te grommen, blijkbaar kan hij niet normaal met mij communiceren. Als ik vraag hoe zijn examen is geweest krijg ik geen antwoord of "weet ik veel" te horen. Hij zal nooit een woord te veel zeggen en hij gaat bijna nooit weg. We zijn in praktisch alles tegenpolen.

De eigenschappen die voor mij belangrijk zijn om te mogen doen, zijn gevoel voor humor, giechelen, lachen, gek doen, warmte geven, spontaniteit, integriteit, diepgang, gezelligheid, bijdehand kunnen zijn, mijn mening mogen ventileren en vrij zijn in wat ik mag denken, doen en laten. Alleen deze dingen kan ik thuis niet uiten! Het is vreselijk, echt vreselijk. Het is soms net of mijn keel dicht zit en als ik mijn mening wil ventileren blijft het stokken in mijn keel, waar het blijft zitten tot het een grote brok wordt, een brok ellende. Want mijn mening doet er niet toe, mijn mening is niet relevant, ik ben niet belangrijk. Mijn karakter zit opgesloten in mezelf, het komt er niet uit, ik kom niet uit de verf in dit gezin. Iris wordt later misschien wat spontaner, meer zoals ik ben. Mijn ouders zijn koel, afstandelijk, rigide en altijd de afstand bewarend.

De economische situatie is dusdanig slecht dat ik als kapster geen werk kan vinden. Ik ben negentien jaar en zelfs te oud om als kapster te gaan werken. Ze zoeken meisjes van zestien jaar, die zijn goedkoper. Het is 1 juli en vandaag heb ik een inschrijfformulier voor de bijstand ingevuld, ik moet van de bijstand gaan leven.

Mijn vader kan geen begrip voor me opbrengen en is weer keihard tegen me. Het doet me zo'n zeer, die mensen zullen zich nooit proberen te verplaatsen in mij. Empathie nul. Ik kan gewoon niet normaal met mijn vader praten. Het enige wat die mensen doen is toneelspelen, tegenover de buitenwereld is het allemaal schone schijn. Kon ik maar vertellen hoe bang ik ben voor hem, ik weet zelf niet eens op wat voor manier ik bang ben voor mijn vader! Ik begrijp het niet, wist ik het maar. Waarom ben ik bang voor hem? Het is niet alleen zijn getreiter, het is meer. Van jongs af aan ben ik al bang geweest voor hem, al zo lang als ik me kan herinneren.

Ik ben precies het tegenovergestelde geworden van wat ik ooit heb willen zijn. Ik ben volgens mijn ouders een moeilijk kind, labiel, gesloten en stil. Maar ik was nooit moeilijk, alleen heel erg verlegen, en ik was als kind altijd zo stil, omdat ik continu bang was voor ze. Verklaren kan ik het niet, wel weet ik dat doorlopend en stelselmatig mijn behoeften aan liefde en begrip zijn genegeerd.

Mijn vader studeerde vroeger voortdurend, hij was altijd alleen maar met zijn studie bezig en mijn moeder werkte en nam nooit de tijd voor me. Nooit heb ik naar ze toe gekund met problemen die ik had of dingen die me bezighielden. Ze hebben me gewoon op de verkeerde manier aangepakt, hard, liefdeloos en ongelooflijk conservatief…

Ik moet weg thuis, ik kan niet meer leven, het is al zover kapot.

Mijn moeder zegt tegen me: "Ja, Lucas en Iris waren vroeger zo aanhankelijk en knuffelig. Jij niet, jij moest nooit iets van me hebben. Jij was geen knuffelkind, daar moest jij helemaal niets van weten!" Dat heeft me heel diep geraakt, misschien is het ook wel de manier waarop ze het zei, het voelde als een verwijt. Nadat ik haar een keer heb afgewezen toen ik een jaar of twee was, heeft ze me nooit meer benaderd, dat durfde ze niet meer, vertelde ze me. Ze was blijkbaar zelf bang voor de afwijzing van een kind van twee jaar oud.

Vanaf 1 september 1984 ga ik in het huis van Yvon wonen. Ik zit daar in onderhuur als zij naar Ierland gaat. Het is een maisonnette van twee etages in een volksbuurt. Yvon en haar Ierse man zijn verwikkeld in een echtscheidingsprocedure en zij probeert haar huwelijk te redden door hem na te reizen naar Ierland met de kinderen. In ieder geval mag ik minimaal een jaar in het huis wonen en zeer waarschijnlijk komt ze nooit meer terug, zegt ze.

Mijn ouders zijn blij dat ik uit huis ben. Zoals mijn vader placht te zeggen: "Toen jullie klein waren ging alles prima, tot je in de pubertijd kwam, toen kon je beter weggaan."

De verhuizing doe ik helemaal alleen, iedere keer als ik naar het huis ga, neem ik wat spullen mee op mijn fiets. Zoveel spullen heb ik nou ook weer niet, maar het is best wel zwaar allemaal in mijn eentje.

De wc en de gang zijn in een donkerbruine poepkleur geverfd en ik maak alles sprankelend wit, zodat het niet meer zo somber is. Van Yvon heb ik een aantal meubels overgekocht: een donkerbruine hoekbank in de woonkamer, wat kleine spulletjes en er staat een bed in de slaapkamer en wat pannen. Verder leef ik op sinaasappelkratjes waar ik een stuk gordijn over heb gegooid, zodat het toch nog wat lijkt.

We hebben afgesproken dat Tom in principe alleen de weekeinden bij mij komt. Hij zit nu in dienst, via de vriend van zijn moeder, de hoofd luchtmachtpredikant, zit Tom nu bij de luchtmacht.

Als Tom bij mij is, dan is het vreselijk. Hij heeft het altijd over problemen of over seks, altijd die verdomde rotseks. Hij zegt dat hij niks van andere meisjes moet hebben, maar ondertussen heb ik liefdesbrieven gevonden van andere meisjes, vieze papiertjes en plaatjes. Hij heeft zelfs smerige pornofilms en een plaatje van hem samen met een of ander naakt wijf. Hij zegt dat hij walgt van de pornoplaten die op zijn kamer hangen bij de luchtmacht. Ik ben zogenaamd de enige die voor hem bestaat.

Wat heb ik dat altijd graag willen geloven, maar het vertrouwen is al zolang afgebrokkeld. Hij neemt totaal geen initiatieven, ik moet alle zaken regelen, het gezellig maken, zijn problemen aanhoren, vrolijk zijn, de optimist zijn, hem troost en afleiding geven.

Hij houdt zich niet meer aan onze afspraken. Hij zou alleen in de weekeinden thuiskomen, maar hij komt iedere avond naar mijn huis met de smoes dat hij zogenaamd iets is vergeten.

Hij controleert me. Ik heb andere vriendjes naast Tom, dat is mijn tweede leven en dat weet hij. Hij weet alles, want ik heb het hem allemaal verteld, maar ik mag het niet uitmaken van hem en ik ben op een of andere manier doodsbang voor hem, eigenlijk wil ik allang helemaal niet meer met hem verder. Tijdens de laatste twee jaar dat ik met hem omga, is er niets meer van mijn gevoel voor hem over.

Als hij me ook maar aanraakt verstikt het me, verstijf ik. De angsten die ik uitsta achtervolgen me. Het is begonnen met de verkrachting. De pijn lijkt mijn lichaam te verscheuren, ze voelt als uiteengereten, de naweeën zijn misschien nog wel het ergste. Ik mag niet meer huilen van Tom, want dan krijg ik weer een dreun. Hij slaat me. Iedere keer ben ik bang voor de volgende klap. Muziek is het enige waar ik nog wat troost uit kan putten en ik luister naar *Careless Whisper* van George Michael en *Purple Rain* van Prince.

Tom en ik gaan soms uit in Utrecht, dan gaan we naar Cartouche, lekker dansen op top 40 muziek. Sommige kroegen en discotheken sluiten al om 24.00 uur, best vroeg, maar het is prima.

Het is weer zover dat hij een bui heeft gehad, ik heb hem drie keer iets gevraagd en weer had hij die apathische blik in zijn ogen. Hij hoort me dan gewoon niet. Ik kan voor hem gaan dansen, springen of wat dan ook, maar hij blijkt in zijn eigen apathische wereld te zitten. Iets later loopt hij naar boven, hij gaat naar de slaapkamer en plotsklaps hoor ik een hoop gebonk, boink, boink, boink…

Met trillende knieën ga ik de trap op om te kijken waar dat geluid vandaan komt en wat er toch in hemelsnaam aan de hand is. In de slaapkamer ligt Tom op de houten vloer keihard met zijn kop tegen de betonnen vloer te bonken en maakt daarbij allerlei rare geluiden. Het lijkt wel een beest, in zijn ogen ligt een vreemde uitdrukking. Ik hou hem vast en zeg hem: "Hou op, hou op, ben je gek geworden?"

Daarop wordt hij zo kwaad dat hij me bij mijn keel vastgrijpt, me keihard tegen de muur kwakt en me probeert te wurgen.

Hij houdt zijn handen om mijn keel en drukt met zijn vingers, drukt... Vanzelfsprekend word ik helemaal panisch, want ik krijg geen lucht en heb het vreselijk benauwd, zo'n reactie had ik toch helemaal niet verwacht! Ik sla in de rondte en uiteindelijk na een hoop gevecht lukt het me te ontsnappen, in mijn panische angst. Maar dit gaat niet zomaar! Als ik richting de trap begin te rennen komt hij me weer achterna. In blinde paniek ren ik met luid bonzend hart de trap af. Het bloed suist in mijn hoofd, de adrenaline giert door mijn lijf.

Snel grijp ik mijn jas en als een gek ren ik naar buiten toe, alwaar ik uren in de rondte loop, want ik durf niet naar binnen en ik durf ook niet naar mijn ouders toe. Ik heb geen geld, niks. Op een gegeven moment waag ik toch maar weer de stap naar binnen te gaan. Ik luister aan de buitendeur om te horen of Tom beneden zit, maar ik hoor niets.

Ik steek mijn sleutel in de deur en goddank zit hij boven ergens. In paniek en doodsangst bel ik dan toch mijn moeder op, vanuit de huiskamer, en ik leg de situatie een beetje aan haar uit. Ik fluister het hele gesprek en de zenuwen gieren door mijn keel. Het angstzweet staat op mijn lichaam, als de dood ben ik dat hij naar beneden komt.

Uiteindelijk zegt mijn moeder: "Kom dan hiernaartoe."

"Nee, ik durf niet weer weg te gaan, want ik ben bang dat hij me dan achterna komt in het donker."

"Moet ik naar je toekomen?" vraagt ze dan.

Maar ik schaam me zo vreselijk voor de situatie dat ik ondanks mijn angst zeg: "Nee, nee, dat hoeft niet" en ik wil ook niet dat ze alleen komt, want ik ben bang dat hij haar wat aan zal doen en wat de gevolgen voor mij dan weer zullen zijn.

Terwijl ik nog aan de telefoon zit, komt Tom naar beneden en gedraagt zich weer 'redelijk' normaal. In ieder geval is hij weer rustig en ligt hij nu 'gewoon' op de bank te janken en dus zeg ik tegen mijn moeder dat 'het wel weer gaat'.

"Echt waar?" vraagt ze.

"Ja," zeg ik.

Dan ga ik naar hem toe, omdat hij nu luidkeels ligt te janken.

"Het spijt me, het spijt me zo", bla, bla. Hij heeft me gepijnigd, geslagen, gewurgd, geschopt en vernederd. Oh God, niemand weet hoe het voelt, het is af en toe een beest.

Twee levens leef ik, een leven voor hem en daarnaast probeer ik mijn eigen leven te leiden.

Tom en ik zijn bij vrienden van ons, een stel. Oscar maakt altijd irritante opmerkingen op het seksuele vlak. Op een gegeven moment word ik er doodziek van en dat zeg ik hem ook.

Al tweemaal heeft hij me betast, terwijl ik alleen met hem was en ben ik woest op hem geworden. Ik heb het aan Tom verteld en hij gelooft me niet. "Je stelt je aan," zegt hij onverschillig.

Wanneer we bij ze op bezoek zijn geweest en we gedrieën in de gang staan om weg te gaan, pakt Oscar mij weer eens beet. Ik probeer me los te worstelen, maar hij is sterker dan ik, plotseling maakt hij behendig mijn bh-bandje los. Zijn vrouw Marion zit nog in de huiskamer! Ik ben zo kwaad dat ik hem een trap richting zijn kruis verkoop en hem in zijn gezicht sla. Hij is verbluft en kwaad. Ik trek Tom mee, maar nee, hij blijft nota bene gewoon met hem staan praten!

Het antwoord op mijn vraag of hij dat normaal vindt en zomaar toelaat, zegt hij: "Ja."

Ik tril van onmacht en zeg: "Iedere normale gozer zou die vent op zijn bek hebben geslagen, me hebben verdedigd of zou er in ieder geval wat van hebben gezegd. Je bent gewoon slap, je hebt geen ruggengraat."

"Je hebt het allemaal zelf uitgelokt!" schreeuwt Tom tegen me. Klootzak!

Om mij te treiteren geeft Tom regelmatig op de snelweg plankgas en gaat dan ineens op de rem staan, waarna hij weer als een idioot optrekt en dan een paar keer ronddraait, midden over de weg. Vervolgens doet hij het weer en weer, net zolang totdat ik gek word van angst en mijn adem in mijn keel stokt. Mijn hele lijf is een misselijkmakend spanningsveld, dat zich samentrekt.

Hij jent me soms ook door expres als een bezetene heel dicht langs de sloot te rijden, terwijl hij weet dat ik doodsbang ben om te hard dicht langs het water te rijden.

Toen ik nog met Justin samen was, hebben we een auto-ongeluk gehad, toen ik een keer met zijn ouders meereed. De vader van Justin botste tegen een andere auto, slipte en we kwamen in de sloot terecht. Hoe ik uit die auto ben gekomen, weet ik nu nog niet, ik denk dat ik destijds ben geholpen door een hogere macht. Op het nippertje kon ik toen zelf uit de auto komen. Ik heb uit alle macht in paniek tegen het autoraampje gebeukt en op een of andere manier ging het autoraampje kapot waardoor ik naar buiten kon komen en naar boven kon zwemmen. Daarna ben ik buiten bewustzijn geraakt. Ik ben door iemand uit het water geholpen, die in de boerderij woonde, vlakbij waar de auto in de sloot was geraakt. Uiteindelijk is iedereen uit de auto gehaald. We mochten douchen in de boerderij en ik heb droge kleding van de mevrouw gekregen om aan te trekken.

"Wil je alsjeblieft niet zo dicht langs de sloot rijden?" vraag ik hem angstig.

Daarop gaat hij expres nog harder en nog dichter langs de sloot rijden. Ik ben als de dood zo bang, mijn hart gaat als een wilde tekeer, mijn maag krampt zich samen en mijn adem zit heel erg hoog.

Een andere keer zit mijn been nog tussen het portier en duwt hij met alle geweld het portier dicht, onderwijl breekt het klamme zweet me uit. Mijn been zit helemaal onder de blauwe plekken. Op een dag gooit hij in een woedeaanval een grote plant naar m'n kop, met pot en al en word ik geraakt.

Op seksueel gebied voel ik me net een dier, een walgelijk iets. Het is alleen maar wat hij wil en wanneer hij wil. Als ik huil reageert hij nooit, troost me nooit, hij slaat me soms zelfs alleen maar, omdat ik verdriet heb.

Hij belooft me dat hij niet meer zal stelen (maar ook niet minder) en telkens kom ik er weer achter dat hij toch weer met duistere zaakjes bezig is. Uiteindelijk bekent hij dan dat hij toch wederom heeft gestolen. Vervolgens begint de hele riedel weer opnieuw, beloven dat hij het niet meer zal doen...

Hij liegt tegen iedereen de hele boel bij elkaar en niemand gelooft mij meer. Zelfs zijn eigen moeder weet hij te overtuigen dat ik slecht ben en hij zet haar tegen mij op. Ik ben de hoer dus heb ik het gedaan. Wie anders?

Al mijn contacten probeert hij af te snijden, want voor hem moet ik leven of sterven. Hij wil een kind van mij, maar ik wil van hem absoluut géén kind, daar pas ik voor!

Soms is hij volledig apathisch, dan dringt er niets tot hem door. Hij spreekt soms tegen personen die niet bestaan. Dit uit zich nu pas allemaal goed, dan denk ik dat hij tegen mij spreekt, maar hij houdt hele gesprekken met zichzelf! "Stemmen vertellen mij wat ik moet doen en zeggen wat ik wel en niet mag. Ik hoor geroezemoes, dat steeds sterker wordt, totdat ik helemaal gek word en niet meer weet wat ik doe. Ik heb dan alleen nog maar een waas voor mijn ogen, mijn verstand op nul en blik op oneindig," zegt hij.

Vaak heeft hij een black-out en vervolgens kan hij zich niets meer herinneren, vertelt hij ook. Regelmatig klapt hij plotseling zomaar ineens neer op de grond. Het hele proces is zo langzaam gegaan dat hij mij onbewust mee heeft getrokken en pas achteraf besef ik dat heel veel dingen niet normaal zijn, die ik 'normaal' ben gaan vinden. Niets dringt meer tot me door, ik leef als een plant als ik bij hem ben. Oh, wat wil ik soms graag huilen, maar dan komt er alleen maar een rauw geluid uit mijn strot meer niet, heel raar.

Altijd, ondanks alles, heb ik kunnen lachen. Nu gaat dat zelfs niet meer. Mijn gezicht voelt aan als een wrang masker. Het gevoel hebben om nooit, maar dan ook nooit meer te kunnen lachen en niemand die wat in de gaten heeft!

Mijn broer is trouwens ineens flink aan het drinken gegaan, sinds ik het huis uit ben, maar als ik hem probeer te helpen, lukt dat niet. Mijn ouders heb ik geprobeerd te waarschuwen dat het op deze manier de verkeerde kant uitgaat met Lucas, maar ze willen mij niet geloven. Ook Pierre, een vriend van hem, erkent het probleem van Lucas.

De alcoholische drank staat weer vrij in de kast in de huiskamer, nu ik het huis uit ben. Samen met Pierre heb ik er bij mijn ouders op aangedrongen dat ze de drank weer opbergen, ze doen het echter niet. Mijn broer is regelmatig zo bezopen dat hij niet meer weet wat hij doet en we maken ons hier grote zorgen over.

Ik ga nog weleens met Lucas weg. Als er ergens een feestje is, is het eerste wat hij vraagt: "Wordt er drank geschonken? Zo niet dan ga ik er niet naar toe!" Mijn broer zegt me in vertrouwen: "Nu jij het huis uit bent, krijg ik alles op mijn dak. Ik kan niks goed doen, nu weet ik pas wat jij altijd moet hebben gevoeld."

Band Aid heeft de song *Do they know it's Christmas* gemaakt met een heleboel artiesten, voor de mensen die hongerlijden in Afrika. Het nummer slaat in als een bom. Bob Geldof is de initiatiefnemer. We zien op tv de hongerende mensen in Ethiopië, het is echt heel erg.

Ronald Reagan is intussen herkozen als president van de VS, hij was vroeger filmacteur en is al best op leeftijd voor een president.

Via Renate werk ik momenteel in een koffiehuis in Utrecht. Ik maak cappuccino's en tapbiertjes voor de mannen die er komen. De vent die er de baas is heet Ali. Als bijbaantje is hij autorij-instructeur, Renate rijdt bij hem. Ze heeft verkering met een Marokkaanse jongen die connecties heeft in de koffieshop en zich Nico noemt. Hij is onder deze schuilnaam illegaal in Nederland. Zijn echte naam blijkt Ali te zijn. Het zijn allemaal Marokkaanse mannen die in de koffieshop komen en ik voel me er niet echt op mijn gemak. Geen idee of de cappuccino en de tapbiertjes goed zijn, ik doe maar wat. Er komt ook ene Abdullah, hij staat direct onder Ali. Abdullah is een pooier, hij heeft zijn hoertjes in het Zandpad zitten.

Op een dag komt er een meisje gillend de bar binnen: "Er is geschoten in het Zandpad vlak bij mij!" Ze is volledig overstuur. Het wordt me duidelijk dat het een van zijn hoertjes is. Er komen echt alleen maar mannen in de koffieshop en ik schrik me dan ook rot als ze zo overstuur naar binnen rent. Onder de kassalade heb ik zakjes met wit spul gevonden en dat heb ik ook gezien op andere (verborgen) plekjes. Ik wil er snel weg, maar dat is niet zo makkelijk, want ik heb me in een lastig parket gemanoeuvreerd. Het beroerde is dat ik ook nog eens met de baas naar bed ben geweest toen hij avances maakte.

Een van die mannen heeft ons dreigend een keer een groot mes laten zien, dat in zijn auto ligt. Ik heb de indruk dat Abdullah mij graag wil hebben als een van zijn hoertjes, hoewel hij niets bij me probeert. Maar dat wil ik toch echt niet.

Als ik jarig ben geef ik een feest bij mij thuis. Onuitgenodigd komt Abdullah ook langs op mijn verjaardagsfeest en geeft me witgouden oorbellen met briljantjes erin. Ik voel me niet erg op mijn gemak en bedank hem. Het is een knappe man met een leren broek aan, maar toch zou je echt niet zeggen dat hij vreselijk ordinair is en ik begrijp al helemaal niet dat hij een pooier is. Mijn broer zuipt zich tijdens mijn verjaardag weer klem. Ik heb veel mensen uitgenodigd en iedereen vindt het een zeer geslaagd feest.

Uiteindelijk zitten de witte zakjes onder de kassalade en de illegale Ali mij heel erg dwars en wil ik weg uit het koffiehuis. Een brigadier van de politie, die ik via Tom ken, heb ik laten weten dat er illegale Marokkanen in het land zijn. Het blijkt dat de koffiezaak al enige tijd in de gaten wordt gehouden door de politie. De brigadier neemt het zeer serieus op. Ik stel hem op de hoogte van alles wat ik weet. Nico (alias Ali) wordt uiteindelijk opgepakt en teruggestuurd naar zijn land Marokko. De politie doet een inval in de koffieshop. Achteraf krijg ik telefoontjes van Ali die vertelt dat ze zijn opgepakt en zich afvraagt of ik hiervan af weet. Ik hou me ontzettend van de domme en zeg onschuldig dat ik er niets vanaf weet. Doodsbenauwd ben ik dat ze achter me aan komen. Gelukkig trappen ze erin en hoor ik niets meer van ze. Zelfs Renate laat ik niet weten dat ik alles aan de brigadier van de politie heb verteld, zo bang ben ik.

Ik word flink getreiterd, door mensen uit de buurt? Ik krijg constant anonieme telefoontjes, er liggen briefjes met bedreigingen in de bus. Er wordt zelfs aangebeld als ik alleen ben. Het gebeurt altijd als ik alleen ben en in bed lig.

In mijn eentje heb ik een uitkering van f 650,– waarvan ik rond moet zien te komen in de maand, dus woonruimte bekostigen kan ik niet, een kamer alleen kost al minstens f 400,–.

Ik hang nog steeds de slet uit, ik wil een ander leven. Ik ben echt doodsbenauwd voor Tom geworden. "Ik zal je overal najagen en je overal weten te vinden," dreigt hij me.

Ik ben negentien jaar en ik verlang zo naar een kind dat ik liefde kan geven, alleen niet van hem. Hierdoor vind ik mezelf abnormaal, omdat het niet normaal schijnt te zijn voor een meisje van mijn leeftijd.

Sinds kort ben ik tijdelijk begeleidster van het gehandicaptenvervoer. Tweemaal per dag moet ik met een busje meerijden en op gehandicapte kinderen letten. Ze worden opgehaald en weer thuisgebracht met het busje. De chauffeur zet de rolstoelen in de bus als de moeders met hun kind klaarstaan. De meeste zijn zowel geestelijk als lichamelijk gehandicapt, ik vind het vreselijk om te zien. Er valt niet met de kinderen te praten, de meesten kwijlen alleen maar. Hoe vreselijk moet het zijn als je zo'n kindje krijgt. Dit werk hou ik al helemaal niet vol, ik word er helemaal knettergek van om alleen maar in die misselijkmakende bus te zitten en op de kinderen te letten, er gebeurt toch niets.

Intussen is het december. Op maandagochtend rij ik in alle vroegte op mijn gammele fiets naar de dokter. Om 08.00 uur heb ik al een afspraak, ik ben de eerste. Ik heb voor een andere dokter gekozen, want ik was er toch niet zo blij mee dat hij weleens aan me zat en ook, omdat hij dezelfde huisarts is die mijn ouders hebben. Omdat ik nu in het ziekenfonds zit, kan ik makkelijker overstappen naar een andere huisarts.

Ik wil mijn huisarts het een en ander vragen over schizofrenie, ik heb al een hele stapel pittige boeken over schizofrenie gelezen en ik ben behoorlijk geschrokken. De dokter vertelt me onder andere dat een schizofreen agressief kan zijn en je kan gaan chanteren, in de vorm van: ik pleeg zelfmoord als je bij me weg

gaat, of ze willen een kind van je, zodat ze zich aan je binden…
en ze maken beloftes waar geen bal van terechtkomt. Ze zijn vol
goede voornemens, maar de beloftes waarmaken, ho maar! Voor
de rest weet ik het wel zo'n beetje, de gespleten persoonlijkheid,
het met zichzelf praten, het autistische, et cetera.

Hij trekt nogal wat tijd voor me uit en een uur later ben ik
pas weer thuis.

Als ik thuis ben, komt de klap pas goed aan. Het zit bij Tom
in de familie. Ik ga nu al vier jaar met hem om. Ik weet eigenlijk
al sinds een paar maanden wat de ziekte daadwerkelijk inhoudt
en besef dat het steeds moeilijker is om mee te leven. Mijn ouders
zijn als enige op de hoogte, ik mag met niemand over zijn ziekte
praten van Tom. Ik moet het toch aan iemand kwijt.

Hij heeft me weer eens geslagen en ik heb iets flink gekneusd
in mijn arm, het is al anderhalve maand geleden en ik voel het nog.
Ik kan hem wel weer vergeven als hij zijn spijt betuigt. "Je bent
een klootzak, kijk eens wat je me aandoet, als je dat blijft doen
ga ik van je weg dan bekijk je het maar!" zeg ik en dat meen ik
en dat weet hij en verdomd, het schijnt te helpen. Als hij het nog
een keer doet ga ik echt bij hem weg. Ik ben gebroken en kan
alleen maar bidden, hopen en afwachten. Het zou laf van me zijn
om bij hem weg te gaan, veel te laf. Dan is hij alleen en dat idee
is ondragelijk, ergens geef ik nog om hem. Gelukkig is hij nog
in het beginstadium van zijn ziekte. Mijn hart huilt, alles huilt.

Het is maart 1985 en ik werk via een uitzendbureau bij een cos-
metische fabriek in Utrecht. Ik werk als inpakster van 14 maart
tot 8 april. Het is vreselijk werk, maar altijd nog beter dan het
werk in de vleesfabriek. Er staan lange rijen lopende banden en
iedere werknemer staat aan de lopende band te werken. De ene
keer moet ik de dopjes op flesjes doen, de andere keer doe ik
spuitjes in flesjes en de volgende keer doe ik er een kartonnen
verpakking omheen, de ene keer een witte verpakking, de andere
keer een blauwe verpakking. Soms doe ik verpakkingen in een
grote doos die een pallet op gaan en vervolgens worden opgehaald met een steekwagentje en in de fabriekshal worden gezet.

Er is tenminste wat variatie in de producten die op de lopende band voorbijkomen, roze bodylotion, gele bodylotion en Old Spice. Het ruikt natuurlijk veel lekkerder in de fabriekshal dan in de vleesfabriek. De mensen zijn er ook vriendelijker. Er werken studenten in deze fabriek, waar ik in de pauzes of tussentijds mee kan kletsen, ik voel me daarom niet helemaal zo'n vreselijke dombo. Als je in een vleesfabriek hebt gewerkt kan je alles aan, maar ik heb het uitzendbureau wel duidelijk gemaakt dat ik tijdelijk in deze fabriek ga werken en dat dit de laatste keer is.

Aansluitend werk ik een aantal weken bij een baggerbedrijf als kantinedame. De directeur is erg tevreden over me en wil me graag houden, maar ik heb daar geen trek in, het werk vind ik niet bepaald leuk. Ik moet de vaat spoelen en de vaatwassers inruimen.

Mijn laatste geld heb ik aan Tom gegeven om hem te kunnen laten studeren, wat hij nu niet en nooit niet gedaan heeft. Hij belooft altijd alles, heeft altijd mooie woorden, maar hij komt nooit wat na. Alles moet ik duizend keer vragen en smeken maar hij doet het niet. Ik heb het gevoel dat ik tegen een muur praat. Alles is nutteloos wat ik zeg. Hij gebruikt me voor zijn problemen.

Ik vind weer een keer een foto van hem in zijn portemonnee, samen met een of ander naakt wijf. We zitten in de auto en krijgen ruzie hierover. Opeens wordt hij helemaal waanzinnig, terwijl hij rijdt, verbrandt hij met zijn aansteker in blinde woede die foto van hem en dat wijf. De foto zit in gelamineerd plastic, het plastic komt op zijn hand en brandt in op zijn huid. Hierdoor wordt hij nog vele malen kwaaier. Hij trekt de auto als een idioot op en remt abrupt, waardoor de auto midden op de weg draait en dit alles met een noodgang van 140 km per uur! Vervolgens trekt hij weer als een imbeciel op en remt nogmaals abrupt. Dit herhaalt zich een aantal keer. Ik heb het idee dat hij ons de dood injaagt. Dat ik levend uit de auto ben gekomen is me een raadsel.

Van een ex-vriendinnetje van hem heb ik ook een brief gevonden met een duidelijke uitnodiging. Daaruit kan ik zeer duidelijk opmaken dat hij nog contact heeft met haar, hoewel hij ook dat natuurlijk ontkent. Het vreemde is dat ik overal voor uitkom en dat hij overal over liegt. Ik ben te bang om het uit te maken met hem, ik wil hem allang niet meer. Hij doet zulke enge dingen.

Tobias, hoofd luchtmachtpredikant en vriend van de moeder van Tom, heeft haar tot tweemaal toe ten huwelijk gevraagd, na het overlijden van zijn vader. Tobias wilde dat Tom dan naar een internaat zou gaan, maar dat wilde zijn moeder niet en ze koos dan ook voor haar zoon.

Ik had gehoopt dat hij Tom misschien zou kunnen helpen. Als hij een keer bij ons op bezoek komt, kan ik hem heel even alleen spreken. Mijn zorgen over Tom spreek ik uit en het feit dat hij schizofreen blijkt te zijn. Ik huil om hulp, maar hij gelooft me niet en vindt dat ik het allemaal te zwaar opneem. Hij is ontzettend koeltjes als ik hem een aantal dingen vertel waar ik mee zit en vertrekt even later weer. Weer voel ik me in de steek gelaten.

Mijn volgende stap is om met zijn moeder te gaan praten. Ik vertel haar over de problemen met haar zoon. Ze houdt hem altijd de hand boven het hoofd, maar ik vind dat nu de waarheid maar eens boven tafel moet komen. Ik vertel haar dat hij oneerlijk is en dat ik niet meer weet wat ik met hem aan moet en doodsbang voor hem ben geworden. Het is een noodkreet om hulp. Ik geloof dat ze wel geschokt is, maar het probleem blijft bestaan. Mijn schizofrene vriend is echt helemaal lijp geworden.

Yvon heeft laten weten dat ze met haar twee kinderen terugkomt uit Ierland en dat ik uit het huis moet. Ik wil niet aan mijn ouders vragen of ik weer thuis mag komen wonen, waar ik nota bene uit ben gezet na het stellen van een ultimatum en ik wil ook niet meer terug die hel in.

Na een fikse ruzie met Tom, waarmee het leven onhoudbaar is geworden, onderneem ik in het weekeind een suïcidepoging. Alle seresta-pilletjes heb ik opgespaard en vrijdag heb ik trillend een buis seresta en inderal ingenomen, ver voordat Tom weer thuis zou komen. Ik wil hem niet meer zien, ik zie er ontzettend tegenop, ik ben doodsbang voor hem en weet niet meer hoe ik van hem af moet komen, omdat hij me nooit met rust zal laten en ik het niet uit mag maken tussen ons.

Dood ben ik dus niet gegaan. Ik voelde me wegzakken en wilde dat ze me allemaal met rust zouden laten, ik wilde alleen niet verlaten doodgaan. Helemaal draaierig bedacht ik me, net voordat ik bijna onderuitging, waar ben ik in godsnaam mee bezig? Met mijn laatste krachten ben ik naar de benedenbuurvrouw gelopen. Mijn buurvrouw heeft me naar het ziekenhuis gereden, terwijl ze me tijdens het rijden constant wakker moest tikken. Bij het ziekenhuis aangekomen ben ik volledig ingezakt. Mijn ouders werden ondanks hevig protest van mij gewaarschuwd, hier herinner ik mij niets meer van. Ze hebben mijn maag leeggepompt. Ik schijn iedere keer de slang uit mijn lijf te hebben getrokken en toen de slang eindelijk goed zat, schijn ik de slang weer uit mijn lijf te hebben getrokken. Hier weet ik helemaal niets meer van.

10.

Als ik mijn ogen weer opendoe, lig ik op de intensive care en denk eerst: ben ik nu dood of niet? Ik knipper een paar keer met mijn ogen en besef dan een beetje teleurgesteld dat ik in het ziekenhuis lig. Ik lig een dag op de intensive care met overal infusen en allemaal plakkers op mijn lijf en word in de gaten gehouden, ik lig aan de hartbewaking. Het stemt me alleen maar triester. Tom wens ik niet meer te zien of spreken. Er wordt met mij gepraat in het ziekenhuis en men verwijst mij door voor hulp naar het RIAGG.

In de tussentijd heb ik in de soos Edwin leren kennen via mijn broer. Edwin heeft lichtbruin haar en een spuuglok, hij heeft blauwe ogen en is een tikkeltje langer dan ik. Hij houdt van dezelfde soort muziek als ik, beetje disco, soul. Hij komt mij bezoeken in het ziekenhuis, maar begrijpt helemaal niets van mij en mijn problematiek.

Ik mag weer thuis komen wonen van mijn ouders en ze vragen zich maar af waarom ik in vredesnaam toch zoiets heb gedaan. Ze snappen er niets van. Ik heb geen keus, ik moet weer naar ze terug...

Als ik uit het ziekenhuis kom, huil ik en dan trekt mijn vader zich op zijn schoot en heel even voel ik me een klein meisje. Maar als ik even op zijn schoot zit, lijkt het of hij opgewonden van me wordt en zich met zijn houding geen raad weet, terwijl de hele familie verder in de huiskamer zit. Hij wiebelt onrustig heen en weer en ik blijf expres zitten om hem te zieken, ook al maakt het me misselijk. Ten slotte duwt hij mij onrustig van zijn schoot en gaat wat te drinken inschenken voor iedereen.

Ik krijg de logeerkamer, want mijn eigen kamertje is opgeknapt en tot naaikamer voor mijn moeder gebombardeerd. Ik krijg het gammele opklapbed te leen dat als logeerbed dient, met daarboven een rode plank. Veel van mijn spullen breng ik weer allemaal zelf over met de fiets. Edwin helpt mij gelukkig met de zwaardere dingen, die brengen we over met zijn auto. Een aantal dingen staan nu opgeslagen in de garage en andere spullen staan in dozen in de logeerkamer.

Tom belt mij op nu ik weer thuis woon. Ik wil de telefoon liever niet aannemen, maar ik moet hem natuurlijk nog een keer te woord staan om hem duidelijk te maken dat ik mijn eigen leven wil gaan leven en hij me met rust moet laten. Ik heb nog niet eens één woord gesproken en hij begint gelijk met allemaal verwijten, hij is woest op me en gaat helemaal door het lint.

"Wat heb je nou gedaan, je bent niet goed wijs, weet je wel wat je hebt gedaan, vuile trut! Het is allemaal jouw schuld, je hebt mijn moeder bijna de dood ingejaagd met wat je haar hebt verteld, ze heeft iets aan haar hart gehad en dat heb jij veroorzaakt! Wat je allemaal aan haar verteld hebt over mij, dat zijn allemaal leugens! Wat denk je wat een moeite ik wel niet heb moeten doen om het weer recht te praten. Jij hebt me kapot gemaakt. Ik zal het je nooit vergeven!" Et cetera.

Dan word ik zo koel, zo kil en ik zeg hem: "Het is niet mijn schuld dat jouw moeder er zo aan toe is! Ik wens je nooit meer te spreken of te zien." En ik knal de hoorn op de haak. Mijn familie vraag ik dringend hem niet te vertellen waar ik nu werk, woon of verblijf, ook niet als ik in de toekomst een huis krijg.

Mijn ouders vinden het verschrikkelijk als een stel gaat samenwonen zonder dat ze getrouwd zijn, 'hokken' noemen ze dat denigrerend. Steeds meer mensen gaan 'hokken'. Het is compleet tegen hun principes in en het mag niet van de kerk, het is namelijk een zonde! Seksuele gemeenschap buiten het huwelijk hebben is namelijk ook een zonde, het staat gelijk aan ontucht, overspel. Wij moeten ons onthouden van dit kwaad. Ook als je ongehuwd samenwoont zonder dat je gemeenschap hebt wordt dit als verkeerd gezien, want de mensen krijgen een ander beeld van je, zoals je eigenlijk niet bent. Ze denken dan namelijk dat je toch gemeenschap hebt gehad voor je huwelijk.

Zelf vind ik dat er helemaal niets mis mee is om samen te wonen en snap het probleem niet. Het lijkt wel of de christenen overal een probleem van maken. Ik wist niet dat er in de Bijbel stond: "Gij zult niet samenwonen." Een beetje bekrompen gedacht allemaal. Het is in deze tijden toch veel beter als je eerst iemand leert kennen, voordat je er gelijk mee gaat trouwen? Ik ben de enige van de familie die hier zo over denkt.

Later krijg ik een klein open boekenkastje van mijn vader te leen voor in mijn kamer, waar ik wat kleren in kan leggen. Ook krijg ik nog een campingtafel. Verder leef ik tussen de dozen, want ik kan mijn spullen nergens in kwijt. Dus laat ik alle dozen maar staan, want wat voor zin heeft het dan om ze uit te pakken?

Het is een ontzettend ongezellige bende in mijn kamertje. De zolder is nog steeds koud en onpersoonlijk, maar altijd nog minder kil dan de huiskamer. Het huis valt als een kil gewaad om mij heen en ik ril eeuwig als ik weer in het huis ben. Het voelt er vreselijk onveilig en donker. De drank wordt direct weer uit het buffet van de huiskamer gehaald en in de kast van mijn ouders slaapkamer gezet.

Mijn nieuwe vriendje Edwin begrijpt mijn situatie ook weer totaal niet, misschien is hij te jong. Hij begrijpt helemaal niet hoe mijn ouders werkelijk zijn en ik heb geen zin meer om het uit te leggen ook. Ik probeer zoveel mogelijk de schone schijn op te houden, maar ik voel me nog steeds doodongelukkig thuis.

Ik kom vaak bij Edwin thuis, hij heeft een erg dominante moeder die zich overal mee wil bemoeien. Ze is een vrouw van net in de zestig, met helle, lichtblauwe prikogen en feloranje lipstick op. Ze heeft witte korte haren en is altijd zeer smaakvol gekleed in een jurk of rok. Edwins vader is een stuk ouder dan zijn moeder, hij is al in de zeventig en hij is heel aardig. Hij maakt altijd grapjes. Bij Edwin thuis is het ontzettend donker, in de huiskamer staan allemaal heel donkerbruine grote Afrikaanse beelden, ik vind de sfeer er een beetje 'creepy'. Edwin neemt me wel vaak mee ergens naartoe, dat vind ik wel leuk en hij is erg lief voor mij verder. Hij zit op de mts en heeft een grote tekentafel in zijn kamer staan, waar hij regelmatig aan bezig is. Hij heeft zeven oudere broers en zussen, ik vind zo'n grote familie wel gezellig. We gaan regelmatig bij een broer of zus of bezoek.

Op 15 juli krijgen mijn ouders een brief van het RIAGG voor een afspraak samen met mij voor dinsdag 13 augustus 1985. Mijn moeder gaat de eerste keer samen met mij mee en vervolgens zal er gezinstherapie plaatsvinden.

Het is erg moeilijk om weer thuis te wonen en ik heb me aan allerlei regeltjes te houden, terwijl ik mijn vrijheid gewend was. Mijn ouders hebben wel in de gaten dat dat niet meer zo gemakkelijk gaat en ik leef zoveel mogelijk mijn eigen leven.

Mijn moeder heeft al enkele malen tegen me gezegd dat ik naar de overbuurman toe moet gaan. Hij heeft gezegd dat zijn broer, die een kapperszaak bezit, misschien wel werk voor me heeft, ik moet maar eens bij hem langskomen. Hier heb ik erg weinig trek in en ik wil niet naar hem toe, ik vind het, gezien mijn nare ervaringen met mannen, niet prettig om zomaar naar die vreemde vent toe te gaan, die ik nog niet eens ken, om hem om een gunst te komen vragen. Totdat mijn moeder kwaad op me wordt en van me eist: "Je móet er naartoe gaan."

"Ik vind het eng, omdat het zo'n oude man is, die alleen woont en ik heb er een vervelend gevoel bij," leg ik haar uit.

"Er zal heus niets gebeuren," zegt mijn moeder en ze vraagt ten slotte: "Nou zal ik met je mee gaan dan?"

Maar dat vind ik ook weer een beetje dom staan, aan het handje van moeders. Ik ben natuurlijk ook geen klein kind meer. Ze blijft maar zeuren dat ik naar die man toe moet gaan.

Ik blijf zeggen dat ik er toch erg tegenop zie om naar die kerel toe te gaan. Uiteindelijk ga ik om de lieve vrede te bewaren naar hem toe en ik bezweer haar heel goed op te letten. Ze kunnen bij wijze van spreken bijna bij hem naar binnen kijken, omdat hij schuin aan de overkant van ons huis woont.

Die avond ga ik met lood in de schoenen naar hem toe.

Op een gegeven moment vraagt hij: "Wat wil je drinken?"

"Cola graag," zeg ik.

"Wil je er iets in?"

"Nee, dank je."

"Nou, vooruit, neem er wat in," dringt hij een paar keer aan.

"Vooruit dan maar."

Als ik een slok neem, sta ik al bijna op mijn kop, zoveel alcohol heeft hij erin gedaan, nou, en ik ben onderhand wel wat gewend. Ik ben heel voorzichtig, want ik realiseer me gelijk dat er iets niet klopt. Mijn voorgevoel was dus juist. Ik laat mijn glas verder staan.

Het begint donker te worden en hij zit tegenover mij. Na een tijdje doet hij de gordijnen dicht en hij laat het licht uit.

"Wat doe je nou?" schreeuw ik in paniek uit.

Hij komt naar me toe en werpt zich op mij. Hij begint mij overal te betasten en te zoenen en probeert me uit te kleden. Ik walg van die vieze ouwe vent die me ranzig en hijgend aanrandt. In mijn beleving duurt het allemaal vreselijk lang en ik denk: waarom doen mijn ouders niks! Zien ze dan niet dat het hier helemaal donker is? Ik begin te huilen en gillen: "Laat me los, laat me gaan!" Ik word helemaal hysterisch en vecht, vecht, ditmaal zal ik mij niet laten overmeesteren door zo'n viezerik die me weer wil verkrachten. Maar hij is zoveel sterker dan ik, ik kan hem niet aan! Hij heeft reeds een aantal knopen van mijn blouse los weten te wurmen en dan gaat plotsklaps de telefoon. "Neem de telefoon op!" gil ik.

De hufter weet niet wat te doen. Op een niet waaks moment kan ik me van hem losrukken en ren als een gek de deur uit naar buiten toe. Goddank is er redding en ik ren naar ons huis alwaar ik panisch en jankend naar boven naar mijn kamer ren, alwaar ik mij in ellende op bed gooi.

Iets later komt mijn broer naar me toe. "Wat heeft die ouwe viezerik bij je gedaan? Wat heeft die klootzak bij je gedaan?"

Ik wil er niet veel over loslaten, vertel het hem wel in grote lijnen. Maar ik wil dat mijn ouders ook naar me toe komen! Ze komen echter niet en dat begrijp ik niet! Wat mijn moeder dan nog wel voor me gedaan heeft, is dat ze de volgende dag de politie heeft ingelicht over wat er is gebeurd. Het is de eerste keer dat ze zoiets voor me doet.

De politie zal mijn moeder op de hoogte houden. De politie is met hem gaan praten, dat was het. De klootzak komt ervan af met een behoorlijke waarschuwing: Niet meer doen hoor, denk erom! Mijn ouders praten er verder niet met mij over. Het wordt doodgezwegen, zoals dat met alles wordt gedaan.

Een briefje van mijn moeder dat op mijn bed lag toen ik vergeten was door te geven dat ik niet thuis kwam eten:

Het uitzendbureau heeft gebeld, morgen terugbellen. Ik had met eten op je gerekend en vind het erg flauw dat je niets hebt laten horen. Probeer je eens in een ander te verplaatsen, je wist het best van tevoren. Gedraag je eens volwassen in deze dingen.

Mama

Nog een briefje van mijn moeder:

Kijk even naar de plassen water onder de trapleuning en neem de moeite om je was in de centrifuge te doen, ik wil dat gedrup niet meer zien.

Ergens zit het mijn moeder toch wel dwars, wat mijn opa bij me heeft geflikt, af en toe schijnt haar geweten op te spelen. Ze staat echter onder de invloed van mijn vader. Ik weet dat mijn vader nooit heeft geloofd wat mijn opa bij mij heeft gedaan.

"Opa heeft beweerd dat jij het hebt uitgelokt. Nu kan ook papa er niet meer onderuit, dat zijn vader iets bij jou heeft gedaan. Jij zou bepaalde dingen nooit zeggen die je opa beweert" zegt mijn moeder ineens tegen me.

Zou hij ooit spijt hebben gehad van wat hij bij me heeft gedaan? vraag ik me af, maar dat kan ik niet geloven als mijn opa beweert dat ik zijn aanranding zelf heb uitgelokt.

"Dank je wel voor het feit dat je achter me staat en het gesprek nog een keer hebt geopend met opa en oma," zeg ik. Beter laat dan nooit. Mijn moeder doet tenminste nog iets. Ik neem het mijn vader kwalijk dat hij verder nooit iets heeft gedaan.

"Destijds heb ik getwijfeld of ik er een zaak van moest maken, maar ik heb het nooit gedaan", zegt mijn moeder.

Zelf wist ik destijds niet eens dat het kon, ik had er niet eens bij nagedacht dat ik mijn eigen opa wegens aanranding kon aangeven. Ik heb nog steeds het idee dat ik door de hele familie met de nek word aangekeken. Ze zullen het allemaal wel weten en me veroordelen.

In de zomervakantie ga ik met mijn ouders en Iris mee naar Spanje waar we kamperen. Het is een redelijke vakantie met ze. Ik hou me zoveel mogelijk op de oppervlakte om ruzies te voorkomen.

Op een keer gaat mijn vader zijn reet wassen in de caravan waar wij met z'n drieën zitten, mijn moeder, Iris en ik. Mijn vader trekt zo zijn broek naar beneden, hij heeft net gescheten op de plee bij de washokken en gaat nu uitgebreid zijn reet uitwassen. Gebukt, met zijn open reet, gaat hij zo voor mijn neus staan. Daarop borrelt er een ontzettende woede in me naar boven en ik zeg verontwaardigd: "Doe normaal joh, dat doe je toch niet!"

Hij staat op zo'n manier in de deuropening van de caravan dat ik er niet door kan om weg te lopen en ik word zo woest, die man is echt niet te geloven! Zo vunzig.

Hij komt niet meer bij van de lach en ook mijn moeder heeft het niet meer van de lach.

"Je weet toch hoe hij is," zegt ze semi-verontschuldigend, terwijl ze niet meer bijkomt van de lach.

Nou, ik vind het allesbehalve grappig en mijn zus ook niet! Iris en ik willen er allebei weg, maar kunnen de caravan niet uit. Het schuim komt uit zijn reet en omdat wij zo tekeergaan, gaat hij expres nog even extra lang door met de washand door zijn reet te halen, zodat het nog even extra gaat schuimen terwijl hij gebukt voor ons staat in die kleine ruimte. Wat heeft hij een lol en wat vind ik het smerig, ik moet ervan kokhalzen.

Tijdens deze vakantie heb ik even een vriendje die uit het zuiden komt. Ik kan het niet laten, het is mijn enige uitlaatklep. Als ik aandacht krijg van een leuke jongen wanneer ik me zo alleen voel, ga ik erop in. Het lijkt wel of ik niet anders kan... of het een verslaving is. Als ik een keer met hem onder de douche sta te vrijen, word ik begluurd. Mijn vader laat me bespioneren, hij heeft Iris opgetild om mij over het douchehokje heen te begluren. Dit hoor ik achteraf van Iris.

Ik ben het slechte meisje, de slechte verachtelijke zus en dochter, de slet, de del, de straatmeid, de hoer, dat kutwijf dat vreemdgaat met haar vriendje. Dit gaat nooit meer van het netvlies van mijn zus af natuurlijk.

Hoewel Yvon op de hoogte is van de toestand waarin ik verkeer, toont zij geen enkele consideratie met mij. Ze probeert me een poot uit te draaien, omdat ze zelf geen geld heeft. De telefoon die ik destijds liet aansluiten, moest op mijn naam komen te staan van Yvon. Vreemd vond ik het wel, maar ik zocht er niets achter. Ik heb meubels van haar gekocht, helaas voor haar, heb ik hiervan bewijs. Ik heb het op schrift laten zetten, de handtekening van haar vader staat eronder. Het hele huis heb ik opgeknapt, want het zag er niet uit. Mijn ouders zeggen dat ik maar naar een juridisch adviseur moet gaan, die pro deo ergens werkt voor gratis juridisch advies.

20 augustus 1985

Geachte mevrouw Wolf,

Op basis van een toevoeging, afgegeven door het Bureau voor Rechtshulp te 's-Gravenhage wendde zich tot mij mevrouw E.C. Schild-Albers, wonende te Bilthoven, u bekend, in verband met het navolgende.

Gedurende 10 maanden had u de woning aan de Nieuwestraat 12 te Bilthoven in onderhuur. Op 1 juli jl. bent u uit de woning vertrokken.

Cliënte heeft moeten constateren dat u de telefoonrekeningen tot en met 1 juli nog niet hebt voldaan. Zij vordert ter zake van u een bedrag van ƒ 80,–. Desgevraagd zal cliënte u de rekeningen ter zake, die zij al heeft voldaan aan de P.T.T., tonen.

Tevens heeft cliënte moeten constateren dat u bij het verlaten van de woning zaken hebt meegenomen die u niet toebehoorden. Het gaat te deze om:

- een vierpits gasstel
- een rozenhouten wandmeubel
- de vitrage van beneden
- de overgordijnen van de grote slaapkamer
- 4 koperen voorwerpjes die niet aan cliënte toebehoorden, zo u weet behoorden deze zaken aan de buurvrouw.

Namens cliënte sommeer ik u deze zaken per omgaande aan haar te retourneren. Doet u dit niet binnen 3 dagen na heden, dan zal cliënte niet aarzelen om aangifte te doen bij de politie te Bilthoven wegens verduistering. Dan komt daar nog bij dat u op eigen houtje de boel bent gaan verven daar in huis. Voor het weer in orde maken van haar interieur heeft cliënte een bedrag van ƒ 200,– moeten uitgeven aan behang, verf, etc. Een door u gebruikt matras is nat en verrot bij het grootvuil door cliënte gezet. De kosten voor een nieuw matras kwamen neer op ƒ 100,–.

Uit het bovenstaande kunt u opmaken dat u aan cliënte in totaal een bedrag van ƒ 380,– schuldig bent, nog afgezien van de door u meegenomen spulletjes.

Ik verzoek u en voor zoveel nodig sommeer ik u het bedrag ad ƒ 380,– binnen netto 8 dagen na heden over te maken op een van de in hoofde dezes vermelde rekeningen t.n.v. mr. G.A. de Bruin te Bilthoven. Doet u dit niet, dan zal cliënte rechtsmaatregelen treffen. Ook de kosten van een procedure komen geheel voor uw rekening. Ik raad u aan het niet zover te laten komen.

Hoogachtend,
D.R.W. Jacobs

21 augustus 1985

Geachte mevrouw Jacobs,

In antwoord op bovenvermeld schrijven, deel ik u het volgende mede:
a.Ik heb uw cliënte aangeboden f 80,– telefoonkosten over te maken. Zij heeft dit geweigerd, omdat zij de zaak al in uw handen had gesteld. Dit bedrag zal ik een dezer dagen op uw rekening overmaken.
b.Het vierpits gasstel en het wandmeubel waren mijn eigendom. De vader van uw cliënte heeft een bewijs opgesteld en voor akkoord getekend dat hij mij f 1.600,– heeft betaald voor enkele dingen die uw cliënte weer van mij heeft overgenomen en daarom tevens verklaard dat ik bovengenoemde goederen in eigendom heb meegenomen aangezien uw cliënte die niet wilde terugkopen.
c.De vitrage heb ik inderdaad ingepakt en zal ik een dezer dagen aan uw kantoor afgeven tegen opgave van een bewijsje.
d.De overgordijnen heb ik in een kast van uw cliënte gelegd, maar mijn eigen overgordijnen heb ik meegenomen.
e.De 4 koperen voorwerpen, daarvan heeft de buurvrouw gezegd dat ik deze mocht houden en uw cliënte dito, maar als ze die dolgraag terug wil hebben, geen bezwaar.
f.Het verven heeft plaatsgevonden met instemming van uw cliënte, die zelf mee heeft geholpen daarbij. Alleen één muur heb ik volgens uw cliënte met maar 1 laag bestreken in plaats van met 2 lagen. Dit heeft zij zelf gedaan, zodat de kosten niet meer bedragen dan 1 potje verf, dit is f 7,50 welk bedrag ik eventueel bereid ben aan haar te betalen.
g.De matras was oud en versleten en uw cliënte zei mij dat ik die gerust bij het grofvuil mocht zetten. Dit heb ik niet gedaan. Uw cliënte heeft mij voorts per telefoon medegedeeld dat zij een tweedehands matras had gekocht voor f 50,–. Dat u van ons f 100,– eist is woeker. Ik ben dus van oordeel dat ik haar verder niets meer verschuldigd ben. Overigens deel ik u mede dat ik deze zaak heb besproken op het juridisch spreekuur.

Hoogachtend,
Linda Wolf

29 augustus 1985

Geachte mevrouw Wolf,

Naar aanleiding van uw brief van 21-8-85 bericht ik u dat het bedrag ad f 80,– hedenmorgen op onze rekening is ontvangen. Hiermede zijn echter de problemen nog niet opgelost.
Mevrouw Schild ontkent dat het vierpits gasstel en het wandmeubel uw eigendom waren. Ik moge u verwijzen naar de door u getekende overeenkomst van 5 juni 1984, waarvan ik voor u een kopie bijsluit. Daarin worden de over te nemen spullen genoemd, te weten een bankstel een bed en de verwarming.
Uit de bewoordingen van het contract blijkt dat dit bedrag ad f 2000,– dat u betaalde eigenlijk beschouwd kan worden als een borgsom en als een vergoeding voor het gebruik van het meubilair. Het bankstel hebt u meegenomen en dat was akkoord. Cliënte heeft u inmiddels f 1600,– via haar vader terugbetaald, maar heeft nimmer kunnen verklaren dat u het vierpits gasstel en het wandmeubel kon meenemen. Deze zaken waren immers geen onderwerp van de op 5 juni getekende overeenkomst. Op grond hiervan wenst cliënte de zaken zo spoedig mogelijk van u terug te ontvangen. De vitrage heb ik inmiddels van u terug ontvangen. De overgordijnen heeft cliënte niet gevonden. Die liggen dus niet in een kast van mijn cliënte.

De koperen voorwerpen waar het om gaat, zijn die spulletjes die toebehoorden aan de vader van de buurvrouw en die laatstgenoemde aan mijn cliënte had geleend. Het gaat om een koperen vaasje, een plantenspuit en een keteltje. Deze zouden op vliegbasis Volkel in beheer van een zekere Tom zijn. Cliënte wenst deze terug te hebben zodat zij ze weer aan de rechtmatige eigenaar kan overhandigen.
Wat het schilderen betreft, cliënte heeft u nimmer opdracht gegeven om de bovenverdieping toe te takelen, hetgeen u gedaan hebt. Betreffend de matras vertelt cliënte mij dat zij u nimmer heeft verteld dat deze f 50,– heeft gekost, zij heeft daar f 100,– voor betaald en vordert deze van u terug. Het doet mij genoegen van u te horen dat u deze zaak met mevrouw Van den Berge hebt besproken. Het lijkt mij zinvol dat wij met zijn vieren

op het spreekuur van mevrouw Van den Berge deze zaak nog eens mondeling kunnen bespreken. Ik heb alle hoop dat wij er dan wel uitkomen. Het lijkt mij verstandig dat u de inhoud van deze brief nogmaals met mevrouw Van den Berge bespreekt en met haar een afspraak maakt voor een gesprek hierover met mevrouw Schild en haar raadsvrouw.

In afwachting teken ik,
Hoogachtend,
D.R.W. Jacobs

9 september 1985

Geachte mevrouw Jacobs,

In antwoord op bovenvermeld schrijven, deel ik u het volgende mede. Ik heb inmiddels aan mevrouw Van den Berge nog vele stukken laten zien die ter zake in mijn bezit zijn, o.a. diverse brieven. Nadat de verklaring van overname van diverse dingen à raison van f 2.000,– door beide partijen was getekend, heb ik f 2.000,– betaald en daarvoor heeft uw cliënte in haar eigen handschrift een specificatie gegeven n.l.:

Ontvangen: Overname Kosten f 2.000,– (tweeduizend gulden)
Specificatie:f 1.500,– cv en geiser
f 350,– bankstel
f 100,– wandmeubel en overgordijnen (boven)
f 50,– bed etc.

Ik heb herhaaldelijk gevraagd op deze 'kwitantie' haar handtekening te willen plaatsen, hetgeen zij steeds uitstelde en toen zij naar Ierland vertrok ongetekend heeft achtergelaten.
Uit de kwitantie van terug overname staat dat ik f 1.600,– heb terugontvangen voor cv en geiser, hetgeen was f 1.500,– voor de cv en f 100,– voor aansluiting telefoon, waarvan ik aan de telefoondienst f 210,– had betaald.

Geen overname terug heeft plaatsgevonden van bankstel f 350,–, wand-meubel en gordijnen (boven) f 100,–, bed f 50,– etc. zodat die mijn eigendom waren.

Het bed heb ik echter laten staan. Bij dat bed hoorde ook de matras.

Dat zij nu dus zelfs geld voor een matras vordert, toont reeds aan wat er aan haar vordering mis is. De gordijnen van haar waren opgeborgen in de kast op de gang boven. Of er nadat ik het huis heb verlaten nog iemand in huis is geweest die deze gordijnen heeft weggenomen, is mij uiteraard niet bekend.

Ik ben daarvoor niet aansprakelijk. Ik heb evenwel tegen mevrouw Van den Berge gezegd geen bezwaar te hebben tegen een bespreking met haar, u en uw cliënte. Ik meen echter dat ik haar niets meer ben verschuldigd. Het bed mag ze houden.

Hoogachtend,
Linda Wolf

13 september 1985

Geachte mevrouw Wolf,

Uw brief van 9 september ontving ik in goede orde.

Die stukken die u aan mevrouw Van der Berge hebt laten zien zou ik ook gaarne in kopie willen ontvangen. Vooral de door u bedoelde kwitantie met de specificatie. Ik denk dat wij er na ontvangst van deze stukken wel uitkomen. Mag ik spoedig van u horen?

Hoogachtend,
D.R.W. Jacobs

8 oktober 1985

Geachte mevrouw Wolf,

Uw brief gedateerd 30 september 1985 ontving ik heden, 8 oktober 1985.

Na bestudering van de kopieën kan ik niet anders dan tot de conclusie komen dat deze niet tot enig bewijs kunnen bijdragen. De kopie waarin u bevestigt van mevrouw Schild f 1.600,– te hebben ontvangen is door u getekend en door niemand anders. U schrijft daarin "ik neem mee in eigendom een kast, een bankstel, een gascomfort". Dat zegt toch ook niets; mevrouw Schild gaat uit van de door u en door de heer Berge op 5 juni 1984 getekende verklaring waarbij wordt gesteld dat de overname zal bestaan uit het bankstel, de verwarming en een bed. Het bedrag hiervoor vastgesteld was f 2.000,–.
U hebt f 1.600,– terug ontvangen. Nergens blijkt dat u het recht had het wandmeubel en de gordijnen mee te nemen. Immers uit de specifi-catie, ook de door u opgestelde, blijkt dat u aan de centrale verwarming plus geiser een bedrag van f 1.500,– hebt toegekend, aan het bankstel f 350,–, het wandmeubel f 100,– en het bed f 50,–. U gebruikt deze spullen een flink aantal maanden en dan zou u ook nog het recht hebben om, terwijl u f 1.600,– retour ontvangt van mevrouw Schild, dan nog spullen in uw eigendom mee te nemen?
Het bankstel en het bed vallen dan waarschijnlijk weg tegen die f 400,–, het wandmeubel diende in ieder geval achter te blijven en ook het vierpits gasstel zoals u op 20 augustus reeds geschreven. Ik verzoek u telefonisch contact met mij op te nemen opdat wij deze zaak eens kunnen uitpraten. Zoals eerder gezegd lijkt het mij het beste dat wij met z'n vieren om de tafel gaan zitten. Op die wijze komen wij er wellicht wel uit.

Hoogachtend,
D.R.W. Jacobs

22 oktober 1985

Geachte mevrouw Jacobs,

Deze zaak heb ik opnieuw besproken met mevrouw Van den Berge. Het briefje dat ik f 1.600,– heb ontvangen en dat ik 1 kast, 1 bankstel en 1 gaskomfoor 'in eigendom' heb meegenomen is geheel geschreven door de vader van uw cliënte en mede door hem ondertekend.
Dus dit is niet door mij geschreven en niet alleen door mij ondertekend zoals u suggereert.
Ik ben dus volgens mevrouw Van den Berge niets meer verschuldigd. Om tot een definitieve afsluiting te komen ben ik echter, zij het onverplicht, bereid de bewuste kast aan uw cliënte af te staan, mits zij deze bij mij komt afhalen en zonder kosten.

Hoogachtend,
Linda Wolf

21 november 1985

Geachte mevrouw Wolf,

Uw brief van 22 oktober besprak ik met mevrouw Schild. Ik zal trachten deze zaak nog eens duidelijk aan u uit te leggen: Op 5 juni 1984 ondertekent u een verklaring waarbij u een bedrag betaalt van f 2.000,– terwijl in deze verklaring staat dat de overname zal bestaan uit: een bankstel, de verwarming en een bed. Bij het verlaten van het huis krijgt u van de verhuurster via haar vader f 1.600,– terug. Mevrouw Schild is op dat moment nog in Ierland en kan dus nooit haar toestemming hebben gegeven voor het meenemen van het bankstel, het gascomfort en de kast. Gezien het bedrag van f 400,– en het gebruik dat u van de spullen hebt gehad is dat natuurlijk ook een zeer laag bedrag. Zoals de zaken nu staan gaat mevrouw Schild akkoord met het feit dat u het bankstel behoudt. Echter de kast en het gascomfort wenst zij in eigendom terug te krijgen. Over die twee zaken is nooit overeenstemming tussen u en

mevrouw Schild geweest. U hebt deze zaken gewoon meegenomen. De
vader van mevrouw Schild was niet op de hoogte. U kunt dus niet te
goeder trouw verklaren dat deze vader u deze spullen in eigendom heeft
meegegeven. Per omgaande wenst mevrouw Schild de genoemde spullen,
te weten de kast en het gascomfort, van u te ontvangen. Ik verzoek u
na ontvangst van deze brief onmiddellijk contact met mij op te nemen.
Voorts breng ik onder uw aandacht dat dit niet de enige zaken zijn waar
mevrouw prijs op stelt. U hebt nimmer gereageerd op de in mijn brief van
20 augustus genoemde koperen voorwerpjes die niet aan mevrouw Schild
toebehoorden maar aan de buurvrouw of aan de buurman. Deze zaken
dient u onmiddellijk bij deze mensen terug te brengen. De overgordijnen
van de grote slaapkamer zijn ook nog steeds spoorloos. Zo u niet aan uw
verplichtingen gaat voldoen, zal mevrouw Schild onmiddellijk aangifte
doen bij de politie te Bilthoven.

Ik hoop dat u het daar niet op laat aankomen.

Hoogachtend,
D.R.W. Jacobs

18 december 1985

Geachte mevrouw Jacobs,

Op uw brief van 21 november 1985 deel ik u, en dat voor de laatste
keer, mede dat uw cliënte niets van mij te vorderen heeft. Dat zij bij de
transactie met haar vader in Ierland was doet niets ter zake. Haar vader
is in deze, als hij al niet door haar gemachtigd was, opgetreden als haar
zaakwaarnemer en als zij het met zijn handelswijze niet eens is, dient
ze hem ter verantwoording te roepen. Ik blijf bij mijn aanbod dat zij de
bewuste kast kan komen afhalen als ze wil, na vooraf een afspraak ter
zake te hebben gemaakt, evenwel een en ander als een schenking mijner-
zijds. Verder ga ik niet. Laat zij rustig een klacht bij de politie indienen
als zij er zin in heeft en zich belachelijk wil maken.

Het moet mij nog wel van het hart dat ik van een 'advocate' meen te mogen zeggen dat zij haar cliënten op dergelijke absurditeit opmerkzaam maakt en dergelijke dreigementen niet als realiteit doorgeeft.

Hoogachtend,
Linda Wolf

Sindsdien heb ik nooit meer wat van de affaire gehoord, maar ik heb me toch knap onder druk gezet gevoeld en heel erg alleen gelaten hiermee. Soms kom ik met mijn problemen naar mijn ouders toe, maar ik heb totaal niets aan ze! Na één brief zijn ze volslagen ongeïnteresseerd in de kwestie. Zelfs adviseren doen ze me niet. Het wordt verder genegeerd.

Vanaf half september 1985 werk ik bij de drogisterij Etos in Blaricum. Via Elly, de vrouw van een collega van mijn vader, die ik eens in de maand knip en föhn, ben ik aan deze baan gekomen. Er komen allemaal van die kakkers daar. Ze behandelen je heel erg minderwaardig, als 'winkelmeisje'.

Het werk op zich vind ik best leuk, maar het vlot niet goed, ik voel me nog steeds niet honderd procent. Het gaat mentaal gewoon niet goed met me en ik kan niet overweg met het meisje dat er werkt. Ik kan niks in me opnemen en ik voel me zo vreselijk dom dat ik niet eens goed geld kan teruggeven. Ik heb het idee dat ik zelfs daar te dom voor ben. In hoofdrekenen ben ik geen ster. Het lukt me maar niet om terug te tellen en ik raak er bloednerveus en gefrustreerd door als die meid constant op mijn vingers staat mee te kijken. Ik word dan ook ontslagen, ik heb er tot medio oktober gewerkt. Mijn moeder is kwaad op de chef die mij heeft ontslagen en heeft hem uiteindelijk kwaad opgebeld, omdat ik al zo snel ben ontslagen. Keer op keer zegt ze nu dat ze zo voor me op is gekomen.

Michael Gorbatsjov is de nieuwe president in de Sovjet-Unie. Hij heeft een enorme wijnvlek op zijn hoofd, waar ik altijd gefascineerd naar blijf kijken als hij op tv verschijnt. Gorbatsjov staat voor *perestrojka* – hervormingen en *glasnost* – openheid. Het is voor het eerst dat ik deze woorden hoor. Het communisme lijkt wat te verminderen onder zijn invloed. Voor het eerst krijgen we nu beelden te zien over het leven in Rusland en komen de burgers in beeld. Het valt me op dat de vrouwen zich helemaal niet opmaken en ze er een beetje ouderwets bijlopen. Ik vraag me af hoe het zou zijn als ze modieuzer zouden zijn, net als wij in het Westen.

Er is altijd de dreiging geweest van de Koude Oorlog, dat de Russen ons aan zouden kunnen vallen. Ik kan me niet anders herinneren. Nu lezen we over mensen die vaak onschuldig in de gevangenissen zitten daar, omdat ze dingen doen waar de regering het niet mee eens is, het zijn politieke gevangenen. Ze worden slecht behandeld en soms worden ze uitgehongerd en gemarteld. Amnesty International maakt zich hard voor de rechten van die mensen, er zijn mensen die hun handtekening zetten als protest-stem, daar doe ik echter niet aan mee. Je weet nooit wat ze met de informatie doen als je je handtekening zet.

Als Edwin melk drinkt, blijft er altijd enige tijd een beetje witte melk tussen zijn lippen zitten als hij het heeft doorgeslikt. Geïntrigeerd kan ik daarnaar blijven kijken, ik heb de neiging het zo weg te vegen. Soms is hij ook een beetje sloom, dat komt blijkbaar door het verkeersongeluk dat hij heeft gehad voordat ik hem leerde kennen. Ik rook nog steeds. Edwin rookt niet. Hij doet aan fitness en is redelijk gespierd. Hij is niet superknap om te zien, maar wel leuk.

Vanaf 14 november werk ik als verkoopster bij een drogiste-rijketen, waarbij de winkel in de supermarkt zit, in Utrecht. Er zijn ook nog andere winkels, zoals de kaasboer, een poelier en een bloemenwinkel.

Het werk is zwaar en de dagen zijn lang. De koopavonden draai ik van 09.00 tot 21.00 uur. Mijn ouders vinden het allang best dat ik in mijn eigen onderhoud voorzie. Ik betaal ze *f* 250,- huishoudgeld van mijn loon, het is ongeveer 1/3 van mijn totale salaris. De rest van mijn geld gaat op aan roken, kleding en uitgaan, dan kan ik tenminste veel weg van thuis.

Ik kom nog weleens in een kroeg, Jimmy's geheten, waar ik al geruime tijd veel jonge mensen heb leren kennen, waaronder Odilia. Ik ga veel met Odilia om, ze is een paar jaar jonger dan ik en heeft ook al het nodige in haar leven meegemaakt. Ze is wel een beetje volks maar dat neem ik op de koop toe.

Ze heeft een gescheiden vader, waar ze bij inwoont samen met haar broertje, soms blijf ik bij haar slapen. Het is er wel ontzettend smerig en hij heeft een herdershond die ontzettend stinkt, het hele huis stinkt naar die hond. Er wordt flink in huis gerookt, het is er een vreselijke wanordelijke stinkbende, maar alles beter dan thuis. Haar vader heeft een paar bruine, rotte tanden met spleten in zijn mond, een kalend hoofd en een grote zwarte snor. Hij komt ook regelmatig naar de kroeg.

Odilia stelt ten slotte voor om samen in een kamer te gaan wonen, haar oom verhuurt kamers en heeft een kamer te huur. Dit zie ik wel zitten, want het is niet ver van de Oranjerivierdreef, waar ik werk. Mijn spullen neem ik stukje bij beetje mee met de bus, net zolang tot alles er is. Zoveel heb ik niet.

We wonen daar enige weken en dan word ik bang voor die oom van Odilia, want hij schijnt zich op te houden met hoeren. Op een gegeven moment vinden we ook wit spul in onze kamer. Hij hoopt vast dat we daarvan gaan gebruiken. Zodra ik dat heb gezien, wil ik er weg.

Dan weet ik van ellende niet meer wat ik moet doen.

Uiteindelijk ga ik praten met een oud-collega van mijn vader, meneer Bakker. Zijn vrouw en dochter permanent en knip ik af en toe nog. Hij vindt dat ik weer naar terug naar huis moet. Weer moet ik terugverhuizen naar het huis van mijn ouders. Ik vind het vreselijk om weer op mijn knieën te moeten liggen voor ze, maar hij staat erop dat hij met ze gaat praten.

Dus ga ik met flinke tegenzin toch maar weer naar mijn ouders toe om de situatie uit te leggen en ze te vragen of ik weer terug kan komen, omdat ik nergens anders heen kan.

Uiteindelijk helpt meneer Bakker me om uit de Bilderdijkstraat weg te komen en we maken een ritje met zijn auto, zodat mijn spullen weer terug verhuisd kunnen worden. Ook Odilia heeft besloten om weer uit de kamer weg te gaan. Odilia mag een nacht bij mij logeren en gaat weer bij haar vader wonen.

Die avond heeft ze een soort uien-kaas chips gegeten, die een beetje een vreemde lucht verspreiden in mijn kamer. Daarop nemen mijn ouders mij apart en vragen: "Gebruikt ze drugs, want we ruiken wat vreemds!?"

"Joh, doe normaal, ten eerste zijn we juist om die reden daar weggegaan en ten tweede heeft ze gewoon chips gegeten."

"Ja, we vertrouwen het niet, het ruikt er toch zo vreemd."

"Ik ben er zelf bij geweest, ze heeft gewoon chips gegeten, zeur toch niet zo."

Ze blijven haar toch wantrouwen, ik zie het anders. De volgende dag gaat ze toch weer weg.

11.

Ik ben zwanger geraakt doordat ik de pil niet meer slikte. Ergens voel ik me zo slecht om wat ik heb gedaan en aan de andere kant is het voor het eerst dat ik echt van iets mag en kan houden dat van mezelf is. Ik verlang zo naar een stukje van mijzelf, dat ik liefde kan geven. Niemand heb ik het nog durven vertellen, ik koester het.

Van Edwin krijg ik een lichtblauwe sweater met een grote witte Snoopy erop. Op een gegeven moment wordt het mijn slaaptrui. Het is altijd zo vreselijk koud in mijn slaapkamer, dat het heerlijk is om een trui aan te hebben. Ik denk dat hij het niet eens weet.

We gaan veel samen uit, altijd met zijn auto, een stationcar. Het is de enige plek waar we helemaal samen kunnen zijn. We gaan vaak even ergens wat drinken, winkelen of op bezoek bij een van de zussen of de broer van Edwin. Hij is de jongste van het gezin.

Boven hem heeft hij nog een oudere zus, Veronica, zij schelen maar een paar jaar. Het is een leuke meid om te zien, met blonde halflange haren en ze woont in een van de huizen die zijn ouders bezitten, in Zeist. Ze heeft alles in het wit ingericht met gouden details, erg mooi vind ik het. Ze heeft herpes opgelopen en ik weet dat het erg besmettelijk is, dus ik durf niet op de toiletbril te gaan zitten, hoewel ik weet dat ik het daar niet van zal krijgen. Ze heeft geen vaste relatie.

De andere zussen en zijn broer zijn allemaal ouder en getrouwd. Zijn oudere broer Michael is een soort volwassen kopie van hem, met een verschil van zo'n twintig jaar. Michael en zijn vrouw willen graag een kindje, ze proberen het al een tijdje. Zijn vrouw heeft nog niet zo lang geleden een miskraam gehad. Dat vind ik erg sneu voor ze. Het voelt al helemaal niet goed, omdat ik zelf zwanger ben en niemand ervan af weet.

Het is in het nieuws dat de Amerikaanse filmster Rock Hudson aan aids is overleden. Er werd altijd gedacht dat hij hetero was, maar achteraf blijkt dat hij een homo was. Wat een vreselijke ziekte is het.

Overigens staan er nog steeds allemaal dozen in mijn slaapkamer. Het kleine halfhoge open boekenkastje en het opklapbed staan er nog. In het boekenkastje heb ik wat kleren gelegd, maar lang niet alles past er natuurlijk in. Omdat het zo ongezellig oogt, heb ik overal posters opgehangen om toch nog wat sfeer te creëren. De plank van het opklapbed staat helemaal propvol met spulletjes van mij. Zo graag wil ik een kindje, zo graag het kind dat ik liefde kan geven, waar ik voor kan zorgen. Ik weet dat ik het kan.

Ik ga al een tijdje om met Edwin hij is goed voor me, ook al begrijpt hij mij en mijn situatie totaal niet. Hoe mijn ouders daadwerkelijk zijn, kan ik niet aan hem uitleggen, hij heeft er geen benul van. Ik heb er geen zin meer in om het te proberen, er is toch niemand die het gelooft of begrijpt. Ik ben er onverschillig door geraakt en hou het meeste maar gewoon voor mezelf.

Met Edwin ben ik steeds closer geworden. Wel vind ik hem nog een beetje jong. Hij is een jaar jonger dan ik, maar het klikt wel heel goed tussen ons verder. Als verrassing neemt hij me een keer mee met de auto naar Luxemburg, we verblijven er in een hotel. Het is erg leuk en gezellig. Ik geef wel heel veel om hem en ben hem sinds de vakantie ook verder helemaal trouw, het voelde toch niet goed wat ik had gedaan in de vakantie. Het gekke is dat ik dat nu ook helemaal niet meer moeilijk vind. Ik heb het idee dat ik nu meer word behandeld als een mens, een jonge vrouw.

We zijn nog steeds in gezinstherapie, er zit een psychologe bij het gesprek en achter een grote spiegel zitten nog twee mensen die ons gezin observeren. Een therapeut en een psychiater, wij kunnen hen niet zien. De therapie slaat helaas totaal niet aan. Ik begrijp wel dat ze onze situatie goed in kaart willen brengen en hier tijd voor nodig hebben. Zij kunnen er met z'n drieën niet uit komen hoe ons gezin in elkaar steekt en hebben er nog meer tijd voor nodig. Ze hebben er de grootste moeite mee om te begrijpen hoe ons gezin in elkaar zit. Als ik er zelf al niet uit kan komen hoe het allemaal in elkaar steekt, hoe kunnen zij het dan wel?

"We hadden je willen laten opnemen in een psychiatrische inrichting als je nog werkloos was gebleven. Het is maar heel goed dat je werk hebt gevonden in de drogisterij, anders had je nu in een psychiatrische kliniek gezeten en dat menen we echt!" zeggen mijn beide ouders tegen mij! Ach ja, nu ben ik al een psychiatrisch patiënt, die hadden we nog niet gehad. "We hebben alles al helemaal doorgesproken met de psychologe!" zeggen ze dreigend.

Ik weet niet of ik ze moet geloven of dat ze alleen maar dreigen. Dit geeft me weer zo'n vreselijke knauw, van niemand krijg ik steun. Mijn eigen ouders die ertoe in staat zijn om me voor gek te verklaren.

"Ik ben over niet al te lange tijd eenentwintig jaar en meerderjarig, dus dan kunnen jullie me niks meer maken," lach ik smalend. Ik werk en ga zoveel mogelijk uit om thuis weg te zijn. Verdienen doe ik niet genoeg om ergens op mezelf te kunnen wonen en voor het kunnen krijgen van een huurwoning bij de woningbouwvereniging sta ik nog steeds op de wachtlijst.

Van mijn ouders slik ik zoveel mogelijk om mijn leven nog een beetje draaglijk te houden.

Ik vertel Edwin nog steeds erg weinig over wat er zich allemaal heeft afgespeeld tussen mijn ouders en mij, het heeft toch geen zin en intuïtief voel ik aan dat hij het toch niet zal begrijpen. Edwin vindt het gezellig en harmonieus bij mij thuis. Mijn ouders tonen interesse in hem, blijkbaar is hij 'goedgekeurd'. Bij hem thuis mist hij zelf warmte en gezelligheid. Zijn moeder is een vrij pittige, dominante dame. Mijn ouders doen zich anders voor ten opzichte van anderen, ze houden de mooie schone schijn perfect op. Vanwege een verkeersongeluk dat Edwin vroeger heeft gehad, heeft hij af en toe concentratieproblemen.

Met redelijk veel plezier werk ik in de drogisterij in Utrecht. Het is er altijd erg druk en er komen veel klanten die vanuit de supermarkt langs de drogist lopen. Mijn baas is erg vriendelijk en vaak sta ik er met nog een meisje. Het contact met de klanten is leuk en je ziet allerlei mensen voorbijlopen. Van nette mensen tot aan ordinaire mensen en dat maakt het leuk. Ik leer veel over de geneesmiddelen door wat mijn baas erover vertelt tegen klanten. Ik blijf me dom voelen, omdat ik niet eens een diploma op zak heb.

Intussen ben ik naar de avondschool gegaan om de resterende twee deelcertificaten te halen voor de mavo. Ditmaal kies ik voor het vak aardrijkskunde en niet voor biologie, wat ik van mijn ouders moest doen. Het vak Frans doe ik over. Ik betaal het uit eigen zak. Ik moet toch een diploma halen. Er is een groot verschil met de middelbare school, ik merk dat iedereen hier gemotiveerd is en dat scheelt. Het vreemde is dat ik er helemaal geen moeite mee heb om de lessen te volgen en dat de manier van lesgeven prettiger is. Wel blijf ik een hekel houden aan woordjes stampen, maar goed, ik doe het wel.

Uiteindelijk vertel ik Edwin en mijn ouders dat ik zwanger ben. Het is intussen januari 1986. Mijn God, wat moet ik? Mijn handelingen zijn traag, mijn denkvermogen bijna weg. Ik moet mijn kindje verliezen. Ik ga iets dood maken wat ik niet wil. Ik moet een offer brengen, ten gunste van mijn ouders en Edwin en dan nog weet ik niet of Edwin me ooit nog zal vertrouwen als ik dit doe.

Ik ben verlamd, ik ben leeg, mijn kindje zal me afgenomen worden. Mijn eigen stommiteit zal het offer zijn van brandende wonden. Kom ik er ooit overheen, over mijn eigen fout, dat ik het allerliefste dat ik in me draag, weer kapot moet maken? Vermoorden? God vergeef me als ik het doe, ik ben getekend. Een zwangere vrouw die haar kind kapot moet maken, terwijl ze het niet kan. Ik zou liever zelf dood zijn dan dit dood te maken, maar ik word niet begrepen. Ik ben één brok ellende. Fout, schuldig.

Iedereen mag me verwijten maken en terecht. Oh God, waar ben ik mee bezig? Help me, help me dan toch de juiste beslissing te nemen. Het kind zal nooit worden aanvaard, pijn, pijn, pijn, de fout van mijn leven. Ik zal zoveel pijn ervan hebben als het weg wordt gehaald. Wie kan dat begrijpen, ik durf het niet weg te laten maken, bang, bang, bang voor alles... Voor de gevolgen, voor de pijn, geestelijk en fysiek, maar dat speelt geen rol. Ik heb steun nodig bij mijn beslissing, ik kan me niet neerleggen bij het feit dat ik dit kind niet mag hebben en dat ik het moet doden. Ik denk dat ik het meeste boet door het grootste offer te brengen wat ik kan geven. Als ik het kan!! Ik weet het niet, want ik maak dan een kindje kapot. Oh God, die onzekerheid wat ik moet doen. Het vreet aan me, de schuldgevoelens worden te veel.

De moeder van Edwin wil absoluut dat ik mijn kindje weg laat halen. Ik ben net eenentwintig jaar geworden, meerderjarig, maar ik kan helemaal niets. Mijn vader dringt continu op een abortus aan. Mijn moeder had tegen me gezegd dat, wat ik ook zou beslissen, ze achter me zou staan. Een dag later komt ze echter al naar me toe om te vertellen dat ze het compleet eens is met mijn vader en dat ik mijn baby moet laten aborteren.

"Je moet het kind maar weg laten halen, want ik denk dat dat toch beter is."

Mijn vader heeft haar snel omgeluld moet ik zeggen.

"Vindt God het dan wel goed om een kindje van drie maanden te vermoorden?" vraag ik mijn ouders.

"Dat weten we niet." Gewetensnood? Ik signaleer op dat moment de twijfel bij mijn moeder. "We zijn het er uiteindelijk over eens dat het beter is dat je het weg laat halen en God zal je dat niet kwalijk nemen onder deze omstandigheden," besluiten mijn ouders uiteindelijk zeer stellig.

Is dat zo? 's Morgens krijg ik van de spanning en de druk die er op me staat geen hap meer door mijn keel en tevens ben ik ontzettend misselijk. Op mijn werk hou ik het bijna niet uit van de misselijkheid, naast de drogisterij is een notenbar en ik kan absoluut niet tegen de lucht van die vers gebrande noten. Kokhalzend doe ik met de grootst mogelijke moeite mijn werk.

Mijn moeder wordt weer eens woest op me als ik niet eet 's morgens.

"Als je niet gezond voor jezelf wilt eten, dan wil ik tenminste dat je gezond eet voor je kind!"

"Waarom, ik mag mijn kindje toch niet houden, het moet toch dood!" zeg ik hevig verontwaardigd.

Ja, mijn moeder heeft ergens diep in zich wel twijfels, maar ze gaat desondanks pal achter mijn vader staan. Ze is het uiteindelijk volledig met hem eens dat ik het weg moet laten halen. Weet je hoe een baby eruitziet met ruim drie maanden, mama, papa? Alles erop en eraan, een klein lief wondertje? Mijn zus hoort mij natuurlijk af en toe huilen, ze krijgt alle ellende mee. Haar kamer grenst direct aan de mijne. Vreselijk vind ik dat voor haar.

Mijn vader, die tegen me zegt: "Weet je wat er gebeurt als dat kind zou worden geboren, dan word je een bijstandsmoeder en geen vent moet jou nog! Ha, denk je nou echt dat een vent jou dan nog wil? Werkelijk geen enkele vent moet jou nog of dacht je dat een vent op een vrouw met een kind zit te wachten? Je hebt geen geld en geen opleiding, je hebt helemaal niets, denk maar niet dat jij ooit nog aan de bak komt!"

Ja, de schande die ik nu weer heb gedaan, is natuurlijk te groot om te dragen voor de familie Wolf. Ik heb wel een baan als verkoopster in de drogisterij, maar niet genoeg inkomen om van rond te kunnen komen. Ik heb geen woonruimte en ik weet niet waar ik heen kan. Mijn vader zegt me constant hetzelfde en indoctrineert me: "Geen vent moet je nog, Je wordt een bijstandsmoeder. Is dat wat je wilt?" Het blijft maar nadreunen in mijn hersenen.

Op een keer komt hij naar mijn slaapkamer toe sneaken en doet de kamerdeur dicht. Het voelt zeer ongemakkelijk voor me. De patriarch staat pontificaal met zijn armen over elkaar, klaar voor zijn preek. "Ik weet precies hoe dat gaat. Jij denkt zeker ik krijg dat kind en dat wij wel voor dat kind gaan zorgen. Nou, wij zijn echt niet van plan om voor dat kind te gaan zorgen! Je denkt zeker dat je moeder wel haar baan op gaat geven of zo en voor jouw kind gaat zorgen! Dat heb je dan mooi mis, dat kan je bekijken!" zegt hij op autoritaire toon die geen tegenspraak duldt.

"Dat is nog niet eens in me opgekomen, natuurlijk denk ik dat niet!" Wat een hufter is het toch, om zo op me in te praten en me zo te manipuleren.

Ik voel me helemaal klem zitten. De ouders van Edwin zijn woedend op me, omdat ik zwanger ben, en ik moet mijn kindje ook van hen laten weghalen. Edwin staat ook niet achter me en wil het kind ook niet. Ze lullen met z'n allen op me in dat ik mijn kind moet laten aborteren. Ik heb verder niemand waar ik naartoe kan gaan of die me kan helpen. Ik weet niet hoe ik het allemaal moet regelen met mijn kindje zonder steun. Ik heb straks geen geld voor mijn kind, want ik kan niet alleen de kost gaan verdienen en mijn kindje ergens achterlaten, ik heb geen toekomst voor mijn kindje, want niemand wil me tenslotte helpen. Waar kan ik terecht met mijn minimumsalaris? Wat ik wel heb overwogen is om weg te lopen naar een of ander tehuis, maar hoe kom ik daar? Ik weet het allemaal niet meer. Allemaal geven ze op me af.

Er is iemand anders die ik heb verteld dat ik zwanger ben en dat is mijn baas, hij is werkelijk de enige die neutraal blijft in mijn leven en enig begrip voor me toont, maar ook hij weet verder niet wat hij tegen me moet zeggen.

We zijn nog steeds in gezinstherapie bij het RIAGG. Mijn vader weet het wel te brengen: "Wat ze nu toch wel weer niet heeft gedaan om de aandacht op zich te vestigen, ze is zwanger geworden!"

Het is niet om de aandacht op mij te vestigen dat ik een kindje wil. Niemand snapt er wat van. Ik wil iets waar ik van kan en mag houden en ik weet dat ik een hele goede en liefdevolle moeder zal kunnen zijn, ik weet het gewoon.

"Je moet het kind later verantwoording afleggen, waarom je het verwekt hebt en waarom je dit gedaan hebt." prent mijn vader me in.

De psychologe vindt het ook maar beter dat ik de baby niet houd en zegt dat ik mijn kindje weg moet laten halen. De psychologe van het RIAGG staat dus ook al niet achter me!

Voordat ik naar de abortuskliniek ga, moet ik, met tegenzin, een ontspanningstherapie doen bij de psychologe van het RIAGG. De psychologe vraagt of ik altijd zo gespannen en gesloten zit met mijn benen stijf tegen elkaar aan. Ik beaam dat. Ze leert me deze spieren te ontspannen.

Mijn vader weet altijd iedereen te bespelen, hij doet nooit iets fout. Hij praat op mijn schuldgevoel in, ik voel me namelijk vreselijk schuldig dat ik dit heb gedaan, zonder medeweten van iemand. Ik heb eerlijk verteld dat ik een kindje wilde en voel me vreselijk schuldig tegenover iedereen, omdat ik zwanger ben en ook wil ik Edwin absoluut niet aan me binden als hij dit niet wil. Mijn ouders laten me weten wat ik Edwin allemaal aandoe als ik het kind laat komen. Net of ik dat zelf niet weet. Ik belazer de hele boel, ik luis Edwin erin. Ik heb Edwin in de val laten lopen en de hele wereld mag het weer weten. Ik weet zelf inmiddels ook wel dat de wijze waarop dit is gegaan niet goed was om te doen...

"Jij bent egoïstisch. Jij bent veel te labiel om een kind op te voeden," zeggen mijn ouders tegen me.

Slapeloze nachten heb ik en vreselijke nachtmerries. Wekenlang huil ik 's avonds in mijn kamer. Bloednerveus ben ik, soms gil ik inwendig van onmacht, omdat ik het allerliefste dat ik in mijn lichaam voel, niet mag houden. Er is niemand die me helpt, er is niemand waar ik mee kan praten, er is niemand die me begrijpt. Niemand waar ik naartoe kan gaan, tot wie ik me kan wenden. Totale eenzaamheid.

Een week later ga ik naar de abortuskliniek en word ik bevraagd waarom ik een abortus wil. Braaf beantwoord ik zo goed mogelijk alle vragen. Ik moet op een koude bank liggen met mijn benen stijf in de stugge stijgbeugels. Het voelt vreselijk om zo te moeten liggen en de arts en verpleegkundige te zien staan. Ze maken alle spullen klaar en ik ben vreselijk gespannen en verdrietig. Langzaam wordt er van onderen een soort slang in me gepropt. Ik vind het zo erg, zo klinisch allemaal. Ik lig met mijn arm over mijn ogen geslagen en tranen wellen in me op van ellende. Als ze willen beginnen om mijn kindje bij me weg te zuigen, met een apparaat dat in me wordt gestopt, stoppen ze ermee, omdat ze aan me merken dat ik dit helemaal niet wil.

"We zien dat je het niet wilt en het eigenlijk liever wilt houden. Denk er nog maar eens goed over na of dit echt wel is wat je wilt," zeggen ze en ze zijn erg aardig tegen me. Ik ben ergens ontzettend opgelucht en ik verlaat de kliniek.

Als ik bij Edwin thuis kom en vertel dat de dokter is gestopt, omdat hij zag hoe moeilijk ik het ermee had, zijn de ouders van Edwin vreselijk kwaad op me, vooral zijn moeder. Ik heb het toch echt niet expres gedaan, het waren mijn emoties die ik niet de baas kon!

Ook mijn eigen ouders zijn woest op me, omdat ik mijn kindje niet weg heb laten halen.

Niemand wil echter naar me luisteren hoe moeilijk ik het ermee heb. Aan niemand kan ik mijn verhaal kwijt, niemand gelooft me. Het doet zo'n zeer. Het lijkt wel of ik gek ben, soms denk ik dat echt. Mijn kindje is al dertien weken oud en ik weet niet in hoeverre het al is ontwikkeld, maar als ik de plaatjes zie, zou het al een piepklein minimensje moeten zijn. Het voelt zo fout om dit te doen, zo vreselijk fout en slecht! Het voelt nog veel fouter en slechter om het weg te laten halen, dan dat ik op deze manier zwanger ben geworden.

Van iedereen om me heen krijg ik op mijn donder, want het is mijn fout dat het kind niet weg is gehaald. Terwijl ik het echt heb geprobeerd. Iedereen praat op me in, niemand geeft me de steun om mijn baby te mogen voldragen. Mijn ouders zijn er echt kapot van (letterlijk citaat). En ik dan? Ik ben niet belangrijk. De ouders van mijn vriend denken dat ik het expres (!!) heb laten mislukken, mijn vriend ook, geloof ik, en mijn ouders… Ik weet het niet, die zeggen verder niets meer. Ze zijn ijzig stil en ik voel me uiterst ongemakkelijk.

De tweede keer gaat Edwin met me mee naar de abortuskliniek, mijn kindje is al bijna veertien weken oud… Laat hem dan maar zien wat het is, als ons kindje kapot wordt gemaakt, als het uit me wordt gerukt! Dat is zijn straf voor het doorduwen van de abortus.

Weer moet ik talloze vragen beantwoorden over waarom ik mijn kindje wil weg laten halen. Als ik naar binnen word geroepen, moet ik in de stoel gaan liggen. Ik probeer zo emotieloos mogelijk te zijn. Met een apparaat dat naar binnen gaat gaan ze het kindje eruit zuigen. Het is afschuwelijk, ik probeer mijn lichaam voor te bereiden op deze hel door mijn geest bewust los te koppelen van mijn lichaam.

"We krijgen je kindje er niet uit, omdat het zo verschrikkelijk vast zit in je," zeggen ze tegen me.

Raar is dat… we willen elkaar niet loslaten, ziet niemand dat dan? Snapt niemand dat dan? Het kindje zit echt heel erg vast en het wil er gewoon niet uit! Ze hebben er de grootst mogelijke moeite mee om het uit mijn lichaam weg te zuigen. Het is ontzettend bizar! Ik sluit mij compleet van mezelf af en zet mijn geest buiten mijn lichaam. Het wegzuigen van mijn geliefde kindje doet vreselijk veel zeer in mijn onderbuik. En diezelfde diepe krampende pijn voel ik ook in mijn ziel.

Uiteindelijk, na heel veel moeite, is het ze gelukt om mijn geliefde kleine kindje kapot te zuigen. Intussen gaat er een stukje in mezelf dood. Mijn kindje wilde me niet verlaten, en ik wilde mijn kindje niet verlaten. Het lijkt net of ik de pijn van mijn weggezogen kind voel, want het wilde ook niet van mij gescheiden worden, dat is een diep innerlijk weten. Hopelijk rust de lieve ziel. Ik ben helemaal kapot, helemaal kapot, kan het niet verenigen met mijn geloof in een hogere macht. Mijn vader blijkbaar wel, hypocriete klootzak!

Mijn kind is dood en hiermee zowat alles wat ik bezat. Ik heb het liefste wat ik droeg van me af laten nemen. Iedereen heeft het zo gewenst en het is zo gebeurd. Ik heb geen traan gelaten op het moment dat het me af werd genomen. Ik kan me niet uiten, het enige dat ik heb is het papier. Mijn buik is nu plat, niet meer opgeblazen. De misselijkheid en de duizeligheid zijn eveneens weg en daarmee mijn alles, mijn kindje, ik wilde je zo graag…

Ik had er geen recht op. Ik heb alles gedaan wat ik kon, alles van mezelf gegeven om het te mogen houden, maar ik kreeg verwijt na verwijt, omdat ik mijn lieve kindje wilde houden. Dat ik een ontzettende fout heb gemaakt, de fout om zo graag een kind te willen. En mijn schuldgevoelens zijn zo sterk, zo sterk dat ik het weg heb laten halen en ik hoop dat ik er ooit vrede mee kan hebben. Zo afgeknapt ben ik, leeg en dood, zo ijzig koud vanbinnen, omdat ik niet de steun heb gekregen die me was toegezegd en die ik had verwacht. Dit maakt het dode gevoel dat ik vanbinnen heb nog erger.

Edwin heeft niet eens gezegd dat hij me dankbaar is voor wat ik voor hem over heb gehad. Hij had me zijn steun beloofd, maar ik heb niets gekregen. Weet je wat hij in plaats daarvan heeft gezegd? Hij wil me een paar dagen niet zien! Hoe kan ik dat vergeten?

Als ik Edwin aanraak weert hij me af, als ik iets liefs wil doen, weet hij net op dat moment iets rots te doen of te zeggen. Ik heb het idee dat ik hem meer moet steunen dan hij mij en zelfs dat wil ik ook nog wel, maar hij is zo koel en afstandelijk dat ik niks meer durf.

Hij zegt: "Hé, wat is er met je? Je bent zo anders vandaag, zo spontaan." Ik klap dicht, dat moet hij nu net niet tegen me zeggen, dan ben ik mezelf, dan durf ik me te uiten en dan doet hij net of het een wonder is dat ik zo kan zijn. Als ik probeer uit te leggen dat ik mezelf wil kunnen zijn vat hij dat niet. Ik heb hem nodig, echt nodig, dat hij me aanhaalt en belangstelling voor me toont, maar ik wil zelf ook liefde kunnen geven.

Verdomme, ik heb net een abortus laten doen! Ik heb pijn in mijn buik van de abortus, ik heb een blaasontsteking en daarnaast nog eens koorts en griep, maar ik doe me eens weer te goed voor, dat ben ik zo gewend. Als ik vertel dat ik me rot voel en maar half serieus word genomen, voel ik me nog eenzamer. Ik kan helaas te goed toneelspelen, het is iets wat je aanleert en wat er ingebakken zit, dat gaat er niet zomaar uit, daar is tijd voor nodig en vooral liefde. Ik voel me geestelijk een wrak, vanwege de emotionele gebeurtenissen en nu lijkt het of hij er erger mee zit dan ik, ik weet het niet meer.

Als ik iets aardigs of liefs wil doen, gaat het fout en klap ik dicht. Waarschijnlijk probeer ik te veel, zoveel dat het niet goed meer is, alles om een beetje liefde te krijgen. Ik ben niet zo iemand die de moed opgeeft. Ik voel me hondsberoerd en dood en doodziek, ik hoef geen medelijden, want daar heb ik een hekel aan. Accepteer me nou eens, begrijp nou eens dat ik bang ben om nog meer te worden gekwetst.

Ik heb een vrucht verloren. De vrucht die in mij was. Ze namen het van me af. De lege gevoelens blijven. Kind, ze hebben je doodgemaakt, waar moet ik heen met mijn liefde? Ik heb zoveel te geven, zo weinig te vragen, alleen wat steun, warmte en vertrouwen.

Met mijn kind namen ze ook mij. Mijn kind, de vrucht die ik droeg, de vrucht is kapot gemaakt en daarmee ik. Ik hield van je, ook al was je nog zo'n klein mensje. Ik heb je gewild, te graag, ik mocht je niet houden. Mijn eigen schuld, ik moest je kapot maken. Huilen kan ik even niet meer.

De vrucht

De vrucht in het lichaam
Jong en teer
Geen naam
Geen verweer…

De dag van de afbraak
Wie wil de vrucht?
De bittere noodzaak
Niet eens meer een vlucht…

Wie begrijpt het als een vrouw een kind moet verliezen terwijl ze niet wil, terwijl ze het niet kan, er zelf aan onderdoor gaat. De schaamte, schuldgevoelens en spijt, de angst het te verliezen, het huilen, bidden en smeken mocht niet baten, dus blijft er die leegte en in die leegte de eenzaamheid, want er is geen steun, warmte of vertrouwen.

Het graf

Het graf breekt open en ik zie een lijk
Het loopt met een grijns op me af
En ik zie ogen die willen doden als ik opkijk
En het zegt: jij komt in dit graf
Ik wil gillen, maar mijn keel zit dicht

Ik tril en ben als verlamd
Het heeft de ogen constant op mij gericht
Ik word door de angst overmand
Ik wil vluchten, maar kan niet meer…
Dan grijpt het me beet

En ik heb niet eens verweer
Het neemt een hap van mijn vlees en vreet
Ik zit vol met gaten
Opeens keert het terug naar het graf
Het graf sluit, het heeft me verlaten

Edwin begrijpt het niet. Oh die pijn, die verrotte pijn. Was ik al die jaren maar niet zo verschopt en vertrapt geweest, had ik maar een thuis, had ik maar iemand die me serieus nam en met me meeleefde, die me respecteerde hoe ik ben. Doe ik dan alles fout, ligt het aan mij? Ik ga het zo langzamerhand wel denken, maar dat mag niet, dat is niet goed, dat wil ik niet weer denken!

Dat wantrouwen van Edwin terwijl ik alles van mezelf geef, met hem praat, praat en nog eens praat. Als ik bij hem ben kan ik mezelf niet zijn. Als ik lach wordt hij al achterdochtig en denkt hij gelijk dat ik een ander heb. En ik lach normaal gesproken zoveel, ik hou zoveel van humor, maar het mag niet. Hij verlangt te veel van mij. Ik heb mijn fouten. Stel me maar op de proef, zie dan hoe ik lijd en kapotga, ten onder ga aan verdriet en eenzaamheid. Als ik ergens niet meer tegen kan is het tegen die eenzaamheid.

Na weken van huilen, zijn mijn ogen dik van het huilen, het komt er gelukkig allemaal uit. Tijden heb ik niet kunnen huilen, omdat het niet mocht. Nu jank ik als ik moet janken, ook al stelt Edwin dat niet op prijs en doet hij of hij het niet merkt, hij negeert mijn verdriet dan soms en zegt dat ik me aanstel. Het doet pijn als hij zo doet en het vreet aan me vanbinnen. Maar ja, zolang ik geen klap voor m'n bek krijg, valt het allemaal nog wel te doen,

"Als je van me houdt accepteer me dan hoe ik ben en ga anders bij me weg," zeg ik hem.

"Ja, maar ik accepteer je toch?" zegt hij.

Niemand, niemand, niemand heeft me verder gevraagd hoe ik me voel na de abortus. Mijn eigen moeder heeft zelfs niets gevraagd na de abortus. Er wordt gezwegen, het is gebeurd en ze hebben hun zin gekregen. Nu is het goed voor hen. Wat een steun. Nooit een schouder om op uit te huilen.

Mijn kindje had geen naam en geen verweer, wie denkt er nog aan mijn baby? Ik ben de enige die mijn kleine engeltje liefhad. Ik heb voor je gebeden, liefste kind, heb God gesmeekt, nachten gesmeekt je te mogen houden, gehuild tot mijn tranen op waren. Het is een onverwerkt stuk in mijn ziel. Maar ik mocht je niet houden. Misschien kom ik je weer tegen als ik dood ben.

Soms ben ik bang om te worden uitgelachen omdat ik mezelf af en toe gewoon een idioot vind. Voor andere mensen kan ik meer gevoel opbrengen dan voor mezelf en daar is te vaak misbruik van gemaakt. Al heeft iemand me nog zo op het hart getrapt, ik kan er niet tegen als een ander verdriet heeft. Ik haat mezelf erom dat ik zo overgevoelig ben, omdat ik daardoor iedere keer in de problemen kom.

Edwin wil mij veranderen en dat kan ik niet accepteren, want ik vind dat ieder mens uniek is. Troost vind ik ook bij deze jongen niet. Hij weet niet hoe hij met me om moet gaan, kan mijn problemen niet aan, kan mij niet aan. Ik verlang zo intens naar het goede, alleen maar naar het goede en dat is er niet. Ik vind dat je in het leven alles met liefde moet doen er het beste van moet maken, alleen dat gaat zo moeilijk met dat weinige goede dat er is. Ik ben doodsbenauwd voor de klap die ik zal voelen om weer afgewezen en vernederd te worden.

De situatie met mijn ouders is nog niet voorbij, niet vergeten, en er is een hele hoop nooit vergeven onderling. Zolang we allemaal nog met die gevoelens rondlopen kan het ook niet goed gaan. Oude wonden worden steeds weer opengehaald. Ik voel me onbeschermd als ik mijn gevoelens laat zien.

Op een gegeven moment krijgen Edwin en ik ruzie over het feit dat ik zogenaamd 'niets' voor hem over heb en ik wijs hem de deur. Edwin zegt dat ik niet moet overdrijven over ons kind en dat janken niets helpt. Meer kan hij me niet kwetsen.

"Eruit!" zeg ik en wijs: "Daar is het gat van de deur, eruit!"

Ik moet me maar niet zo aanstellen, vindt hij, en dat is het voor mij. Met mijn kindje heb ik alles verloren en niets kan me nog schelen, helemaal niets.

Verlies

De pijn van een vrouw die haar kind verliest
De moederlijke band al zo sterk
Het geluk is wat zij bovenal verkiest

Het is van haar weggenomen
Ze voelt zich doelloos en leeg
Wat kan haar nu nog overkomen

Ze hield van het kind
Ook al was het nog maar een vrucht die ze droeg
Zij was de enige die het had bemind

Gebroken, koud en alleen
Wenende om het kind
De vrucht die verdween

Sinds het gebeuren kan ik geen greintje liefde meer opbrengen voor mijn ouders. Het liefste wat ik in mijn buikie bezat hebben ze van me afgenomen. Nooit zal een ander kind dit kind kunnen vervangen. Nog steeds voel ik mezelf ook schuldig. Waarschijnlijk gaat dit nooit meer weg.

Het is intussen maart en ik jank, jank, jank maar door, ik heb pijn en bloed al bijna drie weken. Die rotpijn gaat vergezeld met de pijn die ik heb samen met het verlies van mijn baby. Ik ben zo langzamerhand echt gebroken. De pijnen zijn ondraaglijk, mijn baarmoeder trekt zich samen. Oh God, wat hebben ze met me gedaan? Waarom willen mijn tranen niet stoppen?

Ik heb een droom. Ik droom dat mijn overleden opa, de enige waar ik ooit een band mee heb gehad, me meeneemt naar het hiernamaals. Hij staat op een andere planeet bij een paar hele grote rotsblokken en ik zie meer mensen die me dierbaar waren en al een tijd zijn overleden. Ik hoor een prachtig mooi gezang, het klinkt als engelengezang, zo zuiver en mooi, zoals ik nooit eerder heb gehoord. Het gaat me recht door de ziel. Ik vraag mijn lieve opa hoe het kan dat we God niet zien en vraag waar Hij is. Hij legt me uit dat ook hier in de hemel gradaties zijn en dat je je plekje moet verdienen om op een hoger level te komen. Hij neemt me mee tot aan een rand van de kern, waar God is, verder kunnen we nu niet komen. Overal en op elk level zijn weer andere wezens. Het gezang blijft en is zo prachtig en helder, zoals op aarde niet mogelijk is. Hij neemt me weer mee terug.

Als ik wakker word, geeft de levensechte droom me enig houvast en ik weet dat ik deze droom nooit zal vergeten. Ik voel me vreemd. Ik voel verdriet, opluchting, pijn, mijn keel lijkt dichtgeknepen te worden. Ik voel een nieuwe vrijheid en het lijkt een volwassener beeld te zijn dat ik nu heb.

Edwin leg ik alles uit, het hoe en waarom. Dat ik te weinig steun van hem heb gekregen en dat hij het overdreven vond als ik huilde. Hij zit heel rustig op mijn kamer en het lijkt of hij een rotschok krijgt als ik vertel dat ik het echt uit wil maken tussen ons en wanneer hij merkt dat ik het serieus meen, begint hij te huilen.

"Ik wil je geen pijn doen, ik wil niemand pijn doen," zeg ik.

"Je bent het meisje dat alles heeft en waar elke man van droomt..."

Daarom gingen we dus nooit uit, hij is vreselijk jaloers. Langzaamaan heb ik al afstand van hem genomen en ga ik weer opnieuw beginnen. We nemen afscheid met een kus en een omhelzing en hij huilt, Edwin die zich nooit uit!

Mijn kop lijkt te barsten, ik wou dat het eens wegging. Ik ben zo moe, als ik ook maar iets gedaan heb. Ik moet optimistisch blijven. Ik heb Alex leren kennen via Patrick, een jongen die bij mij op de avondmavo zit. Eerst ging ik met Patrick en toen met Alex, ik ben zo overgestapt. Het kan me allemaal niet meer schelen, ze kregen er eerst ruzie om, maar dat hebben ze weer bijgelegd. Ik ben tenminste het huis weer uit en ben half bij Alex ingetrokken, in De Bilt.

Ik voel me hier niet echt thuis bij Alex. Ik heb geen kleren, geen radio en geen boeken, ik kan me nergens terugtrekken. We gaan vaak uit naar de disco in De Bilt. Het klikt niet met Alex, want hij is een fanatiek Johan Maasbach-aanhanger en dat komt heel erg tot uiting als ik bij hem intrek. Johan Maasbach wordt gezien als een sekteleider. De Johan Maasbach stichting behoort tot de pinksterbeweging. De pinksterbeweging is een christelijke stroming die heel erg de nadruk legt op het spreken van tongen bij kerkelijke samenkomsten. Dit betekent dat de Heilige Geest op bovennatuurlijke wijze door iemand spreekt. Het doel van de Johan Maasbach stichting is om in korte tijd zoveel mogelijk zieltjes te winnen met het evangelie van Jezus Christus. Mijn ouders mis ik voor geen meter. Ik ken niemand hier. Ik heb een geregeld leven nodig. Ik wil ook niet meer drinken. Ik voel dat, als ik weer elke avond drink, ik er weer net zo aan toe raak als een jaar geleden en ik wil niet verslaafd raken aan die verdomde alcohol, ik wil niet meer worden zoals toen.

Slecht eten, veel zuipen, laat naar bed gaan, is geen leven meer voor mij. Ik wil gelukkig zijn, ook zonder de alcohol, het is een hele tijd redelijk gelukt, totdat ik weer in de klotezooi belandde. Niemand, behalve een vrouw die haar kindje verliest, begrijpt hoe het is om een stukje van jezelf te verliezen. De schuldgevoelens zijn zo groot, de nachtmerries en de angsten.

Ik heb het nog niet eens verwerkt, omdat niemand het begrijpt en het wordt doodgezwegen. Het is net twee maanden geleden en ik kan er niet over praten, wil het wel, maar durf het niet, omdat ik bang ben voor verwijten of dat er wordt gezegd dat ik het maar moet vergeten. Ik kan pas weer echt lachen als iemand weet hoe ik me voel en als ik mag janken bij iemand en dan troost krijg.

Alex zegt tegen me dat ik in mijn slaap helemaal in elkaar krimp als de koelkast begint te tikken of bij een ander geluid. Hij vindt dat iets van de duivel. Hij wil me ook constant bekeren. Na een paar weken bij Alex ingewoond te hebben, helpt een andere jongen me om wat spullen mee terug te nemen als Alex weg is. Ik ga gewoon weer naar mijn ouders huis, ik leef mijn eigen leven.

Mijn ouders gaan deze zomer weer kamperen in Zuid-Frankrijk. Ik ga met een jongerenreis op vakantie naar Mallorca. Ik leer Karin kennen en we raken bevriend. We zijn allebei zoekende naar de ware liefde. Zij heeft het ook niet makkelijk bij haar ouders thuis. Samen hebben we de grootste lol.

Op Mallorca raak ik verliefd op een knappe, donkere Spaanse jongen. Eventjes heb ik iets met hem, maar hij zegt dat hij al een vriendinnetje heeft. Helaas zie ik hem verder niet meer. Karin raakt ook verliefd op een Spaanse jongen.

Lieve Linda, Canet-en Roussillon, 13-7-86

Gisteren kwam eindelijk je brief. Wij elke dag maar vragen. Je kunt hier niet zelf de post uitzoeken, maar moet erom vragen. Je had onze naam er niet opgezet, maar alleen aan de camping geadresseerd. Ze hadden hem opengemaakt, maar hadden hem ook weer netjes dichtgemaakt met plakband. Gelukkig stond je naam nog op de achterkant.

Het weer is hier net als bij jullie, denk ik. We horen het ook op de wereldomroep. Iris en ik kunnen nog niet surfen, 't ging gisteren wel wat beter, maar nu zijn er twee schroeven afgebroken, zodat we de plank niet kunnen gebruiken. Er is een surfshopje op het strand, we willen proberen of ze hem kunnen repareren, als ze ons niet al te erg afzetten.

Het stikt hier van de Nederlanders en Duitsers. We hebben aan één kant Spanjaarden staan. Zo te horen wordt er toch wel wat georganiseerd bij jullie. Ben je al flink bruin? Iris vindt het veel te lang duren, maar dat valt wel mee, ze verkleurt al aardig. We gingen deze week naar een apotheek om tinctuur te kopen, om haar wratten aan te stippen. De apotheker keek eens naar de wrat, peuterde eraan en ging weg. Hij rommelde wat achter de zaak en kwam terug met een speld. Hij wilde met die speld de wrat eraf peuteren en in één keer eraf trekken. Iris schrok zich wild en trok haar hand terug. De apotheker hield hele verhalen, waar we alleen van begrepen dat hij op die manier wratten bij zichzelf weghaalde en daarna aanstipte. Uiteindelijk kregen we een flesje tinctuur, dachten we, en gingen weg. Buiten zagen we dat de tinctuur mercurochroom was, dus om te ontsmetten als we de wrat er zelf hadden afgepeuterd. Iris' gezicht was goud waard. Je snapt hoe we hebben gelachen. Ik stuur deze brief naar huis, misschien komt hij anders niet aan.

Groetjes van mama en papa.

⋆⋆

Zo ouwe Mallorca-ganger,

Alles kits? Je zult de zon wel missen nu! Nou, als wij thuis zijn zal het weer ons ook wel tegenvallen. Je hebt het vast wel een leuke 'jongerenvakantie' gevonden, denk ik zo.

Groeten van papaatje

Dit is mijn vader op zijn best. Hij wil niet meer naar gezinstherapie, ze vinden ons een gecompliceerd gezin, is er door de psychologe gezegd. Mijn vader weigert nog om te gaan, want hij vindt de therapie geen nut hebben. Hij wilde toch al nooit gaan. Dus gaan we niet meer. Hier ben ik boos over, mijn moeder vindt het ook niet leuk. Het kwam zeker allemaal te dichtbij voor hem… Zo kenmerkend weer.

Mijn vader is bij de dames heel erg op het uiterlijk, met name aantrekkelijke blondines zijn het helemaal. Hij praat er graag over als een vrouw hem wel ziet zitten, vooral de mevrouw bij de kassa van het zwembad. Ze heeft tegen mijn broer gezegd dat mijn vader best een aantrekkelijke man was! Nou ja, ze is zelf ook geen schoonheid. We moeten wel honderd keer aanhoren dat de vrouw van het zwembad hem wel aantrekkelijk vindt, werkelijk te pas en te onpas begint hij erover en lacht dan hard, terwijl hij op zijn dijen kletst van plezier.

Op een dag begint Lucas me vreselijk te kietelen, ik ren weg, maar hij komt me achterna. Hij houdt niet meer op en is sterker dan ik. Op een gegeven moment zet ik het toch op een gillen, niet te geloven. Op dat moment rent de buurvrouw naar buiten, omdat ze schrikt van mijn gegil. Ze rent echter dwars door het glas van de deur heen! Dit hoor ik pas later.

Als ze later buiten is vraagt mijn moeder: "Wat is er aan de hand?"

"Ik schrok zo van het gegil, ik dacht dat er iemand hulp nodig had."

Ze moest naar het ziekenhuis, omdat haar arm is gebroken door mijn gegil! Hoe gênant is dat…

Wat heb ik gedaan? Wie ben ik toch? Ik lijk wel een goedkope hoer, ik wil het niet meer. Was er maar iemand die me beminde, me kan beminnen. Alles draait om seks en niets meer, ik walg ervan maar ik doe eraan mee, in de hoop en verwachting ooit de warmte te krijgen die ik zo nodig heb. Van tevoren weet ik meestal al waar de zaken op uit draaien.

Als ik een avond ga stappen, worden alle drankjes voor me betaald, tot in de duurste tenten aan toe. Weer ben ik door een jongen seksueel misbruikt en weer is het een jongen waar ik verliefd op was geworden. Hij neemt me mee naar zijn huis en in zijn kamer wil hij tegen mijn wil in met me naar bed. Ik wil alleen maar zoenen en verder niets, maar iedere keer betast hij me weer en uiteindelijk overmeestert hij me en neemt hij mij tegen mijn zin in. Weer overvalt het me. Ik laat hem begaan. Blijkbaar staat het op mijn voorhoofd geschreven *misbruik haar.*

Verbitterd ga ik achteraf naar huis toe. Ik sta toch al bekend als de hoer dus wat maakt het uit dat hij me alleen maar heeft gebruikt en vernederd voor een keer? Een wip en je bent afgedankt en dan die schrijnende pijn, de pijn van gebruikt zijn. De pijn die naar boven komt als hij doorgaat. De hardheid, harteloosheid en het egoïsme van de vent vloeien dan naar boven, zonder enig gevoel van liefde, en dan… "Ik zie je nog weleens, of ik bel je nog wel…" Zonder enige emotie. Het afscheid koel en zakelijk.

Ik walg van mezelf en zulke jongens, ik zoek en ik vind het niet. Ik weet dat het fout is, maar ik heb dat beetje erkenning en hoop zo nodig. Waarom doe ik het dan zo? Als het komt, komt het toch wel, maar ik laat me vernederen en gebruiken.

De flitsen van de beesten die me verkrachtten komen weer voor mijn geestesoog. Beelden van de waanzinnige Tom achtervolgen me. Mijn keel wordt langzaam dichtgesnoerd en ik begin als een waanzinnige te beven. In mijn droom wil ik hem gillend van me afduwen en wegrennen, maar het lukt me niet. Ik ben de zwakkere, kan niet meer en laat het. God, help me, ik ben ziek van mezelf op dit punt. Ik zou willen dat er iemand was die van me hield, zijn armen om me heen geslagen, de veiligheid van een man… Iemand waar ik van kan houden, echte liefde is mooi.

Zal ik ooit nog echt van iemand kunnen houden? Zal er ooit iemand zijn die me begrijpt, aanvoelt, me vasthoudt uit liefde? Ik walg van alle jongens die alleen mijn lichaam willen en verder niks, leeghoofden zijn het. Man van mijn dromen, waar blijf je? Wie ben je? Wanneer kom je? Ik wacht al zolang op je.

Als je alleen met z'n tweeën bent kan het allemaal zo mooi zijn. Veel mensen hebben nooit dat gevoel gehad, kennen dat niet, ik ken het alleen uit een vorig leven. Weeë scheuten van pijn vervullen mijn ziel, gekerfd door de vele steken toegebracht door derden. En niemand, niemand weet ervan. Mijn angsten, onzekerheid en de vlammende pijnen onderdruk ik zoveel mogelijk, omdat ik weet dat ik anders gek word van de pijn.

Ik heb genoeg van het lijden. Altijd heb ik moeten vechten om er bovenop te komen en dat heeft me wel sterker en harder gemaakt. Ik moet wel harder zijn dan ik zou willen, anders nemen ze me weer te grazen.

Maart 1987. Ik heb het gevoel of ik een klap met een hamer tegen mijn hoofd heb gehad. Vanavond kreeg ik zo'n klap, ik heb keihard mijn kop tegen een plank gestoten, ik ben er nog misselijk van. Mijn ouders zijn er niet op ingegaan, ik viel zowat flauw dus ben ik nu maar gaan liggen. Ik heb een fles vieux bij de hand, misschien verzacht dat de pijn, m'n hele kop doet zeer. Ik weet dat het misschien niet goed is, omdat ik wellicht een hersenschudding heb, maar het interesseert me geen donder. Mijn spieren doen pijn van een proefles fitness. Heb zin om in slaap te vallen, brandt lekker dat spul. Ik wil niet alleen zijn, wil van iemand houden. Voel me niet zielig, heb alleen een eenzaam gevoel, deze ouders zijn mijn ouders niet. De vieux smaakt bitter.

Ik droom elke keer weer over het kind, een kind, mijn kind, ik heb het verloren. Krop het op, maar krijg er nachtmerries van, dat weet niemand echt niemand. Het is het ergste wat er in mijn leven is gebeurd. Nooit laat ik meer een kindje weghalen, nooit, nooit. Heb het nog steeds niet verwerkt, een hele hoop wel, maar dat niet. Ik neem nog maar een slok.

Wat een rotdag, van 09.00 tot 21.00 uur gewerkt en de hele dag op mijn benen gestaan. Zo lang en ik ben doodmoe. Er is haast niks te doen in de winkel en de omzet is voor de helft gedaald. Ik ga dit boek maar het depressieboek noemen of zo, ik schrijf er al mijn kwade buien, grilligheden en verdriet in. Als ik vrolijk ben schrijf ik minder snel.

Mijn collega's liggen ver onder mijn niveau en hun enige onderwerp is seks. Ik vind het zo erg dat ik niks kan, ik kan niet eens leren, ook al maak ik nu in deelcertificaten de avondmavo af. Dat is nog ver onder mijn niveau, dat weet ik gewoon, dat voel ik in elke cel die zich in mijn lichaam bevindt. Ik geneer me er ontzettend voor, dat ik zo onder mijn kunnen zit. Het zwarte schaap van de familie. Mijn collega's uiten zich in de meest grove en ordinaire benamingen, ik geneer me gewoon voor zulk soort lui. Ze roddelen ook heel veel. Elke pauze spelen ze een spelletje kaart. Het grootste nadeel vind ik het communicatieprobleem. Ik solliciteer op andere functies.

Lucas zit nu net in militaire dienst en is vandaag al thuis, hij zegt dat hij een atv-dag heeft. Het zal wel… Hij probeert onder zijn dienstplicht uit te komen.

Geluk is een toegift maar niemand heeft er recht op. Een citaat uit een boek dat me diep heeft getroffen. Het leven is zo vergankelijk en glipt zo snel onder je vingers vandaan. Ik weet dat als ik te bewust ga leven, mijn gevoelens weer zo gekwetst worden dat ik het niet aan kan. Leven is moeilijk als je alleen staat met je gevoelens, ze soms niet eens kan verwoorden.

Anderen leven hun leven en doen er verder niets mee. Mensen kunnen zoveel verliezen, ik besef dat er zoveel verdriet op de wereld is. Mensen zien in mij iemand die vrolijk, spontaan en giechelig is met een groot gevoel voor humor. De wat oppervlakkige mensen hebben geen benul van mijn problemen en overdenkingen. Ik heb er ook geen zin in om me bloot te geven aan zulk soort mensen, om die reden schrijf ik zoveel.

Mensen die me beter leren kennen gaan me anders zien, ze vertrouwen me en vertellen me dingen over zichzelf. Ze vinden me interessant en boeiend, omdat ik ze schijnbaar altijd meesleur in de meest buitenissige situaties.

Ik trek me steeds minder aan van andere mensen en volg de weg van mijn hart, ik voel me er goed bij. Vaak heb ik gedacht dat het aan mij lag als men in negatieve zin over mij praatte. Nu weet ik dat dit soort mensen zelf niet gelukkig zijn, misschien zijn ze zelfs wel jaloers.

Ik verander niet meer van houding, want op een gegeven moment komen mensen er vanzelf wel achter hoe je werkelijk bent en dat ze wel op je kunnen rekenen.

Nog steeds ben ik bang. Als ik een verkrachting op tv zie, flitsen mijn gedachten automatisch naar Edingu, Tom en anderen die mij hebben misbruikt en heb ik een gevoel van walging en voel weer de beklemming die toesluipt, een donkere schaduw die zich over me heen buigt. Ik ben bang om te gaan slapen en bang om wat ik zal gaan dromen.

Als ik de naam Tom hoor, krijg ik al de rillingen. Tom had me zover gedreven dat ik het gevoel had gek te zijn, alleen hij was de gek. Als Lucas tegen me zegt dat het hem emotioneel wel wat doet als hij Tom heeft gezien, omdat hij hem wel graag mocht, kan ik hels worden.

Vooral vanwege het feit dat mijn broer wel het een en ander weet van wat er is gebeurd. Maar niemand weet alles, niemand. Voor het eerst ontdek ik de kern van mezelf, wie ik ben, wat ik wil. Alles wat omver geschopt is, moet ik steen voor steen weer opbouwen.

In de zomervakantie ga ik met een jongerenreis op vakantie naar Ibiza. Ik vind de vakantie niet zo leuk. Ik ben de mannen zat en het is een vrij rustig jaar voor mijn doen. Ik ga wel uit en kom nog weleens iemand tegen, maar ik heb geen relaties meer. Ik heb weer wat kennissen opgebouwd. Ik heb gesolliciteerd als receptioniste bij een organisatie en ben aangenomen.

Als ik thuis zeg dat mijn sokken verdwenen zijn, krijg ik als antwoord van mijn vader: "Die zullen wel weer bij een of andere gulp liggen." Dan kan ik hem wel ranselen.

Hij is beretrots op Lucas, die kan alles doen en laten waar hij zin in heeft. Hij meldt zich tweemaal ziek bij militaire dienst, terwijl hij niet ziek is. Hij pretendeert gewoon en vervolgens wordt hij liefdevol verzorgd door mijn ouders, ze geloven hem ook nog. Hij probeert onder zijn diensttijd uit te komen.

Nettie, onze overbuurvrouw, ze woont aan het plein, is een kennis waar mijn ouders nog weleens mee omgaan. Ik pas weleens op de kinderen. Nettie en Koos gaan naar dezelfde kerk als mijn ouders. Op een gegeven moment vertelt Nettie mij: "Jouw vader wilde nog een derde kindje, maar je moeder wilde het eigenlijk niet meer. Je vader heeft je moeder overgehaald en op haar ingepraat. Je vader heeft erop aangedrongen en zo raakte ze nog eens zwanger van Iris. Maar van je moeder hoefde het niet meer zo nodig hoor."

Ik ben behoorlijk verrast. Uiteindelijk vertel ik het verhaal aan mijn moeder en ik vraag haar of het waar is. Zij ontkent dit echter ten stelligste, ze is zwaar beledigd dat Nettie mij dit heeft verteld en noemt haar een roddeltante! Sinds die tijd gaat ze niet meer met Nettie om. Nu is Nettie een ontzettende kletskous, zij weet altijd een heleboel over iedereen te vertellen en ze is ontzettend volks.

Op 1 oktober 1987 ga ik als receptioniste werken bij een organisatie in Utrecht. In mijn nieuwe functie merk ik dat er mensen zijn die me respecteren, dat heeft me wat zekerder gemaakt. Een mengeling van gevoelens komt op me af. Over verschillende dingen denk ik dieper na, het vuur is aangewakkerd. Nu heb ik David ontmoet en ik ben dankbaar dat hij gevoelens in me heeft wakker gemaakt, waarvan ik wist dat ik ze ergens had. Ik voel alleen nog maar liefde en tederheid. De pijn die ik soms voel, wordt nu verzacht, doordat ik weet dat ik iemand kan vertrouwen. Opluchting maakt zich van mij meester, hoewel er nog steeds een druk op mijn keel zit. Dromen kon ik zelfs niet meer.

Iris is Tom tegengekomen in de stad en ondanks dat ik haar dringend heb verzocht niets over mij te vertellen en vooral niet waar ik nu woon en werk, omdat ik nog altijd doodsbang voor hem ben, heeft ze niet geluisterd en hem gewoon van alles over mij verteld. Ze heeft hem verteld wie mijn nieuwe werkgever is. Ik vraag haar hoe ze dat toch heeft kunnen doen. Tom heeft haar allemaal negatieve dingen over mij verteld, terwijl ik nog altijd vrij netjes over hem ben geweest.

Iris vindt hem ontzettend zielig. "Ik begrijp niet dat je bang voor hem bent," zegt ze en ik hoor alleen maar hoe hij me haat en dat wil ik niet, omdat ik niets meer met hem te maken wil hebben!

Mijn oma is overleden. Het is de oma van mijn moeders kant. Ze was intussen zo dement als een deur geworden en wist uiteindelijk van voren niet meer dat ze van achteren nog leefde. Ik vind het jammer dat ik haar nooit goed heb kunnen leren kennen en had haar zoveel willen vragen.

Ik ga naar haar begrafenis. Ze ligt opgebaard in haar kist in de aula. Ze is intussen al vijf dagen overleden. Ik wil haar graag zien, maar vind het een beetje eng om te zien. Mijn vader wil wel met mij meelopen, maar sist tegen mij: "Niet hysterisch gaan doen hè!"

Waarom zou ik in vredesnaam hysterisch gaan doen? Trillend loop ik met opeengeklemde kaken naar de open kist toe, terwijl ik voor het eerst in mijn leven de arm van mijn vader even vasthoud. Hij is doodsbang dat ik ga lopen gillen of zo, wat ik natuurlijk niet ga doen! Dan kijk ik naar mijn oma die daar opgebaard ligt. Ze ligt met gesloten ogen en al het bloed lijkt uit haar huid getrokken, ze is wasbleek. Haar nagels zijn al blauw verkleurd. Ik kan zien dat haar geest niet meer in haar lichaam zit, overduidelijk. Het is voor mij dan heel erg duidelijk dat haar ziel zich al ergens anders bevindt en dan vind ik het niet meer eng. Als ze wordt begraven en ik de kist in het diepe gat in de grond zie zakken moet ik even slikken. Dag oma, moge je ziel rust vinden. Ik bid voor haar ziel.

Haar spullen waren al voor een groot deel weggehaald, omdat ze een heel stuk kleiner moest gaan wonen in hetzelfde tehuis. Mijn moeder heeft ook de foto's meegenomen die bij oma lagen, veelal losse foto's, en er zijn ook wat foto's in albums. Ik kijk met grote interesse alle foto's door. Er zijn ontzettend veel foto's van mij als klein meisje bij.

Mijn moeder zegt dat deze foto's voor haar zussen zijn, maar dat is toch raar, want ik zie allemaal foto's van mezelf als baby en als klein kind. Ik pak de foto's van mezelf eruit. Ik heb geen foto's van mezelf als kind. Ook neem ik er wat foto's van mijn lieve opa tussenuit, net als wat foto's van mijn opa en oma samen en een foto van mijn overleden oom Marc, de broer van mijn opa, waar hij te zien is als jongeman. Een foto van mijn opa heb ik nu dan eindelijk.

David werkt als beveiliger, samen met nog twee andere mannen. Af en toe wisselt hij mij af in de avond of ik wissel hem af in de ochtend. We praten veel en hij blijft, als hij mij heeft afgewisseld, vaak nog even plakken met een bakkie koffie en een praatje of andersom, ik blijf bij hem plakken. Hij is Joods en erg bezig met zijn cultuur en het geloof, hij draagt het uit en maakt er geen geheim van.

Elke keer als ik met David ergens zit, of hij bij me in de buurt is, weet ik niet wat me overkomt. Het lijkt of hij een lading energie afstoot die ik opvang. Ik heb het dan ook zo vreselijk warm, en vooral mijn handen gloeien als een idioot. Het lijkt net of er een onzichtbare draad is die ons verbindt. Of hij dat ook ervaart weet ik niet.

Vanmorgen zat ik ineens in een soort trance, deed hij het of ikzelf? Ik zou veel willen vragen, alleen er zitten te vaak derden bij. Ik wil achter dat masker van hem komen. Ik weet in ieder geval wat hij niet is en dat is hoe hij door velen afgeschilderd wordt. Ik heb hem al vaak verdedigd.

Sinds lange tijd heeft er iemand naar me geluisterd en ik zal dat niet vergeten. Misschien uit ik mezelf te veel, maar ik kan het gewoon niet voor me houden als ik iemand wel of niet mag, maar ik voel meer en ik denk dat hij dat weet. Ik onderdruk het, want dat moet, hij is getrouwd en hij is mijn collega! Is dit wederzijds? Zo te merken wel. Maar dit kan niet, het is belachelijk.

Op een dag krijg ik last van mijn pols en ga ermee naar de dokter, het blijkt dat ik een slijmbeursontsteking heb in mijn polsgewricht. Het kraakt en doet erg zeer. Dit is ontstaan doordat ik op een onnatuurlijke manier de telefoonhoorn moet opnemen, door die herhaaldelijke beweging is deze overbelasting ontstaan, dat weet ik meteen. Het is zaak om gelijk rust te houden en mijn pols een week niet te belasten. Ik zit ingepakt in een mitella met vette watten. Soms vraag ik of David het verband voor mij wil verwisselen, dan ben ik even heel dicht bij hem en verder is er niemand die mij helpt.

Ik schrijf een brief, met daarin mijn gevoelens, aan David, die ik hem nooit wil geven en stop de brief in een boek. Het boek heb ik meegenomen naar mijn werk, soms lees ik wat als er niets te doen is. Een keer vergeet ik het boek en de brief zit er nog in!

Liefste, mijn liefste,

Ik heb het zo moeilijk. Ik wou dat ik bij je was nu en je kon tonen wat ik zo graag aan je wil geven. Het mag niet, ik wil niets kapot maken, maar ik kan haast niet meer. Dit maakt mij kapot, ik wil je zoveel geven, zo niet alles. Ik huil vanbinnen dat ik nog van iemand kan houden, ik dacht dat ik dat nooit meer kon. Ik wil je, ik wil je zo graag, maar het is onmogelijk. Ik kan je niet uit mijn gedachten bannen. Altijd zal ik om je blijven geven, zolang ik leef. Je bent me zoveel waard, meer dan wie ook die ik ken.
Ik zou alles voor je doen. Is dit de liefde waarvan ik dacht dat ze niet meer bestond?
Wij twee, liefde, God, ik zit in tweestrijd net als jij. Overal zou ik met je naartoe gaan. Ik heb verdriet, ik wil je niet kwetsen, je het niet moeilijk maken.

David, David, wat doe je toch met me, je maakt me gek, helemaal gek. Je bent getrouwd en je vrouw is zwanger, dit mag niet, kan niet. Maar hoe harder ik me ertegen verweer, hoe erger het wordt. Het is goed als je bij me bent, ook al is het in gedachten. Voel je wat ik voel? Elke keer denk ik dat het wel is verminderd, maar het gaat niet weg. Er is iets tussen ons, dat weet ik zeker.
Soms denk ik dat anderen dat wel moeten aanvoelen, hoe goed ik mijn gevoelens ook tracht te verbergen. Ik wil je soms wel door elkaar schudden en zeggen dat ik weet wat je soms voelt.

Je bent constant in mijn gedachten, ik laat dat maar gaan, want tegen-
houden heeft geen zin.
Jammer, je bent getrouwd. Ik hoop dat je gelukkig bent, want mij zal je
nooit toebehoren.
Ik heb bewondering, respect en vertrouwen in je. Dat moet je weten, maar
dat vermoed je ook wel. Je hebt een aantrekkingskracht op me, ik kan er
niets tegen doen. Ik blijf me daartegen verzetten, wil me hierin niet laten
gaan, wil me niet laten kennen.

Wanneer ik erachter kom dat ik de brief ben vergeten, ga ik de
volgende dag met het schaamrood op mijn kaken naar het werk,
omdat David me die vorige dag had afgewisseld en het boek moet
hebben gevonden met daarin de brief. Ik weet niet hoe ik moet
kijken en vraag hem nerveus of hij het boek heeft gezien dat ik
was vergeten. Hij overhandigt me het boek en kijkt me aan, dan
weet ik voldoende. Hij heeft de brief gelezen, oh wat een ramp.

Die middag gaan we tijdens de lunchpauze samen naar buiten
op een bankje zitten praten en als ik vraag of hij de brief heeft
gelezen, blijkt dat hij ook gevoelens voor mij heeft. Ik moet
huilen als ik hem een aantal dingen vertel over mijn leven en
hij troost me.

David en ik hebben in korte tijd al zo'n bijzondere band met elkaar, het is iets wat ik nog niet eerder heb gekend en onze band
wordt met de dag sterker. We schrijven elkaar ontzettend veel
brieven over hoe we ons voelen en als het even kan bellen we
met elkaar of proberen we af te spreken. In de brieven vertelt hij
hoeveel hij van me houdt, dat ik de enige ware voor hem ben
en niet meer zonder mij kan. We praten en praten met elkaar.

Hij vertelt me dat ik hem van de nacht heb teruggetrokken
naar de dag, in de paar weken dat ik hem nu ken, en hij vraagt
zich af hoe hij al die tijd in godsnaam als een blind paard in de
wei heeft kunnen lopen. Zijn gevoelens kropt hij op, totdat hij
bij mij is. Ik ben de enige die hem begrijpt en op kan vangen.
Hij heeft ontzettend veel meegemaakt en de afgelopen jaren

zijn er dingen in zijn leven geweest die erg zwaar voor hem zijn
geweest. Hij wil deze dingen aan me kwijt, maar kan het nog
niet goed uiten op papier. Ik ben zijn leven en hij het mijne.
Hij is het niet gewend dat iemand zich er iets van aantrekt hoe
hij zich voelt.

Voor zover hij zich kan herinneren is alle ellende in zijn leven
vrij vroeg begonnen. Wanneer hij een jaar of drie is, heeft zijn
vader hem laten voelen hoe heet de kachel is. Dit doet hij door
gewoon zijn handje erop te leggen en hij zegt tegen hem: "Kijk,
dit is Jantje heet."

Een andere keer, als hij zeven jaar is, tilt zijn vader hem over
het balkon en zegt: "Ik laat je vallen als je nou niet ophoudt met
dreinen." Nou, hij houdt meteen op natuurlijk.

Als hij een jaar of acht à negen is, breekt hij puur uit noodweer iemand van zijn klas een arm. Het is echt noodweer, zegt
hij nogmaals tegen zijn ouders. Hij krijgt echter gigantisch op
zijn falie van zijn ouders, omdat dit grapje ze geld gaat kosten.
Ze zijn niet trots op hem dat hij van zich afbijt.

Als hij met zijn elfde jaar naar het gymnasium gaat, zijn ze
oh zo trots, omdat hij wel eens een slimme jongen zou kunnen
zijn. Wanneer hij echter blijft zitten in de eerste klas, schelden
ze hem uit voor 'stom rund' en ziet hij alle hoeken van de kamer die er maar te vinden zijn. Er wordt hem te kennen gegeven
dat hij goed zijn best moet doen, want ze betalen niet voor niks
zoveel geld voor hem. Zijn ouders zijn in die tijd overigens echt
niet arm, zijn vader heeft echt een bijzonder goede baan in het
bedrijfsleven. Als hij een keer een onvoldoende haalt durft hij
het dan ook niet thuis te vertellen.

Gelukkig gaat hij wel over naar het tweede jaar. Een ramp volgt
echter, want in het tweede jaar blijft hij weer zitten op Grieks en
Latijn, deze talen liggen David absoluut niet. Weer wordt hij de
hele kamer doorgetimmerd en ziet hij alle hoeken van de kamer.
Ze moeten voor hem op zoek naar een andere school, hij vraagt
of hij naar het atheneum mag, maar dat vinden ze weggegooid
geld. Uiteindelijk hebben ze een school voor hem gevonden en

moet hij naar de havo, hij mag volgens zijn ouders blij zijn dat hij nog naar school mag.

Met veertien jaar breekt hij zijn pols, dit is geen ramp, maar hij moet wel weer met hevige pijn direct terug naar school. Hij wordt soms met 39 graden koorts naar school gestuurd, hij zit dan zwaar onder de medicatie, zich werkelijk doodziek voelend.

De zus van David, Suzan, kan niet zo goed leren. Een keer legt David zijn zus uit dat ze beter systematisch kan leren. Hysterisch gillend komt zijn moeder daarop uit de keuken rennen, pakt een houten haarborstel en slaat hiermee op zijn hoofd. De borstel breekt op zijn hoofd in tweeën. Hij gaat voor een aantal minuten knock-out, maar hij mag zich niet aanstellen!

Als hij tegen zijn moeder een weerwoord klaar heeft, knijpt zijn vader zijn keel dicht, net zolang tot hij buiten bewustzijn is. Elke hoek van de kamer kent hij, tot op de millimeter. Het aantal keren dat zijn koffers klaar staan om te vertrekken, is niet te tellen. Voor een fiets moet hij zelf gaan werken, zijn zus mag er één uitkiezen. Nooit hebben ze onder ogen willen zien dat David gemakkelijk leert, zelfs nu nog niet. Als hij zijn zus wil helpen, mag het niet, want daar is hij 'te stom' voor en dat is hij nu nog steeds volgens hen.

Als iemand op een ruzietoon iets tegen hem zegt, draait hij zich om, loopt vervolgens weg en staat te trillen als een rietje. Vaak wordt hem naar het hoofd geslingerd dat hij een 'ongelukje' was en vooral niet was 'gepland' en ga zo maar door. Zijn beide ouders hebben geen vader gehad in hun jeugd. Ze hebben veel meegemaakt en zijn zelf veel ouderliefde tekortgekomen, maar is dat een excuus om zich op David af te reageren? En waarom dan alleen op hem, omdat hij ongewenst is? Hij zegt: "Dat zal ook wel mijn fout zijn, had ik maar niet zo hard moeten zwemmen!"

Zijn hele jeugd is verpest. Als hij uitgaat moet hij om 24.00 uur thuis zijn, zo niet dan krijgt hij een maand huisarrest. Vaak denkt hij: als ik ze op straat tegenkom, dan rij ik ze overhoop. Zo erg is het met zijn emoties gesteld.

David heeft van jongs af aan al de droom om jachtvlieger te worden. De mogelijkheid dat David bij de Koninklijke Luchtmacht gaat, wordt thuis regelmatig besproken, maar zijn moeder is er vreselijk op tegen, zijn vader geeft echter toe aan zijn verlangen. "Als jij dat zo graag wilt, geef ik je alle steun," zegt zijn pa.

Dit leidt tot de nodige huiselijke ruzies. Deze keer krijgt zijn moeder het niet voor elkaar dat hij gaat doen wat zij wil. Waarschijnlijk wil ze niet dat zijn zelfstandigheid wordt gevormd. Hij is zijn vader er altijd dankbaar voor geweest dat hij op dat moment de steun heeft gegeven die hij nodig had.

David krijgt een psychologische test van vier dagen en een medische test van twee dagen en hij is uitverkoren om in opleiding te gaan voor officier jachtvlieger. Pas als hij in 1978 bij de luchtmacht gaat krijgt hij wat zelfvertrouwen. Nadat hij drie maanden bij de luchtmacht heeft gezeten wordt er door zijn moeder tegen hem gezegd: "Je bent in je nadeel veranderd, je bent niet meer het lieve jongetje van vroeger!"

Nee, hij laat zich nu niet meer slaan of in de grond drukken. Hij heeft het ontzettend naar zijn zin gehad bij de luchtmacht, voor hem is het een droom die realiteit wordt. Het is belangrijk om een eenheid te vormen middels veldoefeningen en naar elkaar te luisteren. Het leren van de theorie is pittig, maar hij heeft er geen moeite mee. Het is keihard werken, maar dat is voor hem geen bezwaar, het is namelijk een goed betaalde hobby.

Na enige maanden begint de vliegopleiding met het selectie-vliegeropleiding-programma, dan wordt er bekeken of je beschikt over het zogenaamde vliegerhandje. Tevens moet hij kennis opdoen omtrent vliegtuigbouw, meteorologie, navigatie, radiocommunicatie en technisch Engels. Veel werk in korte tijd. Het leren gaat hem echter erg makkelijk af, omdat de stof erg interessant is.

De eerste twee vlieguren zijn een complete ramp, het lukt niet, omdat de instructeur alleen maar zat te schelden en te vloeken op elk foutje dat hij maakt, dat maakt hem erg onzeker. Eigenlijk wil hij er op dat moment mee stoppen. Zijn vader praat echter het hele weekend op hem in dat het nu zwak zou zijn om op te houden en dat hij bezig is met het mooiste wat er in een jongensdroom kan bestaan. Hij adviseert hem te gaan praten met de instructeur om het probleem uit te leggen. Dit doet David en de instructeur verontschuldigt zich.

Het derde vlieguur verloopt zo goed dat de instructeur hem vraagt: "Weet je zeker dat je nog nooit hebt gevlogen, want je bestuurt het vliegtuig alsof je nog nooit anders hebt gedaan!"

Nu blijkt dat David het gouden vliegerhandje heeft. David moet constant de maximale concentratie hebben, omdat een verslapping dodelijk kan zijn en het vliegen op zich gaat perfect. Er zijn nooit problemen, hij maakt altijd goede vluchten. Altijd vluchten met een waardering tussen acht (above average) en tien (superior). De getuigschriften hiervan liggen op de vliegbasis.

Dit is het doel in zijn leven, het is echt geweldig. Hij voelt zich vrij, gelukkig en gewaardeerd. In deze periode heeft hij weinig last van zijn ouders, want hij is toch weg. De vervolgopleiding vindt plaats in Canada. Eens in de 2 á 3 maanden krijgt hij een brief van zijn ouders.

Op enig moment krijgt hij een brief van een goede vriend. Daarin staat dat zijn vriendin aan de rol is gegaan met een ander, dit breekt hem. Het komt aan als een klap van een betonblok. Alles is al geregeld voor als hij terugkomt. Dit nieuws geeft zo'n klap, dat hij er ziek van wordt en het geheel gaat werken op zijn evenwichtscentrum. Het vliegen gaat opeens niet meer en hij krijgt gewoon black-outs. Vanzelfsprekend moet hij vertellen wat er aan de hand is.

Na diverse gesprekken is hij weer wat evenwichtiger, maar de lust om door te gaan is eruit. Uiteindelijk wordt hij afgewezen voor de test. Wanneer hij is afgewezen voor de test, voelt hij zich echt psychisch ziek. Zijn droom is in duigen gevallen.

Na de luchtmacht wil David bij de landmacht, maar dat wordt door zijn ouders uit zijn hoofd gepraat. Hij heeft achteraf spijt dat hij toen naar zijn ouders heeft geluisterd. Wanneer hij thuiskomt, krijgt hij verwijten naar zijn hoofd van zijn ouders. "Wat ben jij een lul, je kan nog niet eens een beetje verdriet verwerken," zeggen ze.

Geen opbeurende gesprekken dus. Er is vreselijk gesold met zijn gevoelens, al zijn hele leven. Hij is kapot, hij ziet het niet meer zitten, is alles kwijt. Hij krijgt totaal geen steun van zijn ouders. Hij doet een suïcidepoging, maar deze mislukt.

Zijn baan, zijn droom, zijn illusies, zijn liefde en zijn vertrouwen in de mensheid, daarom gaat hij weg. Hij gaat zogenaamd 'op vakantie' naar Israël. Hij moet 'wraak' nemen op zichzelf en hij wil iets doen voor het land waar zijn bloed vandaan komt. Hij moet zichzelf koste wat kost hard maken en dat lukt heel goed. Hij wordt steeds harder. Zijn gevoelens drukt hij weg, deze kunnen hem schaden en hij krijgt een incasseringsvermogen van hier tot Tokio. Hij leeft in een isolement. Hij kan situaties aan die hij nooit voor mogelijk heeft gehouden en leert er ontzettend veel. Zijn zelfvertrouwen is enorm gegroeid, alleen gevoelens als liefde, angst, geluk, lachen en vreugde zijn totaal weggedrukt. Het is keihard vechten voor zijn leven en in een aantal maanden tijd wordt hij geestelijk gigantisch veel ouder.

De gevoelens die David heeft weggedrukt zijn (gelukkig) weer naar boven gekomen met mij. Heel langzaam breekt het muurtje af, ik laat hem in zijn waarde en haal hem uit zijn isolement. Wat David in Israël gedaan heeft weten zijn ouders praktisch niet.

Als hij terug naar huis komt, wil hij graag naar de hts. Daar komt echter helemaal niets van in, het magische woord 'geld' wordt weer als argument gebruikt. Zijn hele materiële toekomst voelt als verpest als hij bedenkt wat hij nu had kunnen hebben.

Ze hebben David ook onterfd, want hij zou dan toch maar met de centen gaan strijken. Om die reden gaat hij als beveiligingsbeambte werken. Zijn ouders noemen het een shitbaan, totdat zijn zus ook als beveiligingsbeambte gaat werken, dan is het ineens een wereldjob.

Gelukkig kan hij alles zelf betalen, terwijl zijn zus bijna alles krijgt van hun ouders, zoals een geluidsinstallatie, video, tv, noem maar op. Weliswaar tweedehands, maar toch, het gaat om het principe. De een krijgt niks, de ander krijgt alles dubbel.

Hij heeft het over de vijf weggegooide jaren met zijn huidige vrouw.

Hij zegt: "Weet jij hoe het voelt als je bekaf bent en je moet naar een verjaardag en er wordt net zolang gezeikt totdat je bijna in slaap valt en je moet nog naar huis rijden? Weet jij hoe het voelt als familieleden bepalen waar jij je feestdagen moet doorbrengen? Als je weg wilt en er is geen geld? Als je kleren voor jezelf wilt kopen is er geen geld, want ƒ 25,- per broek is voldoende. Als je aan het studeren bent, ben je ongezellig, ach de toekomst is niet belangrijk. Als je ziek bent moet je je niet aanstellen. Gelukkig ben jij niet zo, jij kan mij het geluk geven dat ik al zo lang zoek. Ik zal blij zijn als ik je in mijn armen kan sluiten, nee blij niet, dolgelukkig, dat is het."

Mijn schuldgevoel ten opzichte van zijn vrouw is groot en dat spreek ik ook uit. David zegt echter dat hij sowieso wilde scheiden en niet gelukkig is met zijn vrouw. Hij heeft het idee dat zijn vrouw al eerder vreemd is gegaan. Ze hebben gezorgd dat zijn vrouw zwanger werd, hij wilde op die manier trachten hun huwelijk nog te redden.

Zijn ouders zijn weer eens boos op David, omdat hij ze niet op de hoogte houdt over de zwangerschap van zijn vrouw. Dinsdagavond zijn ze langs geweest in het ziekenhuis, waar David eveneens was en nu zijn ze boos, hij begrijpt er niets van.

"Ik moet contact zoeken, zelf nemen ze niet eens even de moeite om te bellen hoe het gaat, evenmin als mijn zogenaamde schoonfamilie. Ik baal van alles, mijn familie, mijn schoonfamilie en mijn vrouw." Hij ziet uit naar het moment dat hij me weer vastheeft, want dan zijn we weer een stap dichterbij.

Op het moment dat zijn kindje is geboren, zit ik in een restaurant samen met mijn familie, waar we de trouwdag van mijn ouders vieren. In de tussentijd zie ik buiten David langslopen en hij geeft mij een seintje. Niemand ziet iets. Ik begrijp meteen wat er aan de hand is, zijn kind is geboren.

David wacht mij later op in zijn auto en ik spreek met hem af. Zijn dochtertje is gehaald met een keizersnede, ze was erg blauw en had het heel benauwd, de toestand was vrij kritiek en ze wisten niet of ze het zou halen. Ze ligt in de couveuse. David is er erg emotioneel onder en ik kan zien hoe hij onder de indruk is en hoeveel hij van zijn dochtertje houdt.

We houden zoveel van elkaar. We passen zo goed bij elkaar. Twee heel verschillende mensen met twee verschillende levensopvattingen en daarom toch heel goed met elkaar kunnen praten, heel goed naar elkaar kunnen luisteren, elkaar goed kunnen begrijpen en open zijn voor elkaar. Samen weten we wat vechten is, want we zijn alle twee doordouwers, opgeven bestaat niet. Beiden hebben we een periode achter de rug waarin we niet die liefde hebben gekend die we hadden willen hebben, maar die wij elkaar wel kunnen geven.

David vertelt mensen steeds meer waar het op staat, durft zich steeds meer te uiten.

Hij vertelt dat zijn zwager een auto voor de deur heeft staan, maar dat zijn gezin bijna niets te eten heeft, dus zegt David dat die heilige koe van hem dan maar weg moet, als hij het niet kan betalen. Hij wordt erg vreemd aangekeken.

"Last van spanningen?" wordt er gevraagd.

"Nee hoor, iemand moet toch de waarheid zeggen?" zegt hij.

We hebben afgesproken dat we van de zomer samen op vakantie zullen gaan. David krijgt nog geld van de belasting terug, dus dat is fijn. Ik zie er echt naar uit.

Tom laat me maar niet met rust… Hij heeft mijn werkgever opgebeld en gevraagd wat mijn adres is en op welke locatie ik werk. Dit krijg ik door van mijn werkgever. Ze vertellen me dat hij erg opdringerig was en verscheidene malen heeft geprobeerd om achter mijn adres te komen. Hij heeft tegen ze gezegd dat hij per se mijn adres moest hebben.

Ik zeg ze dat ik hem niet wens te spreken en heb ze dringend verzocht om hem mijn adres niet te geven, omdat ik dat absoluut niet wil. Dit zullen ze niet doen en het mag wettelijk gezien trouwens ook niet.

Er is ongeveer een jaar geleden een voorspelling over mij gemaakt, de jongen waar ik destijds mee omging heeft tarotkaarten laten leggen voor mij. Ik wist er niets van en wilde er niet veel van weten, want ik hou er helemaal niet van. Een paar dingen heb ik toch onthouden en opgeschreven: er komt een man in mijn leven waar ik heel gelukkig mee word. Er is een zwangerschap in het spel. Een kind. Ik trouw met iemand waarvan ik het nooit had verwacht. Krijg een goed en gelukkig leven verder. De man is ambitieus en ik heb een grote kans om rijk te worden of in ieder geval aardig wat te verdienen op latere leeftijd.

Zaterdag komen Davids ouders op kraambezoek in het ziekenhuis. "We blijven niet lang, omdat we nog boodschappen moeten doen," zeggen ze. Krijg nou wat, denkt David, dat doen ze toch altijd om 09.00 uur 's morgens? Dus hij trekt zijn mond open en zegt er wat van. Hun gezicht spreekt boekdelen en hij weet nu al dat hij de volgende keer, als hij bij zijn ouders op visite is, ruzie met ze krijgt, maar dat interesseert hem niet meer zoveel.

Hij wil ze vertellen hoe hij over ze denkt, wat ze bij hem kapot hebben gemaakt. Dat hij het gezeik over hoe het vroeger wel niet was zat is, het voortrekken van zijn zus zat is, en dat als ze niet willen veranderen in hun houding ten opzichte van hem in positief opzicht, hij net zo goed de banden met ze verbreekt. Hij heeft nooit gevoeld dat het ouders voor hem waren.

Met betrekking tot zijn 'schoonfamilie' is hij het ook zat en wil hij dingen tegen ze zeggen. Het regelen, het organiseren, het voor hem leven is hij spuugzat en hij wil ermee kappen. Tegen zijn vrouw wil hij ongeveer hetzelfde zeggen. Het gehang aan de familie is hij spuugzat, het gezeik is hij spuugzat, het geruzie om onbenulligheden is hij spuugzat, het niet willen luisteren is hij spuugzat, het niet willen interesseren is hij spuugzat, het tig keer iets vertellen, omdat ze niet wil luisteren is hij spuugzat, het voor schut zetten bij een ander is hij spuugzat, het hem afvallen bij een ander is hij spuugzat.

Mooi voorbeeld, hij vertelt haar iets en ze gelooft het niet. Haar zussen vertellen haar hetzelfde verhaal en die gelooft ze wel. "Thuis het met me eens zijn en bij een ander, die er een andere mening op nahoudt, opeens omslaan." Hij vindt het nu onbegrijpelijk dat hij het zolang heeft volgehouden, totdat ik in zijn leven kwam. Hij laat me weten dat hij nooit dingen die ik in het verleden heb gedaan of dingen die ik heb meegemaakt tegen me zal gebruiken. Hij zal van me houden en me liefhebben en goed voor me zorgen, dat belooft hij met alles wat er in zijn macht ligt.

Ergens vind ik het nog steeds moeilijk om iemand te vertrouwen. Aan de ene kant voelt het zo goed en vertrouwd, aan de andere kant is er soms het stemmetje: denk je nu echt dat hij haar gaat verlaten? Kan ik hem wel compleet vertrouwen of zit ik weer mis? David en zijn vrouw zijn pas in de zomer een jaar getrouwd en na een jaar kan pas de scheiding worden aangevraagd. Het voelt niet fijn dat de situatie is zoals ze is en mijn schuldgevoel speelt vaak op.

David laat me weten dat ik niet over hem hoef te twijfelen, dat hij het meent met mij en eerlijk is. Hij kan mij niet belazeren, houdt veel van me en wil voor eeuwig van mij zijn, als ik dat ook wil natuurlijk. Hij wil me gelukkig maken, begrijpt me en wil er voor me zijn. Het enige wat nodig is, is geduld. De tanden op elkaar zetten en door blijven vechten.

De ouders van David zijn poeslief tegen hem, nu hij ze van repliek heeft gediend.

Hij heeft nieuwe kleren uitgezocht bij Wehkamp, waarop zijn vrouw zegt: "Je hebt twee kasten vol." Dus hij neemt haar mee naar boven en gooit zijn kasten leeg, 30% is dienstkleding, van het overige is 50% te klein of uit de tijd, blijven er vijf overhemden en drie broeken over.

"Er is geen geld," zeg ze dan, het gevolg is ruzie. Hij pakt de telefoon en bestelt twee overhemden, een blazer, twee broeken, een paar joggingschoenen en een joggingpak. Hij begrijpt het probleem niet.

David zegt dat hij een rots is waarop ik kan bouwen, als ik hem durf te vertrouwen. Het is best moeilijk dit te geloven. Ik voel me nog steeds behoorlijk schuldig tegenover zijn vrouw. Het huwelijk zat al helemaal niet goed dus dat is voor mij dan enige troost, maar fijn voelt dat niet. Hij heeft beloofd dat hij en zijn vrouw gaan scheiden.

Ik word gek alleen bij het idee al dat hij me af zou wijzen. Het is moeilijk om me af en toe zo vertwijfeld te voelen. David heeft me gezegd dat hij denkt dat zijn vrouw ook een ander heeft, al voordat hij iets met mij kreeg. Ik zie David op de momenten wanneer het mogelijk is. Soms kan ik even niet meer. Al mijn liefde kan ik niet op de normale wijze kwijt, omdat ik niet altijd bij David kan zijn, maar ik weet dat ik zoveel kan geven en David ook werkelijk kan steunen. Ik bekijk het optimistisch, blijf vrolijk. De druk op mijn keel is zo hevig, ik kan met moeite slikken.

Met de kleine gaat het heel erg goed, ze groeit als kool en komt gemiddeld veertig gram per dag aan. Ze is lief en slaapt 's nachts door. David zegt dat één ding zeker is en dat is dat ze zijn ogen krijgt, dat is nu echt te zien. David zegt nogmaals dat ik me niet schuldig hoef te voelen, omdat het toch wel was gebeurd dat ze uit elkaar zouden gaan, het zat eraan te komen en hij zal het me nog allemaal toelichten.

De huiselijke situatie wordt hoe langer hoe onhoudbaarder voor hem. Hij probeert het zoveel mogelijk te ontvluchten door te gaan lopen, te studeren, naar de tv te kijken of aan zijn auto te sleutelen. Hij heeft het idee dat alles aan hem ligt, maar hij geeft niet meer toe, voor hem is het een bekeken zaak. Gelukkig beseft ze ook wel dat het over is.

David wil graag samen een dagje weg, omdat we het alle twee hard nodig hebben. We gaan vaak naar een bar toe, omdat we nergens anders naartoe kunnen.

David vindt het moeilijk om een telefoongesprek te voeren, hij klinkt vaak stug en zakelijk. De reden hiervoor is dat, als hij vroeger een telefoongesprek voerde, zijn ouders altijd liepen te zeiken. "Dat moet je zeggen" en "dat kan je niet zeggen" et cetera. De angst om het verkeerde te zeggen, is hem bijgebleven. Hoewel het de laatste tijd wat beter gaat, totdat er iemand in de buurt komt, dan slaat hij om. Hij heeft een aardig muurtje om zich heen gebouwd.

Soms sluit ik me af, ook voor David, ik wil niet dat hij me troost als ik het moeilijk heb, ik ben het niet gewend dat er iemand is die op die manier helemaal voor me wil gaan.

Als mijn moeder thuis weer begint te schelden word ik nerveus en reageer ik geïrriteerd. Veel dingen schijnt ze niet normaal te kunnen zeggen, maar moet ze klaarblijkelijk schreeuwen. Daarom loop ik tegenwoordig dan vaak gewoon weg. Ik weet dat ze het afkeuren dat ik met David omga, ze hoeven het me niet eens te vertellen. Ze zullen veroordelen dat hij al een kind heeft en of ik wel besef wat voor consequenties dat met zich meebrengt en ga zo maar door.

Ik kan niet leven in het huis waar hij met haar heeft gewoond. Ik kan niet de vier jaren weggooien waarvoor ik ingeschreven sta voor een woning. Dat is het enige waar ik naar uit heb gekeken, zelfstandig en onafhankelijk te zijn. Acht jaren heb ik daarvoor gevochten, dat kan ik niet opgeven voor twee maanden.

David en zijn vrouw leven nu gescheiden van elkaar, zijn vrouw is vertrokken en woont nu bij haar ouders, samen met de kleine. Hij was erop voorbereid, maar het komt hard aan dat hij de kleine nu niet meer dagelijks ziet. De manier waarop het gaat is erg vervelend. Vlak voordat hij naar zijn werk gaat vertrekt ze, om eventuele discussies uit de weg te gaan. Ergens is hij best opgelucht, want dan komt hij niet in de knoop met zijn geweten, dat hij volgens haar niet heeft. Hij hoeft geen toneel meer te spelen thuis. Het zal stil en leeg in huis zijn zonder zijn kleine lieve dochter, hij zal haar missen, heel erg missen, maar hij mag haar gelukkig zo vaak zien als hij wil.

Hij heeft veel angst om het zijn ouders te vertellen. Hij moet vertellen dat ze hun kleinkind niet meer zo vaak kunnen zien, en hij weet niet hoe hij dat moet doen. Waarschijnlijk zullen ze erg kwaad op hem worden. We spreken af dat we nu zeker samen op vakantie zullen gaan en hij verzekert me dat hij me nooit zal laten vallen of belazeren.

Op een middag gaat hij bij haar langs om dingen te bespreken over de scheiding. Hij is erg geschrokken van het feit dat zijn vrouw bezig is bepaalde slimme dingen te doen. Hij volgt toch mijn raad op om haar te vragen of ze een verklaring wil schrijven waarin staat dat ze na de scheiding beiden de ouders blijven van hun dochter. Dat doet ze echter niet. Ze geeft aan dat ze nog steeds getrouwd zijn en dat ze nu nog beiden de ouders zijn.

David heeft de indruk dat ze die ochtend naar een wetswinkel is gegaan om na te gaan wat haar rechten zijn. Ze beseft namelijk dat ze geen recht heeft op de inboedel als David de financiële schuld op zich neemt. Deze schuld moet hij wel op zich nemen, omdat zij het niet kan betalen. Als dit gebeurt mag David wel alle spullen houden. Zijn vrouw gaat bijstand aanvragen, ze laat zich niet inschrijven als werkzoekende, want de eerste twee jaar hoeft dat niet.

Ze vertelt hem dat ze hem geen strobreed in de weg zal leggen en alles soepel zal laten verlopen als ze gaan scheiden. Tevens krijgt hij de mogelijkheid om zijn kind een hele dag te zien of eventueel een middag. David wil zijn dochter heel graag aan mij laten zien.

Intussen blijft zijn vrouw erop hameren dat David hulp nodig heeft. Hij heeft niet de indruk dat ze impulsief handelt, ze moet het hebben besproken en overwogen met haar ouders of de rest van de familie. Nu ze bij haar ouders inwoont, krijgt ze een woning via de Gemeentelijke Sociale Dienst als ze zijn gescheiden. De woning zal zelfs worden ingericht door de Gemeentelijke Sociale Dienst. David heeft intussen een ander slot op de deur van het huis gezet, zodat hij niet verrast kan worden en zijn woning leeg is als hij een keer thuiskomt.

Ik laat hem weten dat ik achter hem sta. Hij vertelt me dat hij zeker weet dat ik de ware voor hem ben. We vullen elkaar perfect aan. David geeft aan dat zoiets normaliter jaren duurt, maar dat wij het meteen doen en goed. Net of we bezig zijn met een puzzel, elk stukje dat we oppakken leggen we gelijk op de juiste plaats. David voelt veel woede om wat mij is aangedaan, woede op de mensen die mij kapot hebben gemaakt.

Eindelijk krijg ik eind maart via de woningbouwvereniging een huis toegewezen en ik ben blij dat ik een huis heb, ik kan er per 1 mei intrekken. Het is een mooie woning in een nieuwe wijk, met een grote huiskamer, slaapkamer, keukentje, badkamer en wc. Ik voel me bevrijd van een enorme last die op mijn schouders rust.

In de garage staat nog een hele hoop ouwe troep, ook een oude tweedehands wasmachine, die ooit van mijn opa en oma is geweest. Eigenlijk wil ik die wasmachine niet, maar ik heb geen keus, want geld heb ik praktisch niet. Toen ik destijds in onderhuur woonde bij Yvon heb ik gedurende een aantal maanden al mijn kleren op de hand moeten wassen en daar heb ik geen zin meer in. Van de moeder van Tom heb ik na een aantal maanden een miniwasher gekregen om te gebruiken. Er staat ook nog een onwijs oude koelkast van mijn overleden oma. Alle spullen van Tom en mij moet ik nog steeds uitzoeken en weggooien. Het zit allemaal nog in de verhuisdozen die nu op de logeerkamer staan sinds ik af en aan weer thuis woon na mijn suïcidepoging.

Mijn spullen heb ik nooit kwijt gekund in het halfhoge boekenkastje. Om die reden heb ik mijn muren compleet behangen met posters om het nog een beetje gezellig te maken en ik heb het mede gedaan om mijn ouders te provoceren.

De spullen die in de garage staan en nog van mij zijn, zijn allemaal beschimmeld en aangetast door het vocht. Ik heb ze gevraagd of ik mijn oude bed mee mag nemen en dat mag ik meenemen, anders gooien ze het toch weg. Het is het bed waar ik als kleuter nog in heb gelegen, het is onderdeel van een stapelbed, de vering is helemaal verrot maar dan heb ik tenminste iets.

Ik mag iets uitkiezen wat ik nodig heb op huishoudelijk gebied, want ze hebben besloten dat iedereen iets uit mag zoeken die op zichzelf gaat wonen. Ik ben zo verbaasd, dat had ik totaal niet verwacht.

Ze vragen nog steeds niets over David en mij en ze zeggen er niets over.

Laatst had ik overgegeven 's nachts en het commentaar hierop van mijn vader was: "Heb je gezopen dan?" Waar dat nu weer op sloeg weet ik ook niet, maar het zal wel allemaal.

David zegt me door de telefoon over zijn ouders dat het als een verplichting voelt om ze te zien.

De stugheid die David bezat ebt langzaam bij beetje weg, evenals de gevoelloosheid in sommige dingen. Het gevoel komt langzaam weer bij hem terug. Steeds meer probeert hij zijn gevoelens te uiten, ook op papier. David is zo blij dat aan alle geestelijke en lichamelijke 'mishandelingen' eindelijk een einde is gekomen voor ons beiden. Wij willen alleen nog maar geluk en liefde. Wij weten wat het leven inhoudt en waarderen het echte leven, wij zijn er niet bang voor!

Hij vertelt me meer over zijn leven.

Als hij een jaar of veertien, vijftien is, logeert hij in de vakantie bij zijn oma in Limburg en krijgt hij een ongeluk met een brommer. Hij is er echt slecht aan toe. Na anderhalve week komen zijn ouders pas bij hem langs. Het eerste wat ze zeggen is: "Klootzak." Klootzak zeggen ze overigens altijd tegen hem als er iets is gebeurd. Overal de schuld van krijgen gebeurt ook, ook al is hij niet eens in de buurt. "Oh, David zal dat wel hebben gedaan." En hij wordt niet geloofd.

Zonder eten naar zijn kamer worden gestuurd met de deur op slot, in weken niet meer tv mogen kijken, niet meer naar buiten mogen in zijn vrije tijd, strafregels schrijven. Soms denkt hij dat hij wel bijna alle straffen moet hebben gehad, zowel geestelijk en lichamelijk.

Vier jaar geleden heeft David een auto van zijn vader gekocht voor een 'vriendenprijsje' ter waarde van ƒ 12.500,-. De ANWB-waarde was ƒ 12.000,- en bij de dealer betrof de inruilwaarde *f* 13.000,-. Hij krijgt dan ook constant te horen dat ze de wagen voor een 'vriendenprijs' aan hem hebben verkocht.

Op een dag rijdt hij zijn auto total loss, gelukkig is er alleen blikschade. De reactie van zijn ouders is: "Als we dat hadden geweten hadden we de wagen ingeruild! Je zal weer te hard hebben gereden!" David treft echter geen enkele schuld, hij krijgt het geld van de verzekering terug.

De enige die iets merkt van de situatie, is zijn oma, maar zij kan er niets van zeggen. Ze heeft weleens tegen David gezegd dat ze respect voor hem had en als hij niet zo'n groot incasseringsvermogen had gehad, drugs dan de enige uitweg zouden zijn geweest.

Zo hebben we allebei onze littekens en ons verleden. Soms bagatelliseer ik mijn eigen problematiek, omdat ik vind dat David het in zijn leven zelfs nog veel moeilijker heeft gehad dan ik. Het is niet goed om te vergelijken, ik weet het, maar ik doe het toch. Hierdoor kan ik mijn eigen problemen in een ander perspectief plaatsen.

Slapen doe ik nog steeds slecht. Ik verlang al zo lang naar een eigen leven, nu het naderbij komt, kan ik niet meer stoppen met daaraan te denken. Proberen om normaal te leven.

Soms voel ik me ergens op mijn gemak, dan voel ik gezelligheid of een bepaalde sfeer en zou ik daar niet meer weg willen, het liefste gewoon blijven zitten, want dan voel ik me veilig. Gelukkig voelt de sfeer ook goed als ik mijn eigen woning ga bekijken en dat is een opluchting voor me. Bevrijding, ik ben niet meer in de ban van het kille ouderlijk huis.

Ik moet ook altijd terugdenken aan toen ik klein was en die angsten had voor oorlog en er niet van in slaap kon komen, ervan droomde en als een idioot transpireerde als ik er soms aan dacht. Ik zou best nog eens terug willen gaan, want dat stuk heeft in mijn jonge kinderjaren voor een groot deel mijn leven beheerst.

Een paar maal heb ik het gevoel van een uittreding gehad. Het verwarmde mijn hart en vervulde mijn geest. Is uittreden dan slecht, zoals christenen beweren? Men hoeft toch niet alle paranormale ervaringen over één kam te scheren? Waarom is het slecht, als het juist een veilig en bekend gevoel geeft? Ik zie en weet dingen en ik weet niet eens hoe ik ze weet, maar het is gewoon zo.

Eindelijk heb ik de sleutel van mijn woning gekregen en het contract getekend. De huurprijs wordt *f* 440,78. Een aantal dingen kan ik overnemen van de vorige bewoonster, zoals het zeil en de gordijnen. Bij de verhuizing krijg ik geen hulp van mijn ouders en ik verdom het ook om ze om hulp te vragen. David helpt mij om wat spullen te vervoeren met zijn auto, de rest doe ik weer op de fiets. Het is zwaar, maar ik krijg het voor elkaar.

12.

Het is juni en David heeft contact met zijn vrouw gehad, hij mist zijn dochtertje heel erg en heeft gevraagd of ze terugkomt. Hij doet het alleen voor Laura, zodat hij zijn gevoelens voor haar kan afbouwen. Zijn vrouw geeft plotsklaps aan dat ze hem wel kan begrijpen en is dolblij dat ze terug kan komen. Blijkbaar baalt ze van haar ouders, niet verbazingwekkend, want ze bemoeien zich overal mee. David gaat haar halen en alles kan nu ineens in een normaal tempo bij haar, normaal gesproken is ze tergend langzaam.

Als ze het huis binnenkomt heeft ze gelijk commentaar op de veranderingen en onmiddellijk hebben ze ruzie. Dan verandert haar tempo in het trage, een uur om een koffertje uit te pakken. 's Avonds belt de vader van David hem en vraagt waarom hij niets van zich heeft laten horen. David probeert zijn vader een en ander uit te leggen, maar wordt een leugenaar genoemd. Dat is tegen het zere been. De hardheid is er weer, als hij mij ziet gaat het knopje weer om.

Ik vind het best moeilijk dat hij nu weer met zijn vrouw in een huis leeft. Soms vraag ik me echt af of het allemaal echt zo is en of ik David echt kan vertrouwen of dat hij dan toch bij zijn vrouw blijft.

Intussen heeft David wat spullen overgebracht naar mijn huis. Hij heeft de afgelopen drie dagen de kans niet om mij te bellen. Vrijdag wilde hij me zien en wachtte mij op toen ik naar de dokter ging, maar hij zag me niet. Hij krijgt opnieuw slaande ruzie met zijn vrouw. Vandaag wilde hij me zien en heeft de fiets gepakt om naar mij toe te fietsen, helemaal vanuit De Bilt. Hij heeft geen benen meer over!

David probeert zich weer in het burgerlijk leven te wringen. Hij kan het nog niet aan om afscheid van die kleine te moeten nemen. Hij maakt wat foto's van de kleine en laat ze ontwikkelen en afdrukken zodat ik ook kan zien hoezeer ze op hem lijkt. Het zal in de toekomst niet meevallen voor zijn vrouw om een kind te hebben dat veel op haar vader lijkt. Hij vraagt zich af waaraan hij weer is begonnen en vindt haar een ongelofelijke egoïste. Alles moet zijn zoals zij het wil, alles wat zij doet is goed. Maar hij wil het afmaken, zoals hij het wil, hij wil niet dat ze hem weer voor is, die kans krijgt ze niet meer. Weer heeft hij ruzie met haar. Het lijkt of ze hem geestelijk kapot probeert te krijgen, maar dat zal haar echt niet lukken, daarvoor is hij te sterk.

Natuurlijk zeg ik David dat ik ook mijn twijfels over hem heb. Hij blijft zeggen dat ik in hem moet geloven, in hem moet vertrouwen, dat hij mij niet laat gaan en dat God ons beschermt.

Vrijdag krijgt David een aangetekende brief, ze moeten binnen zeven dagen geld inlossen bij de bank. Zijn vrouw wil naar haar ouders toe om naar de markt te gaan. Zijn vrouw vraagt haar ouders om even geld voor te schieten en dat doen ze. Hij krijgt de indruk dat ze blij zijn dat ze bij haar ouders weg is, het was natuurlijk wel een grote last voor ze. David leest vaak in de bijbel en haalt daar veel kracht uit.

David zegt dat hij zijn gevoelens voor Laura makkelijker kan afbouwen nu hij haar de hele dag ziet, hij wil van haar blijven houden, maar niet meer kapotgaan als ze weg is. Begrijpen hoe dat zit, doe ik echter niet. Hij kent mijn twijfels omtrent het feit dat hij snel bij me zal zijn. Hij garandeert me dat we in september echt samen op vakantie gaan. Hij heeft veel angst om mij te verliezen, dat ik niet op hem kan wachten en dat ik terug ga naar af en mezelf weer hard ga maken. Hij wil niet dat ik hard ben tegen hem, tegen de buitenwereld prima.

De schoonmakers op het werk zeggen tegen David dat hij zo veranderd is. Hij heeft weer ruzie gekregen met zijn vrouw en haar ouders. Ze hebben leuke tweedehands kleertjes gezien voor Laura en vroegen of hij het goed vond dat ze die kochten. David geeft aan van niet, want hij wil niet dat die kleine meid in kleertjes rondloopt die niet rein zijn. Haar moeder zegt dat hij dat gekke geloof van hem, maar moet laten voor wat het is en dat hij gewoon normaal moet doen. Daar is zijn vrouw het mee eens, volgens haar valt hij te pas en te onpas terug op zijn geloof. Hij zegt dat het wel lijkt of ze antisemitisch zijn.

In een brief schrijft hij mij dat hij vroeger elke zondagochtend ging zwemmen met zijn ouders. Voor de gein duwt hij zijn zus een keer even onder water, gewoon even spelen. Zijn vader komt op hem af en duwt hem net zolang onder water totdat hij het gevoel heeft dat hij bijna stikt. Als hij weer bovenkomt lacht hij even later, maar wat, wat moet hij anders. En de mensen maar kijken.

Ook gebeurt het soms dat zijn vader zijn kamer binnen loopt, rondkijkt en alles wat niet naar zijn zin ligt gewoon op de grond gooit, zodat David het op moet ruimen. Hij blijft dan altijd bij de deur staan met zijn armen over elkaar, om te controleren of hij alles opruimt. Als hij vindt dat David het niet goed heeft opgeruimd, pakt hij weer alles op, net zolang tot het naar zijn zin is. Als David dan wat probeert te zeggen, krijgt hij een hengst voor zijn kop.

Soms spreken zijn ouders gewoon niet tegen hem, geen woord, daar wordt hij erg onzeker van. Dat kan gebeuren om kleinigheidjes en na een dag of twee komt het hoge woord eruit, dan vertellen ze hem wat hun dwarszit. Het zijn kleine dingetjes die ze hem verwijten, waarvan hij soms niet eens meer weet dat ze gebeurd zijn.

Hij moet altijd met twee woorden spreken, "ja pappa" of "ja mamma" en als hij pa of ma durft te zeggen, krijgt hij mot met ze. Wanneer ze een antwoord krijgen waaruit blijkt dat hij niet luistert, is het raak en wordt hij in elkaar geslagen.

Zijn huiswerk wordt altijd gecontroleerd, als het niet mooi genoeg of niet netjes genoeg is, dan wordt het verscheurd, net zolang tot zij vinden dat het netjes genoeg is. Als hij proefwerken op school heeft gehad, moet hij het resultaat altijd thuis laten zien. Al heeft hij een negen, dan is het nog te laag en probeer niet thuis te komen met een vijf of minder, want dan is hij echt de lul. "Hij is te dom om te leren, we halen je maar van school af, je gaat maar werken!" wordt er gezegd, nadat hij is gezakt voor de havo. Is hij ziek geweest, dan zeggen ze wekenlang alleen het hoognodige tegen hem. "Neem een voorbeeld aan je zus, die kan het wel goed, die kan pas goed leren." Hierdoor krijgt hij faalangst om te leren, is bang dat hij het niet kan, bang voor commentaar, terwijl hij weet dat hij het kan en het intussen ook voor zichzelf heeft bewezen.

Waarom willen ze hem zo onzeker maken? Gunnen ze hem niets? Zijn ze bang geweest? Waarvoor? Dat hij ze boven het hoofd uit zou groeien? Waarom alles dwingen? Waarom nooit iets leuk of spontaan? Als hij te laat thuis is, zitten ze op hem te wachten en wordt hij het huis doorgetimmerd. Vrienden worden afgekraakt en zijn niet welkom. De telefoon hoeft hij niet eens op te pakken. "Heeft iemand je gevraagd of je dat wilde doen?" wordt er dan gevraagd. Als hij ergens mee probeert te helpen wordt er gezegd: "Wat weet jij ervan af, niets toch?"

Zijn vader wordt altijd op een bepaalde manier agressief. Een keer is hij bezig met het maken van de wasmachine en David moet iets vasthouden, maar dat doet hij weer eens fout, zijn vader slaat hem om die reden expres op zijn vingers. Een andere keer heeft hij ergens aangezeten wat niet mocht van zijn pa, de remedie was dat zijn vingers tussen de deur werden gezet... Dat is hij nooit vergeten.

Ze doen er alles aan om hem minderwaardig te laten voelen. Er zijn twee examenfeesten geweest, alle twee voor zijn zus. Wanneer David voor de havo slaagt, kan er niet eens een schouderklopje vanaf, er wordt gezegd: "We hadden niet anders verwacht na twee keer!"

Soms moet David vreselijk lachen om wat ik allemaal kan vergeten, zoals dat ik in mijn haast om de deur uit te gaan mijn sleutel weleens vergeet. We hebben twee verschillende karakters, twee verschillende geloven, twee verschillende levensopvattingen, maar desondanks past het allemaal zo mooi in elkaar, we vullen elkaar aan.

Op een keer kom ik zonder make-up op naar mijn werk, weer omdat ik haast heb! Dat is helemaal niks voor mij en ik loop dan ook zo snel mogelijk naar het toilet om mij op te maken als ik ben gearriveerd. David schrijft me dat hij me zo onschuldig en mooi vindt 's morgens zonder make-up. Hij vindt me echt mooi en voor hem gaat er straks een wens in vervulling. Hij heeft altijd al een vrouw als ik willen hebben. Ik voel me best wel verlegen hieronder. Ik vind mezelf helemaal niet mooi zonder make-up.

Als mijn broer eens langskomt spreekt hij niet over David. Als ik er wat van zeg, zegt hij me: "Ja, vind je het gek, het is wel een of andere vent die al eerder getrouwd is geweest en hij heeft nog een kind ook."

"Jullie hebben hem nog nooit gezien, hoe kunnen jullie dan over hem oordelen? Denk jij er net zo over als pa en ma?" vraag ik hem.

"Ja, natuurlijk" is zijn reactie.

Het feit dat David getrouwd is geweest en een kind heeft, heeft hij waarschijnlijk van mijn zus gehoord, ik heb haar als enige deze dingen over David verteld.

Mijn ouders spreken nog steeds niet over David, totdat ze er op een gegeven moment niet meer onderuit kunnen als ze een keer bij mij langskomen en hij er ook is. Zo leren ze hem kennen, hij wordt echter compleet door ze genegeerd.

Mijn broer vertelt mij dat hij nu ineens weer de dupe is geworden van mijn moeders kribbige buien, zoals al eerder toen ik het huis uit was. "Ik ben nu degene die alles fout doet, ik kan werkelijk niets goeds doen en ik begrijp nu hoe jij je al die tijd hebt gevoeld en waarom je zo graag weg wilde thuis," vertelt hij me in vertrouwen.

Ik heb wel met hem te doen. Blijkbaar heeft mijn moeder iemand nodig om zich af te reageren en is ze niet gelukkig. Mijn broer is er later nooit meer op teruggekomen over hoe hij zich voelde met betrekking tot mijn ouders en hoe hij is behandeld. Later zegt hij dat het allemaal prima gaat thuis, ik kan er geen wijs meer uit.

David wil met me trouwen en vraagt me continu of ik hem niet wil belazeren. Ik heb wel moeite met het feit dat zijn vrouw weer in hun huis woont. De pijn van afwijzing en het gebruiken kan ik niet meer aan. Ik ben zo gek op hem dat ik niet wil dat mijn vertrouwen weer wordt beschaamd. Maar alles wat ik voel, voelt hij ook en andersom. Daardoor raak ik soms vreselijk in de war. Vergeten wil ik alle ellende en gelukkig zijn. David heeft foto's laten maken van zichzelf om mij te geven, zo lief. David gelooft heilig in God en dat we voor elkaar zijn voorbestemd.

Ik begin bijna weer te vervallen in mijn oude patronen, maar dat wil ik niet. Alsof het werkelijk het enige is waar ik goed in ben, weer voel ik me niet goed genoeg. David is als de dood dat hij me kwijtraakt. Het komt doordat ik mezelf wil beschermen tegen het verdriet, doordat David niet bij me is komen wonen en niet met me mee gaat op vakantie. Zijn streefdatum om bij mij te zijn was 1 juli, maar hij is nog niet bij mij. Het doet pijn. Ik zie in dat ik dit niet mag doen, maar ik kan de pijn niet handelen.

Mijn 'aanrand'-opa is sinds enige tijd ziek, ze weten niet precies wat hem mankeert, maar hij kan niet meer praten, vertelt mijn moeder. "Dan kan hij ook geen leugens meer rondbazuinen, dat is zijn straf!" zeg ik tegen haar. Ik vind het heel erg en gun het hem niet, maar ik zie het toch echt als een straf voor wat hij gedaan heeft.

David vertelt mij dat zijn vrouw tegen hem heeft gezegd dat Laura zijn alles is, echt alles voor hem betekent en dat dit de enige reden is dat hij haar heeft teruggevraagd. David en zijn vrouw hebben een scheiding aangevraagd. Ze gaan voor co-ouderschap, dat hebben ze onlangs afgesproken.

September 1989 ga ik uiteindelijk toch alleen op vakantie naar Lanzarote. Het is niet gelukt voor David om met mij mee te gaan. Ik ben erg teleurgesteld, omdat ik mijn vertrouwen erin had gesteld dat we samen zouden gaan. Hij brengt mij naar Schiphol, zo zijn we toch nog even bij elkaar. Mijn vlucht heeft vertraging en ik baal ervan, als we dat hadden geweten hadden we nog wat langer samen kunnen zijn. In het vliegtuig babbel ik wat met een medepassagier, zo gaat de tijd toch nog redelijk snel voorbij. Ik zit in een mooi appartement met een zwembad.

Als ik ongeveer een week daar ben, krijg ik van David een telegram dat hij zondag om ongeveer 13.30 uur bij mij is. Dat is een complete verrassing voor me en had ik totaal niet meer verwacht! Het is zo fijn als hij er eindelijk is. Het blijkt dat hij twee weken heeft bijgeboekt, bij mij in het appartement. Hij heeft mij ook een brief geschreven, waarin hij vertelt dat hij een verrassing voor me heeft, maar de brief komt pas aan als hij al is gearriveerd.

De advocaat heeft aangegeven dat het beter is dat hij geen eiser meer is, zijn vrouw is nu eiseres geworden. Dit heeft geen invloed op de afwikkeling via de rechter.

We zijn eindelijk samen en genieten van de tijd die we samen hebben, het is fantastisch. Een paar dagen voor het einde van de vakantie gebeurt er echter iets minder aangenaams. We zijn met batjes een balletje over en weer aan het spelen op het strand en als David het balletje terugslaat, maakt hij een verkeerde beweging en valt neer in de zee. Hij krijgt een fikse bloeduitstorting onder, zijn hele zaakje is compleet blauwzwart gekleurd. Wij schrikken er natuurlijk heel erg van, maar David wil niet naar een of ander ziekenhuis in Spanje. We maken ons hevige zorgen, maar goddank kan hij nog wel goed lopen. Gelukkig gebeurt er verder niets ernstigs, het wordt niet erger of nog donkerder van kleur... We zijn blij als we in het vliegtuig terug zitten naar Nederland. Als we weer terug in Nederland zijn, moet David direct naar het ziekenhuis, dat is ons wel duidelijk.

Zodra hij in Nederland is, gaat hij zo spoedig mogelijk naar het ziekenhuis, David moet zo snel mogelijk worden geopereerd. Het blijkt dat er een ader in zijn buik is geknapt. Helaas kan ik niet langskomen als hij in het ziekenhuis ligt. Hij heeft een flinke jaap in zijn buik, zo'n 10 cm lang, de wond is op een nieuwe manier, onderhuids, gehecht. Hij is alweer vrij snel op de been en krijgt praktisch geen bezoek. Ik haal hem op uit het ziekenhuis en hij komt er gewoon uit lopen, natuurlijk wel met pijn, maar ik ben erg verbaasd over zijn incasseringsvermogen en over de snelheid waarmee hij geneest.

David heeft ervoor gekozen om samen met mij een nieuw leven te beginnen. Ik weet hoeveel pijn hij heeft dat hij zijn dochtertje heeft opgegeven. Hij wil een gelukkigere toekomst kunnen krijgen. David is bij mij in komen wonen. Ik wil niet in het huis wonen waar hij met zijn vrouw heeft gewoond. Al zijn spullen laat hij achter in het huis voor zijn ex en Laura, hij neemt alleen een koffer met wat kleren en zijn auto mee.

De rechtszaak is inmiddels geweest. Tot zijn grote verrassing geeft de advocaat van zijn ex plotsklaps aan dat ze bang is dat David het kind iets zal aandoen! De uitspraak is dat David, Laura maar eens in de twee weken een uurtje mag zien, enkel en alleen onder toezicht. Hij vindt het echt verschrikkelijk en hij kan het niet aan om haar maar zo weinig te mogen zien en dan ook nog alleen maar onder toezicht van zijn ex-vrouw. Hij zegt dat hij zich vreselijk genaaid voelt, omdat ze hadden afgesproken dat ze co-ouderschap zouden doen. Hij moet een flinke som aan alimentatie betalen. Hij zegt dat hij het idee heeft dat hij er niets voor terug krijgt.

Mijn ouders heb ik een reservesleutel van mijn huis gegeven, mocht ik mijn sleutel eens vergeten of kwijtraken dan hebben zij nog een reserve-exemplaar. Op een keer verspreekt mijn broer zich per ongeluk en zegt: "Ik ben in je huis geweest toen je weg was." Dit vind ik niet leuk. Regelmatig ben ik spulletjes kwijt die ik nooit meer terugvind. Ik vind het heel vreemd dat mijn broer blijkbaar weleens in mijn huis komt. Ik had al het vermoeden dat er weleens iemand in mijn huis was geweest wanneer ik niet thuis was.

Ik heb mijn ouders gevraagd of ze op mijn huissleutel willen letten, omdat mijn broer weleens stiekem in mijn huis komt, maar ze geloven me weer eens niet. Nog steeds heb ik de hoop dat we ooit een betere band krijgen.

Intussen zijn ze er bij onze werkgever achter gekomen dat David en ik een relatie hebben, ze doen er erg moeilijk over. Ik mag niet meer op mijn vaste locatie werken en word constant overgeplaatst, nu zit ik op de meest saaie posten. Uiteindelijk neem ik zelf ontslag. David ziet het ook niet meer zitten bij onze werkgever en heeft ook ontslag genomen. We staan nu allebei ingeschreven bij een detacheringsbureau.

Er verdwijnt trouwens iedere keer zomaar geld van mijn rekening, het loopt op tot honderden guldens per keer, ik begrijp er helemaal niets van. Ik heb mijn ouders ingelicht. Ik begrijp niet waar het geld naartoe is gegaan en ben gaan praten met de bank, maar zij geven aan dat ze me niet kunnen helpen.

Op een avond wordt er aan de deur gebeld, als ik open doe staat de politie voor de deur. "Woont hier ene heer Van der Meer?" wordt er gevraagd.

"Ja," zeg ik verbaasd.

Ze praten een tijdlang op David in en zeggen hem dat hij geen geld meer van mijn rekening moet halen. "Wie zit hierachter?" vraagt hij dan ook verbluft. "Het kan er maar één zijn geweest, je vader," zegt David.

Ik kan het bijna niet geloven, waarom zou hij dat in vredesnaam doen, zomaar zonder iets tegen mij te zeggen?

Tegenwoordig ga ik 's avonds eens per week naar mijn moeder om te leren naaien, vanavond dus ook. Ik vertel mijn moeder wat er is gebeurd en vraag haar of zij er iets vanaf weet dat David door de politie was opgehaald.

"Dat had je vader niet moeten doen, ik was het er niet helemaal mee eens dat hij dit heeft gedaan," zegt ze verontschuldigend.

"Oh, hij zat er dus inderdaad achter!" zeg ik compleet overdonderd. Ik durf er nog niet eens wat over te zeggen tegen mijn vader, zo'n macht heeft hij nog over me, hoewel ik woest ben op hem. Het lijkt wel of hij iedereen kan manipuleren.

Via een detacheringsbureau ben ik vanaf september werkzaam als secretaresse bij een school voor psychiatrisch verpleegkundigen. David krijgt via hetzelfde detacheringsbureau werk als maatvoerder en rolt op die manier de bouwwereld in.

We hebben aangifte gedaan van diefstal bij de politie, door middel van braak. Tussen 28 mei en 29 mei 1989 is er uit de auto van David, Renault type 18, ongeveer dertig liter benzine weggenomen en een tankdop vernield, die op de motorkap van zijn auto lag. Het is vreemd en we weten niet wie het gedaan heeft. Er gebeuren hele rare dingen.

Ook wordt er telkens post uit onze brievenbus gehaald, waardoor ik bepaalde rekeningen en andere post niet meer krijg.

Omdat ik bijna geen spullen heb, had ik een persoonlijke lening afgesloten, ik had toch wat spullen nodig. Maar de rente die ik moet terugbetalen is zo hoog dat het me boven het hoofd groeit nu er ook nog eens geld van mijn rekening wordt geplunderd. De bank wil in eerste instantie mijn rekening niet opheffen als ik daarom vraag. Als ik ze uitleg hoe de vork in de steel zit, dat er iedere keer zomaar geld verdwijnt van mijn rekening, geloven ze me niet. Het pincodesysteem is net ingevoerd en dit is volgens de bank een waterdicht systeem. Eerst moet ik van de bank aangifte doen op het politiebureau, daarna willen ze mijn rekening wel afsluiten.

Ik naar het politiebureau om aangifte te doen betreffende oplichting. Ze maken een proces-verbaal op dat tussen 11 februari en 29 mei 1989 zijn verdwenen: één huissleutel, één postbussleutel, één cassettebandje, een aantal brieven, diverse persoonlijke bescheiden en geld ter waarde van f 1.750,–.

Mijn bankpas is soms weg in huis en wordt op een andere plaats teruggevonden. Sinds 11 februari heb ik geen bankafschriften meer ontvangen. Na aanvraag bij de bank om kopieën van die afschriften te sturen, heb ik ook geen kopieën ontvangen. Uiteindelijk heb ik de kopieën persoonlijk bij de bank opgehaald. Hieruit blijkt dat vanaf 11 februari 1989 regelmatig geld van mijn rekening is afgeschreven bij een betaalautomaat van de Rabobank en elders. Mijn brievenbus wordt nog steeds regelmatig leeggehaald. Het geeft me een zeer onbehaaglijk en onveilig gevoel dat iemand mij probeert te zieken en me gebruikt. In de tussentijd zijn er nog ettelijke bedragen van mijn rekening opgenomen. Ik weet niet wie ik nog kan vertrouwen.

Uiteindelijk lenen mijn ouders me f 10.000,–, omdat ik intussen dusdanig in financiële moeilijkheden zit dat het me niet meer lukt eruit te komen, dit moet ik ze wel nageven. Er is in totaal f 7.000,– van me gestolen…

"Je moet je mond tegen David houden, het is je verboden er ook maar iets tegen hem over te zeggen, begrepen?" Alleen onder deze toezegging kan ik het geld van ze lenen. "We schenken je het geld niet, dat hebben we wel overwogen, maar dan leer je niets van je fouten," zegt mijn vader.

"Dat zou ik nog niet eens willen, ik zal alles tot op de laatste cent aan jullie terugbetalen." Het zou mijn eergevoel te na zijn om het geld zomaar van ze aan te nemen. Omdat ik niet weet hoe ik er anders nog uit moet komen, doe ik de toezegging dat ik het voor David verborgen houd, maar ik houd mij daar niet aan.

"David zou weleens kunnen denken dat het gemakkelijk is om van ons geld af te troggelen of geld van ons te krijgen of zo-iets," zegt mijn vader.

Mijn vader is zo achterdochtig. Ik moet nog aardig wat opmerkingen van mijn vader slikken en regelmatig van hem horen dat het wel een 'renteloze' lening is, die zij me hebben geven. Keer op keer word ik er door mijn vader aan herinnerd hoeveel ik nog exact moet aflossen, met name als ik even alleen met hem ben laat hij de kans niet voorbijgaan me zeer onaangenaam onder druk te zetten.

Mei 1990. Alles heb ik netjes tot op de cent terugbetaald aan mijn ouders. Het heeft me een jaar gekost, iedere maand is er netjes ƒ 900,– tot ƒ 1000,– retour gegaan naar mijn ouders.

Op een gegeven moment neem ik David gewoon mee naar mijn ouders huis, ook al wordt er niet naar gevraagd, nog steeds wordt er niets over hem gezegd. Wat David meteen opvalt als hij weleens bij mijn ouders over de vloer komt, is dat mijn zusje Iris constant bij mijn vader op schoot zit. Ik vind het ook wel vreemd, maar als ik er iets van zei tegen mijn ouders, was het: "Oh gut, Linda, ben je jaloers??" dus op een gegeven moment hield ik mijn mond maar weer. Mijn zusje zegt me dat ze het gewoon leuk vindt om nog op schoot te zitten knuffelen, ze is nu zeventien jaar. Ik heb er geen idee van of het normaal is of niet dat ze nog bij mijn vader op schoot zit.

In de maand augustus raak ik zwanger. Ik ben volledig gestopt met roken, eindelijk is het me gelukt! We hebben alvast wat kleine dingetjes gekocht, zoals katoenen luiers, een hemdje en broekjes. Mijn buik is al een heel klein beetje gegroeid en ik heb al een positiebroek gekocht.

Twee augustus valt Irak Koeweit binnen. Sadam Hoessein beweert dat Koeweit een provincie is van Irak. De VN Veiligheidsraad veroordeelt de inval bijna direct en er zijn economische sancties van kracht. Er is een ultimatum gesteld dat Irak zich voor vijftien januari moet terugtrekken uit Koeweit. Er worden strijdkrachten naar het Golfgebied gestuurd.

In de week van drie oktober reikt het Israëlische leger gasmaskers uit aan de burgers. De maskers moeten bescherming bieden tegen een eventuele aanval met chemische wapens door Irak op Israël. Irak heeft gedreigd om Israël met gifgas te bestoken en Israël neemt dit zeer serieus op. Het is echter een uiterste voorzorgsmaatregel, want de kans op een daadwerkelijke Iraakse aanval wordt door het leger niet groot meer geacht. Het toerisme naar Israël is inmiddels behoorlijk gereduceerd sinds er gasmaskers zijn uitgedeeld.

Als de Golfcrisis bijna drie maanden duurt, is de volgende zet aan George Bush. Sadam Hoessein is sluw, onberekenbaar en erg slim bezig. Trekt George Bush zijn troepen terug, dan leidt hij gezichtsverlies. Valt hij aan, dan is het oorlog en dat zou zeer dom zijn. De Amerikanen raken ontevreden van het lange wachten.

Mijn kindje groeit intussen goed, wel ben ik heel erg moe en misselijk. Ik had staaltabletten gekregen, omdat ik last heb van ijzerinsufficiëntie. Omdat ik er echter maagklachten van kreeg heb ik nu weer andere staaltabletten gekregen, maar daar krijg ik eveneens maagpijn van.

Op acht november ga ik naar het ziekenhuis voor een echografie, het kindje is nu precies twaalf weken en drie dagen oud. Uitgerekend zou de baby op negentien mei moeten komen. Ik ben met de inname van de staaltabletten gestopt en voel me gelijk niet meer ziek. De diëtiste ziet geen noodzaak om mijn voedingspatroon te veranderen. Eens in de twee maanden ga ik naar haar toe. Mijn werkgever heb ik intussen ingelicht dat ik zwanger ben en dat ik na mijn zwangerschap halve dagen wil gaan werken. Weer krijg ik andere staaltabletten voorgeschreven, deze moet ik tweemaal daags in te nemen, ik hoef ze nu niet op mijn nuchtere maag in te nemen.

We gaan op 27 november in ondertrouw. Ik ben dan bijna vier maanden zwanger en vertel, samen met David, aan mijn ouders dat ik zwanger ben. De reden dat ik het zo laat vertel is, omdat mijn kostbaarste bezit me, gevoelsmatig gezien, misschien weer afgenomen zou kunnen worden. Bloednerveus ben ik.

"Waarom vertel je het ons pas zo laat?" is hun verwijt.

"Ik was bang voor jullie reactie en ik wil mijn kind nu niet kwijt."

"Dat kunnen we werkelijk niet van jou begrijpen!"

"Vinden jullie het wel leuk dat ik zwanger ben?"

"Ja hoor, maar natuurlijk vinden we het leuk," zeggen ze.

Het is bijna vijf jaar later en ik begrijp hun reactie niet en zal het ook nooit begrijpen. Waarom wordt het nu wel geaccepteerd dat ik zwanger ben en toen niet? Ik woon nu op mezelf, zij hebben de zorg niet meer voor mij en ook hebben David en ik besloten om te gaan trouwen, misschien scheelt dat.

De trouwdatum staat al vast, we gaan op twintig december trouwen. Eigenlijk had ik in de lente of de zomer willen trouwen, maar dat durfde David nog niet aan. Ik vind het niet leuk om met een dikke buik te trouwen.

Bijna krijg ik weer mot, omdat ik mijn vaders oud-collega niet heb uitgenodigd op onze bruiloft. Omdat ook hij me op een bepaalde manier heeft aangeraakt tijdens de 25-jarige bruiloft van mijn ouders, heb ik er geen zin in. Hij heeft me over mijn rug geaaid, mijn borst aangeraakt en maakte ineens van die vreemde opmerkingen tegen me. Ik ben bang voor hem geworden en ik heb geen zin meer in rare dingen die enge mannen met me van plan zouden kunnen zijn.

Als ik het uitleg aan mijn vader wordt er tegen me gezegd: "Ach, zo is hij nou eenmaal, het is iemand die erg fysiek is ingesteld." Nou, dat kan wel wezen, ik moet daar niets van weten.

"Ik vind het stijlloos van je dat je de familie Bakker niet op je huwelijk uitnodigt. Mijn collega heeft je tenslotte ook nog eens een keer helemaal verhuisd," zegt hij. Hier heb ik hem voor bedankt en ook kap ik zijn vrouw en dochter nog steeds. Eerst had ik nog mijn twijfels of ik hem wel of niet uit zou nodigen maar juist doordat mijn vader me weer niet serieus neemt, ga ik er tegenin.

Op dertig november lijkt het of ik lichtjes wat voel spartelen in mijn buik. En een week later voel ik het steeds sterker. Het is een rare gewaarwording dat ons baby'tje nu groter is dan zestien centimeter. We zijn intussen bij de notaris geweest voor het vastleggen van een testament en huwelijkse voorwaarden. Ik wil uitsluiten dat de ex van David ooit problemen gaat maken of op een of andere manier aanspraak op mijn bezittingen kan doen.

Mijn ouders zitten op stijldansen en hebben ons een aantal danslessen cadeau gedaan, bij dezelfde dansschool. David heeft artrose aan zijn knieën en soms is het moeilijk om met hem te dansen, omdat hij zo'n pijn heeft. Wanneer ik weleens per ongeluk zachtjes tegen zijn knie stoot, heeft hij daar al last. Na de les is er vrij dansen, dan zijn mijn ouders er soms ook. Als ik mijn ouders vertel dat David artrose aan zijn knieën heeft, merk ik dat dit niet serieus wordt genomen. Als David niet meer kan dansen van de pijn in zijn knieën en wij zitten te praten, pusht mijn vader ons regelmatig om te gaan dansen. Hij gelooft het verhaal niet en lacht David uit.

Twee dagen voor mijn huwelijk ben ik alleen bij mijn ouders op bezoek. Ineens trekt mijn vader een bepaald gezicht en straalt een andere lichaamstaal uit. Ik voel dat er iets onaangenaams aan zit te komen.

"Weet jij wel zeker of je met David wilt trouwen?" vraagt hij plotsklaps met een lage autoritaire stem. "Ík ben er niet zeker van dat je de juiste keuze gaat maken. David is beslist geen domme jongen, het is een hele sluwe, sluwe jongen een hele slimme en hele sluwe knaap, daar ben ik allang achter, en ik denk dat je alles wat hij zegt met een hele grote korrel zout moet nemen. Hij overdrijft ontzettend en als hij iets vertelt, geloof ik misschien tien procent van wat hij zegt."

"Ik vind ook dat hij schromelijk overdrijft in alles wat hij zegt," zegt mijn moeder nu ook. Ze praat sowieso altijd met mijn vader mee.

Mijn vader probeert mij te beïnvloeden. Ik raak heel erg onzeker en het is of ik een keiharde klap in mijn gezicht krijg.

"Ik ben er heilig van overtuigd dat hij ook met dat geld te maken heeft dat van jouw rekening is opgenomen," zegt mijn vader.

"Ja, ik ben er ook heilig van overtuigd dat hij dat heeft gedaan," zegt mijn moeder daarop prompt.

"Denk je dat echt? Nou, dat kan helemaal niet, want op de tijden dat er geld bij een geldautomaat van mijn rekening is afgeschreven, wat soms ook midden in de nacht is gebeurd, was David bij mij en lag hij naast me in bed," zeg ik ongelovig.

"Nou, toch denk ik dat hij het gedaan heeft," blijft mijn vader autoritair herhalen, en mijn moeder is het grondig met hem eens.

"Ik geloof maar heel weinig van wat hij zegt, en ik neem hem ook met een hele grote korrel zout hoor, een hele grote korrel," zegt mijn moeder bits.

"Ik vind het heel spannend om te trouwen en de laatste dagen vraag ik me heel soms weleens af of ik de juiste keuze voor de rest van mijn leven maak, maar dat heeft iedereen toch wel een keer op het laatste moment voor een trouwerij, of niet?"

"Twee geloven op één kussen daar slaapt de duivel tussen," sist mijn vader. Hij had gewild dat we in de kerk trouwen, ik vertik het ten enenmale, ik doe het niet. Ik geloof in God, maar niet in de kerk, ik geloof op mijn eigen manier. Het is onze bruiloft en we bepalen zelf hoe we trouwen. "Ik zou er maar heel goed over nadenken of je wel deze stap moet zetten, je kan altijd nog terug en als je denkt dat je dat moet doen, dan moet je dat doen. Je kunt je huwelijk altijd nog niet door laten gaan," zegt mijn vader op dringende en intimiderende toon.

"Ja, maar ik wil wel met hem trouwen en ik denk dat het wel de juiste beslissing is," zeg ik.

"Neem nou maar van mij aan dat hij dat geld heeft gejat en denk er nou nog maar eens heel goed over na. Wat denk je nou, hij is al een keer eerder getrouwd geweest en heeft zijn vrouw in de steek gelaten toen ze net bevallen was en nog in het ziekenhuis lag, evenals zijn pasgeboren kind, en dat doe je niet, zoiets doet een vent niet! Dadelijk laat hij jou ook zo in de steek als je een kind hebt. Het zou mij zeer verbazen als dit huwelijk slaagt, ik betwijfel ten zeerste of je met hem gelukkig wordt," zeg mijn vader.

"Hij heeft zijn kind niet zomaar in de steek gelaten. Je kent niet eens zijn kant van het verhaal. Je weet helemaal niet hoe het allemaal in elkaar zit. Ik denk dat ik wel gelukkig word met hem," zeg ik.

Ze proberen mij uit alle macht uit het huwelijk te praten. Mijn vader blijft maar op me inpraten, daar is hij zo goed in, dat hameren, en maar doorgaan en maar doorgaan. Zijn mening is de enige die telt, hij heeft altijd gelijk. Zijn wil is wet, maar niet bij mij!

Volkomen vertwijfeld kom ik thuis en natuurlijk vertel ik het David. Achteraf voel ik me behoorlijk geïntimideerd. Mag ik dan nu ineens wel ongehuwd een kind krijgen?

Als je mijn moeder alleen hebt, kan ze een compleet ander mens zijn. Ze gaat echter in alles met mijn vader mee, hij weet haar te hersenspoelen en haar mening om te buigen, ook al had ze eerder een ander mening over iets. Mijn vader lijkt zo'n ongelooflijke macht over haar lijkt te hebben. Ik heb haar er regelmatig op attent gemaakt dat ze onder zijn invloed staat, dit ontkent zij echter ten stelligste. Ze is gelukkig op de school waar ze werkt, met doven en slechthorenden. Ze heeft wel interesse in anderen (maar naar mij toe is ze veelal gesloten en afstandelijk), ze is anders naar de buitenwereld toe. Het valt me op dat ze veel geduld op kan brengen voor dove mensen en voor anderen, maar voor ons als kinderen heeft ze minder geduld. Ze kan af en toe veel lachen.

Op twintig december 1990 trouw ik met mijn ware grote liefde. Het sneeuwt lichtjes. De nacht daarvoor kan ik de slaap niet vatten. Ik vraag me af of ik er mooi uitzie, maar als ik me bij mijn ouders thuis heb omgekleed en David naar me toe komt, zegt hij: "Wat ben je mooi!"

Mijn moeder is coupeuse en heeft mijn trouwjurk gemaakt, daar ben ik haar dankbaar voor, want het scheelt een hoop geld. Het heeft wel even geduurd voordat hij er net zo uitzag als in de winkel. Ik heb haar gevraagd of ze de jurk wilde aanpassen, totdat de jurk naar mijn zin was.

David ziet er ook prachtig uit in een grijs pak met een vlinderdasje en ik voel me zo trots en blij met hem. We hebben een amateurfotograaf ingehuurd, via iemand van mijn werk. De fotograaf is te laat en dat maakt me zenuwachtig. Ik krijg een prachtige ruiker van David, verpakt in roze papier, ook alle bloemstukjes die iedereen op kan spelden heeft hij verzorgd.

Alleen mijn familie, wat kennissen en collega's zijn aanwezig op de bruiloft. We hebben de hele familie van mijn moeders en vaders kant uitgenodigd, er komen maar twee ooms en tantes. Ze vinden dat we de kaarten te laat hebben verstuurd en hebben al andere afspraken gemaakt voor deze dag. Ze hebben wel een punt, zelf wilde ik de kaarten al eerder versturen, maar David vond dit vroeg genoeg. We hebben ongeveer twee weken voorafgaand de kaarten verzonden.

Mijn broer rijdt de auto waar wij in zitten, het is de leaseauto van David, en Lucas scheurt echt keihard de weg over. De amateurfotograaf neemt foto's op het stadhuis en later neemt hij ook foto's van ons in het plantencentrum. Ik ben bijna vier maanden zwanger en heb al een klein buikje, maar dat kan ik nog goed camoufleren.

's Avonds gaan we met mijn familie uit eten in hetzelfde restaurant als waar ik bijna een jaar eerder zat toen Laura werd geboren en David daar langsliep. Aan het einde van de middag hebben we een zaaltje afgehuurd, maar er komt bijna niemand. Mijn ouders, een handjevol van mijn collega's en twee ooms met aanhang zijn aanwezig. Dat is niet zoals ik me mijn trouwdag had voorgesteld.

Mijn dag kan verder niet stuk, het is een hele emotionele dag en ik ben erg gelukkig dat ik met David ben getrouwd, heel erg gelukkig. Ik ben met de man van mijn dromen getrouwd.

Ik heb wel pijn in mijn buik, en ben vreselijk misselijk vanwege het strakke ondergoed dat ik de hele dag heb gedragen om mijn zwangere buikje te maskeren. Inmiddels ben ik wederom gestopt met het slikken van staaltabletten in verband met bloedingen van mijn slokdarm, de maagpijn en het me misselijk voelen.

David heeft aansluitend een huisje voor ons geboekt in Limburg, daar brengen we samen gezellig onze huwelijksweek door. Wel had ik stiekem gehoopt dat we naar het buitenland zouden gaan op huwelijksreis. We gaan 's avonds lekker uit eten, bezoeken plaatsjes en de grotten in Valkenburg. Tijdens eerste kerstdag gourmetten we in het huisje en tweede kerstdag gaan we naar een restaurant.

Mijn vader is opgenomen in het ziekenhuis, eerder had hij prostatitis. Vlak daarna heeft hij een liesbreuk gekregen, daar is hij nu aan geopereerd. Wij bezoeken hem iedere dag. Mijn broer zit nogal eens te mopperen om naar mijn vader toe te gaan, soms gaat hij niet naar hem toe.

Mijn vader heeft het continu over een lekker verpleegstertje aan zijn bed, dat hem fijn komt wassen en verzorgen. Dat is het toch helemaal! Leuk verpleegstertje dit, leuk verpleegstertje dat. Het gaat maar door, hij houdt maar niet op. Mijn moeder lacht een beetje dom.

David vindt dat hij zich ontzettend aanstelt en constant ligt te kreunen en te steunen, hij kan niets. Hij wil continu volledig verzorgd worden. David kan daar helemaal niet tegen, hij is zelf geopereerd aan een liesbreuk en weet hoe het voelt. David is juist het tegenovergestelde, klaagt nooit en gaat juist te ver door.

Op een keer komen we tegelijkertijd samen met mijn moeder uit het ziekenhuis en ik zie dat ze het moeilijk heeft.

"Kunnen we wat voor je doen? Als er iets is, dan moet je het zeggen hoor," zeg ik. Ze wil echter niet met ons mee of iets tegen ons zeggen.

Als David en ik een keer bij haar langskomen, is mijn moeder de vloerbekleding van de trap aan het trekken. Mijn vader ligt nog in het ziekenhuis. Ze wilde het per se gedaan hebben en het is een heidens karwei, het gaat er bijna niet af. Ze is vreselijk aan het zwoegen. Omdat wij met haar te doen hebben helpen wij haar, David doet het meeste werk.

Er doen zich in de tussentijd veel ontwikkelingen voor rond de Golfcrisis. Er zijn zeventien oorlogsschepen naar de Amerikaanse oostkust gegaan, waaronder twee vliegdekschepen. We houden het nieuws nauwlettend in de gaten.

Als ik een keer een gesprek aanzwengel met mijn moeder over de dingen die ik nooit van haar heb begrepen, verwijt ik haar dat er niemand naar me toe was gekomen toen mijn overbuurman me had aangerand, alleen Lucas.

"Lucas is niet uit zichzelf naar je toe gekomen, ik had hem naar je toe gestuurd, omdat ik zelf niet naar je toe durfde te komen. Zodra hij de gordijnen dicht deed wisten we dat het mis was en wisten we dat er iets aan de hand zou zijn. Toen we signaleerden dat hij inderdaad de gordijnen dicht deed, heeft je vader mij naar de overkant gestuurd, om te kijken op het naambordje, omdat we niet wisten hoe hij van zijn achternaam heette." Mijn vader stuurde mijn moeder... Hij ging niet eens zelf! Ik ben hevig verontwaardigd. "Vervolgens ben ik weer teruggelopen naar huis en hebben we hem opgebeld." Dat was dus dat telefoontje... Mijn ouders hebben er verder nooit met me over gesproken. Het werd in het hokje doodzwijgen geplaatst.

David heeft in goed vertrouwen een duur cassettedeck uitgeleend aan mijn vader, omdat zijn eigen cassettedeck kapot is. Hij vraagt mijn vader er wel goed op te letten, omdat hij er zelf altijd erg zuinig op is geweest en het was een duur cassettedeck.

Het cassettedeck is echter kapot gegaan. David baalt vreselijk en zegt: "De dader ligt op het kerkhof!" Wij weten dat Lucas en Iris af en toe best onvoorzichtig met spullen omgaan. Niemand weet ergens iets van. Er wordt geen excuus aangeboden en het voorval wordt door mijn familie genegeerd.

Er is iets wat ik heel raar vind. Als we eens langsgaan bij mijn ouderlijk huis en mijn vader alleen thuis is, vraagt hij aan mij: "Wil je wat drinken?"

"Wat heb je?"

"Nou, melk, karnemelk, enne... water," is het grappige standaardantwoord... "Uh, nou, wat nog meer, thee, kraanwater, limonade..."

Ik vraag om een sapje. Mijn vader schenkt wat te drinken voor me in en gaat weer op de bank zitten. David wordt compleet door hem genegeerd en gewoon overgeslagen.

"Vraag je niet of David iets wil drinken?" vraag ik verontwaardigd.

Hij schiet daarop verschrikkelijk in de lach. "Nou, wil je ook wat?" vraagt hij David dan maar.

Het gebeurt niet alleen deze keer dat hij David 'vergeet', maar het gebeurt regelmatig. Werkelijk, zoiets heb ik nog nooit meegemaakt. Hoe kun je nog duidelijker laten blijken dat je iemand niet mag.

Mijn broer gebruikt me naar mijn gevoel. Ik knip al jaren de hele familie en hoef er nooit wat voor te hebben, daar gaat het me ook helemaal niet om. Lucas komt al sinds tijden iedere twee weken bij ons langs, alleen om even geknipt te worden, en gaat dan gelijk weer weg. Ik vind het een beetje overdreven om hem iedere twee weken te knippen maar goed, ik heb altijd voor hem klaargestaan en heb het gedaan.

Op een keer, als mijn ouders op vakantie zijn, nodigen we hem gezellig uit voor een etentje bij ons thuis. We hebben ons uitgesloofd en alles klaargemaakt voor Chinees fondue. Hij komt stipt aan op de tijd dat we zouden gaan eten, schuift alles in één keer naar binnen, laat ons samen de afwas doen en gaat daarna gelijk weg. Koffie wil hij niet meer. Het steekt me wel.

David heeft de keuken verbouwd in het huis van mijn ouders. Hij heeft alle ruimte benut en is er weken mee bezig geweest. Eerst heeft hij alles uit de keuken weggebroken, de tweede deuropening naar de gang toe is dichtgemaakt, alle leidingen zijn verlegd, het plafond is verlaagd, de verlichting is aangebracht, hij heeft plavuizen gelegd, de wanden opnieuw betegeld, de verwarming is verplaatst, het raamkozijn is uitgebroken, er is een nieuw kozijn in gezet en hij heeft een ander raam geplaatst. Alleen de keuken zelf hebben mijn ouders laten installeren door een keukenboer. In de gang heeft David witte plastic schroten geplaatst tegen de muur.

Praktisch alles heeft David in z'n eentje gedaan en dat vindt hij niet zo leuk. Hij heeft boven op de overloop ook nog een kast gemaakt, speciaal voor het gereedschap van mijn vader.

"Omdat ik een prostatitis en een liesbreuk heb gehad, kan ik nog steeds niet tillen," zegt mijn vader. Het is intussen een half jaar later.

"David heeft ook een liesbreuk gehad."

"Dat maakt niet uit, want David is nog een jonge vent," zegt mijn vader.

Ik kan David niet goed meehelpen, vanwege mijn zwangerschap.

"Mam, ga je mee naar de verloskundige, samen met Iris, om het hartje te horen, dan kan je zien hoe het er tegenwoordig aan toe gaat, in vergelijking met vroeger?" vraag ik mijn moeder op een dag.

Als ik een afspraak heb, gaan we met z'n drieën op de fiets naar de verloskundige. Intussen heb ik al een dikke buik van zeven maanden.

"Wat fiets je langzaam, kan je niet wat sneller?" vraagt mijn moeder me ongeduldig en geïrriteerd.

"Nee, het lukt niet meer zo snel."

Ik geloof dat ze het maar raar vindt, dat ik dat niet meer kan. Mijn moeder kan zich niet inleven in mij en vraagt ook niet naar mijn zwangerschap. Als ik haar zeg dat ik het niet leuk vind dat ze nooit eens iets aan me vraagt, zegt mijn moeder dat ik ook weleens wat uit mezelf kan vertellen. Ze vindt dat ik gesloten ben…

Ik ben compleet verrast over hoe zij me ziet, want gesloten ben ik niet. Nog steeds weet ik niet wat het is om een normale familieband te hebben. Ik doe zo hard mijn best, maar ik kan sommige dingen niet vanuit het niets opbouwen. Ik probeer te doen alsof het goed gaat tussen ons. Ik heb werkelijk geen idee of ze het nu echt leuk vindt om mee te zijn geweest naar de verloskundige. Zo graag wil ik mijn moeder en zus betrekken bij mijn leven.

Mijn vader vertelt regelmatig het verhaal dat hij mijn broertje en mij vroeger, toen we heel klein waren, een stukje chocola gaf uit zijn eigen mond, waar hij zelf op zoog. Het verhaal wordt steeds smeriger en dan vertelt hij dat hij het van achteruit zijn keel schraapte, op het puntje van zijn tong legde en dat wij het dan kregen. Hij vindt het helemaal grappig en ligt compleet in een deuk, vooral als hij ziet hoe ik er met afgrijzen op reageer. Mijn moeder vindt het toch zo grappig.

Een ver land overzee

Vannacht droomde ik van een ver land overzee
Je pakte mijn hand en nam mij mee
Het was het land waar ik hoorde
Er was niets waaraan ik mij stoorde

De glanzende koepels overdekten de stad
Iedereen was overal en iedereen bad
De majestueuze glorie was als een warme deken
Ze hing over de stad als een zichtbaar teken

Mensen bloeiden op, er bestond geen smart
Iedereen had hier een hart
Hier had men geleefd naar de woorden des levens
En leefde men in de eeuwigheid zijns levens

Ziekte kende men niet, het land was beschermd
Engelen hadden het land bij de grenzen afgeschermd
Hun zwaarden hielden honger en dood tegen
Iedereen die door de poort was gekomen kreeg een zegen

Honger en oorlogen waren niet meer
Men had overwonnen en vergat het oud zeer
Hier heerste de perfecte harmonie
Zoals het eens was bedoeld

Zelfs nu ik met een ontzettend dikke en zware buik rondloop, doet mijn broer constant een beroep op me. Als hij me opbelt, zegt David tegen me: "Oh, hij moet zeker weer geknipt worden?" Ik verdedigde Lucas dan nog weleens, maar het is wel waar. Het is echt zelden of nooit dat hij zomaar eens langskomt.

Soms zeg ik hem: "Ik ben zo moe, want ik werk gewoon fulltime en dat is me vooral in de laatste paar maanden van mijn zwangerschap erg zwaar geworden."

"Ach, je kan me toch wel even knippen, dat is toch altijd zo gebeurd," zegt hij daarop. Dan doe ik het maar weer.

Het haar van mijn moeder permanent ik weleens en ze vraagt elke keer: "Wat wil je ervoor hebben?" Maar ik hoef er echt niets voor. Ze hebben tenslotte mijn opleiding betaald.

Op een gegeven moment dringt ze weer aan en ik zeg: "Je mag me ook wel een bloemetje geven hoor, als je me dan zo nodig iets wilt geven."

Het irriteert me dat Lucas alles altijd zo vanzelfsprekend aanneemt. De volgende keren komt hij met een bloemetje aan als ik hem knip, maar ik voel me er niet beter door.

Ik loop al een paar dagen met weeën die niet doorzetten. David heeft tweemaal de verloskundige gebeld, uiteindelijk komt ze bij ons thuis langs. De verloskundige vertrekt weer. De tweede keer dat de verloskundige bij ons thuis komt, stuurt ze me uiteindelijk naar het ziekenhuis in opdracht van een gynaecoloog, die heeft opgebeld, omdat ik zo moe ben. De verloskundige wil mij eerst laten slapen om me uit te laten rusten voor de bevalling. De gynaecoloog vindt echter dat de bevalling nu al moet plaatsvinden.

In het ziekenhuis gekomen, wordt de bevalling opgewekt. Ik moet voorover zitten en krijg een epidurale verdoving. Langzaamaan komen de weeën op gang, maar ik voel nog niets. We hebben een baarkruk meegenomen, daar mag ik helaas niet op zitten, omdat ik verdoofd ben.

Mijn moeder is aanwezig bij de bevalling van mijn eerste kindje. Eerst twijfel ik nog, maar ik wil haar zo graag verrassen, omdat ze mijn trouwjurk heeft gemaakt. Uiteindelijk heeft David haar op mijn verzoek opgebeld om te vragen of ze erbij wil zijn.

De weeën voel ik in eerste instantie niet goed, door de verdoving. Ook de persweeën voel ik niet goed. Ik ben aan één kant nog steeds volledig verdoofd en kan mijn benen niet bewegen wat ik erg vervelend vind. Ik heb geen flauw idee hoe ik moet persen en de verloskundige is daar geïrriteerd over.

"Persen!" beveelt ze. Terwijl ik lig te bevallen, krijg ik de indruk dat ze weg moet. Ze kijkt constant op haar horloge, ze is behoorlijk ongeduldig. Ik lig niet echt prettig en voel me behoorlijk opgelaten. David houdt mijn been aan de ene kant vast en de verloskundige houdt mijn andere been vast. Mijn moeder geeft me af en toe wat water te drinken en veegt mijn hoofd af. Het is de grootste affectie die ik ooit bij haar heb gevoeld en ik kan zien dat ze op dat moment werkelijk met me meeleeft. De kant waar ik de persweeën eindelijk begin te voelen, omdat de verdoving daar is uitgewerkt, doet erg zeer.

Op een gegeven moment komt er meconium mee naar buiten, wat betekent dat de baby het benauwd heeft. De verloskundige rent een paar keer de kamer uit en belt verscheidene malen met de gynaecoloog. Wanneer de verdoving helemaal uit begint te werken en ik ten slotte eindelijk wat begin te voelen, voel ik eindelijk de persdrang. Ik heb niet veel kracht meer en wil op een gegeven moment opgeven. Helemaal doodop ben ik en dan krijg ik ineens een aparte ervaring en het lijkt net of ik even uit mezelf ben gestapt.

In een ander leven zie ik mezelf liggen en ik weet dat ik in het kraambed sterf. Waar ben ik nu eigenlijk zo bang voor? Ik weet hoe het is om dood te gaan terwijl ik lig te bevallen. Ik voel me gelaten, berust in mijn lot en sterf.

Op dat moment kom ik bij mijn positieven en zet echt alles op alles om het kind uit mij te krijgen. Ik wil doorzetten. Ik ben bang dat de baby het benauwd heeft. Juist op het moment dat de wee komt, wil de verloskundige me inknippen. Ik vraag haar half gillend of ze me wel wil verdoven, want ik zie geen injectienaald.

"Ja natuurlijk, we zijn geen monsters," zegt ze. Ik vind het heel erg, want het is mijn grootste angst om ingeknipt te worden.

Ze geeft een flinke knip en het hoofdje komt eruit. Vervolgens moet ik wachten met persen, zodat ze het neusje en keeltje van de baby leeg kan zuigen. Op haar teken mag ik pas weer verder persen. Ik vind het een raar idee dat het kindje zo half uit mij steekt, terwijl het keeltje wordt leeggezogen.

De baby, een meisje, wordt op mijn buik gelegd en intussen word ik gehecht, maar ineens is de verdoving helemaal uitgewerkt! Dus ik geef een gil en vraag kwaad om nog een verdoving, ik kan niets meer aan pijn verdragen. De verdoving krijg ik gelukkig, anders had ik haar gewoon weggeschopt.

David mag de navelstreng doorknippen. Ze laten me de moederkoek zien, ik vind het er raar uitzien, maar ook mooi, omdat mijn kindje al haar voeding heeft gekregen door de navelstreng. We noemen ons dochtertje Lisa. Als eerste krijgt ze de Apgartest, ze zijn erg snel, omdat ze het zo benauwd had in mijn buik. Gelukkig is alles goed en krijgt ze al snel een hogere score. Ze weegt 3730 gram en is 51 cm lang.

David houdt haar als eerste vast en praat en praat en praat maar tegen haar aan. Hij is zo ontzettend trots! Ze is een heel mooi poppetje. In eerste instantie heb ik nog even geen gevoel en ben ik onverschillig en totaal uitgeput. Dat is een hele rare gewaarwording, maar het is zo leuk om te zien hoe David tegen ons kleine meisje praat. Ik laat hem enige tijd en vind het even helemaal goed zo. Pas daarna hou ik haar voor het eerst echt vast. Hoe ongelooflijk mooi is het dat er een compleet mensje uit me is gekomen, ons kindje. Ik hou meteen van haar.

De nacht kan ik de slaap niet vatten, omdat de bevalling telkens nog door mijn hoofd speelt. Elke keer beleef ik het weer opnieuw. Gedurende de nacht slaapt Lisa al bijna gelijk helemaal door. Ze krijgt een klein beetje drinken en slaapt dan gelijk weer door. Nu al herken ik haar huiltje en haar luchtje. Als de verpleegsters met een baby langslopen weet ik instinctief welk kindje van mij is! Dat is zoiets wonderlijks om te ervaren. Al mijn zintuigen zijn toegespitst op mijn kind.

Ik heb veel bloed verloren, bijna een liter. Omdat ik met tegenzin toestem in een bloedtransfusie, mag ik de volgende dag naar huis. Anders had ik veel langer in het ziekenhuis moeten blijven en was ik nog weken doodmoe gebleven. Al met al ben ik niet blij met een bloedtransfusie, maar rationeel gezien weet ik dat het donorbloed op aids wordt getest.

We hebben ons prachtige kindje mee naar huis genomen, in de blauwe kinderwagen met schaapjes aan de binnenkant, die we hebben gekocht voor de bevalling. David wilde een kwalitatief goede kinderwagen hebben. De kinderwagen kan later als wandelwagen worden gebruikt.

De derde dag heb ik flinke last van stuwing, mijn borsten zijn verschrikkelijk opgezwollen en doen vreselijk zeer. Lisa is een heel erg lief en rustig kindje, ze slaapt meteen door 's nachts. Onverwacht moet David op de derde dag van mijn kraamtijd komen werken van zijn baas. We hadden afgesproken dat hij een week thuis zou blijven om mij te komen helpen, maar hij gaat nu toch werken en ik ben diep teleurgesteld.

Mijn moeder komt naar mijn huis en dan barst ik in huilen uit en zeg: "Ik vind het vreselijk dat David weg is."

"Weet je wel wat je hebt?" vraagt ze.

"Nee," antwoord ik ontkennend en ik voel me nogal onwetend.

"Je hebt je 'huildag' vandaag."

Wist ik veel dat dat bestond, het schijnt door de hormonen te komen.

Ik heb nog vreselijk veel last van de hechtingen, ik kan niet eens normaal zitten en omdat ik zo moe ben heb ik veel rust nodig. Mijn moeder en zus komen mij helpen om wat in ons huis schoon te maken en de was te doen, omdat ik dat zelf nog niet kan. Ik ben ze er dankbaar voor en zeg dat ook tegen ze.

Als David 's avonds thuiskomt is mijn moeder bloedpissig op hem en dat geeft ze hem ook op niet mis te verstane wijze te kennen. Eigenlijk vind ik dit niet leuk, want dit is iets waar ze zich buiten moeten houden. Ik ben ook boos op hem. Eigenlijk kan hij er ook niet zoveel aan doen, hij is net opgeklommen in de bouw, van projectleider naar directeur, maar ik had niet van hem verwacht dat hij me alleen zou laten.

Twee weken lang geef ik Lisa borstvoeding. Ik heb vreselijke last van stuwingen en lekkages. De verloskundige zegt tegen me dat ik niet zoveel moet drinken. Vervolgens drink ik veel minder en lukt het me niet meer om borstvoeding te geven. Mijn tieten zijn net slappe theezakjes geworden! Ik stop met het geven van borstvoeding en ga over op flessenvoeding. In ieder geval heeft Lisa de eerste melk, het colostrum, gehad, waarin de belangrijkste voedings- en afweerstoffen zitten.

Van de hechtingen heb ik ontzettend lang en veel last. Het trekt heel erg en ik kan nog steeds niet normaal zitten, zo'n pijn doet het, en zo kleinzerig ben ik echt niet.

In de tussentijd hebben we mot gekregen met mijn broer. Hij heeft Lisa al een aantal keren niet zachtzinnig, eerder ruw, beetgepakt en is erg onvoorzichtig met haar geweest, bij mijn ouders thuis. Al een aantal keren heeft David hier wat van gezegd. Het valt mij ook op en ook ik zeg er wat van. Ze is pas een paar weken oud.

De ene keer ondersteunt Lucas haar nekje weer niet, dan laat hij haar met een klap zo naar achteren vallen en dan klapt haar nekje achterover. Ze schrikt zich dan helemaal kapot en spert haar ogen wijd open van schrik.

"Dat kan je niet doen op deze manier, je moet haar nekje ondersteunen," zeg ik hem geschrokken.

"Je overdrijft," zegt hij respectloos.

Weer luistert hij niet en wederom laat hij Lisa gewoon op dezelfde manier naar achteren vallen, zonder haar nekje te ondersteunen. Nu zegt David er iets van en dan is er mot!

Na enige tijd spreken we af dat we een gesprek met mijn broer zullen aangaan. Mijn vader stelt voor dat hij bij het gesprek aanwezig is en dat het gesprek plaatsvindt in het huis van mijn ouders. Wij gaan hiermee akkoord, echter alleen onder de voorwaarde dat mijn vader geen partij kiest, een neutrale positie inneemt en verder zijn mond houdt, omdat dit iets is tussen Lucas en ons.

Wanneer het gesprek plaatsvindt in het huis van mijn ouders, bemoeit mijn vader zich er desondanks wel mee. Hij trekt duidelijk partij voor mijn broer, wij zijn de aanstellers en moeten niet zo overdrijven met dat kind.

"En jij moet je grote bek houden, want jij zou je erbuiten houden!" zegt David op een gegeven moment woedend tegen mijn vader.

Mijn ouders en Lucas vinden dat wij ons vreselijk aanstellen en dat het allemaal wel meevalt. Op een gegeven moment zegt mijn broer zwaar beledigd: "Dadelijk ga je me nog beschuldigen van incest!"

Waar die opmerking op slaat weet ik niet, maar het maakt me woest, dat slaat helemaal nergens op. Het gesprek lost niet veel op, want Lucas blijft alles ontkennen en hij heeft mijn ouders achter zich staan.

Van jongs af aan is mijn vader met Lisa bezig. Alles wat zij doet is leuk. Hij geeft haar alle aandacht, altijd. Continu klakt hij met zijn tong om haar aandacht te vangen. Het is Lisa voor en Lisa na. Lisa is alles voor hem, van het begin af aan. Mijn moeder is ook gek met Lisa.

Lisa is een hele mooie baby met grote blauwe poppenogen en blonde krulletjes. Ze is mijn alles. Het is zo'n vreselijk lief, makkelijk en rustig kind. Ik knuffel haar ontzettend veel en ze zit heel vaak bij me. Overal kunnen we haar mee naartoe nemen, je hebt geen kind aan haar. Ze is zo lief. Ik geniet van de tijd die ik met haar heb. Het is zo mooi om alleen al naar haar te kijken, uren kan ik naar haar kijken. Ze is een heel tevreden en makkelijk kindje dat erg van knuffelen houdt.

Als ze drie maanden oud is, gaat Lisa naar de halve dagopvang van de crèche. Zelf ben ik halve dagen gaan werken, ik werk nu alleen nog in de ochtenduren. Ongeveer 3/4 van mijn salaris gaat naar de opvang, we houden nog maar net genoeg geld over om te blijven leven.

Het bedrijf waar David werkte is tussentijds failliet gegaan en daardoor zijn we een flink stuk in inkomsten achteruitgegaan. Intussen ben ik als werkster extra gaan werken bij mijn ouders in huis, om wat geld bij te kunnen verdienen. Ik verdien ƒ 40,- en maak dan drie uur 's middags hun huis schoon. Mijn moeder zocht een werkster, maar ze kon niemand vinden. Eerder deed mijn zus het, maar zij kon het niet meer doen, omdat zij nu intern op school zit in het oosten van het land. Toen heb ik gevraagd of ik het kon gaan doen.

Met Lisa speel ik veel. Het is zo ontzettend leuk om te zien hoe ze zo groeit, het gaat zo snel! Het is zo leuk om alle facetten te zien van haar groeiproces, ik geniet er zo intens van.

Iedereen is gecharmeerd van haar. Ze is echt een plaatje om te zien met haar mooie grote blauwe ogen en haar blonde krulletjes. We kleden haar zo leuk mogelijk.

Uiteindelijk ben ik gaan praten met een psycholoog, omdat ik mijn familie niet meer aankan, bepaalde situaties op mijn werk niet kan hanteren en niet weet hoe ik in bepaalde omstandigheden met sommige mensen om moet gaan.

Het is een mannelijke psycholoog en het is de enige psycholoog die me een beetje op weg kan helpen. Ik vertel hem over mijn opvoeding. Ik vertel hem over het gedrag van mijn vader en hoe hij mij altijd gênante bijnamen gaf waar ik me erg voor schaamde, zoals de opmerkingen over mijn holle rug als ik een rokje droeg en dat hij zich dan helemaal kapotlachte. Ik vertel hem hoe mijn ouders Lisa tot in de grond toe verwennen. Niet naar ons luisteren met betrekking tot de opvoeding van ons kind, gewoon hun eigen gang gaan en ons totaal niet respecteren en compleet hierin negeren.

Ook hij vindt het gedrag van mijn ouders bijzonder vreemd. Hij zegt dat ik zou kunnen zeggen dat zij haar bijvoorbeeld niet meer zouden mogen zien, als ze niet naar ons willen luisteren en mijn vader gewoon negeert wat wij zeggen en zijn eigen zin doordrijft met betrekking tot Lisa. Het is de enige psycholoog waardoor ik me ooit serieus genomen heb gevoeld.

Ons leven is erg veranderd nu we een kindje hebben. Er is weinig tijd meer om nog dingen voor onszelf te doen, maar ik vind het niet erg.

"Vond je het eigenlijk wel leuk dat je bij de bevalling bent geweest?" vraag ik mijn moeder eens.

"Ja natuurlijk," zegt ze kortaf. En dat is het. Over een gesloten karakter gesproken.

Eigenlijk was mijn echte cadeautje aan haar dat ze bij de bevalling mocht zijn, omdat ze mijn trouwjurk had gemaakt. Ik was wel blij dat ze constant mijn hoofd met een washandje heeft afgeveegd, daar was ik haar op dat moment erg dankbaar voor en dat heb ik haar ook gezegd.

Na flink aandringen bij huisvesting kunnen we, na veel moeite, eindelijk verhuizen naar een grotere woning. Lisa heeft ruim vier maanden bij ons op de kamer gelegen en dat gaat op een gegeven moment natuurlijk niet meer. We knappen de flat zoveel mogelijk op, schuren, schilderen en behangen. Terwijl ik aan het schilderen ben, zet ik Lisa naast mij neer in het wipstoeltje, waar ze naar mij kan kijken.

In de woonkamer hebben we een schamel grijs dun ondertapijt liggen. In de gang en slaapkamer hebben we blauw projecttapijt van mijn werk kunnen neerleggen, dat ze weg wilden gooien. David heeft alles op maat gesneden met een scherp stanleymes waar een vreselijk venijnige haak aan zit. Op een keer snijdt hij zichzelf met die haak in zijn hand. Het bloedt als een rund en ik val bijna flauw van ellende, ik kan er absoluut niet tegen.

In paniek bel ik mijn moeder om te vragen of ze hem naar het ziekenhuis wil brengen. Zelf hebben we immers geen auto meer. Ze komt naar ons toe en de wond wordt in het ziekenhuis gehecht, het is een flinke jaap.

In oktober verhuizen we naar een vierkamerflat. Van de huissleutel van onze huidige flat hebben alleen David en ik een exemplaar. Een reservesleutel geef ik niet meer uit handen.

Voor onze keuken krijgen we vloertegels van mijn ouders. Het is een tegemoetkoming voor al het werk dat David voor hen heeft gedaan en omdat we daar nog steeds op de kale betonnen grond zitten.

Als er bij mijn ouders bezoek is, zit Iris nog steeds languit gezakt bij mijn vader op schoot, wat me mateloos begint te irriteren. Intussen is ze achttien en een half. David vindt het eveneens belachelijk.

Op een keer zijn oom Job en tante Nellie gelijktijdig met ons bij hen op bezoek. Het valt me op dat oom Job zo raar naar mijn vader en Iris kijkt als ze bij hem op schoot zit. Zijn ogen rollen haast uit zijn hoofd, zo heb ik hem nog nooit zien kijken. Het is ook werkelijk geen gezicht en ik schaam me diep hiervoor. Op dat moment krijg ik de bevestiging dat ze op haar leeftijd toch echt niet meer bij mij vader op schoot kan zitten.

Als Iris bij ons op bezoek is, praat ze de hele tijd over wat haar zo dwars zit aan mijn ouders, het betreft met name zaken omtrent seks.

"Ze liggen regelmatig naakt in de tuin te zonnen en dat niet alleen, ze doen wel meer," vertelt ze wanhopig.

Ik heb het altijd een beetje exhibitionistisch gevonden en me er dood voor geschaamd. Natuurlijk heb ik dit nooit aan iemand durven vertellen. David is de enige die er enigszins vanaf weet. Iris vertelt nu precies dezelfde verhalen, als datgene wat mij ook zo dwars heeft gezeten.

"Ik zie er zo ontzettend tegenop om alleen met ze op vakantie te gaan, omdat papa dan weer constant mama zit te betasten en dan denken ze zeker dat ik het niet zie of zo. Dan knijpt hij haar bij iedere gelegenheid in haar tieten en grijpt haar in haar kruis en dat niet één keer, nee constant."

"Ja, dat weet ik wel."

"Of hij steekt zijn middelvinger vanachter in haar kruis, als hij denkt dat niemand het ziet. Het gebeurt overal midden op het strand of in de zee, ze doen in ieder geval allerlei vieze dingetjes, waar ik me dood aan erger en ontzettend voor schaam." Ze is erg gefrustreerd hierover en dat kan ik ontzettend goed begrijpen, het is zo herkenbaar. "Papa heeft op vakantie gezegd dat ik mijn broekje gerust uit mocht doen. Dit was op het naaktstrand waar zij altijd lagen met mij. Dit heb ik pertinent geweigerd. Ook in de caravan gebeurde er altijd van alles, ze lagen gewoon te wippen als ik bij ze in de caravan ook sliep en dan schommelde de hele caravan heen en weer."

Ze zit er zo ontzettend mee. Net zoals ik er vroeger mee had gezeten. Hun gedrag lijkt met de jaren nog erger te zijn geworden, maar het kan ook zijn dat dit alleen maar zo lijkt.

Als ik vroeger een vriendinnetje mee naar huis nam zomers, dan schaamde ik me ook altijd rot. Ze lagen dan naakt in de tuin en de poortdeur was op slot. Als de poortdeur op slot was, wist je het wel weer. Dan hoorde je eerst een hoop gestommel en na vijf minuten werd de poortdeur dan eens opengedaan, met allebei een loeirode kop van de seks. Tja, dat herkent mijn zus ook natuurlijk wel. Nou, daar sta je dan met je vriendinnetje... dan ging ik maar heel snel weer weg.

Als we op vakantie waren met een of andere broer van mijn vader, dan schaamde ik me ook wat af als hij weer zo smerig zat te doen met mijn moeder. Zo gênant en dan zogenaamd denken dat niemand wat in de gaten had, al betwijfel ik of de familie het doorhad.

Als ze op het naaktstrand liggen, dan ligt mijn vader precies zo dat hij, vanachter zijn donkere zonnebril, alles kan begluren en dat zijn dan niet alleen de schaamdelen van mijn moeder, maar ook van anderen en Iris moet erbij liggen.

Iris is hier, begrijpelijk, zeer gefrustreerd over. Wij bespreken dit gênante onderwerp vanaf nu regelmatig met Iris. Ook zij schaamt zich zo ontzettend dat ze er met niemand anders over durft te praten. Het is frappant dat we allebei exact dezelfde beleving hebben gehad. Ook mijn broer heeft weleens wat gezien, maar blijkbaar zit hij er niet zo mee. Mijn ouders komen er nu ineens wel openlijk voor uit dat ze regelmatig naar de sauna gaan, want dat is iets waar je je niet voor hoeft te schamen.

Wanneer ik Lucas weer een keer aan de lijn heb, omdat ik hem weer eens moet knippen, zeg ik: "Ik vind dat je mij gebruikt en daar heb ik geen zin meer in."

"Daar ben ik het niet mee eens, ik sta perplex, ik begrijp niet wat je bedoelt en waar je zo'n stennis over maakt," zegt hij. Dan begint hij over David en neemt hem over de tong. Er deugt van alles niet aan hem. "Je weet toch wel wat ik bedoel, hij doet altijd zo moeilijk!" zegt mijn broer.

"Nou, dat weet ik dus niet!" verdedig ik hem.

Ooit vroeg ik mijn vader: "Waarom hebben jullie er eigenlijk voor gekozen om drie kinderen te krijgen?"

"Ach, als er eens eentje wegvalt, dan hebben we er altijd nog twee over," zei hij lachend.

Het is 1992. David heeft de auto van mijn moeder, waar ze een ongelukje mee heeft gehad, helemaal gerepareerd. Het geld wat ze terugkrijgen van de verzekering is verdeeld tussen hen en ons, het scheelt ze toch weer een hoop geld. David heeft mijn moeders auto al vaker opgeknapt. Lucas leent regelmatig de auto. Er wordt in die bak gescheurd bij het leven. Regelmatig heeft David dingen gemaakt aan die auto die kapot waren door verkeerd gebruik, maar op een gegeven doet David dat niet meer. Mijn broer heeft ook nog gereedschap van David kapot gemaakt, wegens ondeskundig gebruik. David vindt dit ook niet leuk, maar daar mag hij niets over zeggen. Hij wil een excuus, maar krijgt het niet.

Ontzettend graag willen we nog een tweede kindje. Intussen is het december en ben ik hoogstwaarschijnlijk weer zwanger! Omdat mijn moeder heeft gevraagd om tijdens een volgende zwangerschap tijdig op de hoogte te worden gehouden, heb ik haar verteld dat ik over tijd ben.

"Zo, en hoe is het met mijn tweede kleinkind?" vraagt mijn moeder aan me, terwijl ik net over tijd ben.

Ik voel me een beetje ongemakkelijk en zeg: "Ik weet nog niet eens honderd procent zeker of ik wel zwanger ben."

"Nou, ik wel," zegt ze.

Weken geleden heb ik aan mijn moeder gevraagd wanneer ze een keertje tijd voor mij heeft. Al zo lang wilde ik een keer iets leuks met mijn moeder gaan doen, zoals winkelen of zo. Ik wil graag een keer samen iets met haar doen, er is altijd wel iemand anders bij. Al een hele tijd van tevoren heb ik een afspraak gemaakt voor vandaag, vrijdagmiddag. Toen ik laatst bij ze op bezoek was, maakte mijn moeder ook met mijn broer een afspraak voor deze vrijdag om 10.30 uur, want hij wilde dat ze met hem mee ging om voor hem een broek te kopen.

Vanmorgen dacht ik dus, laat ik dan voor de zekerheid nog maar even bellen.

"Gaat onze afspraak nog door vandaag? Ik werk tot 13.00 uur en kan dan rond 13.15 uur afspreken."

"Ik weet het niet. Tja, 13.15 uur zal ik wel niet halen, want Lucas en ik zijn natuurlijk niet gelijk om 10.30 uur in het winkelcentrum. We gaan eerst nog koffiedrinken natuurlijk.

"Zullen we in het winkelcentrum afspreken?" vraag ik haar.

"Afspreken in het winkelcentrum wil ik niet, want ik heb daar niks te zoeken, ik wil daar niet ronddolen, daar heb ik geen zin in."

Ik doe mijn moeder andere voorstellen. "Oké, het maakt mij niet uit, wil je dan naar mij toe komen?" vraag ik haar ten slotte.

"Nee, Iris komt waarschijnlijk een uurtje eerder thuis en dan moet ik toch wel thuis zijn, want anders is het zo ongezellig voor haar. Kan ik je opbellen om te laten weten hoe laat Lucas en ik klaar zijn?" vraagt ze.

"Dan kan ik Lisa ook zelf wel van de crèche halen, David en ik hebben afgesproken dat hij haar zou ophalen zodat ik dan iets met jou kon doen." Ik moet ook weten waar ik aan toe ben, ik barst ook niet van de tijd. Nou, aangezien vader proefwerkweek heeft en dus ook wel gezellig thuis met correctiewerk in de huiskamer zal kleven, is mijn afspraak dus weer in duigen gevallen.

"Vind je het niet erg?" vraagt ze.

Ik zeg maar niets.

"Neem je Lisa mee?"

Dat was juist een keertje niet de bedoeling. Ik weet alweer precies hoe ongezellig het gaat worden vanmiddag. Alle aandacht gaat vast en zeker weer naar Iris. Als Lisa er is gaat alle aandacht naar haar en dan is het heel moeilijk om nog een beetje normaal met mijn moeder te praten. David zegt dat ik me wat harder op moet stellen.

Hij heeft gelijk, maar ik vind het zo moeilijk. We hebben thuis nooit geleerd open kaart te spelen. Vroeger zei ik altijd wat op mijn hart lag en dat kon niet, want dan kregen we de grootste ruzies. Dus dat heb ik afgeleerd en is er wel uitgeramd.

Nadat we mijn ouders hebben ingelicht dat ik weer zwanger was, heb ik ze gevraagd of ze het nog niet aan Lucas wilden vertellen omdat ik dat graag zelf aan hem wilde vertellen. Het was nog in een zo vroeg stadium, ik was amper over tijd.

Mijn vader is uit de school geklapt, zonder mij iets te vragen of te zeggen. Hij heeft blijkbaar voor ons bepaald dat hij wel vast aan iedereen kon rondbazuinen dat ik zwanger ben. Ik vind het niet leuk om dit van mijn broer te moeten vernemen en zeg hem dan ook dat ik het hem zelf had willen vertellen. Ik voel me hier erg verdrietig over, maar durf mijn vader er niet op aan te spreken.

Het irriteert mij bijzonder dat hij overdreven veel aandacht aan Lisa geeft en dat hij ons weleens even wil vertellen hoe wij Lisa op moeten voeden. Nou, dat hebben we gemerkt aan de opvoeding bij zijn eigen kinderen! Lisa krijgt echt alles voor elkaar bij hem. Hij is helemaal vol van haar, tot aan het absurde aan toe. Met ons wordt niet meer gepraat, slechts het hoogstnoodzakelijke, verder speelt mijn vader alleen maar met haar. Mijn moeder vind ik dan nog wel een stuk normaler reageren

Positief puntje is dat hij iets beter luistert naar wat ik te vertellen heb, of doet alsof, sinds ik het huis uit ben.

Iris leeft in haar eigen wereld, ze heeft het vreselijk moeilijk met zichzelf. Ze praat heel erg vaak over haar problemen en klaagt vaak dat ze pijn in haar lichaam heeft. Ze vraagt voortdurend om advies, omdat ze niet weet hoe ze met zaken moet omgaan, maar ze volgt de adviezen niet op. Vaak gebeurt het op verjaardagen of met feestdagen dat de sfeer snel bedorven is. Alle aandacht gaat dan naar Iris toe en meestal draait het op een huilbui uit, omdat ze allemaal niet meer weten hoe ze met haar om moeten gaan. Ze kan niet meer ophouden om over hetzelfde probleem te praten en blijft maar doorgaan. Gek word ik er soms van. Ze moet ook gek worden van zichzelf. Mijn moeder drijft ze soms tot wanhoop.

Er zijn geen grenzen aan haar emoties, ze komt telkens terug met dezelfde vragen, dat is het meest vermoeiende. Het hardnekkige doorgaan, de constante vicieuze cirkel waar ze in zit. Ze heeft echter ook een andere kant, ze kan soms heel sociaal en spontaan zijn. Helaas zie ik deze kant niet zo vaak van haar. Misschien komt het doordat ze in een moeilijke fase van haar leven zit. Het lijkt ineens te zijn ontstaan, naarmate ze ouder is geworden, en het lijkt steeds erger te worden. Ze komt over het algemeen diepongelukkig en bijzonder onzeker op mij over. Mijn kleine lieve zusje dat ik altijd wilde beschermen. Dat wil ik nog steeds, maar het lukt me niet.

Aangezien de situatie toch niet verandert, wil ik een nieuw leven opbouwen met David en wil ik mijn vader aankunnen. Mijn doel is in ieder geval de dominantie van mijn vader te kunnen hanteren. Mijn vader laten weten dat niet alles kan gaan zoals hij dat bepaalt, hem dat laten voelen. Mijn ouders de volledige waarheid durven zeggen, ze kunnen attenderen op hun gedrag en op het feit dat ze waarheden hebben verdraaid. Als ik dat kan, zonder dat het me zo emotioneert, heb ik al heel wat bereikt.

Inmiddels is het 1993. Vanwege het feit dat David geen werk meer heeft, zit hij in de WW. Ik krijg het idee dat hij in mijn familie nog meer in aanzien is gedaald door het feit dat hij nu geen werk meer heeft. Hij had een leaseauto, een Ford Scorpio. Dat is nu natuurlijk niet meer zo, momenteel hebben we dan ook geen auto. Tot aan nu heb ik als werkster bij mijn ouders in huis gewerkt. Ruim vier maanden ben ik zwanger. Ik hou het niet meer vol, het wordt me fysiek te veel. Als ik het tegen mijn moeder zeg, had ze al verwacht dat ik het niet meer aan zou kunnen. Intussen heeft ze een werkster aangenomen.

Mijn ouders willen graag een nieuwe badkamer en we hebben afgesproken dat David deze zal gaan plaatsen. Wanneer er wordt gesproken over wat voor tegels er op de badkamermuren zullen komen, zeurt mijn vader continu dat hij leuke vrouwen op de tegels wel mooi vindt. Hij houdt er dan ook niet meer over op en blijft er maar over door mekkeren. Natuurlijk vindt hij zichzelf weer erg grappig en ligt weer helemaal in een deuk om zichzelf.

"Ik sta er dan wel op dat David geholpen wordt als hij hier in de weekeinden komt werken," zegt mijn moeder stellig. De reden dat ze dit zegt, is dat ik haar heb laten weten dat het niet leuk was dat David de vorige keer met de verbouwing van de keuken, de kast op de overloop en in de gang, werkelijk alles alleen heeft gedaan. Plechtig wordt beloofd dat David alle hulp zal krijgen. Vervolgens wordt er een weekeind ingepland dat mijn ouders thuis zijn en geen afspraken hebben.

Als puntje bij paaltje komt, wordt David echter door niemand geholpen. Mijn ouders gaan gewoon weg, omdat ze toch ineens een afspraak hebben ingepland. Omdat ik weer zwanger ben kan ik ook ditmaal zowat niets doen om David te helpen.

Er wordt natuurlijk weer niet aan me gevraagd hoe het gaat nu ik zwanger ben en dat vind ik helemaal niet leuk. Zo graag zou ik alles rondom mijn zwangerschap willen delen met mijn moeder, een moeder.

Intussen ben ik acht maanden zwanger en mijn ouders gaan voor een maand op vakantie naar Joegoslavië. Ze zijn speciaal langer in Nederland gebleven, omdat Lucas medio juli jarig is. Ze zijn vaak op vakantie als hij jarig is en ze zeggen dat ze dat erg vervelend voor hem vinden.

"Ik vind het niet leuk dat jullie, nu ik tegen het einde van mijn zwangerschap loop, helemaal naar Joegoslavië op vakantie gaan. Het kan toch ook gebeuren dat de baby iets eerder wordt geboren?" zeg ik tegen mijn moeder.

"Ik begrijp niet dat je er zo'n punt van maakt dat we niet in Nederland zijn. Ik kan me niet herinneren dat mijn ouders speciaal voor mij in Nederland zijn gebleven. Toen ik zwanger was en Lucas werd geboren zaten mijn ouders ook in het buitenland."

"Je moet je niet aanstellen, ik snap niet waar jij je druk over maakt," zegt mijn vader.

We mogen gebruik maken van de auto van mijn moeder gedurende hun vakantie. Intussen is David nog steeds flink aan het werk in hun badkamer. Werkelijk alle tegels op de vloer en de wanden worden er door hem uit gehaald, leidingen worden omgelegd, de wasbak en het bad gaan eruit. Het is een gigantische klus.

Als mijn moeder afscheid van me neemt zegt ze: "En niet bevallen hè, als ik weg ben, wel wachten tot ik terug ben." Dit steekt me, omdat het wel eens eerder zou kunnen gebeuren.

Mijn broer laat tijden lang niets van zich horen, ook niet als mijn ouders op vakantie zijn. Dit doet me veel pijn. Mijn zus is de enige die me van alles vraagt over mijn zwangerschap en geïnteresseerd is. Verder voel ik me erg in de steek gelaten door mijn familie. Mijn broer helpt David niet één keer als mijn ouders op vakantie zijn en David nog met de badkamer en de rest bezig is.

Mijn zus stort nogal eens haar hart uit tegenover David, terwijl hij daar aan het werk is, en daar luistert hij dan naar. Ze loopt met nogal wat problemen rond. David heeft een nieuwe douchebak in de douche geplaatst en deze mag een dag niet gebruikt worden. Hij vraagt Iris om de douchebak een dag niet te gebruiken, wat Iris belooft. Ze is alleen thuis, omdat mijn ouders nog op vakantie zijn. David ontdekt de volgende dag dat de douchebak lekt. Het blijkt dat Iris toch heeft gedoucht, daarbij heeft ze ook nog eens een soort kleurshampoo gebruikt die compleet in de voegen is getrokken en er niet meer uit gaat! David baalt als een stekker en maakt het weer in orde.

Mijn ouders zijn intussen weer terug van vakantie, het is een maand later en mijn buik is op het hoogtepunt. David is nog steeds bezig in de badkamer. Hij klaagt dat niemand hem helpt en hij alles alleen moet doen.

"Ik vind het lullig dat David geen enkele hulp krijgt" zeg ik op een gegeven moment tegen mijn vader.

"David is nu eenmaal een jongen die dit leuk vindt," zegt hij.

"Dat vindt hij heus niet allemaal leuk om te doen en ik vind het ook niet altijd even leuk, want ik zit vaak genoeg alleen met Lisa thuis, ook 's avonds en in de weekeinden."

David zegt dat, als hij bij mijn ouders aan het werk is, mijn vader bij de werkster zowat de tieten uit haar blouse kijkt als ze bukt en iedere keer als ze bukt hij er een glimp van probeert op te vangen. David zegt dat hij als een hondje achter haar aan loopt en ontzettend loopt te slijmen. Ze is een Iraanse en komt op een dag plotsklaps, zonder reden, niet meer opdagen. Nu heeft mijn moeder weer geen werkster.

De schoorsteen heeft David ook helemaal in zijn eentje gesloopt, terwijl hij daar totaal geen ervaring mee heeft. Ik sta doodsangsten uit als hij bij hen op dat hoge dak staat. Boven in het halletje moet de pui van de schoorsteen er ook uit. David heeft daar alles mooi strak gemaakt.

Het was echt een beestenklus. Soms heb ik eten gekookt en dan is hij maar bezig in het huis van mijn ouders. Ik wacht en wacht en het eten verpietert dan compleet, op een gegeven moment heb ik er echt de balen van. Op den duur heeft hij er ook niet veel zin meer in. David heeft eens tegen me gezegd: "Ze gebruiken me, je vader is alleen aardig tegen me als hij me nodig heeft." Dit heb ik toen ontkend, ik verdedigde mijn vader nog.

"Ik vind het lullig van jullie dat David geen enkele hulp heeft gekregen, dat hadden jullie nota bene beloofd!" zeg ik op een dag nogmaals tegen mijn ouders.

"Is dat zo? We zijn allang weer vergeten dat we dat hadden beloofd," is hun respons.

Mijn ouders halen nog even als een soort verkapt grapje aan dat ik ook veel alleen thuis heb gezeten tijdens het werk dat David bij hen heeft gedaan. We krijgen vervolgens een schadevergoeding van f 1000,– van ze. We hebben vooraf gezegd dat we er niets voor wilden hebben. Ze staan er echter op David het geld te overhandigen voor het werk.

David heeft Iris goedbedoelde adviezen gegeven toen ze met hem over haar problemen sprak en hij haar luisterend oor was. Iris heeft aan mijn vader verteld wat David haar heeft geadviseerd, maar de adviezen zijn door mijn vader afgekraakt en komen David nu compleet verdraaid ter ore. David is hierover teleurgesteld.

Ik zit er vreselijk mee in mijn maag dat ik geen oppas voor mijn kleine meisje heb als ik moet bevallen. Als het echt niet anders gaat, hebben David en ik met elkaar afgesproken dat we haar maar gewoon mee naar het ziekenhuis nemen. Mijn ouders zijn net terug van vakantie en we hebben uiteindelijk gelukkig kunnen regelen dat Lisa bij hen kan verblijven als ik beval. Voorwaarde is dan wel dat ik op vrijdag of in het weekend moet bevallen, want anders kan het niet. Mijn moeder kan er geen vrije dag voor nemen.

We zijn bij de verloskundige geweest en David heeft er bij de verloskundige op aangedrongen dat ik naar het ziekenhuis zou gaan, omdat wij ons zorgen maken. Ik ben immers al behoorlijk over tijd! De verloskundige is het er in eerste instantie eigenlijk niet mee eens en wil me weer gewoon naar huis sturen. David blijft echter aandringen dat ik naar het ziekenhuis moet en ik mag na veel moeite uiteindelijk naar het ziekenhuis.

Eenmaal in het ziekenhuis vertelt de gynaecoloog me dat ik al flink over tijd ben en hij de volgende ochtend mijn bevalling wil gaan opwekken. Dit gebeurt door middel van een gel waarmee de baarmoedermond ingesmeerd wordt en dit wekt weeën op. Mochten de weeën niet komen, dan wordt het hele proces herhaald. Aan de hand van de echo die daarna wordt gemaakt, blijkt dat ik reeds drie weken over tijd ben! De dame die de echo maakt, zegt me dat ik een olifantshuid heb, een hele dikke huid, en dat zij dat zelf ook heeft. Daar moet ik wel om lachen.

Ik mag nog even naar huis om mijn spullen op te gaan halen. Nerveus probeer ik mijn ouders te bereiken. Omdat mijn moeder aan het werk is en mijn vader nog vrij is, heb ik afgesproken dat in ieder geval mijn vader deze dagen telefonisch bereikbaar zou zijn. Ik kan mijn vader niet bereiken. Uiteindelijk bel ik, aan het einde van de middag, in mijn zenuwen mijn moeder op haar werk en zij komt iets eerder naar huis.

Wanneer wij voor hun huis op haar staan te wachten, komen net mijn vader en zus aanrijden in de auto. Ze zijn naar de school van Iris gegaan, in het oosten van het land, om alvast boeken op te halen.

"Waar blijven jullie nu toch? Jullie zouden toch bereikbaar blijven?" roep ik nerveus uit.

"Nou, maak je niet druk, we zijn toch nog op tijd!" zegt mijn vader.

Na vijf minuten komt ook mijn moeder aan, die ik nu voor niks op haar werk heb gebeld, dus voel ik me bezwaard, maar dat wuift ze weg. We drinken snel nog een kopje thee en dan moeten we weg. David en ik gaan naar het ziekenhuis en Lisa blijft bij mijn ouders en Iris achter.

In het ziekenhuis houden ze het hartje van de baby in de gaten. 's Avonds krijg ik weer weeën. Ik hoop dat de geboorte toch nog spontaan plaats zal gaan vinden. Samen met de verpleegsters kijk ik naar de Soundmixshow van Henny Huisman en ik hou me de hele tijd goed, maar op een gegeven moment vertel ik ze toch maar dat de weeën nu wel erg regelmatig komen.

Direct springen ze op en leggen me aan een apparaat om het hartje van de baby te registreren, terwijl ik een band om mijn buik heen krijg vastgemaakt. Ik ben het niet gewend dat er mensen zijn die me zo serieus nemen en het verrast me ontzettend. David wordt opgebeld, hij is nog samen met Lisa bij mijn ouders en komt ogenblikkelijk naar het ziekenhuis.

Wanneer de band weer van mijn buik af is, loop ik naar de wc en onderweg voel ik een knap en daarna loopt er warm water langs mijn benen. Mijn vruchtwater is gebroken. Ik wist niet dat het zo voelde, bij Lisa was ik immers verdoofd geweest en nu maak ik de geboorte van begin tot einde echt mee.

David en ik weten dat het nu eindelijk gaat gebeuren. In de consternatie heeft hij het fototoestel vergeten mee te nemen, maar we durven het risico niet te nemen dat hij het toestel nog gaat ophalen. Ik word naar de verloskamer gebracht en naast mij ligt nog een vrouw te bevallen. Ze loopt ontzettend te gillen.

Een assistent-gynaecologe helpt mij, zij begeleidt me erg goed. Van tevoren heb ik een gesprek met haar gehad en haar gevraagd om geen ingrepen te doen die niet noodzakelijk zijn, zoals inknippen. Ze zou er rekening mee houden en dat stelt me zeer gerust. De weeën kan ik goed opvangen, ik sta en leun op het bed en af en toe loop ik naar de wc om te plassen. David en ik zijn vrij veel alleen, omdat ze naast ons ook met een bevalling bezig zijn.

Op een gegeven moment kan ik de pijn niet meer houden en ik zeg ook dat ik het niet meer hou. Vervolgens leggen ze me snel op bed en de verpleegster probeert nog die band om mijn buik te doen. "Het moet, we moeten de hartslag van de baby registeren," zegt ze. Dat wil ik niet meer, want mijn buik doet op dat moment zo'n pijn dat ik haar wegduw, ze blijft proberen, maar ik wil niet vanwege de vreselijke pijn. Gillen wil ik niet, ik wil me laten gaan op de flow van de weeën, net zoals een oventje dat warm wordt. De gynaecoloog zegt gelukkig dat de band niet meer om mijn buik hoeft, omdat ik al voldoende ontsluiting heb om te mogen persen.

"Echt waar?" vraag ik nog, want ik voel geen persdrang, maar dat blijkt te zijn omdat het kindje nog niet is ingedaald.

Wanneer ik mag persen, gaat de ergste pijn weg en krijg ik wel persdrang. Na een aantal keren persen is Max geboren en ze leggen hem op mijn schone T-shirt. Mijn hele shirt zit onder de smurrie. Ik kijk mijn baby in zijn heldere oogjes en het is net of ik hem al zo lang ken. Het is een lieve, flinke en lange baby van 4080 gram. Zijn lengte van 57,5 cm kunnen ze in het ziekenhuis niet geloven. Ze meten hem wel drie keer na, omdat ze denken dat ze iets fout doen. Nu begrijp ik waarom ik het gevoel had dat de baby zo hoog zat, tegen mijn maag aan, en het leek of er bijna geen ruimte meer was in de lengte! Daar had ik op het laatst erg last van. Mijn baby krijgt gelijk borstvoeding en ik mag hem best al een tijd bij me houden. Daarna houdt David hem vast.

Hij heeft al veel kracht en ziet er oersterk uit. Zelfs zijn nekje kan hij al ietwat optillen, het is ongelooflijk. Dat zal wel komen, omdat hij flink heeft kunnen groeien, met drie weken over tijd!

Wij twijfelden of de roepnaam van ons kindje Noah of Max zou worden. Maar als we ons kindje zien, besluiten we hem echter Max te noemen als roepnaam. Hij drinkt ontzettend veel, heeft een krachtige stem en hij is beresterk!

Achteraf hoor ik dat vrouw die naast mij lag te bevallen, moest wachten totdat ik was bevallen. Een geluk voor mij dus! De bevalling is gelukkig veel gemakkelijker verlopen dan bij Lisa. Ik ben een klein beetje ingescheurd naar onderen toe en dat is gehecht met drie hechtinkjes, maar daar merk ik niet veel van.

De volgende dag komen David, Lisa en mijn ouders op bezoek. Van mijn moeder krijg ik een tas met allemaal pakjes op bed. Ik voel me erg opgelaten met al die pakjes, met mijn baby in mijn armen. Ik vind dat Lisa er moe uitziet en ze heeft kringen onder haar ogen, ik wijt het aan de spanningen van de baby. Ze vindt het best wel moeilijk en is er erg mee bezig. Ze krijgt van ons een popje met een flesje zodat ze een beetje aan het idee kan wennen. Nu geeft ze de pop ook iedere keer een flesje melk. Ze lijkt een beetje boos op me, wat ik wel kan begrijpen.

David heeft behoorlijke mot met mijn ouders gekregen. Als hij bij mijn ouders is, belt Lucas mijn ouders op en vraagt naar David. Lucas woont intussen op zichzelf. Hij feliciteert David en vraagt onmiddellijk aansluitend of hij met mijn moeder kan spreken. Tegen mijn moeder zegt Lucas dat hij van plan is om bij mij op bezoek te gaan, maar hij bespreekt dit niet met David en vraagt David ook niet wanneer het uitkomt. David voelt zich compleet gepasseerd. Vervolgens wordt David kwaad als mijn moeder hem meedeelt dat Lucas bij mij op kraambezoek wil komen.

Van tevoren had ik tegen David gezegd dat ik direct na de bevalling niet te veel mensen in één keer wilde ontvangen. David maakt mijn standpunt duidelijk. Dit valt helemaal in verkeerde aarde. Reeds langere tijd heb ik geen goede verhouding met mijn broer. Vanwege het feit dat mijn broer totaal geen interesse of medeleven in me heeft getoond tijdens mijn zwangerschap, is mijn teleurstelling in hem nog groter geworden. Ik heb Lucas al een lange tijd niet meer gezien en weet niet goed hoe ik ermee om moet gaan als hij straks voor mijn neus zal staan als de baby is geboren, zomaar alsof er niks is gebeurd. Daar zie ik ontzettend tegenop. Ik heb David verteld waar ik mee zit en hij weet hoe gekwetst ik me voel.

Ook heb ik tegen David gezegd dat ik vlak nadat ik ben bevallen, geen aanhoudende vragen van mijn zus kan hebben over hoe moeilijk en hoe pijnlijk de bevalling wel niet is geweest. David vraagt of Iris een beetje rekening met mij wil houden, door het niet iedere keer weer over de bevalling te hebben. Ik hoor van David dat Iris beledigd is.

David heeft de tweejarige Lisa ten slotte meegenomen en is vanaf het huis van mijn ouders helemaal met haar in zijn armen naar huis gaan lopen, terwijl hij ook doodmoe is. Natuurlijk is hij ook doodmoe, we hebben een bevallingsnacht achter de rug.

In het ziekenhuis komt er niemand bij me op kraambezoek en ik vraag me af wat hiervan de reden is. David vertelt mij dan dat er iets is gebeurd.

Met zijn drieën komen Lucas, zijn vriendin Tanja en Iris 's avonds naar het ziekenhuis om bij mij op kraambezoek te komen. David vertelt dat hij ze beneden in de hal tegen is gekomen. Lucas stond daar met een grijns op zijn gezicht en David zei: "Jij hoeft niet te denken dat je hier zomaar binnen kunt wandelen, net of er niets is gebeurd!" Tegen Iris zei hij dat het niet tegen haar is gericht maar tegen Lucas. Daarop zijn ze alle drie weer vertrokken.

Ik ben geschokt en weet niet wat ik ermee aan moet. Ik voel me vreselijk verdrietig en alleen in mijn kraamtijd, mijn maag krimpt samen van ellende.

De volgende dag vragen we aan de gynaecoloog of ik naar huis mag, omdat ik dit erg graag wil. We gaan met een taxi naar huis. Thuisgekomen vraag ik of we mijn ouders niet moeten bellen, maar David vertikt het ten enenmale.

Ik ben heel druk met de baby en met Lisa natuurlijk. De kraamverzorgster zegt: "Ik heb nog nooit meegemaakt dat het zo stil is ergens als er een baby is geboren, geen telefoontjes en er komt geen bezoek." Ik ben vreselijk verdrietig en eenzaam door de hele toestand en probeer er niet aan onderdoor te gaan.

's Maandags krijg ik een brief van mijn moeder met enige uitleg harerzijds.

David en Linda, 28-8-93

*Het is halftwee 's nachts en ik kan niet slapen. Dit zeg ik niet om me-
delijden op te wekken. Na wat gisteren gebeurd is ben ik erg ontdaan.
Ik ben niet van plan hier mijn mond over te houden, want het zit me
erg hoog. Ik vraag me af: wie geeft David het recht om drie mensen,
die met de beste bedoelingen bij hun zus op bezoek komen, die 's middags nog op zoek zijn geweest naar een leuk cadeau, op zo'n hondse
manier weg te sturen? Wat voor zin heeft het om mensen die je toch na
staan zo te kwetsen? Hiervoor is geen excuus. Ik zal niet beschrijven
hoe aangeslagen ze hier alle drie aankwamen. Ik weet niet wat David
hiermee wil bereiken. Van hem zou ik daar graag een eerlijk antwoord
op krijgen. Als dat een breuk in de familie of een deel van de familie
is, dan lukt dat aardig.*

*Een dag geleden heb ik David, op zijn, zoals hij zelf later zei, botte
manier van spreken gewezen. Ik wil als Linda is opgeknapt graag met
jullie erover praten. Voor mij is nu een grens overschreden. Ik accepteer
dit gedrag niet tegenover mijn familieleden, zo ga je niet met elkaar om.
David kan zich niet blijven verschuilen achter spanning en vermoeidheid.
Ik weet dat er door jullie nu wordt gedacht dat ik partij kies en dat is ook
zo. Zoals jullie partij kiezen voor elkaar, zo kies ik in dit soort gevallen
voor mijn kinderen. Ik zou ook voor Linda opkomen in zo'n geval. Ik
voel me persoonlijk gekwetst.*

*Volgens mij is Linda een zelfstandig denkende volwassen vrouw, die haar
eigen beslissingen kan nemen. Ik denk dat Linda heel goed in staat is zelf
te beslissen wie ze op bezoek wil hebben en dat ook zelf aan diegenen weet
te vertellen. Als dit door wat voor omstandigheden dan ook niet mogelijk
was, dan had een verpleegster dit ook aan het bezoek kunnen vertellen.*

Ik wil niets liever dan een goede en leuke verstandhouding. Ik wil niets liever dan gewoon regelmatig langskomen en jullie en de kinderen zien. Als jullie het op prijs stellen dat we af en toe langskomen en als we welkom zijn, hoor ik het graag. Het is voor de kinderen ook belangrijk nog één opa en oma te hebben.
Ik hoor het wel wanneer, op welke tijd, we welkom zijn.

Mama

09.30 's ochtends,

Zo-even heb ik het ziekenhuis gebeld om te informeren hoe het met Linda was nadat ze gisteravond was 'ingestort' en of ze naar huis mocht. Tenslotte had ik aangeboden haar op te halen om jullie kosten te besparen en niet om me met jullie te bemoeien. Ze zeiden me dat jullie in gezamenlijk overleg hadden besloten dat Linda naar huis was gegaan gisteravond, omdat ze erg moe was en jullie dachten dat ze thuis beter kon uitrusten. Dat Linda erg moe was begrijp ik best, maar dat is geen reden voor David om zo te reageren. Ik ben perplex. Een telefoontje was trouwens wel op zijn plaats geweest.

Het is nu zondag. Ik heb lang nagedacht. De situatie is niet erg leuk. Linda, ik weet niet of je weet wat er gebeurd is. Ik wilde eigenlijk liever wachten tot je bent opgeknapt, maar de situatie is nu zo dat ik alleen komen wil als ik welkom ben. Door de manier waarop Lucas, Iris en Tanja zijn weggestuurd, weet ik niet of dat zo is en wanneer dat is.
Het is dus niet zo dat ik niets laat horen, omdat ik geen belangstelling heb. Wel sta ik helemaal achter wat ik eerder heb opgeschreven.
Ik had je mijn brief willen geven als je uit het ziekenhuis kwam, met een kleine toelichting.
Dat was niet mogelijk, dus zie ik geen andere oplossing dan hem bij jullie in de bus te doen.

Mama

Mijn tweede kraamtijd is hierdoor ook verpest. Mijn moeder zei dat de kraamtijd een mooie tijd moet zijn voor de kraamvrouw. Mijn kraamtijd is door alles echt goed verziekt.

Met tegenzin en bonkend hart bel ik mijn ouders op en vraag wanneer ze langskomen. Ik voel me heel erg onprettig en verdrietig door alle spanningen. Al geniet ik wel ontzettend van mijn lieve kinderen. Het is echt het mooiste wat me is overkomen!

Wanneer mijn ouders langskomen, wordt er over bepaalde onaangename dingen gesproken. Het gaat allemaal erg stroef. Omdat ik net ben bevallen van mijn zoontje, ben ik erg instabiel en huilerig. Mijn concentratievermogen heb ik ook nog niet terug.

"Voor mijn gevoel sta ik ertussenin en logischerwijs heb ik partij getrokken voor mijn man. Ik voel me in de steek gelaten, doordat jullie me niet meer zijn op komen zoeken," zeg ik tegen mijn ouders. Mijn ouders zijn behoorlijk pissig over alles en vooral op David. "Als we toch bezig zijn om dingen uit te spreken, dan zijn er wel meer dingen waar ik nog mee zit uit het verleden. Zoals dat ik abortus moest laten plegen en dat ik nooit enige steun van jullie heb gehad bij mijn abortus," zeg ik verwijtend tegen mijn vader.

"Het waren voornamelijk de ouders Edwin die er zo op hamerden dat jij je moest laten aborteren!" beweert mijn vader met volle overtuiging.

"Jij bent de enige die in die tijd nog achter me heeft gestaan," zeg ik tegen mijn moeder, wat zij met tranen in de ogen beaamt. Wat ik niet zeg is dat ze mij daarna ook keihard heeft laten vallen. Mijn vader legt alles weer zo uit dat hij geheel wordt vrijgepleit. Hij weet het altijd zo te draaien dat anderen aan mij gaan twijfelen en niemand mij gelooft. Ik was degene die altijd moeilijk was vroeger en altijd alle jongens achter me aanhad.

"Toen jij zeventien jaar was wilde jij al een kind van een of andere vent die achtentwintig jaar was. Hoe denk jij dan dat je je voelt als ouder zijnde?" vraagt hij.

Zelfs mijn eigen man begint bijna aan mijn verhalen te twijfelen. "Als je nog dingen hebt waar je mee zit dan moet je het maar zeggen, er kan altijd nog over gepraat worden."

Vanaf nu ligt alles overigens aan David, hij is de nieuwe zondebok. Mijn moeder zegt tegen David: "Ik ben wel voor Linda opgekomen, ik heb haar verdedigd na de bevalling van Lisa en jij hebt haar gewoon laten barsten, omdat je bent gaan werken." Verwijt op verwijt, zo gaat dat. Wanneer houdt het op?

"Je moet zelf Iris maar opbellen om te vragen of ze alsjeblieft op bezoek wil komen," zegt mijn moeder tegen me.

Mijn eigen zusje heeft mijn baby nog nooit gezien... Dat doet me heel veel verdriet.

"Heb je zin om vrijdag langs te komen als je vrij bent? Dan is de kraamverzorgster er nog net en dan kan je ook zien hoe alles gaat. Dan kan je de baby in bad doen en aankleden als je dat wilt?" vraag ik mijn moeder. Nou, dat hebben we uiteindelijk afgesproken.

Als mijn moeder er vrijdag is, reageert ze afstandelijk. Ze is ontzettend beledigd als de kraamverzorgster mijn moeder vertelt hoe ze de baby moet wassen en aankleden, want dat wist ze heus nog wel van haar eigen kinderen vroeger! Ze kat de kraamverzorgster af en ik krijg last van plaatsvervangende schaamte.

"Iris wil wel graag komen, maar ze is bang dat ze niet welkom is," zegt mijn moeder tegen me. Ik word er zo moe van allemaal. Om de lieve vrede te bewaren bel ik Iris zelf en hebben we afgesproken dat ze langskomt.

David heeft er geen zin meer in om de kleine afwerkingen in de badcel van mijn ouders nog te doen. Ik zie mijn familie niet vaak meer. Wij gaan meer daarnaartoe dan dat er andersom enig initiatief is. Het botert niet best tussen ons.

Op een keer komen we mijn vader tegen in het winkelcentrum. We zijn met ons gezin en het is nog best wel lekker weer. We zitten daar op de grote stenen als mijn vader komt aanwandelen. Lisa herkent opa al van verre en roept hem. De enige persoon die opa ziet, is Lisa.

Max ligt in de kinderwagen, maar mijn vader kijkt nog niet eens naar hem, hij negeert hem compleet. Het doet pijn tot in het diepst van mijn ziel. Hij heeft alleen maar aandacht voor Lisa en speelt met haar. En uiteindelijk, wanneer we allebei weer verder willen gaan, zeg ik tegen hem: "Je hebt nog een kleinkind hoor!"

"Ach, die is nog niet zo belangrijk. Als baby kunnen ze toch nog niets, het is leuker als ze wat groter zijn," zegt hij.

"Maar je hebt nog niet eens naar hem gekeken!" zeg ik verontwaardigd.

Nog werpt hij niet eens een blik in de kinderwagen.

Dan herhaal ik het verontwaardigd nog een keer dat hij nog niet eens naar Max heeft gekeken. Dan kijkt hij even heel vluchtig, met tegenzin, in de kinderwagen naar Max. Dat doet zo zeer.

Mijn zus maakt het huis weer schoon bij mijn ouders, ik vermoed omdat ze weer thuis woont.

Ik ga nog weleens naar mijn moeder toe om te naaien op dinsdagavond.

Een dure zaag van David, die daar al die tijd heeft gelegen nog van het werken, is finaal kapot, alle tandjes waren krom. David is erg verontwaardigd.

Ik vraag aan mijn vader: "Weet jij soms of er iemand aan die zaag heeft gezeten?"

Zichtbaar geërgerd zegt hij: "Ik heb er niet aan gezeten en iemand anders ook niet, ik weet er helemaal niets van en ik wist nog niet eens dat hij hier lag!"

"Ik zeg toch ook niet dat jij het hebt gedaan, ik vind het alleen vreemd dat hij zomaar kapot is en wil gewoon weten of iemand eraan is geweest," zeg ik.

"Nou, ik in ieder geval niet en ik weet van niks!" zegt hij bijzonder geïrriteerd.

13.

Als Iris een keer bij ons op bezoek komt, is ze net terug uit Israël waar ze bij een ex-vriendje, Avi, heeft gelogeerd. De jongen was nog in de rouw, omdat zijn vader een paar maanden daarvoor was overleden. Zij heeft hem uit de rouwperiode gehaald, omdat ze het zat was dat hij in de rouw zat en niks mocht doen. Iris heeft de vader van Avi overigens ook gekend.

In Israël zijn er bepaalde wetten voor de rouw. Als je een ouder hebt verloren rouw je een jaar lang. In die periode gaat men nog niet naar vrolijke aangelegenheden toe, zoals feesten. Hij mocht dus niet uitgaan, maar zij heeft net zo lang zitten zeuren tot hij haar uiteindelijk mee uit heeft genomen. Ze vertelt dat ze beledigd was dat hij alles wat er in het Ivriet werd gezegd voor haar vertaalde in het Engels, ze kon zelf ook wel in het Engels met die persoon praten.

Ik leg haar uit dat het beleefdheid is geweest van hem en vraag haar hoe ze zomaar haar vriend uit de rouw kon trekken, dat ze dat toch moest respecteren. Ze neemt het echter niet zo nauw met de rouw en kan het gebruik niet respecteren en blijft bij haar standpunt dat ze die rouwgebruiken in Israël allemaal belachelijk vindt. David zit erbij en heeft dezelfde normen en waarden.

Lisa verhuist met een aantal andere kinderen van kinderdagverblijf Spikkels naar Saartje. Dit is de halve dagopvang. Ze krijgt ook andere leidsters, te weten Eva en Sylvia, ze komen in de plaats voor Nelleke en Debbie. Sylvia ken ik nog van vroeger, want zij heeft bij mijn zusje in de klas gezeten. Sylvia loopt voorlopig stage en is nog bezig met haar opleiding. Eva is de aandachtleidster van Lisa.

Op een gegeven moment spreek ik met Sylvia en ze zegt: "Lisa zegt dat ze opa heeft gezien buiten, ze begon heel enthousiast naar hem te zwaaien. Maar opa zwaaide niet terug en daarop zei ik: 'Dat is vast opa niet.' 'Jawel! Dat is opa wel!' Toen riep ze: 'Opa, opa!' Maar de man reageerde niet op haar terwijl hij eerst wel naar haar keek en liep toen door. Ik vond het toch zo raar, het is namelijk niks voor Lisa, ze doet nooit zoiets en ze was er zo heilig van overtuigd dat het opa was, dat het gewoon niet anders kon!"

Dit verhaal vind ik zo vreemd.

"Ben jij toevallig een keer langs de crèche gekomen en heb je Lisa toen zien zwaaien?" vraag ik als ik mijn vader weer zie.

"Nee hoor," zegt hij. Hij ontkent het volledig, nadat ik wel paar keer aan hem heb gevraagd of hij het echt niet was.

"Lisa was er werkelijk heilig van overtuigd dat jij het was die ze zag en ze vergist zich nooit in mensen," zeg ik stellig. Ik twijfel erg, Lisa heeft zich nog nooit vergist, ze ziet juist alles met haar scherpe oogjes. Dat vinden we juist altijd zo opvallend bij haar. Voordat wij iets in de gaten hebben ziet zij hem soms al. Ook in het winkelcentrum ziet zij opa meestal eerder dan wij.

Ik speel elke dag met mijn kinderen, zit bij ze op de grond, kijk naar ze, knuffel ze, lees voor, wandel met ze, noem het maar op.

Ergens op een zaterdag in oktober vragen David en ik of we misschien de auto van mijn moeder mogen lenen, zodat we naar Ikea kunnen, omdat we een eetkamertafel willen gaan kopen van ons gespaarde geld. Mijn moeder is echter weg met collega's van haar school om ergens stoffen te bekijken. Mijn vader biedt aan dat we met zijn auto mogen gaan. Hij is wel bereid om op Lisa en Max te passen. Hij leent nooit zijn eigen auto uit en we zijn nogal verrast.

We zijn redelijk lang weg, het is nogal druk op de weg en ook is het druk bij Ikea. Als we terugkomen vind ik dat er een erg onaangename sfeer in huis hangt. Bij binnenkomst huilt Max heel erg hard en de kleine man zit bijzonder vreemd onderuitgezakt op de gladde bruinleren driezitsbank, terwijl hij nog niet eens kan zitten! Hij is nog niet eens twee maanden oud, dat doe je toch niet! Ik ben behoorlijk verontwaardigd. Ieder moment kan hij van die gladde bank af vallen. Mijn vader zit een heel stuk verder weg op de andere tweezitsbank.

Dit vind ik erg eigenaardig en ik heb mijn vader nog wel vertrouwd hierin. Max is compleet, maar dan ook compleet overstuur, zo heb ik hem nog nooit gezien en Lisa zit stilletjes op het krukje aan de salontafel.

"Wat is hier aan de hand?" vraag ik mijn vader.

"Max huilt en hij houdt niet meer op met huilen, ik krijg hem niet stil. Sinds jullie weg zijn huilt hij al af en toe, dan is hij heel even stil, maar zodra hij om zich heen kijkt en zich realiseert waar hij is, begint hij weer te brullen."

Dat gebeurt nooit.

Als ik Max even troost gaat het weer een beetje beter met hem, maar ik vind de hele situatie vreselijk naar. Lisa zegt niet zoveel. Ik vraag wat ze heeft gedaan. Opa geeft ten antwoord dat ze wat gespeeld hebben en dat ze fruit hebben gegeten. Ik vind Lisa heel stil en het lijkt of ze opgelucht is dat we weer terug zijn. Even later komt mijn moeder thuis en drinken we nog even thee. Ik ben compleet ontstemd, maar kan mijn gevoelens hierover voor de rest niet plaatsen.

Nog eens gaan David en ik een keer naar de stad en we laten de kinderen bij opa en oma. En weer huilt Max continu als hij daar is. Ze zijn even naar het winkelcentrum geweest en hebben voor Lisa potloden gekocht. Ook zijn ze nog even naar de kinderboerderij achter het winkelcentrum geweest.

We zijn nog een keer op bezoek bij mijn ouders. Max vindt het daar echt vreselijk, weer moet hij onbedaarlijk huilen en Lisa is uitzonderlijk stiller dan anders. Bij mijn kinderen vindt een complete metamorfose plaats. Normaliter gaat Lisa altijd gelijk naar opa toe. Het valt me op dat ze dit nu ineens niet meer doet.

"Waar is de foto van Max gebleven, die we aan jullie hebben gegeven?" vraag ik aan mijn vader.

"Ik weet het niet," zegt hij onverschillig.

Alleen de foto van Lisa staat op de schoorsteenmantel.

"Waarom staat de foto van Max er niet bij?"

"Ik wist niet eens dat er een foto van Max was," zegt hij.

Dit vind ik niet leuk en het doet me zeer, ik ben een beetje geïrriteerd dat Max zo vreselijk wordt genegeerd. Mijn vader probeert de aandacht van Lisa te vangen wat niet zo goed lukt, pas tegen het eind van ons bezoek lukt dit een beetje.

Als we weggaan moet Lisa nog naar de wc en ze loopt ernaartoe. Ik ben nog in gesprek met mijn moeder en dan zie ik dat opa naar Lisa toe gaat, die op de wc zit. Het irriteert me en ik weet niet waarom, voor mijn gevoel blijven ze te lang weg. Net als ik naar mijn kind toe wil gaan om te kijken wat er aan de hand is, komt mijn vader hand in hand met haar terug de huiskamer in. Op een of andere manier voel ik me hier helemaal niet lekker onder, maar ik kan mijn gevoelens niet precies verklaren.

Mijn ouders tonen verder weinig interesse voor ons en komen praktisch nooit bij ons langs, ook al is Max nog zo klein. Hier ben ik erg bedroefd over.

Tijdens mijn moeders verjaardag vraag ik op een gegeven moment: "Wordt er nog iets gedaan met kerst?" Mijn moeder gaat er niet op in, er wordt gewoon overheen gepraat.

Ze bellen me praktisch nooit op. Als ik mijn moeder dan eens aan de telefoon heb, vraagt ze nooit hoe het met me gaat. Wanneer ik haar een keer aan de lijn heb, schiet ik plotsklaps uit mijn slof en zeg: "Je neemt niet eens de moeite om langs te komen of om mij te vragen hoe het met me gaat." Ik ben teleurgesteld dat ik voor de zoveelste keer zo lang niets meer van ze heb gehoord, het is altijd eenrichtingsverkeer en ik zeg haar dit dan ook.

"Ik vind het niet eerlijk van je en ik sta weer eens perplex," zegt ze. Boos hang ik op. Verder heb ik geen onvertogen woord gezegd, ik heb alleen mijn eigen waarheid en gevoelens verwoord. Naar aanleiding van ons gesprek ontvang ik een brief van haar.

Lieve Linda, 29.12.93

Dat ik me gekwetst voel begrijp je wel, maar ik neem aan dat dat ook de bedoeling is. Ik vind het heel onrechtvaardig om me uit te maken voor van alles en nog wat en me niet de kans te geven me te verdedigen. Kennelijk

*zijn moeders hogere wezens. Ik ben gewoon een mens met fouten en ge-
breken zoals ieder ander mens.*

*Ik was van plan met je te praten, maar nu alle mogelijkheden daartoe me
uit handen geslagen zijn zie ik het niet zitten om dit op papier te doen.
Ik denk namelijk niet dat dit enige zin heeft, omdat toch alles anders
wordt uitgelegd dan ik bedoel. Ik zou graag anders willen, zelfs nu nog.
Ik hoop, en dat meen ik, dat je nu werkelijk gelukkig bent, maar dat
betwijfel ik, want je leeft met zoveel haat in je. Geen mens kan zich
met zoveel haat gelukkig voelen, denk ik. Het enige dat ik nu nog voor
jullie kan doen is bidden.*

*Eén ding zeg ik je nu en ik hoop dat je het goed leest: de deur is niet door
ons gesloten en zal ook nooit door ons gesloten worden. Je blijft welkom,
wat er ook gebeurt. Misschien zal je eens begrijpen wat je echt hebt gedaan. Het is me trouwens een raadsel hoe je op het waanidee komt dat
je niet gewenst was, ik heb nog nooit zoiets raars gehoord. Niet gepland
betekent wel iets anders en als zelfs dat nog zo wordt uitgelegd dan weet
ik niet hoe ik uit moet leggen hoezeer je gewenst was.*

*Dit wilde ik je nog zeggen. Dat we van je houden staat als een paal
boven water, voor ons in elk geval, maar dat het niet veel zin heeft dit te
zeggen begrijp ik ook wel. Ik hoop tot ziens,*

Mama

Toevallig kom ik mijn vader en moeder op donderdagavond
tegen bij Blokker. Mijn vader zet me weer eens gigantisch voor
lul. Ik zie Sylvia, van de crèche, in Blokker lopen en zeg haar
gedag. Zegt mijn vader heel luid en duidelijk: "Is dat niet die
dikke Sylvia, die bij Iris in de klas heeft gezeten, ja, dat dikke
paard!"

"Doe zachtjes joh, praat eens niet zo, ze is Lisa's leidster op
de crèche."

"Die dikke Sylvia, haha, wat is het toch een paard!" zegt hij
keihard en hij blijft maar doorgaan, hij vindt zichzelf weer zo
grappig. Ik geneer me echt kapot. Typisch mijn vader.

Dan zeg ik tegen mijn ouders: "We vieren Lisa's verjaardag niet."

"Oh, wat ongezellig, waarom niet? Doen 'ze' daar ook al niet aan?" 'Ze', dat zijn de Joden.

"Nee, de Joden vieren dat niet," zeg ik.

"Oh ik wist niet dat 'ze' dat ook niet vierden, jij Edith?"

"Ik moet weg." En koeltjes zeg ik ze gedag. David heeft gezegd dat Joden geen verjaardagen vieren. Ik haal wel wat cadeautjes voor Lisa's verjaardag en ga naar huis.

Met Vaderdag ga ik niet naar mijn vader toe, ik heb er geen zin in. Ik ben kwaad op hem, omdat hij weer eens totaal geen respect voor me heeft getoond en me wederom voor lul heeft gezet midden in de winkel, voor mij is er nu toch echt een grens overschreden.

Ze hebben niet verteld waarheen ze gaan in de zomervakantie, wat ze normaal gesproken wel doen. Op een gegeven moment, gedurende de zomervakantie, staan mijn ouders plotseling bij ons voor de deur.

"Zo, wat zie jij er wuft uit," is het eerste wat mijn vader tegen me zegt.

Ik heb een lang hemd aan, omdat het bloedheet is deze zomer en binnen wil het ook maar niet afkoelen. "Wuft?" vraag ik dan ook.

"Ja, je weet toch wel wat wuft is of niet, moet ik je dat even uitleggen?"

"Nee, dat hoeft niet," zeg ik ongemakkelijk en ik voel me raar. Ik vind het een nogal vreemde begroeting na wat er is gebeurd.

"Opa is al een aantal dagen dood, we zijn vervroegd van vakantie teruggeroepen. Hij is overleden in het ziekenhuis. Hij was alleen toen hij stierf."

Mijn zus was alleen thuis gedurende de vakantie, maar ze heeft mij niet laten weten dat hij dood was.

"Waarom heeft Iris niet even wat aan me laten weten?" vraag ik.

"Ze wist niet wat ze moest doen. Ze durfde je niet te bellen of naar je toe te komen en ze wist ook niet wat ze moest doen, of ze ons van vakantie terug moest laten komen."

"Als ze dat niet durfde, dan had ze toch tenminste een briefje in de bus kunnen doen, ik ben toch geen boeman?" vraag ik. Er is automatisch vanuit gegaan dat ik geen contact meer met ze wilde.

Mijn vader vraagt me of ik een rouwkaart wil, hij heeft er een voor me meegenomen, maar die hoef ik niet.

Nadat ikzelf ook vakantie heb gehad, moet ik de volgende dag weer werken, de begrafenis vindt morgen al plaats.

Mijn neefje schijnt het te hebben uit gesnikt tijdens de begrafenis en mijn oom zegt tijdens zijn toespraak dat het een man was die eigenlijk zijn hele leven alleen was geweest en ook alleen was doodgegaan. Al zijn kinderen denken zo'n beetje hetzelfde over hun vader.

We hebben weer gesprekken gehad met mijn ouders. Lisa krijgt nog een kaart voor haar verjaardag van mijn ouders, ze is in mei jarig geweest. Max krijgt geen kaart voor zijn verjaardag en David ook niet. Naar de verjaardag van mijn vader zijn wij wel geweest en we hebben hem ook een cadeautje gegeven.

Intussen is het december. Voor de verjaardag van mijn moeder heb ik een cadeautje gegeven. We hebben niet veel geld en ik vind het niet leuk dat ze helemaal niets hebben laten horen toen Max en David jarig waren, zelfs geen telefoontje of kaartje en dat laat ik ze weten, ik vertel het ze. Ik geloof dat ze zich nu toch wel lullig voelen. We leggen ze uit dat we ervan balen om hypocriet te doen en we er om die reden geen zin in hadden om op die basis mijn verjaardag en de verjaardag van Lisa te vieren.

"Jullie zijn een totaal ander slag mensen, het zal toch nooit klikken tussen jullie en ons," zegt mijn vader.

Het ligt aan de houding van David. Nu is het zo dat hij soms ook best stug tegen ze kan zijn, maar ik kan me na alles ook wel voorstellen dat hij op een gegeven moment zo reageert. David probeert ze uit te leggen hoe dit komt. Overkomen doet het niet.

Als ik dan al eens met mijn moeder weg ben, want winkelen kan je het niet noemen, komt het meestal alleen neer op het kijken naar stof in stoffenwinkels, want dat is het enige dat zij wel leuk vindt als we winkelen. Meestal stel ik maar aan haar voor om te gaan kijken naar stof, het heeft geen nut om naar iets anders te kijken, want dat doe je niet als je niks nodig hebt! Ik vind het helemaal niet zo leuk als ik wel doe voorkomen, maar zij denkt waarschijnlijk wel dat ik het leuk vind. Tja, ze kent me dan ook niet.

Ongeveer eens in de twee maanden komen mijn ouders naar ons toe. Meestal komen ze dan op zondagmiddag, tegen het einde van de middag. Regelmatig krijg ik van mijn familie insinuerende opmerkingen over het feit dat ik telefonisch niet te bereiken ben. Ik voel me erg opgelaten dat ik soms niet makkelijk te bereiken ben. Onze deurbel is ook nogal eens kapot en hierdoor voel ik achterdocht in mijn familie.

Mijn moeder heeft me, tot mijn grote verbazing, gevraagd of ik zin had om met haar mee te gaan naar kookles om te leren een recept te bereiden voor kerst.

Als we op kookles zijn, is het erg gezellig en mijn moeder en ik staan met twee jongens van mijn leeftijd in het keukentje. Ik vind dat mijn moeder wel een jonge meid lijkt in haar gedrag. Ze loopt ontzettend met die jongens te sjansen, waar ik me flink voor schaam! Het lijkt haast wel of ze zichzelf moet bewijzen tegenover die jongens en ik weet niet wat ik zie! Ik begrijp de situatie al helemaal niet, omdat ze altijd compleet als een blok achter mijn vader staat en zijn mening deelt, no matter what. Mijn moeder brengt me met de auto naar huis en we raken vervolgens in gesprek.

"Ik vind het jammer dat Iris en jij geen contact meer met elkaar hebben," zegt ze.

Ik vertel haar hoe het zit en zeg haar dat ik niet meer naar haar toe ga, omdat ik dat al meerdere keren heb gedaan. Het initiatief gaat iedere keer van mij uit. Vorig jaar had ik mijn zus twee weken voor haar verjaardag gevraagd wat ze voor haar verjaardag wilde hebben. Ze wist niets en ze zou een lijstje voor me maken. Na nog een keer vragen kreeg ik nog steeds geen lijstje van haar. Ze beloofde dat ze aan mijn moeder zou doorgeven wat ze wilde hebben, dat deed ze echter ook niet.

Toen ze jarig was wilde ik langskomen. 's Morgens belde ik haar op om haar te feliciteren. Ik vond het leuk om even met Lisa langs te komen voor haar verjaardag. Ze gaf aan dat het erg moeilijk was om een afspraak te maken, want 's middags moest ze eigenlijk nog even naar school, maar dat wist ze nog niet zeker. Eigenlijk kon ik ook wel een andere keer komen, maar ze wist niet wanneer ze dan weer thuis zou zijn als ze wel naar school ging en dus was het beter om niet af te spreken. 's Avonds kon voor Iris ook niet. Voor de rest van de week wist ze niet wanneer ze een afspraak met mij kon maken voor haar verjaardag. Ik kreeg sterk de indruk dat ze er helemaal niet zo'n zin in had. Toen heb ik tegen haar gezegd dat ik haar nog wel een keer zou bellen om een afspraak te maken. Uiteindelijk heb ik haar niet meer gebeld.

Van mijn moeder hoor ik nu dat Iris dacht dat ik er niet zo'n zin in had om langs te komen. Ja, om die reden heb ik haar ook opgebeld zeker, de zaken worden weer eens omgedraaid. Ik zeg ook tegen mijn moeder dat ik van al dat gedraai in de familie baal en dat ik nu zover ben, dat ik gewoon de waarheid tegen iedereen zeg. Als dat niet wordt geaccepteerd dan is het jammer.

Ook praat ik over het geloof en waar ik in geloof.

"Ik hou er niet van om hypocriet te zijn en zeg gewoon waar ik voor sta. Ik vraag me altijd af of ik juist heb gehandeld of niet, bij de dingen die ik doe. Hoe leef jij dan?" vraag ik haar.

"Ik leef niet zo," zegt ze.

Ik kan het niet begrijpen, zij is toch ook gelovig, maar blijkbaar strookt dat niet altijd samen.

Vorige zomer is mijn zus op vakantie naar het buitenland gegaan, mijn ouders waren toen al op vakantie. Toen ze bij mij op bezoek was, heeft ze gezegd dat ze in ieder geval, voordat ze op vakantie zou gaan nog wat van zich zou laten horen. Ze zou langskomen of als dat niet ging, zou ze mij in ieder geval bellen. Ze heeft geen contact met me opgenomen en ik had ook geen adres van waar ze zat.

"Ik ben het met je eens, maar ik vind het toch zonde dat jullie elkaar niet meer zien."

"Iris kan gerust naar me toe komen om met me te praten, maar dat moet nu maar eens van haar kant komen." Het gesprek gaat verder. "Je hebt nooit tijd voor me gehad, je bent niet een moeder die bijvoorbeeld gezellig met mij gaat winkelen of zo.

Ik begrijp best dat je jong kinderen hebt gekregen en nu weer een eigen leven wilt leven en je eigen dingen wilt doen en dat vind ik ook helemaal niet erg, maar ik vind het wel jammer dat je zoveel werkt dat ik je zo weinig kan zien."

"Nou, dan gaan we een keer winkelen. Zeg maar wanneer?" zegt ze en de tegenzin en de verplichting stralen van haar af.

Ja, en zo bedoelde ik het nou ook weer niet, het is meer bedoeld als voorbeeld. Ik wil zo graag dat het gewoon spontaan gaat en dat gaat het nu dus ook niet, dus voel ik me weer rot. Ze maakt gelijk een afspraak om te 'gaan winkelen'. Nu kan ik er niet meer onderuit, ze bedoelt het tenslotte goed.

Als we gaan winkelen is er niets aan. We gaan kleding bekijken, want ik heb kleding nodig. Zelf zie ik soms niet wat me goed staat en ik heb me door haar iets aan laten praten wat me helemaal niet staat. Zij vindt een vestje leuk met strepen in de breedte en pakt dat voor me, ik twijfel al in de winkel en zeg haar dat ik dat zelf nooit zou uitkiezen, maar ze zegt dat ik het voor die prijs toch niet kan laten hangen, het is maar ƒ 10,–.

Verder hebben we wat gedronken bij V&D en dan is de tijd al om, ik ben blij dat ik weer naar huis kan. Thuisgekomen vind ik het vestje eigenlijk helemaal niet leuk. David zegt: "Wat heb jij nou aan? Het staat je voor geen meter, heeft je moeder gezegd dat je dat leuk stond?"

Uiteindelijk heb ik het nooit aangetrokken, ik voelde me er net een paard in en heb het vestje maar weggegooid. Ik vraag me af of mijn eigen moeder werkelijk meende dat het me goed stond of niet.

Als mijn moeder op vrijdag vrij is, moet ze het huishouden doen of heeft ze haar eigen afspraken. In het weekend gaan mijn ouders meestal weg of ze hebben bezoek. Wanneer ik weleens onverwacht langskom, voel ik me niet echt welkom. Vaak gaat mijn moeder door met haar huishoudelijke klusjes. Altijd als wij op bezoek zijn in het weekend haalt ze de wasmachine of de droger leeg en vouwt ze de was op, omdat het tarief goedkoper is in het weekend.

Mijn oma heeft een attack gehad en ik word door mijn moeder na het weekend op de hoogte gesteld. Ik word op mijn werk gebeld en vraag haar: "Waarom bel je me op mijn werk om me dit te vertellen, waarom heb je het me niet in het weekend verteld?"

"Oh, ik wist niet dat je dat zo erg vond, ze is alweer aardig opgeknapt en je hoeft je geen zorgen meer te maken hoor."

"Ik had het graag eerder willen weten, omdat ik haar dan ook even wat had kunnen laten horen van mij en voor hetzelfde geld was het wel erger geweest."

Gelijk daarna bel ik mijn oma op en zeg haar dat ik het niet eerder te horen had gekregen en het me pas nu ter ore was gekomen. Ze zegt: "Ja, ja, het zal wel." Ze heeft wel hulp en het gaat weer een beetje beter met haar. Ze bedankt me voor het telefoontje.

Iedereen was allang op de hoogte, behalve ik natuurlijk. Oma gaat verhuizen van Gouda naar Bilthoven en komt hier in een bejaardentehuis, zodat ze dichter bij mijn ouders woont. Het is een van de laatste keren dat ik haar heb gezien.

Als mijn oma eens een keer bij mijn ouders op bezoek is, zijn wij er ook en ze ziet voor het eerst mijn kinderen. Ze vindt dat ik leuke kinderen heb. Ze gaat zelfs zover dat ze tegen me zegt dat de man die mijn opa was, niet helemaal goed bij zijn hoofd was! Het is voor het eerst dat ze zich op deze wijze tegenover mij uitspreekt. Het voelt een klein beetje als een soort van erkenning om wat hij destijds bij mij heeft gedaan en dat kan ik toch wel in haar waarderen.

Het is de laatste keer dat ik haar zie. Het vreemde is dat ik niet bij haar op bezoek ga, ook al woont ze nu in dezelfde plaats. Een band heb ik nooit met haar gehad en het staat me op een of andere manier tegen om naar haar toe te gaan. Ook wil ik geen familie meer tegen het lijf lopen, die toch al zo bevooroordeeld zijn. Het is niets voor mij om niet op bezoek te gaan, maar het zij zo.

Heel af en toen ga ik nog naar mijn moeder toe om wat te leren naaien, maar ik heb er steeds minder zin in. Ik krijg het idee dat ze het vreselijk zelfopofferend vindt, ze is altijd moe. Als ik met een probleem bij haar kom, dan wordt het nog niet opgelost.

Een voorbeeld: ik maak een jasje en heb problemen met de mantelmouwen, omdat die anders zijn dan gewone mouwen. Zij vertelt mij dat ik ze er verkeerd heb ingenaaid, nadat ze eerst zelf ook niet ziet wat er verkeerd aan is. Ze heeft de mouwen eruit gehaald en ze er opnieuw ingenaaid, maar als ik thuis ben en er nog eens goed naar kijk, zie ik dat de linker- en de rechtermouw nu aan de verkeerde kant blijken te zitten en de ellebogen zitten nu aan de bovenkant. Ik moet alles weer helemaal uithalen en het weer naaien zoals ik het zelf al had gedaan. Ik hoef alleen de mouwkop een beetje meer in te schuiven, wat bijna niet meer lukt, omdat alles zo kort is afgeknipt.

Het gebeurt een keer dat ze knoopsgaten maakt in een blouse die ik heb gemaakt en dat ik inkijk heb in mijn boezem. Ik heb een blouse gemaakt waarvan de kraag niet goed zit, maar mijn moeder weet ook niet wat ze eraan moet doen. Ik heb een keer een giletje gemaakt dat trok aan de binnenkant, maar ze weet niet hoe dit te veranderen.

Mijn moeder zei eens tegen me: "Ik heb bij jou altijd het gevoel gehad dat je op me neerkijkt, omdat je altijd zo verachtelijk kijkt als ik iets vertel over het doveninstituut of over de meervoudig gehandicapte kinderen waar ik mee werk."

"Ik snap niet waar je het over hebt! Ik kijk helemaal niet op je neer, dat is helemaal niet waar! Ik vind het juist leuk als je iets over je werk vertelt," zeg ik.

"Op deze manier komen dus de misverstanden in de wereld," zegt ze.

Als ik een keer bij mijn moeder ben gaan naaien, praten we na afloop wat in de huiskamer. Mijn vader is weer gaan studeren aan de universiteit, omdat hij doctorandus. wil worden. Een aantal van zijn broers hebben het verder geschopt dan hij en dat zit hem niet helemaal lekker. Hij is naar college, zoals meestal op dinsdagavond.

We praten over mijn opa. Vraagt mijn moeder me op een gegeven moment ineens: "Als je opa zo is, dan zou je het ook van je eigen vader kunnen denken dat hij zo is, toch?" Ik ben heel erg verbaasd en zeg eerst niets. "Ja toch, je zou het toch ook van je eigen vader kunnen denken, ja toch?" vraagt ze me nogmaals nadrukkelijk.

"Nou, daar heb ik nou nog nooit bij nagedacht, eerlijk niet."

"Ja maar, het kan toch?" zegt ze weer.

"Ja, het zou kunnen, maar daar heb ik nooit een reden voor gehad, en trouwens, dan zou jij dat toch ook hebben kunnen denken van je eigen man?" Ze antwoordt niet. "Ja toch?" vraag ik haar nogmaals.

"Ja, dat is waar."

Ik weet niet wat ik hiermee aan moet en vind het zo raar dat ze het me zo indringend heeft gevraagd, het lijkt net of ze me iets wilde vertellen en toch ook weer niet. Ik vertel het David als ik thuiskom en hij vindt het ook zo raar.

Het is intussen alweer april. Mijn ouders zouden zondags op bezoek komen, maar dat is niet doorgegaan.

Al geruime tijd vertoont Lisa stoornissen in haar gedrag, waarvan ik het consultatiebureau op de hoogte heb gesteld. Lisa is onder andere plotsklaps alleen nog maar gefixeerd op één speelgoedje, dat is toch vreemd? Ze vraagt plotseling ontzettend veel aandacht, deze eist ze gewoon op, is het niet goedschiks dan wel kwaadschiks. Haar tekeningen zijn ontzettend somber en donker, ze zijn altijd gekleurd in donkerbruin of zwart. Ze kan soms uit het niets spontaan gaan gillen of ze kan helemaal panisch worden om niets bijzonders, bijvoorbeeld om een fruitvliegje dat ze ziet vliegen.

Eerder had ze dit soort emoties niet. Ik vraag me af of er soms iets is gebeurd, waardoor ze zo is veranderd in haar gedrag. Lisa zal nader worden onderzocht, omdat de arts op het consultatiebureau dit ook beter vindt en ook zelf reeds een aantal dingen heeft gesignaleerd.

Vrijdagochtend, als ik al naar mijn werk ben, heeft David Lisa weer uitgekleed aangetroffen in haar bed. Eerst denken wij dat het een ontdekkingsfase is of zoiets, maar het komt zo vaak voor dat we niet goed meer weten wat we hiermee aan moeten. Ik heb haar ten slotte maar verteld dat het niet netjes is, maar dit helpt niet. Als we nog even bij haar gaan kijken voor we zelf gaan slapen, ligt ze vaak bloot in bed en ook 's morgens komt dit nogal eens voor. Het is altijd hetzelfde verhaal, ze ligt in bed met haar nachthemd opgestroopt tot onder haar kin, haar armen zijn uit de mouwen en haar broek is uit, tot op haar enkels.

David vertelt me dat het die vrijdagochtend weer was gebeurd en hij echt niet meer weet wat hij ermee aan moet. Hij vertelt mij dat hij die nacht een vreemde droom heeft gehad. In de droom kwam mijn overleden opa naar hem toe en hij zei tegen David dat er iets met onze dochter aan de hand was. De droom leek levensecht. "Kan jij niet eens met Lisa gaan praten?" vraagt hij me.

Uiteindelijk besluit ik dat ik met Lisa ga praten. Ik ga naar haar toe en kniel op de grond, terwijl zij voor me staat en ik haar handjes vasthoud.

"Lisa, vind je mama lief?"

"Ja, mama lief."

"Vind je papa lief?"

"Ja, papa ook lief."

"Vind je Nelleke lief?"

"Ja, ook," knikt ze.

"Vind je oma lief?"

"Ja, oma lief."

"En vind je opa ook lief?"

"Nee, opa niet zo lief…," zegt ze na lange tijd, terwijl ze heel erg angstig kijkt en ik schrik me rot.

"Vind je opa niet zo lief?" Het is een tijdje stil. "Wat heeft opa dan gedaan, dat je hem niet lief vindt?" Ze reageert ontzettend angstig en vreemd en ik voel me een beetje raar worden vanbinnen. "Heeft opa je soms au gedaan, dat je hem niet lief vindt?" vraag ik dan plotseling. En dan lijkt het of er iets in haar breekt en ze huilt en huilt, ze kan niet meer ophouden.

"Opa Lisa au gedaan in buik," zegt ze huilend. Maar ze wijst niet haar buik aan…

Ik pak haar beet, neem haar op schoot en troost haar heel erg lang, ze is helemaal van streek. Ik ben geschokt en voel instinctief dat er iets vreselijk mis is en ik huil heimelijk met haar mee. Gelijk daarna lijkt ze even een ander kind, net of ze een beetje opgeluchter is.

"Wat heeft opa gedaan?"

Ze wijst me van onderen aan waar hij haar pijn heeft gedaan.

"Wanneer is dat gebeurd?"

"Papa en mama weg met auto." Ik weet precies waar en wanneer dat is geweest. Toen we de auto mochten lenen om naar Ikea te gaan. "Ik mag niets zeggen van opa, anders opa boos, heel heel boos!"

Als David weer thuis is stel ik hem direct op de hoogte en Lisa vertelt nog een keer dat opa haar au heeft gedaan daarbeneden.

"Dus toch!" zegt ook hij compleet geschokt.

Ik ben er helemaal kapot van. David heeft de neiging om mijn vader helemaal in elkaar te slaan, helemaal kapot te slaan, dood te rammen. Ik wil niet dat hij domme dingen gaat doen en zijn verstand verliest, daar halen we niets mee terug, we schieten er niets mee op. En ik ben ook bang dat David dan met justitie in aanraking komt, terwijl mijn vader juist degene is die straf verdient.

David heeft in het begin dat hij mijn ouders leerde kennen eens tegen mij gezegd dat hij mijn vader ertoe in staat achtte iets met jonge meisjes te doen. Ik geloofde hem niet en zei: "Nee joh, dat zal hij nooit doen, hij valt alleen op vrouwen, niet op kleine meisjes." Nu weet ik totaal niet meer wat te denken van mijn eigen vader! Ik weet wel dat David een enorme mensenkennis bezit en er bij een eerste indruk niet vaak naast zit.

David zegt mij: "Als je met Lisa praat, wees dan voorzichtig en stel haar alleen open vragen."

Lisa kan nog niet alles goed vertellen, ze is te klein. Ik neem haar mee naar haar kamertje.

"Hoe heeft opa je au gedaan?" vraag ik haar.

Ze doet haar broek uit om het mij te laten zien en ik kijk heel voorzichtig of ik nog iets van wondjes kan zien en het lijkt of ik iets van een littekentje zie, maar dat weet ik niet helemaal zeker. Ze vertrouwt mij volledig. Ze legt mijn linkerhand op de bewuste plaats en schuift hem ruw heen en weer, heel hard en ruw. "Hij deed heel hard hoor, heel hard en hij ook knijpen, hard knijpen," zegt ze. Dan word ik kotsmisselijk. Ze pakt mijn hand en ze zegt: "Jij doet niet goed, mama."

Als een reflex trek ik terug, ik schrik me kapot! "Mama wil jou geen pijn doen," zeg ik haar. 'Welke hand was het?" vraag ik haar. Ze wijst heel specifiek de linkerhand aan. Mijn vader is linkshandig geboren, hij moest echter rechts leren schrijven op school.

Geschokt bedenk ik mij dan plotseling dat ik twee keer bloed in haar onderbroekje heb gevonden. Ze kwam toen net thuis uit de crèche. Het weekend ervoor was ze bij mijn ouders geweest. Het is al een flinke tijd terug, ik kan me niet meer precies herinneren wanneer, in ieder geval toen ze twee jaar oud was. Toen was ik zo ontzettend geschrokken en dacht dat ze zichzelf misschien had gekrabbeld, omdat ze jeuk had of misschien was gevallen of zo. Het is wel even door me heen geflitst: het kan toch niet dat ze daar door iemand is aangeraakt? Deze gedachte had ik snel weer weggestopt. En nu voel ik me schuldig en denk ik: had ik maar wat gedaan… was ik maar naar een dokter gegaan… Het bonkt in mijn hoofd en mijn maag draait zich om.

Ineens komt alles bij mij naar boven. Ik bedenk mij nu dat ze mij een tijdlang heeft geprobeerd op mijn mond te zoenen, dan vertelde ik haar dat ze dat niet mocht doen, wel op de wang, maar niet op mijn mond. En ik me maar afvragen hoe ze erbij kwam om dat te doen…

Tevens probeerde ze, toen ze twee jaar oud was, iedere keer al met haar hand tussen mijn benen te voelen en mij daar te knijpen. Ik schrok daar zo vreselijk van en zei dan tegen haar: "Wat doe je nou? Dat mag toch niet?!"

Ook vertelde ze in die tijd regelmatig: "Ik heb lekkere dikke billen, hè mama?"

"Wie heeft dat toch tegen je gezegd?!" vroeg ik dan geschokt. "Heeft iemand van de crèche dat tegen je gezegd?"

"Nee," ontkende ze vervolgens stellig.

Ook zei ze een aantal keer tegen me: "Er zit een pukkeltje tussen mijn benen hè?" Dat vond ik toch zo ontzettend raar.

Ik praat verder met haar.

Ze zegt ettelijke malen: "Opa heel heeeel boos op Lisa, Lisa huilen." Ze wijst aan waar opa haar heeft geslagen, in haar gezicht en op haar arm. Ze stompt mij een aantal keer in mijn buik als ik haar vraag hoe opa dat dan heeft gedaan. Ze zegt: "Heel hard hoor, heel hard," terwijl ze bij mij voordoet hoe hij haar in de buik stompte.

En alles, alles valt op zijn plaats, alles valt als een puzzel in elkaar, want ik ga nu toch alles combineren. Hoe heb ik zo blind kunnen zijn? Hoe heb ik de signalen kunnen missen? Hoe heb ik het niet kunnen zien? Ik ben zo vreselijk geschokt, voel me zo ontredderd, misselijk, geraakt tot in het diepst van mijn ziel. Ik huil vanbinnen, ik tril inwendig. Ik kan het niet bevatten, het is te veel voor me, ik kan zelfs niet geloven dat mijn eigen vader tot zoiets in staat is. Wat moet je als ouders doen als een kind van twee en een halfjaar zo doet? Is het dan niet logisch dat ik op een gegeven moment ben gaan nadenken? Er is zoveel bij haar kapot gemaakt, zoveel... Het is allemaal zo dubbel, zo irrationeel.

Zaterdag bel ik naar het huis van mijn ouders om de afspraak af te bellen die we hadden gemaakt, want ik kan ze niet onder ogen komen. Ik krijg mijn vader aan de lijn, ook dat nog.

"Alles kits?" vraagt hij.

"Ja, mag ik mama van je?" vraag ik met lood in de schoenen en bonkend hart. Ik kan niet meer met hem praten, mijn keel zit dicht en mijn stem trilt.

Ik krijg mijn moeder aan de lijn en zeg: "Ik heb een probleem, want er is een verhaal in ons gezin naar boven gekomen waar ik me geen raad mee weet, het moet eerst uitgezocht worden. We moeten het eerst zien te verwerken. Ik kan er verder niets over zeggen en om die reden bel ik de afspraak af."

"In welk gezin?" vraagt ze.

"In ons gezin," zeg ik met een klein stemmetje.

"Sterkte dan maar, als er iets is waar we mee kunnen helpen dan moet je dat zeggen."

"Nee, dat kan je niet, je kan me niet helpen," zeg ik wanhopig.

De week daarop, vrijdag, ontvang ik een telefoontje van mijn moeder op mijn werk.

"Ik sta erop dat je mij vertelt wat er aan de hand is," zegt ze koeltjes.

"Mam, ik kan het niet vertellen, ik weet niet meer wat ik met de situatie aan moet, ik zit in een vreselijk moeilijk parket," zeg ik wanhopig en in tranen. Ze blijft aandringen en uiteindelijk zeg ik: "Lisa heeft een aantal dingen aan ons verteld."

"Nou, ik dacht al zoiets!" zegt ze en ze is me toch een partij giftig! "Ik kom vanmiddag naar je toe, gelijk als je uit je werk komt, want ik sta erop dat je het me vertelt, ik moet het weten!" zegt ze woedend.

Wat moet je zeggen tegen je moeder? Waarom is ze zo kwaad op mij?

Als ik thuis ben, staat ze even later bij ons aan de deur. Ze is kwaad en ze wil geen thee als ik dat aanbied. Onmiddellijk, terwijl ze nog niet eens zit, zegt ze pissig: "Nou, zeg het maar!"

"Ja, het valt me niet gemakkelijk dit te zeggen, ik weet eigenlijk niet zo goed hoe ik het moet zeggen," zeg ik weifelend. Ik tril. "We hebben sterk het vermoeden dat Lisa is misbruikt," gooi ik eruit.

"Ja, ja, dat dacht ik wel zoiets, en nou wil je papa de schuld geven zeker! Nou, ik kan je verzekeren: hij heeft het niet gedaan! Jullie denken: zijn vader is zo, dus hij is ook zo, dat is lekker makkelijk!"

Ik heb dan nog helemaal niets gezegd... "Ik beschuldig helemaal niemand, ik vertel alleen iets over Lisa."

"Heeft Lisa dan iets over opa gezegd?" vraagt ze. Wij zwijgen. "Dus het is mij wel duidelijk, je belt niet zomaar de afspraak af."

"Nee, dat klopt, maar ik kan je niet alles vertellen wat ik denk, want ik ga niet zomaar iemand beschuldigen van iets waar ik nog niet zeker van ben," zeg ik.

"Nou, dus beschuldig je hem wel. Ik eis dat je zegt wat je denkt, want daar heb ik recht op!"

"Jij hebt helemaal geen recht op wat wij denken!" zegt David daarop bot.

"Ik heb er recht op te weten wat jullie denken!"

"Nee, dat recht heb je niet en we wijzen ook niemand beschuldigend aan, maar ik kan niet ontkennen dat ik bepaalde dingen van mijn dochter heb gehoord. Ik kan er nog niet te veel over zeggen op dit moment, het moet eerst nog allemaal worden uitgezocht," zeg ik haar.

"Nou, zie je wel dat je hem dus beschuldigt. Maar ik zal hem met hand en tand verdedigen, daar kan je van op aan, wat jullie ook van plan zijn, reken maar! Ik durf mijn hand voor hem in het vuur te steken. Ik vind het in- en intriest."

"Maar wat nou als het wel gebeurd zou zijn, zoals Lisa mij heeft verteld, wat dan?" vraag ik haar.

"Nou, dat geloof ik niet, maar dan vind ik het ook in- en intriest."

"Ja, maar wat dan?"

"Misschien dat ik er dan nog eens over na zou denken, heel misschien, maar ik blijf het in- en intriest vinden!" zegt ze ontzettend kwaad.

"Waarom word je nou zo kwaad, mam, dat is toch helemaal niet nodig? Ik probeer je heel rustig iets te vertellen en ik beschuldig helemaal niemand."

"Ik wil geen contact meer, totdat er iets uit onderzoeken is gekomen!" zegt ze razend, terwijl ze opstaat.

Mijn mond valt open van verbazing en dan zeg ik haar: "Nou, dan wil ik je in ieder geval wel vertellen dat ik twee keer bloed heb gevonden in Lisa's onderbroek."

Ze lijkt heel even van haar stuk gebracht. "En wanneer dan?"

"Dat kan ik me helaas niet meer exact herinneren."

"Oh ja, dat kan je je niet meer herinneren, da's ook makkelijk. Ik neem geen contact meer met je op en als je meer weet, neem jij dan contact met mij op, spreken we dat af, Linda? Zodra je meer weet uit onderzoeken, laat je me het dan weten?"

"Ja, dat is goed," zeg ik dan ook nog, compleet verbijsterd en van mijn stuk gebracht en ze loopt zo de deur uit.

Voor mijn dochter

Mijn kleine meisje is gepakt en besmuikt
Ze voelt zich verraden en gaat eronder gebukt
Ze is smerig de grotemensenwereld ingetrokken
Hij die het heeft gedaan, hij heeft haar leren jokken

Ze is bang om te worden pijn gedaan
In haar al zo jonge, tere bestaan
Heeft hij van tevoren gedacht wat te doen met mijn kind?
Hij heeft haar op eigen vunzige wijze bemind

Maar ze behoort mij toe, ik heb haar gebaard
Al mijn liefde voor dit kindje bewaard
Hij wist hoeveel ik van haar hield
Ik heb er God om gesmeekt en hij, hij heeft haar ontzield

Mijn kleine meisje huilt en gilt van verdriet
En er is niemand, niemand die het ziet
Als mijn moeder zou voelen en weten
Zou ze dan, net als ik, nooit vergeten?

Het leven is lijden, soms heel vroeg
Waar is de grens, hoeveel is genoeg?
Mijn moeder zal hem verdedigen 'met hand en tand'
Is zij werkelijk zo met hem verwant?

Oh God, open toch haar ogen
Gun hem geen mededogen
Overal loopt hij op vast
Wat moet hij torsen aan ballast…

Wanneer zal het zich bij hem gaan wreken?
Wanneer zal het schaamrood zijn kaken verbleken?
Eens moet hij toch een fout gaan maken
Een tel vergeten zijn geheim te bewaken

Sommige mensen verdienen het leven niet
Ze doen een ander zoveel pijn en verdriet
Hij onteerde mijn meisje op zijn schoot
Ze lag daar bij hem open en bloot

Ik vroeg haar wat hij had gedaan en ze gaf mij haar hand
Ruw deed ze mij voor, hoe hij haar had aangerand
En mama kon en wilde niet geloven
Dat ze zo door haar eigen vader was bedrogen

En ik zag weer het bloed der schaamte in haar ondergoed
Van hem, die ook reeds mijn leven had verwoest
Een brok van schande en schaamte voorbij
Ik wou dat ze zich kon voelen als een vogel, vrij…

14.

Mijn familie neemt geen contact meer met mij op. Mijn verdriet is zo ontzettend groot, ik kan het aan niemand uitleggen, het raakt mij tot in het diepst van mijn ziel. Het is alsof er een mes in mijn hart is gestoken en is rondgedraaid. Mijn moeder was er zo stellig van overtuigd dat mijn vader hiertoe niet in staat is, dat ik er soms ook heel veel moeite mee heb om te geloven dat het gebeurd, is zoals het is gebeurd. Maar, ik kan toch niet anders dan mijn eigen kind geloven? Ik sta voor de volle honderd procent achter haar.

Natuurlijk ben ik alle opties afgegaan, ben ik alle mannen afgegaan die in Lisa's leven zijn (geweest). En ja, ik heb haar ook heel voorzichtig gevraagd of haar papa haar weleens pijn had gedaan daar, ook al kon ik dat totaal niet geloven. Ik mocht niks uitsluiten van mezelf. Dat heeft ze heftig ontkend. Dat heb ik, op scherpzinnige wijze proberen te doen. Over iedere man die ze kent, heb ik verschillende (open) vragen gesteld. Op opa reageert ze echter altijd hetzelfde, met grote angst en verdriet, haar hele lichaamstaal verandert dan ook. Het verhaal blijft consistent, het verandert niet.

Het geheugen van Lisa is overigens zo subliem dat ik er soms versteld van sta. Dit heb ik voorheen mijn moeder ook weleens verteld. Ze weet me soms dingen te vertellen waarvan ik denk: weet ze dat nog? Ze weet bijvoorbeeld nog exact te vertellen waar ze bijvoorbeeld twee jaar geleden mee speelde. Ze weet nog precies van wie ze welk cadeautje heeft gekregen, ook al is het een jaar terug. Ook kan ze me regelmatig een bepaalde situatie beschrijven die ik zelf soms alweer ben vergeten.

Ze zit nu op de basisschool en ze is een juf tegengekomen die ze twee jaar terug voor het laatst op de crèche heeft gezien, als moeder van een kindje op de crèche, en ze herkent haar nu nog! Moet je nagaan, als ze dat nog weet, dan weet ze de gebeurtenissen met mijn vader ook nog wel hoor. Een kind van drie jaar kan dit toch allemaal niet verzinnen?

Natuurlijk zoek ik bevestiging. Ik voel me zo schuldig, had ik dit kunnen voorkomen? Hoe heb ik bepaalde signalen niet eerder kunnen koppelen? Had ik naar de dokter moeten gaan toen ik bloed in haar onderbroek heb gevonden? Vragen, vragen. Heeft mijn vader dit echt gedaan bij mijn lieve meisje of is het toch iemand anders geweest? Het kan niet anders dan hij zijn geweest, het kan niet anders.

Het schuldgevoel knaagt aan me. Het verdriet verteert me. Ik voel me verraden, zo ontzettend verraden. Ik maak mezelf verwijten. Waarom heb ik haar niet kunnen beschermen? David voelt zich net zo ellendig. Ik had veel verwacht, maar niet dat mijn eigen vader een pedo was, hoe had ik dat ooit kunnen bevroeden?! Wel dat hij rare dingen met mijn moeder deed, maar met een klein meisje? Daar kom je toch niet op met je gezonde verstand! Mijn eigen vader nota bene… Ik ben hierdoor compleet, maar dan ook compleet overdonderd.

Achteraf verwijt ik mezelf vaak: waren we maar nooit weggegaan, hadden we Lisa maar nooit achtergelaten bij mijn vader. En ik weet dat David zich dezelfde verwijten maakt. "Toen papa en mama weggingen met de rode auto, heeft opa Lisa heel erg au gedaan," en Lisa wijst aan waar. "Opa doet het heeeel hard en het doet heel erg au." Het dreunt maar door in mijn hoofd. Hoe kan ik haar niet geloven, ik kan toch niet geloven dat ze dit heeft verzonnen? Het maakt me constant misselijk en ik wil het natuurlijk helemaal niet geloven.

Ze heeft het ook constant over de grote bruine bank en de (houten) bruine deur. Ze vertelt dat opa, Max even in bedje had gelegd om te slapen. Ook vertelt ze dat ze een mandarijntje heeft gegeten. Ik weet dat dit klopt. Lisa heeft een wonderbaarlijk goed gevoel voor details, dat is me altijd al opgevallen. Ze vertelt mij sommige dingen tot in de fijnste details.

We maken een afspraak met onze huisarts, om te bekijken wat we nu moeten doen. We kunnen een onderzoek door een gynaecoloog laten doen om haar inwendig te laten onderzoeken. We staan heel erg in dubio. We kiezen er uiteindelijk voor om dit niet te doen. Dit zou te veel van haar vergen en we kunnen haar dit niet ook nog aandoen. Ook al hadden we dat anderzijds erg graag gewild om bewijs te verkrijgen.

Op advies van de huisarts gaan we met Lisa naar het RIAGG, waar we uiteindelijk nog redelijk snel terecht kunnen, ongeveer een maand nadat we het weten. Ze hebben Lisa naar voren geschoven. We hebben gesproken met een therapeut. Bij het RIAGG zijn ze in ieder geval overtuigd van het feit dat Lisa seksueel is misbruikt, ze vertoont alle kenmerken.

Ik ben nogmaals nagegaan of er verder nog mannelijke figuren zijn geweest in haar korte leventje waar ze alleen mee is geweest, maar dat is gewoon niet zo. En dan het geheugen van Lisa, daar kom ik gewoon niet onderuit! Binnenkort starten verdergaande onderzoeken. Er is niemand in de familie waar we verder mee kunnen praten. Het is een vreemde wereld waarin wij leven, een volwassene wordt geloofd boven een kind van drie jaar. Niemand gelooft mijn kind, niemand gelooft mij, niemand gelooft ons.

Dan maken mijn ouders een fout en sturen ze een kaart voor Lisa's verjaardag, waarop staat:

Oma Edith OPA VICTOR! Zijn naam staat met blokletters, met rode pen onderstreept en een uitroepteken op de kaart geschreven. De kaart heeft David retour gestuurd. We hebben mijn ouders overigens nog nooit bij de voornaam genoemd tegenover de kinderen.

Ik zal niet weten wat mijn moeder tegen mijn vader over onze ontmoeting heeft verteld en wat zij voorafgaand aan ons gesprek tegen elkaar hebben gezegd. Ik zal nooit de exacte waarheid weten en dat doet me ontzettend zeer.

Als reactie op het terugsturen van de kaart, ontvang ik op mijn werk een persoonlijke brief van mijn vader aan mij gericht. Ik ben ontsteld. In deze brief ontkent hij alles en zegt hij dat 'een kwade genius' dit verhaal heeft bedacht en hem dit in de schoenen schuift. Het is duidelijk dat hij hiermee David bedoelt. Ik kan de brief bijna niet lezen van ellende.

Mijn broer belt mij weer eens op mijn werk, wat ik uitermate vervelend vind, maar goed.

"Waarom heb je nooit meer iets van je laten horen? Tanja en ik zijn toch als laatste bij jullie langs geweest?" vraagt hij.

"Er is iets gebeurd waar we ontzettend veel moeilijkheden mee hebben en daar moeten we eerst zelf uit zien te komen. Als we bepaalde dingen hebben uitgezocht, zal ik iets van me laten horen en ik zal het je te zijner tijd vertellen, maar nu is de tijd er nog niet rijp voor," zeg ik.

"Nou ja, als je maar niet te lang wacht. Als het maar geen jaren duurt," zegt hij daarop.

"Zeg, weet je trouwens al dat oom Ted dood is?" zegt hij dan plotseling.

"Nee, ik dacht juist dat het heel goed met hem ging," zeg ik geschrokken. Ik wist dat hij ernstig ziek was, hij had slokdarmkanker, maar het ging volgens de laatste berichten juist de goede kant met hem op.

"Oh, dat weet jij natuurlijk nog niet, nou dan weet je het nu! Ja, dat krijg je hè, als je helemaal geen contact meer hebt met de familie," zegt hij.

"Nou, ze hadden me best even een kaartje kunnen sturen, belachelijk zeg dat ik het niet te horen heb gekregen en trouwens, ik ben niet degene die het contact heeft verbroken, dat is mama geweest, ik wil dat je dat wel even weet."

Hij luistert echter niet naar me. "Oh ja, zeg, nou ik je toch aan de lijn heb, Tanja en ik gaan binnenkort trouwen."

"Oh, wat leuk voor je, ontzettend leuk," zeg ik.

"Denk er maar eens over na wat je wilt," zegt hij.

"Eerst wachten we bepaalde onderzoeken af, ik kan je nu nog niets vertellen, pas als we iets meer weten," zeg ik verdrietig.

Hij reageert er niet op. Dan hangen we op.

Het is 27 juni en een mooie, warme, zwoele avond, ik kijk naar de zonsondergang. Somber en triest als ik ben, maant het me enigszins tot kalmte. De eenzaamheid drukt groter dan tevoren, omdat ik weet hoe zwaar de verantwoordelijkheid op mij drukt. De zon geeft me iets van warmte, ze straalt op mijn huid, mijn haar. Ik verlang ernaar me volledig los te koppelen van mijn familie. Er is mij, en niet alleen mij nu ook ons, zoveel aangedaan, dat ik het niet meer kan verdragen. Ze hebben hun eigen waarheid.

Mijn dochter is geestelijk nu al zo misvormd dat ze onhanteerbaar is geworden in haar gedrag. Bewijzen heb ik niet dat mijn vader haar iets heeft aangedaan. Alleen de verhalen van Lisa, die voor mij nu als een puzzel in elkaar zijn gevallen. In dit land kan je vrij rondlopen als je een misdrijf hebt begaan. Nog steeds kan ik het niet bevatten. God moge me bijstaan. Laat haar alstublieft niet onherstelbaar beschadigd zijn.

Er zit zoveel verdriet en onbegrip in mij, dat valt met geen pen te beschrijven. Dag in dag uit is het continu aanwezig als een donkere wolk, is het niet op de voorgrond dan wel op de achtergrond. Het is er constant en niemand kan ons werkelijk helpen. Niemand weet wat er zo suddert. Mijn familie gelooft eerder de dader dan het slachtoffer. En als ze het slachtoffer zouden geloven, dan geloven ze nog niet dat opa het gedaan heeft.

Lisa heeft een ijzersterk geheugen. Ze onthoudt zoveel en weet dingen tot in details tot voor twee jaar terug te benoemen. Dan kan ik toch niet anders dan beamen dat het zo is geweest. Toen ze net zo klein als Max was, vertelde ze me al dat ze altijd in badje speelde met het bekertje! Ook vertelde ze me dat ze met Sinterklaas een paar grote (plastic) sleutels van opa had gekregen voor aan haar sleutelhangertje, toen was ze twee jaar!

Als ik een kaart voor het huwelijk van Lucas en Tanja krijg, ben ik er niet meer toe in staat om erop te reageren. Er komen nog steeds dingen naar boven die wij niet wisten. Lisa heeft ons verteld dat oma een keer heel boos is geweest op opa. Na veel vragen aan Lisa komt er uiteindelijk uit dat oma's boosheid ging om opa's arm bij Lisa. Meer weten we niet. Ze drukt zich uit in kindertaal en ze kan natuurlijk nog niet alles verwoorden.

Het frustreert me bijzonder dat ze al zo is getraumatiseerd, nog voordat haar spraak volledig tot ontwikkeling is gekomen. Hoeveel moet ze wel niet in zich opkroppen, doordat ze zich nog niet volledig kan uiten. Opa en oma zijn vervolgens met haar en Max weggegaan, ze deden de deur op slot en gingen toen potloden voor haar kopen. Ook heeft ze het iedere keer weer over een dierenhuis waar ze waren, dat was de kinderboerderij waar ze zijn geweest.

Lisa is ondertussen al even in therapie bij het RIAGG. Ze maakt ontzettend donkere tekeningen, ze zijn allemaal duister en zwart. De psycholoog is hier erg in geïnteresseerd. We nemen een aantal van deze tekeningen mee om ze te laten zien aan de psycholoog.

Omdat de familie van mijn vaders kant sowieso achter mijn vader staat, heb ik uit wanhoop een brief naar mijn tante Suzanne, de zus van mijn moeder, gestuurd. Zij is zendeling, evenals mijn oom, en ze wonen nog steeds met mijn twee neefjes in Spanje. Ik heb haar in mijn emotie zo goed mogelijk geprobeerd uit te leggen hoe de vork in de steel zit.

Ze is ongelooflijk christelijk en op elke kaart of brief die je van haar krijgt staat altijd wel iets over Jezus. Dat vind ik wel vreselijk irritant, maar David zegt, misschien is zij dan nog wel bereid om naar jouw verhaal te luisteren, wat eigenlijk Lisa's verhaal is natuurlijk. Ze wenst ons altijd het allerbeste toe sinds de tijd dat zij en mijn oom bij mij zijn weggelopen in de zomervakantie. Ze hoopt altijd nog, ondanks alles, dat ik toch in de hemel kom.

Ook nu krijg ik weer een schrijven, met dat Jezus zo rechtvaardig is en ik op Hem moet vertrouwen en hopen en dat Hij ons heel kan maken. Ze schrijft me dat volwassen worden moeilijk is, het is een langdurig en moeilijk proces voor iedereen en ze schrijft dat ze voor ons bidt. Ik moet erop vertrouwen dat hij onze eigen kinderen aanraakt en geneest, ook wanneer ze heel vreselijke dingen hebben meegemaakt.

David zegt regelmatig dat hij zijn vader best mist en dat het de enige persoon is die hem ooit heeft gesteund toen hij bij de luchtmacht wilde. Zijn vader zit echter zwaar onder de invloed van zijn moeder. David heeft al zeven jaar geen contact gehad met zijn familie. Ik wil graag helpen om het contact tussen hem en zijn vader te herstellen. Door de situatie die gaande is met mijn eigen familie, wordt deze gedachte gesterkt. Ik wil zo graag dat er, behalve ik, ook nog iemand anders van hem kan houden en hem misschien kan steunen in deze moeilijke tijd. Daarnaast wil ik ook dat de kinderen hun andere opa en oma leren kennen.

Op een gegeven moment kan ik het niet meer aanzien, ik wil David zo graag helpen dat ik een besluit neem. In de maand september schrijf ik mijn schoonvader een briefje of ik een gesprek met hem kan hebben. We weten niet waar mijn schoonfamilie nu woont. Ik weet echter wel waar zijn vader werkt, daarom stuur ik het briefje naar zijn werk. Ik ken mijn schoonvader verder helemaal niet, dus het is wel spannend.

Ik krijg een briefje van zijn vader terug dat hij het geen enkel probleem vindt om een gesprek met mij te hebben. David weet er niets van, maar ik kan het niet voor me houden. Als ik vertel dat ik contact heb gezocht met zijn vader, is hij bijzonder geschokt.

Ik bel mijn schoonvader op om een afspraak te maken en we spreken af in het restaurant van V&D. Ik weet niet hoe mijn schoonvader eruitziet en zie uiteindelijk een man van middelbare leeftijd, gekleed in een spijkerbroek, een bruin leren jasje, lopend op witte gympen op me afkomen. Het valt me op dat hij een dikke gouden schakelketting om zijn nek draagt en een dikke gouden schakelarmband om zijn pols heeft.

We nemen plaats in het restaurant en net als we een zin hebben uitgewisseld, komt David daar aangelopen met de kinderen. Het idee was dat David zich iets later zou laten zien, met de kinderen. David is er echter iets sneller dan gepland en zo heb ik geen tijd om even alleen met zijn vader te praten.

Mijn schoonvader is zichtbaar verrast om David en zijn kleinkinderen te zien. "Zijn dat jullie kinderen?" vraagt hij verrast. Hij ziet zijn kleinkinderen voor het eerst en het doet hem emotioneel gezien wel iets, zie ik. "Er zijn moeilijkheden tussen David en zijn moeder, het klikt niet en dat is erg lastig," zegt mijn schoonvader. We blijven een tijdje zitten praten en spreken vervolgens af dat mijn schoonvader met zijn vrouw zal praten om te vragen of ze weer contact wil en David zal hem dan na een tijdje opbellen.

Niet lang daarna maken we contact met zijn moeder en zus. David lijkt qua uiterlijk het meest op mijn schoonmoeder. Ze heeft een mager postuur, kort, donker haar en blauwe ogen. Vroeger scheen ze een schoonheid te zijn geweest. Ze kijkt niet gelukkig en heeft een ontevreden uitstraling, haar mondhoeken hangen wat naar beneden.

"Let op, mijn moeder zal je in het begin fantastisch vinden, maar daarna zal ze je afkraken en deugt er niets meer aan je," waarschuwt hij me.

"Hoezo?" vraag ik hem.

"Zo gaat het altijd met iedereen die ik mee naar huis heb genomen, vrienden, vriendinnetjes. In het begin gaat het altijd goed, maar na een tijdje deugen ze niet meer."

Ik vind het maar raar.

Het eerste contact verloopt prima. Het is natuurlijk ontzettend fijn voor mijn schoonouders om hun kleinkinderen te leren kennen. Nu hebben onze kinderen ook weer een opa en oma.

Vanaf die tijd hebben we iedere week contact, omdat mijn schoonmoeder dit wil. Soms is het beklemmend. Het is voor mij een totaal andere gewaarwording dan het contact met mijn eigen familie. Mijn schoonmoeder is een ontzettend dominant type en heeft altijd het hoogste woord. Ik kan begrijpen waarom het tussen die twee nooit heeft geklikt.

Mijn schoonzus, Suzan, heeft hetzelfde korte kapsel als haar moeder. Zij heeft echter blond haar en grijze ogen, ze is net zo mager en chagrijnig, qua uitstraling. Ze eet nog iedere avond thuis, ook al is zij vierendertig jaar. Ze verblijft alle weekenden bij mijn schoonouders. Kortom, ze is er altijd!

Tot groot ongenoegen van David werkt ze bij mijn schoonvader op de zaak. Mijn schoonvader heeft haar aan een baan geholpen. David is verongelijkt dat er nooit iets voor hem is geregeld. Het is mij na enkele weken wel duidelijk geworden dat er van hun kant weinig te verwachten valt. David zeg dat het ze voornamelijk om de kleinkinderen gaat.

De afgelopen maanden heb ik veel nachtmerries gehad. Altijd is er de angst voor mijn ouders.

Voordat ik geen contact meer had, droomde ik continu dat mijn vader overleed aan een of andere ziekte die heel snel ging en dat ik nog zoveel tegen hem had willen zeggen, maar dat het niet meer kon. Iedere keer dat ik het weer droomde, kon ik niets meer tegen hem zeggen, het was te laat. Ik weet op een of andere manier dat het een metaforische droom is.

Een aantal jaren later droomde ik dat mijn moeder overleed, alleen was dit een ander soort droom, het leek reëel. Dit droom ik nu gelukkig minder vaak. Ik krijg het altijd heel benauwd hiervan en het angstzweet breekt me uit. Het lijkt allemaal zo levensecht.

Nu droom ik dat mijn ouders mij achtervolgen en ons gezin pijn doen. Iedere keer slaan we op de vlucht en moet ik mijn kinderen tegen mijn ouders beschermen. Soms word ik badend in het zweet van angst wakker en durf ik niet meer te gaan slapen. Ik snap niet waarom ik dit droom. Blijkbaar heb ik zoveel angsten, gefundeerd of ongefundeerd.

Intussen is het alweer januari 1996. Afgelopen donderdag heb ik net bedacht mijn broer vrijdag te gaan bellen. Of de duvel ermee speelt, kom ik hem donderdag tegen. Ik fiets naar het winkelcentrum toe en hij komt blijkbaar net terug, vanaf de andere kant. Ik zeg hem gedag en roep naar hem. Ietwat ongewillig komt hij naar me toe.

"Ik heb net aan je zitten denken en wilde je morgen opbellen voor een afspraak."

"Ik geloof je niet," zegt hij.

We zijn aan het praten en ik vertel hem dat ik hem niet veel kan vertellen, maar dat ik hem wel kan vertellen dat onze vader aan mijn dochter heeft gezeten.

"Dat kan je zo niet stellen," zegt hij.

"Dat kan ik wel."

"Dat is wat jij zegt."

"Ja inderdaad, en voor mezelf ben ik er nu van overtuigd dat ik dat wel kan stellen. Het is net een puzzel geworden voor me en alle stukjes kan ik nu in elkaar leggen, jij hebt maar één kant gehoord en dat is hun kant," zeg ik. "Heb je al wat van henzelf gehoord hieromtrent?"

"Ja, ik heb wel wat gehoord en ik vind het niet leuk dat ik pas na een langere tijd iets van ze heb gehoord. We hebben er zelf naar moeten vragen waarom zij geen contact meer met jullie hadden en toen hoorden we het pas!" zegt mijn broer.

Wat ze precies hebben gehoord weet ik nu nog niet.

"Mama wil geen contact meer met mij. Nou ja, mama... ik beschouw haar niet meer als mijn moeder, ze heeft me laten vallen als een baksteen."

"Ik vind het niet eerlijk als je niks meer met mij wilt, want het is iets dat buiten mij en Iris staat en daar kunnen wij niets aan doen en ik wil wel weten wat je verder met ons wilt, daar moet je wel over nadenken."

"Nou, daar hoef ik verder niet over na te denken, ik zeg toch al dat ik je wilde bellen, je bent altijd welkom, maar ik was na ons laatste telefoongesprek zo vreselijk gekwetst. Ik kreeg weer op mijn werkplek de vervelende mededeling te horen: 'O ja, weet je al dat oom Ted dood is trouwens?' Terwijl ik juist dacht dat het de goede kant met hem opging. En dan de manier waarop je dat vertelde, dat was gewoon zo ontactisch, daar heb je me veel verdriet mee gedaan."

"Nou, dat kan ik niet begrijpen."

"O, kan je dat niet begrijpen?"

"Nee, ik kan niet begrijpen dat je daarom geen contact meer wilt."

"Het was gewoon de druppel die de emmer deed overlopen. Ik heb een hele moeilijke periode gehad, eerst met Lisa en dan mijn familie die zo reageert. Elke keer is er wat met de familie Wolf, ik was gewoon op, ik kon niet meer."

"Er is geen familie Wolf. Dan heb je mijn kaartje zeker ook niet gehad?"

"Ja, je trouwkaart, ja die heb ik wel gehad."

"Oh, nou daar heb ik ook niets op gehoord en het is toch een hele belangrijke dag in mijn leven."

"Ja, ik probeerde het je net al uit te leggen. Het was me allemaal te veel en op dat moment stond ik wel op het moment om het contact te verbreken."

"Nou, dat kan ik al helemaal niet begrijpen, daar zou ik zelf nooit aan denken om het contact te verbreken."

Dat hij er nooit aan zou denken om het contact te verbreken is dus niet waar, want enkele jaren geleden stond hij zelf op het punt om het contact met de familie te verbreken. David en ik zijn beide getuige geweest van deze woorden. Alles hangt van leugens aan elkaar in die familie.

In ieder geval neemt hij het me hoogst kwalijk dat ik niets van me heb laten horen. Ik bied mijn excuses hiervoor aan. Iets wat hij trouwens niet heeft gedaan en voor zover ik me kan heugen heeft hij nog nooit ergens zijn excuses voor aangeboden. Ik moet wel gek hebben geleken dat ik dat heb gedaan, bedenk ik achteraf. Hij mag alles maar zeggen en alles doen wat hij wil.

"Kunnen we een afspraak maken om een keer een gesprek te hebben?" vraag ik.

"De komende twee weken moet ik leren en heb ik geen tijd. En als er gesproken wordt moet jij maar eens heel goed nadenken over wat je wilt, want ik weet het ook nog niet en moet zelf ook nog nadenken," zegt hij.

"Ik hoef daar niet meer over na te denken, ik vind het prima als je contact wilt en ik vind het ook prima als je geen contact meer wilt."

"Als er nog een gesprek komt wil ik wel op de details ingaan en ook over het feit dat je niets meer van je hebt laten horen. Je kunt het feit dat je niets meer van je hebt laten horen, niet allemaal op Lisa blijven gooien." Het komt er feitelijk weer op neer dat ik hem iets heb aangedaan, in plaats van dat mijn kind en ons gezin ergens de dupe van zijn geworden. "Waarom moeten we bij jou afspreken en kan dit niet bij ons thuis en waarom kan dat niet?" Ook daar maakt hij weer een groot probleem van.

"Ik wil geen confrontaties met mensen die ik niet tegen wens te komen en ik heb twee kinderen die 's avonds moeten slapen. Ik wil geen gesprek met je hebben waar de kinderen bij zijn."

Ook hierin is hij weer niet voor reden vatbaar. "Als ik tegen mijn ouders zeg dat ik bezoek heb, komen ze heus niet langs en kunnen we overdag afspreken." Zo gaat hij maar door.

"Lisa is in therapie en we hebben al die tijd op een rapport zitten wachten dat er nog steeds niet is."

"Zit dat kind nog in therapie dan?"

"Ja, wat denk jij dan, ze heeft er een behoorlijke tik aan overgehouden."

"Hoe vaak moet ze dan?"

"Eenmaal per week."

"Oh."

"Ik heb aan jou nog een vraag. Was het voor jou geen schok toen je het hoorde?"

"Wat bedoel je 'een schok'?"

"Dat je vader zoiets gedaan zou hebben."

"Nou nee, ach, je hoort het gewoon hè, je weet ook niet precies wat er aan de hand is. Als ik jou niet had gebeld, had je tot nu toe niets van je laten horen." Als we een afspraak maken wil hij wel praten over het feit dat ik niets van me heb laten horen, maar niet over wat er met Lisa aan de hand is! "Ik wil dat jij mij belt, want op dit moment kan ik geen afspraak maken en moet ik nog over bepaalde dingen nadenken. Ik wil graag dat mijn vrouw erbij is en ze het verhaal hoort" zegt Lucas. Zij vraagt zich natuurlijk ook af hoe de situatie in elkaar zit, ze zal wel weer een verdraaide versie hebben gehoord.

Met mijn verjaardag krijg ik een kaart van mijn tante, waarop ze schrijft dat ik me vrij kan voelen om haar op de hoogte te houden van de situatie met Lisa. Ik schrijf haar terug en leg haar zo goed mogelijk uit wat er gaande is. Ik heb verder echter weinig hoop op enig begrip.

Max en ik zijn beiden ziek met flinke koorts. Max is heel erg stilletjes als hij ziek is. Pas als hij beter wordt, gaat hij doen alsof hij nog heel ziek is. Hij kan niet meer rennen, normaal rent hij altijd op zijn kleine beentjes door het huis en nu loopt hij heel zielig door het huis. Eigenlijk vinden wij het erg komisch, maar aan de andere kant maken we ons ook wel zorgen, want hij wil niet meer eten.

Nou, hij eet altijd alles wat maar lekker is, nu niet hoor. Hij is zelfs al behoorlijk vermagerd! Hij heeft al drie dagen niets meer binnen gekregen en ik ben bang voor uitdroging. We geven hem wel ORS op doktersadvies. Elke keer als hij wat eet, begint hij gelijk al te kokhalzen, hij zit het op te wekken. Dus dan spreken we hem vermanend toe: "Eh eh, pas op hoor!" Zelfs een lekker koekje wil hij niet, nou, dat is niks voor hem!

We weten van ellende niet meer wat we moeten doen en als laatste redmiddel bedenkt David dat hij misschien patatjes voor hem kan maken, daar is hij namelijk altijd zo dol op. Als dit niet helpt, dan gaan we met hem naar de dokter besluiten we.

Nadat David patatjes voor hem heeft gemaakt begint hij te eten, hij kan het niet weerstaan en alles blijft binnen! Het heeft geholpen en wij weten nu dat we hem nu vermanend moeten toespreken en het niet meer serieus hoeven te nemen als hij weer kokhalsneigingen vertoont. Ik ben dan ook weer blij dat, als er koekjes op tafel staan, hij gewoon een koekje pakt.

Lisa is niet lekker en ze is thuis gebleven van school. Eergisteren heb ik haar lekker geknuffeld, op schoot genomen, voorgelezen en haar geprobeerd wat cijfers en letters te leren. Sinds het gebeuren is het gedrag van ons kind compleet veranderd van lief en rustig naar een onrustig, boos kind dat slecht luistert.

Gisteren was het weer helemaal mis met haar bui. Als ik thuiskom vraag ik aan Max: "Krijg ik ook een kusje van Max?" Maar hij zit een beetje te dollen.

"Max vindt mama niet zo lief," zegt Lisa daarop.

"Ja hoor, natuurlijk vindt Max mama wel lief."

Ze spuugt op haar dekbed en even later zegt ze tegen David dat haar dekbed nat is. Die ochtend had ze al een keer eerder gespuugd op de wc.

Ik weet niet of ze echt ziek is of doet alsof. Ze heeft al eens eerder gedaan alsof ze misselijk was en moest spugen, terwijl dit in onze beleving niet zo was. Ze heeft geen koorts en wij krijgen de indruk dat ze het overgeven zit op te wekken... Ik heb medelijden met haar.

Het arme kind gilt dat ze vreselijk ziek is en ontzettende pijn heeft. Ik heb een teiltje bij haar bed gezet voor het geval ze nog eens moet spugen en ze de wc niet kan halen. Als ze 's avonds gaat slapen begint ze te gillen dat ze het teiltje niet bij haar bed wil hebben. Ze krijst maar door, als ze eenmaal begint houdt ze niet meer op. Hysterisch huilen, tot David haar zegt dat ze op moet houden, dat het teiltje nog even moet blijven staan, omdat ze misschien nog moet overgeven.

Lekkere dingen wil ze wel eten, dan is ze ineens niet meer ziek. Dat zegt ons genoeg. Ach ja, zoals kleine kinderen kunnen zijn. Ze blijft twee dagen thuis, daarna gaat ze weer naar school en dat gaat gelukkig prima.

Op 1 februari bel ik mijn broer. Natuurlijk ben ik alweer nerveus als ik zijn nummer draai. Hij neemt de telefoon op en ik vraag: "Heb je er al over nagedacht of we een afspraak kunnen maken?"

"Ik heb erover nagedacht en ik vind dat je wel naar mij toe moet komen, ik zie niet in dat je niet naar mij toe kan komen," zegt hij autoritair.

"Ik wil dat niet, omdat ik niet wil dat mijn kinderen bij het gesprek aanwezig zijn," zeg ik.

"Dat hoeft ook niet, je kan ook alleen komen," vindt mijn broer.

"Ik wil graag het hele verhaal doen, met David en Tanja erbij," leg ik uit.

"Ik wil dus níet dat Tanja erbij is, want die staat hier helemaal buiten, die heeft hier verder niets mee te maken. Sorry Linda, dan gaat het over," zegt hij verbolgen. Blijkbaar is hij plotsklaps compleet van gedachten veranderd.

"Goed, dag Lucas," zeg ik dan ook koeltjes.

Waar ben je bang voor broertje? Dat je geliefde vrouw zich tegen je gaat keren? Dit is dus het laatste contact met mijn broer, het doet nog steeds wel zeer. Naar mijn idee heeft hij het er gewoon op aangestuurd. Ik vertik het om me altijd bij zijn eisen neer te leggen. Ik ben het zo beu om me altijd naar hun wensen te voegen en om altijd de mindere te zijn, ik ben nu ook zo razend aan het worden. Egoïst, hij gelooft mijn verhaal dus duidelijk niet en neemt nog niet eens de pleuresmoeite om erachter te komen. En dat wil dan dominee worden, zo lekker schijnheilig allemaal. Terwijl ik alle moeite wil doen om achter de waarheid te komen en rechtvaardigheid wil!!

Het leven van mijn dochter is grotendeels verwoest door wat er is gebeurd, maar niemand van mijn familie interesseert het ene moer en dat doet zo'n zeer, zo ontzettend zeer, dat valt gewoon niet te beschrijven.

Overigens is nu David de gebeten hond, waarom weet ik niet, maar opeens hebben ze dat besloten op het moment dat hij in mijn leven kwam.

Vanmorgen was ik een klein beetje boos op Lisa, want ik heb haar al duizendmaal gezegd dat ze haar knoop en de rits van haar lange broek gewoon moet opendoen als ze haar broek uit doet. Weer heeft ze dat gisterenavond niet gedaan, ze heeft haar broek weer gewoon zo van haar achterwerk getrokken en zo vind ik 'm ook. De ene keer kan ze wel haar knoop opendoen, maar de andere keer heeft ze een periode dat ze het zogenaamd ineens niet meer kan, ze weigert het ten enenmale... Al haar kleren gaan zo kapot.

Dit is net zo met het uittrekken van haar truien. Ze trekt ze niet gewoon over haar hoofd, maar doet eerst haar kin door de hals en rekt zo de hals uit, ze trekt er van alle kanten aan. Het is zo gek. We hebben niet zoveel geld en ik vind het zo zonde van haar kleren. Ze vertikt het om haar kleren op een andere manier uit te trekken. Als ze denkt dat ik het niet zie, doet ze het gewoon weer op haar eigen manier.

Als ze in haar kamertje zit en wij in de huiskamer zitten, staat ze regelmatig stiekem in de gang te luisteren naar wat we zeggen. Waarom doet ze dat toch? Als David en ik zachtjes met elkaar praten, dan heeft ze het er soms later plotseling over. Als ik iets tegen Max zeg, terwijl we in zijn slaapkamer zijn en zij in haar eigen kamertje, komt ze soms ineens vanuit haar eigen kamer naar ons toe rennen om zich met hem te bemoeien en de volledige aandacht op te eisen. Wat is er toch met haar gebeurd?

Lisa heeft met de pen, die ze van oma had gekregen, zichzelf van onderen helemaal bekrast. Wat moet ik hier toch mee aan... Soms drijft me dat werkelijk tot wanhoop.

Lisa heeft een boekje van mij gekregen, ik heb haar een aantal keer gevraagd het niet kapot te maken, maar ze heeft gewoon een hele grote vouw in de kaft gemaakt. Ik vind het zo erg om te zien hoe beschadigd ze is, het breekt mijn hart. Ze heeft haar periodes, de ene keer heeft ze haar goede periode en het volgende moment kan ze zo omslaan en is ze werkelijk onhanteerbaar. Ik kan niet eens uitleggen hoe het is.

Max houdt ontzettend van housemuziek. Zodra hij dat hoort staat hij, zo klein als hij is, te swingen in de box en gaat helemaal uit zijn dak. Wij liggen dan echt helemaal dubbel van de lach, het is zo grappig om dat kleine mannetje zo te zien!

Soms weten mensen niet wat rechtvaardigheid is. Ze zeggen dat ze je willen helpen, maar als het erop aankomt laten ze je barsten, dat doet zeer. Nog nooit heb ik een mens meegemaakt die stond voor wat hij zei, op mijn eigen David na dan.

Ik kan niet begrijpen dat mensen met een rein geweten kunnen leven als ze zeggen voor rechtvaardigheid te zijn of gelovig te zijn en dan nog alleen maar aan zichzelf denken. Misschien zijn er daarom bijna geen mensen met een persoonlijkheid meer. Iedereen wil hetzelfde zijn, men is bang om uit de groep te vallen. Men is bang voor de woorden van anderen. Eerst hebben ze een grote mond dat ze je zullen helpen en voor je klaarstaan, maar ik heb nog nooit een beroep kunnen doen op iemand. Als ik dit deed, dan trokken ze zich terug en dat vind ik heel laf. Ik zou wel kunnen huilen om het egoïsme van de mensen, maar ik doe het niet, ik los het zelf wel weer op.

Weer staan we er alleen voor. Ik ben helemaal dichtgeklapt, ik voel me vernederd tot in het diepste van mijn ziel. Niemand wil me helpen, zelfs mijn eigen broer niet. Zelfs hij denkt dat ik leugens verzin, net zoals de rest van mijn familie. Maar waarom zou ik dat doen? Wat heb ik daarmee te winnen? Ik verlies alleen maar.

Het doet vreselijk veel pijn om te moeten accepteren dat mensen zijn zoals ze zijn. Echt niemand komt nog voor je op in deze tijd. En ze doen of jij gek bent, terwijl de dwaas die nog rondloopt ongestraft zijn gang heeft kunnen gaan. Hij heeft mijn dochter vernederd en misbruikt. Ik voel een diep verdriet en tevens een diepe haat jegens alle mensen die niet voor me op zijn gekomen, jegens alle mensen die niet met me meedenken en me niet steunen of gesteund hebben, ook al vinden zij van wel.

God weet wat ik voel vanbinnen, God kent mijn gedachten. God, help me, want ik weet het echt niet meer. Het wijst zichzelf niet. Misschien is het niet de juiste weg die ik wil bewandelen. Wijs me dan de juiste weg. Mijn gedachte en roep om wraak wordt steeds groter, naarmate ik zie hoe mijn dochter is beschadigd en hoe mijn familieleden alleen maar hun schouders ophalen om wat er is gebeurd en zeggen dat ik het maar moet accepteren. Maar dat kan ik niet, evenmin als David. Zo vol verontwaardiging ben ik, dat ik geen hulp krijg. En ik val langzaam weg in een gat en er is niemand die het interesseert, behalve David. De wereld is een grote chaos. Mijn moeder zou me misschien wel zo in de hel willen donderen. Ze heeft voor mijn gevoel nooit van me gehouden. Ik zou wel willen schreeuwen, gillen van onmacht.

De mensen zijn zo keihard zo bikkelhard. Medelijden kennen ze niet eens meer, gevoel hebben ze alleen nog voor zichzelf. Alles is zo individueel en niemand komt op voor de zwakkeren (onze kinderen) die worden gebruikt. Iedereen heeft zijn mond vol van onrecht, maar zelf begaan zij niet anders. Mijn hele lichaam kneedt zich samen tot een bal die ineenkrimpt bij iedere stoot die pijn doet.

Nadat ik mijn schoonmoeder de eerste keer heb gepermanent en geknipt, gaat ze er vanzelfsprekend van uit dat ik in het vervolg haar haren kap. De tweede keer wordt niet eens gevraagd of ik haar haren wil doen, maar wordt simpelweg vastgesteld dat ik haar haren moet knippen en mijn schaar bij het volgende bezoek moet meenemen! Hoe bizar...

Toen ik haar voor de eerste keer aan het manicuren was, zei ze: "Oh kind, de volgende keer dat je me manicuurt hoef je geen massageolie mee te nemen hoor, dat hebben wij ook wel." Ze weet echter dat ik het kappers- en manicurevak niet meer praktiseer en dit ook niet meer wil doen. Nou, daar krijg ik dus de balen van, want ik ben wat dat betreft al door zoveel mensen gebruikt, mijn tegenzin wordt nu zo groot dat ik het eigenlijk niet meer wil doen. Als ze het gewoon vriendelijk had gevraagd was het een heel ander verhaal geweest! Alleen maar, omdat het gratis is. Waarschijnlijk moet ik het als compensatie zien, dat mijn schoonvader ons af en toe met de auto ophaalt en thuisbrengt.

Zij is echt het type dat je zwakke plekken eerst aftast, sluipend langzaam, in je gezicht heel stroperig doet en vervolgens genadeloos en keihard toeslaat. Sommige mensen hebben geen hart, behalve voor zichzelf, daar ben ik nu wel achter.

Als ik mijn schoonmoeder eens moet permanenten, heeft mijn schoonmoeder intussen Suzan zelf gepermanent met zo'n huispermanent. Het ziet er niet uit, wat een mislukte pluizenbol is dat. Zelfs David ziet het en hij vindt dat het er niet uitziet. Van tevoren heb ik gezegd dat ik best hun haar wilde doen, als ze het me vooraf vragen. "Ik moet er wel even tijd voor uittrekken hoor, om een permanentje te zetten," had ik gezegd.

Mijn schoonmoeder speelt weer een spelletje, ze zegt meelijwekkend: "Ach, ik heb het zelf intussen al gedaan voor Suzan en met die zielige reumavingertjes van mij de wikkels erin gedraaid, wat bijna niet meer gaat."

"Waarom heb jij het dan gedaan? Je had het mij toch kunnen vragen, als ik het maar van tevoren even weet, dan kan ik me erop instellen." zeg ik verbaasd.

"Ik vond dat Suzan een permanentje nodig had en zo niet langer rond kon blijven lopen en dus heb ik het zelf maar gedaan!" zegt ze klagend met een ondertoon, terwijl ze me intussen verwijtend aankijkt met haar keiharde koude, blauwe, stalen priemogen. Ze geeft me op dat moment weer het gevoel dat ik iets verkeerds heb gedaan. Het is natuurlijk wel zo dat ik fulltime werk, kinderen heb en een huishouden draai, dan heb ik de weekeinden weleens nodig om bij te tanken. "Permanenten is niet zoveel werk en het zit er zo in!" zegt ze.

Dat zegt ze, terwijl ik minstens drie uur met haar kapsel bezig ben geweest. Knippen, permanenten en föhnen. Ze keek me raar aan toen ik aan het einde van de middag moe was.

David is in de tussentijd zijn fiets aan het repareren, want toen hij de week ervoor alleen op de fiets naar zijn moeder was geweest, kon hij niet meer terug, omdat zijn spaken waren geknald, hij heeft toen de fiets laten staan en is met de bus, de trein en vervolgens de tram naar huis gekomen.

Wanneer ik nog op de bank zit en David buiten achterin de tuin met zijn fiets bezig is, heeft Suzan allemaal commentaar op hem. Ze is zelf in een ontzettend chagrijnige bui en ondertussen zit ze maar over hem te zeuren en te klagen: "Kijk hem nou zitten, het stuk chagrijn. Nou, hij mag ook weleens wat vrolijker kijken zeg, er kan geen lach af!"

Zeg jij nou maar niets, denk ik.

Begint ze te murmelen en te smoezen tegen haar vader, maar ik hoor het wel. "Kijk nou, het lijkt wel een ouwe vent, moet je dat zien zitten dan, tjonge jonge," zegt ze weer smalend.

Ik schiet uit mijn slof en zeg plotsklaps: "Nou, zeg jij nou maar niks, bosduivel!" omdat ze een gepermanente pluizenbol is!

"Jij zat zonet anders aardig mee te doen," zegt ze.

"Wanneer?" vraag ik.

"Daarstraks."

"Dat zal toch wel niet!" zeg ik verontwaardigd.

"Wel waar, je zat net ook heel hard te lachen!"

Ik weet niet waar ze op doelt, maar ik reageer furieus van niet.

Zijn moeder zegt zowaar: "Ach die arme jongen, hij heeft versleten knieën, hij kan niet anders zitten."

"Inderdaad!" beaam ik koeltjes.

"Tss, moet je dat zien zitten dan, kijk dan, hij wordt behoorlijk kaal!" begint Suzan weer te zeiken.

Dan beginnen ze met zijn allen te zeuren over zijn 'kale kop'. "Zijn kruintje is alleen een beetje dun en ik vind dat 'ie zo op Jacco lijkt" vindt zijn moeder, blabla.

Ik erger me dood, zo praten ze ook niet waar hij bij is.

Het is me opgevallen dat de kinderen de laatste tijd veel minder aandacht krijgen van Suzan en mijn schoonmoeder, het wordt alsmaar minder en minder. De kinderen en ik worden door mijn schoonvader thuisgebracht en David fietst op zijn inmiddels gerepareerde fiets terug naar huis.

De periodes dat de buien en grillen van Lisa de boventoon voeren, lijken steeds langer te worden.

Een gewone dag. Lisa heeft de trommel met koekjes uit de keuken stiekem leeggehaald en alle koekjes opgegeten. Dit ontdek ik als ik kruimels in haar broekzak tegenkom. En ik maar denken: wat gaan die koekjes hard…

Later vind ik natuurlijk overal kruimels, in haar kamer, in haar bed. Het meest pijn doet het dat ze overal om jokt. Ik leg haar dan ook uit dat ze niet mag jokken. In eerste instantie ontkent ze altijd dat ze iets heeft gedaan. Ook al word ik er helemaal niet boos om. "Misschien heb ik het wel gedaan," zegt ze uiteindelijk, maar pas als ik haar met de neus op de feiten druk en ze er echt niet meer onderuit kan. Dit is standaard het geval en maakt me moe.

Weer een dag. Ik ben met Lisa naar het winkelcentrum geweest en ze heeft wat te snoepen gekregen. Ik heb al gezien dat ze erg moe is en dat het met haar bui weer helemaal mis is. Constant probeer ik haar er bovenop te trekken. Het is echter weer compleet mis als we thuis zijn. Blijkbaar nadat ze weer even de aandacht van anderen heeft gekregen? Op dat moment luistert ze weer helemaal nergens naar en hebben we totaal geen gezag over haar. Af en toe zijn we echt ten einde raad.

Nog een dag. Lisa heeft dit keer haar onderbroeken in de prullenbak gedaan. Ze zit weer eens in haar moeilijke periode. Ze luistert weer niet als we haar vragen om zich uit te kleden en haar pyjama aan te doen 's avonds, ze doet het gewoon niet. Ten einde raad geven we haar nu maar geen vla als ze niet luistert, dan maar hardere maatregelen. Het is het enige dat helpt. Vreselijk vind ik dat om zover te moeten gaan.

Een andere dag heeft Lisa met pen haar hele bed onder gekrast. Hoeveel aandacht kan je een kind geven? Wanneer houdt het op? Ik ben zo moe, zo vreselijk moe van alles en zo verdrietig.

En nog een dag. David heeft iedere ochtend moeilijkheden met Lisa, ze is ontzettend traag overal mee. Nog erger: het lijkt of ze ons gewoon uitdaagt. Ze is tergend langzaam met haar pap, zoals iedere ochtend. Max is allang klaar en zij is nog niet eens begonnen.

"Kom, als je opschiet met eten, dan krijg je een cracker," zeg ik tegen haar. Na tien minuten is ze nog niet klaar met eten. "Nu krijg je de cracker niet meer." Ik schuif het bord naar achteren op het aanrecht.

Daarop begint Lisa heel hard te krijsen en keihard te huilen. "Ik wil die cracker!"

Zodra ik de keuken uit ben, pakt ze een cracker uit de kast. Ik pak de cracker weer af en zet haar in de hoek, omdat ze niet luistert. Uit woede krast Lisa op de trui van Max, op zijn fietsje en op speelgoed van hem.

Als ik daar 's middags achter kom ben ik het zat. "Ga maar in de hoek staan en geef je potloden, pennen en krijtjes maar aan mij," zeg ik boos, "het is nu de zoveelste keer."

Ze probeert mijn aandacht te vangen door heel erg lief te doen. Zodra ik haar echter weer iets te veel aandacht geef, is het weer helemaal mis met haar. Ze denkt dan al heel snel: Oh, alles is weer goed, dus ik mag weer alles. Dan wordt er weer wat door haar kapot gemaakt. Ik ben het zo zat. Haar vriendelijk en lief benaderen helpt niet. We moeten echt streng zijn en grenzen stellen bij haar. Het is niet leuk, want dit is helemaal niet zoals ik wil zijn. Ze is intussen bijna vijf jaar.

"David komt eerder in de bijstand dan we hadden verwacht. We zijn er erg van geschrokken, want we dachten dat het pas in juni zou zijn," vertel ik mijn schoonmoeder als ik haar aan de telefoon heb.

"Oh kind, ik kan je ook niet helpen, wij hebben ook geen geld," is haar verfijnde antwoord.

"Daar vraag ik ook niet om, ik hoef ook geen geld," zeg ik. Nou, daar vroeg ik ook niet om en dat hoef ik ook helemaal niet van hen, dat is mijn eer te na! Trouwens, ze heeft wel geld, maar dat zegt ze sowieso altijd, dat ze geen cent te makken heeft.

"Het draait toch niet om geld? Niet aan je spaargeld komen!" mekkert ze.

"We zullen toch moeten eten, we kunnen niet op lucht leven," zeg ik haar.

"Nee, maar kom toch niet aan je spaargeld," blijft ze maar zeggen. We zullen toch moet eten en dat probeer ik haar dan ook tevergeefs duidelijk te maken. "Had het dan toch eerder gezegd, dan was er altijd wel een mouw aan te passen geweest" zegt ze ineens.

"Ik wil van niemand afhankelijk zijn," zeg ik daarop. Ik vind haar erg tegenstrijdig. We zullen het zelf wel redden, ik heb haar niet nodig.

Ik heb Wilma verteld wat mijn vader heeft gedaan bij Lisa. De dochter van Wilma heeft les gehad van mijn vader. Ze houdt stijf haar mond dicht tegenover haar dochter. Ze vindt het allemaal zeer onrechtvaardig voor mijn dochtertje en begrijpt niet dat hij nog in functie kan blijven en dat dit allemaal kan in deze maatschappij.

"Mijn dochter gaat dit jaar weer op werkweek naar Engeland," vertelt ze.

"Gaat mijn vader soms ook mee?" vraag ik.

"Dat weet ik niet, maar mijn dochter probeert met nog andere leerlingen jouw vader als leraar terug te krijgen, want de leraar die ze nu hebben is zo'n klootzak, daar leren ze niets van. Tja, en je vader vindt ze zo lekker relaxed, zo'n rustige man! Ze zijn met zijn allen naar de directeur gegaan om te zeggen dat ze hem terug willen." Ik staar haar met open mond aan. "Ja, echt waar hoor, ze vinden Wolf echt te gek!" Ze zegt niets, helemaal niets, ze lult er gewoon overheen. Ik heb mijn mond verder maar gehouden. Je leert weer eens dubbel en dwars dat je op werkelijk niemand kan rekenen. Hoe goed mijn vader toch kan toneelspelen tegenover anderen leer ik ook weer.

"Vind je het leuk als pa jullie zondag komt halen om 13.00 uur, want het is nu wel een hele tijd geleden hè, dat we elkaar hebben gezien?" vraagt mijn schoonmoeder me aan de telefoon.

"Nou gezellig, dat is goed."

"Ja, hij weet het nog wel niet, maar dat is dan afgesproken."

"Oh, maar kan het dan wel, moet pa niet werken dan?"

"Nee, dat kan wel. Als ik zeg dat het kan, dan kan het ook," zegt ze verbeten.

"Oh, maar wel lief zijn tegen hem hoor."

"Oh, kind, ik ben altijd lief tegen hem. Als het me uitkomt... Ik weet precies hoe ik met hem om moet gaan en hoe ik mijn zin moet krijgen, ik ben niet voor niets zevenendertig jaar met hem getrouwd! Ik ken hem van haver tot gort hoor."

Ik voel me behoorlijk opgelaten, omdat mijn schoonvader heel hard moet werken en zo'n tachtig uur in de week draait. Ik wil hem niet te veel belasten.

Als we bij hen op visite zijn is Suzan weer niet zo vriendelijk tegen David. Ze heeft al eerder gezegd dat David niets wist van autorijden, omdat hij geen auto meer rijdt en ze heeft alweer ettelijke keren opmerkingen geplaatst over het feit dat hij niet meer autorijdt en alles op de weg is veranderd sinds hij niet meer rijdt. David raakt pissig hierover. Overigens heb ik Suzan nog nooit zien lachen.

Wanneer het gesprek op een gegeven moment over de bouw gaat, maakt Suzan weer een opmerking tegen David: "Wat weet jij nou van het bedrijfsleven?"

Daarop wordt David best wel kwaad en zegt: "Ik heb niet voor niets een functie als directeur gehad in de bouw."

Ik heb opgemerkt dat ze iedere keer negatieve opmerkingen plaatst tegen hem. Dit doet ze ook als hij niet kijkt of het niet hoort. Ik vind het nogal onvolwassen gedrag, eerlijk gezegd. Ze kijkt constant naar haar moeder, net of ze daar steun van verwacht, en het is mij direct duidelijk dat dit vroeger altijd op deze wijze is gebeurd. Er zit een duidelijk patroon in hun gedragingen.

Om 11.00 uur word ik op mijn werk gebeld door de juf van Lisa, ze deelt me mee dat ze op de stenen is gevallen en een enorme bult op haar hoofd heeft. David zou haar om 11.30 uur ophalen. Ik schrik me rot en fiets gelijk naar de school, ik denk: ze bellen me toch niet voor niks. Daar aangekomen blijkt dat een ander kind Lisa opgetild had en ze toen hard met haar achterhoofd op de stenen is gevallen. Ik zag al allerlei taferelen voor mijn ogen opdoemen en sta nog te trillen. Ik neem haar mee naar huis en doe er ijs op, dan slinkt de bult wat. Ter observatie houden we haar de rest van de week thuis. Ze heeft nog wel hoofdpijn, maar dat gaat gelukkig snel weer over.

Als ik mijn schoonmoeder aan de telefoon heb, vertel ik haar het verhaal van Lisa en als ze op wil hangen zegt ze: "En knuffeltjes aan mijn kind." Ik weet natuurlijk wel dat ze hiermee Lisa bedoelt.

"Welk kind?" vraag ik dom.

"Nou, mijn kleinkind."

"Maar toch ook wel een knuffel aan je eigen kind?"

"Oh, maar die is al groot, die heeft mij niet meer nodig, nee, doe knuffeltjes aan de kleintjes."

"Nou, maar toch ook wel aan je zoon?" daag ik haar uit. Nou, echt niet hoor.

Mijn schoonmoeder zou me verleden week bellen maar dit heeft zij niet gedaan, in plaats hiervan belt zij me maandag. Als mijn collega haar aan de lijn heeft kom ik net terug van de wc.

"Hoe gaat het?" vraag ik haar.

Ze klinkt een beetje kwaad, geloof ik. "Het gaat niet goed met me, ik ben doodziek! Ik kom altijd mijn afspraken na en David weet dat. Waarom heeft hij me van het weekend dan niet even gebeld? Of dacht hij soms: oh, het is weer zover?"

"Ik geloof het," zeg ik verbijsterd tegen haar, omdat dat de waarheid is en ik niet weet wat ik moet zeggen. "Als ik vandaag niks had gehoord dan had ik je dinsdag toch wel even gebeld hoor," zeg ik.

"Ik moet nu meteen naar het ziekenhuis en morgen moet ik ook naar het ziekenhuis voor onderzoeken."

"Och, wat vervelend, moet je in het ziekenhuis blijven?"

"Oh, maar het stelt niks voor hoor. Het zijn alleen van die rotonderzoeken, maar ik blijf toch niet als ik moet, want ik vertrouw die doktoren toch niet. Ik heb last van bloedverlies van onderen. Hoe is het met de kinderen?"

"Dat is naar zeg. Met de kinderen gaat het verder goed hoor. Ik zal je dinsdag wel even bellen, om te vragen hoe het is gegaan in het ziekenhuis."

"Hoe zijn de onderzoeken geweest?" vraag ik dinsdag als ik mijn schoonmoeder bel.

"Het stelde niks voor."

"Hoe was de uitslag?"

"Het is gewoon erger geworden dan het al was en het is voor mij eigenlijk een soort bevestiging, maar ik laat er geen dingen voor. Iedereen maakt er maar zo'n ophef over, behalve ikzelf. Ik wil niet betutteld worden en ik doe verder waar ik zin in heb, want ik val er verder niemand mee lastig. Ik ga langzaam dood en door de zware medicijnen die ik moet slikken, die het ziekteproces vertragen, heb ik een verschrompelde nier. Ach, ik heb ook tweemaal een hartaanval gehad!"

"Wanneer is dat geweest?"

"Acht jaar geleden een keer en vier jaar geleden ook een keer. Die drie maanden hoofdpijn die ik al heb, schijnt ook met de ziekte van Crohn in verband te staan."

"Hebben je hartproblemen er ook mee te maken?"

"Nee, maar misschien heeft het er toch wel mee te maken."

Vervolgens hebben we het nog even over mijn werk. Ik heb al vaker geprobeerd uit te leggen wat ik doe, maar het komt niet over, dus heb ik er niet zoveel zin in om het weer te proberen uit te leggen en ik vraag me af of het haar daadwerkelijk interesseert.

"Hoe gaat het met pa?"

"Hij trekt zich zijn werk nu allemaal wat minder aan."

"Dan heeft hij toch naar ons geluisterd dat hij niet zo hard moest werken."

"Hij heeft uit zichzelf al besloten om het wat rustiger aan te doen." Nou, ik weet dat dit dus niet waar is, alles hangt van tegenstrijdigheden aan elkaar bij deze dame. "Ik zeg er niks meer over tegen hem en laat hem gewoon werken. Er is nog nooit iemand doodgegaan aan hard werken."

"Dat is niet waar," zeg ik. Het interesseert haar blijkbaar niet.

"Als hij 's avonds thuiskomt ben ik vrolijk en merkt hij niets aan mij."

Dat geloof ik ook niet, want zij is er één die over lijken gaat om haar doelen te bereiken, zover ken ik haar nu wel. Vorige keer toen wij bij mijn schoonouders waren, zag mijn schoonvader er weer dodelijk vermoeid uit en vroegen we hem: "Wil je het wat rustiger aan doen, we maken ons wel een beetje zorgen om je?"

"Ik leef alleen maar voor mijn werk," zei hij daarop.

Ik keek bedenkelijk, dat zag hij en daarop zei hij: "Dat is nu niet meer zo, het wordt me nu toch echt allemaal te veel."

Ze roken zich helemaal de tyfus als we er zijn, de ene sigaret wordt bij wijze van spreken met de andere aan gedaan. De hele kamer staat continu blauw van de rook. Ook niet echt gezond natuurlijk. Ik vind het ook bijzonder onprettig voor de kinderen om ze hierin te laten verblijven. Alles stinkt altijd als we bij ze zijn geweest.

We willen al sinds enige tijd naar Israël gaan emigreren, weg uit dit land. Daarvoor moet je kunnen bewijzen dat je Joods bent. Het is heel cynisch, in de Tweede Wereldoorlog moest je bewijzen dat je niet Joods was en nu is het tegenovergesteld. Maar al het bewijs is bijna weg, dus dat gaat nog een uitdaging worden.

David heeft de stamkaart van zijn oma opgevraagd om te kunnen laten zien dat hij Joods is, want dat moet als je op *aliyah* (de opgang maken naar het heilige land) gaat.

Als alles gaat zoals wij dat graag willen, dan zijn wij binnen een paar maanden weg uit Nederland.

15.

Het is intussen eind april, Lisa is sinds vorige week opnieuw praktisch onhanteerbaar. Ze is wederom ontzettend brutaal, luistert niet naar ons en huilt en krijst werkelijk vreselijk om alles. Er valt geen land met haar te bezeilen. Als ze haar zin niet krijgt, zet ze direct een ontstellende keel op, begint te krijsen van woede en houdt niet meer op. Soms word ik er helemaal horendol van. Af en toe hebben we het idee dat we het bijna niet meer aan kunnen, zo zuigt het ons leeg. Hoe kan ik het iemand uitleggen? Ik weet dat het niet gewoon is voor een kind van haar leeftijd, ik voel het aan al mijn zintuigen.

Voorbeelden van haar gedrag als ze in een van haar buien zit:

Ze weet dat ze netjes moet wachten voordat we de straat oversteken en dat doet ze normaal gesproken ook. Als ze echter een van haar buien heeft, loopt ze plotseling gewoon zomaar de weg over, levensgevaarlijk! Dan kan je me bijna oprapen, mijn hart zit dan in mijn keel van angst en ellende.

Als ze geen washandjes heeft, omdat de andere washandjes in de was liggen, begint ze vanuit het niets ineens keihard te krijsen en te brullen en het gaat maar door, houdt niet meer op. Ik heb haar al zo vaak gezegd dat ze gewoon om schone washandjes kan vragen, maar dat schijnt ze niet meer te kunnen als ze in zo'n stemming is. Als ze zo is, geeft ze meestal geen antwoord als we haar iets vragen en negeert ze ons compleet. Dat is zo ontzettend vermoeiend en frustrerend.

Het is opvallend dat hoe meer aandacht ze krijgt van anderen, hoe vervelender en onhandelbaarder ze wordt in onze nabijheid. Ze is een heel mooi klein meisje met grote blauwe ogen, een fijn gezichtje en goudblonde krulletjes, dus aandacht krijgt ze wel!

Ze klimt op het tafeltje in haar kamertje, dat vervolgens met een klap omvalt. Als wij daarop geschrokken vragen wat ze doet, is haar nieuwste stopzin: "Ik weet het niet." Of ze vraagt daarop: "Weet jij het?"

Ze jokt echt om heel veel dingen. Waarom doet ze dat toch? Het doet me veel verdriet. Ik kan haar niet aan het verstand krijgen dat ze beter de waarheid kan spreken, het komt niet over.

Als ze 's avonds in bed ligt om te slapen, komt ze regelmatig haar bed uit en gaat allerlei dingen doen in haar kamertje. Als wij haar horen en gaan kijken wat er aan de hand is, is ze net te laat om weer terug in haar bed te liggen.

Ze claimt ons constant en vraagt op wat voor manier dan ook alle aandacht. Het is dodelijk vermoeiend. Als we haar als reactie positieve aandacht geven, is het helemaal mis met haar. We hebben alles al geprobeerd. Elke dag knuffel ik met haar, iedere dag speel ik eventjes met haar, elke dag neem ik haar op schoot, elke avond lees ik haar een verhaaltje voor en knuffel ik haar. Ik kan er geen peil op trekken, het lijkt af en toe wel of ze deze dingen doet om ons bewust pijn te doen.

Uiteindelijk, als ze weer eens compleet onhandelbaar is, zeg ik heel erg boos en gefrustreerd tegen haar: "Je bent nu te ver gegaan, ik knuffel je nu even niet, neem je even niet op schoot en lees nu even geen boekje meer voor als jij niet lief kan zijn en niet kan luisteren."

Alles heb ik haar gegeven wat ik heb en dat is veel. Dit is natuurlijk de compleet verkeerde reactie, maar ik kan echt even niet meer, ik ben echt helemaal op, compleet leeggezogen. Tegelijk voel ik me direct schuldig. Ik vraag me af of dit gedrag te maken heeft met wat mijn vader bij haar heeft gedaan. Heeft het iets bij haar getriggerd? Is hij het wel geweest?

Ze kan toch niet hebben gejokt over wat hij heeft gedaan? Een kind van die leeftijd kan over zoiets toch niet jokken! Ik geloof mijn kind absoluut. Die twijfels over wat er precies is gebeurd zijn soms zo erg en dat wordt versterkt door al het jokken dat ze doet. Hoe erg is dat.

Hoewel ik sowieso van mijn vader walg, zou ik zo graag 100% zekerheid hebben of hij het daadwerkelijk heeft gedaan, ik heb hem hier namelijk nooit voor aangezien. Ik vind het zo'n vreselijk idee dat ik dat nooit helemaal zeker zal weten. Tenzij het geheugen van Lisa zo subliem is dat ze dit ook voor later onthoudt en ergens diep in mij hoop ik daarop, zodat er ooit recht zal geschieden. Maar ik wil niet dat mijn kind lijdt en ze lijdt, ze lijdt zichtbaar. En ik voel me machteloos, zo machteloos, niets kan ik doen om ongedaan te maken wat er met haar is gebeurd. Er is niemand die ons bij kan staan, niemand die ons kan helpen. Ik vecht en blijf vechten voor ons kind en met ons kind. Samen, alleen.

Morgen, tijdens dodenherdenking, is mijn schoonmoeder jarig.

"Ha, mooie dag voor haar," zegt David.

"Komen jullie zondag of dinsdag? Maar dan moet je wel met het openbaar vervoer komen, dan betaal ik de strippenkaart," vroeg ze vorige week vrijdag aan de telefoon.

Nou, ik heb helemaal geen zin, eerlijk gezegd, want dinsdag is het Koninginnedag en dan willen we lekker fietsen en met de kinderen naar de braderie. Ze stelt het altijd op zo'n manier dat je er bijna niet meer onderuit kunt.

"Het kost me toch klauwen met geld, want of pa jullie nou haalt of dat ik jullie een strippenkaart moet geven, het is toch wel een aantal kilometers van De Bilt naar Bilthoven," zegt ze smalend. Dat is gewoonweg niet waar! Ze zit gewoon uit haar nek te kletsen en op mijn schuldgevoel in te praten. Trut. "Als pa een aantal keer moet rijden dan is het aardig wat kilometers, dus dan ben ik toch wel een hoog geldbedrag per maand kwijt, want dat ding, die auto, rijdt ook niet op lucht," blijft ze maar doormekkeren.

David heeft behoorlijk de pest in, hij heeft me er al voor gewaarschuwd dat zijn moeder het op den duur constant over geld zou gaan hebben, dat doet ze al haar hele leven.

"Alles is zo duur. Alles kost klauwen met geld. Het geld groeit me niet op de rug. Wat kost me dat wel niet?"

Ik vraag me soms af wat dat toch voor een mens is. David vraagt zich dat zijn hele leven al af. Als wij iets verkeerds zeggen of doen, moet mijn schoonvader het bezuren en dat vinden wij erg, hij zit duidelijk onder de plak. Niet dat mijn schoonvader een doetje is, integendeel, maar zij bespeelt iedereen heel slinks, ze is een geweldige manipulator.

David heeft zijn moeder opgebeld en voor zondag afgesproken. We krijgen het geld niet terug van haar en hebben het geld voor de strippenkaart gewoon op haar verjaardagscadeau ingekort.

Ze is echt een secreet van een wijf. Ik begrijp wel dat Max niks van haar en zijn tante Suzan moet hebben en wel van zijn opa. Wat ook erg vervelend is, is dat wij nooit alleen zijn met mijn schoonouders, echt nooit. Altijd hangt zijn zus er rond. Eeuwig.

Omdat ze bij zijn vader op de zaak werkt, rijdt ze dagelijks met hem mee. Haar eigen auto heeft ze weg gedaan, omdat deze te duur was. Ze voelt zich erg snel aangevallen en is nu niet bepaald een lekkere vrolijke spontane meid. Nooit vraagt ze iets aan me en als ik iets aan haar vraag, dan geeft haar moeder meestal antwoord voor haar. Ze heeft nul uitstraling.

Als we met z'n allen bij elkaar zitten, kan David nog niet eens normaal met zijn vader praten zonder dat zijn moeder ertussen zit met haar grote slabek. Ze hoort zichzelf erg graag praten, staat altijd in het middelpunt van de belangstelling en heeft altijd het hoogste woord. Haar mening is wet.

"Joh, ga dan eens lekker wandelen met je vader als je een keer samen met hem wilt babbelen," zeg ik weleens tegen David.

"Dat kan niet, want dan hoort mijn moeder hem daarna helemaal uit en vraagt: wat had hij? Dan weet ze gelijk waar het om draait en dat wordt weer tegen hem gebruikt."

Ik vind het maar raar.

Laatst merkte ik dat mijn schoonmoeder ontzettend jaloers was, omdat David bezorgd was om zijn vader en tegen hem zei dat hij wel een beetje om zichzelf moest denken en niet zo hard moest werken.

"Het draait altijd alleen maar om zijn pappie, zijn pappie is zijn alles, hè David?" zei ze hatelijk. Nou, ik kan het me levendig voorstellen, ze maakt zich helemaal niet geliefd. Schoonmama heeft het hoogste woord en ik krijg niet de kans om mijn schoonvader beter te leren kennen.

David neemt het mij kwalijk dat ik het contact met zijn ouders heb hersteld, hij wilde pas weer contact opnemen met zijn vader als zijn moeder zou zijn overleden. Vaak voel ik me schuldig dat ik contact heb gezocht met zijn vader, maar aan de andere kant had ik David nooit helemaal leren kennen als ik zijn ouders nooit had gekend. Ik heb het contact met name willen herstellen tussen David en zijn vader.

"Ik weet dat ook wel, ik wil het contact echter nu niet meer verbreken, omdat mijn vader het dan helemaal allemaal op zijn brood krijgt van mijn moeder," zegt hij.

"Ik dacht altijd dat je moeder nooit alles te zeggen kon hebben over de hele familie."

Maar dat blijkt niet zo te zijn. Het valt ook heel moeilijk uit te leggen aan een buitenstaander hoe ze is. Als we bij ze langskomen, werd er in het begin van uitgegaan dat we bleven eten. Het wordt nu zelfs niet meer aan ons gevraagd of we willen blijven eten, dat is blijkbaar subiet afgelopen.

De stemming is weer fantastisch. 'Madame' heeft vanzelfsprekend weer het hoogste woord en staat altijd direct met haar onge-zouten, bevooroordeelde mening klaar. Mijn schoonmoeder en schoonzus zijn het nooit met ons eens, met wat dan ook. Nou, ik heb ook compleet afgedaan voor Suzan. Je hoeft maar één keer een opmerking te plaatsen die haar niet bevalt of je mening te ventileren en je hebt het helemaal gedaan.

Mijn schoonvader ziet er erg moe uit.

"Heb je trouwens onze fax nog gehad met je verjaardag en vond je dat nog leuk?" vraag ik hem. Zijn verjaardag was in fe-bruari en de vorige keer was ik het vergeten te vragen.

"Ja, die heb ik ontvangen en dat was eigenlijk niet zo geslaagd omdat ze de fax op een centraal punt hebben staan en de directies moeten de faxen aftekenen."

"Je bent toch niet boos op ons hè?"

"Nee ik ben niet boos."

Gelukkig maar.

Ergens heb ik wel een beetje te doen met mijn schoonvader die overal tussenin zit en onder de plak zit bij die twee teven.

"Hebben jullie nog iets nieuws?" vraagt mijn schoonmoeder.

"Nee."

"Wij wel. Zal ik het vertellen, waar we het vanmorgen met de buren over hadden?" vraagt ze mijn schoonvader. Hij snapt niet goed wat ze bedoelt en dan zegt ze: "Nou, wij gaan emigreren als pa met de VUT gaat."

"Pa, leg eens uit, hoe zit dat?" vragen wij gelijk nieuwsgierig. Het verhaal blijkt ietsje anders te liggen.

"Ik wil in ieder geval uit de randstad weg of emigreren over drie of vier jaar als ik in de VUT zit," zegt hij. De eerste keer dat wij hem zagen in V&D had hij ons al verteld dat hij wilde emigreren als hij met de VUT was, dus ik doe maar of ik een beetje verbaasd ben.

David vertelde me dat zijn vader Suzan ook een beetje zat is en er niet meer goed tegen kan dat ze altijd overal is, waar hij ook is. Tja, hij heeft haar natuurlijk wel zelf in dienst genomen bij het bedrijf waar ze werken, al was dat natuurlijk wel weer onder druk van ma. Nou, mijn schoonmoeder is helemaal verheugd dat ze gaan emigreren.

In de loop van het gesprek probeert David uit te leggen dat er nog steeds discriminatie van Joden bestaat.

"Het staat toch niet op je voorhoofd geschreven dat je Joods bent!" roept zijn moeder uit.

"Ik ben nooit eerder met discriminatie geconfronteerd en ben pas hiermee in aanraking gekomen sinds ik met David omga," zeg ik.

"Je kunt hetzelfde reageren als ik, kan je soms aan mijn oren of mijn neus zien dat ik Joods ben?" zegt ze. "De eerste generatie heeft het na de oorlog veel moeilijker gehad dan mensen nu. Het doet ons helemaal niks als mensen ons discrimineren," zegt mijn schoonmoeder en mijn lieflijke schoonzus zit heel irritant overal heftig op te knikken als mijn schoonmoeder iets zegt. Een eigen mening heeft ze niet.

"De tweede generatie na de oorlog heeft het ook moeilijk, omdat de tweede generatie de klappen van de eerste generatie heeft moeten opvangen na de oorlog," zegt David.

"We begrijpen niet waar je zo moeilijk over doet!" zegt mijn schoonmoeder geïrriteerd.

"Ik begrijp het wel...," zeg ik, maar word weer eens pinnig onderbroken, omdat mijn schoonmoeder me zoals gewoonlijk nooit laat uitpraten en het hoogste woord moet hebben.

De enige die sommige zaken juist weet te verwoorden is uiteindelijk mijn schoonvader, hij probeert zijn vrouw uit te leggen waar het om gaat. "Het is net zoiets als het feit dat jij vroeger nooit bent geaccepteerd door mijn moeder, omdat je Joods was," probeert hij haar te verduidelijken. Dit kunnen de twee dames niet begrijpen en uiteraard houden we er maar over op.

David probeert alles uit te zoeken over zijn opa aan vaderszijde, hij heeft hem nooit gekend. Hij had tijdens de Tweede Wereldoorlog een zeer hoge functie bij de SS en is vlak na de oorlog doodgeschoten. David wil het ware verhaal naar boven halen, maar dit wordt niet door de familie geapprecieerd. Wanneer hij ze iets over zijn opa vertelt dat hij na onderzoek heeft ontdekt, wordt alles ontkend. Mijn schoonouders hebben de man zelf nooit gekend en hebben alleen maar verhalen over hem hebben gehoord.

David weet niet zo goed hoe hij aan informatie kan komen. Hij is begonnen met dingen op te schrijven over de periode van de Tweede Wereldoorlog, maar dat stagneert vanwege informatie die hij niet heeft.

Mijn visie is dat hij alleen nog in leven zijnde familie en mensen kan opzoeken, die zijn opa hebben gekend. Het is wijsheid hier niet te lang mee te wachten, omdat ze anders allemaal zijn overleden. Als hij het nu niet doet, kan hij het nooit meer zo doen en waarschijnlijk heeft hij dan zijn leven lang spijt. Als je alle kanten van een verhaal hebt gehoord kun je objectiever zijn en daar mogelijk je eigen verhaal uit samenstellen. Dit is hij wel met me eens, intussen heeft hij al een paar familieleden ontmoet die zijn opa tijdens de oorlog hebben gekend en ze bevraagd.

Als we over onze problemen met Lisa proberen te praten, is er van mijn schoonmoeder uit veel onbegrip over bepaalde zaken.

"Jullie moeten maar een advocaat als Moskowicz nemen en alles komt dan vanzelf wel op zijn pootjes terecht. Hij doet het vast nog pro deo ook!" zegt ze stellig. Het probleem klassenjustitie komt in haar boekje evenmin voor, wij trekken toch aan het kortste eind. We hebben haar al tien keer uitgelegd dat we geen keiharde bewijzen hebben en dat dit de moeilijkheid is. De dingen die Lisa ons heeft verteld, gelden helaas niet als bewijs.

"Men wilde Lisa uiteindelijk niet medisch onderzoeken, omdat iedereen blijkbaar bang is om bij een eventuele zaak te worden betrokken," zegt David.

"Je moet naar de bekende professor Smalhout gaan, want die doet meer dan alleen maar medische fouten afhandelen," zegt ze.

"We laten Lisa na al die tijd niet nog eens door de medische molen gaan," zeg ik.

David is al maanden op zoek naar iets wat zijn Jood-zijn definitief kan bewijzen, omdat we dit nodig hebben bij het aanvragen van *aliyah* bij het Jewish Agency. Al een paar keer heeft mijn schoonmoeder gezegd dat de wederzijdse ouders in hun trouwboekje staan, daar is ze heilig van overtuigd.

Mijn schoonvader gaat naar boven om hun trouwboekje op te zoeken. Als hij naar beneden komt met het trouwboekje, staan de wederzijdse ouders er inderdaad in vermeld.

"We begrijpen niet wat het probleem is? Waarom heb je dan niet eerder om het trouwboekje gevraagd?" vraagt mijn schoonmoeder aan David.

"We hebben het er zo vaak over gehad en er zo vaak naar gevraagd."

"Nou, ik snap niet dat je hem daarmee over straat stuurt," merkt zijn geliefde zus hatelijk op.

"Oh, daar ga ik niet mee over straat, maak er maar kopieën van voor mij als je wilt," zegt David.

Daarnaast is David bezig om de originele stamkaart van zijn oma op te vragen bij het Nationaal Archief voor Genealogie. De stamkaart is echter nog niet gevonden.

Suzan reageert ontzettend koel tegen me, en nog koeler tegen David. Ik probeer toch echt aardig tegen haar te doen. Ze is nu niet meer het enige kind en moet de aandacht met ons delen, dat zal wel niet meevallen. "Die twee samen, moeder en dochter, zijn vier handen op één buik," zegt David altijd.

Mijn schoonvader houdt wel van een grapje, als hij een geintje maakt zijn wij de enigen die daar om kunnen lachen.

"Zullen we je een fax sturen voor je verjaardag?" vraagt David zijn zus als we weg gaan.

Dat kan ze niet waarderen. "Daar ben ik niet van gediend, als je dat maar laat!" zegt ze pissig.

"Ik bel je wel op je verjaardag," zegt David.

Suzan heeft, jaren terug al, haar kaak laten corrigeren. Omdat haar onderkaak te ver naar achteren stond heeft ze deze naar voren laten zetten. Ze mocht niks eten, alleen vloeibaar voedsel.

Ik weet dat het een hele zware operatie is, een collega van mij heeft het ook laten doen. Zij moest oefenen met spatels om haar mond weer verder open te krijgen. Na drie dagen was de opening al zoals het moest zijn. Telkens moest ze een spatel extra in haar mond schuiven om de boel op te rekken. Ze at ook een tijdlang vloeibaar. In totaal heeft ze ongeveer een halfjaar last van de nasleep van de operatie gehad, daarna at ze weer normaal.

Suzan eet al een paar jaar alleen maar zachte dingen en kan nu nog niet kauwen. Soms doet Suzan uitgebreid haar elastieken in haar mond goed of peurt ze het eten uit haar kiezen.

Als we weer naar huis willen gaan, vraagt David aan zijn moeder: "Hoe laat gaat die rotbus terug?"

"De bus is net geweest, het is al tegen etenstijd. "Breng jij ze even naar het station?" commandeert mijn schoonmoeder mijn schoonvader.

"Nou, dan kan ik ze net zo goed even thuisbrengen," zegt hij droogjes.

Ik had erop gerekend om een uur onderweg te zijn met het openbaar vervoer. Het valt me mee dat mijn schoonmoeder me deze keer niet gebiedt: 'Bel je vrijdag?" Dat is namelijk een verplicht nummer, ik moet minimaal eens per week contact met haar houden. Als ik eens een week niet bel, krijg ik op mijn sodemieter van haar.

"Ik zal de kopieën uit het trouwboekje maken voor jullie," zegt mijn schoonvader als hij ons thuis brengt. Hij heeft ons toch wel thuis gebracht terwijl hij weer zo moe is dat hij tijdens ons bezoek weer bijna een paar keer op de bank in slaap is gevallen. Ik bedank mijn schoonvader hartelijk als hij ons naar huis brengt, wat hij wegwuift.

We hebben het contact al aardig gereduceerd, van eens per week tot eens in de paar weken.

David heeft het dit weekeind erg moeilijk.

"Mijn ouders, met name mijn moeder, heeft praktisch nooit wat voor me over. Ik durf niet om geld te vragen als ik niet uitkom met het huishoudgeld, omdat mijn moeder altijd en eeuwig over geld heeft lopen zeuren, dag in dag uit. Dat kunnen we niet betalen. Dat is te duur. Het geld groeit me niet op mijn rug. Het kost me klauwen met geld," zegt hij.

Momenteel plaatst ze deze opmerkingen nog steeds aan de lopende band en het werkt me nu al op mijn zenuwen. Het is irritant dat ze altijd over geld klaagt, wij leven ver onder het minimumloon. Wij klagen echter niet.

"Ik heb zelf mijn eerste fiets moeten betalen van een krantenwijkje dat ik liep, terwijl andere kinderen gewoon een fiets van hun ouders kregen. Toen ik een opleiding wilde gaan doen, was het eerste dat ze zei: 'Wat kost me dat wel niet?'" zegt David.

De kinderen mochten geen opleiding doen, hun ouders vonden dat ze daar zelf maar voor moesten zorgen. Ze vonden dat de kinderen na hun achttiende jaar alles zelf maar moesten regelen. Dat vertelden zij me al toen ik daar de eerste keer over de vloer kwam.

Ik merk in niets dat mijn schoonmoeder om David geeft. Zijn moeder heeft David nog nooit iets van liefde gegeven. Nooit heeft iemand zich iets van hem aangetrokken. Mijn schoonmoeder is een raar mens, ik denk dat ze een persoonlijkheidsstoornis heeft. Ze is vreselijk tegenstrijdig, dat valt gewoon niet uit te leggen aan een buitenstaander. De ene keer zegt ze dit, de andere keer dat. Er is veel schade aangericht bij David.

Ik merk dat zijn vader zeer onder invloed staat van zijn moeder en grote problemen heeft om zijn mening te mogen ventileren.

David ziet er erg tegenop om zijn moeder te moeten bellen. Zijn moeder belt mij niet meer. Zijn moeder is dit weekeind niet lekker en eerlijk gezegd komt het ons goed uit, want we hebben geen geld. Ze is waarschijnlijk doodsbang om het contact te verliezen met haar kleinkinderen. Ze heeft me duidelijk laten voelen dat ze me niet mag.

"Kan je nu begrijpen waarom ik geen contact meer had met mijn ouders?"

"Ja, dat kan ik helaas heel goed," zeg ik.

Afgelopen donderdag was het Hemelvaart. Vrijdagavond gaan we hout halen, dan is het koopavond. Vanaf de Gamma sjouwen we met bundels hout, lopend naar huis, het is een behoorlijke afstand. Het is heel erg zwaar en vooral voor David, omdat ik de kracht niet heb om drie planken van twee meter te helpen dragen. De rest heeft hij gebundeld met touw dat we om onze schouders hangen. Het touw snijdt behoorlijk in ons vlees, wat hebben we het zwaar. Om de zoveel tijd moeten we stoppen om bij te komen.

Een meneer lacht nog om ons en vraagt of we nog ver moeten, als we ja zeggen wenst hij ons succes. "Ik dacht dat je ons wel een handje wilde helpen," zegt David, daarop komt die kerel helemaal niet meer bij van de lach.

We hebben ons iets verkeken op de hoeveelheid hout! Op een gegeven moment ga ik halverwege snel een winkelwagentje halen bij de supermarkt. Daar doen we het hout allemaal in, dat gaat een stuk gemakkelijker. In de tussentijd brengt David iedere keer een bundel hout een stukje verder en loopt dan weer terug om de volgende bundel op te halen. Er is nog een vriendelijke mevrouw die hem ziet stumperen, ze biedt een steekwagentje aan als ik net terugkom met een winkelwagentje, dus dat is dan niet meer nodig.

Bijna alle meubels die in ons huis staan, heeft David zelf gemaakt of hebben we geverfd. We zijn erg inventief geworden in bepaalde dingen. Meestal bedenk ik het idee, dan werken we het samen uit en maakt David er iets moois van. Zijn vader heeft alleen maar kritiek op de dingen die David heeft gemaakt en dat raakt David.

"Ik vind het cd-kastje mooi, ons eigen cd-kastje bevalt me niet meer goed," zegt mijn schoonmoeder.

David zegt tegen mij dat hij echt niet van plan is voor haar een cd-kastje te maken. "Mijn moeder is ontzettend materialistisch. Ze wilde altijd alles hebben wat een ander ook had. Als ik bijvoorbeeld een nieuwe televisie had, hadden mijn ouders een maand later ook een tv staan, maar dan een net iets duurdere en dat was met alles zo," zegt David.

Wij zijn al heel erg blij als we hout en materialen kunnen kopen, zodat we langzaamaan eindelijk onze huiskamer een beetje kunnen inrichten. Wij zijn er jaren mee bezig om ons huis in te richten. We hebben nu veel meer hout gebruikt en alle meubels gebeitst, wat het erg warm maakt.

We zitten trouwens met scheuren in onze hele dunne grijze vloerbedekking die in de woonkamer ligt. David heeft een paar jaar geleden de vloerbedekking opengesneden, omdat de vloer moest worden opgevuld, vanwege scheuren in het beton. We hadden nooit geld om die vloerbedekking te vervangen. De vloerbedekking is kwalitatief net zo goed als een ondertapijtje, het is echt hele dunne goedkope vloerbedekking. Ik schaam me ervoor.

We hebben ook een nieuwe bank nodig. Vorig jaar zomer hebben we de skai bekleding van de bank afgehaald, deze was helemaal versleten. Ik heb de bekleding omgedraaid, alles losgetornd en vervolgens binnenstebuiten vastgestikt en weer op de bank gezet. De binnenkant is een zachtblauw soort linnen. De bekleding heb ik eerst gewassen, dat was wel nodig, de lappen heb ik in de zon laten drogen. Niemand die ziet dat de bekleding is omgedraaid. De binnenkant is echter niet vlekafwerend, en de driezitsbank ziet er nu niet meer zo netjes uit.

Ik ben al blij dat we kunnen eten en kleding aan ons lijf hebben. We gaan echt op de koopjes af. We komen rond van f 1.600,– in de maand met een huur van meer dan f 900,–.

Mijn schoonouders komen langs voor de verjaardag van Lisa. Het bezoek is erg vervelend en ongezellig. Als ze komen, feliciteert mijn schoonvader me met de verjaardag van Lisa.

"Och ja, natuurlijk, jij ook nog gefeliciteerd hè, met de verjaardag van je dochter, dat vergeten we helemaal," zeggen de dames vervolgens futloos.

"Oh, geeft niet," zeg ik.

Lisa krijgt een tasje en een poppenwagen van opa en oma en natuurlijk is het óók een cadeau van tante Suzan.

Het eerste waar mijn schoonmoeder over klaagt, is: "We hebben weer stad en land moeten aflopen voor die poppenwagen!"

"Ze zijn toch gewoon bij Bart Smit te koop?" vraag ik. Daar is de poppenwagen ook gekocht, want dat zie ik aan het pakpapier en de sticker.

"Ja, maar het viel allemaal weer niet mee hoor, je moet er toch stad en land voor aflopen en hartstikke duur allemaal! We hebben uiteindelijk deze maar genomen, want de rest was te gek in prijs en zo'n ding van ƒ 15,- gaat ook zo kapot."

Vorige keer had mijn schoonmoeder aan Lisa gevraagd: "Wat wil je hebben voor je verjaardag van ons?"

"Een poppenwagen," zei Lisa.

"Nou, dat hoeft niet hoor, dat is wel een beetje duur," zeiden wij toen nog.

"Als dat kind een poppenwagen wil, dan krijgt zij een poppenwagen en oma zal er dan wel een pop als cadeau bij doen," zei ze heel venijnig.

"Het is niet nodig om er ook nog een pop bij te doen hoor," zei David.

"Ik beslis zelf wel of ik dat kind ook nog een pop cadeau zal doen of niet," zei ze compleet beledigd.

Daar is ze uiteindelijk toch wel van teruggekomen. Lisa staat verder niet meer in de belangstelling.

"Heb je niks gezien toen je binnenkwam?" vraag ik mijn schoonvader.

Verwonderd komt hij tot de conclusie dat er een buffet staat en hij vraagt: "Is het gekocht of heeft David het zelf had gemaakt?"

David heeft de gemeente Landhorst gebeld om te vragen of zij weten waar zijn opa begraven ligt. Hij is al jaren op zoek naar het graf van zijn opa en weet niet of hij überhaupt een graf heeft gekregen, omdat hij is doodgeschoten in De Peel. Men zegt dat hij daar ergens op een grasveldje is begraven. Na de oorlog hebben al die mensen die het leven hebben gelaten en voor de Duitsers hadden gewerkt, een graf gekregen op een begraafplaats.

Uiteindelijk krijgt David te horen dat zijn opa is herbegraven in Limburg. Dit vindt hij erg fijn om te weten, omdat hij altijd een soort band met zijn opa heeft gevoeld, ook al heeft hij hem nooit gekend. Mijn schoonvader heeft zijn eigen vader niet gekend en zegt niets van hem te willen weten.

"Ben je geïnteresseerd om te weten waar je vader begraven ligt?" vraagt David aan zijn vader.

"Nee," zegt zijn vader bot.

Ik weet dat David ontzettend benieuwd was naar de reactie van zijn vader nu hij erachter is gekomen waar zijn opa uiteindelijk begraven ligt. Ik ben de kamer uitgelopen om Max te laten plassen. Ik erger me dood aan de botheid in zijn antwoord. Ik weet hoe belangrijk het is voor David en hoe hij erop had gehoopt om samen met zijn vader een keer naar het graf van zijn opa te kunnen gaan.

"Ik kan niet begrijpen dat je wilt weten wat je opa voor een man was. Het doet er nu niet meer toe, het is verleden tijd en wat is gebeurd is gebeurd," zegt mijn schoonvader.

"Ik wil weten waarom opa bij de SS heeft gezeten en ik wil weten hoe en waarom hij is doodgeschoten. Ik zit tussen twee vuren in. De ene kant van de familie was de Joodse kant en de andere kant de SS-kant, waardoor ik soms problemen heb met mijn identiteit," zegt David.

"Het is niet belangrijk, waar maak je je toch druk om, je moet het maar vergeten," zegt zijn vader.

"Ik kan wel begrijpen dat David toch probeert uit te vinden wat zijn roots zijn. Kan je je ook niet inleven in mensen die naar hun roots zoeken via het programma Spoorloos of kan je dat dan ook niet kon begrijpen?" vraag ik mijn schoonvader.

"Nee, dat kan ik niet begrijpen," zegt mijn schoonvader.

Mijn schoonmoeder kan het ook niet begrijpen en mijn schoonzus zit daar met een zuur gezicht, vol onbegrip.

"Belachelijk dat iemand zijn of haar kind afstaat en de reden maakt dan niet uit, dat doe je niet!" vinden ze alle drie en daarmee is hun punt gemaakt. In stilte vraag ik me af of je beter je kind kunt verwaarlozen of mishandelen dan dat je je kind afstaat.

"Dat vind ik wel erg zwart/wit geredeneerd, dat gaat heus niet altijd op. Er is in het programma een keer sprake geweest van de ontvoering van een baby. Het kind werd illegaal ter adoptie aangeboden. De baby was geadopteerd door onwetende ouders, zij dachten dat ze legaal een kind hadden geadopteerd."

"Wij vinden het maar een schijnheilig en een veel te emotioneel programma." Point made!

Het is in deze familie drie tegen één. Ik hou me zoveel mogelijk op de vlakte. Ik sta achter David, dat voelen ze en ik merk dat ze dat irriteert.

Er wordt gesproken over de roomboter die ze iedere dag op hun brood smeren en dat ze die wel van het beste merk moeten hebben, want het huismerk roomboter is niet te vreten!

Ik weet niet eens meer hoe roomboter proeft.

Mijn schoonmoeder vraagt: "Hoever zijn jullie al met de Airmiles punten? Wij hebben al zoveel punten dat we een retourtje Parijs hebben."

Ik schiet in de lach en zeg: "Wij hebben al een half kaartje Efteling."

"Doen jullie nog niet zo lang mee?"

Achteraf bedenk ik dat ze aan het begin van ons contact had gezegd dat Lisa met haar en Suzan moest meegaan naar Disneyland. Ik zei dat ik Lisa heus niet zomaar alleen met hen mee liet gaan. Mijn schoonmoeder zei dat ik dan maar mee moest. Dit heeft ze nog regelmatig aangehaald en ze wil dit jaar nog naar Euro Disney. Ze heeft het er continu over dat het hartstikke duur is.

"Mijn collega is voor ƒ 300,– een weekeinde naar Euro Disney gegaan," zeg ik.

Mijn schoonmoeder reageert furieus: "ik ga niet in een flu-thotelletje zitten, het moet wel allemaal perfect zijn!"

Ik heb er helemaal geen zin in om iets te gaan doen samen met haar en die schoonzus van me, dus ik hou mijn mond er verder over.

Ineens zegt ze: "Ik mis mijn eigen schoonmoeder zo vreselijk, al kon ik totaal niet met haar overweg!" Ze mist zeker de ruzies.

Weer zo vreemd tegenstrijdig, want ik weet van David dat het inderdaad nooit goed heeft gezeten tussen die twee. Davids oma (van vaders kant) mocht zijn moeder niet. Zijn moeder liep altijd op Davids oma te schelden en te kiften.

Op haar eigen moeder geeft ze altijd af. Ze zeurt over het feit dat haar moeder heel veel geld had kunnen hebben na de oorlog en dat ze nooit gebruik heeft gemaakt van haar rechten om geld te kunnen krijgen van de regering. Ze klaagt over de wijze waarop haar Joodse moeder de oorlog is doorgekomen, door haar neus te breken. Ze schijnt keihard tegen haar eigen moeder te zijn geweest.

Ze neemt David nog dingen kwalijk van toen hij twee jaar was, een keer heeft hij over haar nieuwe jurk gekotst. Ze vertelt vreselijk pissig dat hij haar prachtige jurk had verpest.

David is vreselijk teleurgesteld in zijn ouders.

Mensen verwijten David dat hij een te grote mond heeft en dat hij bot is. Hij zegt waar het op staat en is direct, dat wordt hem vaak niet in dank afgenomen.

Zijn vader heeft David in het verleden vaak om niets geslagen. Als David vroeger iets deed wat zijn ouders niet beviel, dan kon hij een hengst krijgen, hij zag letterlijk alle hoeken van de kamer.

Alleen mijn schoonvader heeft dan nog een beetje gevoel voor humor. Zelfs over een geintje raken mijn schoonmoeder en schoonzus gepikeerd. Mijn schoonzus gaat bij alles wat David tegen haar zegt in de aanval of ze schiet gelijk in de verdediging.

"Gaan jullie nog op vakantie dit jaar?" vraag ik mijn schoon-moeder.

"Ja, naar Johannesburg."

"Gaan jullie niet naar Israël dit jaar dan?"

"Nee, we gaan drie weken naar Johannesburg."

"Oh, nou, dat is weer eens wat anders."

Mijn schoonvader kijkt haar met een bevreemde blik aan.

Vijf minuten later komt ze erop terug: "Nee, we gaan naar Eilat op 1 september."

"Ga jij nog op vakantie?" vraag ik even later aan mijn geliefde schoonzus. Beetje communicatie proberen op te bouwen.

Beledigd, althans zo lijkt het: "Ja, 1 september."

"Kan het wel dat jullie allebei tegelijk vrij nemen dan van het werk?"

Het bedrijf waar mijn schoonvader en schoonzus beiden werken is overgenomen, ze hebben flink gereorganiseerd. Mijn schoonvader neemt het woord van haar over en legt me uit dat er momenteel drie afdelingen in het bedrijf zijn en dat Suzan nu op een andere afdeling werkt.

Ik wend mij weer tot haar: "Oh, zit je nu op een andere afdeling, dat wist ik niet."

"Ja, op een gesloten afdeling," zegt David.

Inwendig bescheur ik me en kan me met moeite goed houden, ook mijn schoonvader zie ik met inspanning zijn lachen inhouden. Zij is gelijk weer beledigd.

"En wat doe je nu dan voor werk?" vraag ik haar.

"Hetzelfde."

"Heb je nog andere taken?"

"Ja, een paar extra," murmelt ze ongeïnteresseerd en gaat er verder niet op in.

In de tussentijd was mijn schoonmoeder even de kamer uit, als ze weer terug, is wordt het woord direct weer door haar overgenomen.

"Ja, Suzan zit goud hoor, die zit goud en ze heeft dezelfde collega's gehouden op de afdeling waar ze nu zit."

Suzan zit de hele tijd tegen haar vader te smoezen en ik heb het idee dat ze erop aandringt om weg te gaan. Bij het vertrek wordt er geen afscheid meer genomen met zoenen, dat is blijkbaar ineens over. Suzan duwt mijn schoonvader zowat de voordeur uit en mijn schoonmoeder sist me bevelend toe:

"Bel je, vrijdag?"

Zeer ongewillig zeg ik: "Ja."

"Waarom kan David niet bellen?" vraagt mijn schoonvader.

"Omdat het haar niks kost," zegt mijn schoonmoeder.

Ze belt mij niet, alleen als het haar uitkomt.

David vertelde me dat Suzan samen met haar moeder een en/of rekening heeft. Dat wilde ze ook met David samen, maar dat wilde hij voor geen goud.

16.

30 mei 1996. Het ziet er nu naar uit dat Netanyahu de verkiezingen gaat winnen in Israël. Er zijn nog 150.000 stemmen te tellen, voornamelijk stemmen uit het leger, die stemmen gaan vaak naar de rechtse Likud-partij.

Peres staat op dit moment op 49.3 stemmen en Netanyahu op 50.3 dus het is erg spannend. Misschien houden de bomaanslagen op en komt er weer meer aandacht voor de veiligheid van de burgers als Netanyahu wint. Nederland is vreselijk bang dat het vredesproces stil komt te liggen.

Ik hoor op het nieuws dat er twee mensen angstig zitten te wachten op de uitslag, dat zijn Peres (dit had hij namelijk niet verwacht) en Arafat. Aan de handen van Arafat kleeft bloed en om die reden kan ik niet begrijpen dat men vrede wil sluiten met zo'n man. Peres is eigenlijk te oud, hij is van 1923.

Rabin en Peres willen voor vredesduif spelen, maar vrede komt toch zoals die komen moet. De vraag is of dat lukt door het blijven offeren van mensenlevens. Jeruzalem zullen de Israëli's nooit opgeven, dat is de onverdeelde hoofdstad. Peres wil in 1997 over Jeruzalem praten en kijken of Jeruzalem kan worden verdeeld.

David heeft aanstaande maandag een gesprek met rabbijn Soetendorp, dan hoopt hij zijn Jood-verklaring te bemachtigen. Vervolgens zal hij contact opnemen met het Jewish Agency om de emigratieformulieren aan te vragen.

We willen hier zo ontzettend graag weg, weg van het onlosmakelijke verleden hier en een nieuw leven opbouwen. David wil zijn familie misschien niet vertellen waar we wonen als we in Israël zijn.

Op mijn werk komt Wilma naar me toe voor een praatje, ze heeft het even rustig in de keuken. Ze vertelt mij dat ze 's avonds in het donker eens alleen in het schoolgebouw was, omdat ze iets vergeten was mee te nemen naar huis. Ze vond het hier vreselijk eng en wil nooit meer alleen in het donker in het gebouw zijn. Ze is normaliter nooit bang in het donker, maar wel in het schoolgebouw. Ik wist niet dat zij, net als ik, ook bang was in het gebouw, het verbaast me.

Ze zegt me dat ze af en toe het gevoel heeft dat ze begluurd wordt in dit gebouw, hoewel ze dan alleen is. Dat heb ik net zo, wij dachten allebei dat het aan ons lag.

Ik opper dat er misschien vroeger iets is gebeurd in het gebouw, het is al een erg oud gebouw en vroeger was het een lagere school. In bepaalde gedeeltes van het gebouw is dit gevoel het meest aanwezig, het begint bij de gang richting de administratie, als je door de andere gang loopt naar de docentenkamer en de keuken, is diezelfde nare sfeer ook aanwezig.

Wanneer het in de winter 's morgens donker is, durf ik niet alleen de school te openen en dat weten ze. Ik heb weleens vrij gekregen, omdat ik weigerde in mijn eentje in de school te werken toen iedereen een keer een vrije dag had genomen.

Wilma is een klein beetje zoals ik, ook een waterman, en soms kom ik dezelfde soort karaktereigenschappen bij haar tegen, dat is wel grappig. Ze zegt precies wat ik ook altijd heb gevonden, dat het in het gebouw altijd klammig is en koud en dat er iets op je lijkt te vallen als je binnenkomt. Zij vertelt het verder tegen niemand, omdat ze dan toch voor gek wordt verklaard.

Er is hier ook een aantal maal ingebroken en een collega heeft weleens een klap op zijn kop gehad van een inbreker, maar ik betwijfel of het dat is wat wij voelen. Ik denk dat wat wij voelen iets anders is.

David gaat naar de rabbijn, waar hij een gesprek mee heeft, en ondanks dat hij nu een kopie heeft van het trouwboekje van zijn ouders, is dat niet voldoende bewijs voor het feit dat hij Joods is. De rabbijn heeft contact opgenomen met het Joods Centrum voor Informatie en Documentatie. Als Davids overgrootouders of oma vroeger ingeschreven zijn geweest bij een synagoge, kunnen ze dat blijkbaar nog nagaan. Joodse personen stonden geregistreerd onder een registratienummer.

Zijn overgrootvader is volgens mijn schoonmoeder *chazan* (voorzanger bij een joodse gebedsdienst) geweest in de synagoge. Als dat inderdaad het geval is geweest, moet hij ergens geregistreerd staan. Als David de fax binnen krijgt zal hij telefonisch contact met mij opnemen.

Davids oma ligt helaas niet op een Joodse begraafplaats begraven, als dat wel zo was geweest was het makkelijker geweest om te bewijzen dat ze Joods was. Mijn schoonmoeder weet niet waar het trouwboekje van haar ouders is. Hoogstwaarschijnlijk heeft haar zus het trouwboekje, waar ze praktisch geen contact mee heeft.

Gisteren had ik mijn schoonmoeder aan de telefoon.

"Ah, ik heb je vrijdag en zaterdag geprobeerd te bellen," zeg ik tegen haar.

"Oh, dat zal dan wel," antwoordt ze cynisch. Ze insinueert dat ik zit te liegen, wat me enorm irriteert.

"Waren jullie weg? Hebben jullie nog iets gedaan?" vraag ik.

"Nee hoor," zegt ze daarop.

"Hebben jullie dan niet van het weer genoten dit weekeinde?" Het was voor het eerst weer een beetje lekker weer.

"Ik ga me pas lekker voelen bij minimaal 35C°, dan word ik pas een beetje mens. Heb je het druk? Ik heb het ook druk met de gordijnen," zegt ze plotsklaps.

"Ben je de gordijnen aan het wassen?" vraag ik.

"Dat heb ik al gedaan en nu ga ik ze ophangen en jou dus ook, want ik heb het zo druk!"

De hele dag zit ze thuis, dus waar ze het verder zo druk mee heeft weet ik niet. Ze heeft duidelijk geen zin om met me te praten.

Vannacht heb ik over mijn zus gedroomd, het was een erg nare droom. Ik droomde dat ze weer een stuk kleiner was en dat ik haar moest beschermen tegen alles wat er thuis gebeurde. Ik legde haar uit dat ik haar miste en van haar hield, maar haar wel moest verlaten om naar Israël te kunnen gaan en dat ik geen contact meer kon hebben met onze ouders. Ik ben er nog van uit mijn doen, omdat ik haar nooit de waarheid heb kunnen vertellen en als ik dat ooit wel zal kunnen... Wie zal zij dan geloven?

Vorige week kon David zijn Jood-verklaring afhalen bij de rabbijn omdat zijn oma stond ingeschreven in het register. Nu moet David het kantoor van het Jewish Agency aan de lijn krijgen om de emigratie aan te vragen, wat tot nu toe nog niet is gelukt, omdat ze niet vaak aanwezig zijn. De ene week zitten ze in België en de andere week in Nederland. Vanuit Nederland komen er niet zoveel aanvragen meer.

Het is compleet mis tussen David en zijn moeder (en zijn zus). Ik had mijn schoonmoeder vrijdag 31 mei om 12.45 uur gebeld waar ze om had gevraagd. Ik had het erg druk op mijn werk en kon niet meer dan één keer bellen, ze nam echter de telefoon niet op. Dus ik dacht, dan probeer ik het in het weekeinde nog wel een keer.

Zaterdagmiddag heb ik haar nog een keer geprobeerd te bellen, maar er werd weer niet opgenomen. Maandag bel ik nogmaals en dan neemt ze de telefoon op, erg uit haar humeur. Dit hoor ik al meteen.

"Ik heb al twee keer geprobeerd te bellen maar er werd niet opgenomen," zeg ik direct in de verdediging schietend.

"Nou, dat zal dan wel," zegt ze wantrouwend. Dan noem ik haar de tijden dat ik haar heb gebeld. "Nou, dat zal dan wel, kind," zegt ze weer met argwaan in haar stem.

"Zijn jullie nog weggeweest?" vraag ik haar.

"Nee hoor," zegt ze kortaf.

"Hebben jullie niks leuks gedaan dit weekeinde?"

"Nee hoor, we zijn niet weggeweest. Nou, ik ga je weer ophangen, want ik ben druk bezig," snauwt ze.

"Oh, wat ben je aan het doen?"

"De gordijnen," zegt ze kortaf.

"Ben je die nog steeds aan het wassen dan?" vraag ik.

"Nee, die zijn al gewassen maar ik heb zo'n hekel aan de inkijk, dus die ga ik nu ophangen!"

Ik heb weer het idee dat ik iets verkeerds heb gedaan, al zou ik niet weten wat. Zij belt mij helemaal niet meer en dan besluit David haar vrijdag maar te bellen. Als hij haar aan de telefoon krijgt vraagt hij: "Waarom heb je niet meer iets van je laten horen?"

"Ik ben pissig en laat verder niets meer van mij horen," zegt mijn schoonmoeder.

"Waarom ben je kwaad dan?" vraag David.

"Ik vind het niet van respect getuigen dat jullie ons tutoyeren, want 'je' en 'jou' tegen ons zeggen getuigt niet van respect tegenover je ouders. Dat is trouwens nog niet het belangrijkste, want ik ben voornamelijk pissig om het feit dat jij Suzan hebt gevraagd of ze op een 'gesloten afdeling' werkte!" zegt ze verontwaardigd.

"Dat was een grapje, Suzan kan blijkbaar wel alles tegen mij zeggen en mij als een klein kind behandelen, terwijl ik bijna zevenendertig ben," roept David uit.

"Dat is niet waar, want Suzan bedoelt het allemaal niet zo," zegt zijn moeder.

"Ik ben ervan overtuigd dat het feit dat ik geen werk meer heb een grote rol speelt in de manier waarop ik door jullie word behandeld," zegt David.

"Dat is niet waar, je zit me al meer dan dertig jaar dwars! Ik had de deur op een kier gezet, maar die is nu weer aan het sluiten! Ik ben ook pissig, omdat je op je voorhoofd wees, toen ik zei dat ik een housebroek ging maken voor mezelf! Ik neem het je zeer kwalijk dat je op je voorhoofd hebt gewezen en ook dat je hebt gezegd dat ik gek was. Ik ben mijn hele leven al voor gek uitgemaakt door jou en ik heb al die tijd gedacht dat ik gek was!" bitcht zijn moeder.

Alles wordt weer eens compleet uit de context gehaald. David heeft gezegd dat het gek was om op haar leeftijd nog in een housebroek te gaan lopen.

"Je pappie is je alles en je vraagt nooit aan mij hoe het met me gaat. Het is pappie voor, pappie na."

"Is er dan nog tenminste iemand die zich druk mag maken over mijn vader? Want jullie doen het niet!?" zegt hij woedend.

"Je moet er maar eens over nadenken wat je verder wilt!" zegt ze verbeten.

"Dat zal ik doen. Ik heb de videorecorder van jullie nog weten te maken en pa mag hem op komen halen als hij dat wil," zegt David.

Wanneer ik achteraf hoor wat er tijdens het telefoongesprek is gezegd, sla ik zowat steil achterover, het slaat werkelijk nergens op wat mijn schoonmoeder allemaal heeft gezegd.

Afgelopen weekeinde hebben we een auto gehuurd, ondanks dat het bijna ƒ 300,– kostte, wat voor ons een hoop geld is. Ik had David beloofd dat we naar het graf van zijn opa zouden gaan en ook naar het graf van zijn oma.

De eerste dag dat we gaan is een beetje een trieste dag, het regent constant, het weer zit niet echt mee. We besluiten om zaterdag naar het graf van zijn oma aan moeders zijde te gaan. Aangezien mijn schoonouders ons niet willen vertellen waar zij precies begraven ligt, gaan we op goed geluk zoeken. Het enige dat wij weten is dat zij in Limburg begraven ligt en dat er twee mogelijke plaatsen zijn waar zij begraven kan liggen. We zijn naar haar graf gaan zoeken.

Mijn schoonmoeder heeft verteld dat ze een heuvel af glibberden, omdat het zo glad was van de regen toen haar moeder werd begraven. David weet dat ze gecremeerd had willen worden en dat aan deze wens niet was voldaan. Ze ligt op een christelijke begraafplaats, ondanks dat ze joods was.

We gaan er niet gelijk kijken, omdat het volgens onze redenatie niet klopt dat ze daar begraven zou liggen, ze heeft daar niet gewoond en er is ook geen heuvel.

We rijden verder naar Roermond, waar zij heeft gewoond, en zoeken daar de begraafplaats op. We gaan daar kijken maar we kunnen helemaal niets vinden. David had reeds het vermoeden dat ze helemaal geen grafsteen zou hebben, mijn schoonmoeder heeft destijds haar handen van de begrafenis afgetrokken, haar zus Jolanda heeft alles geregeld. Er zijn eveneens geen kaarten verstuurd. Ik vind het ontzettend triest. We lopen de begraafplaats af en kijken overal, maar we kunnen haar graf niet vinden.

Vervolgens gaan we naar wat oude buren van zijn oma om te vragen of zij misschien meer weten. Een aantal mensen zijn niet thuis, maar uiteindelijk hebben we geluk. Een buurman weet te vertellen dat zij nog een jaar in een bejaardentehuis heeft gezeten, dat is ons nooit verteld. De enige die haar nog kwam opzoeken was Jolanda, zegt hij, de zus van mijn schoonmoeder, en die andere twee kwamen nooit.

Dan gaan we verder kijken in de plaats die is genoemd, maar het enige dat we zien is dat er twee graven naast elkaar liggen, anoniem, allebei zonder grafsteen. We kunnen verder niets vinden. Volgens Joods gebruik leggen we een steen op een leeg graf, op de plek waar volgens David zijn oma zou moeten liggen en dat het meest overeenkomt met een graf uit het jaartal 1991. We hebben tranen in onze ogen om het feit dat ze gewoon onder de grond is weggemoffeld, zo voelde het echt, net of ze er nooit is geweest. Uit de verhalen van David heb ik altijd begrepen dat zij een wijze vrouw moet zijn geweest, in ieder geval de enige vrouw die zijn moeder een beetje kon vervangen.

We kijken nog bij een begraafplaats bij de kerk in het dorp, maar daar is ook niets te vinden. David vraagt bij een benzinepomp waar het bejaardentehuis te vinden is en de man zegt dat het tehuis al drie jaar niet meer bestaat.

David vraagt of ik nog naar het graf van mijn oma wil in Gorinchem, want daar komen we toch langs. Dat wil ik wel, maar ook dat is zoeken naar een speld in een hooiberg. Ik wist niet dat begraafplaatsen zo ontzettend groot en onoverzichtelijk konden zijn. Tot overmaat van ramp begint het te zeiken van de regen, niet zo'n klein beetje, en de kinderen zijn een beetje moe natuurlijk. Uiteindelijk gaan we terug naar de auto en rijden we weer naar huis. Het is geen vruchtbare dag geweest.

Met het graf van Davids opa hebben we meer geluk, want we weten het grafnummer en de plaats natuurlijk exact. Zondag rijden we naar Ysselsteyn, de begraafplaats staat aangegeven op bordjes. Als we aankomen, valt het me op hoe mooi het eruitziet. Het wordt onderhouden door de Duitsers en alles is ontzettend netjes en goed geordend. Er is een huisje waar je naar binnen kunt, daar liggen lijsten met alle namen van mensen die er begraven liggen. Er zijn veel Duitsers op de begraafplaats, op zoek naar een overledene.

Er liggen ongeveer 11.000 graven en het is een oceaan van kruisen. In graf TA 1013 ligt Raoul van der Meer. Zijn naam is verkeerd gespeld, er staat *Roul Meer* maar hij ligt er.

David is de eerste die het graf van zijn opa is komen bezoeken. Zelfs zijn oma schijnt niet geweten te hebben dat hij hier lag. Davids vader heeft er nooit interesse in gehad.

Ik laat David even alleen bij het graf en neem de kinderen mee. We zijn diep onder de indruk, over hoeveel mensen het leven hebben gelaten tijdens de Tweede Wereldoorlog. Even later gaan we op zoek naar een bloemetje maar bij een benzinepomp zijn ze zo duur en die bloemen zijn zo dood, om die reden besluit David om een knuffeltje van Max bij het graf te leggen. Hij gaat alleen terug, terwijl ik met de kinderen in de auto blijf wachten. Als hij terugkomt, vertelt hij dat hij de knuffel met een stuk touw van zijn jas om het kruis heeft gebonden, het is een klein leeuwtje dat ik ooit aan Max heb gegeven en het staat symbool.

Maandag gaan we *aliyah* aanvragen, we hebben om 11.00 uur een afspraak bij het kantoor van het Jewish Agency.

We hebben een gesprek met een vrouw en ze vraagt honderduit. Ze blijft erop hameren dat het voor mij niet mee zal vallen in een Joods land, of ik wel weet waar ik mee bezig ben en op het feit dat ik moet nadenken over de joodse religie. Ze kan David niet weigeren, volgens de wet op de terugkeer van alle Joden naar Israël, want hij heeft een Jood-verklaring van de rabbijn.

Het is mogelijk om per 1 oktober naar de '*oelpan*' te gaan om daar Hebreeuwse lessen te volgen. De vrouw van het Jewish Agency zal vragen of er plaats is per 1 oktober, ander wordt het 1 januari. Ze legt ons uit dat we vijf maanden naar de oelpan (een intensieve Hebreeuwse cursus) kunnen, dagelijks van 08.00 tot 13.00 uur, om de Hebreeuwse taal te leren lezen, schrijven en spreken. Gedurende een halfjaar kunnen we tijdelijk in een appartementje wonen, in een absorptiecentrum. We moeten in die tussentijd zelf naar een baan en een woonruimte zoeken. Onze spullen zullen worden opgeslagen in een shelter. Ze vraagt naar onze diploma's en cv's en raadt David aan om alvast vanuit Nederland op functies te solliciteren.

Ze vraagt ons in welke plaats we willen zitten. David zegt dat wij in de buurt van Beersheba willen gaan wonen. Dat vindt zij klaarblijkelijk een goede keus. David moet voor het verkrijgen van een Israëlisch rijbewijs opnieuw een test afleggen in Israël. Het blijkt dat ze het rijbewijs niet overzetten, de test schijnt niet zo heel veel voor te stellen.

Ze geeft ons een lijst met documenten mee, die we de volgende keer mee moeten nemen en dat is behoorlijk veel documentatie. Geboorte-uittreksels, geldige paspoorten (niet ouder dan drie jaar), zeven pasfoto's per persoon, doktersverklaringen van ons allen, een internationaal huwelijksbewijs en een bedrag van f 175,–.

We krijgen een boekje mee in het Engels, waar een veel informatie in staat. We zullen telefonisch contact met elkaar onderhouden.

David zegt dat hij mijn vader is tegengekomen in het winkelcentrum en hem een tijdje is gevolgd. Op een gegeven moment liet hij zich aan hem zien en maakte een killerbeweging met zijn hand langs zijn keel. Mijn vader was blijkbaar gelijk weg en David zag hem niet meer.

Het wordt me allemaal even te veel.

Ik ben door de bank gebeld dat we f 770,– rood stonden op de gezamenlijke betaalrekening. Ze hebben van mijn spaarrekening, zonder mijn toestemming, het geld naar de betaalrekening overgeboekt. Ik ben totaal overdonderd en ben op dat moment niet mondig genoeg om te zeggen dat ze daar helemaal geen recht toe hebben. Ik heb gelijk de rekening laten opheffen.

Als ik dat had geweten, dan had ik niet al het geld van de kinderbijslag uitgegeven, hoewel de kinderen kleren wel heel erg nodig hadden. Nu hebben we bijna niets meer achter de hand voor noodgevallen, er moeten geen rare dingen meer gebeuren. We hebben huursubsidie aangevraagd en ik ben benieuwd wanneer we wat horen. Ik zit behoorlijk in de piepzak. We gaan op alle aanbiedingen en koopjes af als we wat nodig hebben, anders redden we het helemaal niet meer.

Het leven loopt zoals het moet verlopen. We leven ons leven en hopen dat er snel zicht komt op een beter leven in een ander land. In het Midden-Oosten zijn de verhoudingen toch anders en is men veel gastvrijer. Het lijkt me heerlijk om eens de warme gastvrijheid mee te maken die wij hier niet kennen.

We hebben niets meer gehoord van Davids ouders. Vroeger dacht ik altijd dat een moeder automatisch van haar kind hield, maar dat is niet altijd het geval. Je zegt toch niet tegen je eigen kind dat hij je al meer dan dertig jaar dwarszit? Het valt me bitter tegen van ze dat ze ook hun kleinkinderen niet meer willen zien.

"Denk je dat mijn vader de videorecorder nog op komt halen die ik heb gemaakt?" vraagt David mij.

"Nee, dat denk ik niet...," zeg ik.

David denkt zelf dat hij de videorecorder nog wel op komt halen, maar ik betwijfel of mijn schoonvader dat doet om het simpele feit dat hij dan klem zit tussen mijn schoonmoeder en ons. Voor mezelf interesseert het me niet, echt niet, maar ik vind het erg voor David en onze kinderen. Ik vind het zo erg dat ze de enige opa en oma die ze nog hadden nu ook niet meer hebben.

Ik hoor net op het nieuws dat Netanyahu in het Hebreeuws betekent 'door God gegeven' en in het Arabisch betekent Neten Yahu 'Kijk daar die rotzak'. Dat schijnen de Arabieren erg grappig te vinden en ze maken daar dan ook constant toespelingen op wat weer irritaties bij de Israëli's opwekt.

Staat er op mijn werk ineens een vent voor mijn neus (een Antilliaan of zo) en die houdt een heel verhaal op, dat hij te laat is voor het EHBO-examen dat hij had moeten doen bij ons op school. Hij kwam helemaal uit in Hilversum, doordat de buschauffeur met zijn verkeerde been uit bed was gestapt. Ik vond het nogal komisch en belde Geert, zodat hij kon beslissen wat er met die vent gebeuren moest.

Ondertussen staat die kerel nog steeds voor de balie en vraagt me of ik verkering heb of dat ik misschien getrouwd ben.

Ik schiet in de lach en vraag: "Hoezo?" terwijl ik ondertussen mijn trouwring laat zien.

Zegt 'ie: "Meisje, meisje, moet je goed luisteren, ik heb twee huizen, een mooie auto en een heleboel geld dus donder die vent de deur uit." En dan met zo'n lekker Surinaams accent.

Nou, ik schoot heel hard in de lach. Zegt 'ie: "Ik kom terug hoor, ik kom bij je terug!" toen Geert er net aankwam.

Geert liep te schelden op hem. Hij heeft weer een pestbui vandaag, omdat hij het druk heeft. Tegenwoordig komt hij iedere ochtend gewoon een uur later, omdat hij geen zin heeft om te werken.

Lisa is behoorlijk moeilijk te hanteren de laatste tijden. Ze doet weer alles wat niet mag en het begint op de zenuwen te werken. Niets helpt, niet als je lief doet, niet als je kwaad wordt, niet als je aandacht geeft, niet als je haar negeert. Het enige wat weleens wil helpen is straf, zoals haar in de hoek zetten of haar naar haar kamer sturen.

Het is niet leuk en haar gedrag beïnvloedt ons gezin behoorlijk. David is af en toe helemaal gesloopt van vermoeidheid. Het kost ons onmetelijk veel energie. We komen er niet meer uit. Op een gegeven moment, als ik alles geanalyseerd heb of denk te hebben geanalyseerd, gebeurt er weer iets dat niet in het plaatje past.

We gaan nog steeds met haar naar de psycholoog en leggen daar alles voor waar we mee te maken hebben. Handvatten krijgen we echter niet. Ik heb het idee dat Lisa ons met perioden continu uitdaagt. Als ze bijvoorbeeld een cadeautje van ons krijgt, dan moet het kapot, wat je ook zegt. Is het niet vandaag of morgen kapot, dan is het wel over een week kapot. Begrijpen doe ik het niet. Hoe komt dat toch?

Gisteren had ik de waskrijtjes vergeten op de plank te leggen, op een plek waar ze niet bij kan. Vervolgens heeft ze alle krijtjes in haar bed gedaan, het was een grote puinhoop, haar hele bed zat onder de gekleurde waskrijt.

Iedere keer is het wat anders, ik word er wanhopig van. Lisa pakt chips uit het schaaltje van Max, ondanks dat ze allebei een vol schaaltje hebben. We vertellen haar dat het niet mag, dat ze allebei evenveel chips in hun schaaltje hebben. Het heeft echter geen zin om dit te zeggen, ze blijft gewoon doorgaan.

In het regionale krantje staat vermeld dat L. Wolf en T. van Hummer een zoon hebben gekregen en weet je hoe ze hem hebben genoemd? Victor, vernoemd naar mijn vader. Zouden ze erover hebben nagedacht of in twijfel hebben getrokken of hij schuldig zou kunnen zijn, aan wat mijn dochter is overkomen? "Je weet toch hoe ze zijn? Ik had al het vermoeden dat als ze een jongetje zouden krijgen ze het Lucas zouden noemen of naar je vader," zegt David.

Hij had een keer gedacht dat hij Tanja had gezien bij het zwembad en dat ze zwanger was, maar hij was er niet zeker van. Nu is het zeker dat zij het inderdaad was. Ik vraag me ten zeerste af of Tanja op de hoogte is van de situatie of dat het een goed bewaard familiegeheim is gebleven.

Al die tijd heb ik me schuldig gevoeld. Vanzelfsprekend heb ik gedacht: en wat dan, als mijn vader toch onschuldig is. Ik kan dat niet meer geloven, alles spreekt tegen hem ook al heb ik geen directe bewijzen tegen hem. Een kind van drie jaar kan dat toch niet allemaal in haar eigen hoofd hebben gezet? Mijn vader probeert de rollen om te draaien en David van de hele toestand de schuld te geven. David zou Lisa hebben gemanipuleerd.

Waarom heeft mijn zus niets meer van zich laten horen? Ik wil geen contact meer opnemen, nu ze waarschijnlijk nog steeds bij mijn ouders woont en ze moet ook eens naar mij komen.

Voor Lisa's verjaardag hebben we een kaart van tante Suzanne gekregen en daar stond op dat een brief aan ons zou volgen, maar we hebben nog geen brief gehad. Ik voel me vreselijk in de steek gelaten, doordat ik heb verteld wat mijn eigen kind me duidelijk heeft gemaakt! Wat moet ik er nou mee? Ik weet het, de tijd zal het allemaal wel leren. Geef me de waarheid, geef me een bewijs hoe het is gebeurd. Tot dusverre kan ik niet anders dan mijn dochter geloven, totdat het tegendeel is bewezen.

Nooit zal ik vergeten dat ik op mijn kamer was en mijn vader vreemd hijgend voor me stond en ineens tegen me fluisterde: "Als je nou veel seksuele aandrang hebt, dan kunnen ze je helpen hoor, dan moet je maar naar de dokter gaan, want de dokter heeft er speciale pilletjes voor die dat af kunnen remmen. Ik weet het, want ik heb er zelf ook nogal veel last van," zei hij samenzweerderig.

"Nou ja, doe normaal joh, ik heb helemaal nergens last van!" zei ik ontzettend geïrriteerd tegen hem.

"Jawel, en ze kunnen je wel helpen hoor, want die pilletjes helpen, echt."

Ik dacht echt dat hij niet normaal was toen hij dat zei en ik vond hem maar een engerd.

Dit heb ik nooit tegen iemand verteld, ook niet aan mijn moeder, omdat ik wist dat ze me toch niet zou geloven. Ze trekt toch sowieso altijd partij voor hem.

Mijn broer zat op een gegeven moment in een fase dat hij het erg moeilijk had. David heeft veel met hem gesproken in die tijd. Lucas zei tegen mij dat hij niet meer tegen het gedrag van mijn vader kon. Hij had grote problemen met betrekking tot zijn dominantie. Mijn vader dacht altijd dat alles wel koek en ei was tussen hen, maar dat was het voor Lucas niet. Lucas zei dat hij hem helemaal niet werkelijk kende en dat mijn moeder onder de plak zat bij mijn vader, dat ze geen stap mocht verzetten, omdat hij dan weer jaloers was.

Lucas heeft afzonderlijk, zowel tegen David als tegen mij gezegd, dat hij erover heeft gedacht het contact met de familie te verbreken. "Dat meen je niet?" zei ik geschrokken, maar hij meende het wel degelijk.

Diezelfde avond dat hij het over verbreken van contact had, ging hij samen met mijn vader naar de sauna. Later gingen mijn broer en vader gezamenlijk regelmatig naar de sauna. Ik vermoed dat mijn moeder mijn vader stimuleerde om eens wat samen met zijn zoon te ondernemen.

Lucas scheen in grote psychische moeilijkheden te verkeren en wij probeerden hem te helpen. Hij vroeg veel mensen om raad. Mijn broer praatte ook met mijn zus en hij praatte met mijn moeder over zaken die hem dwarszaten. Met mijn vader wilde hij echter niet praten. Hij heeft nooit ergens over gesproken met mijn vader. Pijn kan zo scherp zijn dat het je vanbinnen lijkt op te vreten. Nu weet ik dat ouders inderdaad niet zijn zoals het beeld dat ik altijd van ouders heb gehad.

Lisa is weer tot twee keer toe haar bed uit gegaan. Vervolgens is ze om 21.30 uur weer haar bed uitgegaan en is aan het rommelen in haar kamertje. Ik raak er echt zo wanhopig door, niets lijkt te helpen.

"Je hoeft niet te doen alsof je slaapt, wat ben je aan het doen Lisa en waarom ben je telkens uit bed?" vraag ik haar.

Eerst houdt ze zich de hele tijd van de domme en jokt ze, maar als ze in de gaten krijgt dat ik haar niet geloof, geeft ze uiteindelijk toe.

"Blijkbaar heeft het geen zin om je te straffen, van nu af aan mag je doen waar je zin in hebt." Het lijkt of ze erop zit te wachten om gestraft te worden. Dat ze alles mag doen, vindt ze niet leuk. "Je doet maar hoor, als je wilt spelen dan ga je maar lekker spelen, als je wilt slapen ga je maar lekker slapen, doe maar waar je zin in hebt. Wij vinden het best verder, dag Lisa."

Dit wil ze niet en eindelijk gaat ze slapen. Misschien is dit wel de juiste aanpak, haar negeren, dat vind ik ontzettend moeilijk. David doet dit al een paar dagen.

Lisa claimt continu de aandacht, op een voor haar lieve manier. Daar ben ik een keer in meegegaan van de week en toen was het gelijk weer helemaal mis met haar gedrag. Ik vind het heel erg. Ze kan maar een beperkte portie aandacht aan, anders wordt ze onmogelijk tegendraads.

We halen de kracht uit onszelf en uit de liefde voor elkaar. Ik hoop dat we dit in ieder geval onze kinderen mee kunnen geven.

David vertelde me dat mijn schoonmoeder ervan baalde dat ze ons huwelijk niet kapot kon maken.

17.

Van de week hebben we een brief in de bus gekregen of wij met het Jewish Agency wilden bellen. David belde me om te vertellen dat er per 1 oktober plaats is op de *'oelpan'*. Spannend, het gaat nu dus erg snel! David heeft een afspraak gemaakt voor maandag vijf augustus, dan wordt het dossier officieel geopend.

De rabbijn was vergeten een stempel te laten zetten door de opperrabbijn, ze sturen de verklaring naar de opperrabbijn, zodat dit alsnog kan worden gedaan. Ik ben nu al helemaal opgewonden over het idee hier weg te gaan.

Vrijdag is er een afscheid van onze collega, Perry. Ieder heeft voor hem een liedje uitgezocht en daar een tekst op gemaakt of geschreven, waarom dat voor hem was uitgezocht, daar hebben we een songboek van gemaakt wat erg mooi is geworden. Van andere collega's kwam het verzoek een stukje op een video-band op te nemen van elke collega. We moeten het programma Achterwerk in de Kast nadoen.

Wilma en ik weten niet wat we moeten doen en we hebben afgesproken om een paar zinnen te zeggen. Ik zit met een biertje in mijn hand en zij met een sigaret, dat vinden we wel grappig, omdat het ons typeert. Eerst wordt het zonder geluid opgenomen, ik lig constant in een deuk en het moet over, wij denken dat het nooit meer zo leuk zal worden, maar het is uiteindelijk wel erg grappig geworden. Ik lig constant in een deuk van de lach en neem af en toe een slok bier, Wilma zegt intussen tegen me: "Hé, je hebt bijna dat hele biertje al op!" Dat valt echter wel mee, het is 11.00 uur 's morgens. Het is wel grappig, we moeten eerst een bord omdraai-en, dat vergeten we, en dan moet ik wat zeggen, maar ik kan niet meer van de lach. Dan begint Wilma maar met praten. Ik blijf maar lachen en zij me maar aanstoten. Uiteindelijk komt er nog geluid uit me, als we klaar zijn vergeten we weer het bord om te draaien. Nou ja, we staan erop en iedereen vindt het grappig, dus prima.

's Middags is er een receptie en ik blijf daarvoor. Perry is erg emotioneel. Misschien, omdat hij een moeilijke tijd heeft meegemaakt de laatste jaren. Omdat zijn vrouw is overleden aan borstkanker hebben we extra ons best gedaan voor hem. Hij gaat nu voor zijn twee kleine kinderen zorgen en dat is, denk ik, maar beter ook voor ze. De kinderen hadden de ene na de andere oppas.

's Avonds zijn we uitgenodigd voor een etentje, iedereen moet zelf betalen. Om die reden kan ik niet mee gaan. Aan het eind zit ik met Wilma te praten en dan vraagt ze: "Kan je niet mee vanavond of wil je niet?"

"Ik heb het geld er niet voor," leg ik haar dan maar uit.

Vervolgens gaat ze naar Geert toe en als ze terugkomt zegt ze: "Jij gaat mee vanavond, Linda."

"Nee joh, dat kan niet!" zeg ik opgelaten.

"Jawel, ik heb het geregeld met Geert."

Dan krijg ik van Geert een arm om mijn schouders heen en klapt hij me op mijn rug: "Jij gaat gewoon mee." Ik kan er niets tegenin brengen.

Perry vraagt me even te komen. We praten wat en ik leg hem uit dat ik geen geld heb om het etentje te betalen en hij vraagt me alsjeblieft te komen. Hij smeekt het me zowat en hij betaalt het voor zijn part uit zijn eigen zak, als ik er maar bij aanwezig ben. Hij noemt me het adres van het restaurant. Ik leg uit dat ik geen telefoon meer heb en dus eerst naar huis moet om David op de hoogte te stellen.

Als ik thuiskom heeft David al pizza gemaakt. Ik voel me behoorlijk lullig, maar ik vind toch dat ik het niet kan maken om niet te gaan. Dus ik vraag of hij het niet vervelend vindt en ik ga vervolgens weer op de fiets terug naar mijn collega's.

Het is best gezellig, maar erg warm deze avond. Helaas zit ik aan het hoofdeinde van de lange tafel en zit ik naast Geert. Ingrid zit naast hem en daartegenover natuurlijk Victor. Aan de andere kant van mij zit gelukkig Wilma.

Achteraf hoor ik van Perry en later ook van Dirk dat niemand naast Geert wilde zitten en dat ze als een gek bij elkaar achteraan gingen zitten, het was de enige plaats die nog vrij was.

Nu is het nooit echt ongezellig op zulk soort avonden, maar ik had me toch wel iets ander gezelschap gewenst. Toen ik aankwam was ik best verlegen, omdat iedereen er natuurlijk al zat. En iedereen applaudisseert als ik zeg dat ik toch maar ben gekomen. Verlegen ga ik aan tafel zitten.

Vooral als Geert een beetje gedronken heeft praat hij veel en heel hard en heeft constant het hoogste woord. Op een gegeven moment blijft hij maar zeuren over een politiek onderwerp en het begint me behoorlijk te irriteren. Het is al zo warm, hij is een betweter en hij zit nog een beetje met me te sjansen ook. Ik heb er wel een beetje genoeg van.

Als de rekening komt betaalt iedereen en ik heb natuurlijk geen geld bij me. Ik vraag aan Wilma hoe het nou met mij geregeld wordt en ze zegt dat het wel goed komt. Als ik het Geert vraag, zegt hij dat het bedrag in plaats van door twaalf personen door elf personen wordt gedeeld. Ik had gedacht dat het op kosten van de school zou gaan. Wat voel ik me opgelaten! Vreselijk gewoon, als ik dat had geweten was ik niet gegaan.

Collega's vragen of ik nog mee ga wat drinken en ik zeg dat ik dat echt niet meer kan maken, maar ze trekken me gewoon mee en we gaan nog eventjes naar de kroeg ter afsluiting.

Waarschijnlijk hoef ik hier niet lang meer te werken. Mijn ontslag durf ik pas na het gesprek van vijf augustus in te dienen.

In de maand oktober 1996 krijg ik eindelijk een reactie van mijn tante Suzanne op de brief die ik haar had gestuurd.

Ik had erg weinig tijd en heb afstand moeten nemen om heel goed na te denken wat ik je terug zou schrijven. Ik lees uit je brief gevoelens van haat, maar nog grotere gevoelens van verdriet. Ik ken jouw ouders goed genoeg om zeker te weten dat zij ook heel veel verdriet hebben om deze situatie! Je hebt me geschreven dat je moeder je nooit heeft geknuffeld, maar ik herinner me dat toen je heel klein was, je ouders lief voor je waren en apetrots. In die tijd ben ik wel bij jullie geweest. Wij hebben nooit iets abnormaals gemerkt.

Het kon zijn dat je moeder niet altijd heel geduldig was, ook toen je ouder werd, en dat jij dat hebt uitgelegd als dat ze niet van je hield, omdat je zo gevoelig van karakter bent.

Er zijn massa's kinderen die zulke dingen voelen en denken, vooral tijdens de puberteit. Wanneer ze volwassen worden en zelf kinderen krijgen gaan ze het meestal beter begrijpen.

Kinderen opvoeden is moeilijk en ouders zijn niet volmaakt, hoeveel ze ook van hun kinderen houden. Jij bent ook de oudste en vaak heeft het oudste kind het gevoel afgewezen te worden wanneer er een broertje of zusje bij komt.

Misschien is dat bij jou ook zo geweest, zonder dat je je daarvan bewust bent. Ouders maken bij het oudste kind de meeste vergissingen in de opvoeding, omdat ze volkomen onervaren zijn.

Oma heeft ook best fouten gemaakt bij het opvoeden van je moeder, tante Nellie en mij. Wanneer ik nu terugdenk aan sommige van die dingen, dan kan ik erom glimlachen, hoewel het vroeger ook wel pijn heeft gedaan. En dan denk ik met dankbaarheid en liefde aan haar, om al het goede wat ik van haar heb ontvangen door al haar trouwe zorgen. Jouw moeder heeft ook veel goeds voor en aan je gedaan. Zou het soms zo kunnen zijn dat jullie elkaar niet echt kunnen bereiken en aanvoelen, omdat je moeder haar gevoelens misschien niet zo erg makkelijk uit als jij, of gewoon dat ze met jouw emoties geen raad wist?

Want jij bent, meen ik te begrijpen, tamelijk emotioneel van aanleg en zo is niet iedereen!

Heb je er nooit over gedacht eens voor jezelf te gaan praten met een psy... iemand die je vertrouwt en die je kan helpen je evenwicht terug te vinden? Hoe gaat het nu met Lisa? Want daar schrijf je niet veel over in je laatste brief.

Wat heeft het rapport precies uitgewezen? En krijgt zij nog een begeleiding van het een of ander bureau of een kinderpsycholoog of psychiater? Ik vind het heel erg wat haar is aangedaan, maar weet je zeker dat dit nu niet meer gebeurt op de een of andere manier? Gaat ze al naar de lagere school en vindt ze het fijn op school?

Die keer dat wij even langs zijn gekomen bij jullie vond ik haar erg angstig en ik had niet de indruk dat ze echt bang was voor ons. Toen was ze toch gewoon thuis met haar ouders, waarin ze, normaal gesproken, vertrouwen heeft en waarbij ze zich op haar gemak zou moeten voelen.

En nu datgene waarvan jij je vader de schuld geeft, daarin is iets wat me direct opviel toen je het me in je eerste brief schreef. En dat verbaasde me ook. Wat bracht je nou op het idee om aan Lisa te vragen of oma lief was, en daarna, of opa lief was? Want zo vaak zag ze opa en oma toch niet? Had je geen vooringenomen gevoel/mening over je ouders?
Je had bijvoorbeeld kunnen vragen of de juffrouw op school lief was, of zelfs mama of papa...
En bij dit alles komt nog iets heel belangrijks, een jong kind van die leeftijd zal uiteindelijk wel tegen haar moeder zeggen, als die er open voor staat, dat er zoiets is gebeurd, maar meestal, vrijwel altijd, durft zo'n kindje niet te zeggen wie de echte dader is, uit angst natuurlijk.
En dit schrijf ik je vooral uit grote zorg voor Lisa. Want je moet nu beslist weten of nagaan of het nu echt afgelopen is; dat ze nu niet meer door iemand wordt misbruikt.
Dat hoop ik zo, maar ik ben er niet zeker van. Daarom bind ik het je op je hart! Ik wil je, na lang denken en wikken en wegen, zeggen, dat ik niet geloof dat jouw vader dit heeft gedaan.
En dat je moeder dat niet gelooft, dat kan ik me heel goed voorstellen. Ze kent je vader als een integere man en wij ook. Bovendien denk ik dat jouw vader heus wel voldoende aan zijn trekken komt met jouw moeder, seksueel gezien natuurlijk. Er is geen enkele reden om daaraan te twijfelen. Hij heeft wel andere, betere dingen aan zijn hoofd dan zoiets uit te halen met z'n klein-dochtertje. Bovendien heeft jouw vader er te erg aan geleden dat jouw opa iets met jou heeft geprobeerd. Gelukkig gaan zulke dingen niet van vader op zoon! Je moeder zal het toch zeker wel aan je vader hebben verteld? Dat kan niet anders. Hoe zou hij daarop hebben gereageerd? Want het is bepaald geen kleinigheid, wanneer je van zoiets wordt beschuldigd door je eigen dochter als het niet waar is.
Ik vraag me af of je vader niet heeft geprobeerd er met je over te praten, per telefoon of via een brief... Het lijkt me helemaal in zijn lijn.

Tot slot dit, in alles wat ik heb geschreven is mijn zorg om Lisa het grootst. Ik hoop dat je de gezonde en sterke moed hebt om goed na te *denken over de echte dader en of die nu nog de kans heeft haar kwaad te doen. Misschien zou je daarvoor alleen met Lisa kunnen gaan wandelen of zoiets, om ergens echt rustig met haar te praten. Geve God je de moed en het verantwoordelijkheidsgevoel om eerlijk alles te onderzoeken en ook niet dat uit te sluiten wat je onder geen voorwaarde wilt denken of zou kunnen aanvaarden.*

Het was heel erg moeilijk je dit allemaal zo te schrijven, Maar ik wist dat het zo moest en niet anders. Laat het kwaad niet over je heersen en mocht het nodig zijn, twijfel dan niet om gedegen hulp te zoeken. En God zelf, die ons zegt dat we onze ouders moeten eren, kan je vast een weg terug naar Hem tonen.

P.S.

Je schrijft dat Lisa zegt dat opa in de hoek moet staan en dat hij weg moet, naar buiten toe. Denk jij echt dat zij dit nu steeds blijft zeggen wanneer haar opa een hele tijd geleden haar iets gedaan had en ze nu verder niets meer onderging? Volgens mij betekent dit dat er nog steeds dingen gebeuren, nu nog. Waar is zij trouwens, als jij werkt, na schooltijd en in de vakantie? Als jullie allebei werken zal er toch wel iemand op haar en Max passen neem ik aan?

Dat je niets meer van je moeder hebt gehoord is toch eigenlijk wel te begrijpen. Wanneer je zelf je ouders afstoot, durven en kunnen ze moeilijk meer komen. En je vader blijft natuurlijk wel de man van je moeder. Heb jij ooit zelf gewoon tegen je moeder durven en willen zeggen dat je haar nodig hebt? En de kaart die jouw moeder voor Lisa's verjaardag had gestuurd werd haar teruggestuurd!

Voor hen is er ook heel veel kapot gemaakt.

Tante Suzanne

Mijn tante kent het volledige verhaal niet. Ze begrijpt niet dat ik mijn vader niet de schuld geef, maar vertel wat mijn dochter mij heeft geprobeerd te vertellen. Natuurlijk had ik Lisa eerst gevraagd of ze papa en mama lief vond en ook of ze de juf lief vond. Dit had ik mijn tante echter niet geschreven. Ik ben verbaasd te lezen dat mijn vader heeft geleden onder wat zijn eigen vader vroeger bij mij had geprobeerd.

David had inderdaad de kaart die mijn ouders voor Lisa's verjaardag hadden gestuurd, retour gestuurd. Het doet me pijn dat ze schrijft dat ik mijn ouders heb afgestoten.

18.

Inmiddels is het mei 1997. Alle benodigde papieren hebben we uiteindelijk in bezit om 'aliyah' (de opgang) te gaan maken naar het land Israël.

Intussen hebben we een internationaal verhuisbedrijf ingeschakeld om te inventariseren wat de kosten zijn als we naar Israël verhuizen. Onze spullen zullen allereerst worden opgeslagen in een container in Nederland. Zodra we een lening hebben kunnen afsluiten in Israël, willen we onze spullen over laten komen. Het kost ƒ 10.000, – als we alle spullen met de boot laten vervoeren naar de havenstad Haifa in Israël.

We zullen een nieuw begin maken in een nieuw en voor mij vreemd land en verder alles in Nederland achterlaten. We zullen tijdelijk, voor minstens een halfjaar, in een absorptiecentrum gaan wonen in Beersheba. Als David en ik in de ochtenden Hebreeuwse lessen volgen, kunnen Lisa en Max intussen respectievelijk naar de crèche en de basisschool.

Als de verhuizers alles hebben ingepakt en meegenomen, hebben wij nog een gebroken laatste nacht in een leeg huis. De kinderen slapen op oude luchtbedden op de grond en wij slapen op het oude bankstel.

De volgende avond nemen wij een taxi naar het station en pakken daar de trein naar Schiphol. We hebben nogal wat koffers en tassen mee. Omdat we gaan emigreren, mogen we meer bagage meenemen dan wanneer je gewoon op vakantie gaat. Het is een heel gesleep met al die zware bagage, samen met onze kleine kinderen.

Het voelt best vreemd om alles achter te laten, ons moederland en daarmee alle herinneringen die Nederland herbergt. De kinderen hebben er nog totaal geen notie van dat we in een ander land gaan wonen. Het voelt als een opluchting om uit Nederland te vertrekken en een nieuwe start te gaan maken in een ander land, met een compleet vreemde taal en cultuur. Wanneer we eindelijk in het vliegtuig zitten voelt het heel definitief en ergens geeft het me ook vrij gevoel.

De auteur

Linda Wolf (1965, Amsterdam) heeft een moeilijke jeugd gehad. Ze heeft ze haar ervaringen van
jongs af aan toevertrouwd aan papier. De autoriteit
van haar vader, het gebrek aan liefde, warmte,
veiligheid, vertrouwen, daadwerkelijke aandacht
en emotionele steun van beide ouders gedurende haar puberteit en adolescentiejaren hebben
een negatieve impact gehad op haar persoonlijke
ontwikkeling. Haar ouders wisten niet hoe ze met
gevoelens en emoties om moesten gaan. Als hoog
sensitief persoon onderving ze grote moeilijkheden
'in het christelijke gezin' omdat ze zich niet kon
uiten op de manier waarop ze dat nodig had.
Als lifecoach vindt ze het geweldig om anderen te
inspireren en te ondersteunen.
Muziek is een uitlaatklep voor haar. Ze volgt zang-
en danslessen waar ze ontzettend veel plezier in
heeft. Ze beoefent fitness om lichamelijke klachten
te voorkomen en een beetje in vorm te blijven. In
haar vrije tijd spreekt ze graag met mensen af om
gezellig ergens een hapje te gaan eten of op een
terrasje te gaan zitten. Linda is een familiemens.
Ze is iemand die van haar vrijheid houdt en andere
landen en culturen wil ontdekken.
Ze woont in het midden van het land en heeft een
dochter en een zoon.

De uitgeverij

Wie ophoudt beter te worden is opgehouden goed te zijn!

Op basis van dit motto zoekt uitgeverij novum steeds nieuwe manuscripten! Ondertussen zijn wij in Nederland, Duitsland, Oostenrijk en Zwitserland dé specialist voor nieuwe auteurs.

Elk manuscript dat wij ontvangen wordt gratis door onze redactie beoordeeld.

Meer informatie over onze uitgeverij en over onze boeken kunt u op online vinden onder:

www.novumpublishing.nl